AF279779

ROLA RAUSCH

Feldheim

Ein unverschämter Graf

Roman

Bibliografische Information der Deutschen Nationalbibliothek: Die Deutsche Nationalbibliothek verzeichnet diese Publikation in der Deutschen Nationalbibliografie; detaillierte bibliografische Daten sind im Internet über dnb.dnb.de abrufbar.

3. Auflage Februar 2025
Copyright © 2024 by Rola Rausch
Umschlaggestaltung: © Zitronenzart Design
Lektorat: www.derletzteschliff.de
Verlag: BoD · Books on Demand GmbH, In de Tarpen 42, 22848 Norderstedt, bod@bod.de
Druck: Libri Plueros GmbH, Friedensallee 273, 22763 Hamburg
Printed in Germany
ISBN: 978-3-7693-2227-9

Historischer Liebesroman

Für Tante Anni

In Dankbarkeit für das stundenlange Vorlesen
von Grimms Märchen, wenn ich
krank im Bett lag.

Prolog

9. August 1755, zwischen Schönebeck und Magdeburg

Die Kutsche rumpelt über die holprige Straße, die von den vergangenen regenlosen Sommertagen so trocken ist, dass der Staub in den von den Pferdehufen hervorgerufenen Luftverwirbelungen tanzt. Völlig überraschend hat sein Vater zum Aufbruch gedrängt, sodass sie bereits einen Tag früher als geplant losgefahren sind, aber dennoch viel zu spät, um ihr Ziel noch vor Einbruch der Nacht zu erreichen. Inzwischen steht die Sonne schon tief hinter den Bäumen, die den Wegesrand säumen.

Mit seinen vierzehn Jahren hätte er draußen bei den Männern mitreiten können, was er sonst auch gern tut, aber heute hat er es vorgezogen, seiner Mutter in der Kutsche Gesellschaft zu leisten.

Sie ist unruhig, weigert sich aber, ihm zu erzählen, was vorgefallen ist. Mit ausweichenden Antworten versucht sie, den Ereignissen, von denen er nichts wissen soll, die Gewichtigkeit zu nehmen, und hält ihn damit hin, dass sein Vater ihm alles erklären wird, sobald sie zu Hause sein würden. Aber sie kann ihn nicht täuschen: Er sieht die Angst in ihren Augen. Tröstend greift er nach ihrer kalten Hand. In dem Glauben, dass sie friert, zieht er seine Weste aus und bedeckt sie damit.

Er lehnt seinen Kopf an ihre Schulter. Seine Mutter nimmt das Angebot seiner Nähe gern an, legt ihren Arm um ihn, drückt ihn fest an sich und küsst ihn auf den Scheitel seiner blonden Haare. So hat sie es oft getan, als er noch klein war, bis er ihr immer öfter zu verstehen gab, dass er dafür nun schon zu alt sei. Es war ihm unangenehm. Ganz besonders dann, wenn die Macht der Gewohnheit seine Mutter dazu veranlasste, ihm diese Zärtlichkeiten zuteilwerden zu lassen, wenn sie nicht allein waren. Seine Mutter war darüber traurig, brachte aber Verständnis für ihn auf und hielt sich zurück.

Hier und jetzt genießt er es, im Arm seiner Mutter zu liegen und ihren vertrauten, blumigen Duft zu riechen. Er schließt seine Augen und nimmt durch seine Lider den ständigen Wechsel von Licht und Schatten der untergehenden Sonne hinter den Bäumen wahr. Das Rütteln der Kutsche auf der holprigen Straße tut sein Übriges, sodass er schließlich einschläft.

Er wird aus dem Schlaf gerissen, als die Kutsche abrupt zum Stehen kommt, und seine Mutter und er unsanft nach vorn fallen. Inzwischen ist es dunkel. Die Stille der Nacht wird durch aufgeregt wiehernde Pferde, schreiende Männer, klirrende Waffen und laut krachende Schüsse zerrissen. Er hilft seiner Mutter auf, die verängstigt nach seiner Hand greift, als auch schon auf ihrer Seite die Tür der Kutsche aufgerissen wird. Bestürzt schreit sie auf und stellt sich noch schützend vor ihn, als knallend eine Kugel ihren Leib durchdringt. Schlaff fällt sie nach hinten und drückt ihn dabei zu Boden. Ein letztes Mal flüstert sie seinen Namen, um dann für immer zu schweigen.

Starr vor Schreck bleibt er unter dem schützenden Körper seiner Mutter liegen, während der Kampf draußen weitergeht. Unzählige Fragen füllen in einem wirren Durcheinander seinen Kopf: *Wo sind wir? Was ist passiert? Was soll ich ohne meine Mutter tun? Wie geht es meinem Vater? Werden die Angreifer nach mir suchen? Werden sie mich hier finden? Werde auch ich sterben?* Fragen, auf die er keine Antworten hat und die es ihm unmöglich machen, einen klaren Gedanken zu fassen. Sein Vater und die Männer brauchen Hilfe, aber er kann ihnen nicht helfen. Wie ein Parasit geht die Angst seiner Mutter mit ihrem Ableben nun auf ihn über und macht sich lähmend in ihm als neuem Wirt breit.

Es dauert einen Moment, bis er endlich versucht, seine tote Mutter von sich zu schieben – mit dem Ziel, irgendwie ungesehen aus der Kutsche zu kommen. Der Schmerz kommt überraschend. Stöhnend drückt er seine Hand auf den Bauch, an die Stelle, wo die todbringende Kugel offenbar auch in ihn eingedrungen ist. Blut rinnt zwischen seinen Fingern hindurch. Es ist zu dunkel, um es zu sehen, aber er fühlt die feuchte Wärme über seinen Handrücken laufen. Neue Fragen gesellen sich zu den alten hinzu, um sie wie Staub auf der Straße aufzuwirbeln und noch mehr Verwirrung in seinem Kopf zu stiften. *Wie schlimm ist meine Verletzung? Kann ich mich trotzdem in Sicherheit bringen – oder werde ich verbluten?*

Mit der anderen Hand greift er über seine Schulter, um den Riegel der Tür zu lösen. Er schiebt sich durch die Tür hindurch und lässt sich auf den Boden gleiten. Niemand bemerkt, wie er die Kutsche verlässt. Die tiefe Dunkelheit der warmen, mondlosen Nacht bietet ihm Schutz, raubt ihm aber auch jegliche Orientierung. Die alles zerreißenden Schmerzen bereiten ihm wackelige Knie und Übelkeit, sodass er sich nicht auf den Beinen halten kann und sich eine kleine Böschung hinunterrollen lässt, bis er gegen den ersten Baum stößt.

Es dauert nicht mehr lange, bis auch die letzten Geräusche des Kampfes verklingen. Die Angreifer waren in der Überzahl. Sie hatten leichtes Spiel.

Benommen hört er einen Mann mit einer hohen, linkischen Stimme sagen: „Sie sind alle tot, Herr."

In seinen Geist schiebt sich das Bild eines kleinen Wiesels mit Dämonenfratze.

„Das will ich hoffen. Schafft die Leichen fort und beseitigt alle Spuren.“

„Was ist mit unserem Lohn?“

„Vollendet erst euer Werk, wie abgemacht! Ihr wisst, wo ihr mich findet“, kommt scharf die Antwort.

Ich kann hier nicht liegen bleiben! Ich muss weg, bevor man mich doch noch entdeckt. Ohne Ahnung, in welche Richtung er gehen soll, sammelt er seine letzten Kräfte und schleppt sich zu einem Gebüsch, das ihm im besten Fall Schutz bieten würde. Die plötzlich aufkommende Erschöpfung zwingt ihn in die Knie. Er ist so furchtbar müde. Seine Lider sind so schwer, dass er Mühe hat, sie aufzuhalten. Letztendlich gibt er nach und schließt, beinahe erleichtert über diese Einsicht, seine Augen. *Ich muss mich ausruhen. Nur kurz – dann laufe ich weiter ...*

***

Es war eine warme Sommernacht. Sie tanzten und lachten bis in die frühen Morgenstunden hinein. Klara, die älteste Tochter ihres Vaters langjährigem Freund, war eine sehr hübsche Braut. Den ganzen Tag strahlten sie und ihr Angetrauter Klaus vor Freude, bis sie irgendwann im Schutz der Dunkelheit die Feier verließen und nicht mehr auftauchten. Den Gästen machte das nichts aus – sie feierten fröhlich weiter und wurden nicht müde, auf das Wohl des Brautpaares anzustoßen.

Isabelle fragt sich, ob sie selbst auch einmal eine so schöne und glückliche Braut wie Klara sein wird. *Bis dahin wird wohl noch einige Zeit vergehen, schließlich bin ich gerade erst elf Jahre alt*, stellt sie in Gedanken ein wenig bedauernd fest.

Sie gibt sich ihren Zukunftsträumen hin, in denen ein edler Prinz um ihre Liebe kämpfen würde, während sie die kandierten Früchte nascht, die ihr Klaras Mutter für die Fahrt nach Hause zugesteckt hat. Hinten auf der Ladefläche des Karrens sitzend, lässt Isabelle ihre Beine heiter hin- und herbaumeln.

Inzwischen schickt die Sonne ihre ersten goldenen Strahlen gen Himmel, steht aber immer noch so tief, dass die Schatten der Bäume, die die Böschung zum Fluss hinunter säumen, ein schwarzes Gitter auf den Weg zeichnen. Sie reckt ihr Gesicht mit geschlossenen Augen der Sonne entgegen, genießt die Wärme und lässt das Schattengitter über ihre Augen flackern. Ein lautes Krachen und ein kräftiges Rütteln reißen sie aus ihren Träumereien. Ihr Vater beruhigt die zwei Pferde und hält den Wagen an.

Ein Rad ist gebrochen und verursacht einen ungeplanten Halt. Allerdings sah ihr Vater bereits voraus, dass ein solches Unglück passieren könnte, als sie den alten Karren am Vortag aus der Scheune holten. Darum luden sie nicht nur zwei Tische und vier Bänke für die Hochzeitsgäste auf, sondern noch ein Ersatzrad und Werkzeug. Eine Weile wird es wohl dauern, bis ihr Vater zusammen mit dem Knecht das Rad gewechselt hat.

Isabelle sieht wehmütig zu den kandierten Früchten, von denen ein paar hinunter in den Staub der Straße gefallen sind. Im nächsten Augenblick springt sie jedoch neugierig von der Ladefläche hinunter, denn auf dem Weg, zwischen den verloren gegangenen Köstlichkeiten, hat sie etwas entdeckt, was dort genauso wenig hingehört, wie ihre kandierten Früchte. Ein kleines Blitzen in der noch tief stehenden Morgensonne hat ihre Aufmerksamkeit geweckt: Es ist ein Silberknopf. Isabelle hebt ihn auf und schaut sich das hübsche Ding genauer an. Er ist mit einem Wappen verziert. Sie lächelt freudig.

Der Knopf kann nur einem Prinzen gehören! Dessen ist sie sich sicher. *Eines Tages wird dieser Prinz auf der Suche nach seinem Knopf zu mir kommen und sehr dankbar sein, dass ich das Kleinod gefunden habe. Gewiss wird er sich dann auch in mich verlieben und mich zur Frau nehmen.* Selig über das kleine Silberding in ihrer Hand, rennt sie die Böschung hinunter zum Fluss. Vor lauter Glück könnte sie die ganze Welt umarmen.

Um sich die Zeit des ungeplanten Zwischenhalts zu vertreiben, läuft Isabelle am Flussufer ein wenig hin und her, sucht flache Steine und versucht, sie über die Wasseroberfläche springen zu lassen. Ihr Vater hat es ihr schon oft vorgemacht, aber ihr will es einfach nicht gelingen. Auch heute plumpsen die Steine wieder nur in den Fluss und tun ihr nicht den Gefallen, wieder aufzutauchen und fröhlich über das Wasser zu hüpfen, so wie sie es entlang des Flussufers tut. Aber heute kann sie das nicht betrüben. *Nichts wird mir an diesem schönen Tag die Laune verderben können.* Sie wirft wieder einen Blick auf den Knopf in ihrer Hand und ist glücklich.

Ihr Vater ruft nach ihr. Sie haben das Rad gewechselt und können nun weiterfahren. Freudestrahlend läuft Isabelle die Böschung wieder in Richtung des Karrens hinauf – und bleibt plötzlich wie angewurzelt stehen. Der Schreck und das Grauen treiben ihr die Farbe aus dem Gesicht und das Lächeln stirbt auf ihren Lippen. Im Gebüsch vor ihr liegt, blass und völlig reglos, ein Junge mit blutverschmiertem Leib.

Kapitel 1

9. März 1765 – 10 Jahre später, Magdeburg

Die gefrosteten Blattränder der Erdbeerpflanzen und Blumenstauden glitzern in der Wintersonne, die nun jeden Tag ein wenig höher wandern wird. Die starre Leblosigkeit wirkt unwirklich und geheimnisvoll.

Isabelle sitzt im Arbeitszimmer ihres Vaters und macht die Buchführung. Der große, klobige Schreibtisch steht vor einem breiten Fenster, das nach Süden zeigt und somit viel Licht einlässt und einen schönen Blick in den Garten bietet. Jetzt, Anfang März, ist er zwar noch weit von blühenden Blumen, schwertragenden Obstbäumen und üppigen Gemüsebeeten entfernt, aber auch der Frost, der noch einmal Einzug gehalten hat, malt mit seiner weißen, durchscheinenden Decke eine zauberhafte Landschaft. Mit Freude denkt sie an die nahenden warmen Tage und die Zeit, in der sie August und Hanne im Garten helfen wird. Sie liebt es, mit ihren Händen in der Erde zu buddeln, etwas zu säen und zu pflanzen, und zu beobachten, wie das Gemüse, die Kräuter und die Beeren wachsen, um sich diese am Ende mit Genuss einzuverleiben.

Aus der Küche zieht der köstliche Duft von gedecktem Apfelkuchen durchs Haus und erreicht auch Isabelles Nase. Sie lehnt sich in dem gut gepolsterten und mit braunen Leder bezogenen Stuhl ihres Vaters zurück, schließt die Augen und ein zufriedenes Lächeln breitet sich auf ihrem Gesicht aus. *Ich kann mich glücklich schätzen. Ich habe ein schönes Heim und liebe*

Menschen um mich. Zwar hätte sie in ihrem Alter auch schon längst verheiratet sein können, aber bisher hat niemand um ihre Hand angehalten, der ihren Ansprüchen genügt. Sie will sich keineswegs als eingebildet bezeichnen, auch wenn dies die ein oder andere böse Zunge in der Stadt bereits tut.

Am wenigsten bildet sie sich etwas auf ihr Äußeres ein. Sie kennt einige Mädchen, die sie viel hübscher findet als sich selbst. Insbesondere ihre Cousine Charlotte beneidet sie um ihr schönes blondes Haar, ihre großen blauen Augen und ihre üppigen Kurven. Sie dagegen hat langweilige braune Haare und ist groß und dürr. Isabelle sieht hinunter in ihr Dekolleté und drückt ihre beiden Brüste, die sich unter dem Stoff ihres Kleides nur wenig abzeichnen, mit ihren Händen zusammen. Sie seufzt. *Wenigstens ist dort mit der Zeit überhaupt etwas gewachsen, das mich annähernd wie eine Frau aussehen lässt.* An die Farbe ihrer Augen möchte sie gar nicht erst denken. Vor vielen Jahren hat jemand sie als hässliche grüne Froschaugen bezeichnet, was sie demjenigen sehr übel genommen hat.

Trotz dieser Makel ist sie aber nicht bereit, jemanden zum Mann zu nehmen, der sie nicht um ihretwillen heiraten will, den sie nicht liebt und dessen Verstand nicht mit dem ihren mithalten kann. Anders als früher, als sie noch davon träumte, dass ein Prinz sie zur Frau und mit auf sein Schloss nehmen würde, liegt ihr nun nichts ferner, als dieses schutzbietende Nest zu verlassen. Und das rührt nicht nur daher, dass sie inzwischen aus ihren Träumereien aufgewacht ist und von der Erkenntnis getroffen wurde, dass sie niemals die Frau eines Prinzen werden würde, sondern es sind eher die Vorzüge und Annehmlichkeiten, die ihr das Leben im Hause ihres Vaters bietet, das sie im Vergleich zu anderen Mädchen und Frauen recht selbstbestimmt führen kann, insbesondere dann, wenn ihr Vater auf Geschäftsreisen ist. *Unter der Fuchtel eines Ehemannes würde ich es keinesfalls besser treffen.*

Nachdem der Krieg, dessen Schauplatz nicht nur das Heilige Römische Reich Deutscher Nation war, sondern der auch in anderen Teilen der Welt die Pulverfässer entzündet hatte, nun seit mehr als einem Jahr vorbei ist, ist ihr Vater wieder häufiger geschäftlich unterwegs. Die Straßen sind wieder sicherer, und mit dem Abzug der preußischen Königin und des Berliner Hofes aus Magdeburg hat die Nachfrage an edlen Stoffen in der Stadt deutlich abgenommen. Eine Vielzahl der Magdeburger, die noch vor einiger Zeit erpicht darauf war, dem Schick der Königin Elisabeth Christine von Preußen und deren Hofstaat nachzueifern, war sehr schnell in ihren vertrauten, wenn auch nicht ganz zeitgemäßen Modegeschmack zurückverfallen, sodass ihrem Vater nichts anderes übrigblieb, als seine Kundschaft auch im Umland zu suchen.

Gerade war er zu einem seiner ältesten Geschäftspartner nach Hamburg aufgebrochen, um neue Waren einzukaufen.

Natürlich vermisst sie ihn, insbesondere dann, wenn er lange fort ist, so wie dieses Mal. Aber sie ist nicht allein. Zusammen mit der Magd Hannelore und dem alten Knecht August, die Isabelle ihr Leben lang kennt, sind sie eine kleine Familie. Mit August und Hanne im Haus gibt es keinen Anlass, sich während der Abwesenheit ihres Vaters einsam zu fühlen.

Durch den Handel mit Stoffen, Spitze und Bändern haben sie ein gutes Auskommen. Dennoch führen sie ein sparsames und maßvolles Leben.

Die Stoffe aus Übersee sind nach wie vor gefragt, denn die Seidenherstellung läuft in Magdeburg nicht besonders vielversprechend, trotz der vielen Maulbeerbäume, die inzwischen in der Stadt angepflanzt wurden. Und so wird es auch bleiben, da ist sich ihr Vater sicher.

Der Duft des Apfelkuchens lockt Isabelle, und sie seufzt ein klein wenig, als ihr Blick auf die letzten Abrechnungen fällt und sie zu sich selbst sagt: „Erst die Arbeit, dann das Vergnügen.“

Ihr Vater hatte ihr, nicht ganz uneigennützig, ein gewisses Maß an schulischer Bildung ermöglicht, in der Hoffnung, dass sie sich ihre vielen neugierigen Fragen irgendwann durch das Lesen von Büchern selbst beantworten würde. Als sie später begann, sich für das Geschäft zu interessieren, hatte sie ihren Vater gebeten, ihr die Buchführung zu erklären. Zunächst hielt er nichts davon, letztendlich gab er aber nach, weil er ihr nie einen Wunsch abschlagen kann. Inzwischen ist er dankbar, dass sie ihm das leidige Erfassen der Geschäftsvorgänge abnimmt.

Den heutigen ruhigen Vormittag hat sie genutzt, um mit August das Lager, das zur Straße hin in einen Laden übergeht, aufzuräumen. Es gibt einige Ladenhüter, die sie aussortiert und in ein separates Regal geräumt haben. *Sobald Vater zurück ist, werde ich mit ihm über die Preise sprechen. Wenn wir diese deutlich senken, könnten wir die Posten vielleicht doch noch ab-stoßen. Nicht unbedingt gewinnbringend, aber bestenfalls ohne viel Verlust dabei zu machen.*

Nun sitzt sie über einem Stapel unterschiedlich großer Zettel, die die Einnahmen und Ausgaben des Geschäfts belegen. Sie hat Spaß daran und ist nicht wenig mit Stolz darüber erfüllt, dass ihr Vater ihr eine solch verantwortungsvolle Aufgabe übertragen hat.

Isabelle löscht gerade die Tinte der zuletzt beschriebenen Seite mit Sand ab, als sie Stimmen in der Diele hört. *Offenbar ist Besuch gekommen.* Im nächsten Moment steht auch schon ihr

Cousin Friedrich in der Tür zum Arbeitszimmer.

„Friedrich? Was machst du denn hier?", begrüßt sie ihn entgeistert.

„Ich freue mich auch, dich zu sehen, meine liebe Cousine", antwortet er vergrämt. „Wenn Onkel Otto da ist, habe ich immer das Gefühl, willkommen zu sein."

„Onkel Otto ist aber nicht da", entgegnet sie scharf. *Zu scharf.* Es tut ihr leid. Mit einem Seufzer fügt sie versöhnlich hinzu: „Natürlich bist du willkommen. Ich bin nur verwundert, weil dein letzter unangemeldeter Besuch noch nicht allzu lange her ist." Die kleine Spitze kann sie sich dennoch nicht verkneifen, lässt sie aber ohne Betonung im Satz untergehen, und Friedrich überhört sie einfach.

„Ich hatte geschäftlich in der Nähe zu tun und wollte fragen, ob ich bei euch mein Nachtlager aufschlagen kann."

„Natürlich kannst du hier übernachten. Du weißt aber, dass mein Vater erst in einigen Tagen aus Hamburg zurück sein wird. Meist nutzt er den Rückweg auch gleich noch, um Geschäfte zu machen. Seine Rückkehr kann sich also noch etwas hinziehen." Sie denkt an Friedrichs letzten Besuch, als er ihren Vater wieder mal gebeten hat, ihm Geld zu leihen. Geld, das ihr Vater nie wiedersehen würde. Sie versteht nicht, warum ihr Vater bisher immer so nachsichtig mit Friedrich gewesen ist, und kann es sich nur damit erklären, dass ihr Cousin seinem Vater Hans Reichardt, der der jüngere Bruder ihres Vaters war, so sehr ähnelt.

Die beiden Brüder waren einander beinahe gleich. Nicht im Aussehen, aber in ihrem Wesen – und sie hielten zusammen wie Pech und Schwefel. So ist es nicht verwunderlich, dass ihr Onkel ebenfalls Kaufmann war. Allerdings handelte er mit Gewürzen, was auch ein gut laufendes Geschäft war. Zeitweise lief es sogar besser als der Tuchhandel, weil er mit kleinen Mengen viel Gewinn machen konnte.

Vor zwei Jahren starb ihr Onkel unerwartet, was ihren Vater sehr mitnahm. Seitdem versucht Friedrich, das Geschäft weiterzuführen, was ihm aber mehr schlecht als recht gelingt. Ihr Vater hätte ihn gern dabei unterstützt, aber Friedrich lässt sich nicht dreinreden und will niemanden, der ihm bei seinen Geschäften auf die Finger schaut. Nur wenn ihr Vater die Geschäfte durch finanzielle Zuschüsse am Laufen halten soll, zeigt er ihm gern die fahlen Innenseiten seiner fleischigen Finger und hält die Hand auf.

Inzwischen machen Gerüchte die Runde, dass er die teuren Gewürze mit billigen Zutaten strecken würde. Bisher konnte ihm das zwar nicht nachgewiesen werden, aber seine Kunden scheinen die Gerüchte zu glauben und machen ihre Geschäfte nun mit anderen, vertrauenswürdigeren Partnern.

Soweit sie weiß, steht ihr Cousin gegenwärtig kurz vor dem Bankrott und verfügt auch nicht mehr über die finanziellen Mittel, um seine Laster zu finanzieren. Im vergangenen Jahr kam er immer häufiger zu seinem Onkel, Isabelles Vater, um ihn um Geld zu bitten. Beim letzten Mal gebot ihr Vater ihm endlich Einhalt und gab ihm deutlich zu verstehen, dass er erst wieder etwas von ihm erhalten würde, wenn er endlich seine Spielsucht in den Griff bekäme.

Isabelle beobachtet, wie Friedrichs schmale Augen unruhig hin- und hergehen. *Er ist auch heute ganz sicher wieder hier, um Geld zu erbetteln.*

„Jaja …", tut er die Tatsache, dass sein Onkel nicht da ist, wenig glaubwürdig wie eine Belanglosigkeit, ab. „Ich möchte wirklich nur hier übernachten und mir das Geld für einen Gasthof sparen." Er schielt zum Schreibtisch hinüber. „Was machst du da? Versuchst du dich wieder an der Buchführung?", fragt er verächtlich. „Nicht, dass du Onkel Otto in den Ruin rechnest. Lass mich lieber mal einen Blick darauf werfen." Er macht Anstalten, zum Schreibtisch zu gehen.

Isabelle ist schneller und schlägt das Buch mit den fein säuberlich in Spalten geschriebenen Beträgen zu, bevor er auch nur eine Zahl davon erkennen kann. Sie nimmt es auf und drückt es fest an ihre Brust. „Danke, aber das ist nicht nötig. In einem solch unglücklichen Fall kannst du meinem Vater ja das viele Geld zurückzahlen, das er dir geliehen hat. Wenn ich Zins und Zinseszins überschlage, dürfte uns das dann aus dem Gröbsten heraushelfen." Sie ist ihm im Rechnen überlegen und spielt das gern aus. Er sieht sie verärgert an. Einen Moment hält sie seinem Blick hochmütig stand, wendet sich dann aber von ihm ab, um das Buch in den Schrank zu den Geschäftsbüchern der vergangenen Jahre zu legen. Isabelle schließt ab und steckt den Schlüssel ein.

„Fühl dich wie zu Hause", sagt sie, während sie Friedrich aus dem Arbeitszimmer lotst. „Ich werde Hanne bitten, ein Zimmer für dich herzurichten."

Hanne ist in der Küche und hat gerade begonnen, die Kartoffeln für das Abendessen zu schälen. Sie sitzt auf einem kleinen Hocker, lässt die Schalen in ihre Schürze fallen und die Kartoffeln in einen mit Wasser gefüllten Eimer plumpsen, der neben ihr steht. Isabelle sieht den Kuchen auf der Anrichte neben dem Ofen stehen. Goldbraun, warm und duftend. Das Wasser läuft ihr im Mund zusammen. *Ich kann nicht widerstehen.* Sie schnappt sich einen Löffel und puhlt damit in der Backform herum.

„Isabelle!", wird sie von Hanne empört ermahnt.

Isabelle weiß, dass es Hanne eigentlich freut, dass die von ihr zubereiteten Speisen offenbar unwiderstehlich sind und Zuspruch finden, aber sie weiß auch, dass Hanne es nicht leiden kann, wenn jemand in ihren Töpfen, Pfannen und Backformen herumstochert. Schon gar nicht, wenn das Essen noch nicht ganz fertig ist. Es sind Hannes Kunstwerke, und diese will sie wenigstens einmal in ihrer ganzen Pracht gesehen haben, bevor sie von gierigen Händen zerstört und von hungrigen Mäulern hinuntergeschlungen werden.

Isabelle ist von Hannes Empörung unbeeindruckt. Sie schmunzelt nur schelmisch und pustet kurz, um anschließend das kleine Stück des Apfelkuchens in ihrem Mund verschwinden zu lassen. *Ah – zu heiß!*

Zufrieden vernimmt Hanne ein Stöhnen und sieht Isabelle dabei zu, wie sie, mit einer Hand vor dem offenen Mund wedelnd, nach einem kleinen Teller greift, um das Stück aus dem Mund darauf fallen zu lassen.

„Das geschieht dir ganz recht!", tut Hanne gönnerhaft kund. Sie steht inzwischen vor ihrer zerstörten Kreation und wirft Isabelle einen missbilligenden Blick zu. „Schau nur, wie der jetzt aussieht! Und fertig war er auch nicht! Der Zuckerguss fehlt noch."

Isabelle grinst und versucht sich noch einmal an dem kleinen Stück Kuchen, das sie aus der Form gebrochen hat. Diesmal pustet sie etwas länger und schiebt es sich dann erneut in den Mund. Sie schließt genüsslich ihre Augen. „Mmmh, der ist auch ohne Zuckerguss schon wirklich köstlich!", versichert sie Hanne. Isabelle liebt das geschmackliche Zusammenspiel von warmem Apfel und Zimt. „Und wenn du ihn nachher in Stücke geschnitten auf einem Teller servierst, sieht man auch nicht mehr, dass da etwas fehlt."

Hanne kann Isabelle nie lange böse sein. Sie versucht, ihre ernste Miene noch einen Moment aufrechtzuerhalten, schüttelt dann aber resigniert den Kopf und geht zurück zu dem kleinen Hocker, um die Kartoffeln weiter zu schälen.

„Ich mach's wieder gut." Bevor Hanne sich setzen kann, greift ihr Isabelle von hinten um die breite Taille und schmiegt sich mit ihrer Wange an das glatte, saubere Leinen, das sich über ihre Schulter spannt, wobei sie sich bücken muss, da sie die kleine, füllige Hanne inzwischen beinahe um einen Kopf überragt.

„Ach ja? Wie denn? Willst du einen neuen Kuchen backen?", fragt Hanne spöttisch.

Auch wenn Isabelle ein schlaues Köpfchen hat, so fehlt es ihr gänzlich an den Tugenden einer guten Frau und Mutter, die backen, kochen und nähen können sollte.

„Wie wir wissen, stünden die Chancen gut, dass der Versuch in einem Desaster enden würde, bei dem unsere beiden Leben auf dem Spiel stehen könnten. Aber ich kann dir beim Schälen helfen." Isabelle schnappt sich ein Messer und setzt sich neben Hanne.

„Na, das ist ja ein Anfang", meint Hanne versöhnlich. „Ich hoffe nur, es kommt dabei nicht zu einem Blutbad."

Isabelle zuckt gelassen mit den Schultern. „Es soll heute nicht zufällig Blutwurst geben?"

„Nein, ich konnte ja nicht ahnen, dass du heute noch eine scharfe Klinge in die Hand nimmst." Hanne sieht dabei auf das Messer in Isabelles linker Hand, mit dem sie ungeschickt die Kartoffeln schält. Sie lachen.

„Es gibt Ratsherrentopf."

Isabelle nickt zufrieden.

„Ich nehme an, Herr Friedrich bleibt zum Abendessen?"

„Ja, er wird auch hier schlafen. Kannst du nachher bitte noch ein Zimmer für ihn herrichten?"

Hanne nickt. „Hast du ihm gesagt, dass der Herr erst in ein paar Tagen wieder zu Hause sein wird?"

„Natürlich." Sie lächelt Hanne wissend an. *Offenbar hegt Hanne dieselben Gedanken wie ich.*

„Ich hoffe, er führt nichts im Schilde", murmelt Hanne mehr zu sich selbst.

„Was meinst du damit?", fragt Isabelle arglos.

„Na ja, die Leute, bei denen er Schulden hat, werden nicht sehr zimperlich sein. Wenn es um das eigene Überleben geht, lässt man sich vermutlich zu etwas hinreißen, das …"

„Es scheint hier im Haus nicht besonders verschwiegen zuzugehen, wenn sich sogar schon die Dienstboten so offen über die Herren im Haus das Maul zerreißen." Hanne wird so rüde von Friedrich unterbrochen, dass sie aufschreckt und die Kartoffelschalen von ihrem Schoß auf den Fußboden fallen. Er starrt sie zornig an.

„Es tut mir leid, Herr Friedrich", murmelt Hanne verlegen.

„Du klangst sehr überzeugt von dem, was du geschwatzt hast. Es schien, als würdest du aus eigenen Erfahrungen sprechen", stellt Friedrich anklagend fest. „Und übrigens, Hanne, ich bin kein kleines Kind mehr. Ich bin Herr Reichardt!" Den letzten Teil seiner Rüge schreit er, und Spucke sprüht aus seinem Mund.

„Sehr wohl, Herr Reichardt." Hanne knickst eingeschüchtert.

Isabelle steht auf und legt schützend die Hand auf Hannes Schulter. „Ach, Friedrich, jetzt sei nicht so grob! Soweit ich weiß, hat Hanne dich schon aus vollgemachten Hosen geholt und deinen Hintern sauber gemacht."

Sein Gesicht läuft rot an. Isabelle kann nicht sagen, ob dies nur aus Wut geschieht oder ob er peinlich berührt ist.

„Was ist hier eigentlich los, in diesem Haushalt, wenn Onkel Otto nicht da ist?! Die Dienstboten klatschen ungezügelt über die Herrschaft – und die Tochter des Hauses verhöhnt schamlos ihren Vetter." Er schreit weiter: „Wenn ich mich nicht irre, sind Menschen wie die dafür da, den Kindern ihres Herrn den Arsch abzuwischen. Ich wüsste nicht, dass ich dafür zu außerordentlichem Dank verpflichtet wäre und es Hanne dazu berechtigt, Hetzreden über mich zu schwingen."

„Sie hat sich doch nur Sorgen um dich gemacht."

„Sorgen?! Dass ich nicht lache! Darum unterstellt sie mir ein ehrwidriges Vorhaben? Das ist Verleumdung!" Er wird immer lauter.

„Jetzt reiß dich zusammen, Friedrich! Hanne hat es nicht so gemeint." Isabelle will noch mehr erwidern, aber Hanne gebietet ihr Einhalt.

„Ist gut, mein Kind. Herr Reichardt hat Recht. Ich bin zu weit gegangen. Ich bitte Euch inständig um Verzeihung für mein Verhalten, Herr Reichardt. Es wird nicht wieder vorkommen."

Hanne steht mit gesenktem Haupt unterwürfig da. *So habe ich meine Hanne noch nie gesehen.*

„Das will ich auch hoffen. Ich werde es vorläufig dabei belassen", verkündet er herablassend und sonnt sich in der Stellung, die er innezuhaben glaubt. „Ich muss es dennoch meinem Onkel berichten. Er hat zu entscheiden, wie du zu maßregeln bist."

„Sehr wohl, Herr Reichardt. Danke, Herr Reichardt." Hanne knickst nochmals unterwürfig, während Isabelle mit mehr oder weniger offenem Mund dasteht und ungläubig der Szene folgt, die sich ihr bietet.

„Nach diesem Ärgernis brauche ich dringend frische Luft. Zum Abendessen bin ich wieder zurück." Friedrich wirft Hanne und Isabelle einen letzten bösen Blick zu und verlässt durch die Küche das Haus.

Isabelle wendet sich Hanne zu und nimmt sie tröstend in die Arme. Hanne zittert, so verschreckt ist sie von Friedrichs Wutausbruch. *Ich hätte nie gedacht, dass meine starke, um kein Wort verlegene Hanne, die wie ein Berserker für mich kämpfen kann, sich so einschüchtern lassen würde.*

„Frische Luft schnappen!" Isabelle lacht abfällig. „Ich wette mit dir, dass er in der nächsten Schenke einkehrt." Sie versucht, Friedrich die Glaubwürdigkeit zu nehmen, um Hanne damit ein wenig aufzurichten, aber die geht darauf nicht ein, sondern macht sich daran, die Kartoffelschalen vom Boden aufzulesen und in den Abfalleimer zu werfen. Isabelle versteht Hannes Schweigen, hilft ihr beim Auflesen und schält mit ihr – ohne noch ein Wort über ihren Cousin zu verlieren – die Kartoffeln weiter, um sie dann in kleine Stücke zu schnippeln.

„Und was jetzt?", fragt Isabelle, als sie damit fertig sind.

„Lass mal, Kind, das mach' ich schon allein."

Scheinbar hat Hanne sich inzwischen ein wenig beruhigt. Morgen wird Friedrich wieder abreisen, und von Vater hat Hanne keine bedeutenden Konsequenzen zu erwarten. Da bin ich mir sicher.

„Dein Lancelot wartet im Stall. Reite doch noch schnell mit ihm aus, bevor es dunkel wird."

„Kommst du wirklich allein zurecht?" Sie streichelt Hanne liebevoll über die Wange.

„Gibt es einen Grund, daran zu zweifeln, dass ich das Gemüse nicht putzen und schneiden kann?", fragt Hanne mit gespielter Empörung.

„Du weißt, dass ich nicht davon rede." Sie lächeln einander aufmunternd an.

„Alles gut, meine Kleine. Geh nur!" Isabelle gibt ihr dankbar einen Kuss auf die Stirn, schnappt sich einen Schal und einen warmen Umhang und macht sich damit auf den Weg in den Stall.

Wenn ihr Vater nicht da ist, nimmt Isabelle die Mahlzeiten üblicherweise mit Hanne und August in der Küche ein. Heute hat sie zusammen mit Hanne den Tisch im Speisezimmer für sich und ihren Cousin gedeckt und Hanne gebeten, das Abendessen in die Mitte des Tisches zu stellen, sodass sie sich selbst bedienen können.

Friedrich beäugt erwartungsfroh die einzelnen Speisen. Trotz seines rüden Auftretens weiß er das von Hanne zubereitete Essen – wie alle anderen, die schon in den Genuss von Otto Reichardts Gastfreundschaft gekommen sind – zu schätzen.

Isabelle schöpft ihm etwas von dem Ratsherrentopf auf den Teller, bevor sie sich selber davon nimmt. „Darf ich fragen, was für Geschäfte du hier zu erledigen hattest?"

„Ganz schön neugierig, meine liebe Cousine", erwidert er mit einem schiefen Grinsen, während Isabelle ihm etwas zu trinken anbietet. *Er scheint schon ein wenig angeschlagen zu sein.*

Friedrich gibt ihr zu verstehen, dass er lieber von dem Wein trinken möchte als von dem Wasser, das wie der Wein in einer hübschen Glaskaraffe auf dem Tisch bereitsteht.

„Ich habe mich nur gefragt, ob dich deine Freunde nicht mehr mitspielen lassen, weil du den Einsatz nicht mehr zahlen kannst", gibt sie zynisch zurück, während sie geschäftig ihre beiden Gläser füllt. „Musst du jetzt schon so weit reisen, um noch jemanden zu finden, der dir bereitwillig das Geld aus deinen Taschen zieht, weil er noch nicht weiß, dass keines mehr drin ist?"

Sie prosten sich zu. Friedrich leert sein Glas in einem Zug und schenkt sich sofort selbst nach.

„Fängst du schon wieder damit an?", nörgelt er gereizt. Er trommelt mit den Fingern auf dem Tisch, was er immer tut, wenn er nervös ist.

Isabelle betrachtet ihn nachdenklich. Friedrich ist nicht hässlich, aber durch seine Völlerei aufgedunsen. Als sie Kinder waren, hat sie ihre Cousine Charlotte um ihren großen Bruder beneidet. Damals hat sie alles Mögliche getan, um ihn zu beeindrucken: war mit ihm durch Pfützen gesprungen, hatte behände Zäune und Mauern überwunden und war mit ihm auf Bäume geklettert, während Charlotte ihre Kleider nicht nass und schmutzig machen wollte und unter dem Baum darauf wartete, bis sie beide sich den Bauch mit Kirschen vollgeschlagen hatten und wieder herunterkamen. *Jetzt bin ich froh darüber, Friedrich nicht zum Bruder zu haben. Er ist mit den Jahren eitel, selbstsüchtig und gewissenlos geworden – und wird seine Familie mit seinem Verhalten noch in die Armut stürzen.* Auch wenn sie für ihre Tante und ihre Cousine alles andere als innige Zuneigung empfindet, sind dies dennoch alles Eigenschaften, die sie ihm zum Vorwurf macht.

Er schürzt kurz schmollend die Lippen. „Ich weiß, im Moment ist mir das Glück nicht besonders hold, aber es kommen auch wieder andere Zeiten."

Isabelle kann über so viel Unvernunft nur den Kopf schütteln.

Friedrich räuspert sich. „Ich hatte etwas mit meinem Advokaten zu besprechen."

„Warum braucht es einen Advokaten von hier, um deine Rechtsangelegenheiten zu klären?", fragt sie und runzelt dabei nachdenklich die Stirn. *Steht ihm das Wasser inzwischen schon bis zum Hals, dass er seinen letzten Willen verfassen hat lassen? Aber dafür wirkt er viel zu gelassen. Und selbst wenn dem so sei, gibt es in Stendal nicht genug Advokaten, die sich seiner Angelegenheiten annehmen können?*

„Dein Vater hat ihn mir empfohlen." Er tunkt ein Stück Brot in den Eintopf, beißt davon ab und wischt sich mit dem Handrücken die Soße ab, die aus seinem Mundwinkel läuft.

Isabelle schielt leicht angewidert von ihm zu der Serviette, die noch unbenutzt neben seinem Teller liegt.

„Ich bin seinem Rat gefolgt."

„Das hättest du in der Vergangenheit öfter tun sollen", stichelt sie weiter.

„Du kannst es dir einfach nicht verkneifen, oder?", stellt Friedrich fest. Seine ohnehin schmalen Augen haben sich nun zu Schlitzen verengt.

„Warum sollte ich?" Isabelle sieht ihn herausfordernd an. *Es ist mein Heim, in dem du zu Gast bist. Vater ist nicht da, also bin ich die Hausherrin.*

„Weil es der Anstand verlangt. Ich bin dein Cousin. Ich bin ein Mann, und ich bin älter als du. Du solltest etwas mehr Respekt vor mir haben. Aber in der Hinsicht hat es Onkel Otto bei deiner Erziehung an einigen Qualitäten mangeln lassen." Seine Stimme ist nun wieder laut und herrisch.

„Lass meinen Vater da raus!", äußert sie getroffen. *Wie kannst ausgerechnet du es dir anmaßen, schlecht über meinen Vater zu reden?!*

„Er hat dir viel zu viel durchgehen lassen." Friedrich leert das Glas Wein, rülpst herzhaft und schenkt sich erneut ein. „Meine Mutter ist der gleichen Meinung", legt er zur Bestärkung seiner eigenen Worte nach.

„Die muss es ja wissen!"

„Wenigstens hätte sie dir etwas mehr Bescheidenheit, Zurückhaltung und Demut beigebracht."

Isabelle hebt zweifelnd ihre Augenbrauen. *Was diese drei Eigenschaften angeht, so ist Tante Margarete wohl der einzige Mensch, den ich kenne, der davon weiter entfernt ist als eine stinkende Jauchegrube von klarem Quellwasser.*

„Dann hättest du auch bessere Aussichten auf dem Heiratsmarkt gehabt. Wer will schon so ein bissiges Weib zur Ehefrau …", führt er abschätzig aus.

Damit hat er wieder einmal ihren wunden Punkt getroffen. Aber er ist nicht der Erste und Einzige, der es für erforderlich hält, sie immer wieder darauf aufmerksam zu machen, dass sie inzwischen ein Alter erreicht hat, in dem es scheinbar allerhöchste Zeit ist, sich ehelich zu binden. Doch schon der Gedanke daran lässt ihr die Haare zu Berge stehen. *Ich bin einfach noch nicht bereit dafür.* Andere Frauen in ihrem Alter erwarten bereits ihr erstes Kind oder haben es gar schon. Sie weiß, dass sich auch ihr Vater nach einem Enkel sehnt, einem Enkel, der irgendwann das Geschäft übernehmen kann. Auch wenn sie bisher keinen Mann für gut genug befunden hat, ist ihr durchaus bewusst, dass sie mit zunehmendem Alter in den Augen der Gesellschaft an Wert verliert.

„Welche Fortschritte hast du in dieser Hinsicht vorzuweisen, lieber Cousin?" Isabelle lächelt Friedrich hämisch an. „Du bist immerhin vier Jahre älter als ich. Warum hast du noch kein höriges Frauchen an deiner Seite?"

„Nun, an Angeboten mangelt es mir sicherlich nicht …", antwortet er selbstverliebt, „… aber wie soll ich es in Worte fassen?" Er führt seine Hand in einer theatralischen Geste durch die Luft und denkt anscheinend über die Antwort der sich selbst gestellten Frage nach.

„Lass es mich einmal versuchen: Bisher verfügten die

Frauen, die dein Herz erobern wollten, alle nicht über die nötigen Mittel, um dir deine Spielsucht finanzieren zu können?"

Er sieht sie zunächst strafend an, um im nächsten Moment, scheinbar verzweifelt, den Kopf zu schütteln. „Am Ende werde ich dich noch am Hals haben."

Isabelle verschluckt sich vor Schreck an dem Wasser, das sie gerade trinkt, schnappt sich ihre Serviette und hustet hinein. „Wie meinst du das?", fragt sie entsetzt nach.

„Das musst du schon deinen Vater fragen." Er zuckt gleichgültig mit den Schultern. Nun ist er der Überlegene. Die Freude darüber kann er nicht verhehlen. „Ich dachte, ihr seid so vertraut und beredet alles miteinander." Er rülpst wieder herzhaft.

Isabelle verzieht abgestoßen den Mund.

„Was sagtest du? Wann wird er zurück sein?"

„Ich weiß es nicht genau. Es wird noch einige Tage dauern", antwortet sie nachdenklich. Sie ist verärgert. *Was erzählt Friedrich da? Warum weiß er angeblich mehr als ich? Vater hat doch nicht wirklich vor, mich ihm zur Frau zu geben? Nein, das kann ich mir einfach nicht vorstellen. Friedrich muss ihn falsch verstanden haben, oder er will sich mit dieser Behauptung nur für mein Benehmen revanchieren. Dennoch werde ich Vater gleich, wenn er zurück ist, fragen, was Friedrich damit gemeint hat.*

„Wo ist er?"

„Nach wie vor in Hamburg." Isabelle verdreht die Augen. *Er hat wohl wirklich schon zu tief ins Glas geguckt.*

„Hamburg." Er nickt schläfrig und ist inzwischen auf seinem Stuhl zusammengesunken. „Dann kann es wirklich noch eine Weile dauern, bis er wieder hier ist."

„Er hat dir vor seiner Reise kein Geld geliehen und wird es auch nach seiner Reise nicht tun."

„Hast du etwa gelauscht?", fragt er empört und setzt sich

wieder etwas aufrechter hin.

„Nein, das musste ich nicht, eure Unterredung war laut genug."

Er gibt ein schnaubendes Geräusch von sich. „Jedenfalls bin ich mir sicher, dass er seine Meinung ändern wird. Ich habe mir ein Geschäftsmodell überlegt, bei dem er eine tragende Rolle übernehmen soll. Das wird er mir nicht abschlagen können." Er leert sein Glas und grinst verschlagen.

Isabelle verkneift sich jeden weiteren Kommentar.

Friedrichs Besuch ist mehr als zwei Wochen her, als ihr Vater endlich heimkehrt.

Es ist ein sonniger, nach Frühling duftender Vormittag. Die ersten Mücken schwirren in der Sonne, und hier und da vibriert die Luft summend unter den schnellen Flügelschlägen von kleinen Hummeln und Bienen.

Zuerst rollt seine Kutsche in den Hof und dahinter ein Karren, auf dem nur ein einziger Stoffballen liegt. Die Kutsche ist leer. Es sind weder das Gepäck ihres Vaters noch Waren auf ihr befestigt, und auch im Innenraum kann Isabelle niemanden ausmachen. *Wo ist mein Vater?* Sie ist verwundert, und als sie die zwei Stadträte bemerkt, die mit gesenktem Blick den ihr fremden Karren folgen, verlangsamt sie unbewusst ihre Schritte, wohl in der Hoffnung, der schlimmen Vorahnung, die schmerzvoll ihren Magen verkrampft, nicht entgegentreten zu müssen.

Ihr Blick wandert widerwillig zurück zu dem vermeintlichen Stoffballen, der auf dem Karren liegt. Sie muss erkennen, dass es sich um einen zugedeckten Körper handelt, und weiß im nächsten Augenblick, dass es ihr Vater ist, der dort unter dem Laken liegt. *Nein!* Die Erkenntnis trifft Isabelle wie ein Hammerschlag, der den Rhythmus ihres Herzens durcheinanderbringt.

Die Welt scheint für einen Moment stillzustehen. Wie in Trance geht sie zu ihm. Der Kloß in ihrem Hals wird mit jedem Schritt, den sie näherkommt, größer. Die Geräusche und Stimmen um sie herum dringen nur gedämpft zu ihr durch. Die Stadträte versuchen, sie zurückzuhalten, aber sie hat doch ein Recht darauf, zu sehen, ob es wirklich ihr Vater ist, der da unter dem Tuch liegt. *Ich muss es wissen – muss mich überzeugen.*

Schließlich klettert sie auf den Wagen und zieht das Tuch zurück. Mit einem markerschütternden Schrei bricht sie über ihrem Vater zusammen. Sie ruft nach ihm, nimmt sein Gesicht in ihre Hände, fleht ihn an, sie nicht allein zu lassen, rüttelt ihn, legt ihr Ohr an seine Brust, in der Hoffnung, dass sie alle einem Irrtum unterliegen, aber das liebevolle Herz ihres Vaters schlägt nicht mehr.

Man hat ihn überfallen, beraubt und ihm die Kehle durchschnitten.

Auch der Kutscher und die zwei Männer, die ihr Vater regelmäßig als Begleitschutz anheuerte, sind nicht mit dem Leben davongekommen, berichten die Stadträte.

Kapitel 2

Es ist der vorletzte Tag im März, als die sterblichen Überreste Otto Reichardts auf dem Johanniskirchhof geweihter Erde übergeben werden. Der Himmel ist wolkenlos und die Sonne scheint mit einer Intensität vom Himmel, dass sich Isabelle in ihrer Trauer beinahe verhöhnt fühlt. In ihr ist alles dunkel und leer. Sie ist erleichtert darüber, dass sie sich den schwarzen Schleier vor das Gesicht ziehen kann, um dahinter zu verschwinden. So ist sie trotz der vielen Menschen und Stimmen um sie herum irgendwie für sich allein. Sie kann ihren Tränen freien Lauf lassen, ohne dass es sofort jemand bemerkt.

Der Sarg, in dem ihr geliebter Vater mit durchgeschnittener Kehle liegt, sinkt in das kalte, dunkle Grab hinab, das der Totengräber gegen eine Sonderzahlung tiefer als üblich ausgehoben hat. Sie hört die Worte des Pfarrers – „Erde zu Erde, Asche zu Asche, Staub zu Staub" –, mit denen er ihren Vater dorthin schickt, wo er vor dreiundfünfzig Jahren hergekommen war.

Seitdem Isabelle vor einigen Tagen ihren Vater blutüberströmt und mit der tief klaffenden Wunde am Hals auf dem Wagen liegen sah, spielt sich in ihrem Kopf immer wieder der mögliche Hergang des Überfalls ab, und sie fühlt seine Angst und die Schmerzen, die er erlitten haben musste. Sie fragt sich, warum Gott es nicht gut mit ihm gemeint hat und er so leiden hat müssen. Dennoch hofft sie gerade jetzt, dass seine Seele im Himmel von ihrer Mutter freudig in Empfang genommen wird.

Nur dieser Gedanke vermag es, ihr ein wenig Trost zu spenden. *Nach all den Jahren, die sie getrennt voneinander waren, gibt es sicher eine Menge, was sich die beiden erzählen können und was sie nachzuholen haben.*

Die Beileidsbekundungen der Leute, die den Friedhof verlassen, lässt sie schweigend über sich ergehen, was das Missfallen ihrer Tante hervorruft. *Was soll ich denn sagen? Die Hälfte der Leute, die zur Beerdigung gekommen ist, sind Heuchler, und die andere Hälfte kann nicht im Entferntesten nachempfinden, wie es mir gerade geht.* Die Einzige, die ihren Schmerz wohl annähernd nachempfinden kann, dürfte Anna Michalke sein, ihre Nachbarin. Die Witwe hatte schon seit einiger Zeit ein Auge auf Isabelles Vater geworfen und sogar schnell noch ein Totenhemd für ihn genäht, das er nun auf seiner letzten Reise unter seinem Rock trägt. Sie ist wie Isabelle in Tränen aufgelöst.

Isabelle hat den ihr liebsten Menschen verloren. Das Leben, wie sie es kannte, ist nun vorbei. In einigen Tagen wird sie den Ort und auch die übrigen Menschen, die sie liebt und die, so lange sie denken kann, ihr Zuhause waren, verlassen müssen. Sie wird in einer Stadt leben, die sie nicht kennt, mit Menschen, die sie nicht mag – und die sie verachten.

Sie sieht auf den Sarg ihres Vaters hinunter. Nicht mehr lange und die Erde wird den Leib ihres Vaters für immer verschlucken. *Ich werde ihn nie wieder sehen, ihn nie wieder umarmen, nie wieder seine Stimme hören. Darf ich ihn wirklich da unten allein lassen?* Das gähnende Grab scheint nach ihr zu rufen. Es zieht sie förmlich an. *Es wäre so einfach, sich hineinfallen zu lassen, bevor es der Totengräber wieder zuschüttet.*

Ihre Tante reißt sie mit einem barschen Stoß in die Seite aus ihren wirren Gedanken und gibt ihr zu verstehen, dass sie den Friedhof nun verlassen.

***

Der Leichenschmaus findet im Lagerhaus statt. Das bietet genug Platz für die Leute, die zu Otto Reichardts Beerdigung gekommen sind und nun sein Fell versaufen wollen.

Noch herrscht unter den Gästen eine bedrückende Stimmung, stellt Christian fest, als er in Begleitung seines Bruders Sükrü über den Hof auf das Lagerhaus zusteuert. Sie haben sich bisher im Hintergrund gehalten und haben dies auch weiterhin vor, auch wenn Sükrüs osmanisches Aussehen den einen oder anderen Blick auf sich zieht.

Die alte Magd eilt zwischen der Küche, die eine Tür zum Hof besitzt, und dem Lager hin und her, bemüht darum, dass es den Gästen an nichts fehlt. Der plötzliche Tod ihres Herrn ist auch an ihr nicht spurlos vorübergegangen. Sie hat Unterstützung von zwei jungen Mädchen, die sich jedoch scheinbar nicht auskennen. Vermutlich hat man sie nur für die heutige Bewirtung der Gäste angeworben. Darauf lassen zumindest die Worte der alten Magd schließen, mit denen sie die Mädchen hin- und herscheucht und immer wieder zurechtweist.

Sie betreten das Lager, als die kräftig gebaute, reich verzierte Frau, die Christian bereits bei der Beerdigung aufgefallen ist, die Tochter Reichardts am Arm packt und zurückhält. Sie zerrt ihr den Schleier vom Kopf und herrscht sie an: „Nimm dieses schreckliche Ding endlich von deinem Gesicht!"

Das Mädchen versucht, ihr den Schleier wieder zu entreißen, was ihr aber nicht gelingt.

„Jetzt ist Schluss damit", zischt die Frau. „Was sollen die Leute nur denken?! Du setzt dich jetzt mit uns an den Tisch und wirst deinen Pflichten als Hausherrin nachkommen." Die Frau weist auf die Mitte einer langen Tischreihe und schiebt das Mädchen in die Richtung, wo sie nebeneinander Platz nehmen.

Neben den aufgestellten Tischen und Bänken sind auf einer Tafel Speisen zur Selbstbedienung angerichtet, die von der Magd und den zwei Mädchen gerade aufgefüllt werden.

Zusammen mit seinem Bruder sucht Christian sich einen Platz, von dem aus sie das Geschehen im Lager gut im Auge behalten können.

Er beobachtet immer wieder Reichardts Tochter – *das kleine, anstrengende Mädchen aus meiner Erinnerung.* Still sitzt sie auf dem ihr zugewiesenen Platz und starrt mit verheultem Gesicht teilnahmslos in der Gegend herum. Ihre Blicke lässt sie dabei von dem hier und dort aufkommenden Gelächter und den mit der Zeit lauter werdenden Gesprächen der Gäste um sie herum lenken. *Sie will nicht hier sein. Es ist eine Qual für sie. Das sehe ich ihr an.*

Sie trinkt nichts und sie isst nichts. Dünn und bleich sieht sie aus. Als die Matrone neben ihr in ein Gespräch vertieft scheint, will sie die Gelegenheit nutzen und aufstehen, doch sie wird schnell von der kräftigen Hand ihrer Banknachbarin gepackt und auf ihren Platz zurückgezogen. Verzagt beißt sie sich auf die Unterlippe, bemüht, die aufkommenden Tränen zu verdrängen. Ab und an legt ihr jemand tröstend eine Hand auf die Schulter und richtet ein paar Worte an sie, die sie nickend bestätigt oder sich dafür höflich mit einem erzwungenen Lächeln auf den Lippen bedankt.

Eigentlich ist Christian nach Magdeburg gekommen, um mit der Vergangenheit aufzuräumen. Doch er muss feststellen, dass es dafür zu spät ist. Er kann Otto Reichardt nur noch die letzte Ehre erweisen.

Sein Bruder und er mischen sich getrennt voneinander unter

die Gäste. Sie sind beide mit der glücklichen Gabe gesegnet, unter Einsatz ihres Charmes und wohldosierter, auf ihr Gegenüber angepasster Schmeicheleien das zu bekommen, wonach ihnen der Sinn steht. Dabei ist es ohne Belang, ob es sich um erfolgreiche Geschäfte, liebreizende Damen oder wertvolle Informationen handelt.

Otto Reichardt scheint beliebt gewesen zu sein, zumindest spricht die Zahl der Trauergäste dafür. Auch der Bürgermeister und ein paar Stadträte sind zugegen. Sie sind aufgrund ihrer Kleidung und ihres Behangs nicht zu übersehen.

Christian lauscht den Gesprächen, die in seiner Hörweite geführt werden. Soweit es hierbei um den Verschiedenen geht, sind ihm bisher keine schlechten Reden zu Ohren gekommen. Im Gegenteil, es ist echtes Bedauern, das er heraushören kann. Otto Reichardt war offensichtlich ein geachteter und umgänglicher Mitmensch, der auch gern das ein oder andere Späßchen machte. Darauf lassen die Anekdoten schließen, die sich die Gäste untereinander und auch ihm in Erinnerung an Otto erzählen, und über die sie gemeinsam lachen.

Für jemanden, der genug Abstand hat, ist es eine schöne Art, so von einem Verstorbenen Abschied nehmen zu können. Reichardts Tochter wird dafür wohl noch etwas mehr Zeit brauchen.

Er sieht hinüber zu dem Tisch, an dem sie vorhin gesessen hat. Das Mädchen und die herrische Frau sind von ihren Plätzen verschwunden. *Verflucht, ich habe nicht aufgepasst.* Sein Bruder bemerkt seine suchenden Blicke und weist mit dem Kopf zu der Tafel, deren Speisen, trotz der redlichen Bemühungen der alten Magd, langsam abnehmen. Dort sieht er zumindest die Frau, die sich gerade um ihr leibliches Wohl kümmert. Das Mädchen kann er aber nicht mehr entdecken.

Er beschließt, sich ein wenig umzusehen, und schlendert

über den Hof zur Küche, in der gerade niemand zugegen ist.

***

Sükrü hält sich zurück. Er bleibt unter den Gästen und beobachtet mit einem schadenfrohen Grinsen, wie die alte Magd über den Hof geht und auf die Küche zusteuert, in der Christian gerade verschwunden ist. Sie wird eine Herausforderung für seinen Bruder darstellen. Er ist gespannt, ob Christian die auch so leicht um den Finger wickeln kann wie all die anderen Frauenzimmer.

***

Christian macht sich gerade auf den Weg, von der Küche aus in die Diele zu schlüpfen, als er hinter sich die strenge Stimme der Magd vernimmt: „Hey! Wer seid Ihr? Und was macht Ihr hier? Gibt es da drüben nicht genug zu essen und zu trinken, dass Ihr Euch auch noch in meiner Küche herumtreiben müsst?" Die alte Magd hat ihre Arme in die Seiten gestemmt und weist mit ihrem Kopf hinüber zum Lagerhaus. Dann mustert sie ihn streng von oben bis unten.

„Es tut mir leid, werte Dame …", beginnt er keineswegs verlegen, „… aber ich habe nach Euch gesucht."

„Warum? Stimmt etwas mit dem Essen nicht?" Sie presst ihre Lippen unnachgiebig aufeinander, und ihre Augen blicken ihm aus schmalen Schlitzen drohend entgegen.

Sie erinnert mich an einen brodelnden Vulkan. Ein falsches Wort, und er kommt zum Ausbruch. Niemand, dem sein Leben lieb ist, würde es jetzt noch wagen, ihr Essen zu verunglimpfen.

37

„Nein, keineswegs", antwortet er schnell und hebt beschwichtigend die Hände.

„Also, was dann? Ihr seid sicher nicht hierhergekommen, um mir Eure Zuneigung zu gestehen, werter Herr." Sie sieht ihn skeptisch an.

„Ja, da habt Ihr wohl recht. Auch wenn ich sehr erfreut darüber gewesen wäre, unsere Bekanntschaft zu vertiefen, wäre ich nur ein paar Jahre reifer und erfahrener, um Euch gewachsen zu sein." Christian lässt seinen Blick mit einem charmanten Lächeln über die üppigen Rundungen der Magd schweifen. „Aber so bin ich leider nur gekommen, um Euch mein Lob für die köstlichen Speisen auszusprechen, die Ihr, so nehme ich an, zubereitet habt."

„Na ja, wie ein Dieb seht Ihr jedenfalls nicht aus", entgegnet die Magd nun wohlgesonnener.

Offensichtlich haben seine Schmeichelei und der Anblick seiner feinen Kleidung die Magd etwas freundlicher gestimmt. Im Stillen dankt er seinem Bruder, der ihn gedrängt hat, sich noch einen feineren Zwirn zu besorgen, hatte er sich doch zunächst strikt dagegen ausgesprochen, da eine solche Kleidung ihrem eigentlichen Ziel – nämlich nicht auffallen zu wollen – nicht gerade förderlich war.

„Sprecht ruhig weiter!", ermutigt die Magd ihn. „In diesem Haus wird mein Können viel zu wenig gewürdigt, seitdem unser guter Herr von uns gegangen ist." Leise und verbittert fügt sie hinzu: „Der neuen Herrin ist ja alles nicht gut genug."

„Seid versichert, es war das beste Essen, das ich seit langer Zeit zu mir genommen habe – und macht dem lieben Otto alle Ehre."

„Ich danke Euch, mein Herr", sagt sie lächelnd, während Tränen in ihre Augen treten. „Das bedeutet mir sehr viel. Es ist ein Jammer um unseren Herrn.“

„Wer ist die neue Herrin? Otto hatte doch eine Tochter? Führt ihr Gemahl jetzt seine Geschäfte weiter?“

„Ach …“, wehrt sie verzweifelt ab.

Die beiden Mädchen kommen herein und bringen schmutziges Geschirr. Die Magd sagt ihnen, wo sie es abstellen sollen, und scheucht sie dann wieder hinaus, damit sie im Lagerhaus Ordnung halten und sich um die Gäste kümmern.

„Es ist alles so bitter“, seufzt sie kopfschüttelnd. „Meine arme kleine Isabelle, was soll nur aus ihr werden?“ Sie hält kurz inne, vermutlich zweifelnd, warum sie mit einem Fremden über diese Dinge spricht.

Um ihren möglichen Gedankengang zu unterbrechen, bevor er für ihn nachteilige Früchte tragen würde, hakt Christian schnell nach: „Warum? Ist sie nicht versorgt?“ Er hilft der Magd, den schweren Kessel mit dem heißen Wasser in die Spülschüssel auszugießen, was sie zwar stutzen lässt, sie aber auch – ganz in seinem Sinne – dazu bewegt, in ihrem Redefluss fortzufahren.

„Das kommt darauf an, was man darunter versteht, versorgt zu sein. Sie wird ein Dach über dem Kopf haben, aber sie wird alles verlieren, was ihr lieb und teuer ist. Sie ist so unendlich traurig, und ich werde nicht mehr genug Zeit haben, um mich um sie zu kümmern und sie wieder aufzurichten, bevor sie Abschied nehmen muss.“

„Aber warum? War Otto denn so verschuldet, dass hier alles verloren geht?“

„Nein, wo denkt Ihr hin. Unser Herr war sparsam. Es gibt keine Schulden, wohl eher ein kleines Vermögen. Aber sein letzter Wille …“ Verzweifelt legt sie ihren Handrücken an die Stirn. „Warum hat er nur dieses Testament gemacht? Er wollte sie versorgt wissen, aber dennoch. Ich verstehe das nicht.“ Sie schüttelt verzagt den Kopf. Dann sieht sie sich vorsichtig um und schließt die Türen zum Hof und zur Diele.

„Der Herr hat verfügt, dass sein Neffe alles erben soll, wenn Isabelle bei seinem Tode noch nicht verheiratet ist. Aber auch nur, wenn er seine Base zur Frau nimmt, damit diese versorgt ist, oder aber alles fällt an das Kloster – einschließlich Isabelle“, flüstert sie.

„Ich halte dieses Vorgehen nicht für unüblich“, erwidert er gleichgültig und bringt dabei bedrohlich wenig Verständnis für die Sorgen der alten Magd auf.

„Pff!“, stößt diese verächtlich aus und wendet sich fast beleidigt von ihm ab, um die Teller zu schrubben, so als hätte es keinen Zweck mehr, weiter mit ihm zu reden.

Christian will es sich nicht mit ihr verderben und fügt deshalb beschwichtigend hinzu: „Ich denke, Otto war um das Wohlergehen seiner Tochter besorgt und wollte sie in Sicherheit und in der Obhut eines guten Mannes wissen.“

„Das würdet Ihr nicht sagen, wenn Ihr Friedrich Reichardt kennen würdet.“ Sie spricht aufgebracht, aber dennoch leise, und schaut sich dabei immer wieder ängstlich um. „Er ist ein Spieler und Trinker und hält es nicht einmal für nötig, zur Beerdigung seines Onkels zu kommen, dieser feiste Kerl.“ Sie räuspert sich und schaut etwas verlegen an sich herunter. „Meine Isabelle hat wirklich etwas Besseres verdient. Der hier wird das ganze Geld bald versoffen und verspielt haben. Zumindest das, was noch übrig ist, wenn die lieben Verwandten ihre Schulden beglichen haben. Und wegen dieser habgierigen und verschwenderischen Sippschaft muss Isabelle ihr Zuhause verlassen. Das Haus, das Lager, die Pferde – alles soll verkauft werden. Was aus mir und dem August werden soll, wissen wir auch nicht. Aber das Schlimmste an allem ist, dass sie das Mädchen nicht

lieben werden. Das Leben mit denen wird für sie ein Spießruten-
lauf werden. Der Gedanke daran lässt mich einfach nicht zur
Ruhe kommen." Sie hört kurz auf, die Teller zu schrubben, und
wischt sich ein paar Tränen von den Wangen.

„Warum hat sie sich dann nicht für das Kloster entschieden?"

„Sie hat August und mir zuliebe mit ihrem Vetter einen Handel geschlossen. Wenn er dafür sorgt, dass der Hof an jemanden
verkauft wird, bei dem August und ich bleiben können, damit sie
uns versorgt weiß, dann wird sie Friedrich heiraten und nicht ins
Kloster gehen."

„Ihr müsst ihr viel bedeuten, wenn sie so selbstlos handelt.
Meint Ihr nicht, die Verbindung kann noch glücklich werden? In
unseren Kreisen ist es durchaus üblich, dass Mann und Frau einander versprochen sind, obwohl sie sich nicht lieben – und
manchmal nicht einmal kennen." Er denkt an Constanze, die er
seit Kindertagen kennt. Sie sind einander versprochen. Er hat
dazu keine Meinung. *Eine Frau in mein Herz zu lassen, ist nicht
meine Absicht. Je weniger geliebte Menschen darin einen Platz
haben, desto weniger Schicksalsschläge muss ich ertragen.
Constanze ist nicht hässlich – und gescheit. Alles Übrige wird
sich finden. Ich bin ein Mann. Es wird genug Gelegenheiten geben, mich zu amüsieren.*

„Nun, Ihr kennt offensichtlich weder Isabelle noch ihn oder
seine Familie. Nur ein Narr würde so etwas in Betracht ziehen.
Sie sind wie Tag und Nacht, um nicht zu sagen wie Himmel und
Hölle. Sie wird ihrem Mann gleichgültig sein. Er wird sie nur
ausnehmen und benutzen. Und wenn sie nicht so will wie er, was
– wie ich befürchte – häufiger vorkommen wird, wird er Mittel
und Wege finden, um sie gefügig zu machen." Sie sieht ihn nun
ernst an. „Ich denke, Ihr versteht, was ich meine." Sie wartet sein

Nicken ab und spricht dann weiter. „Aus den Augen seiner Mutter sprechen Verachtung und Neid zugleich, wenn sie den Blick auf mein Mädchen richtet. Und ihre Cousine verspottet und erniedrigt sie, weil Isabelle sich nicht so aufdringlich herausputzt, wie sie es tut." Die Magd schüttelt das Spülwasser von ihren Händen. „Isabelle braucht den ganzen Tand nicht. Sie ist auch so schön – wunderschön. Sie muss nur wieder leuchten." Nun bricht sie gänzlich in Tränen aus. „Ich habe Angst, dass sie das alles umbringen wird." Sie greift nach einem Trockentuch, schnieft hinein und wischt sich erneut die Tränen von den Wangen. „Verzeiht mir …", entschuldigt sie sich verlegen, „… aber sie ist doch mein kleines Mädchen."

Er sieht sie verständig an und seufzt nachdenklich. „Für wann ist die Abreise geplant?"

„In einer Woche schon."

„Wohin fahren sie?"

„Nach Stendal. Dort haben sie …"

Christian lässt die alte Magd nicht aussprechen. „Mit Geleit?"

„Nach dem, was mit dem Herrn passiert ist, werden zwei Männer der Stadtwache die Kutsche begleiten. Der Bürgermeister besteht darauf. Dem Gouverneur und den Herren Kommandanten ist es doch einerlei, was außerhalb der Festung passiert."

Sie sieht plötzlich hellhörig zu ihm auf. Sein Tonfall ist mit den letzten Fragen unangenehm geschäftstüchtig geworden und hat seinen Charme verloren. Er hat seine Stirn nachdenklich in Falten gelegt. „Aber warum wollt Ihr das alles wissen?", fragt sie nun misstrauisch.

Bevor er antworten kann, wird die Tür zum Hof aufgerissen. Die reich verzierte Frau stürmt herein und fährt die alte Magd wütend an: „Wo ist sie? Wo ist dieses widerspenstige Balg? Ich habe ihr gesagt, sie soll bei den Gästen bleiben. Sie hat sich einfach davongeschlichen." Die Frau schnaubt vor Wut. „Geh hoch in ihre Kammer! Wenn sie dort ist, holst du sie herunter!", befiehlt sie der Magd.

„Seid doch gnädig mit ihr", fleht diese. „Sie hat erst vor ein paar Tagen ihren Vater verloren und gerade zu Grabe getragen. Ihr geht es nicht gut."

Die Frau stellt sich mit geschwollener Brust aufrecht vor die Magd und sieht sie mit vor Wut blitzenden Augen an, um ihr laut und in herablassender Art und Weise klarzumachen, auf welch dünnem Eis sie sich bewegt, dass sie nicht zu widersprechen hat und tun soll, was man ihr aufträgt. Die Magd wird sichtlich ein Stück kleiner und wendet sich mit gesenktem Haupt zum Gehen um.

Hinter die reich verzierte Frau ist inzwischen ein ebenso reich verziertes, junges Mädchen getreten. Dieses hat Christian sofort bemerkt und lächelt ihn mit aufgesetzter Zurückhaltung unter niedergeschlagenen Augen an. Er lächelt angetan zurück und deutet eine Verneigung an. Bei dieser Bewegung wird nun auch die Matrone auf ihn aufmerksam. Nach einem ersten Blick der Empörung verschwindet die Wut blitzschnell aus ihrem Gesicht, als sie erkennt, dass hier nicht ein dahergelaufener Tunichtgut vor ihrer Tochter katzbuckelt, sondern es sich um einen feinen, stattlichen jungen Mann handelt, der sich vor ihr verneigt. Sie kommt mit schwingenden Hüften und anbiederndem Lächeln auf ihn zu.

„Margarete Reichardt", stellt sie sich mit zuckersüßer Stimme vor, senkt ihr Haupt und deutet einen Knicks an. Danach dreht sie sich kurz zu dem jungen Mädchen um, das hinter ihr steht. „Meine Tochter, Charlotte Reichardt." Das Mädchen tritt ebenfalls näher und tut es ihrer Mutter mit dem Knicks gleich.

Nun ist Christian an der Reihe, sich den beiden vorzustellen und nennt ihnen seinen Namen. „Ich bin entzückt, meine Damen." Er taxiert die Frauen, wobei er der jüngeren deutlich mehr Aufmerksamkeit schenkt. *Sie ist im Gegensatz zu ihrer Mutter wahrlich eine Augenweide.* Die Locken eines glänzenden, blonden Zopfes fallen über ihre Schulter und kommen auf dem weißen, hochgeschnürten Busen zum Liegen. Die vollen Lippen lächeln ihn beinahe auffordernd an, und die großen blauen Augen wandern begierig an ihm auf und ab, bis sie die seinen wiederfinden und daran festhalten. Ihre Mutter beobachtet zufrieden das Vorgehen.

„Es scheint, als hätte ich die geschäftlichen Verbindungen meines Schwagers unterschätzt. Wie bedauernswert, dass wir Euch erst jetzt, unter diesen traurigen Umständen, kennenlernen dürfen." Die Frau legt nun ihre Hand auf den Rücken ihrer Tochter und schiebt sie weiter zu ihm heran. „Das beteuere ich auch im Namen meiner schönen Tochter."

„Euer Schwager und ich waren keine Geschäftspartner. Es war wohl eher eine Freundschaft, die uns verbunden hat", schwindelt Christian.

Das Gesicht der Frau lässt ihn ihre Entrüstung erahnen, als sie erfahren muss, dass ihr Schwager in solch enger Verbindung mit der vornehmen Gesellschaft gestanden hat und dass dieser es bei keiner Gelegenheit für nötig hielt, sie miteinander bekannt zu machen.

„Auch ich empfinde Bedauern darüber, nicht früher Eure Bekanntschaft und die Eurer entzückenden Tochter gemacht haben zu dürfen. Ich frage mich, warum mir Otto den Liebreiz seiner Nichte vorenthalten hat", fügt er schmeichelnd hinzu.

In diesem Augenblick kommt die alte Magd zurück in die Küche, gefolgt von dem Häufchen Elend, das Ottos Tochter ist.

Sie sieht erbärmlich aus.

„Nun, ich glaube, den Grund zu kennen", sagt die Mutter der Schönen – und schaut gehässig auf Reichardts Tochter. Sie geht auf das Mädchen zu und sagt in gespielter Verzweiflung: „Wie du wieder aussiehst! Wie eine Vogelscheuche. Du machst deinem Namen wahrlich keine Ehre, meine liebe Isabelle." Sie versucht, die zerzausten Haare, die dem Mädchen in langen rotbraunen Wellen über den Rücken fallen, etwas zu richten, während Ottos Tochter über das aufgesetzte Gehabe ihrer Tante die Augen verdreht. Die Frau tritt einen Schritt zurück, um ihr Werk mehr oder weniger zufrieden zu betrachten. „So, und nun gehst du wieder hinaus zu unseren Gästen!", befiehlt sie streng, aber beherrschter als zuvor.

„Tante, bitte verlangt das nicht von mir. Lasst mir wenigstens die Trauer um meinen Vater. Sonst legt Ihr doch auch keinen Wert auf meine Gegenwart." Flehend sieht das Mädchen seine Tante an.

„Schluss jetzt mit dem Geschwätz und Geheule! Du hattest genug Zeit, um zu trauern. Dein Vater ist jetzt unter der Erde. Es wird Zeit, dass du dich zusammenreißt und dich im Hier und Jetzt einfindest. Versüß dir die Gedanken mit dem, was die Zukunft bringt! Schließlich wirst du bald Friedrichs Frau. Das sollte dich glücklich stimmen." Sie streicht dem Mädchen dabei mit einer Hand über die Wange und lächelt falsch. „Außerdem sind deine Cousine und ich hier im Moment unabkömmlich, wie du siehst." Die Frau schielt mit einem berechnenden Lächeln zu Christian hinüber.

Das Mädchen folgt den Blicken seiner Tante. Dass die Aufmerksamkeit von Reichardts Tochter jetzt auf ihn gelenkt wird, ist ihm gar nicht recht. Aber sie scheint – bis auf einen kurzen, abschätzigen Blick – nichts weiter für ihn übrigzuhaben. *Sie lässt mich wie einen albernen Gockel dastehen.* Ein solches Desinteresse an seiner Person ist Christian nicht gewohnt. Die ihm zuteilwerdende Missachtung, auch wenn sie nur von einer zerzausten Kaufmannstochter kommt, verletzt ihn ein wenig in seiner Eitelkeit.

„Und nun scher dich raus – und geh zu deinen Gästen! Vite, vite, ma petite!" Die Frau schaut Beifall heischend zu ihm hinauf. Er lässt es sich nicht nehmen, mit hochgezogenen Augenbrauen sein aufgesetztes Erstaunen über ihre außerordentlichen Sprachkenntnisse kundzutun, und beglückwünscht sie schließlich mit einem gönnerhaften Kopfnicken und einem Lächeln.

„Meine Tochter kann auch etwas Französisch." Sie zwinkert ihm aufdringlich zu.

Isabelle hat inzwischen die Küche verlassen. Allerdings steuert sie nicht das Lagerhaus an, sondern geht geradewegs mit zu Fäusten geballten Händen in Richtung Stall.

Aufgebracht über das ungehorsame Verhalten folgt ihr ihre Tante hinaus auf den Hof und schreit ihr herrisch hinterher: „Isabelle, du gehst jetzt nicht zu den Pferden!" Das Mädchen reagiert nicht. „Isabelle, komm sofort zurück!"

Das Mädchen hat die Stalltür erreicht und dreht sich nun zu ihr um. Überraschenderweise sind Trauer und Hilflosigkeit in ihrem Gesicht nun Wut und Bitterkeit gewichen. „Was wollt Ihr sonst tun, liebe Tante …?", ruft sie ihr angriffslustig entgegen, dreht sich wieder um, reißt die Stalltür auf und verschwindet im Inneren des Stalls.

Wütend eilt ihr die Tante schwerfällig hinterher. Als sie die Stalltür fast erreicht hat, stößt sie beinahe mit dem schwarzen Pferd zusammen, auf dessen Rücken, ohne Sattel und ohne Zaumzeug, Isabelle herausgestoben kommt. Die Tante schreit zu

Tode erschrocken auf, weicht nach hinten aus, kommt ins Straucheln – und fällt in Sükrüs Arme. Das Pferd galoppiert mit dem Mädchen durch das offenstehende Hoftor davon.

„Komm du mir nur wieder nach Hause …!", zischt ihre Tante mit geballter Faust, als sie wieder sicher auf ihren Füßen steht. Sie dreht sich mit wutverzerrtem Gesicht zu Christians Bruder um, blickt in das dunkle Gesicht des Osmanen und will gerade ihre Abscheu darüber kundtun, dass er es wagt, Hand an sie zu legen, als sie mit geschultem Blick erkennt, dass es sich offensichtlich um einen gut betuchten Herrn handeln muss, der sie vor einem Sturz bewahrt hat. Nun quillt sie beinahe von heuchlerischer Freundlichkeit über und bedankt sich höflich.

Ich habe heute genug gesehen und gehört. Eigentlich sogar mehr, als ich erwartet habe. Christian hat seine Pflicht getan – und Otto Reichardt die letzte Ehre erwiesen. Über alles andere, was er heute erfahren hat, muss er nachdenken.

Die Tante und die schöne Cousine bedauern es sehr, dass die beiden feinen Herren nun schon den Leichenschmaus verlassen müssen. Otto Reichardts Schwägerin versichert Christian und seinem Bruder, dass sie in diesem Haus jederzeit willkommen sind, wobei sie betont, dass sie nur noch eine Woche in Magdeburg verweilen werden.

Anders als zuvor ist Christian nun aber kurz angebunden – und drängt zum Aufbruch. *Ich habe keine Zeit mehr für albernes Wortgeplänkel und gestelzte Schmeicheleien.* Etwas in ihm drängt danach, sicherzugehen, dass Isabelle Reichardt in ihrer Verzweiflung nichts passiert ist. So macht er sich mit seinem Bruder schnell auf den Weg zurück in das nahegelegene Gasthaus, in dem sie untergekommen sind, um dort ihre Pferde aus dem Stall zu holen.

Christian glaubt zu wissen, welche Richtung sie einschlagen

müssen, und lotst seinen Bruder und die Pferde in Richtung Osten über die Brücken, die über die Elbarme führen.

Die Holzplanken hallen dumpf unter den Hufschlägen ihrer zwei Pferde. Es ist inzwischen sehr kalt und etwas windig geworden. Noch auf den Brücken kann er in der Ferne das schwarze Pferd – wie vermutet – am Ufer der Elbe nah bei einer Weide stehen sehen.

Gerade als er sich fragt, wo das unbesonnene Mädchen ist, und nervös die Umgebung mit den Augen nach ihr absucht, weil er befürchtet, dass sie vom Pferd gefallen sein könnte, erhebt sich eine Gestalt auf dem Rücken des Pferdes. Das gerade noch so zerbrechlich scheinende Wesen blickt nun stolz und aufrecht zu ihnen herüber.

***

Isabelle ist zu ihrem Lieblingsplatz geritten. Seit sie denken kann – oder besser gesagt, seit sie reiten kann –, kommt sie hierher, egal, ob sie traurig oder glücklich ist. Obwohl Magdeburg weitläufig von militärischen Befestigungsanlagen umgeben ist, bietet sich von hier aus eine freie Sicht auf die Stadt mit dem beeindruckenden Dom, an die sich breit die Elbe schmiegt. Von hier aus kann sie auch die Johanniskirche sehen, auf deren Kirchhof nun ihr Vater ruht. *Oft werde ich nicht mehr hierherkommen können. Vielleicht ist es heute schon das letzte Mal. Wer weiß, was sich Tante Margarete für mich einfallen lassen wird, weil ich ihr nicht gehorcht habe. Eine Bestrafung wird es auf jeden Fall geben. Aber ich konnte heute einfach nicht nachgeben. Wie kann Tante Margarete nur so herzlos sein? Kann sie sich denn überhaupt nicht vorstellen, wie es mir geht?*

Isabelle lässt sich müde und verzweifelt nach vorn auf den

Nacken von Lancelot fallen und schmiegt ihre Wange an seinen Hals. Sie streicht mit der Hand über die kräftigen Muskeln des schwarzen Hengstes, spürt das Fell zwischen ihren Fingern und genießt die Wärme und Ruhe, die von ihm ausgehen. *Auch dich werde ich in ein paar Tagen verlieren. Alles, was mir lieb ist, werde ich verlieren.* Erneut kann sie bei dem Gedanken daran die Tränen nicht zurückhalten. Aber hier muss sie es auch nicht, also lässt sie ihnen freien Lauf.

Eigentlich hätte sie allen Grund, ihrem Vater Vorwürfe zu machen. Was hat er sich nur bei diesem Testament gedacht? Selbst der alte Advokat hatte in seinem Wortfluss mehrmals gestockt und schien verwundert, als er es vorlas, als hätte er dessen Inhalt ganz anders in Erinnerung gehabt.

Isabelle runzelt nachdenklich die Stirn, um dann zu entscheiden, dass es keinen Sinn macht, sich darüber den Kopf zu zerbrechen. *Es ist, wie es ist – und lässt sich nicht ändern. Vater hat es ganz bestimmt nur gut gemeint. So, wie er es immer gut mit mir gemeint hat. Und wenn ich mit mir selbst ins Gericht gehe, muss ich mir eingestehen, dass ich auch nicht ganz unschuldig an der Situation bin. Hätte ich doch dann und wann einmal länger über einen Heiratsantrag nachgedacht, statt ihn gleich abzulehnen, könnte ich jetzt verheiratet sein. Ich hätte ein eigenes Heim, vielleicht sogar schon ein Kind.*

Ihre Nase läuft. Sie schnieft, hebt dabei den Kopf und bemerkt auf den Brücken zwei Reiter. Erst verlangsamen sie das Tempo ihrer Pferde, dann bleiben sie stehen und sehen anscheinend zu ihr herüber. Ein mulmiges Gefühl beschleicht sie. Hier ist heute kaum noch jemand unterwegs. Es dämmert schon. Isabelle richtet sich argwöhnisch auf und beobachtet sie, bereit, jeden Augenblick mit Lancelot davonzureiten, falls die Männer sich ihr nähern würden. Sie wischt sich die Tränen aus den Augen, um schärfer sehen zu können. Zu Isabelles Erleichterung wenden die Männer aber ihre Pferde und reiten zurück in die Stadt.

***

„Was hast du vor?", fragt Sükrü, als sie auf dem Weg zurück in die Stadt sind.

„Wie kommst du darauf, dass ich etwas vorhabe?", antwortet Christian nachdenklich.

„Weil ich dich gut genug kenne. Also?"

„Ich weiß es nicht." *Ich bin mir nicht sicher, ob ich überhaupt etwas unternehmen muss. Bis jetzt ist es nur so ein Gefühl, dass hier irgendetwas zum Himmel stinkt.* „Die alte Magd hat mir etwas über den letzten Willen von Otto Reichardt erzählt. Sein Neffe, Friedrich Reichardt, erbt alles, wenn er Otto Reichardts Tochter zur Frau nimmt, oder alles geht an ein Kloster."

„Und worüber machst du dir dabei Gedanken? Wenn sie ihn nicht heiraten will, geht sie eben ins Kloster. Dort wird auch für sie gesorgt sein."

Christian berichtet seinem Bruder von dem Handel, den Isabelle mit ihrem Cousin eingegangen ist.

„Gut", erwidert sein Bruder scheinbar gleichgültig.

„Nach dem, was ich gesehen und gehört habe, bin ich mir nicht sicher, ob das tatsächlich gut ist. Friedrich Reichardt soll ein Trinker und Spieler sein."

Sein Bruder nickt. „Das bestätigt auch das, was mir zu Ohren gekommen ist."

Nach einem Moment des Schweigens hakt Christian nach: „Würdest du so gnädig sein und mir verraten, was genau dir zu

50

Ohren gekommen ist?"

Sein Bruder lacht ihn an, dann rückt er mit der Sprache heraus: „Friedrich Reichardt war schon einmal Anfang März in Magdeburg, als Otto Reichardt noch auf Geschäftsreise war. Er war auch im Gasthaus. Einmal am späten Nachmittag, und dann noch einmal am späten Abend."

„Und?"

„Am Nachmittag war niemand zum Kartenspielen da. Darum ist er abends noch einmal hin."

„Von wem weißt du das?"

„Das hat mir unser Wirt erzählt. Er war ein guter Freund von Otto Reichardt und auch beim Leichenschmaus."

„Und hat er dir noch mehr erzählt?"

„Ja, und jetzt wird es erst richtig interessant."

Christian schaut aufmerksam zu seinem Bruder.

„Friedrich Reichardt hat gespielt und verloren. Nicht wenig soll er verloren haben. Am Ende konnte er seine Spielschulden nicht mehr begleichen. Das hätte schlimm für ihn ausgehen können. Aber die Tatsache, dass er Otto Reichardts Neffe ist, hat ihn vermutlich gerettet. Er soll versichert haben, dass er wieder flüssig sei, wenn sein Onkel von der Geschäftsreise zurückkehrt, und dann würde er seine Schulden bezahlen."

„Ich kann dir in deinen Überlegungen noch nicht ganz folgen. Worauf willst du hinaus?"

„Sein Onkel ist zurückgekehrt, aber tot und ohne Geld und ohne Ware, wie wir wissen. Laut dem Wirt hat Friedrich Reichardt dennoch vor einigen Tagen seine Schulden beglichen. Woher hatte er das Geld so plötzlich?"

„Du meinst also, es könnte sein, dass der Tod von Otto Reichardt dem Neffen wortwörtlich in die Karten spielt."

Sein Bruder nickt ihm bestätigend zu.

Christian stöhnt ungehalten, auch wenn Sükrü seine Befürchtungen nur bestätigt hat. *Otto Reichardts Tod macht alles
viel komplizierter, als ich es geplant habe.* Dass sein Gewissen
dafür sorgt, dass ihm das Wohlergehen dieses zerzausten Mädchens nicht einerlei ist, stimmt ihn mürrisch.

Kapitel 3

Der Tag der Abreise ist gekommen. Unter Tränen verabschiedet Isabelle sich von Hanne, August und ihrem Lancelot.

Seit gestern weiß sie, dass es einen Käufer für das Haus und die Pferde gibt und dass Hanne und August bei dem neuen Herrn weiter in Anstellung bleiben können. Sie kann nun sicher sein, dass Lancelot nicht zum Abdecker gebracht wird und dass für Hanne und August gesorgt ist. Das macht ihr das Herz etwas leichter. Und nun ist es an ihr, ihrem Teil der Abmachung nachzukommen.

Hanne hat Isabelle beim Abschied versprochen, ihr Nachrichten zukommen zu lassen, damit sie wissen würde, wie es ihnen ergeht. Auch wenn sie selbst nicht schreiben kann, würde sie eine Möglichkeit finden. Im Gegenzug musste Isabelle der alten Magd versprechen, tapfer zu sein und den Mut nicht zu verlieren.

Die kleine Reisegruppe, bestehend aus Tante Margarete, Charlotte, Friedrich, Isabelle sowie dem Kutscher und zwei Stadtwachen, ist bereits bei Dämmerung aufgebrochen, denn die Tage sind zu dieser Jahreszeit noch nicht sehr lang.

Nun sitzen sie zu viert in der komfortablen Kutsche, die ihr Vater für die langen Geschäftsreisen vor nicht allzu langer Zeit gekauft hatte und in der er ermordet worden ist. Ein billiger Stoff überspannt die Blutflecke auf den darunterliegenden Polstern.

Ihre gefühlskalte Tante hat darauf bestanden, die Kutsche zu behalten, da ein Verkauf mit zu viel Verlust verbunden wäre, was ihren Vater schließlich auch nicht wieder zurück ins Leben bringen würde.

Wann und ob die Dämmerung dem Tag gewichen ist, kann Isabelle nicht ausmachen, denn der Himmel ist mit dichten Regenwolken verhangen. Die Wahrscheinlichkeit, dass die Sonne heute noch ihre Strahlen durch dieses dickwandige, graue Gefängnis schicken würde, schätzt Isabelle genauso gering ein wie die Möglichkeit, dass sie jemals wieder glücklich werden kann. *Es scheint mir ausgeschlossen.* Ihr ist kalt, weswegen sie sich ihren Umhang eng um die Schultern gezogen hat, während sie aus dem Fenster blickt. Der Regen hat inzwischen eingesetzt und prasselt auf das Dach der Kutsche. Sie starrt hinüber zur Elbe, an der die Kutsche gerade ein Stück entlangfährt, und beobachtet, wie sich die Oberfläche des Flusses unter den vielen Tropfen, die vom Himmel fallen, kräuselt.

Während ihr Cousin angeblich aufgrund von Fieber nicht zur Beerdigung ihres Vaters nach Magdeburg gekommen war, hielt er es dennoch für nötig, vor zwei Tagen anzureisen, um sie – und vor allem alles, was irgendwie von Wert schien – abzuholen.

Ihre Verwandten sind froh gestimmt, das kann Isabelle an ihren Mienen ablesen, auch wenn sie bis gestern Abend noch sehnsüchtig, aber vergeblich auf den Besuch irgendeines edlen Herrn gewartet haben.

Sie haben ihre leidigen Pflichten getan – und können nun mit reichem Erbe nach Hause zurückkehren. Vorläufig sind sie sorgenfrei. In mir dagegen sieht es anders aus. Sie fühlt sich leer und hadert nach wie vor mit ihrem Schicksal. *Eine Wahl habe ich nun nicht mehr.* Dass sie Friedrichs Frau werden soll, ist eine Sache, aber der Gedanke, Friedrich im Bett zu Diensten zu sein, verursacht ihr Übelkeit. Deshalb verdrängt sie diesen noch, so oft es geht. Noch ist sie nicht seine Frau. Aber die Einschränkungen und Zwänge, die ihr neues Leben bestimmen werden, beginnen genau jetzt.

Sie ist müde. In der Nacht hat ein Sturm getobt, der auch an ihren Fensterläden gerüttelt und sie immer wieder aus ihrem unruhigen Schlaf gerissen hat. Das Schaukeln der Kutsche lullt sie ein, und beinahe fallen ihr die Lider zu, als die Kutsche plötzlich hält. Der Kutscher ruft ihnen zu, dass ein Baum quer über der Straße liegt. Die beiden Stadtwachen steigen von ihren Pferden ab und gehen sorglos an der Kutsche vorbei, um zusammen mit dem Kutscher den Baum von der Straße zu räumen.

Als sie aber bemerken, dass es nicht der Sturm gewesen sein kann, der den Baum umstürzen ließ, ist es schon zu spät. Diebesgesindel, das sich zu beiden Seiten des Weges hinter Bäumen und Büschen versteckt gehalten hat, umzingelt nun die Kutsche und ihre Begleiter.

Eine Tür der Kutsche wird von einem großen, breitschultrigen Mann aufgerissen, der einen Dreispitz trägt und den Kragen seines Mantels so weit hochgeschlagen und zugeknöpft hat, dass Mund und Nase bedeckt sind und nur seine Augen zu sehen sind. Er schaut sich kurz in der Kutsche zwischen den hysterisch schreienden Frauen um und ergreift dann zielstrebig Isabelles Arme, um sie aus der Kutsche zu zerren. Von Angst erfüllt, versucht Isabelle, sich zu wehren – und schreit um ihr Leben. Auch Friedrich versucht, sie festzuhalten, aber der Mann verpasst ihm mit seiner Faust einen Schlag ins Gesicht, der ihm für einen Moment den Atem raubt und benommen macht, sodass er Isabelle schließlich loslässt.

Allein hat sie keine Chance; der Mann ist viel stärker als sie. Mit eisernem Griff umfasst er mit der einen Hand ihre beiden Handgelenke, während er die andere Hand auf ihren Mund legt und damit ihren Kopf fest an seine Schulter drückt. So ist sie fast bewegungsunfähig. Sie riecht das nasse Leder seines Handschuhs, der über ihrem Mund und ihrer Nase liegt und durch den sie kaum Luft bekommt. Ihre Schreie gehen in dumpfes Stöhnen und Wimmern über. Die Angst bringt sie beinahe um. Sie sieht ihren toten Vater vor sich und geht davon aus, dass man auch sie alle bald mit aufgeschlitzter Kehle finden würde.

Ein anderer Mann, ebenso gekleidet wie der erste, kommt hinzu und bindet ihre Handgelenke mit einem schmalen Lederriemen über Kreuz zusammen. Endlich löst sich die große Hand von ihrem Gesicht und sie will nach Luft schnappen, als man ihr auch schon ein Stück Stoff in den Mund stopft. Der Knebel wird mit einem Tuch über ihren Mund, welches einer der Räuber an ihrem Hinterkopf fest zusammenbindet, gesichert. Isabelle versucht zu protestieren. Der Knebel macht aus ihrem Protest aber nur ein unverständliches Genuschel.

Es geht alles sehr schnell. Die Männer packen sie an ihren Oberarmen und ziehen sie von der Kutsche weg – in die Richtung, in der ihre Pferde auf sie warten. Isabelle kann vor Angst keinen klaren Gedanken fassen. Sie versucht, sich mit den Füßen in die Erde zu stemmen und ihr Gewicht nach hinten zu verlagern, um zu verhindern, dass die Räuber sie weiterziehen, aber gegen die beiden starken Männer ist ihr Kampf aussichtslos. Die Männer wollen sie auf eines der Pferde hieven. Sie wehrt sich mit all ihren verbliebenen Kräften, sodass es ihnen nicht gelingt. Dann packt sie einer der Männer noch einmal fest von hinten und befiehlt nah an ihrem Ohr:

„Hört jetzt auf! Es wird Euch nichts geschehen. Jemand meint es gut mit Euch und wird Euch in seine Obhut nehmen."

Das beeindruckt Isabelle überhaupt nicht und sie versucht, sich weiter im Rahmen ihrer Möglichkeiten zu wehren.

„Ihr habt die Wahl. Kommt Ihr mit oder wollt Ihr doch lieber Euren Vetter heiraten?", versucht der Räuber, sie erneut eindringlich zur Besinnung zu bringen.

Auch wenn sie verwundert darüber ist, dass der Räuber von der bevorstehenden Heirat weiß, kommt ihr sein Angebot jedoch wie die Wahl zwischen Pest und Cholera vor. *Ich werde nicht nachgeben!* Der Räuber zieht schließlich ein Messer und lässt es vor ihren Augen aufblitzen. Aber auch das bricht Isabelles Widerstand nicht im Geringsten. *Eine Wahl habe ich nie gehabt, und dennoch würde ich lieber sterben, als in den Fängen dieser Verbrecher zu bleiben.* Plötzlich trifft ein Schlag unerwartet ihren Hals. Um sie wird es dunkel und sie verliert das Bewusstsein.

***

Die Räuber haben Friedrich, seine Mutter und seine Schwester zusammen mit ihren Begleitern in die Kutsche gepfercht, die Türen von außen vernagelt und die Pferde losgemacht. So harren sie in ihrem kleinen Gefängnis der Dinge, die da kommen würden. Diese würden hoffentlich bald kommen, denn es ist mehr als eng und unbequem.

„Na, wenigstens haben sie uns unser Leben gelassen", sagt seine Mutter mit noch vor Angst zitternder Stimme.

„Ja, aber Isabelle ist weg", gibt er zu bedenken. „Ist dir klar, was das bedeutet, Mutter?"

„Ach, was interessiert mich Isabelle, wenn ich weiß, dass es euch beiden gut geht." Sie blickt von Friedrich zu Charlotte und ergreift die Hand seiner Schwester, die sich erst aus Angst – jetzt aus Platzmangel – eng an ihre Mutter drückt. „Für das Mädchen bleibt zu hoffen, dass sie es nicht zu sehr malträtieren werden,

57

aber ich bin froh, dass es nicht meine Charlotte ist, die sich jetzt in den Fängen dieser Strauchdiebe befindet."

„Mutter …", stößt er wütend aus, „… ohne Isabelle gibt es keine Hochzeit. Und ohne die Hochzeit gibt es kein Erbe!" Seine Mutter sieht ihn entsetzt an. So weit hat sie nicht gedacht. Er schlägt wütend mit der Faust gegen die Kutschenwand. Wie soll er nun seine übrigen Schulden bezahlen?

***

Isabelle kommt irgendwann zu sich. Sie spürt, wie sie in der Kutsche durchgerüttelt wird, und fragt sich, ob sie nicht längst bei einem Gasthof hätten einkehren müssen. *Es ist doch schon dunkel.* Ihr Kopf war irgendwann nach vorn gefallen. Sie richtet sich auf. Ihr Nacken spannt unangenehm, was sie mit einem Stöhnen kundtut.

Als sich die Benommenheit immer mehr zurückzieht, bemerkt sie, dass etwas über ihren Augen liegt, denn sie sieht das Tageslicht durch ein schwarzes Gewebe schimmern. Sie will es sich von den Augen streifen und stöhnt abermals auf, als etwas schmerzhaft in die Haut ihrer Handgelenke schneidet. Verwundert zerrt sie noch einmal daran und will nicht glauben, was sie erkennt: *Ich bin an irgendetwas festgebunden!*

Dann erinnert sie sich mit Schrecken an das, was passiert ist, und ihr wird bewusst, dass sie nicht etwa in der Kutsche, sondern auf dem Rücken eines Pferdes sitzt, das sie Gott weiß wohin bringt. Sie will sich bewegen, aber etwas fixiert sie und hält sie fest. Der Versuch, sich daraus zu befreien, scheitert kläglich, als der Arm ihres Entführers, der sie von hinten umschlingt, Isabelle noch energischer an seinen Körper drückt. *Was soll das? Los-*

58

lassen! Sie will dieser Behandlung widersprechen, hat aber immer noch den Knebel im Mund, sodass wieder nur unverständliches Gemurmel über ihre Lippen kommt. Mit ihren von Regen und Kälte steifen Fingern versucht sie zu ertasten, woran ihre Hände festgebunden sind. Sie macht den Sattelknauf aus und tastet weiter nach den Knoten. *Vielleicht kann ich die irgendwie lösen.* Weiches, warmes Leder greift nach ihren Händen und schiebt sie bestimmend zur Seite.

„Euch scheint entgangen zu sein, dass ich alles sehe, auch wenn Ihr im Dunkeln wandelt", hört sie die tiefe, ihr inzwischen bekannte Stimme des Räubers.

Ein unangenehmer Schauer läuft ihr über den Rücken. Er klingt amüsiert. Isabelle beginnt zu schreien und tut im Rahmen des ihr Möglichen ihre Wut und ihre Abneigung kund. Den Räuber scheint das allerdings wenig zu beeindrucken. Er quittiert ihr Verhalten mit Schweigen und hält sie nur noch fester in seinen Armen. Als Isabelle schließlich einsieht, dass sie im Moment nichts ausrichten kann, gibt sie mit einem letzten verzweifelten Seufzen auf.

So reiten sie eine ganze Weile. Um Isabelle herum ist nur Dunkelheit. Sie hört die dumpfen Hufschläge und das Schnaufen des Pferdes. Die Haut an ihren Handgelenken brennt unter dem ständig scheuernden Lederriemen. Der Mann hat seine Umarmung inzwischen wieder gelockert, aber dennoch sitzt er so dicht bei ihr, dass ihr seine aufdringliche Nähe ständig bewusst ist, was sie anwidert.

Ihr bleibt nichts anderes übrig, als zu grübeln. *Was wollen diese Wegelagerer von mir? Wohin werde ich gebracht? Wer ist dieser Jemand, der es angeblich gut mit mir meint? Dass man mich auf diese Art und Weise verschleppt, kann tatsächlich nichts Gutes bedeuten. Vermutlich haben die Männer nur versucht, mich zu täuschen, in der Hoffnung, dass ich mich dann nicht länger wehren würde. Aber woher wussten sie von der Heirat? Was haben sie mit mir vor? Warum haben sie mir nicht gleich an Ort und Stelle die Kehle durchschnitten?* Sie schluckt schwer bei dem Gedanken daran, und ein Schluchzer entrinnt ihr. *Was ist mit den anderen passiert?* So viele Fragen, auf die sie keine Antworten hat, und die sich, je mehr sie darüber nachdenkt, immer schneller in ihrem Kopf drehen, wie die vielen verschiedenen Zutaten in Hannes Ratsherrentopf, wenn er umgerührt wird.

Hanne. Meine liebe Hanne. Wenn du nur wüsstest, wie es mir gerade ergeht. Leise weint Isabelle. Sie hat wahnsinnige Angst vor dem, was ihr die Männer möglicherweise antun werden.

Zu Hannes Ratsherrentopf gesellen sich nun weitere Bilder. Bilder von einem Tag, der ungefähr zehn Jahre zurückliegt. Es sind Bilder von Klaras Hochzeit. Eigentlich Erinnerungen an glückliche Tage. Isabelle hatte sich mit Frieda, Klaras jüngerer Schwester, etwas von den Speisen stibitzt, die frisch angerichtet worden waren. Um ihr Gebäck ungestört verputzen zu können, hatten sie sich damit in der Scheune hinter Strohhaufen versteckt.

Sie waren aber nicht lange ungestört geblieben. Eine Magd und ein Knecht waren tändelnd in die Scheune gekommen. Sie hatten geflüstert, gelacht und einander berührt, um schließlich Dinge zu tun, die sie damals schockierten und gleichzeitig belustigten.

Als wäre es gestern gewesen, kann sie sich daran erinnern, wie der Knecht sein Glied in die Magd gesteckt hat. Es mutete wie ein Ringkampf an, den die beiden austragen wollten, und muss sehr anstrengend und außerdem schmerzhaft gewesen sein, so wie der Knecht und die Magd stöhnten.

Damals mussten Frieda und sie sich ihre Hände fest auf die Münder drücken, damit sie nicht laut losprusteten und damit doch noch entdeckt wurden.

Nachdem der Knecht und die Magd ihr kurzes Stelldichein beendet hatten, flüsterte ihr Frieda zu, dass Klara und Klaus das jetzt auch tun würden und dass Mann und Frau das immer tun, denn Friedas Eltern tun es auch. Für Isabelle war das damals unvorstellbar. Sie war sich sicher, dass sie so etwas nie tun würde.

Die Befürchtung, dass die beiden Männer heute noch über sie herfallen und sie schänden könnten, bevor sie ihr die Kehle aufschlitzen würden, ruft einen Brechreiz in ihr hervor, der durch den Knebel in ihrem Mund nur noch verstärkt wird. Angestrengt schluckt sie den sauren Geschmack, der von ihrem Magen nach oben steigt, unter Tränen hinunter. Mit dem Mut der Verzweiflung versucht sie erneut, sich von ihren Fesseln zu befreien. Das Ergebnis bleibt das Gleiche.

Irgendwann halten sie an. Der Mann hinter ihr löst den Riemen, mit dem ihre gefesselten Hände an den Sattelknauf gebunden sind, steigt vom Pferd und zieht auch sie herunter. Sie vermutet, dass sie ihr Ziel erreicht haben – und damit ihr Ende naht. Das Herz rast in ihrer Brust, ihr Atem wird schneller und kalter Schweiß tritt aus ihrer Haut. Ihre Beine geben unter ihr nach. Die Angst macht ihr die Knie weich.
Der Mann hebt sie auf die Arme und trägt sie ein paar Schritte, um sie dann auf dem Boden abzusetzen. Er zieht ihr etwas vom Kopf herunter, sodass sie nun wieder sehen kann. Die plötzliche Helligkeit fährt ihr brennend in die Augen. Sie stöhnt auf und hält sich für einen Moment schützend die Hände vor die Augen.

Nicht lange, dann lässt sie die Hände wieder sinken, um mit

zunächst noch zusammengekniffenen Augen um sich herumzu-
blinzeln. Sie muss sehen, was vor sich geht, und stellt beinahe
erleichtert fest, dass sie scheinbar nur rasten.

Der Räuber hat sie am Rande eines Waldes neben einer
dicken Eiche abgesetzt. Nun steht er mit seinem Kumpan zusammen, ganz in ihrer Nähe bei den Pferden. Von den anderen
Männern aus der Bande ist nichts zu sehen.

Isabelle hat noch den Knebel im Mund, wagt aber nicht, ihn
zu lösen. Zu schnell könnte einer der beiden Männer wieder bei
ihr sein. Sie schaut sich ängstlich um – in der Hoffnung, zu
erkennen, wo sie sind, und ob nicht vielleicht jemand in der
Nähe ist, der ihr helfen könnte, doch ihre Hoffnung wird enttäuscht.

Es hat aufgehört zu regnen, und entgegen Isabelles Erwartung kämpft sich die Sonne nun doch noch durch die dicken
Wolken, aber hier im Wald hört man noch die Tropfen von
einem Zweig auf den nächsten und schließlich auf das am Boden
liegende Laub fallen, bis sie irgendwann in die weiche Erde des
Waldes eintauchen. Isabelle wünscht sich gerade nichts sehnlicher, als auf dieselbe Weise im Waldboden zu verschwinden,
aber die Erde unter ihr tut ihr nicht den Gefallen, sie aufzunehmen.

Die Männer setzen ihre Hüte ab und öffnen ihre langen, vom
Regen nassen Ledermäntel, sodass Isabelle ihre Gesichter sehen
kann, weil sie nun nicht mehr von den hochstehenden Kragen
verdeckt werden. Einer von ihnen hat dunkelblondes, lockiges
Haar, das ihm beinahe bis auf die Schultern fällt. Sein Gesicht
wird von einem stoppeligen Bart bedeckt. Der andere der beiden
hat sehr dunkle, kurze Haare und trägt einen ordentlich gestutzten Bart, der sein Kinn und seinen Mund umrahmt; er hat einen
dunklen, sonnengebräunten Teint.

Viele Gedanken darüber, dass man sie erkennen könnte – und welche Konsequenzen das für sie hätte –, scheinen sie sich nicht zu machen. Oder gäbe es gar keine Konsequenzen, weil ich, die Einzige, die ihre Gesichter gesehen hat, nicht mehr dazu kommen würde, irgendjemandem davon zu erzählen, wie meine Entführer ausgesehen haben?

Der Mann mit den dunkelblonden Haaren kommt mit einer Feldflasche und einem Beutel in der Hand auf sie zu.

Alles in ihr zieht sich zusammen. *Was hat der Kerl vor? Werden jetzt meine schlimmsten Befürchtungen wahr? Wird er jetzt über mich herfallen?*

Er geht neben ihr in die Hocke und streckt seine Hand nach ihrem Gesicht aus. Angsterfüllt zieht sie ihren Kopf zurück und versucht, sich mit den Beinen so weit von ihm wegzuschieben, wie es der Baum hinter ihr zulässt. Mit ihren immer noch zusammengebundenen Händen will sie ihn abwehren, doch er hält sie fest und löst mit der anderen Hand ihren Knebel. Dann hält er ihr die Flasche hin und befiehlt ihr, etwas zu trinken. Angewidert dreht sie ihr Gesicht weg. *Der Knebel hat zwar meinen Mund ausgetrocknet, aber ich werde ganz bestimmt nicht aus derselben Flasche trinken wie dieser Mistkerl.*

Er packt sie am Kinn und öffnet ihr unter Protest den Kiefer.

„Ihr müsst etwas trinken", entscheidet er und flößt ihr einen Schluck von dem Wasser ein. Doch er hält die Flasche zu hoch und das Wasser läuft zu schnell in ihren Mund, sodass sie mit dem Trinken nicht hinterherkommt und sich schließlich verschluckt. Isabelle muss husten und spuckt dabei einen Großteil des Wassers wieder aus. Während sie sich den Mund trockenwischt, wirft sie ihm einen zornigen Blick zu.

„Habt Ihr Hunger?", fragt er und holt ein Stück Brot aus dem Beutel.

Sie schüttelt den Kopf. Er legt das Brot zurück und bringt stattdessen einen Apfel zum Vorschein, den er ihr anbietet. Sie schüttelt wieder den Kopf.

„Unser Weg ist noch lang. Wann habt Ihr das letzte Mal etwas gegessen?"

„Was geht es Euch an? Ist es nicht egal, ob ich hungrig oder satt sterbe?", erwidert sie trotzig, im Versuch, ihre Angst zu überspielen.

„Hattet Ihr das denn vor?", fragt er ernst.

„Was?"

„Zu sterben."

„Das liegt wohl in Euren Händen." Ärgerlich wendet sie sich ab.

Er steht nun wieder auf und sieht auf sie hinunter. „Also, was mich angeht, so habe ich nicht vor, in dieser Hinsicht Hand an Euch zu legen."

„Was wollt Ihr denn dann von mir? Wo bringt Ihr mich hin?" Ihre Stimme bricht und geht von Wut in Verzweiflung über.

„Ich habe es Euch doch schon gesagt. Jemand wird Euch in seine Obhut nehmen. Er ist Eurem Vater etwas schuldig geblieben und wird seine Schuld an Euch begleichen."

Beruhigen können diese Worte sie nicht. Eine Schuld kann man in vielerlei Hinsicht begleichen, und ob dies in diesem Fall in ihrem Sinne erfolgen wird, ist für sie nach wie vor zweifelhaft. „Wer ist dieser Jemand? Und was habe ich damit zu tun?" Sie sieht, um eine Antwort flehend, mit vor Tränen glänzenden Augen zu ihm auf. Er wendet scheinbar unschlüssig seinen Blick von ihr ab.

„Kennt Ihr Graf von Feldheim?", fragt er zögernd.

Sie schnieft. „Nein. Wer soll das sein?"

„Er ist es, der Euch bei sich aufnehmen wird."

„Warum? Was heißt das? Was erwartet er von mir?"

„Nichts. Wie gesagt, es dient dem Tilgen einer Schuld. Eine Gegenleistung wird nicht von Euch erwartet."

„Und das garantiert Ihr mir?", fragt sie in einer Mischung aus Hohn und Unsicherheit nach.

„Ja, das garantiere ich Euch", antwortet er und schaut sie mit seinen blauen Augen fest an.

Sie schüttelt den Kopf, weil sie daran zweifelt, ihm, dem Wegelagerer, Glauben schenken zu können.

„Ich gebe Euch mein Wort, Fräulein Isabelle."

Woher kennt er meinen Namen?

Er lässt den Apfel in ihren Schoß fallen und geht zurück zu seinem Kumpan. Isabelle beäugt skeptisch den Apfel, dreht ihn in ihren Händen und beißt schließlich in das rotbackige, leicht verschrumpelte Ding. Seine Süße ist überraschend und köstlich.

Während sie den Apfel isst, geht ihr immer wieder dieser Name durch den Kopf: *Graf von Feldheim*. Sie versucht, sich an sämtliche Namen der Leute zu erinnern, mit denen ihr Vater in den letzten Jahren Geschäfte gemacht hat. Dazu geht sie in Gedanken die Geschäftsbücher durch, aber der Name taucht ihrer Meinung nach nicht darin auf.

Währenddessen beobachtet sie eine Meinungsverschiedenheit zwischen den beiden Männern. Der Dunkelhaarige redet auf den anderen eindringlich, aber leise ein. Dass er dabei immer wieder einen Blick zu ihr hinüberwirft, lässt sie ahnen, dass es wohl um sie geht. Offensichtlich kann er aber den Blonden nicht umstimmen. Er schüttelt nur wieder und wieder den Kopf und beharrt anscheinend auf seinem Standpunkt, sodass der Dunkelhaarige irgendwann resigniert aufgibt. Isabelle wüsste nur zu gern, um was es dabei gegangen ist.

Sie hat den Apfel inzwischen aufgegessen und versucht nun

aufzustehen, was sich aufgrund der gefesselten Hände zusammen mit dem langen Kleid als nicht ganz so einfach erweist. Sie stützt sich dabei an der dicken Eiche ab, sodass es ihr schließlich gelingt. Eine schwere Decke, die sie erst nach ihrem Verlust bemerkt, rutscht dabei von ihren Schultern. Im Schatten des Baumes ist es kalt, und ihr wird bewusst, dass die gewachste Wolldecke sie bis zu diesem Moment warmgehalten und wohl auch vor dem Regen geschützt hat.

Der dunkelblonde Mann kommt wieder zu ihr. „Wir müssen weiter." Er hebt die Decke auf, schüttelt sie aus und legt sie sich über die Schulter. Dann will er Isabelles Arm umfassen, um sie zu den Pferden zu bringen.

Isabelle weicht zurück. „Ich … ich muss mich erleichtern", stottert sie. Es ist ihr sichtlich peinlich. Er nickt verständig, macht einen schnellen Schritt auf sie zu, damit sie ihm nicht wieder ausweichen kann, nimmt ihren Arm und führt sie ein Stück in den Wald hinein. Mit den langen Röcken bleibt sie dabei unentwegt an über den Boden wuchernden Brombeertrieben hängen, sodass sie immer wieder ins Straucheln gerät, doch der Mann neben ihr hat sie fest im Griff und bewahrt sie vor dem Hinfallen. Nach ein paar Metern bleibt er stehen und wirft einen Blick in die Richtung, aus der sie gekommen sind. Sein Kumpan ist außer Sichtweite, also befindet er wohl, dass sie weit genug gegangen sind.

„Ihr dürft." Er lässt sie los und weist auf den mit Laub bedeckten Boden vor ihnen.

Isabelle hält ihm ihre Hände hin. „Wie soll ich mir so die Röcke hochhalten?"

Er zieht das Messer, mit dem er sie heute Morgen noch bedroht hat, und schneidet ihr die Fesseln durch. Missmutig mustert sie die Spuren, die der enge, scheuernde Riemen auf ihrer

Haut hinterlassen hat, und fährt zaghaft mit den Fingerspitzen darüber. Sie kann es nicht vorsichtig genug tun. *Es brennt wie Feuer.* Schmerzverzerrt zieht sie Luft durch die zusammengebissenen Zähne.

Der Mann sieht das, greift nach einem ihrer Arme und zieht ihn an sich heran. Er nimmt ihre Hand in die seine und dreht sie hin und her, um sich das geschundene Handgelenk von allen Seiten ansehen zu können. So fest, wie er sie vorher am Arm gepackt hat, so sanft hält er nun ihre Hand in der seinen. *Er scheint nicht zufrieden zu sein, mit dem was er sieht. Tut es ihm jetzt etwa leid?* Isabelle ist aufgrund dieses unerwarteten Verhaltens verwirrt, zieht mit unsicherer Empörung ihre Hand zurück und verschränkt ihre Arme vor der Brust. „Dreht Euch um!", befiehlt sie ihm ungehalten.

„Warum sollte ich das tun?", fragt er verwundert über ihre scheinbar an den Haaren herbeigezogene Forderung.

„Weil das dem Anstand gebührt. Oder schaut man da, wo Ihr herkommt, den Frauen unter die Röcke, wenn sie ihre Notdurft verrichten?"

Er grinst. Offenbar amüsiert er sich, was sie wiederum erbost. *Mir ist keineswegs zum Lachen zumute.* Sie überlegt, ob sie die Gelegenheit zur Flucht nutzen soll und sieht sich im Wald um – mit dem Ziel, einen guten Fluchtweg auszumachen. *Aber wohin soll ich laufen? Will ich überhaupt zurück zu meinem Cousin und meiner Tante – oder kann ich mich auf die Alternative einlassen? Hat der Mann mir tatsächlich die Wahrheit gesagt? Und wer ist dieser verdammte Graf von Feldheim?* So viele Fragen, die ihr gleichzeitig durch den Kopf schießen, dass ihr beinahe schwindelig wird.

„Es ist mir egal, was Sitte und Anstand gebieten. Ich verzichte gern auf die feinen Umgangsformen, wenn sie meinem eigentlichen Ansinnen zuwiderlaufen. Und das tun sie gerade. Denn wenn ich mich umdrehe, lauft Ihr weg", führt er aus, so als hätte er gerade ihre Gedanken gelesen. „Nicht, dass Ihr weit kommen würdet – und es auch noch ausgesprochen dumm wäre, es zu versuchen –, dennoch macht es keinen Sinn, mich mit diesem Wissen umzudrehen." Er breitet seine Arme aus und sieht sie dabei an, als würde er an ihrem Verstand zweifeln und sich fragen, wie sie überhaupt nur etwas anderes hat annehmen können.

Seine Impertinenz macht Isabelle wütend und verdrängt zumindest für den Moment ihre Angst. Wütend starrt sie ihn an. *Glaubt dieser überhebliche Mistkerl wirklich, dass ich jetzt vor ihm die Röcke hebe, um mich zu erleichtern?* Sie will nicht nachgeben, empfindet seine Forderung als Erniedrigung, aber gibt es einen Ausweg? *Ich muss wirklich dringend.*

„Also?", fragt er drängelnd. „Wir haben nicht ewig Zeit."

Sie kocht innerlich vor Zorn. Überlegen grinst er sie an.

„Ich sollte Euch auf die feinen Stiefel pinkeln", schimpft sie. Er lacht schallend, was sie nur noch wütender werden lässt.

Dennoch bleibt ihr wohl nichts anderes übrig. Sie hebt nun vorsichtig ihre Röcke, hockt sich hin und erledigt, was zu erledigen ist. Dabei geht ihr durch den Kopf, dass der Mann, für die Verhältnisse eines Räubers, wirklich sehr feine Stiefel trägt. *Vielleicht sagt er ja doch die Wahrheit?*

Als sie aus dem Wald zurückkommen, wird ihre Entführung fortgesetzt. Die Männer verzichten jetzt auf Fesseln und Knebel und ziehen ihr auch nicht mehr diesen schrecklichen Sack über den Kopf. Sie verhält sich ruhig und nimmt sich vor, die Umgebung aufmerksam zu beobachten, um sich Anhaltspunkte in der Landschaft einzuprägen, die ihr irgendwann helfen würden, den

Weg zurückzufinden. Aber der Weg ist lang und führt sie quer-
feldein, weswegen sie anfangs auf keine Menschenseele treffen.

Auf Dauer lässt es sich dann wohl doch nicht ganz vermeiden, wenigstens ab und an die vorhandenen Straßen zu benutzen,
sodass sich ihr Weg gelegentlich auch mit anderen Reisenden
und Händlern kreuzt. Isabelles Hoffnung, sich in ihrer Not bemerkbar machen zu können, wird jedoch noch vor der ersten Begegnung zunichte gemacht. Schon als sie den stämmigen kleinen
Mann mit einem Maultier im Schlepptau von Weitem heranna-
hen sehen, wird ihr unmissverständlich klargemacht, dass sie
besser den Mund hält, wenn sie nicht das Blut des Mannes an
ihren Händen kleben haben will.

„Kein Wort!", raunt der Mann hinter Isabelle eindringlich in
ihr Ohr. „Ich muss nur für Euer Wohlergehen Sorge tragen.
Seine Frau und die drei Kinder, die womöglich auf ihn warten,
wären sicherlich untröstlich, wenn er nicht mehr nach Hause
kommen würde."

Es gibt keinen Grund, an seinen Worten zu zweifeln, darum
verkneift sich Isabelle jegliches Hilfeersuchen – dieses Mal und
auch die nächsten Male.

Eine mögliche Schändung und Ermordung durch die beiden
Männer zieht sie nicht mehr in Betracht, denn dazu hätten sie
bereits mehr als einmal Gelegenheit gehabt; außerdem würde ein
solch einfaches Vorhaben nicht die aufwendigen Umstände ihrer
Entführung erklären. Mit der leicht abfallenden Anspannung
kommt eine lähmende Müdigkeit über sie, die nicht nur der Entführung, sondern auch den zurückliegenden, seelisch anstren-
genden Tagen geschuldet ist und die sie immer wieder kurz ein-
nicken lässt.

Es ist bereits dunkel, als sie schließlich ihr Ziel erreichen.

Der Mond, der sein volles Rund erreicht hat, leuchtet von einem sternenklaren Himmel. Er spendet so viel Licht, dass sie trotz des grauen Nachtschleiers, der über dem Land liegt, jeden Grashalm, den sie im langsamen Trab passieren, erkennen kann.

Als sich die Bäume lichten, zeichnet sich vor ihr ein vom Mondlicht beschienenes, langgestrecktes, imposantes Gebäude ab, das sich, auf einem Hügel stehend, über die vorgelagerte Landschaft aus Bäumen und kleineren Häusern erhebt. Ein paar einzelne Fenster sind noch erleuchtet und heißen die Reiter von Weitem willkommen.

„Wir sind da", verkündet der blonde Mann dicht hinter ihr. „Schloss Feldheim."

Der andere treibt augenblicklich sein Pferd an und galoppiert in Richtung des Schlosses voraus. Isabelle nimmt an, dass er ihre Ankunft ankünden will. Ängste, die sie glaubte, inzwischen unter Kontrolle gebracht zu haben, machen sich nun wieder unbeherrscht bemerkbar, spannen ihre Muskeln an und beschleunigen ihren Herzschlag.

Der Mann hinter ihr scheint die Veränderung an ihr bemerkt zu haben. „Ihr habt nichts zu befürchten", erklärt er eindringlich, doch ohne Wirkung auf Isabelle. *Ich glaube nicht, dass Ihr das zu entscheiden habt.*

Im silbernen Mondlicht und unter dem glitzernden Sternenhimmel wirkt die Szenerie beinahe märchenhaft. Wäre dies für Isabelle ein vertrauter Ort, könnte sie von dem Anblick verzaubert sein. Stattdessen aber übermannt sie die Angst vor dem Unbekannten.

 Kapitel 4

Am Wirtschaftshof des Schlosses angekommen, nimmt ihnen der dunkelhaarige Mann das Pferd ab. Der andere umfasst ihren Oberarm und nimmt sie mit sich in Richtung des Schlosses. Sie hat Mühe, die Stufen genauso schnell zu erklimmen wie er.

In der Eingangshalle brennen nur wenige Kerzen und verströmen ein schwaches Licht. Dennoch erkennt sie die aufwendige Ausstattung. Der Fußboden ist mit schwarzen und weißen Marmorquadraten versehen, die im Muster eines Schachbretts verlegt sind. Der breite Weg zur Treppe besteht ausschließlich aus schwarzem Marmor, auf dem ein reich bemusterter, orientalisch wirkender Teppich liegt. Die weißen Wände sind durch zahlreiche Stuckelemente gegliedert, die vereinzelt vergoldet sind. Über ihr spannt sich eine hohe Decke, deren Bemalungen sie in dem diffusen Licht nur erahnen kann.

Doch nach ehrfurchtsvollem Staunen steht Isabelle im Moment nicht der Sinn. Vielmehr ist sie eingeschüchtert und schluckt schwer an dem dicken Kloß aus Furcht, der in ihrem Hals steckt. Sie rechnet jeden Augenblick damit, den Hausherrn kennenzulernen. Erst dann würde sie gewahr werden, ob man es hier tatsächlich gut mit ihr meint.

Der Mann, der sie in das Schloss geführt hat, nimmt sich ganz selbstverständlich von einem kleinen hübschen Tisch den

Kerzenleuchter und zieht sie mit sich weiter, um sie die prächtige Treppe hinauf ins Obergeschoss zu führen.

Nach der langen Reise auf dem Pferd fällt es ihr schwer, mit ihm Schritt zu halten. Von den Knien aufwärts fühlt sich alles zwischen ihren Beinen wund an. So lange hat sie noch nie im Sattel gesessen.

Es ist ruhig im Schloss. Wahrscheinlich schlafen die meisten Bewohner schon. Isabelle hat keine Ahnung, wie spät es ist.

Die Treppe teilt sich auf halber Höhe. Sie gehen nach rechts weiter hinauf und betreten einen langen Flur, dem sie, als er nach rechts abbiegt, nicht weiter folgen, sondern stattdessen auf der linken Seite in eine Nische eintreten, in der ihr Begleiter eine Tür öffnet und sie hineinschiebt.

„Das ist für die nächste Zeit Euer Zimmer", erklärt er.

Eine goldene Wärme empfängt sie und zieht ihren Blick auf den Kamin, in dem ein behagliches Feuer brennt. Ihr Entführer geht mit dem Leuchter in der Hand herum und entzündet ein paar Kerzen, die den Raum nach und nach erhellen.

„Ich schicke nach einem Mädchen, das sich um Euch kümmern wird." Er will gehen.

Isabelle nimmt all ihren Mut zusammen und hält ihn zurück. Auch wenn sie Angst vor der Begegnung mit dem Grafen hat, so droht die Ungewissheit, sie umzubringen.

„Was ist mit dem Grafen von Feldheim?"

„Was soll mit ihm sein?" Der Mann scheint ungeduldig, als wollte er das alles hier schnell hinter sich bringen. Er hat die Türklinke bereits in der Hand.

„Wann werde ich ihn kennenlernen?", fragt Isabelle, unsicher darüber, ob sie diese Frage womöglich schneller bereuen würde, als sie denkt.

„Heute nicht mehr. Er liegt sicherlich schon selig schlummernd in seinen Kissen."

Isabelle atmet erleichtert aus. *Ich habe ein wenig Aufschub bekommen.*

„Es hat keine Eile. Er wird Euch zu sich rufen lassen, wenn er Zeit hat. Ruht Euch erst einmal aus." Aufmunternd nickt er ihr zu. „Die Tür lasse ich unverschlossen. Ich gehe davon aus, dass Ihr nicht so dumm seid, davonzulaufen. Mitten in der Nacht. In der Fremde. Ohne Geld und ohne eine Menschenseele in dieser Gegend zu kennen."

Dann geht er – und sie steht allein in dem großen Raum. Dass sie Ruhe finden kann, bezweifelt Isabelle. Sie geht zur Tür und drückt die Klinke herunter. *Er hat die Tür tatsächlich nicht verschlossen.* Schnell tritt sie hinaus. Auf dem dunklen Flur vor ihr ist niemand zu sehen. *Ich verschwinde von hier.* Isabelle geht zurück in das Zimmer, nimmt sich einen Leuchter, verlässt die Nische und biegt möglichst lautlos um die Ecke, in den Flur, der zu der Treppe führt.

Augenblicklich erschrickt sie. Ihr Entführer steht am anderen Ende des Flures und starrt in ihre Richtung. Zögernd bleibt sie stehen, unschlüssig, ob sie nicht doch schnell zur Treppe laufen soll, um aus dem Schloss zu fliehen. So stehen sie eine Weile und starren sich von einem Ende des Flures zum anderen an, harrend der Dinge, die der andere tun würde. Bis sich Isabelle eingesteht, dass er recht hat. *Auch wenn es mir gelingt, von diesem Ort zu entkommen, an dem mir im besten Fall keine Gefahr droht, bedeutet das nicht, dass ich Magdeburg unbeschadet erreiche. Und selbst wenn, was dann?* Mehr verzweifelt als entschlossen dreht sie sich um und geht zurück in das Zimmer, das ihr der Mann zugewiesen hat. *Im Moment ist es wohl das Vernünftigste, abzuwarten und zu hoffen, dass die Geschichte gut für mich ausgehen wird.* Zumindest hat es im Moment den Anschein, dass die Zeichen dafür nicht mehr ganz so schlecht stehen, als sie noch bei Tagesanbruch angenommen hat.

Isabelle lässt ihren Blick durch das Zimmer schweifen und ist beeindruckt von der Opulenz. Was ihr Entführer „Zimmer" nennt, wirkt auf sie wie ein kleiner Saal. Der Raum ist beinahe halb so groß wie die Grundfläche des Hauses, in dem sie bis zuletzt gelebt hat. In der Wand gegenüber der Tür befinden sich drei breite und hohe Fenster, die mit hellgrünen Samtvorhängen bestückt sind. Rechts von ihr steht ein großes Himmelbett, daneben ein Frisiertisch, ein großer Schrank und eine Truhe. In der Wand gegenüber dem Bett befindet sich in großzügigem Abstand der Kamin, in dem das Feuer brennt, das sie so freundlich empfangen hat. Rechts daneben ist ein weiteres, etwas schmaleres Fenster in der Wand eingelassen. Vor dem Kamin steht eine Ottomane mit zwei dazu passenden, gut gepolsterten Stühlen und einem kleinen Tisch. Unter eines der Fenster hatte man einen kleinen Schreibtisch gestellt und rechts und links davon zwei Kommoden. Auf einer davon befinden sich eine Waschschüssel und ein Krug. *Wie eine Räuberhöhle oder ein Gefängnis sieht es hier wahrlich nicht aus.*

Sie hat ihre Arme eng um den Körper geschlungen und schaut sich immer noch mit einer Mischung aus Bewunderung und Argwohn um, als eine junge Frau in ihrem Alter und etwas kleiner als sie selbst den Raum betritt. Isabelle nimmt an, dass es sich um ein Dienstmädchen handelt. Darauf deutet zumindest ihre weiße Schürze hin. Sie trägt ihr dunkelbraunes Haar hochgesteckt unter einem weißen Häubchen. Nur ein paar einzelne Locken haben sich gelöst und umschmeicheln ihr hübsches Gesicht. Ihre dunklen, glänzenden Augen schauen Isabelle freundlich an, als sie vor ihr knickst.

„Fräulein Isabelle, ich bin Sofie. Ich soll mich ein wenig um Euch kümmern.“ Sie stellt ein Tablett, auf dem sich etwas zu essen und zu trinken befindet, auf dem kleinen Tisch ab. „Möchtet Ihr erst einmal eine Kleinigkeit zu Euch nehmen? Ihr seid bestimmt hungrig nach der langen Reise.“

Isabelle schüttelt zurückhaltend den Kopf. „Ich bin nur müde“, entgegnet sie zaghaft.

„Dann helfe ich Euch beim Auskleiden“, erklärt Sofie entschlossen, läuft um sie herum zu dem Himmelbett, schlägt die Decken zurück und schüttelt die Kissen auf. Dann kommt sie aufmunternd lächelnd zu ihr und will damit beginnen, sie auszukleiden. Isabelle überkreuzt verschüchtert die Arme vor ihrer Brust. Sie kennt das Mädchen nicht und ist es nicht gewohnt, so vornehm behandelt zu werden.

„Ich will Euch nur behilflich sein“, meint Sofie freundlich.

Isabelle schüttelt erneut den Kopf. „Ich komme allein zurecht.“

Sofie sieht etwas enttäuscht drein. „Dann vielleicht morgen?“, fragt sie hoffnungsvoll.

Isabelle zuckt mit den Schultern. *Ich weiß nicht was morgen sein wird.*

Das Mädchen breitet ein hübsch besticktes Leinennachthemd auf dem Bett aus.

„Das ist für Euch. Erfrischen könnt Ihr Euch da drüben, und falls Ihr Euch in der Nacht erleichtern müsst, könnt Ihr den Stuhl benutzen.“ Sofie zeigt erst auf die Waschschüssel und dann auf einen hübsch gearbeiteten Stuhl, dessen Rückenlehne und Sitzfläche gepolstert und mit grün glänzendem Brokat bespannt sind, auf dem rot blühende Rosen prangen.

Die Frage, die Isabelle durch den Kopf geht, scheint ihr ins Gesicht geschrieben, denn Sofie lacht erheitert auf, geht zu dem

Stuhl und hebt das Sitzpolster sowie einen darunterliegenden Deckel an. Jetzt sieht Isabelle den Topf, der darunter steht, und sie nickt verstehend.

Nun gießt das Mädchen etwas Wasser aus dem Krug in die Waschschüssel und legt zwei weiße, ordentlich gefaltete Tücher neben die Seife, die in einem kleinen Porzellanschälchen liegt. Dann steht sie nach ihrem geschäftigen Treiben plötzlich ganz still mit gesenktem Blick da und scheint auf etwas zu warten. Isabelle fragt sich, ob das Mädchen vorhat bei ihr zu bleiben, während sie sich auszieht und wäscht. Sie wartet noch einen Moment, aber das Mädchen scheint auch zu warten und schielt mit gesenktem Kopf zu ihr hinauf.

Verlegen räuspert sich Isabelle. „Danke", sagt sie dann unsicher. „Ich wäre jetzt gern allein."

Sofie knickst und verlässt das Zimmer. Erleichtert folgt ihr Isabelle zur Tür und will sie hinter ihr abschließen, aber weder von innen noch von außen steckt ein Schlüssel im Schloss – wie sie unzufrieden feststellen muss.

Unschlüssig darüber, was sie nun tun soll, steht sie eine Weile im Zimmer und lauscht auf das, was möglicherweise vor der Tür passieren würde. Aber es bleibt alles ruhig. Sie tritt an die Waschschüssel und taucht ihre geschundenen Handgelenke in das Wasser. *Das tut gut!* Das kühlende Nass verschafft ihr wohltuende Linderung. Vorsichtig tupft sie die Haut mit einem der Tücher trocken und riecht an der nach Flieder duftenden Seife. Isabelle findet Gefallen daran, aber auch wenn sie sonst sehr viel Wert auf Reinlichkeit legt, hat sie hier und jetzt nicht vor, sich zu entkleiden und zu waschen. Sie kann die Beklommenheit aufgrund des fehlenden Schlüssels nicht ablegen und fühlt sich in der staubigen Reisekleidung sicherer als in dem dünnen Nachthemd, das auf dem Bett liegt. Auch wenn alles danach aussieht, dass sie hier als Gast aufgenommen worden ist, kann sie die Furcht, die sie den ganzen Tag im Griff hatte, nicht einfach abstreifen.

Das aufgeschnittene Stück Braten auf dem Tisch jedoch verströmt einen verführerischen Duft, sodass Isabelle nun doch nicht widerstehen kann. Sie isst etwas und trinkt von dem Wein. Dann rollt sie sich auf dem riesigen Bett zusammen. Die Ereignisse und Ängste, die sie durchlebt hat, haben sie erschöpft. Die Kerzen lässt sie brennen. *Ich will nicht im Dunkeln sein.* Isabelle weiß nicht, was der morgige Tag bringen wird, aber ihr fehlt es an der nötigen Kraft, um darüber nachzudenken.

Sie sieht auf die Muster des mit Stoff bespannten Betthimmels und versucht noch zu erkennen, was darauf abgebildet ist, doch die Bilder verschwimmen vor ihren Augen und sie schläft fast augenblicklich ein.

Das Hin- und Hertrippeln leiser Schritte weckt sie. Schläfrig blinzelt sie und sieht Sofie, die durch den Raum wuselt und Ordnung schafft. Isabelle braucht einen Augenblick, um sich zu erinnern, wo sie ist. Sie streckt sich und bemerkt schon jetzt die schmerzenden Muskeln in ihrem Leib, stärker als noch gestern Abend. Isabelles Stöhnen macht Sofie auf sie aufmerksam.

„Guten Morgen, Fräulein", grüßt Sofie und knickst höflich. „Habt Ihr gut geschlafen?" Sie zieht die Vorhänge zurück, sodass der Raum nun von Licht geflutet wird. Isabelle verzieht das Gesicht, kneift die Augen zusammen und hebt schützend eine Hand hoch. „Wie spät ist es?"

„Kurz nach Mittag. Die Herrschaften haben gerade gegessen."

Verwundert sieht Isabelle auf ihre mit Binden umwickelten

Handgelenke. Woraufhin ihr Sofie erklärt, dass sie ihr eine Salbe zur Wundheilung aufgetragen hat, als sie noch tief und fest geschlafen hat.

Gleichmütig lässt sie ihre Hände auf die Decke sinken. *Mit der habe ich mich aber nicht selbst zugedeckt!* Erschrocken sieht sie darunter und stellt mit Erleichterung fest, dass sie noch angezogen ist.

„Ich hoffe, es war Euch recht?", fragt Sofie zaghaft.

Nein, das war es mir nicht. Was ist denn noch alles passiert, als ich geschlafen habe, wenn ich nicht einmal mitbekommen habe, dass das Mädchen mich zugedeckt und meine Handgelenke versorgt hat? „Ja, danke, Sofie", lügt sie. *Sie hat es schließlich nur gut gemeint.*

Sofie sieht Isabelle nun tadelnd an. „Ihr habt Euch ja nicht einmal die schmutzige Kleidung ausgezogen. Hätte ich das gewusst, hätte ich Euch doch beim Entkleiden geholfen. Der Herr Graf war auch schon hier, um sich nach Eurem Befinden zu erkundigen."

Wenn sie vorhatte, Isabelle mit dieser Mitteilung aufzuheitern, ist ihr dies misslungen. Sie erreicht damit das völlige Gegenteil. Isabelle schaut sie entsetzt an und zieht sich schützend die Decke bis unter das Kinn.

„Also, der junge Herr Graf war hier", erläutert Sofie euphorisch und lächelt sie aufmunternd an.

Für Isabelle ist es völlig ohne Belang, ob es sich dabei um einen alten oder einen jungen Grafen gehandelt hat. Allein die Vorstellung, dass ein fremder Mann in ihrem Zimmer war, während sie in ihrem Bett gelegen und geschlafen hat, bereitet ihr Unbehagen. *Besitzt man hier so wenig Anstand? Ich brauche dringend einen Schlüssel für die Tür.*

„Eure schmutzigen Kleider könnt Ihr aber heute nicht den

ganzen Tag anbehalten. Macht es Euch etwas aus, noch einen Moment im Bett zu bleiben? Ich werde nachsehen, ob ich ein paar andere Sachen für Euch finde."

Isabelle schüttelt den Kopf. „Lass dir ruhig Zeit."

Sie rollt sich mit schmerzverzerrtem Gesicht auf die Seite, sodass sie die Fenster, durch die das Sonnenlicht in das Zimmer fällt, im Rücken hat. Am Fußboden sieht sie ihre dreckigen Schuhe stehen. Daneben liegen ihre schmutzigen Strümpfe. Isabelle kann nur hoffen, dass Sofie ihr diese ausgezogen hat. Sie kuschelt sich in die schöne Decke ein und schließt wieder die Augen. Am liebsten würde sie gar nicht aufstehen, dann müsste sie wenigstens auch niemanden sehen. Sie fürchtet sich vor der Begegnung mit dem Grafen. *Ich bin noch nicht überzeugt davon, dass ich für das Obdach, das man mir gewährt, keinen Dankeszoll zu erbringen habe. Oder welche Schuld gilt es zu begleichen, die den hier betriebenen Aufwand rechtfertigen würde?*

Isabelle lässt ihren Blick wieder durch den Raum schweifen. Jetzt bei Tageslicht kann sie alles genau betrachten. Sie erkennt nun die kräftigen Farben des Betthimmels, auf dem kleine Putten mit Fruchtgehängen und Blumengirlanden spielen. Die mit cremefarbenen Seidenbrokat bespannten Wände schimmern im Sonnenlicht, welches die eingewebten Ornamente mal dunkler und mal heller als den Hintergrund erscheinen lässt. Der Grundton des Zimmers ist grün. Hellgrün. Wie der Frühling.

Bis zu jenem Tag im März, an dem ihr Vater auf dem Karren liegend heimkam, hat sie den Frühling geliebt. Die endlich wieder länger werdenden Tage und die zunehmende Kraft der Sonne, die die Natur erwachen und überall neues Leben einziehen lässt. *Dieser Frühling hat mir jedoch den Tod, die Trauer und den Verlust gebracht.* Sie fragt sich, ob sie den Frühling je wieder so unschuldig empfinden kann, wie sie es bisher getan hat.

Neugierig steht sie nun doch auf und geht schwerfällig von Fenster zu Fenster, bis sie an dem schmaleren Fenster neben dem Kamin angekommen ist. Sie schiebt eine der fein bestickten Gardinen zur Seite und blickt auf eine große, mit Balustraden begrenzte Terrasse, deren zweigeteilte, geschwungene Freitreppe in einen schönen, symmetrisch angelegten Park führt. In der Mitte der Anlage befindet sich ein großer Brunnen, dessen Wasser in der Sonne glitzert. Eine große, steinerne Figur ragt daraus hervor, die Isabelle aber von hier nicht genauer erkennen kann. Sie beobachtet eine Weile zwei Gärtner, die damit beschäftigt sind, die Buchsbäume, die ein gestaltendes Grundelement der Parkanlage sind, in Form zu schneiden.

Einem Instinkt folgend, richtet sie ihren Blick dann geradeaus. Hinter dem gegenüberliegenden Fenster erkennt sie eine Gestalt, die zu ihr herüberschaut. Bestürzt lässt sie die Gardine vor das Fenster fallen. So schnell ihre schmerzenden Glieder sie tragen, bewegt sie sich zurück in ihr Bett und schlägt sich die Bettdecke über den Kopf. Das Herz schlägt ihr bis zum Hals. *Ich will hier nicht sein. Ich will nach Hause.* Sie hat aber kein Zuhause mehr, ruft sie sich in Erinnerung, und bekommt feuchte Augen. Sie fragt sich, ob sie in der Nacht die richtige Wahl getroffen hat, als sie sich dafür entschieden hat, hierzubleiben. Aber sie hat keine Antwort darauf.

Plötzlich nimmt ihr jemand die Decke vom Gesicht. Sie erschrickt – und blickt in das liebenswürdig lächelnde Gesicht von Sofie. Erleichtert darüber seufzt sie, während Tränen aus ihren Augenwinkeln Richtung Schläfen kullern. Sofie setzt sich auf die Bettkante, schiebt ihr die verstrubbelten Haare aus dem Gesicht und streichelt ihre Wange.

„Habt keine Angst, Fräulein Isabelle. Hier hegt keiner böse

Absichten gegen Euch."

Kann so ein liebes Gesicht lügen? Isabelle hofft jedenfalls, dass dem nicht so ist. Als Sofie ihre Hand zurückziehen will, ergreift sie diese und lächelt sie gequält, aber dankbar an.

„Ich bin immer für Euch da, Fräulein. Und das sage ich nicht nur, weil man es mir aufgetragen hat."

Kapitel 5

Sofie hatte tatsächlich zwei Kleider aufgetrieben, die Isabelle einigermaßen passen. Sie sind zwar völlig aus der Mode, aber zumindest hat sie nun überhaupt etwas, um sich anzukleiden. Ungelegen kommt ihr dabei aber die Tatsache, dass diese Kleider das unbedingte Tragen einer Schnürbrust und eines Reifrocks in Form eines Paniers erfordern, was bedeutet, dass sie sowohl beim An- als auch beim Auskleiden auf die Hilfe von Sofie angewiesen ist.

Sich vor Sofie auszuziehen, ist ihr unangenehm. Zu Hause konnte sie auf solch umständliche Kleidung verzichten, und wenn es doch gefragt war, sich herauszuputzen, so hat Hanne ihr geholfen. Vor ihr hat sie keine Scham empfunden, sich nackt zu zeigen. Bei Sofie ist es anders. So kann ihr der Wechsel vom Nachthemd zum Unterkleid am Morgen nicht schnell genug gehen, während sie am Abend gänzlich darauf verzichtet, dies in Sofies Beisein zu tun. Sie schickt Sofie aus dem Zimmer, sobald sie nur noch ihr Unterkleid trägt, und bittet sie, vor der Tür zu warten. Dann widmet sie sich ihrer Körperpflege, um sich anschließend schnell in ihrem Nachthemd zu verhüllen.

Aber bis es jeden Tag so weit ist, dass der Abend kommt, hat sie viel Zeit zum Nachdenken – zu viel Zeit. Sie langweilt sich, denn sie befindet sich in einem selbst auferlegten Exil. Die vergangenen zwei Tage hat sich Isabelle in dem Zimmer, das man ihr zur Verfügung gestellt hat, verschanzt. Der Graf hat sie über ein Dienstmädchen mehrmals zu Tisch bitten lassen, was sie aber immer wieder abgelehnt hat. Auch wenn ihr bewusst ist, dass sie sich nicht für immer hier verstecken kann, so bietet ihr dieses Zimmer doch eine gewisse Sicherheit, die sie noch nicht bereit ist, aufzugeben.

Sofie versucht, ihr so weit wie möglich die Zeit zu vertreiben und ihr Gesellschaft zu leisten, allerdings hat sie auch noch andere Aufgaben zu erledigen. Sie erzählt Isabelle, dass sie in der Rangordnung der Dienstmädchen eine untergeordnete Rolle innehat und immer dort einspringen muss, wo sie gerade gebraucht wird. Kurz gesagt, Sofie ist das Mädchen für alles. Darum erfüllt es sie jetzt auch mit Stolz, dass man ihr die Aufgabe übertragen hat, sich um das Fräulein zu kümmern. Isabelle will ihr das Hochgefühl darüber nicht nehmen und behält den Gedanken, dass sich Sofie wohl nur um sie kümmern darf, weil sie selbst nicht von hoher Geburt ist, für sich.

Sie freut sich über die Gelegenheiten, in denen die scheinbar immer gut gelaunte Sofie Zeit findet und bei ihr ist, um einander kennenzulernen. So erfährt Isabelle unter anderem, dass Sofie nur ein Jahr jünger als sie selbst ist und dass sie noch einen kleinen achtjährigen Bruder hat, der Martin heißt. Ihre Familie lebt in einer kleinen Stadt in der Nähe von Schloss Feldheim. Sofies Vater ist Tagelöhner, weil er nach einem schweren Unfall nicht mehr als Zimmermann arbeiten kann. Ihre Mutter verdient mit Näharbeiten noch ein wenig Geld dazu. Und auch Sofie gibt etwas von ihrem Lohn an die Familie ab, damit Martin Zeit hat, eine Schule zu besuchen, was ihr selbst nicht vergönnt war.

Isabelle erzählt Sofie wiederum von ihrem Leben in Magdeburg, von den glücklichen Tagen und auch von den jüngsten Verlusten, die sie erlitten hat.

Nach nur zwei Tagen sind sie so miteinander vertraut, dass

Isabelle sich ein Herz fasst und Sofie bittet, sie nicht immer mit „Fräulein" anzureden. Sie ist es leid. Sie ist kein Fräulein. Sie ist von niederem Stand, genau wie Sofie, und sie sind im gleichen Alter. Warum sollten sie da nicht wie Freundinnen miteinander umgehen können? Mit diesen Argumenten versucht sie, Sofie zu überzeugen. Doch die reagiert zögerlich auf Isabelles Vorschlag. Sie hat Angst, deswegen von der Herrschaft gemaßregelt zu werden. Schließlich einigen sie sich darauf, das vertraute Du zumindest dann zu verwenden, wenn sie unter sich sind.

Die Zeit, die sie mit Sofie verbringt, verrinnt so schnell, dass es jedes Mal bedauerlich ist, wenn Sofie wieder davoneilen muss.

In den Stunden, in denen Sofie nicht bei ihr ist, trauert Isabelle um ihren Vater, läuft gelangweilt im Zimmer herum, öffnet immer wieder die Schränke und Schubladen, die weitestgehend leer sind – und dies am ersten wie auch am zweiten Tag bleiben. Sie betrachtet den stolzen Hirsch auf dem Gemälde über dem Kamin, bestaunt die aufwendig gearbeitete Uhr, die darunter auf dem Sims steht und inspiziert die Malereien auf ihrer Waschschüssel sowie die reich verzierten Rückseiten der Haarbürste und des Handspiegels auf dem Frisiertisch. Sprich, sie saugt jedes kleine Detail in ihrem Zimmer in sich auf, nur um sich mit irgendetwas die Zeit zu vertreiben.

Ein paar Augenblicke des Tages widmet Isabelle gedanklich auch ihrer Tante sowie Charlotte und Friedrich. Sie fragt sich, wie es ihnen ergangen ist. Auch wenn sie die drei stets lieber ab- als anreisen gesehen hat, so sind sie doch ein Teil ihrer Familie, und es würde ihr leidtun, wenn ihnen etwas zugestoßen wäre.

Isabelle überlegt, ob Hanne und August inzwischen von dem Überfall gehört haben. Wenn ja, was mochten sie wohl denken, was mit ihr geschehen ist? Sie ist sich sicher, dass sie sich schreckliche Sorgen machen würden. Womöglich glaubten sie, dass sie irgendwo – geschändet, mit aufgeschlitzter Kehle – am Straßenrand liegt. Dies waren zunächst ja auch ihre Befürchtungen. Was sollte man auch sonst erwarten, wenn eine junge Frau bei einem Überfall entführt wird? Der Gedanke, dass man sie verschonen und auf ein Schloss bringen würde, dürfte fernab aller anzunehmenden Möglichkeiten liegen.

Mehrmals steht sie am Fenster und sehnt sich danach, einfach nach draußen zu gehen und den Wind und die Sonne auf ihrer Haut zu spüren. Doch der Mut dazu fehlt ihr. Sie schaut auf die schöne Parkanlage und verfolgt aufmerksam die Arbeiten der zwei Gärtner, einem Mann und einem Jungen, wie sie beide darum bemüht sind, die Hecken und spiralförmigen Gebilde aus Buchsbaum in Form zu halten. Der Junge ist stets in Begleitung eines weißen Hundes, der ihm nicht von der Seite weicht. Es ist amüsant zu beobachten, wie der Hund, auf dem Rasen liegend, dem Jungen hinterherkriecht, sobald dieser sich mehr als zwei Ellen von ihm entfernt. So bewegen sich die zwei Stück für Stück die Hecken entlang. In Gedanken geht sie die Wege zwischen den geometrisch angelegten Feldern aus Rasen, Rabatten und Buchsbäumen entlang und dreht ihre Runden um den Brunnen.

Isabelles Blick fällt auch immer wieder auf das gegenüberliegende Fenster. Sie sieht aber niemanden mehr dahinterstehen, was ihr ein wenig Erleichterung verschafft. Schließlich setzt sie sich an den kleinen Schreibtisch und beginnt, einen Brief an Hanne und August zu schreiben. Sie will die beiden wissen lassen, was geschehen ist, wo sie ist, und dass es ihr gut geht. Sie hofft, ihnen so die Sorgen nehmen zu können. Irgendjemanden würden sie schon finden, der ihnen den Brief vorlesen kann.

Es ist der Nachmittag des dritten Tages, den sie auf Schloss Feldheim verbringt, als Sofie wieder einmal bei ihr vorbeischaut. Doch wider Isabelles Erwartungen kommt sie diesmal nicht zum Plaudern. Entgegen der vorigen Male ist nun sie beauftragt worden, eine Nachricht des Grafen zu überbringen. Er will Isabelle nun endlich sprechen. Aufgrund dieser Botschaft hält sich die Freude über Sofies Besuch in Grenzen. Dennoch willigt sie Sofie zuliebe ein. Sie will ihr die Schmach ersparen, ihrem Herrn mitteilen zu müssen, dass es auch ihr nicht gelungen ist, den Gast von einem Kennenlernen zu überzeugen. *Darüber hinaus lässt sich diese Unterredung wohl auch nicht endlos aufschieben.*

Sofie richtet ihr noch einmal das Kleid und die Haare, die von einem Nickerchen auf dem Bett zerknittert und zerzaust sind. Isabelle tut ihren Unmut darüber kund. Sie hält ein solches Aufheben für überflüssig, da sie kein Verlangen verspürt, einen guten Eindruck zu machen. *Schließlich entspricht es nicht meinem Wunsch, auf Schloss Feldheim zu verweilen.* Bevor sie Isabelles kleine Festung verlassen, drückt Sofie ihr ermutigend die Hände.

Der erste Teil des Weges ist Isabelle bekannt. Sofie führt sie durch den Flur und die Treppe hinunter in die Empfangshalle, die sie das erste und letzte Mal in der Nacht ihrer Ankunft betreten hat. Ihr Weg endet im Erdgeschoss, in einem verhältnismäßig kleinen Raum, der offensichtlich dem Grafen als Arbeitszimmer dient, denn er wird von einem riesig wirkenden Schreibtisch eingenommen. An einem der Fenster steht ein Mann, den Rücken zu ihnen gewandt. Er wird durch die Geräusche ihres Eintretens auf sie aufmerksam und dreht sich zu ihnen um. Das nachdenklich angespannte Gesicht verwandelt sich augenblicklich in ein freundliches Lächeln.

„Danke, Sofie." Sofie knickst vor ihm und verlässt dann das Zimmer.

Der Mann ist ein älterer Herr, der groß und schlank gebaut ist. Das graue Haupthaar und den grauen Vollbart trägt er kurz. Er kommt auf Isabelle zu, wobei er das linke Bein leicht hinter sich herzieht.

„Graf Ludwig von Feldheim", stellt er sich vor und folgt Isabelles Blick auf sein Bein. „Eine alte Kriegsverletzung, die sich mal mehr und mal weniger bemerkbar macht." Erklärt er und zwinkert ihr zu. Die Falten, die sich um seine Augen gebildet haben, verraten Isabelle, dass das freundliche Lächeln, das er ihr entgegenbringt, nicht aufgesetzt ist, und so will auch sie es nicht an Freundlichkeit mangeln lassen.

„Isabelle Reichardt." Sie knickst vor ihm, so wie sie es zuvor bei Sofie gesehen hat.

„Ich weiß. Und ich bin hocherfreut, Euch endlich kennenlernen zu dürfen, Fräulein Isabelle." Er deutet eine kurze Verneigung an und hält ihr einladend seine Hand entgegen. Das geht ihr dann aber doch zu weit. So viel der Vertraulichkeit ist unter den gegebenen Umständen ihrer Meinung nach nicht angebracht, und so tritt sie entschlossen einen Schritt zurück und legt demonstrativ ihre Hände nach hinten auf den Rücken.

Der Graf übergeht diesen Fauxpas verständnisvoll.

„Kommt und setzt Euch!" Er geht um seinen Schreibtisch herum und weist auf den Stuhl, der davorsteht.

Nachdem Isabelle Platz genommen hat, setzt er sich selbst und beginnt das Gespräch mit den üblichen Plattitüden, die wohl der höfischen Etikette entsprechen, wie sie annimmt. Er heißt sie auf Schloss Feldheim willkommen, fragt sie nach ihrem Befinden, und ob ihr das Zimmer, in dem sie untergebracht ist, genehm ist. So tauschen sie zunächst belanglose Phrasen aus, bis der Graf zu dem Teil des Gesprächs kommt, der für Isabelle tatsächlich von Interesse ist.

„Ich halte diese Unterredung für erforderlich, damit Ihr versteht, dass Ihr Euch trotz der widrigen Umstände, unter denen Ihr hierhergekommen seid, nicht als Gefangene, sondern als Gast in diesem Haus betrachten dürft."

Isabelle sieht ihn ernsthaft zweifelnd an.

„Ich versichere Euch, dass niemandem hier daran gelegen ist, Euch irgendein Leid anzutun oder Euch einzusperren. Euch stehen alle Freiheiten eines Gastes zu. Ihr dürft in diesem Schloss hingehen, wo Ihr wollt. Ihr könnt ausreiten, im Park spazieren gehen, Bücher aus der Bibliothek lesen und was Euch noch alles dem Zeitvertreib dient."

„Darf ich fragen, womit ich das Vergnügen, Euer Gast sein zu dürfen, verdient habe?", fragt Isabelle skeptisch, mit einem Anflug von Sarkasmus.

Der Graf lächelt nachsichtig darüber hinweg. „Nun, Euer werter Herr Vater hat mir einen großen Dienst erwiesen. Er hat meinem Neffen das Leben gerettet."

Isabelle sieht ihn überrascht an. Erneut kramt sie in ihren Erinnerungen, ob dort der Name des Grafen von Feldheim schon einmal aufgetaucht ist, aber es will sich nichts finden lassen. *Eine solche Begebenheit hätte mir Vater doch nicht vorenthalten. Möglicherweise liegt hier eine Verwechslung vor.*

„Ich hoffe, Ihr könnt nun verstehen, warum mein Neffe und ich entschieden haben, Euch in unsere Obhut zu nehmen. Wir sehen uns verpflichtet, uns um Euch zu kümmern, jetzt da es Euer Vater nicht mehr kann. Zumal uns zugetragen worden ist, dass die bevorstehende Heirat mit Eurem Vetter wohl nicht Eure bevorzugte Wahl ist?"

„Das kann ich nicht leugnen. Aber könnt Ihr Euch sicher sein, dass es mein Vater war, der Eurem Neffen das Leben gerettet hat? Er hat mir nie etwas davon erzählt."

„Da fragt Ihr den Falschen. Ich bin Eurem Vater nie begegnet, aber mein Neffe ist sich dessen sicher. Eine Verwechslung ist ausgeschlossen."

Isabelle nickt nachdenklich. Dann schluckt sie schwer. „Ich weiß nicht, was ich davon halten soll. Es ist schwer zu glauben, dass ich Euer Gast sein soll, nachdem ich gegen meinen Willen hierhergebracht worden bin. Was erwartet Ihr von mir im Gegenzug für Eure Gastfreundschaft?", fragt sie misstrauisch.

Wieder lächelt er sie an. „Mehr als ein anständiges Benehmen, und dass Ihr Euch der Etikette beugt, wird nicht von Euch erwartet. Ich gehe davon aus, dass Ihr es in Betracht ziehen könnt, dieses Angebot als fairen Handel anzunehmen?" Er hebt, auf eine Antwort wartend, seine Augenbrauen.

„Was das anständige Benehmen angeht, habt ihr mein Wort. Aber die Etikette betreffend kann ich Euch leider keine Versprechungen machen. Ihr wisst, dass ich die Tochter eines Kaufmanns bin. In Euren Kreisen kenne ich mich nicht aus."

„Die Etikette werdet Ihr mit der Zeit erlernen", erwidert er zuversichtlich, ohne Isabelle damit unter Druck zu setzen. Möglicherweise täuscht sie sich, aber im Moment glaubt sie, dass Graf Ludwig von Feldheim ihr tatsächlich wohlgesonnen ist.

„Wie lange gedenkt Ihr, mich bei Euch aufzunehmen?"

„So lange Ihr es wünscht."

„Das heißt, ich könnte jederzeit gehen?" Sie muss sich noch einmal vergewissern, dass sie nichts falsch verstanden hat.

„Ich habe ja bereits gesagt, dass Ihr keine Gefangene seid.

Also ja, Ihr könnt jederzeit gehen, wenn es Euch beliebt. Nur im Moment muss ich Euch bitten, davon Abstand zu nehmen. Nach Eurem doch eher ungewöhnlichen Verschwinden würde man Euch viele Fragen stellen, wenn Ihr so plötzlich wohlbehalten wieder auftauchtet. Solltet Ihr diese wahrheitsgemäß beantworten, was Ihr wohl müsstet, könnte dies unangenehme Folgen für das Haus von Feldheim haben."

Also doch nicht ganz frei, denkt Isabelle, nickt aber verständig. „Kann ich vielleicht wenigstens einen Brief an unsere alte Magd und den Knecht schreiben, damit sie wissen, dass es mir gut geht?"

Er schüttelt den Kopf. „Versteht mich nicht falsch! Ich habe durchaus Verständnis für Euer Ansinnen, aber es ist für meine Familie und auch für Euch besser, wenn vorerst niemand weiß, dass Ihr hier seid."

Isabelle sieht ihn ernüchtert an.

„Auch wenn es Euch schwerfällt, muss ich Euch bitten, es zu unterlassen, jemanden über Euren Verbleib zu unterrichten", fügt der Graf eindringlich hinzu. „Ich kann mir vorstellen, dass Ihr nach der Art und Weise, wie man Euch hierhergebracht hat, nicht gerade mit Vertrauen mir gegenüber gesegnet seid. Insofern hättet Ihr jedes Recht, meiner Bitte nicht nachzukommen. Ich kann Euch nur um Verzeihung bitten."

Sie denkt einen Augenblick darüber nach. Fragt sich wieder, welche Wahl sie hat und erkundigt sich nach dem Wohlergehen ihrer Tante, ihrer Cousine und ihres Cousins. Der Graf versichert ihr, dass niemandem ein Leid zugestoßen ist und ihre lieben Verwandten wohlbehalten in Stendal angekommen sein dürften.

„Ich hoffe, diese Erkenntnis stimmt Euch insoweit positiv, dass Ihr in Erwägung ziehen könnt, meiner Bitte nachzukommen."

Isabelle seufzt einlenkend und sagt leise: „Ich denke, das kann ich."

Graf Ludwig lässt sich erleichtert in seinen Stuhl zurückfallen. „Ich bin sehr dankbar für Euer Entgegenkommen."

Isabelle ist bedrückt. Sie hat ein Versprechen gegeben, das ihr wegen der Ungewissheit, in der sie Hanne und August weiter lassen muss, schwer auf der Seele liegt.

„Darf ich jetzt gehen?"

„Eins noch!", hält er sie zurück. „Da Eure Garderobe abhandengekommen ist, habe ich mir erlaubt, nach einer Schneiderin schicken zu lassen. Sie wird morgen im Laufe des Vormittags hier sein. Ich bitte Euch, dass Ihr Euch die Zeit freihaltet, damit sie an Euch Maß nehmen kann. Sie wird Euch ein paar Modelle zeigen und Stoffproben mitbringen. Sucht Euch einfach etwas aus." Er nickt ihr wohlwollend zu, als er ihre Zweifel bemerkt.

Isabelle würde gern behaupten, dass das nicht nötig sei. Allerdings würde dies, wie beide wissen, nicht der Wahrheit entsprechen. *Schließlich haben sich die Entführer nicht die Mühe gemacht, auch noch mein Gepäck mitzunehmen.* „Danke", ist deshalb alles, was sie dazu sagt.

„Jetzt dürft Ihr gehen, Fräulein Isabelle."

Als Isabelle schon an der Tür ist, ruft er ihr noch zu: „Ich würde mich freuen, wenn ich Euch heute Abend zu Tisch erwarten kann."

Isabelle nickt zögerlich.

„Man wird Euch holen, wenn es so weit ist."

Die Zeit bis zum Abend vergeht an diesem Tag leider viel zu schnell. Sofie hat ihr begeistert versprochen, rechtzeitig zu ihr zu kommen, um sie für das Essen herzurichten. Wie erwartet, hat sie sich darangehalten und hilft ihr nun, eines der beiden Kleider, die sie für sie gefunden hat, anzuziehen. Es sieht mit seiner blass lilafarbenen Seide etwas freundlicher aus als das graublaue Kleid und steht ihr auch besser zu Gesicht. Das findet zumindest Sofie. Isabelle hätte sich für das Abendessen nicht extra umgezogen, aber Sofie hat ihr versichert, dass das so üblich ist. Da sie dem Grafen ein Versprechen hinsichtlich ihres Benehmens und der Etikette gegeben hat, lässt Isabelle sich also darauf ein.

Der Schnitt ist ähnlich altmodisch wie der des anderen Kleides, sodass sie sich so oder so nicht wohl in ihrer Haut fühlt – und sich eher verkleidet als angekleidet vorkommt. Insbesondere die großen, angesetzten Ärmelaufschläge sind gewöhnungsbedürftig. Sie trägt die zarte Silberkette ihrer verstorbenen Mutter um den Hals, in deren Anhänger ein kleiner Smaragd eingefasst ist, der perfekt zu dem Grün ihrer Augen passt.

Als sie sich so im Spiegel betrachtet, bedauert sie es, dass es wohl noch etwas Zeit in Anspruch nehmen wird, bis die Schneiderin, die morgen kommen soll, ein Kleid für sie genäht haben wird, das ihr passt und dessen Rock nicht fast genauso breit wie lang ist. Sie nimmt die Binden von ihren Handgelenken. Die Blessuren sind immer noch deutlich sichtbar. *Sollen die Herren Grafen doch ruhig sehen, welche Verletzungen die Entführer mir zugefügt haben.*

Sofie ist gerade damit fertig geworden, ihre Haare hochzustecken, als bereits eines der anderen Dienstmädchen vor der Tür steht, um sie abzuholen.

Noch bevor Isabelle das Esszimmer erreicht, vernimmt sie bereits die Stimme von Graf Ludwig. Es hört sich an, als würde er jemanden maßregeln – seine Stimme wird lauter und deutlicher, je näher sie dem Esszimmer kommt.

„Du bleibst hier! Du kannst ihr nicht ewig aus dem Weg gehen, Christian! Was denkst du dir eigentlich? Du verschleppst das Mädchen ohne meine Einwilligung hierher und überlässt es mir, dafür Sorge zu tragen, die Wogen zu glätten und einen Skandal zu vermeiden. Was ist, wenn sie es sich doch anders überlegt und einfach verschwindet? Wie willst du erklären, was hier passiert ist? Es kann doch nicht so schwer sein, ihr ein wenig Entgegenkommen deinerseits zu zeigen.“

Er unterbricht seine Strafpredigt, als er sie den Raum betreten sieht. Die beiden ihm gegenüberstehenden Männer drehen sich zu ihr um.

Im ersten Augenblick überrascht, dass drei Herren zum Abendessen anwesend sind, ist sie dann geschockt, als sie erkennt, mit wem sie an einem Tisch sitzen soll. Sie bleibt wie vom Donner gerührt stehen. Die Gedanken in ihrem Kopf überschlagen sich. Ihr Herz trommelt wie Paukenschläge gegen ihre Brust. Unruhig sieht sie von einem der beiden Männer zum anderen, um schließlich dem Grafen einen vorwurfsvollen Blick zuzuwerfen. *Warum hat er mich in diese Situation gebracht?* Isabelle sieht sich unerwartet ihren beiden Entführern gegenüber. *Ich habe gehofft, diesen Männern nie wieder begegnen zu müssen; dass sie für ihre Gefälligkeit bezahlt wurden und verschwunden sind.*

Auch wenn sie dem Grafen sein Bedauern über die Entführung geglaubt hat und sich inzwischen möglicherweise auch vorstellen kann, dieses Vorgehen mit der Zeit zu vergeben, so liegt ihr nichts ferner, als sich mit ihren beiden Peinigern bei belanglosem Wortgeplänkel an einen Tisch zu setzen, zu speisen und so zu tun, als sei nichts geschehen. Sie ist gerade im Begriff, die

Flucht zu ergreifen, als ihr zwei Diener auf ein Zeichen des Grafen den Weg versperren. *So viel also dazu, dass ich ein Gast in diesem Haus bin!* Gehetzt dreht sie sich zu den anwesenden Herren um. Graf Ludwig hebt beschwichtigend seine Hände und kommt auf sie zu. Ein Ausdruck des Bedauerns liegt auf seinem Gesicht, doch Isabelle weicht panisch vor ihm zurück.

„Beruhigt Euch, Fräulein Isabelle! Ich weiß, ich hätte Euch vorwarnen sollen, aber ich habe befürchtet, dass Ihr dann nicht kommen würdet."

„Ganz recht. Was bezweckt Ihr damit?", entrüstet sich Isabelle.

„Bei den beiden Herren handelt es sich um meinen Neffen und einen Freund der Familie. Da ein Aufeinandertreffen demnach unvermeidlich ist, habe ich es vorgezogen, dies zu arrangieren, um Zeit und Raum für Erklärungen zu lassen."

Isabelle versucht, ihre Fassung wiederzugewinnen. Sie holt tief Luft – und sieht verbittert in die Runde. *Der werte Neffe hat mich also persönlich hierher verschleppt.* Sie nimmt an, dass es der dunkelhaarige Mann ist, der nun einen feinen Rock trägt und ihr gerade entgegentritt. Der andere, mit Lederhose, Stiefeln und Hemd bekleidet, ist dann wohl sein Handlanger, der Freund der Familie.

Doch ganz anders als angenommen, stellt Graf Ludwig den dunkelhaarigen Mann als Herrn Sükrü vor. Der Mann verbeugt sich vor ihr.

„Ich bin erfreut, dass Ihr uns heute Abend Gesellschaft leistet. Das gibt mir und Graf Christian …", er macht eine Handbewegung in die Richtung des dunkelblonden Mannes, der nun hinter ihm steht, „… die Hoffnung, dass es Euch irgendwann möglich sein wird, uns die rüde Behandlung, die wir Euch haben zukommen lassen, zu vergeben."

Isabelle verschränkt schützend ihre Arme vor dem Körper. *Ich werde ganz sicher nicht vor diesen beiden Männern knicksen. Benehmen und Etikette hin oder her. Da können sie sich noch so tief vor mir verbeugen.*

„Graf Christian von Feldheim", stellt sich nun der andere vor, wobei er eine viel zu überschwängliche Geste während der Verbeugung ausführt, die ihr deutlich macht, dass er von derlei Getue ihr gegenüber nichts hält. „Wir sind sehr erfreut, Euch endlich wohlauf zu sehen, Fräulein Isabelle. Die Sorge, dass Euch die Reise nicht bekommen ist, war groß."

Isabelle glaubt, Hohn aus seiner Stimme zu hören. Der gelangweilte Blick, den er bei seinen Worten zur Schau trägt, bestätigt sie in ihrer Annahme. Die Strafpredigt, die sie beim Betreten des Raumes vernommen hat, hat also ihm gegolten. Sie wirft ihm einen zornigen Blick zu, den er mit einem spöttischen Grinsen erwidert. *Was für ein überheblicher Kerl er doch ist.* Isabelle ertappt sich bei der Überlegung, ob es nicht besser gewesen wäre, wenn ihr Vater ihm nicht das Leben gerettet hätte. Sie weiß nicht, was sie von dieser absurden Situation halten soll.

„Darf ich die Herrschaften nun zu Tisch bitten?", richtet sich Graf Ludwig ungeduldig an sie. Es ist allerdings eher eine Aufforderung als eine Frage, der die Herren sofort nachkommen. Die beiden Grafen streben jeweils eine der beiden Stirnseiten an, während Herr Sükrü an die Längsseite der Tafel tritt. Isabelle rührt sich vorerst nicht. Unschlüssig steht sie da.

„Fräulein Isabelle." Graf Ludwig fordert sie mit einer Geste auf, an der anderen Längsseite des Tisches Platz zu nehmen, sodass sie Herrn Sükrü gegenübersitzen würde

Graf Christian trägt deutlich sein Desinteresse zur Schau. *Offenbar ist es ihm egal, ob ich gehe oder bleibe.* Sie beschließt, nicht klein beizugeben, sondern sich der Situation zu stellen. Mit einem deutlich hörbaren Murren lässt sie ihre verschränkten Arme fallen und geht stolz erhobenen Hauptes zu dem Platz, den ihr Graf Ludwig zugewiesen hat. Die Tafel ist lang genug, dass sie ihrer Meinung nach weit genug von dem unverschämten jungen Grafen entfernt sitzt. Die Diener beginnen, die Speisen aufzutragen.

„Ihr seht im Übrigen reizend aus, Fräulein Isabelle." Graf Ludwig wirft ihr einen aufmunternden Blick zu. Isabelle ist allerdings nicht daran gelegen, die Aufmerksamkeit ausgerechnet auf ihre Aufmachung zu ziehen. Sie bedankt sich dennoch mit einem gequälten Lächeln.

„Das meine ich aufrichtig. Sie verleihen dem alten Kleid neuen Glanz."

„Ich nehme an, darin hat sie Übung", bemerkt Graf Christian spitz, während er seine Suppe löffelt und würdigt sie keines Blickes. „Seitdem unsere Königin mit ihrem Hof in Magdeburg Schutz gesucht hat, ist ja hinlänglich bekannt, dass die Magdeburger eher einem veralteten Modegeschmack hinterherhängen."

„Ich bitte vielmals um Verzeihung, wenn meine rückständische Aufmachung nicht Euren Ansprüchen genügt ..." Der unverschämte Graf sieht sie nun doch an – wenn auch überrascht. *Er hat wohl nicht mit einer Erwiderung meinerseits gerechnet.* „... aber es dürfte Euch nicht entgangen sein, dass mir unterwegs meine Garderobe abhandengekommen ist", entgegnet sie bissig und wirft einen geringschätzigen Blick auf seine Kleidung, wobei ihr auffällt, dass er es nicht einmal zum Essen für nötig gehalten hat, den fingerlosen Handschuh an seiner linken Hand abzulegen. *Das versteht man hier also unter Etikette.* „Mir ist allerdings bisher entgangen, dass der Aufzug eines Wegelagerers dem neuesten Schick am preußischen Hof entspricht."

Die Anspielung auf sein unpassendes Erscheinungsbild hat gesessen. Graf Christian schluckt den Wein, von dem er sich gerade genommen hat, schwer hinunter, räuspert sich und schenkt dann, offenbar verlegen, seine ganze Aufmerksamkeit dem Essen, das vor ihm steht. Herr Sükrü kann sich ein leises Lachen nicht verkneifen, und auch Graf Ludwig scheint nicht ganz unglücklich darüber zu sein, dass sein Neffe in die Schranken gewiesen wurde.

„Ich habe bereits nach der Schneiderin schicken lassen. Sie wird morgen Vormittag hier sein und Maß an Fräulein Isabelle nehmen." Graf Ludwig sieht tadelnd zu seinem Neffen. „Vielleicht solltest du bei dieser Gelegenheit auch gleich Maß für einen neuen Rock an dir nehmen lassen", schlägt er in die gleiche Kerbe wie zuvor Isabelle.

Die gegebene Situation scheint für alle Anwesenden unangenehm zu sein, denn es breitet sich anschließend ein betretenes Schweigen am Tisch aus. Isabelle fragt sich, ob sie zu vorlaut war, kommt aber zu dem Schluss, dass dies nicht der Fall ist. *Ich habe nicht die Absicht, einem der anwesenden Herren zu gefallen. Ich bin ihnen nichts schuldig. Aber ist der Graf meinem Vater tatsächlich etwas schuldig geblieben?* Die Frage lässt ihr keine Ruhe.

„Euer Onkel hat mir erklärt, dass mein Vater Euch angeblich das Leben gerettet hat", durchbricht sie die Stille. „Darf ich Euch nach den genauen Umständen fragen?"

Der junge Graf schluckt seinen Bissen hinunter, nimmt einen Schluck von dem Wein und tupft sich mit einer Serviette den Mund ab. Erst jetzt schenkt er Isabelle einen Moment seiner Aufmerksamkeit, indem er ihr einen kurzen Blick zuwirft und dann nachdenklich auf das weiße Tischtuch vor sich starrt, so als würde er überlegen, wo er mit seiner Erzählung am besten beginnen solle. Isabelle sieht ihn gespannt an und hofft, nun endlich zu erfahren, welchen Ereignissen sie ihre Entführung nach Feldheim zu verdanken hat.

„Nein", ist seine kurze und unerwartete Antwort, die Isabelle erneut vor den Kopf stößt. *Was erlaubt er sich?* Wenn sie auf die Hilfe des Onkels gehofft hat, so tut sie dies vergebens. Die drei Herren haben die Augen geflissentlich auf ihre Teller gerichtet, so als wäre die leidliche Episode gerade nicht passiert.

Das unerwartete Aufeinandertreffen mit ihren Entführern und das Benehmen des jungen Grafen schlagen Isabelle auf den Magen. Appetitlos stochert sie in der Pastete vor sich herum und legt die Gabel schließlich beiseite.

„Ist es nicht nach Eurem Geschmack?", erkundigt sich Graf Ludwig nun besorgt.

„Doch. Doch, es ist wirklich köstlich. Ich habe nur leider keinen Appetit mehr." Isabelle schielt bei ihren Worten zu Graf Christian hinüber und presst dann die Lippen verbittert aufeinander. Der lässt sich davon nicht beeindrucken und beschäftigt sich weiter ungerührt mit seinem Essen.

Herr Sükrü ist bemüht, die Situation zu entspannen. „Wie gefällt es Euch auf Schloss Feldheim?", versucht er eine Unterhaltung zu beginnen.

Isabelle empfindet diesen Versuch höflicher Konversation von jemandem, der sie gegen ihren Willen hierher verschleppt hat, als höchst merkwürdig, bleibt ihm eine Antwort aber nicht schuldig. „Ich weiß es nicht. Außer meinem Zimmer habe ich noch nicht viel gesehen."

„Das ist bedauerlich, aber dann erzählt mir doch wie euch das Zimmer gefällt."

„Es ist sehr hübsch, danke." Isabelle nimmt einen Schluck

Wasser. „Es ist ungewohnt groß, aber geschmackvoll eingerichtet. Der Blick in den Park ist wirklich sehr charmant."

„Wenn Euch der Park so gefällt, solltet Ihr ihn nicht nur von Eurem Fenster aus betrachten", bringt sich Graf Ludwig ein. „Ich sagte Euch ja bereits, dass Ihr frei seid, überall hinzugehen."

Isabelle nickt gefällig, sieht dabei aber skeptisch die zwei Diener an, die ihr vorhin den Weg versperrt und damit den Rückzug verwehrt haben. *Wie frei ich wirklich bin, war gerade nicht zu übersehen.*

Graf Ludwig versteht dies zu deuten. „Solange es zu Eurem Besten ist", fügt er deshalb hinzu.

„Und was zu meinem Besten ist, das entscheidet dann also doch Ihr?", fragt sie Graf Ludwig ganz direkt. Sie hofft, das Essen würde bald vorbei sein, damit sie sich wieder auf ihr Zimmer zurückziehen kann.

„Nein, das entscheide ich", meldet sich nun Graf Christian scharf zu Wort. Er hat die ganze Zeit über geschwiegen und stellt nun zweifelsfrei klar, wer hier bestimmt, was sie darf und was nicht. Isabelle sieht ihn entgeistert an. Er erwidert ihren Blick mit einer Eindringlichkeit, die keinen Widerspruch duldet. In ihr brodelt eine schmerzhafte Mischung aus Unbehagen und Zorn. Die Stimmung am Tisch schlägt von einem Augenblick auf den nächsten von beklemmend zu explosiv um.

„Und wie kommt Ihr mit dem Mädchen zurecht, das Euch behilflich sein soll?", fragt Herr Sükrü scheinbar beiläufig, wohl aber wieder in dem Bemühen, die brisante Lage zu entschärfen.

Isabelle sieht ihn aufgrund der in diesem Moment absurd anmutenden Frage verwirrt an. „Sie ist sehr freundlich", antwortet sie kurz und knapp. Damit soll es für sie getan sein.

Aber Herr Sükrü lässt nicht locker. „Sofie heißt sie, wenn ich mich nicht irre?“, legt er nach, bevor sie sich wieder erbost Graf Christian zuwenden kann.

„Ja, Sofie ist ihr Name“, antwortet sie nun schon etwas weniger mürrisch.

Seine kleine Ablenkung scheint ihre Wirkung nicht zu verfehlen. Sie hört Graf Ludwig erleichtert ausatmen, und auch Graf Christian lehnt sich entspannt in seinem Stuhl zurück. Isabelle erkennt ihre Chance, um für Sofie Fürsprache zu halten – und im besten Fall einen Vorteil für sie beide herauszuschlagen.

„Ohne sie wären die letzten Tage unerträglich für mich gewesen. Es wäre schön, wenn man ihr vielleicht ein paar ihrer anderen Aufgaben abnehmen würde, sodass sie mir ein wenig mehr Gesellschaft leisten kann.“

Herr Sükrü sieht Graf Christian auffordernd an, der inzwischen einen Ellenbogen auf der Armlehne platziert und seine Finger nachdenklich an die Schläfe gelegt hat. Er zuckt gleichgültig mit den Schultern. Dann fällt sein Blick auf die Wunden an ihren Handgelenken, die sie absichtlich und für alle gut sichtbar auf dem Tisch liegen hat. Er wendet seinen Blick reuig ab und gibt Herrn Sükrü mit einem Nicken zu verstehen, dass er einverstanden ist.

Insgeheim freut sich Isabelle über ihren kleinen Erfolg, kann es wohl aber nicht ganz verbergen, denn sie bemerkt den intensiven Blick des jungen Grafen wieder auf sich ruhen. Nachdenklich streicht er sich mit dem Zeigefinger des aufgestützten Arms über seine Unterlippe. Sie fühlt sich ertappt und kann seinem Blick nicht standhalten. Er macht sie auf eine Art nervös, die sich Isabelle nicht erklären kann. *Anscheinend hat dieser Mann tatsächlich das letzte Wort, was mich und meine Bedürfnisse betrifft, und das gefällt mir überhaupt nicht.*

$\mathcal{K}$apitel 6

Als Sofie ihr am nächsten Morgen beim Ankleiden hilft, ist sie hocherfreut und kann es kaum erwarten, Isabelle die Neuigkeiten zu berichten. Der junge Herr Graf hat ihr aufgetragen, mehr Zeit für Fräulein Isabelle aufzuwenden, und hat einige ihrer Aufgaben auf die anderen Mädchen verteilt. Wenn Fräulein Isabelle ihre Gegenwart wünscht, soll dies absoluten Vorrang haben. Isabelle hört ihr erstaunt zu. *Der unverschämte Graf Christian von Feldheim, der gestern Abend den Eindruck eines selbstgefälligen Despoten gemacht hat, hat mir tatsächlich einen Wunsch erfüllt.*

Später am Vormittag trifft die Schneiderin auf Schloss Feldheim ein und wird zum Maßnehmen nach oben in Isabelles Zimmer geschickt. Begleitet wird sie von einem Mädchen namens Annemarie. Sie selbst stellt sich als Cäcilie Stubenrauch vor. Frau Stubenrauch trägt ein sehr geschmackvolles Kleid. Gleiches würde sie von Isabelles Aufmachung wohl nicht behaupten. Ihr Reisekleid, welches Sofie inzwischen gereinigt und dessen von Brombeersträuchern zerrissenen Saum sie notdürftig geflickt hat, übertrifft offenbar die schlimmsten Befürchtungen der Frau. Als sie Isabelle darin sieht, verspricht sie ihr, sich aufgrund dieser dramatischen Lage mit den Näharbeiten besonders zu beeilen.

Isabelle zieht sich bis auf das Unterkleid aus, und unter den wachsamen Augen von Frau Stubenrauch nimmt Annemarie ihre Maße ab, während die Schneiderin alles notiert.

Nachdem Isabelle sich mit Sofies Hilfe wieder angekleidet hat, begeben sie sich nach unten in einen der Salons im Erdgeschoss. Auf einem Tisch ausgebreitet liegen bereits Stoffmuster verschiedener Farben und Qualitäten, Spitzen und Bänder sowie eine Mappe mit losen Blättern, auf denen verschiedene Kleidermodelle gezeichnet sind.

Isabelle befindet die Entwürfe als sehr gelungen und lässt dies die Schneiderin wissen. Sie erfährt von der Frau, dass sie die Skizzen selbst gefertigt hat, und lobt sie als „wahre Künstlerin". Zeichnen ist ein Talent, das Isabelle, ähnlich wie Nähen, Sticken und Kochen, völlig fehlt. Cäcilie Stubenrauch freut sich über das Kompliment und hofft auf ein gutes Geschäft.

Isabelle und Sofie nehmen sich, zunächst enthusiastisch, Seite für Seite vor. Doch auch wenn die Zeichnungen an sich wunderschön ausgeführt sind, kann sich Isabelle für die Vorstellung, die abgebildeten opulenten Roben selbst tragen zu müssen, schließlich nur wenig begeistern. Die Schneiderin wirkt irritiert. Sie ist es gewohnt, dass die wohlgeborenen Damen beim Anblick ihrer Entwürfe vor Verzücken laut aufschreien und gar nicht mehr aufhören können, ihre Bewunderung kundzutun.

Isabelle jedoch findet diese Modelle zwar alle bezaubernd, aber sie ist keine wohlgeborene Dame. Sie ist keineswegs mit der Vorstellung hier, ein solches Kleid zu erwerben. Isabelle möchte Kleider, wie sie sie zu Hause getragen hat. *Kleider, die ich mir ohne fremde Hilfe an- und ausziehen kann. Kleider, die ohne sperrige Reifröcke oder Poschen auskommen. Kleider, mit denen ich ausreiten kann.*

Darüber hinaus hat sie aber auch nicht vor, die Gutmütigkeit von Graf Ludwig auszunutzen. Sie ist hier nur Gast, und ganz gleich, welche Schuld es zu begleichen gibt – warum soll sie Geld, das ihr nicht gehört, für Kleider ausgeben, derer sie aufgrund ihres niederen Standes nicht gerecht werden kann? *Ich würde mir darin genauso verkleidet vorkommen wie in den altmodischen Dingern, die mir im Moment zur Verfügung stehen.* Eines der Kleider gefällt ihr aber trotzdem so gut, dass sie sich zumindest erlaubt, es etwas länger zu betrachten. Es gehört unter den pompösen Kleidern zu denen, die ohne viel aufgesetzte Dekorationen nur durch schlichte Eleganz bestechen. Das Kleid auf der Zeichnung hat auf dem Rücken tief eingelegte Falten, die ab der Schulter weit aufspringen. Die ellenbogenlangen Ärmel enden in dreilagigen Volants aus feiner Spitze, mit der auch der Ausschnitt verziert ist. Edle Stickereien geben dem Kleid eine besondere Note. Als Makel empfindet Isabelle nur die großzügig applizierten Schleifen.

Frau Stubenrauch hat wohl bemerkt, dass Isabelle diesem Kleid etwas mehr zugetan ist, und wittert ihre Gelegenheit.

„Das Kleid würde Euch ausgezeichnet zu Gesicht stehen, Fräulein Isabelle. Der Rock wird bei diesem Modell extra gefertigt und erst dann an das Oberteil angenäht; dadurch kann man die Taille noch besser betonen. Und Ihr habt, wenn ich das sagen darf, eine besonders schöne Taille, die man nicht verstecken sollte."

Isabelle lächelt verlegen. „Danke, aber ich wüsste gar nicht, zu welcher Gelegenheit ich dieses Kleid tragen sollte." Isabelle schiebt die Zeichnung mit etwas Bedauern weiter und nimmt sich die nächste vor. *Ich brauche etwas, das ich jeden Tag tragen kann.*

Die Schneiderin sieht sie verdutzt an und erklärt ihr, dass es noch nie vorgekommen sei, dass ein junges Fräulein nicht wisse, zu welcher Gelegenheit es ein schönes Kleid anziehen solle. Es müsse doch Dutzende Anlässe geben, gerade wenn man von höherer Geburt sei. Isabelle klärt die Schneiderin darüber auf, dass dies gerade nicht so ist. Frau Stubenrauch ist überrascht darüber, hatte man ihr doch gesagt, dass die Nichte des Grafen neu eingekleidet werden soll. Nun kommt Isabelle in Erklärungsnot, aber noch bevor sie etwas sagen kann, erhellt sich das Gesicht der Schneiderin.

„Oh, ich verstehe. Verzeiht mir, ich wollte Euch nicht in Verlegenheit bringen." Die Frau errötet und Isabelle fragt sich argwöhnisch, was ihr wohl gerade durch den Kopf geht.

„Aber gerade unter diesen Umständen benötigt Ihr doch nichts Praktisches, sondern eher etwas, das Eure Vorzüge noch mehr unterstreicht. Ich denke, das wäre auch im Sinne des Grafen." Sie zwinkert ihr wissend zu.

Jetzt ist es an Isabelle, vor Verlegenheit zu erröten, hat sie doch eine Befürchtung, worauf die Schneiderin anspielt. *Um Gottes Willen – sie glaubt ich wäre die Gespielin des Grafen.* Gerade hat sie mit Freude festgestellt, dass die Entwürfe auf den hinteren Seiten schlichter und einfacher werden. Ohne weiter auf die Bemerkung der Schneiderin einzugehen, entscheidet sie sich für das erstbeste Modell, welches am Dekolleté weitestgehend mit Knöpfen verschlossen ist, wohl auch, um zu unterstreichen, dass Cäcilie Stubenrauch mit ihrer angedeuteten Vermutung völlig falsch liegt. Sie bittet darum, den Rock so zu nähen, dass sie keine Poschen oder Ähnliches darunter tragen muss. Von den Stoffen wählt sie eine feine Wollqualität in einem hellen Grün und ein zweites Kleid in Blaugrau. Damit ist die Sache für sie erledigt.

„Nur diese zwei einfachen Kleider für das Fräulein?" Die Enttäuschung ist der Schneiderin ins Gesicht geschrieben, hat sie doch in der Hoffnung auf einen großen Auftrag alles aufgefahren, was sie zu bieten hat. Selbst Sofie sieht Isabelle entgeistert an.

„Nur zwei Kleider genügen Euren Ansprüchen, Fräulein Isabelle?", ertönt plötzlich zynisch eine tiefe Stimme vom anderen Ende des Raumes. Die vier Damen schrecken auf. Sie haben nicht bemerkt, dass der junge Graf den Salon betreten hat. Alle knicksen ehrfurchtsvoll vor ihm, bis auf Isabelle.

Der Spott in seiner Stimme ist ihr nicht entgangen. Isabelle fragt sich, wie ein solches Benehmen ihr gegenüber damit vereinbar ist, eine offene Schuld begleichen zu wollen. Mit finsterem Blick dreht sie sich zurück zum Tisch und tut so, als ob sie weiterhin interessiert die Modellentwürfe durchschauen würde.

„Herr Graf, wie gut, dass Ihr gekommen seid", sagt die Schneiderin erleichtert. „Als man mich hierherbat, wurde mir gesagt, dass es sich um eine gesamte Ausstattung für ein junges Fräulein handeln soll. Und nun schaut, was das Fräulein sich ausgesucht hat." Sie hält dem Grafen die Skizze mit dem von Isabelle ausgewählten Kleid vor. „Dieses reizlose Modell kann doch niemals den Ansprüchen und Verpflichtungen eines jungen Fräuleins auf Schloss Feldheim gerecht werden!" Die Schneiderin ist entrüstet – und hofft auf die Unterstützung des Grafen.

„Nein, das kann es wahrlich nicht. Da habt Ihr wohl recht."

Frau Stubenrauch schaut ihn zufrieden an. Sie macht den Eindruck, als wäre ihr gerade ein Stein vom Herzen gefallen.

„Wenn Fräulein Isabelle aber an diesem Kleid Gefallen findet, so will ich ihr diesen Wunsch nicht verwehren."

Überrascht dreht sich Isabelle zu ihm herum. Er lächelt ihr gönnerhaft zu. Die Schneiderin schnappt nach Luft, unterdrückt es aber, ihrer Empörung Luft zu machen.

„Möglicherweise betrachtet sie es als Herausforderung, mich

mit ihrer natürlichen Schönheit zu verzücken", greift er die von Frau Stubenrauch angedeuteten Vermutungen auf.

Diese Spitze hat er sich wohl nicht verkneifen können. In Isabelle kocht es. *Wie lange hat er wohl schon hinter uns im Salon gestanden und uns belauscht?* Doch ehe sie die Gelegenheit hat, ihm eine passende Antwort zu entgegnen, steht er schon dicht hinter ihr. Dabei hat er eines seiner Beine ein Stück zwischen die ihren gestellt und ist so nah an sie herangerückt, dass sie – ohne viel Aufheben darum zu machen – keine Möglichkeit mehr hat, vor ihm auszuweichen. *Was fällt ihm ein!* Bei dem Versuch, etwas Abstand von ihm zu gewinnen, spürt sie auch schon die Tischkante an ihren Oberschenkeln. Nun ist es an ihr, empört nach Luft zu schnappen. Auch sie schluckt jedes weitere Wort hinunter, weil sie weiß, dass er genau das heraufbeschwören will, nur damit er sich dann wieder über sie lustig machen kann.

Um sich die anderen Entwürfe anzusehen, beugt er sich ein Stück vor, wobei er sich mit seinem Oberkörper dicht an ihren Rücken drängt. „Aber dennoch sollten wir auch etwas Hübsches für Euch aussuchen. Das habt Ihr Euch verdient", führt er mit einem Lächeln zweideutig aus.

Ich könnte ihn erwürgen!

Er hat sich beim Reden leicht zu ihr gewandt, sodass sein Atem ihre Wange und den Hals streift, was sie erschauern lässt. Seltsamerweise ist es aber keine Abscheu, die sie dabei empfindet. Er ist so dicht bei ihr, dass sie seinen Geruch wahrnimmt. Es ist ein holzig-herber Duft mit einem Hauch von Süße. *Bedauerlicherweise riecht er wirklich gut.* Die Hitze, die bisher nur aus purer Wut in ihr gebrannt hat, hat sich unbemerkt verändert. Das verwirrt sie – und sie will dieses andere, neue Gefühl keinesfalls zulassen. *Ich kann diesen unverschämten Grafen nicht leiden.*

Isabelle will gehen, ist aber zwischen ihm und dem Tisch gefangen. So fügt sie sich in das Unvermeidbare und verschränkt schützend die Arme vor ihrem Körper. Mit verbittert aufeinandergepressten Lippen macht sie Sofie ihr Missfallen über die Situation deutlich, diese scheint sich aber an dem Benehmen des Grafen nicht zu stören. Im Gegenteil, sie begegnet ihrem grimmigen Blick mit einem seltsamen Lächeln, das Isabelle fragend die Augenbrauen heben lässt.

Der Graf sucht noch fünf weitere Modelle aus. Unter anderem auch das Modell, das Isabelle zuvor bewundert hat. Er schiebt die Zeichnungen mit seiner linken Hand, an der er wieder den fingerlosen Handschuh trägt, zur Schneiderin rüber. „Die fünf Kleider nehmen wir auch noch. Nur hier lasst Ihr die aufdringlichen Schleifen weg."

Isabelle ist verblüfft. Zum einen staunt sie darüber, wie freizügig er sich über ihren Wunsch hinwegsetzt, und zum anderen fragt sie sich erneut, ob er ihre Gedanken lesen kann.

Die Schneiderin scheint überglücklich. „Eine sehr gute Wahl, Herr Graf", bestätigt sie ihm mit einem strahlenden Lächeln. „Welche Stoffe und Farben schlagt Ihr vor?" Sie weist auf die Muster, die auf der anderen Seite des breiten Tisches liegen.

Endlich muss der junge Graf sie freigeben. Isabelle hätte darüber erleichtert sein sollen, seltsamerweise fühlt es sich aber eher wie ein bedauerlicher Verlust an, als sie seine Nähe nicht mehr spürt. Sie ist völlig durcheinander und bekommt nur am Rande mit, wie er sich angeregt mit der Schneiderin über die genaue Ausführung der Kleider austauscht.

Darüber hinaus gibt er der Frau noch den Auftrag für Unterhemden, Nachthemden, Strümpfe, Schuhe und alles, was Fräulein Isabelle wohl noch für eine anständige Garderobe benötigen würde. Frau Stubenrauch notiert sich alles hocherfreut und leckt sich dabei mehrmals über die Lippen. Offenbar regt die Aussicht auf ein lohnendes Geschäft ihren Speichelfluss an.

Unbeteiligt beobachtet Isabelle das Geschehen und hält immer noch die Arme vor ihrem Körper verschränkt, als wolle sie das unbekannte Gefühl, das sich in ihr breitgemacht hat, damit festhalten. Die Schneiderin erhält eine ansehnliche Anzahlung von Graf Christian und verspricht, eine Nachricht zu schicken, sobald die Anprobe erfolgen kann.

„Ich hätte nicht gedacht, dass sich ein Frauenzimmer so ungeschickt bei der Zusammenstellung seiner Garderobe anstellen kann“, meint Graf Christian überheblich an Isabelle gewandt, als Cäcilie Stubenrauch und ihr Mädchen Annemarie noch dabei sind, ihre Utensilien zusammenzusuchen.

Mit einem Schlag löst sich dieses neue, wahrlich nicht unangenehme Gefühl in Isabelle in Nichts auf und hinterlässt viel Platz für den aufkommenden Groll. *Ich kann sein impertinentes Wesen nicht mehr ertragen!* Sie ergreift Sofie bei der Hand und zieht sie mit sich, als sie den Salon verlässt, nicht ohne ihm vorher noch einen Blick zuzuwerfen, der verrät, dass sie ihm am liebsten den Hals umdrehen würde. Aber auch das quittiert er wieder mit einem anzüglichen Grinsen.

„Hast du gesehen, was er getan hat?“, empört sich Isabelle bei Sofie.

„Ja, er hat wunderschöne Kleider für dich ausgesucht. Das war doch überaus freundlich von ihm, findest du nicht?“, amüsiert sich Sofie.

„Jetzt fängst du auch noch an, dich über mich lustig zu machen. Er hat mich bevormundet!“

„Und er hat dir wunderschöne Kleider ausgesucht.“

„Er hat mich provoziert!“

„Und er hat dir wunderschöne Kleider ausgesucht.“

„Jetzt hör aber auf! Hast du etwa nicht gesehen, wie er mich bedrängt hat?“

„Und, hat es dir gefallen?“, fragt Sofie grinsend.

„Nein! Wo denkst du hin. Natürlich nicht.“ Sie ist verärgert. *Wie kann Sofie nur so etwas annehmen?!* „Jeder Pferdeknecht hat mehr Anstand als dieser Graf! Er verspottet mich!“

„Kann es sein, dass du in deinem Stolz verletzt bist?“

„In meinem Stolz? Wer ist denn hier stolz? Er verschleppt mich hierher, weil er sich angeblich einer Schuld entledigen will, und anstatt sich mir gegenüber höflich zu benehmen und mich um Verzeihung zu bitten, nutzt er jede Gelegenheit, um mich zu provozieren, beleidigt mich und lässt mich wie eine dumme Gans dastehen. Wahrscheinlich hat ihm sein Onkel die Pflicht aufgebürdet, diese angebliche Schuld zu begleichen.“

Isabelle will ihrer Wut Luft machen und läuft aufgebracht in ihrem Zimmer hin und her. Am liebsten würde sie etwas gegen die Wand oder auf den Boden werfen. Aber sie findet nichts Geeignetes, weil alles in diesem Raum nicht ihr gehört, und so wagt sie es nicht, irgendetwas davon auch nur ansatzweise zu beschädigen. Unbefriedigt faucht sie und ballt zornig ihre Hände zu Fäusten.

„Da irrst du dich“, widerspricht Sofie voreilig.

„Ach, woher willst du das schon wissen?“

„Ich weiß es nicht“, lenkt sie schnell ein. „Aber ich halte Graf Ludwig für zu gutmütig, als dass er Graf Christian zu irgendetwas zwingen würde.“

„Ist mir auch egal, es ist jedenfalls nicht mein Wunsch, hier zu sein.“

„Also ich glaube ja, dass Graf Christian Gefallen an dir findet.“

„Ha, das ist eine komische Art, mir das zu zeigen!"

„Wenn ich ein Mann wäre, würde ich eine Frau nicht mit so schönen Kleidern überhäufen, wenn mir nichts an ihr läge."

Isabelle zuckt gleichgültig mit den Schultern. „Selbst wenn, dann tut es mir leid für ihn. Mir liegt nämlich nichts an ihm."

„Konnte Euch die Schneiderin etwas zeigen, das Eurem Geschmack entsprochen hat, Fräulein Isabelle?", fragt Graf Ludwig beim Abendessen.

Isabelle hatte sich den Rest des Tages wieder in ihr Zimmer zurückgezogen. Sie hat den Brief an Hanne fortgesetzt. Auch wenn sie nicht weiß, wann und ob sie diesen Brief jemals abschicken können würde, tut es ihr gut, sich alles von der Seele zu schreiben, was sie bedrückt. Doch als sie am Abend wieder auf Graf Christian trifft, fängt es erneut an, in ihr zu kochen.

„Es war wohl eher der Geschmack Eures Neffen, den sie treffen konnte", antwortet sie verbittert.

Graf Ludwig holt angespannt Luft. „Darf ich fragen, was …?"

„Fräulein Isabelle hat sich nur etwas ungeschickt bei der Auswahl ihrer Kleider angestellt", unterbricht ihn sein Neffe.

Isabelle lässt geräuschvoll ihr Besteck auf den Teller fallen. Vielleicht hat Sofie recht, und es ist tatsächlich ihr Stolz, der getroffen ist. Es gab eine Zeit, da war sie diejenige, die gern die Spitzen ausgeteilt hat. Dennoch hat sie von dem bemüht höflichen Wortgeplänkel, das sie seit Beginn des Abendessens unter höchster Anstrengung führen, nun genug.

Entrüstet sieht sie den jungen Grafen an. „Was habe ich Euch eigentlich getan, dass Ihr mir seit unserer ersten Begegnung nur mit Hohn und Spott begegnet?"

Graf Christian, der offenbar nicht erkennt, dass es in Isabelle gefährlich brodelt – und jedes weitere Wort gut überlegt sein sollte –, lächelt sie wieder nur amüsiert an. „Wie kommt Ihr darauf? Ich wollte Euch nur behilflich sein, Fräulein Isabelle." Er zuckt Unschuld vortäuschend mit den Schultern.

Isabelle erhebt sich wütend von ihrem Platz, was die Herren ihr augenblicklich gleichtun. „Ich habe Euch aber nicht darum gebeten! Ich will Eure Hilfe nicht! Ich habe sie nie gewollt!", schreit sie Graf Christian an und wirft ihre Serviette auf den Tisch. „Ihr seid ungefragt in mein Leben getreten und habt mich hierher verschleppt! Wenn nicht Euer Onkel die Höflichkeit besessen hätte, sich bei mir für Euer Benehmen zu entschuldigen und mir den Grund dafür zu nennen, so hätte ich immer noch nicht gewusst, warum ich überhaupt hier bin! Ihr habt keine Ahnung, welche Ängste ich ausgestanden habe, die Ihr mir mit ein paar erklärenden Worten hättet nehmen können! Stattdessen schaut Ihr auf mich herab und nutzt jede Gelegenheit, mich zu verhöhnen!"

Der junge Graf sieht sie überrascht an. Die anderen beiden Herren wirken eher verlegen. Ob es daran liegt, dass sie ihr einen solchen Gefühlsausbruch nicht zugetraut haben oder ob sie einfach nur brüskiert sind, weil sie so schamlos gegen die Etikette verstößt, weiß sie nicht. Isabelle ist es einerlei. Sie empfindet es als Erleichterung, sich im Hinblick auf das Verhalten von Graf Christian endlich Luft gemacht zu haben.

Isabelle geht zu dem Ende der Tafel, an dem Graf Christian steht und sie ungewohnt sprachlos anstarrt, und stellt sich ihm gegenüber. Er ist ungefähr einen halben Kopf größer als sie, und so muss sie zu ihm aufblicken, um ihm in die Augen sehen zu können. Die Wut in ihr macht sie mutig und verleiht ihr Kraft.

„Ich halte das hier immer noch für eine Verwechslung. Wenn mein Vater Euch das Leben gerettet hätte, hätte er mir sicherlich davon erzählt. Das hat er aber nicht. Aber dennoch – nehmen wir an, es wäre so, dann erlasse ich Euch hiermit die Schuld, die Ihr glaubt, begleichen zu müssen." Sie hält ihm ihre Hand hin, wie man das bei einem Handel tut. „Und Ihr lasst mich dafür fortan in Ruhe!"

In seinem Gesicht breitet sich Unsicherheit aus – oder ist es doch so etwas wie Reue, was Isabelle da sieht? *Nun mach schon!* Sie hält ihre Hand noch ein Stück höher und fordert ihn damit auf, einzuschlagen. Dabei starren sie sich ununterbrochen hartnäckig an, doch keiner von ihnen gibt nach.

***

Er schlägt nicht ein. *Ich kann sie nicht in Ruhe lassen. Es ist nicht um meinetwillen, aber ich habe etwas begonnen, das ich zu Ende bringen muss. Das bin ich ihr und ihrem Vater schuldig. Ich lasse mich nicht von dieser Schuld entbinden.*

Isabelle lässt resigniert die Hand sinken, verzieht unzufrieden ihren Mund und verlässt dann das Esszimmer.

Die Herren lassen sich zurück auf ihre Stühle sinken. Christian hat hinter der Wut und dem Trotz ihrer Fassade ihr Flehen und ihre Verzweiflung gesehen. Das liegt ihm bitter im Magen. Er spürt die Blicke seines Onkels und seines Bruders auf sich ruhen. Er erspart es sich, aufzublicken. Dass er in ihren Augen Missbilligung finden wird, ahnt er ohnehin. *Bin ich zu weit gegangen? Ich weiß selbst nicht, warum ich mich ihr gegenüber so unverschämt benehme. Offenbar habe ich sie damit viel mehr gekränkt, als ich es vorhatte.* Hans, einer der Diener, reicht ihm das Dessert. Christian gibt mit einer Handbewegung zu verstehen, dass ihm nicht danach ist. *Mir ist der Appetit vergangen.*

Kapitel 7

Sofie berichtet ihr am nächsten Morgen sogleich, dass der junge Graf von Feldheim und Herr Sükrü im Morgengrauen mit den Pferden aufgebrochen sind und wohl erst in zwei Tagen wieder zurück sein werden. Aus Sofies Stimme scheint sie Bedauern zu hören. Sie selbst ist aber zufrieden darüber, dass sie in den nächsten zwei Tagen wohl nicht Gefahr laufen wird, dem unverschämten Grafen zu begegnen. Sie will diese zwei Tage nicht ungenutzt lassen und sich im Schloss ungestört etwas umsehen und Sofie soll sie dabei begleiten. Da diese aber am Vormittag dringend im Waschhaus mithelfen muss, wenn sie es sich nicht mit den anderen Mädchen verderben will, lässt sich Isabelle von Sofie zunächst nur zu der Bibliothek führen, die Graf Ludwig erwähnt hat.

Isabelle ist beeindruckt von dem großen Raum, in dem die schweren Regale aus dunklem Holz vom Fußboden bis zur Decke reichen. Sie sind fast vollständig mit alten und neuen Büchern sowie Karten und Pergamenten aus vergangenen Zeiten bestückt. Der Eingang zur Bibliothek ist mittig auf fünf große Fenster ausgerichtet, die einen Blick auf den Vorhof, die Auffahrt zum Schloss und das Tor mit dem kleinen Torhaus bieten. Zwischen den großen Fenstern stehen quer dazu jeweils zwei weitere Regale Rücken an Rücken, ebenfalls voll mit Büchern. In dreien der fünf so entstehenden Nischen befinden sich Sitzgruppen mit kleinen Tischen und hochlehnigen Stühlen, während in den zwei äußeren Nischen jeweils ein Schreibtisch vor dem Fenster steht. Der Raum wird in der Mitte von zwei riesigen Tischen eingenommen, auf denen zwei Globen stehen. Beim genaueren Hinsehen erkennt Isabelle, dass es sich bei einem davon um einen Erdglobus und bei dem anderen um einen Himmelsglobus handelt, auf dem die Sternbilder eingetragen sind.

Trotz der Größe der Bibliothek herrscht in ihr eine warme und behagliche Atmosphäre, sodass sich Isabelle sofort wohlfühlt. Ehrfürchtig staunend läuft sie durch den Raum und streicht dabei mit ihren Händen über die schönen Verzierungen der Holzmöbel. Nach und nach beginnt sie, sich dem genauen Inhalt der einzelnen Regale zu widmen, und erspäht einen großen, dicken Band, in dem, dem Titel zufolge, Tiere aus aller Herren Länder zusammengetragen sind. Sie zieht ihn neugierig heraus.

Überrascht von dem Gewicht des großen Buchs, lässt sie es beinahe fallen. Schnell greift sie mit der zweiten Hand nach, hievt es auf den Schreibtisch, neben dem sie steht, und fängt an, wahllos darin herumzublättern. Das Buch beinhaltet wunderschöne Zeichnungen von Tieren, von denen sie zwar schon gehört, die sie aber leibhaftig noch nie gesehen hat – und wohl auch nie sehen wird. Während sie dies bei einigen dieser schönen Lebewesen zutiefst bedauert, stellt sie dies bei anderen wiederum mit Erleichterung fest.

„Ich freue mich, Euch hier zu sehen, Fräulein Isabelle.“

Sie ist so vertieft darin, die aufwendigen, farbigen Bilder zu betrachten und mehr über die abgebildeten Tiere zu erfahren, dass sie erschrocken zusammenfährt, als sie plötzlich die Stimme von Graf Ludwig vernimmt.

„Verzeiht, ich wollte Euch nicht erschrecken“, entschuldigt er sich.

Isabelle begrüßt ihn höflich. „Es ist nicht Eure Schuld. Ich war nur so sehr hierin versunken, dass ich Euch nicht habe hereinkommen hören.“

Er trägt ein Buch mit einem schwarzen, geprägten Ledereinband unter dem Arm, mit dem er sich auf einen Stock stützt. Die ausgefransten Ränder der braunen Seiten lassen darauf schließen, dass es sich um ein sehr altes Buch handeln muss. „Ihr befolgt also meinen Rat und seht Euch ein wenig um“, stellt er lächelnd fest.

Sie nickt zurückhaltend. *Wird er mich auf mein Benehmen vom gestrigen Abend ansprechen? Ist es am Ende meine Schuld, dass sich sein Neffe und der Freund der Familie so plötzlich davongemacht haben?* Isabelle verwirft den Gedanken schnell wieder. *Wenn ich das glaube, würde ich mich wohl zu wichtig nehmen.*

„Ich möchte mir hier ein wenig die Zeit vertreiben, bis Sofie Zeit hat, mich auf dem Schloss herumzuführen.“

„Das sollte Euch hier nicht schwerfallen.“ Er macht mit seiner freien Hand eine ausladende Geste, um damit die Fülle der Bücher in diesem Raum anzudeuten. „Nehmt Euch, wonach Euch der Sinn steht.“

Isabelle bedankt sich, und der Graf geht schwerfällig zu einem Regal am anderen Ende des Raums, worin er sein Buch verstaut und sich dafür ein anderes herausnimmt. Offensichtlich macht ihm seine alte Verletzung heute mehr zu schaffen, als an den vergangenen Tagen. „Ich hoffe, Ihr werdet Euch in der nächsten Zeit ein wenig einleben.“

Sie sieht ihn nachdenklich an. *Was soll ich ihm darauf antworten, ohne ihn vor den Kopf stoßen zu müssen? Seine Freundlichkeit in allen Ehren, aber was erwartet er? Ich bin nach wie vor nicht freiwillig hier, aber welche andere Möglichkeit, als vorerst hierzubleiben, habe ich denn?*

„Ich weiß nicht, ob das gelingen kann. Ich weiß nicht einmal, ob ich möchte, dass es gelingt." Isabelle senkt verlegen ihren Blick und blättert nachdenklich eine weitere Seite um. „Ich bin mir nicht sicher, ob es richtig ist, zu bleiben."

Er nickt verständnisvoll. „Ich bitte Euch, nicht zu zögern, es meinem Neffen oder mir mitzuteilen, wenn wir etwas tun können, das es leichter macht, Euch hier wohlzufühlen. Ich möchte Euch versichern, dass Graf Christian und mir sehr daran gelegen ist, dass Schloss Feldheim, solange Ihr hier verweilt, eine Art Zuhause für Euch wird."

Isabelle lacht verächtlich, als er seinen Neffen erwähnt. „Euch glaube ich das gern, Graf Ludwig, aber Eurem Neffen wäre wohl eher daran gelegen, dass ich Schloss Feldheim so schnell wie möglich wieder verlasse. Was ich wohl auch tun würde, wenn ich eine annehmbare Wahl hätte, nur leider möchte ich mich einem Leben im Kloster nicht fügen, und wenn ich zu meiner Tante und meinem Cousin zurückkehren würde, wäre ich in Erklärungsnot. Selbst wenn ich die Wahrheit erzählen würde, so scheint sie doch recht unglaubwürdig. Würde man mir glauben, dass mich die Männer, die mich entführt haben, nicht geschändet haben? Und wenn mein Cousin mich dann trotzdem noch zur Frau nehmen sollte, so hege ich Zweifel, dass das die bessere Wahl ist oder ob ich mich nicht besser dem Schicksal ergeben und hierbleiben soll. Auch plagt mich das schlechte Gewissen, Eure Gastfreundschaft – auch wenn ich sie nicht freiwillig in Anspruch nehme – auszunutzen. Ich befürchte nach wie vor, dass hier eine Verwechslung vorliegt und es nicht mein Vater war, der Eurem Neffen das Leben gerettet hat."

„Ich verstehe Eure Zerrissenheit, Fräulein Isabelle, aber ich bitte Euch – gebt Euch Zeit, um darüber zu entscheiden, ob Ihr auf Schloss Feldheim bleiben wollt oder nicht. Im Übrigen schließt mein Neffe eine Verwechslung ganz und gar aus. Falls Ihr Euch dennoch dagegen entscheidet, so wird er beizeiten einen Weg für Euch finden, der es weder erfordert, dass Ihr in ein Kloster eintreten, noch dass Ihr Euren Cousin ehelichen müsst."

Isabelle belächelt seine letzten Worte verdrießlich.

„Ich weiß, es ist im Moment schwer zu glauben, aber Graf Christian meint es gut mit Euch. Er hätte Euch sonst nicht hierhergebracht. Ich kann mich nur in aller Form bei Euch für das Benehmen meines Neffen entschuldigen. Aber ich versichere Euch, auch wenn er es – aus mir unerfindlichen Gründen – Euch gegenüber an der angebrachten Höflichkeit mangeln lässt, so liegt ihm doch sehr viel an Eurem Wohlergehen."

„Ich danke Euch, Graf Ludwig, aber ich denke, Euer Neffe dürfte alt genug sein, um selbst für das einzustehen, was er sagt und tut, sodass es Eurer Entschuldigung nicht bedürfen sollte."

Er nickt nachdenklich. „Womöglich habt Ihr recht und ich bin viel zu nachsichtig mit ihm, aber er ist alles, was ich habe. Und wäre Euer Vater nicht gewesen, so hätte ich auch ihn nicht mehr. Vielleicht gelingt es Euch, ein wenig Verständnis für sein Verhalten aufzubringen, wenn Ihr ihn etwas besser kennenlernt."

„Ich hoffe, Ihr verzeiht mir, wenn ich Euch ganz offen sage, dass mir daran im Moment nicht gelegen ist." Sie senkt entschuldigend den Blick.

***

Sie reiten nun schon eine Weile schweigend nebeneinanderher und Sükrü sieht an Christians verkniffener Miene, dass er über irgendetwas angestrengt nachdenkt.

„Kannst du mir erklären, warum du keine Gelegenheit auslässt, die Frau, die du gegen jede Vernunft nach Schloss Feldheim verschleppen musstest, ständig so vor den Kopf zu stoßen, dass man meinen könnte, du wärst sie lieber heute als morgen wieder los?"

Sükrü hat lange überlegt, ob er das Thema ansprechen soll, aber er will die Gelegenheit ihrer kleinen Reise nutzen, um seinem Bruder die möglichen Konsequenzen seines Benehmens vor Augen zu führen. Vielleicht würde er sich dann ein wenig zusammenreißen. Normalerweise hätte er ein solches Gespräch am Abend bei einem guten Essen und einem Bier oder Wein bevorzugt, aber sie werden heute Abend in Magdeburg sein, wo sie besser nicht darüber reden sollten.

„Wie kommst du darauf, dass ich mit dir darüber sprechen möchte?", erwidert Christian ungehalten.

„Mit wem solltest du es sonst tun? Ich bin der Einzige, der dir zuhört und nicht nach dem Mund redet. Eben ein wahrer Freund", vermeldet Sükrü selbstgefällig und schafft es damit, Christian ein Lachen abzuringen. „Im Übrigen bin ich wegen dir zu einem Wegelagerer und Entführer geworden. Da habe ich wohl auch gewissermaßen ein Recht zu erfahren, warum du dich ihr gegenüber so schrecklich benimmst. Sie hat in den letzten Tagen einiges durchgemacht. Meiner Meinung nach hat sie es nicht verdient, so behandelt zu werden. Immerhin ist es nicht ihr Wunsch, sich deiner Gesellschaft zu erfreuen."

„Ich bin gestern zu weit gegangen", lenkt Christian ein. „Ich kann es mir selbst nicht erklären. Ich habe nicht vor, sie zu kränken. Es passiert einfach."

„Machst du es dir da nicht ein bisschen zu leicht?", wirft Sükrü ein. „Es muss doch einen Grund dafür geben."

„Sie ist ... irgendwie anstrengend.“

„Warum? Weil sie sich nicht bereitwillig fügt und nicht tut, was du ihr sagst? Ich würde das eher als intelligent bezeichnen.“ Sükrü grinst seinen Bruder an. „Weißt du, was ich glaube?“

„Nein, aber ich nehme an, dass ich dich nicht davon abbringen kann, es mir gleich zu erzählen.“

„Ich glaube, du hast Angst vor ihr. Du befürchtest, dass sie dir zu nahekommen könnte.“

„Unsinn! Warum sollte ich vor einem kleinen zerzausten Mädchen Angst haben?“

„Kleines zerzaustes Mädchen? Von wem redest du? Die Frau, die ich dir geholfen habe zu entführen, ist alles andere als ein kleines Mädchen – und schon gar nicht zerzaust.“

„Sie gefällt dir“, stellt Christian amüsiert fest. „Lass das nicht Sofie wissen.“

„Sofie ist die Schönste.“ Sükrü strahlt beim Gedanken an sie über das ganze Gesicht und sieht, wie Christian den Kopf verzweifelt über ihn schüttelt, als hätte er den Verstand verloren.

Der Versuch seines Bruders, ihn mit Sofie abzulenken, glückt aber nur für einen Moment.

„Ich finde es verwunderlich, dass du, der charmante Verführer, der sich die Frauen mit Komplimenten, die nicht selten fernab der Wahrheit sind, in vielerlei Hinsicht gefügig macht, bei einem kleinen zerzausten Mädchen, wie du sie nennst, plötzlich jeglichen Charme einbüßt. Sie ist doch nicht hässlich. Zugegeben, sie entspricht nicht ganz deinem üblichen Geschmack, aber dennoch ist sie nicht so unansehnlich, dass es dir schwerfallen muss, ihr mit ein paar Schmeicheleien entgegenzukommen. Bestenfalls so weit, dass sie dir und mir gegenüber wohlgesonnener ist. Stattdessen machst du dich mit jeder Begegnung unbeliebter bei ihr.“

„Ja, vielleicht ist das so. Ich will nur, dass sie versorgt ist und dass es ihr gut geht. Dazu muss sie mich nicht mögen."

„Sie dazu zu bringen, dich nicht zu mögen, wird dich nicht davon abhalten, sie zu mögen", belehrt ihn Sükrü altklug.

„Da ist er wieder – mein weiser Bruder Sükrü aus dem Morgenland", spottet Christian.

„Mach dich nur lustig! Aber du solltest dich Fräulein Isabelle gegenüber ein wenig zurücknehmen. Und wenn du das nicht kannst, dann geh ihr eben aus dem Weg! Tu es ihr zuliebe, sonst ist sie schneller von Schloss Feldheim verschwunden und zu einem unglückseligen Dasein mit ihren Verwandten verdammt, als du denkst! Du kannst dann deine Schuld nicht mehr begleichen, und ich bin völlig umsonst zum Verbrecher geworden."

„Du hast Angst", stellt Christian lachend fest. „Mach dir keine Sorgen, Sükrü, falls wir doch noch Ärger bekommen, nehme ich die ganze Schuld auf mich", beschwichtigt er überheblich. Er treibt sein Pferd an und lässt Sükrü hinter sich zurückfallen, um einer weiteren Unterhaltung aus dem Weg zu gehen.

✳✳✳

Nachdem Sofie am Vortag aus dem Waschhaus zurück war, hatten sie diverse Zimmer der Beletage besichtigt, waren durch die Salons, Arbeitszimmer, Musikzimmer, Säle, Separees und Galerien im Parterre geschlendert, vorbei an Räumlichkeiten, die den Herren zur Ertüchtigung des Leibes dienten, und hatten sich schließlich durch Küche, Vorratskammer, Wäschekammer und noch durch unzählige andere Räume des Souterrains geschlängelt, in denen fleißige Hände dafür sorgen, dass es die Herrschaften und ihre Gäste sauber, warm und gemütlich haben und sie nicht verhungern müssen.

An Orientierung fehlt es Isabelle aber noch immer, denn es gibt einfach zu viele Zimmer, Flure und Treppen. So irrte sie heute früh eine Weile durch die engen Flure im Souterrain, bis sie den Ausgang zum Wirtschaftshof fand, auf dem sie sich nach dem Frühstück mit Sofie traf, um ihre Besichtigung fortzusetzen.

Nachdem sie zunächst im Pferdestall waren, wo Sofie sie mit einem der Knechte bekannt machte, schlendern sie nun weiter über den Wirtschaftshof durch eine kleine Tür in den Gemüsegarten. Entgegen seiner Bezeichnung stehen in dem Gemüsegarten auch drei Pflaumenbäume, Blumen und Beerensträucher. Die Beete sind, wie zu Hause in Magdeburg, bis auf einige Frühblüher und Erdbeerpflanzen noch weitestgehend unbestellt, und dennoch nimmt Isabelle bei der Anordnung der vorhandenen Pflanzen und den angelegten Beeten eine Perfektion in Maß und Linie wahr, die sie auch schon im Park mit dem großen Brunnen im Süden des Schlosses bewundert hat. Sofie erzählt ihr, dass für den Garten, wie auch für den Park der gleiche Gärtner verantwortlich ist. Der Park im Südhof ist inzwischen der ganze Stolz von Graf Ludwig, auch wenn er wahrscheinlich nicht gedacht hat, dass Johann zusammen mit seinem Sohn ein solches Meisterwerk erschaffen würde.

„Ist der Sohn ein rothaariger Junge mit einem kleinen weißen Hund, der ihm nicht von der Seite weicht?", erkundigt sich Isabelle nachdenklich.

„Ja, hast du ihn schon gesehen?"

„Nur von einem meiner Fenster aus. Sie haben die Buchsbäume geschnitten. Mir ist es ein Rätsel, wie man auf so einer großen Fläche eine solch perfekte Symmetrie anlegen kann. Jeder Schnitt, jede Form scheint deckungsgleich zu sein."

Sofie zuckt mit den Schultern. „Wer weiß, vielleicht ist er ja wirklich vom Teufel besessen“, erwidert sie, aber mehr zum Spaß, als dass sie wirklich daran zu glauben scheint.

„Wer? Der Gärtner? Wie kommst du darauf?“

„Nicht Johann. Sein Sohn, Jakob. Johann arbeitet nach Jakobs Anleitung.“ Sofie lacht. „Ulkig, oder? Ein Vater, der sich von seinem dreizehnjährigen Sohn sagen lässt, was er zu tun hat.“

„Du meinst also, der Junge hat den Park geplant?“

„Ja, irgendwie schon. Allerdings ohne Stift und Papier. Und auch ohne Rechenstab oder andere Hilfsmittel. Es scheint einfach alles nur in seinem Kopf zu sein.“

Isabelle sieht Sofie zweifelnd an.

„Komm, ich zeig dir was!“ Sofie nimmt sie bei der Hand und führt sie in die kleine Hütte, die im Gemüsegarten steht. Die Hütte ist mit allen möglichen Gartengeräten gefüllt. Alle sind gereinigt und an den Wänden ordentlich der Größe nach aufgereiht. Die kleinen Handgeräte – ebenfalls blitzeblank – liegen in einem Regal und sind haargenau an der Unterkante der Griffe ausgerichtet. Isabelle ist verblüfft. So viel der Ordnung scheint ihr übertrieben. Sie ist zu Hause zwar auch immer bemüht gewesen, über den Winter alles einigermaßen sauber und ordentlich verstaut zu wissen, aber das hier übertrifft ihre Vorstellungen.

„Fass bloß nichts an!“, wird Isabelle von Sofie ermahnt, als sie nach einer kleinen Schaufel im Regal greifen will.

„Warum nicht? Glaubst du, dann bin ich auch vom Teufel besessen?“ Sie sieht Sofie amüsiert an.

„Nein, aber in Jakob fährt dann der Teufel.“

„Das meinst du doch nicht ernst.“

„Nein. Aber irgendwie unheimlich ist der schon. Ganz plötzlich, scheinbar ohne Grund, fängt er ganz schrecklich an zu schimpfen, wobei sich seine Worte zu überschlagen scheinen, und dann wiegt er sich mit dem Oberkörper hin und her und klatscht in die Hände. Er kann auch niemandem so richtig in die Augen sehen. In der Stadt, wo sie vorher gewohnt haben, gab es oft Ärger. Darum sind sie wohl auch aufs Land gezogen. Aber auch hier haben manche Angst vor ihm und bekreuzigen sich, wenn er ihnen über den Weg läuft.“

Isabelle hat Sofie gespannt zugehört. „Und du? Hast du auch Angst vor ihm?“

„Na ja, die erste Zeit schon. Da bin ich ihm nach Möglichkeit immer aus dem Weg gegangen. Aber Sükrü hat mir dann gesagt, dass Jakob krank ist und dass man nur aufpassen muss, dass man aus seiner Ordnung keine Unordnung macht.“

„Sükrü? Du duzt Herrn Sükrü?“, wundert sich Isabelle.

Sofie schaut verlegen auf den Boden. „Nein, das ist mir nur so herausgerutscht. Ich meine natürlich Herr Sükrü. Er hat gesehen, dass ich Angst vor Jakob habe, und da hat er es mir erklärt.“

Isabelle nickt nachdenklich, hakt aber nicht weiter nach.

„Er ist ein sehr feiner Mann, der Herr Sükrü. Sehr freundlich. Er sieht gut aus, findest du nicht?“, schwärmt Sofie, aber Isabelle ist mit den Gedanken schon wieder bei Jakob.

„Du meinst also, wenn wir hier etwas verändern würden, würde Jakob außer sich geraten, sobald er es sieht?“

„Ja. Nein. Ich meine, ich weiß es nicht. Aber ich würde es nicht darauf ankommen lassen.“

Isabelle sieht sich immer noch beeindruckt um.

„Komm!“ Sofie zieht sie am Arm. „Lass uns gehen! Du willst dir doch noch unbedingt den Südhof aus der Nähe ansehen. Da kannst du dich von Jakobs Können überzeugen.“

Kapitel 8

Es ist nun der dritte Tag, an dem ihre Entführer nicht auf Schloss Feldheim verweilen. Isabelle will jeden Moment dieser gefühlten Freiheit auskosten und sie überlegt, ob sie es wagen kann, auszureiten. Sie könnte einen der Pferdeknechte bitten, ein geeignetes Pferd für sie auszusuchen.

Der Nachmittag ist zwar kalt, aber die Sonne scheint immer wieder durch die großen Wolkenlücken. Sie sehnt sich nach Lancelot und hofft, dass es ihm bei seinem neuen Herrn gut geht. Mit ihm hätte sie nicht gezögert. Sie kannten einander so gut – und sie kannte die Gegend, ihre Heimat. Hier ist das anders. Alles ist anders.

Nach einiger Zeit des Abwägens von Für und Wider entschließt sie sich, es zu versuchen. *Graf Ludwig hat mir zugesichert, dass ich keine Gefangene bin und dass ich tun und lassen kann, was ich will. Der andere Graf, der der Meinung ist, dass er zu entscheiden hat, was gut für mich ist, ist noch nicht wieder zurück. Also, wenn nicht jetzt, wann dann?*

Sofie hält das für keine gute Idee. Sie hat Angst, dass ihr etwas passieren könnte. Sie ist der Meinung, dass Isabelle warten sollte, bis Graf Christian und Herr Sükrü wieder da sind. Sofies Sorge rührt Isabelle. Aber sie will nicht warten. *Ich will nicht das Risiko eingehen, am Ende gar nicht ausreiten zu können.* In Begleitung einer widerwilligen Sofie geht sie zum Pferdestall.

Auf dem Weg dorthin begegnen sie Franz, dem älteren der

beiden Stallknechte, den sie auch gestern schon bei ihrer Besichtigung im Stall angetroffen haben. Isabelle ergreift die Gelegenheit und bittet Franz ein passendes Pferd für sie auszusuchen. Franz ist ihr sympathisch. Er hat ein gutmütiges Lächeln und hat sie gestern außerordentlich freundlich im Stall begrüßt, obwohl ihn das Ausmisten der Boxen sichtlich beansprucht hat.

„Ich würde Euch Amira ans Herz legen, Fräulein Isabelle", meint Franz, nachdem er sich nachdenklich am Kopf gekratzt hat, wobei seine Mütze verrutscht ist. „Sie ist selbstbewusst und sicher, darum lässt sie sich nicht so schnell aus der Ruhe bringen."

„Gut, dann nehme ich Amira. Franz, könnt Ihr mir bitte alles zeigen und mir beim Satteln helfen?"

Franz nickt. „Natürlich, Fräulein."

Da mischt sich Sofie besorgt ein. „Franz, du musst ihr das ausreden. Du weißt, dass die beiden jungen Herren nicht da sind. Was ist, wenn ihr etwas passiert – oder sie den Weg nicht zurückfindet?"

Franz lacht. „Das Fräulein macht mir einen gescheiten Eindruck, Sofie. Sie wird schon in der Lage sein, den Weg zurückzufinden, den sie geritten ist. Und falls nicht, müssen wir uns eben auf die Suche nach ihr machen. Hier ist noch keiner verloren gegangen."

Er schnappt sich einen verstaubten Damensattel, als sie den Stall betreten. „Ich muss sehen, ob der Sattel Amira passt. Wir hatten schon eine Weile keine Dame mehr hier, die ausgeritten ist."

„Nein, keinen Damensattel!", protestiert Isabelle.

„Seid ihr Euch sicher?"

„Ja, zu Hause hatte ich auch kein solches Ungetüm."

Franz zuckt ergeben mit den Schultern. „Umso besser." Er

hängt den über lange Zeit vernachlässigten Sattel wieder zurück und greift zu Amiras Zaumzeug und ihrem Sattel, die außen an ihrer Box hängen.

Während Franz die Stute sattelt, macht sich Isabelle mit ihr vertraut. Sie spricht mit ihr, legt ihr die Hand auf die samtweichen Lippen und Nüstern und klopft ihr freundschaftlich den Hals. Die rehbraune Stute gefällt Isabelle. *Sie scheint tatsächlich ein freundliches und ausgeglichenes Wesen zu haben.*

„So, wir wären dann so weit", erklärt Franz und nimmt die Zügel, um Amira nach draußen zu führen. „Sagt mir einfach Bescheid, wenn Ihr wieder zurück seid, Fräulein Isabelle. Ich kümmere mich dann um Amira."

Sofie läuft aufgeregt vor ihnen her, als sie den Stall verlassen. „Ich sage dir, Franz, das wird Ärger mit Graf Christian geben."

„So? Meinst du? Der junge Herr Graf ist nicht da, und er hat mich auch nicht angewiesen, das Fräulein nicht ausreiten zu lassen."

Isabelle nimmt Franz die Zügel ab, um Amira die letzten Meter selbst euphorisch aus dem Stall zu führen. Es kann ihr gar nicht schnell genug gehen. Doch gerade als sie den Stall verlassen, erstirbt das Lächeln auf ihren Lippen. Zwei Reiter kommen auf den Wirtschaftshof. Es sind Graf Christian und Herr Sükrü. *O nein – sie sind zurück!* Isabelle ist enttäuscht. Die Gelegenheit eines Ausritts dürfte nun ungenutzt verstrichen sein. *Wie wird Graf Christian reagieren, wenn er sieht, was ich vorhabe?* Unbehagen macht sich in Isabelle breit. *Wird er mich gleich hier auf dem Wirtschaftshof, wo um diese Tageszeit noch reges Treiben herrscht, maßregeln und demütigen? Hätte ich doch lieber auf Sofie hören sollen?*

Isabelle reckt stolz ihr Kinn vor, streckt ihr Kreuz und holt

noch einmal tief Luft, um sich auf das bevorstehende Wortge-
fecht mit dem jungen Grafen vorzubereiten. Doch wider Erwarten lächelt dieser sie freundlich an, als er sie sieht. Genau wie
Herr Sükrü, dessen Blick jedoch sofort zu Sofie wandert. Trotz
ihrer Anspannung bemerkt sie die innigen Blicke zwischen den
beiden. Es verwirrt sie, aber sie hat jetzt keine Zeit, darüber
nachzudenken. Der junge Graf steigt von seinem Pferd und
kommt auf sie zu. Argwöhnisch beobachtet Isabelle ihn dabei.
Ich traue ihm nicht. Als der Graf bei ihr ist, will er ihr Amira
abnehmen und umschließt dabei ihre Hand, die sich um Amiras
Zügel inzwischen zu einer Faust geballt hat. Auch wenn er einen
Handschuh trägt, ist ihr die Berührung unangenehm. Um ihr zu
entgehen, bleibt ihr nichts anderes übrig, als ihm die Zügel zu
überlassen.

„Darf ich fragen, was Ihr vorhabt, Fräulein Isabelle?", fragt
er in einem bemüht gelassenen Tonfall.

Sein Benehmen verunsichert sie. Sie hat etwas anderes
erwartet – und ist nach wie vor misstrauisch. Die Nähe zu ihm
ist unerträglich. Isabelle geht einen Schritt zurück, um Abstand
zu ihm zu bekommen, und erwidert dann beinahe trotzig: „Ich
möchte ein wenig ausreiten. Habt Ihr etwas dagegen?"

Sein Blick wird ernst, und Isabelle macht sich nun auf seine
Belehrungen gefasst.

„Nein, ich habe nichts dagegen. Ich möchte nur, dass Ihr die
ersten Ausritte nicht ohne Begleitung macht, bis Ihr die Gegend
etwas besser kennt und Euch mit dem Pferd vertraut gemacht
habt." Er streichelt Amira freundlich über den Nasenrücken und
die Stirn und nickt dann Franz wohlwollend zu. Offenbar hat
Franz die richtige Entscheidung getroffen, als er Amira für sie
ausgewählt hat.

Isabelle will nicht klein beigeben. „Ich würde jetzt bitte gern ausreiten. Ich werde schon wieder zurückkommen. Wo soll ich sonst auch hin?" Sie verschränkt bockig die Arme vor der Brust.

„Darum geht es nicht. Ich habe es Euch gerade erklärt. Habt Ihr jemanden, der Euch begleitet? Dann könnt Ihr ausreiten."

Sie merkt, dass der junge Graf damit ringt, sich zu beherrschen. Dennoch macht sie mit einem übertriebenen Seufzer deutlich, wie lästig ihr seine Forderung ist. Sie lässt resigniert die Arme fallen. „Sofie, kannst du mich begleiten?"

Sofie verzieht mitfühlend das Gesicht. „Tut mir leid, ich habe noch nie auf einem Pferd gesessen."

Isabelle verdreht verdrießlich die Augen. Dann schaut sie hoffnungsvoll zu Herrn Sükrü. „Herr Sükrü, würdet Ihr mich begleiten?"

„Tut mir leid, Fräulein Isabelle, aber ich habe heute lange genug im Sattel gesessen. Nach der Reise würde ich mich jetzt gern etwas zurückziehen." Er sieht zurück zu Sofie und wirft ihr einen Blick zu, den sie offenbar nur zu gut versteht. Als Sofie bemerkt, dass Isabelle sie beobachtet, schlägt sie verlegen die Augen nieder.

Isabelle runzelt nachdenklich die Stirn. *Haben sich denn alle gegen mich verschworen?* „Es tut mir leid, Franz, dass ich Eure Zeit umsonst in Anspruch genommen habe. Würdet Ihr Amira bitte wieder absatteln? Es wird wohl heute nichts mit einem Ausritt."

„Schon gut, Fräulein Isabelle, vielleicht ein anderes Mal." Er nickt ihr aufmunternd zu.

Niedergeschlagen geht Isabelle, ohne die Anwesenden noch eines weiteren Wortes oder Blickes zu würdigen, über den Hof zurück zum Schloss. Sofie heftet sich schnell an ihre Fersen, und der junge Graf ruft ihr hinterher: „Ich würde Euch begleiten, Fräulein Isabelle."

„Nein, danke!", schreit sie entschlossen zurück. *Soweit kommt es noch.*

„Warum hast du das Angebot von Graf Christian nicht angenommen?", fragt Sofie abgehetzt, während sie neben Isabelle herläuft, die schnellen Schrittes in Richtung ihres Zimmers stürmt. „Du wolltest doch so gern ausreiten."

„Ja, aber nicht mit ihm. Das weißt du genau!", herrscht sie Sofie an. „Er ist ein eingebildetes Ekel. Ich will nicht mehr Zeit mit ihm verbringen, als unbedingt erforderlich ist."

„Gerade bist du auch nicht sehr freundlich zu mir." Sofie klingt vorwurfsvoll.

Isabelle bleibt stehen und sieht Sofie entschuldigend an. *Sofie kann ja nichts dafür, dass die Männer nun doch noch gekommen sind und mir damit den Ausritt vereitelt haben.* „Es tut mir leid, Sofie. Ich habe mich nur so gefreut – und jetzt bin ich so enttäuscht. Und wütend. Wütend auf Graf Christian." Isabelles Miene verfinstert sich wieder, und Sofie muss lachen.

„Warum lachst du?" Isabelle ist bemüht, sich zu beherrschen, damit sie Sofie nicht wieder vor den Kopf stößt. „Was ist so komisch?"

„Was komisch ist? Der junge Herr hat dir nichts getan. Er war sogar überaus freundlich zu dir – und trotzdem bist du überaus wütend auf ihn."

„Er hat mir nichts getan? Er hat mir den Ausritt verboten!"

„Nein, hat er nicht. Er macht sich nur Sorgen um dich, darum will er dich nicht allein ausreiten lassen. Und er hat dir angeboten, dich zu begleiten."

„Eben. Da blieb mir nichts anderes übrig, als das kleinere Übel zu wählen. Also musste ich auf den Ausritt verzichten."

„Als ein Übel wurde Graf Christian bestimmt auch noch

nicht bezeichnet. Es gibt wohl kaum eine Dame, die nicht alles für seinen Schutz und seine Begleitung geben würde, und du gibst ihm einfach einen Korb."

Isabelle tut Sofies Bemerkung mit einer wegwerfenden Handbewegung ab. Sie will das Thema wechseln. „Sag mal, meine liebe Sofie, was ist da eigentlich zwischen dir und Herrn Sükrü?"

„Wieso, was meinst du?" Sofie versucht den unschuldigsten Blick aufzulegen, den sie beherrscht.

Isabelle fällt nicht darauf herein. „Komm, Sofie, mach mir nichts vor! Ich habe doch die Blicke gesehen, die ihr euch gegenseitig zugeworfen habt. Er gefällt dir, oder? Und ich glaube, du gefällst ihm auch."

Sofie lächelt sie mit hochrotem Kopf selig an.

„Du weißt, dass du ihm gefällst", stellt Isabelle erstaunt fest. Sie bekommt den Mund gar nicht mehr zu, als Sofie nickt. „Sag mir nicht, Herr Sükrü und du … also, du und er …?" Sie weiß nicht, wie sie es in Worte fassen soll, ohne dass es anstößig klingt, und fuchtelt mit ihren Händen herum. „Seid ihr … habt ihr …? Ach, du weißt schon, was ich meine."

Inzwischen stehen sie in der Nische, die zu Isabelles Zimmer führt. Sofie schaut verlegen zu Boden.

„Darum warst du so betrübt, als die beiden so plötzlich abgereist sind", erkennt Isabelle nun. Sofie schweigt immer noch. Isabelle nimmt sie bei der Hand und zieht sie in ihr Zimmer. „Du musst mir alles erzählen!" Isabelle hat die Neugier gepackt.

Kapitel 9

14. April 1765, Schloss Feldheim

Isabelle erwacht sehr früh am Morgen. Die Sonne ist gerade am wolkenlosen Himmel aufgetaucht. Sie überlegt nicht lange. Diesmal wird sie die Gelegenheit nicht ungenutzt verstreichen lassen. Der junge Graf und Herr Sükrü werden heute bestimmt etwas länger schlafen. Zumindest haben sie beim gestrigen Abendessen angedeutet, dass sie von der Reise erschöpft sind.

Schnell zieht sie sich an und macht sich auf den Weg. *Ich werde diesem wichtigtuenden Grafen schon beweisen, dass ich sehr gut allein zurechtkomme. Schließlich bin ich eine versierte Reiterin, und den Weg zurück zum Schloss werden Amira und ich schon finden.*

Isabelle läuft über den Hof zu den Ställen und sattelt Amira. Ihren guten Lancelot ist sie zwar oft auch ohne Sattel geritten, aber das traut sie sich bei der braunen Stute nicht zu.

Im Haus hat Isabelle schon einige Dienstboten gehört und gesehen, aber hier draußen ist noch alles ruhig. Mit vor Aufregung klopfenden Herzen führt sie Amira aus dem Stall und stellt mit Erleichterung fest, dass diesmal niemand draußen steht, der ihr den Spaß verderben wird. Sie schwingt sich auf Amiras Rücken, sieht sich noch einmal kurz um – und reitet dann freudestrahlend und siegessicher durch das Tor des Wirtschaftshofes.

Ihr Weg führt sie über die Wiese mit den vielen Obstbäumen, wovon viele schon in voller Blüte stehen, hinaus in die freie Landschaft. In diesem Moment ist sie glücklich. Sie vergisst, welchen Umständen sie es zu verdanken hat, hier zu sein, und genießt einfach nur die Freiheit und die Weite, die sich unter Amiras Hufen erstrecken.

Die Sonne hat in den letzten Tagen schon merklich an Kraft gewonnen, und trotz der morgendlichen Kühle spürt sie ihre Wärme auf der Haut ihrer Wangen. Sie reckt ihr Gesicht mit geschlossenen Augen der Sonne entgegen und überlässt es Amira, die Richtung zu wählen. Isabelle lauscht den Vögeln, wie sie ihr Morgenlied singen. Ein prächtiges Konzert, das die Luft mit dem süßen Duft der blühenden Bäume und Sträucher aus den umliegenden Wäldern zu ihr herüberträgt. Ihre Gedanken wandern zu Sofie und zu dem, was sie ihr gestern über sich und Herrn Sükrü erzählt hat. *Die beiden sind tatsächlich ein Liebespaar, und das schon seit einiger Zeit. Sofie scheint Herrn Sükrü innig verbunden zu sein.* Isabelle bedauert es, selbst noch nicht die Erfahrung solcher Gefühle gemacht zu haben.

Sie erreicht mit Amira den Wald. Bevor sie die freie Flur verlassen, stoppt sie Amira und dreht sich mit ihr einmal im Kreis, um sich für den Rückweg die Landschaft einzuprägen.

Für einen kurzen Moment erschrickt Isabelle. Sie wird verfolgt. Im nächsten Augenblick erkennt sie den jungen Grafen, der gemächlich hinter ihr her geritten kommt. *Nicht der schon wieder! Wie kann das möglich sein? Egal, ich will nicht von ihm eingeholt werden.* Gerade war noch alles so friedlich, und jetzt versetzt sie sein bloßes Erscheinen schon wieder in Rage.

Sie treibt Amira an und flieht mit ihr in den Wald. Dort stoßen sie auf einen Trampelpfad und folgen diesem eine Weile. Als der sich dann aber zum dritten Mal verzweigt, hält sie inne. Sie befürchtet, sich im Wald zu verirren und wagt es nicht weiterzureiten. *Das wäre eine Genugtuung für den Grafen. So weit darf es auf keinen Fall kommen.*

Weit hinter sich hört Isabelle ein hysterisches Wiehern. Angestrengt blickt sie in die Richtung, aus der die Klagelaute des Pferdes gekommen sind. Alles, was sie sieht, sind Bäume. Sie wartet, lauscht und sucht mit ihren Augen aufmerksam den Wald nach einer Bewegung ab. Ein plötzliches lautes Gezeter über ihr lässt sie zusammenfahren. Es ist ein Eichelhäher, der schimpfend davonfliegt. Dann ist es ruhig im Wald. Das Herz pocht ihr bis zum Hals. Es dauert eine Weile, bis sie zwischen den Bäumen ein Pferd in ihre Richtung kommen sieht und fragt sich, ob der Graf sie wohl auch schon erspäht hat.

Sie ist angespannt und bereit, Amira erneut anzutreiben, um zu verschwinden. Doch dann stutzt sie. Das fremde Pferd schlendert eigenartig ziellos umher. Isabelle bemerkt, dass es reiterlos ist. *Eine Heimtücke des Grafen?* Sie beobachtet das Pferd noch einen Moment, aber als es allein bleibt, steuert sie mit Amira langsam darauf zu, nimmt es an den Zügeln und führt es neben sich und Amira langsam den Weg zurück, den sie gekommen sind.

Wachsam schaut sich Isabelle um. Zwar beschleicht sie die Ahnung, dass dem Grafen etwas zugestoßen sein könnte, aber noch ist sie misstrauisch und befürchtet, dass er sie täuschen will. *Womöglich steht er hinter irgendeinem Baum und wartet auf mich.* Die Genugtuung, sie erschrecken zu können, will sie ihm nicht geben, aber bis auf das Konzert der Vögel und das Klopfen eines Spechtes auf der Suche nach Nahrung bleibt weiter alles ruhig.

Sie kann den Grafen weder sehen noch hören, und trotz ihres begründeten Misstrauens gewinnt zu ihrem eigenen Verdruss die Besorgnis langsam überhand. *Ich kann diesen aufdringlichen Grafen zwar nicht leiden, aber sein Leib und Leben will ich dennoch nicht in Gefahr sehen. Außerdem müsste ich mich fragen, ob es nicht auch meine Schuld ist, wenn ihm tatsächlich etwas zugestoßen wäre.*

Isabelle gesteht sich widerstrebend ein, dass sie wohl nach ihm rufen muss, wenn sie nicht an ihm vorbeireiten will. Also fängt sie an, seinen Namen zu rufen. Erst zaghaft und zögernd, um dann mit jedem Ruf lauter zu werden. *Ich muss ihn finden. Ich kann doch nicht ohne ihn nach Schloss Feldheim zurückkehren!* Dann vernimmt sie endlich ein Stöhnen, das zumindest einen Teil ihrer Anspannung löst.

„Hier!", hört sie einen schwachen Hilferuf. „Ich bin hier!", ruft der Graf noch einmal etwas lauter. Wieder vernimmt sie das Stöhnen, das ganz offensichtlich von Schmerzen herrührt. Sie folgt der Stimme – und findet ihn schließlich am Fuße eines Abhangs.

Isabelle steigt von Amira und geht zum Rand des Hanges. „Was ist passiert?", ruft sie zu ihm hinunter.

„Ach, vielleicht hat sich das Pferd vertreten oder vor irgendetwas erschreckt. Ich weiß es nicht. Ich war unaufmerksam, weil ich nach Euch Ausschau gehalten habe."

Natürlich – er gibt mir die Schuld. Etwas anderes habe ich nicht von ihm erwartet. „Könnt Ihr aufstehen – oder muss ich zu Euch runterkommen?", fragt sie mürrisch.

„Nein, bleibt nur da. Ich komme schon allein wieder nach oben." Er versucht aufzustehen, verliert aber das Gleichgewicht – und bricht wieder zusammen.

„Wartet!", befiehlt Isabelle nun doch wieder besorgt. „Ich komme und versuche, Euch zu helfen." Sie macht die beiden Pferde an einem Ast fest und nimmt den kürzesten Weg nach unten, wobei sie den Halt unter den Füßen verliert und den Rest des Abhangs durch das raschelnde Laub des Vorjahres hinunterrutscht.

„Tut Euch etwas weh?", fragt sie fürsorglich, als sie zu ihm geht.

„Mein Schädel brummt." Der Graf hockt auf dem Boden und fasst sich mit der rechten Hand an den Hinterkopf. Schmerzverzerrt stöhnt er. Als er seine Hand wieder herunternimmt, ist sie blutverschmiert. „Jetzt weiß ich auch, warum." *Er wirkt benommen.* Gequält lächelt er Isabelle an und wischt das Blut an seinem Hemd ab.

Isabelle wirft einen Blick auf die Wunde und befindet, dass sie ziemlich schlimm aussieht. Die Augen verdrehend lässt sich Graf Christian nun wieder nach hinten auf die Ellenbogen fallen.

Es scheint ihm wirklich schlecht zu gehen.

„Habt Ihr ein Messer dabei?", will Isabelle wissen.

„Ja, warum? Wollt ihr die Gelegenheit meiner Schwäche nutzen und mich aus dem Weg räumen?" Er zieht sein Messer hervor und reicht es ihr mit der linken Hand, an der er scheinbar wie immer einen fingerlosen Handschuh trägt. „Dann tut es bitte kurz und schmerzlos."

„Ich bin beruhigt. So schlecht scheint es Euch nicht zu gehen, wenn Ihr immer noch Eure Späße auf meine Kosten machen könnt."

Er sieht sie bedauernd an und schweigt dann. Isabelle rafft den Stoff ihres Kleides hoch, um an den Unterrock zu kommen. Sie schlitzt die weiße Baumwolle auf und reißt am unteren Rand entlang einen langen Streifen ab. Dann noch einen zweiten, den sie zusammenfaltet und dem Grafen reicht.

„Legt das auf die Wunde und haltet es fest, bis ich es festgebunden habe!"

Ohne Widerworte tut er, was sie ihm aufgetragen hat. Notdürftig versorgt Isabelle seine Verletzung und gibt ihm das Messer zurück.

„So, nun müsst Ihr versuchen aufzustehen!" Sie hält ihm ihre Hand hin und er ergreift sie, auch wenn beide wissen, dass Isabelle es nicht schaffen wird, ihn hochzuziehen, aber sie würde ihm etwas Halt geben können.

Unter eigenen Anstrengungen kommt der Graf auf wackligen Beinen zum Stehen. Isabelle versucht, ihn zu stützen, damit er nicht gleich wieder zusammensackt, und Graf Christian hält sich dankbar bei ihr fest.

„Geht es?", will sie wissen und versucht, ihn in die Richtung zu schieben, in die sie gehen müssen.

„Wartet einen Moment!", bittet er sie und versucht, den Schwindel aus seinem Kopf zu bekommen, der sich beim Aufstehen eingestellt hat. Nur einen Augenblick später verspürt er eine heftige Übelkeit, die ohne Erbarmen nach oben drängt. Er ist gerade noch bemüht, sich von Isabelle abzuwenden, als er sich auf den Waldboden und teilweise auf ihr Kleid übergibt. Isabelle stöhnt schockiert auf. Der junge Graf stützt sich, nach vorn gebeugt, mit einer Hand auf seinem Oberschenkel ab, während der andere Arm schwer um Isabelles Nacken liegt. Er hustet und spuckt den Rest des widerlichen Geschmacks aus, dann wischt er sich mit einem Ärmel den Mund ab. Isabelle hält ihn weiter unter Aufwendung all ihrer Kräfte fest und fragt sich, ob sie es bis nach oben zu den Pferden schaffen werden.

„Tut mir leid", presst er erschöpft hervor.

„Geht es Euch jetzt besser?", fragt sie angestrengt. Sie hat schon jetzt Mühe, ihn noch zu halten. *Es ist viel zu schwer.*

„Meinem Magen schon. Meinem Kopf nicht. Ich fürchte, besser wird es nicht", stöhnt er gequält.

„Lasst uns da drüben hochsteigen, da ist es nicht so steil! Ich versuche, Euch zu halten." Sie legt ihm einen Arm um die Taille und ist froh, dass er wenigstens noch bei Bewusstsein ist und sich einigermaßen auf den Beinen halten kann. *Andernfalls wüsste ich nicht, was ich tun soll.*

Die beiden mühen sich langsam den Abhang hinauf. Gefühlt mit jedem Schritt wird der Graf schwerer und Isabelle droht beinahe, unter seiner Last zusammenzubrechen, als sie endlich die Pferde erreichen.

„Könnt Ihr allein im Sattel sitzen?", japst Isabelle und hofft inständig, dass er ihre Frage bejahen wird, denn sie hat nicht vor, noch einmal mit ihm so eng beieinander auf einem Pferd zu sitzen.

„Auch wenn es mich beschämt, aber offensichtlich kann ich es nicht, sonst hättet Ihr mich nicht vom Abgrund auflesen müssen." Graf Christian lächelt sie schwach an. Seine Selbstironie lässt ihn für einen Moment erträglich erscheinen, und Isabelle kann sich ein Lächeln abringen.

„Oh, Ihr scherzt zur Abwechslung mal über Euch selbst. Es scheint Euren Kopf doch schlimmer erwischt zu haben, als ich zunächst gedacht habe."

„Macht Ihr Euch jetzt Sorgen um mich, Fräulein Isabelle?"

„Nein, das tue ich nicht", antwortet sie entschlossen. *Dass das eine Lüge ist, werde ich ihn auf gar keinen Fall wissen lassen.*

„Diesen kleinen Zwischenfall verzeihe ich Euch selbstverständlich", sagt er gnädig. „Immerhin seid Ihr zurückgekommen, um nach mir zu suchen."

Von einem Moment auf den anderen schafft er es, den gerade noch empfundenen kleinen Funken an Mitgefühl zum Erlöschen zu bringen. „Ihr verzeiht mir?", fragt sie scharf. „Darf ich wissen, was genau Ihr mir verzeihen wollt? Ihr tut ja gerade so, als wäre es meine Schuld, dass Euch Euer Pferd abgeworfen hat."

„Ist es denn nicht so? Hättet Ihr auf mich gehört und wärt

nicht allein davongeritten, so hätte ich Euch nicht Hals über Kopf mit einem mir nicht vertrauten Pferd folgen müssen."

„Ich habe Euch nicht darum gebeten, mir zu folgen." Isabelle ist wütend. *Ich habe ihm geholfen – und er lässt keine Gelegenheit aus, meinen Zorn gegen ihn zu schüren. Ich hasse ihn!* „Ich nehme an, Ihr schafft es allein, aufzusteigen." Sie hat nicht mehr vor, ihn zu stützen, und so hält sie nur sein Pferd am Zügel und wartet darauf, dass er endlich aufsitzt.

Graf Christian hievt sich hoch in den Sattel. *Dabei hätte sie mir sowieso nicht helfen können.*

„Wieso konntet Ihr mir überhaupt so schnell folgen? Habt Ihr auf der Lauer gelegen?", fragt Isabelle vorwurfsvoll.

Er lacht verletzend, aber immer noch schwach. „Bildet Euch nicht zu viel ein, Fräulein Isabelle!"

Isabelle spürt die Hitze in ihren Wangen aufsteigen.

„Ich habe im Stall geschlafen. Eine der Stuten wird bald das erste Mal fohlen. Weil es jetzt jeden Tag so weit sein kann, wollen wir sie in der Nacht nicht allein lassen. Darum wechseln wir uns mit der Nachtwache ab. Heute Nacht war ich an der Reihe, und Ihr habt mich heute Morgen geweckt."

„Aber es schien gestern Abend so, als wärt Ihr erschöpft von der Reise, und trotzdem habt Ihr im Stall geschlafen?"

Er sieht sie eindringlich an. „Ich habe es Euch doch gerade gesagt. Ich war an der Reihe."

Isabelle ist erleichtert, dass er ihr offenbar nicht aufgelauert hat. *Ich glaube ihm.* Auf seine Bitte hin übernimmt sie die Zügel seines Pferdes, und sie machen sich nebeneinanderher auf den Rückweg.

Als sie auf den Wirtschaftshof einreiten, werden sie bereits erwartet. Eines der Mädchen hat sie schon über die Streuobstwiese kommen sehen und Graf Christian mit dem Verband um den Kopf erkannt. Schnell war sie losgelaufen, um Alarm zu schlagen. So dauert es nicht lange, bis sich Graf Ludwig, Herr Sükrü, Sofie und noch ein paar Dienstboten und Knechte auf dem Hof versammelt haben, was dem jungen Grafen sichtlich unangenehm ist. Er versichert ihnen, dass es ihm gut geht, und bittet sie zurück an ihre Arbeit.

Herr Sükrü hilft ihm von seinem Pferd herunter und stützt ihn beim Gehen. Graf Ludwig lässt nach einem Arzt schicken und bittet Isabelle, ihn auf dem Weg zu den Gemächern seines Neffen zu begleiten, und ihm zu erzählen, was passiert ist. Sie zögert. *Jemand muss sich um die Pferde kümmern. Das käme mir gerade gelegen.* Doch Franz nimmt ihr die Pferde ab.

„Ist schon gut, Fräulein Isabelle. Geht nur ins Schloss, ich kümmere mich um die zwei!"

Isabelle hätte Amira gern selbst versorgt, lässt Franz aber gewähren, denn offensichtlich wird von ihr ein genauer Bericht über das Geschehen erwartet. Sie bemerkt die enttäuschte Miene von Sofie. Offenbar hat sie gehofft, Isabelle würde ihr gleich von dem kleinen Abenteuer erzählen. Sie muss sich nun gedulden, auch wenn Isabelle bemüht sein wird, sich kurzzufassen.

Ihre Anstrengungen in dieser Hinsicht sind jedoch vergebens. Der Graf ist ihr unendlich dankbar, dass sie trotz der widrigen Umstände so umsichtig gehandelt und seinen Neffen nicht im Stich gelassen hat. Er besteht darauf – in dem Glauben, der Gesundheitszustand seines Neffen würde sie auch darüber hinaus interessieren –, dass sie mit auf den Doktor wartet. Ihre Einwände, die sie damit begründet, dass es seinem Neffen sicherlich nicht recht wäre, lässt er nicht gelten. Er deutet sie wohl als Verlegenheit und lässt sich nicht davon abbringen. *Allerdings besteht meine einzige Verlegenheit lediglich darin, dass ich mir tatsächlich nur noch wenig Sorgen um Graf Christians Befinden mache. Seine unverschämte Zunge funktionierte bis vorhin noch ganz gut, also dürfte sein Kopf nicht allzu viel Schaden genommen haben.*

Widerwillig betritt sie mit Graf Ludwig das Gemach des jungen Grafen und stellt erleichtert fest, dass es einen abgetrennten Schlafbereich gibt und sie nicht unmittelbar vor dem Bett des Grafen auf den Doktor warten muss. Während der alte Graf einen Raum weiter zu seinem Neffen und Sükrü eilt, lässt sie sich zunächst auf einer Ottomane nieder.

Es dauert nicht lange, bis der Doktor da ist. Hinter verschlossener Tür hört sie das Gemurmel der tiefen Männerstimmen. *Was mache ich eigentlich hier?* Sie sieht auf die abscheulichen Flecken, die bereits auf dem Stoff ihres Kleides angetrocknet sind. *Eigentlich müsste ich mich dringend umziehen.*

Einfach zu gehen und damit unmissverständlich ihr Desinteresse zu bekunden, scheint Isabelle aber zu unhöflich, also wartet sie ergeben die Untersuchung ab. Sie sieht sich in dem Zimmer um, lässt ihren Blick über die hübschen Möbel und den reich verzierten Kamin – hinüber zu den Fenstern und dem massiven Sekretär – schweifen. Der Kammerdiener eilt mit einem Krug Wasser und sauberen Tüchern durch das Zimmer. Die Stimme des Doktors wird für einen Moment lauter, als die Tür zum Nebenraum geöffnet, und dann wieder geschlossen wird. Nicht ganz unzufrieden vernimmt sie ein schmerzhaftes Stöhnen, das sie Graf Christian zuordnet. *Er hat es nicht anders verdient, hat er mir doch den schönen Vormittag verdorben.*

Nach einer Weile erhebt sie sich von der Ottomane und tritt an eines der Fenster. Sie sieht auf die große Terrasse mit der

Freitreppe hinunter. *Es ist die gleiche Aussicht, die ich von meinem Fenster aus habe, nur seitenverkehrt. Seine Räumlichkeiten im Ostflügel liegen den meinen im Westflügel direkt gegenüber.* Mit dieser Erkenntnis wirft sie einen Blick hinüber zu dem schmalen Fenster im Westflügel, und ihr wird klar, dass Graf Christian es gewesen sein muss, der sie am Tag nach ihrer Ankunft von hier aus beobachtet hat.

Ein bisher unbekanntes Kribbeln macht sich aufgrund dieser Feststellung in ihrem Bauch breit. Sie will nicht weiter darauf eingehen und sieht hinüber zum Sekretär, um sich von dem Gefühl abzulenken. Dort liegt ein angefangener Brief. Sie liest ihn nicht, bewundert aber insgeheim die schöne Handschrift des Grafen und stellt sich vor, wie seine schöne, kräftige Hand die Feder elegant und geschmeidig über das Papier führt. Sie streichelt gedankenversunken mit den Fingerkuppen über die Fahne der Feder, die neben dem Brief liegt, als plötzlich die Tür aufgeht. Isabelle zuckt zusammen – und fühlt sich ertappt.

Die Herren scheinen jedoch nichts bemerkt zu haben, bis auf Herrn Sükrü, der sie unverhohlen angrinst.

Der Kammerdiener des Grafen eilt mit einer Schüssel an ihr vorbei, in der sich vom Blut rot eingefärbtes Wasser befindet. Es schwappt gefährlich hin und her und sie weicht einen Schritt zurück, um sich in Sicherheit zu bringen. Graf Ludwig berichtet ihr – in der Meinung, sie beruhigen zu müssen –, dass alles nicht so schlimm sei und sein Neffe sich die nächsten drei Tage schonen und im Bett bleiben solle. Der Doktor bestätigt seine Ausführungen und ist sich mit einem Blick auf Isabelle sicher, dass er bei der guten Pflege, die der junge Herr Graf zu erwarten hätte, sicher wieder schnell auf den Beinen sein würde.

Über Isabelles Gesicht huscht ein Lächeln der Erleichterung. *Drei Tage hat er Bettruhe verordnet bekommen. Das bedeutet drei weitere Tage, an denen ich mich ungezwungen auf Schloss Feldheim bewegen kann, und an denen mich keiner davon abhalten wird, allein auszureiten.* Schnell senkt sie ihren Kopf, damit niemand ihre Freude über die zusätzlich gewonnenen freien Tage sieht, während der geliebte Neffe und Freund der Anwesenden nebenan verletzt im Zimmer liegt.

„Kann mir bitte jemand ein Glas Wasser bringen?", hört sie Graf Christians Stimme von nebenan, als Graf Ludwig mit dem Arzt gerade das Zimmer verlässt. Auch sie will schnell hinter den beiden Herren hergehen und die Gemächer des jungen Grafen verlassen, als sich Herr Sükrü zwischen sie und die Tür schiebt.

„Fräulein Isabelle, würdet Ihr das bitte übernehmen? Ich habe noch etwas Dringendes zu erledigen", meint er freundlich lächelnd und wendet sich schnell zum Gehen um.

Isabelle will gerade noch widersprechen, als sie auch schon allein im Zimmer steht.

„Ist noch jemand da? Ich habe Durst", hört sie Graf Christian erneut rufen.

„Einen kleinen Moment. Ich bringe Euch etwas", seufzt sie unwillig und geht zu einem kleinen Tisch, auf dem drei Karaffen mit unterschiedlich farbigen Flüssigkeiten und Gläser stehen. Isabelle greift zu der farblosen Flüssigkeit, riecht vorsichtshalber daran, füllt etwas davon in eines der Gläser und macht sich auf den Weg zu ihm. In der Tür zu seinem Schlafgemach bleibt sie zurückhaltend stehen und bemerkt ihre aus unerfindlichen Gründen zitternde Hand.

„Fräulein Isabelle", sagt der Graf erfreut. „Ihr scheint ja doch besorgt um mich zu sein." Ergeben lächelt er ihr entgegen. Sein Kopf ist auf zwei große, weiche Kissen gebettet und mit einem neuen, ordentlichen Verband versehen. *Er sieht blass und erschöpft aus.* Das aufkommende Mitleid, versucht sie zu unterdrücken.

„Ihr irrt. Dass ich hier bin, ist das Ergebnis einer Reihe unaufgeklärter Missverständnisse." Dann steht sie schweigend da, unschlüssig, ob sie die Schwelle zu seinem Schlafgemach übertreten soll.

„Ihr müsstet es mir bitte bringen." Er weist mit einem Finger auf das Glas in ihrer Hand. „Ich soll vorerst im Bett liegen bleiben."

„Natürlich." Unsicher sieht sie auf das volle Glas, bemüht ihre Hand ruhig zu halten, und geht damit zu ihm.

„Könnt Ihr mir ein wenig aufhelfen?", bittet er, während er versucht, seinen Kopf anzuheben und nach dem Wasser zu greifen.

Isabelle legt ihm stützend eine Hand in den Nacken und führt mit ihm zusammen das Glas an seinen Mund. Er leert es in einem Zug. *Er hat wunderschöne Lippen. Ob sie wohl so weich sind, wie sie aussehen?* Vorsichtig lässt sie seinen Kopf zurücksinken und zieht ihre Hand erst hervor, als er wieder sicher auf den Kissen liegt.

„Ich hole noch etwas Wasser und stelle Euch das Glas dann hier auf den Nachttisch."

Graf Christian deutet schwach aber dankbar ein Nicken an. Isabelle flüchtet beinahe ins Nebenzimmer, füllt das Glas nach und stellt es kurze Zeit später, mit dem Gedanken, endlich gehen zu können, auf den Nachttisch des Grafen. Sie hat ihre Pflicht nun getan.

„Euer Kammerdiener ist noch nicht zurück. Kann ich noch etwas für Euch tun? Braucht Ihr noch etwas?" Es ist reine Höflichkeit, redet sie sich ein.

„Nein, ich wüsste im Moment nichts. Aber wenn Ihr wollt, könnt Ihr mir dennoch etwas Gesellschaft leisten."

Auch wenn ich ihn eigentlich überhaupt nicht ausstehen kann, tut er mir gerade tatsächlich leid. Dass gerade ihr Verstand und ihr Gefühl einander widersprechen, bringt Isabelle völlig durcheinander. „Nein", entscheidet sie sich dann ganz bestimmt für ihren Verstand.

Ihre brüske Antwort scheint ihn getroffen zu haben. Er sieht sie enttäuscht an. Sie muss seinem Blick ausweichen, um nicht doch noch nachzugeben.

„Ich würde mich gerne umkleiden", schiebt sie entschieden als Erklärung und wohl auch als Entschuldigung hinterher. „An meinem Kleid befinden sich noch Teile Eures Mageninhalts."

„Das tut mir wirklich leid." Beschämt schielt er an ihr hinunter. „Normalerweise lege ich den Damen etwas anderes zu Füßen."

„Das zeigt doch deutlich, was Ihr von mir haltet – und erklärt einiges." Sie ist verletzt und will gehen. Auf einmal richtet er sich auf und packt sie am Handgelenk. Isabelle sieht ihn erschrocken an und versucht, sich aus seinem festen Griff zu befreien. Da überkommt ihn aber auch schon wieder der Schwindel. Der Graf lässt sich seufzend zurück in die Kissen fallen, wobei sich auch der Griff seiner Hand lockert. Sie nutzt die Gelegenheit, befreit sich daraus und weicht ein Stück von seinem Bett zurück, damit er sie nicht wieder erreichen kann.

„Das dürft Ihr nicht denken", murmelt er und schließt, vom Schwindel übermannt, die Augen, während Isabelle aus dem Zimmer flieht. „Ich danke Euch, Fräulein Isabelle", ruft er ihr hinterher. Zögernd bleibt sie einen Moment im Türrahmen stehen, um dann aber doch weiterzugehen, ohne sich noch einmal nach ihm umzudrehen.

Er bleibt enttäuscht zurück. Christian hat ganz deutlich die Abscheu in ihrem Gesicht gesehen. *Aber was habe ich auch erwartet?* Und dennoch setzt ihm die Tatsache, dass sie ihm alles andere als zugeneigt ist, mehr zu, als er gegenüber seinem Bruder jemals zugeben würde. *Vielleicht sollte ich aber zur Abwechslung einmal seinen Rat befolgen und ihr vorläufig aus dem Weg gehen.*

Kapitel 10

Es ist Anfang Mai, und Isabelle ist nun schon seit vier Wochen auf Schloss Feldheim.

Graf Christian hat sich schnell von seinem Sturz erholt, allerdings ist er ihr gegenüber seitdem zurückhaltend geworden. Ganz anders als zuvor hat sie den Eindruck, er versucht, ein Zusammentreffen mit ihr möglichst zu vermeiden. Gäbe es nicht die gemeinsamen Abendessen, auf die Graf Ludwig besteht, würde er ihr ganz und gar aus dem Weg gehen.

Anfangs ist Isabelle mit dieser Entwicklung zufrieden, denn er tut ja genau das, was sie von ihm gefordert hat: Er lässt sie in Ruhe. Aber je länger er sie meidet, desto mehr Unzufriedenheit darüber stellt sich bei ihr ein. Sie fühlt sich abgewiesen, wenn er absichtlich eine andere Richtung einschlägt, sobald er sie von Weitem nahen sieht, oder wenn er Franz bittet, ihr den schweren Sattel von Amira zur Koppel zu tragen, obwohl er auch im Stall ist und ihr helfen könnte. Nur widerwillig kann sie sich eingestehen, dass sie Gefallen an ihm findet – und sein konsequentes Desinteresse an ihr in dieser Hinsicht eher förderlich als abträglich wirkt.

Seit einigen Tagen steckt nun auch ein Schlüssel an ihrer Zimmertür. Bisher war ihre Bitte dahingehend immer abgelehnt worden – mit der Begründung, dass sie diesen nicht benötigen würde. Sie solle sich nicht einsperren, sondern am Leben im Schloss teilnehmen. Außerdem sei es unüblich; schließlich müsse die Dienerschaft ja auch die Räumlichkeiten betreten können, um ihre Arbeiten verrichten zu können. Dass man davon nun abgewichen ist, hält sie für ein Zugeständnis des jungen Grafen. Ein Entgegenkommen, das sich nicht mit seinem übrigen Verhalten ihr gegenüber deckt.

Inzwischen ist auch ihre neue Ausstattung fertig. Die Schneiderin hat Wort gehalten und sich mit der Fertigstellung beeilt. Die Kleider, die Graf Christian nach seiner Fasson anfertigen lassen hat, gefallen Isabelle ausgesprochen gut. Vor allem die imposante Robe, die auch sie auf den Entwürfen bewundert hat, ist wirklich bezaubernd geworden. Das Kleid ist aus dunkelrotem Atlas mit dezenten goldenen Stickereien gefertigt. Die dreilagigen Volants an den ellenbogenlangen Ärmeln sind aus feinster, mit Goldfäden durchzogener Spitze, und keine einzige Schleife ziert es. Fraglich ist allerdings, ob es jemals eine Gelegenheit geben würde, bei der sie dieses Kleid tragen könnte. Das Kleid ist für eine Königin gemacht – nicht für eine Kaufmannstochter.

Die Zeit auf Schloss Feldheim vertreibt sie sich überwiegend mit Ausritten, Spaziergängen und Lesen, oder sie geht Sofie zur Hand. Der ist ihre Hilfe zwar willkommen, aber um den Schein zu wahren, lässt sie es sich nicht nehmen, zunächst unüberhörbar darüber zu schimpfen, denn sie befürchtet, dass die Herrschaften etwas dagegen haben könnten.

Die Spaziergänge im Park und im Garten erfreuen und bedrücken sie um diese Jahreszeit zugleich. Wie sehr hat sie sich auf den Frühling in ihrem kleinen Garten in Magdeburg gefreut – auf das Hacken und Harken, auf das Pflanzen und Säen. Jetzt schlendert sie regelmäßig durch eine perfekt geschnittene Parkanlage und einen über die Maßen gepflegten Garten, sodass sie sich zum Nichtstun verdammt fühlt. Der Gärtner Johann tritt ihr gegenüber freundlich und offen auf, nur sein Sohn Jakob, der hier laut Sofie das Sagen hat, ignoriert sie geflissentlich oder hat nur misstrauische Blicke für sie übrig. Aus Respekt vor diesem Jungen hat sie es bisher nicht gewagt, den Gärtnern ihre Hilfe anzubieten.

Bisweilen unternimmt sie Streifzüge durch das Schloss, um sich nach und nach besser orientieren zu können. Anfangs kommt sie dabei eher zufällig auch an den Räumen vorbei, in denen die Herren des Hauses ihre Körper stärken und für den Kampf üben. Zunächst geht sie desinteressiert weiter, wenn sie durch die geschlossenen Türen das Klirren der sich kreuzenden Klingen oder die Geräusche eines Zweikampfes hört. Doch die Türen sind nicht immer verschlossen, und so bekommt sie die Gelegenheit, Sükrü und Graf Christian ab und an beim Fechten, beim Stockkampf oder Zweikampf ohne Waffen in einem mit Matten ausgelegten Raum zu beobachten. Sie verharrt nie lange, aus Angst, von den Männern entdeckt zu werden, und dennoch schlägt sie inzwischen ganz bewusst immer wieder die Wege ein, die sie dorthin führen – insbesondere, wenn das ungelegene Wetter den Herren draußen keine anderen Ablenkungen bietet. Sie hofft dann, nur ein paar ungestörte Blicke auf den jungen Grafen werfen zu können, an dessen gewandten Bewegungen sich ihre Augen erfreuen, und dessen kraftvolles Gebaren in ihr eine Sehnsucht auslöst, die sie bislang nicht kannte.

In der Bibliothek trifft sie insbesondere in den Stunden des späten Nachmittags bis zum Abendessen regelmäßig auf Sükrü. Anfangs übt sie Zurückhaltung ihm gegenüber und überlegt, auf andere Zeiten auszuweichen, um eine Begegnung zu vermeiden. Ein belangloses Geplauder mit einem ihrer Entführer war immer noch befremdlich für sie. Inzwischen freut sie sich aber auf das Zusammentreffen. Sie tauschen sich über Werke von Voltaire,

Mendelssohn und Lessing aus, Dichter und Denker, von denen ihr Vater nicht besonders viel gehalten hat, sodass er sie regelmäßig zur Vernunft rief, wenn sie sich wieder einmal über deren Denk- und Sichtweisen unterhalten wollte. Sükrüs Gesinnung, den althergebrachten, überholten Anschauungen und Gewohnheiten der Gesellschaft zu trotzen, sowie seine Vernunft und Toleranz gegenüber Neuem und Unbekanntem stoßen bei Isabelle auf fruchtbaren Boden. Der regelmäßige gedankliche Austausch darüber lässt sie zunächst Sympathie für Sükrü empfinden, die nach und nach zu freundschaftlicher Zuneigung wird.

Graf Ludwig trifft sie außerhalb der Mahlzeiten nur selten. Zwar hegt er dann ein aufrichtiges Interesse an ihrem Wohlergehen und hat darüber hinaus auch immer ein paar freundliche Worte für sie übrig, an seinen Blicken kann sie jedoch erkennen, dass er mit seinen Gedanken oft schon wieder ganz woanders ist. Trotz des Verwalters, mit dessen Arbeit er zufrieden zu sein scheint, gibt er die Verantwortung nicht vollständig in dessen Hände. Stattdessen arbeitet er eng mit ihm zusammen und spannt auch seinen Neffen und Sükrü regelmäßig ein.

Sofie ist ihr eine gute Freundin geworden. Isabelle genießt die Zeit, die sie gemeinsam verbringen und in der sie über allerlei Dinge plaudern und lachen. So schön es in Magdeburg auch gewesen ist, eine Freundin wie Sofie hat sie dort nicht gehabt. Wie ein kleiner bunter Kreisel ist sie unverhofft und mit viel Schwung in ihr Leben gekommen und tanzt nun fröhlich um sie herum, während Isabelle ihr mit einem Lächeln im Gesicht dabei zusieht. Sie will Sofie nicht mehr missen. Dank ihr fühlt sich Isabelle inzwischen recht wohl auf Schloss Feldheim.

Dass sie es hier allemal besser getroffen hat als an der Seite ihres Cousins Friedrich, dessen ist sie sich nun absolut sicher. Nur denkt sie oft wehmütig an Hanne, August und Lancelot. Sie würde so gern wissen, wie es ihnen geht, und vor allem möchte sie Hanne wissen lassen, dass sie wohlauf ist.

Vor einigen Tagen bat sie noch einmal darum, Hanne endlich eine Nachricht zukommen lassen zu dürfen. Die Antwort stellte sie jedoch nicht zufrieden. Graf Christian und auch die anderen beiden Herren legten ihr eindringlich nahe, dies zu unterlassen. Es sei noch zu früh dafür und würde alles verderben. Sie verstand nicht, was sie damit meinten, und die Herren schienen es ihr auch nicht weiter erklären zu wollen, nur so viel, dass alles, was ihren Cousin auf ihre Spur bringen könnte, vermieden werden sollte; es sei denn, sie würde Wert darauf legen, seine Frau zu werden. Allein die Aussicht, ein Leben ohne Friedrich führen zu können, bringt sie auch weiterhin davon ab, den Brief, der inzwischen fertig geschrieben in der Schublade ihres Schreibtisches liegt, aufzugeben.

Nachdem es in den letzten Tagen noch einmal sehr kalt war, sogar mit Frost in den Nächten, ist es heute beinahe sommerlich. Der warme Tag neigt sich nun dem Ende zu, und Isabelle erkundet eine Galerie im Ostflügel. Wie an einer Perlenschnur reihen sich mehrere kleine Räume aneinander. Jeder dieser Räume ist mit Ölgemälden, hübschen Möbeln, feinen Fayencen und einer Vielzahl weiterer verschiedener Dekorationsstücke geschmückt. Es ist nicht die beste Tageszeit, um sich Gemälde anzusehen, aber ihr fällt gerade kein besserer Zeitvertreib bis zum Abendessen ein.

Bei den meisten der Bilder, die hier hängen, handelt es sich um Porträts von wichtig dreinblickenden Männern und eingeschüchterten Frauen. Sie sehen kalt und leblos aus. Starre, wimpernlose Augen, ungesunde Hautfarbe und unnatürliche Körperhaltung. Isabelle amüsiert sich still über Schuhe, die wie Bärenklauen aussehen, über alberne Halskrausen und hochgezwirbelte Schnurrbärte. So schlendert sie gemächlich von Bild zu Bild und von Raum zu Raum.

Schließlich betritt sie ein kleines Zimmer, das liebevoll wie eine kleine Stube eingerichtet ist. In einer Ecke befindet sich ein hübscher runder Kachelofen, und an der gegenüberliegenden Seite steht eine Vitrine, in der zierliche Porzellanfiguren sowie dekorative Teller, Tassen und Vasen ausgestellt sind. An der Wand gegenüber den Fenstern steht eine Ottomane, und darüber hängt das große Porträt einer Frau, die liebenswürdig auf sie herabblickt. Sie ist jung, hat blond gelocktes Haar, große, blaue Augen mit einem grünen Schimmer, eine kleine Nase und einen fein geschwungenen Mund. Den Hals schmückt ein dreireihiges Halsband aus Perlen und einem großen, dunkelgrünen Smaragd. Sie trägt ein elfenbeinweißes Kleid, dessen seidigen Glanz der Künstler wirklichkeitsnah eingefangen hat. Ihr Lächeln zaubert Grübchen auf ihre Wangen und strahlt Wärme und Ehrlichkeit aus, sodass Isabelle unwillkürlich zurücklächeln muss.

„Gefällt sie Euch?"

Graf Christian steht unerwartet neben ihr und reißt sie aus ihren Gedanken.

„Ja, sie ist sehr hübsch." Isabelle wundert sich, dass er ihr nicht ausgewichen ist, so wie er es sonst tut. „Sie wirkt so lebendig. Ihr Lächeln ist so herzlich."

Er nickt, erfreut über das, was Isabelle gesagt hat. Sehnsüchtig sieht er die Frau auf dem Bild an. Ein kleiner Anflug von Eifersucht keimt in ihr auf. „Kennt Ihr sie?", fragt sie vorsichtig.

„Ich kannte sie. Sie ist vor zehn Jahren aus dem Leben gerissen worden. Das ist meine Mutter."

Isabelle sieht nun den Schmerz in seinen Augen und schämt

sich der Erleichterung, die sie empfindet. Für einen Augenblick wirkt der große, starke Mann ihr gegenüber so verletzlich wie ein Kind. Sie ist gerührt.

„Es tut mir leid."

Einem Gefühl folgend, will sie ihm tröstend ihre Hand auf den rechten Arm legen. Den linken Arm hat er – wie so oft, wenn sie sich unverhofft über den Weg laufen – auf den Rücken gelegt, als wolle er etwas vor ihr verbergen. Sie besinnt sich dann aber, zieht ihre Hand wieder zurück und wendet ihren Blick verlegen ab.

Er hat es erfreut bemerkt. „Danke für Euer Mitgefühl. Wenn es jemand aufrichtig meint und nachempfinden kann, dann seid es wohl Ihr. Ich komme öfter hier vorbei, um sie anzusehen, um mich zu erinnern – und manchmal auch, um mit ihr zu reden. Das findet Ihr bestimmt sonderbar."

„Nein, keineswegs", entgegnet sie ganz selbstverständlich. „Ich beneide Euch sogar beinahe darum. Ich habe keinen Ort, an dem ich das Gefühl habe, meinem Vater so nahe zu sein."

„Ich habe ein Bild meiner Mutter, und Ihr habt das Grab Eures Vaters." Graf Christian versucht, sie aufzumuntern.

„Im Moment habe ich auch das nicht."

„Es wird nicht für immer so sein, aber vorerst wäre es unvorsichtig, das Grab Eures Vaters aufzusuchen. Es sei denn, Ihr seid entschlossen, wieder zu Eurer Familie zurückzukehren?" Er sieht sie eindringlich an. Isabelle verneint und schüttelt entschieden den Kopf. *Niemals!*

Er nickt zufrieden. „Ich bin zuversichtlich, dass es nicht mehr allzu lange dauern wird, bis Ihr Euch wieder frei überall hinbegeben könnt, wie Ihr es wünscht. Bis dahin ist Euer Vater in Eurem Herzen und in Eurem hübschen Kopf gut aufgehoben." Sie ist noch ganz überrascht von seinen einfühlsamen Worten, als Sükrü hereinpoltert.

„Christian, die Stute wird unruhig. Ich glaube, das Fohlen macht sich auf den Weg.“

Ein breites Lächeln erscheint auf Graf Christians Gesicht. „Endlich! Dann wollen wir die werdende Mutter nicht länger warten lassen. Entschuldigt, Fräulein Isabelle, aber ich muss in den Stall.“ Gerade will er mit Sükrü davoneilen, als er zögert. „Wollt Ihr vielleicht mitkommen? Was könnte besser gegen trübe Gedanken helfen als die Geburt eines Fohlens?“

„Wenn es Euch keine Umstände macht.“ Isabelle ist erstaunt über seine Einladung. „Aber ich will nicht im Weg sein.“

„Ihr seid niemals im Weg. Ihr müsst Euch nur ruhig verhalten.“ Graf Christian wendet sich kurz ab, um einen fingerlosen Handschuh über seine linke Hand zu streifen, und hält ihr dann einladend seinen Arm hin.

Über die Merkwürdigkeit des fingerlosen Handschuhs, den er anscheinend nur in unbeobachteten Momenten ablegt, hat sie bereits Sofie befragt, die hat aber auch keine Erklärung dafür. Dennoch entzückt über seine Worte, lächelt sie ihn dankbar an – und hakt sich bei ihm ein.

Sie hören das aufgeregte Schnaufen, als sie in den Stall kommen. Die dunkelbraune Kaltblutstute wirft ihren mächtigen Kopf mit der fein gezeichneten Blesse, nervös schnaubend, immer wieder nach hinten, um auf ihren angeschwollenen Leib zu blicken. Sie nimmt keine Notiz von den Besuchern und beginnt, mit den Hufen zu stampfen.

Graf Christian weist Isabelle und Sükrü an, vor der Box zu bleiben, während er, unter Isabelles besorgten Blicken, eben diese betritt. So aufgebracht wie die Stute gerade zu sein scheint, zweifelt sie daran, dass dies eine gute Idee ist. Er bewegt sich langsam und geht in gebührendem Abstand um die Stute herum, um sich dann in die Nische des Fensters zu setzen.

„Ich habe noch nie gesehen, wie ein Fohlen auf die Welt kommt. Wie lange wird es dauern?", flüstert sie Sükrü zu.

„Die Geburt selbst sollte schnell gehen. Wie viel Zeit bis dahin vergeht, müssen wir abwarten", antwortet er leise.

Dann stehen sie still vor der Box und beobachten die Stute durch die Gitterstäbe hindurch.

Graf Christian hat ein Bein auf einen umgedrehten Eimer abgestellt, um entspannt seinen Unterarm darauf abzulegen. Die dunkelblonden Locken, die sein feines, aber dennoch männliches Gesicht umspielen, stehen ein wenig strubblig von seinem Kopf ab. *Mit seinen Bartstoppeln und dem weißen, weiten Hemd, das ein Stück geöffnet ist, sieht er unerhört gut aus.*

Die Unruhe der Stute überträgt sich mit jedem Augenblick, der vergeht, mehr und mehr auf Isabelle. Die Vorfreude und Spannung auf die Geburt des Fohlens erregen sie, sodass sie ihr Herz kräftig schlagen spürt. Der Blick des Grafen wandert währenddessen immer wieder von der gebärenden Stute hinüber zu Isabelle. Sie spürt, dass er sie beobachtet, wagt es aber nur kurz, seine Blicke scheu zu erwidern.

Warum beobachtet er mich?, überlegt Isabelle und versucht, sich auf die Stute zu konzentrieren, was ihr nur kläglich gelingt. In ihrem Bauch kribbelt es nervös und ihre Knie werden immer nachgiebiger. Sie sieht sich nach etwas um, worauf sie sich während der Zeit des Wartens setzen kann. Neben der Tür zur Pferdebox, direkt neben ihr, steht eine truhenartige Kiste. Nur kurz fragt sie sich, was darin aufbewahrt wird, dann entscheidet sie, ohne die Antwort zu kennen, dass die Kiste eine gute Sitzgelegenheit abgeben wird. Sie lässt sich darauf sinken – und verschwindet damit auch aus Graf Christians Blickfeld. Als wäre ein Bann gebrochen, macht sich Erleichterung in ihr breit, auch wenn sie seine Anwesenheit spürt – und auf eine erregende Weise genießt.

Was ist nur los mit mir?! Der Anblick eines Mannes hat mich noch nie so durcheinandergebracht. Bislang stand sie dem männlichen Geschlecht, wenn es nicht um reine Freundschaft ging, doch eher kalt und abweisend gegenüber. Die Heiratspläne, die ihr Vater immer wieder für sie geschmiedet hat, konnte sie stets ohne viel Aufwand zerschlagen, da ihr Vater genauso wenig ernst gemeintes Interesse daran hatte, seine Tochter zu verlieren, wie sie daran, ihre Freiheiten aufzugeben. Sie hätte diese Gesinnung nun infrage stellen können. Schließlich trug genau diese einen erheblichen Teil dazu bei, dass seit dem Tod ihres Vaters ihr ganzes Leben auf dem Kopf steht. *Aber gerade jetzt, in diesem Moment, kann ich nicht zweifeln, auch wenn ich mich selbst nicht mehr verstehe. Dieser Mann hat mich geknebelt, gefesselt und gegen meinen Willen hierhergebracht. Ich habe Todesängste ausgestanden. Und um seinetwillen überschlägt sich nun mein Herz?!*

Ein lautes Plätschern reißt sie aus ihren Gedanken. Sie steht neugierig auf, um zu sehen, was passiert ist. Die Fruchtblase ist geplatzt und ein Schwall Fruchtwasser hat sich pladdernd auf den Stallboden ergossen. Als ob sie nur darauf gewartet hätte, legt sich die Stute nun ins Stroh – und dreht sich auf die Seite. Ihr Bauch zieht sich jetzt immer wieder deutlich sichtbar zusammen. Der Graf lässt sich mit langsamen und geschmeidigen Bewegungen zu der Stute ins Stroh nieder. Er kniet hinter ihr und streichelt ihr behutsam über Kopf und Hals, um sie zu beruhigen. Jetzt ist er nur noch auf die Stute fixiert. Ab und zu flüstert er ihr zärtlich ein paar Worte ins Ohr, die Isabelle jedoch nicht versteht.

Sie beobachtet seine schönen, kräftigen Hände mit den langen Fingern, wie sie wieder und wieder zärtlich über das samtig schimmernde Fell gleiten, und stellt sich vor, es wäre ihre Haut, die von seinen Händen gestreichelt wird. Ihr Blick fällt auf den geöffneten Ausschnitt seines Hemdes und die leicht gebräunte Haut, die darin hervorscheint. *Goldbraun und verführerisch – wie Hannes gedeckter Apfelkuchen.* Das Geräusch ihres eigenen Seufzers bringt sie wieder zur Vernunft. Sie lässt erschrocken die Gitterstäbe los, die sie inzwischen unbewusst fest umklammert hat. Isabelle verflucht sich innerlich und schielt zu Sükrü hinüber.

Hat er etwas mitbekommen? Natürlich hat er. Er hat sie beobachtet – und grinst sie wissend an. Isabelle steigt die Hitze ins Gesicht. Aus Verlegenheit starrt sie jetzt ganz verbissen auf die Stute und wagt es kaum, von ihr aufzublicken, als Franz in den Stall kommt. Er nickt ihnen zur Begrüßung kurz zu und hebt dabei seine Mütze an. Schweigend stellt er sich neben Sükrü an die Box, um dem kleinen Wunder, das nun nicht mehr lange auf sich warten lassen wird, beizuwohnen.

Und tatsächlich erscheint nur ein paar Augenblicke später der erste kleine, weiß bestrumpfte Huf – und gleich darauf der zweite. Als Nächstes kommt die kleine, verschleimte Nase mit dem Kopf zum Vorschein. Die Stute hebt den Kopf, als wolle sie schauen, was am anderen Ende ihres Körpers vor sich geht, lässt ihn aber gleich wieder fallen. Der Graf macht sich mit einem Tuch daran, behutsam den Mund und die Nase des Fohlens vom Schleim zu befreien. *Ich hätte nicht gedacht, dass er so fürsorglich und zärtlich sein kann.*

Das kleine Tier kommt immer weiter zum Vorschein. Isabelle ist wie verzaubert vom Anblick dieses kleinen, zarten Wesens, das sich unermüdlich den Weg ins Leben bahnt. Noch bevor die Hinterbeine des Fohlens ganz draußen sind, steht die Stute auf, sodass das Kleine mehr oder weniger herausfällt und die Nabelschnur reißt. Isabelle schreit erschrocken auf. Das Vorgehen der Mutter mutet rabiat an, und sie hat Angst um das Fohlen. Sükrü legt ihr beruhigend eine Hand auf die Schulter.

„Keine Sorge, es ist alles so, wie es sein muss", flüstert er ihr zu. Zweifelnd beobachtet sie, wie Graf Christian aufsteht und ruhig ein paar Schritte zur Seite geht, um die Mutter zu ihrem Kind zu lassen. Wachsam wartet er ab, wie sich die Stute verhält. Diese dreht sich achtsam zu dem Fohlen um und beginnt, es hingebungsvoll abzulecken und zu beknabbern. Isabelle seufzt erleichtert.

„Ein schönes Fohlen", stellt Graf Christian leise fest.

„Es ist wunderschön", schwärmt Isabelle mit einem Lächeln auf den Lippen, welches seit Wochen schon nicht mehr ihr Gesicht erhellt hat. Ihre Blicke treffen sich.

„Ja, wirklich wunderschön", bestätigt er mit warmer, sanfter Stimme und hält dabei so intensiv seinen Blick auf sie gerichtet, dass sich Isabelle fragt, ob er noch immer von dem Fohlen spricht. Wieder fühlt sie ihre glühenden Wangen. Sie wirft einen letzten verlegenen Blick auf das Fohlen und seine Mutter und ergreift dann eilig die Flucht.

***

Sükrü sieht seinen Bruder nachdenklich an. Selbst ihm fällt es manchmal schwer, ihn zu verstehen. Christian ist ein Charmeur, der weiß, wie er die Menschen umgarnen muss, um zu bekommen, was er will, gibt ihnen aber nichts außer unverbindlichen Schmeicheleien zurück. Nicht nur einmal ist Sükrü Zeuge geworden, wie die kleinen amourösen Abenteuer seines Bruders diesen als gefühlskalten Bastard beschimpften. Sükrü weiß es besser, auch wenn er Christian von der Idee einer Entführung nicht abbringen konnte. Sein Bruder hat darauf beharrt, dass es keine Zeit für eine andere Lösung gäbe und dass die Reichardts das Mädchen sowieso nicht gehen lassen würden, weil ihnen dann das Erbe verloren ginge.

Besorgt hatte Sükrü wahrgenommen, dass es Christian anfangs offenbar egal schien, welche Ängste Isabelle auszustehen hatte. Umso überraschter ist er, als er feststellt, dass sich zwischen Christian und Isabelle etwas verändert.

Dass die meisten Frauen seinen Bruder sehr anziehend finden, ist kein Geheimnis für ihn, aber selbst sein Bruder hat heute für einen Moment die Deckung fallen lassen. Sollte es Isabelle tatsächlich gelungen sein, ein Gefühl in Christian zu wecken, von dem Sükrü befürchtet hat, dass sein Bruder es niemals empfinden können würde? Dann hätte die Reise in die Vergangenheit neben der leidigen Entführung wenigstens doch noch etwas Gutes gehabt.

Darauf ansprechen würde er seinen Bruder jedenfalls noch nicht. Die Gefahr, dass er dann alles daransetzen würde, den Riss, den sein Schutzwall allem Anschein nach bekommen hat, wieder zu verschließen, ist zu groß.

„Bleibst du noch hier?“, fragt er Christian.

Der nickt kurz. „Ich warte noch auf die Nachgeburt. Außerdem will ich sehen, ob das Fohlen aufstehen und trinken kann.“ Er wendet sich dann an den Stallknecht, der noch neben Sükrü steht. „Du kannst ruhig gehen, Franz. Ich bleibe bestimmt die Nacht über hier.“

„Ist gut, Herr Graf.“ Franz verlässt dankbar den Stall.

„Du hast doch bestimmt auch was Besseres zu tun, als mir

hier Gesellschaft zu leisten", neckt Christian seinen Bruder grinsend.

„Sag es ruhig, wenn du mich loswerden willst!"

„Du weißt, dass es nicht so ist."

„Ja, das weiß ich, aber ich habe tatsächlich nicht vor, die Nacht mit dir im Stall zu verbringen. Auf mich wartet noch ein anderes Vergnügen."

Sie lachen einander an, und Sükrü geht, um sich nun intensiv seinen Bedürfnissen und denen seiner lieben Sofie zu widmen.

Kapitel 11

Als Isabelle am nächsten Morgen nach und nach munter wird, fliegen ihre Gedanken direkt zu Graf Christian, und ihr Herz klopft augenblicklich viel schneller und kräftiger, sodass an ein Weiterschlafen nicht mehr zu denken ist. Ein Blick aus dem Fenster verrät ihr, dass es noch sehr früh am Morgen ist, denn es dämmert gerade erst. Kurz entschlossen zieht sie sich an, um nach dem Fohlen und dessen Mutter zu sehen.

Leise schleicht sie durch die Flure des noch schlafenden Schlosses und geht über den Wirtschaftshof zum Stall, in dem gestern das kleine Fohlen das Licht der Welt erblickt hat. Isabelle freut sich auf das Wiedersehen und ist neugierig, wie es dem kleinen Wesen und seiner Mutter geht. Im Stall ist es warm und still. Nur das entspannte Schnauben der Pferde ist vereinzelt zu vernehmen. Möglichst geräuschlos geht sie zu der Box der kleinen Familie und findet die Stute und ihr Fohlen wohlauf. Das Fohlen steht inzwischen auf seinen langen, staksigen Beinchen und ist gerade dabei, seinen Durst leise schmatzend an dem Euter seiner Mutter zu stillen. Von seinem Bauch hängt ein Stück der eingetrockneten Nabelschnur herunter, über die es bis vor ein paar Stunden noch mit seiner Mutter verbunden war.

Es ist ein bezaubernder Anblick, und Isabelle hätte nicht gedacht, dass es im Stall etwas geben könnte, das sie noch mehr in den Bann ziehen würde, aber dann sieht sie ihn. Graf Christian liegt auf dem für die Nachtwachen provisorisch hergerichteten

Nachtlager, das aus einem einfachen Holzgestell und ein paar mit Stroh gefüllten Säcken besteht. Er schläft. Anscheinend hat er aus Sorge um die Stute und das Fohlen die Nacht im Stall verbracht. *Das macht ihn beinahe liebenswert.* Eine Decke liegt neben ihm und ist schon halb auf den Boden gerutscht.

Isabelle streichelt ihn mit ihren Blicken und versucht, jedes Detail von ihm zu erfassen. Seine flache, breite Stirn geht in eine überaus männlich wirkende, leichte Wulst über, die von gleichmäßig geschwungenen Augenbrauen gezeichnet wird und unter der sich seine Augen unter den geschlossenen Lidern unruhig hin- und herbewegen. Von seiner schmalen und dennoch markanten Nase aus schwebt Isabelles Blick über seine sanft anmutenden Lippen, die zu lächeln scheinen. In ihrem Bauch stellt sich das inzwischen nicht mehr unbekannte Kribbeln ein, aber sie will ihren Blick noch nicht von ihm nehmen und lässt ihn weiter über seine ausgeprägten Kieferknochen und den kräftigen Hals bis hin zu seinen breiten Schultern wandern. Sie verharrt, wie schon gestern Abend, an dem geöffneten Ausschnitt seines Hemdes und liebkost in Gedanken seine gebräunte, glatte Haut und die muskulöse Brust, die sich unter dem dünnen Stoff seines Hemdes andeutet. *Nur zu gern würde ich das Gleiche mit meiner Hand tun.*

Isabelles Blick wandert weiter nach unten, um sich im nächsten Moment verlegen abzuwenden. Unterhalb seines flachen Bauches, der sich im Rhythmus seines Atems regelmäßig hebt und senkt, zeichnet sich in der schwarzen Lederhose eine deutliche Beule ab. Sie zögert, doch es ist zu verlockend – *ich muss noch einmal hinsehen.* Offenbar will sich dort etwas nach oben recken, wird aber von seiner Hose daran gehindert, die sich glänzend darüber spannt. Bewegt öffnet sie ihre Lippen – und zieht scharf die Luft ein. Das aufgeregte Kribbeln in ihrem Bauch zieht sich bis zu ihrem Unterleib, wo es verführerisch zwischen ihren Beinen pulsiert.

Sie ist überrumpelt von den unbekannten Gefühlen, die in ihr toben. Siedend heiß wird ihr klar, wie unschicklich es ist, was sie hier tut. *Ich sollte mir die Peinlichkeit ersparen, erwischt zu werden.* Schnellen Schrittes verlässt sie aufgewühlt den Stall und stößt vor der Tür beinahe mit Holger, dem anderen Stallknecht, zusammen.

„Du bist ja völlig durch den Wind. Was ist denn passiert?“, fragt Sofie, die Isabelle in der Eingangshalle über den Weg gelaufen ist.

„Nichts. Es ist alles in Ordnung, Sofie“, antwortet sie fahrig und läuft die Treppe hinauf. Ein wenig hofft sie, Sofie abzuschütteln. Sie braucht einen Moment für sich, doch Sofie folgt ihr unerbittlich.

„Ich dachte, ich wäre deine Freundin. Jetzt rede doch endlich mit mir!“ Sofie hat nicht vor, sich wie am Abend zuvor abwimmeln zu lassen. Schon da schien Isabelle in einem aufgelösten, verwirrten Zustand zu sein. Doch auf ihre Fragen hin hat sie ihr nur von der Geburt des Fohlens erzählt und dabei bis über beide Ohren gestrahlt. Aber das allein konnte doch nicht die Ursache für ihr eigenartiges Verhalten sein, denn im nächsten Augenblick war sie wieder nachdenklich, verträumt. Sie wirkte irgendwie verzaubert.

Wenn Sofie es nicht besser wüsste, müsste sie glauben, dass Isabelle ein Rendezvous mit ihrem Liebsten hatte. Sie fragt sich, was noch im Stall vorgefallen ist. Leider war Isabelle diesbezüglich schon gestern nicht sehr gesprächig, und so hat sie sie nicht weiter mit Fragen bedrängt, in der Hoffnung, später etwas aus Sükrü herauszubekommen, der sie in diesem Fall allerdings auch nicht zufriedengestellt hat. Sie solle ihre kleine Stupsnase nicht immer in alles hineinstecken, hat er ihr geraten. Nachdem sie ihn dann mit ergebenem Augenaufschlag anflehte, kam er ihr immerhin etwas entgegen.

„Es ist nichts passiert, was für jedes Auge sofort ersichtlich wäre, aber es scheint so, als würden Christian und Isabelle einen Weg zueinanderfinden. Ob er eben oder steinig verläuft, bleibt abzuwarten“, waren seine etwas rätselhaften Worte. Sie gab sich damit erst einmal zufrieden, da ihr mehr danach war, ihren Weg mit Sükrü weiter zu beschreiten, den sie zueinandergefunden haben, und der war bisher alles andere als steinig, auch wenn Sükrü immer wieder für eine Überraschung gut ist. Immerhin konnte sie in Erfahrung bringen, dass Isabelles ungewöhnliches Verhalten offensichtlich etwas mit Graf Christian zu tun hatte.

Nun stürmen die beiden Mädchen in Isabelles Zimmer. Sofie beobachtet Isabelle. Wieder war in ihrem Gesicht ein ständiger Wechsel von Freude, Lust und Verzweiflung zu sehen.

„Jetzt rede schon mit mir!“ Sofie hat Isabelles Hände ergriffen und sieht sie eindringlich an.

„Ich kann nicht, Sofie. Es ist mir unangenehm. Ich schäme mich beinahe dafür.“

„Wenn du mir nicht auf der Stelle sagst, was dich bedrückt, muss ich glauben, dass du mir nicht vertraust. Und einer Freundin vertraut man doch, oder?! Ich schwöre dir, deine Sorgen sind bei mir sicher verwahrt, und vielleicht hilft es dir, darüber zu reden, damit du wieder etwas Ordnung in deine Gedanken bringen kannst.“

„Du darfst es wirklich niemandem erzählen. Auch nicht deinem Sükrü!“

„Nein, mach ich nicht. Nun spann mich nicht länger auf die

Folter!" Sofie zieht Isabelle hinunter auf die Ottomane.

„Ich weiß nicht. Es ist mir so furchtbar peinlich", zögert Isabelle weiterhin unschlüssig. Sie sieht in Sofies erwartungsfrohe Augen und gibt schließlich nach. „Also gut, aber schwöre, dass du mich nicht auslachst!" Sofie schwört es, und so erzählt Isabelle ihr, wie sie Graf Christian gestern Abend und heute Morgen im Stall beobachtet hat.

Sie gesteht ihr, wie sie sich plötzlich zu ihm hingezogen gefühlt hat und wie sie sich gewünscht hat, seine Haut zu berühren, und dass seine Hände sie berühren. Nur die Wölbung in Graf Christians Hose – und ihren eigenen erregten Zustand, als sie diese sah – verschweigt sie Sofie. *Das bleibt besser mein Geheimnis.*

„Ich bin verwirrt, Sofie. Ich kann ihn doch eigentlich gar nicht leiden, und jetzt löst er etwas in mir aus, das mich völlig unerwartet trifft und zu überwältigen droht." Isabelle sieht verzweifelt zu Sofie, als würde sie diese um eine Lösung anflehen.

Sofie lächelt Isabelle wissend an. „Ich habe es dir doch gesagt." Das kann sie sich nicht verkneifen. Sie nimmt Isabelle tröstend in die Arme. „Ich glaube, du bist verliebt."

„Nein, das kann nicht sein! Das darf nicht sein!" Isabelle macht sich aus Sofies Umarmung frei.

„Aber warum nicht? Es ist doch so schön, verliebt zu sein", schwärmt Sofie und denkt dabei wahrscheinlich wieder an ihren Sükrü.

„Er ist ein Graf, Sofie! Es geht einfach nicht!"

„Es spielt doch aber für dein Herz keine Rolle, ob er ein Graf oder ein Bettelmann ist. Und wenn Graf Christian dich lieben sollte, spielt es auch für sein Herz keine Rolle, was du bist."

„Aber so einfach ist es nicht, Sofie. Auch wenn ich mir insgeheim vielleicht immer gewünscht habe, auch einmal verliebt zu sein, so möchte ich nicht in jemanden verliebt sein, der dies nie erwidern wird." Als Isabelle klar wird, wie hoffnungslos ihre Gefühle sind und wie viel Schmerzen sie ihr bereiten würden, kommen ihr die Tränen. Sofie zieht sie wieder tröstend in ihre Arme.

„Ich glaube, da kennst du Graf Christian schlecht. Ich habe das Gefühl, er hält nicht besonders viel vom Standesdünkel."

„Selbst wenn dem so wäre, heißt das doch nicht, dass er für mich so empfindet wie ich für ihn. Ich bin mir meiner Gefühle ja selbst nicht einmal sicher. Vielleicht ist es ja auch nur die Wollust, die mich packt, wenn ich ihn sehe."

„Das ist nicht die schlechteste Voraussetzung", erwidert Sofie gleichgültig.

Empört zwickt Isabelle ihre Freundin in die Seite, so dass Sofie sie kichernd von sich schiebt. Isabelle zieht die Nase hoch und wischt sich die Tränen von den Wangen.

„Man weiß vorher nie, ob der, in den man sich verliebt hat, genauso empfindet. Aber das macht es doch umso spannender. Der Nervenkitzel lässt dich alles noch viel intensiver fühlen. Ein Spiel mit dem Feuer bleibt es allerdings immer. Entweder schwebst du im siebten Himmel oder dein Herz wird gebrochen, und du erleidest Höllenqualen. Gib dir einfach ein wenig Zeit, um dir über deine Gefühle klarzuwerden. Wenn es dich erwischt hat, kannst du sowieso nichts mehr dagegen tun."

„Das ist nicht wirklich ein Trost für mich."

„Den brauchst du auch noch gar nicht. Und wenn er doch erforderlich wird, werde ich es nicht an Fürsorge und Aufmunterung mangeln lassen. Das verspreche ich dir." Sie lächeln einander an – Isabelle mit Wehmut durchtränkt und Sofie voller aufmunternder Zuversicht.

Isabelle ist Sofie wirklich dankbar. Sie weiß, dass sie auf sie zählen kann, und fragt sich, wie sie all die Jahre ohne eine Vertraute, wie es Sofie inzwischen ist, hat auskommen können.

„Was das Spiel mit dem Feuer betrifft: Da gibt es etwas, was ich schon eine Weile von Dir wissen will." Isabelle ist sich unsicher, ob sie Sofie wirklich fragen soll, aber sie ist einfach zu neugierig. Beim Gedanken an ihr Anliegen steigt ihr die Hitze ins Gesicht.

Das macht wiederum Sofie umso interessierter, auch wenn sie schon ahnt, worum es Isabelle geht. „Na los, raus mit der Sprache!"

Isabelle räuspert sich. „Du und Sükrü …", sie sieht beschämt nach unten und räuspert sich noch einmal, „… was macht ihr eigentlich so, wenn ihr … wenn ihr zusammen seid?"

„Das weißt du doch. Wir reden über vielerlei Dinge oder gehen spazieren, wenn es mir meine Zeit erlaubt."

Das verschlagene Lächeln in Sofies Gesicht lässt Isabelle verstehen. *Sofie weiß ganz genau, worauf ich hinauswill, sie hat aber offensichtlich Spaß daran, mich noch ein wenig zappeln zu lassen.*

„Wir waren auch schon einmal zusammen unten im Dorf, als dort Jahrmarkt war. Das war wirklich schön. Sükrü hat mir einen Liebesapfel geschenkt." Sofie kommt ins Schwärmen, wobei sie absichtlich übertreibt, ihre Erzählungen unnötig in die Länge zieht und in eine andere Richtung lenkt als die, die Isabelle ganz offensichtlich anstrebt.

„Ich meine, wenn ihr das alles nicht tut – und Sükrü dir nicht gerade Lesen und Schreiben beibringt –, was macht ihr dann?"

„Ach, stimmt, Lesen und Schreiben bringt mir Sükrü ja auch noch bei. Er ist wirklich ein toller Mann", schwärmt Sofie weiter. „Ich glaube, er liebt mich wirklich. Warum sollte er sich sonst diese Mühe machen? Oder, was meinst du?"

Isabelle verdreht genervt die Augen. „Ich bin mir sicher, er liebt dich wirklich, denn du bist ein sehr liebenswerter Mensch, meine liebe Sofie, wenn du dein Gegenüber nicht gerade in seiner Verlegenheit zappeln lässt und damit zur Weißglut treibst.“

Sofie lacht. „Du willst wissen, ob wir nur Händchen halten.“

„Na ja, eure Liebschaft dauert ja nun schon eine Weile an. Nach allem, was ich bisher so gehört habe, scheinen Männer in dieser Hinsicht nicht gerade mit der Gabe der Zurückhaltung gesegnet zu sein. Und wenn es stimmt, was ich über Graf Christian gehört habe, ist es bei ihm genauso.“

„Wer sagt so etwas?“

Isabelle schüttelt den Kopf. „Ich will niemanden anschwärzen. Es waren auch nur Andeutungen. Sie wussten nicht, dass ich in der Nähe war und ihr Gespräch mithören konnte.“ Sie denkt an den gutmütigen Franz und an Holger, den anderen Stallknecht. Sie mag die beiden und will ganz sicher nicht, dass sie Ärger bekommen, nur weil sie rumgewitzelt haben, und Franz den um einige Jahre jüngeren Holger aufgezogen hat, dass er nicht so verklemmt sein soll, wenn er doch ein Auge auf eines der Mädchen geworfen hat. Er solle den jungen Grafen um Rat fragen, schließlich würde der ja auch nichts anbrennen lassen. Der müsse wissen, wie es geht. *Das hätte Franz bestimmt nicht gesagt, wenn er auch nur geahnt hätte, dass ich gerade nebenan in der Box bei Amira bin.*

„Nun ja, ein Kostverächter soll er tatsächlich nicht sein“, gibt Sofie zu. „Aber das hat ja nichts zu sagen“, wehrt sie ab, als sie in Isabelles enttäuschtes Gesicht sieht. „Vielleicht ist ihm einfach nur noch nicht die Richtige über den Weg gelaufen. Jedenfalls darfst du nicht alle Männer über einen Kamm scheren. Und ich kann dir versichern, wenn dich einmal ein Mann richtig beglückt hat, wirst auch du dich nicht mehr unbedingt in Zurückhaltung üben wollen."

Isabelle sieht Sofie aufgrund ihrer Ehrlichkeit überrascht an.

„Ich bin übrigens keine Jungfrau mehr."

„Sofie!", Isabelle schnappt nach Luft. *Sie sieht so unschuldig aus und hat es dabei faustdick hinter den Ohren.*

„Jaja, nun tu nicht so prüde! Das wolltest du doch wissen." Sofie lacht sie an, als ob nichts dabei sei, über solche Dinge zu reden.

„Und was machst du, wenn du ein Kind erwartest?"

„Das weiß ich nicht, aber ich bin mir sicher, dass Sükrü mich nicht im Stich lassen wird. Außerdem versuchen wir aufzupassen."

„Und wie macht man das - aufpassen?"

Sofie sieht forschend in Isabelles Gesicht, als würde sie abwägen, was sie ihr erzählen soll – und was besser nicht. „Wie viel weißt du denn überhaupt davon?", fragt sie Isabelle nachdenklich.

„Nicht besonders viel", gibt Isabelle verlegen zu. *Woher auch? Ich hatte bisher niemanden, mit dem ich über so etwas hätte sprechen können. Mit Hanne war es schier unmöglich. Die hätte mir wahrscheinlich die Ohren langgezogen, wenn ich auch nur ansatzweise danach gefragt hätte.* Sie erzählt Sofie von dem, was sie als Kind in der Scheune auf Klaras Hochzeit beobachtet hat, und dass sie es als amüsant und abstoßend zugleich empfand.

Sofie nickt verstehend und erklärt ihr, dass sie wohl nicht gerade den gefühlvollsten Akt gesehen habe, denn bei ihr und Sükrü sei es ganz anders.

„Kein Wunder, dass es dich abstößt", erklärt Sofie altklug, und Isabelle fragt sich, ob Sofie wirklich schon so viel Erfahrung hat, wie sie vorgibt. „Das, was du beschreibst, ist unerlässlich, es gehört dazu. Es kann ein berauschender Höhepunkt oder ein absolutes Desaster für dich sein. Was deine Frage hinsichtlich einer Schwangerschaft betrifft, so kann sich dein Liebster beispielsweise einen Schafsdarm über sein Gemächt ziehen." Isabelle verzieht bei der Vorstellung angewidert das Gesicht. „Oder du kennst deinen Zyklus so gut, dass du weißt, wann du empfängst und wann nicht. An den Tagen, an denen du für die Empfängnis bereit bist, musst du aufpassen. Entweder verzichtet ihr dann auf das Vergnügen, oder dein Liebster muss sein Glied rechtzeitig wieder aus dir herausziehen. Sükrü ist das mit seinem Zauberstab bisher immer rechtzeitig gelungen, bevor der Saft des Lebens aus ihm herausspritzte."

Isabelle kann sich ein Lachen nicht verkneifen, als Sofie von Sükrüs Zauberstab spricht.

„Lach nicht!" Sofie schmunzelt. „Ich finde, er hat wirklich einen Zauberstab, anders kann ich mir nicht erklären, was mit mir passiert, wenn er mich damit in seinen Bann zieht."

Isabelle grinst immer noch amüsiert. „Und wenn er ihn rechtzeitig herauszieht, seinen Zauberstab …", Isabelle muss wieder lachen, „… dann wirst du nicht schwanger?"

„Bis jetzt bin ich zumindest davon verschont geblieben. Und es gibt ja auch noch andere Möglichkeiten, sich gegenseitig Lust zu bereiten." Isabelle sieht sie fragend an, doch Sofie schüttelt den Kopf. „Ich will dich nicht verschrecken, Isabelle, und auch keine Hoffnungen in dir wecken, die dann möglicherweise nicht erfüllt werden. Ich glaube, ich habe mit Sükrü einen ganz besonderen Mann gefunden. Er beherrscht eine Kunst der Liebe, die ich mir so vorher auch nicht hätte vorstellen können. Er hat sehr geschickte Finger – und eine sehr gefühlvolle Zunge." Sofie schließt ihre Augen, und ein verträumtes Lächeln legt sich über ihre Lippen. Isabelle kann sich nicht vorstellen, was Sofie damit meint, aber sie ist sich auch nicht sicher, ob sie es genauer wissen will.

Kapitel 12

Nach diesem, ihre Gedanken und Gefühle durcheinanderwirbelnden, Ereignis ist es Isabelle, die ein Zusammentreffen mit Graf Christian nach Möglichkeit vermeidet. Sie kann ihn nicht ansehen, ohne dabei das prächtige Bild von ihm vor Augen zu haben, wie er an dem Morgen nach der Geburt des Fohlens im Stall auf den Strohsäcken geschlafen hat. Der Gedanke daran bringt sie jedes Mal in Verlegenheit. Ihr ist klar, dass dies nicht ewig so weitergehen kann, aber sie hegt die Hoffnung, dass sich das Bild in ihrem Kopf mit der Zeit verflüchtigen wird. Bis dahin nutzt sie die Gelegenheiten, an denen sie den jungen Grafen mit Sicherheit an anderer Stelle weiß, um das Fohlen und seine Mutter im Stall zu besuchen – so wie heute.

Die Geburt ist nun fast drei Tage her, und Isabelle hat am Vorabend bei der Unterhaltung der Herren herausgehört, dass Sükrü und Graf Christian zusammen mit dem Verwalter am Vormittag zu einem der Pächter unterwegs sind. Nachdem es den Tag zuvor geregnet hat, sind heute nur vereinzelt weiß gezupfte Wolken am Himmel zu sehen. Es wäre also eine gute Gelegenheit, dem Fohlen zu zeigen, dass es noch eine Welt außerhalb des Stalls gibt. Allerdings wagt sie es nicht, das einfach allein zu entscheiden, aber vielleicht dürfen ja Franz oder Holger solche Entscheidungen treffen.

Gerade hat sie dem Fohlen und seiner Mutter den Vorschlag unterbreitet, die Stallknechte wegen dieses Anliegens zu suchen, und fragt sie nach ihrer Meinung, ohne tatsächlich eine Antwort zu erwarten, als sie diese von jemand anderem bekommt.

„Ich denke, die zwei halten das für eine sehr gute Idee." Graf Christian steht plötzlich hinter ihr. „Und ich im Übrigen auch."

Isabelle ist überrascht, ihn zu sehen, und kann dies auch nicht verbergen. Verwundert und bemüht, ihn nicht anzusehen, fragt sie ihn, warum er hier ist, wo er doch eigentlich einen Pächter aufsuchen wollte. Der Graf erklärt ihr, dass der Verwalter am gestrigen Abend noch einen kleinen Unfall hatte und es ihm heute nicht möglich ist, im Sattel zu sitzen.

„Ihr scheint enttäuscht darüber, mich hier anzutreffen. Das tut mir leid. Bitte macht es nicht mir zum Vorwurf! Allerdings dürfte sich der gute Kurt Lander auch nicht absichtlich von der Leiter gestürzt haben, nur um Euch mit meinem Dasein zu verärgern."

Er hört sich gekränkt an. *Das war ganz und gar nicht meine Absicht.* Isabelle ist bemüht, sich zu entschuldigen und etwas unbeholfen klarzustellen, dass sie nur nicht mit ihm gerechnet hat. Dabei fängt sie immer wieder seinen ernsten und irgendwie verletzten Blick auf, bis er sie plötzlich ungehemmt angrinst, und sie sich sicher ist, dass er sie gerade wieder aufgezogen hat.

Dass er sich dann gnädig dazu herablässt, ihre Entschuldigung anzunehmen, wenn sie dafür so freundlich ist, ihn mit Luna und ihrem Fohlen zur Koppel zu begleiten, setzt dem Ganzen die Krone auf. Hin- und hergerissen zwischen der freudigen Aufregung wegen seiner bloßen Anwesenheit, der Aufgebrachtheit aufgrund seines Benehmens und der Neugier auf die Reaktion des Fohlens, wenn es seine kleinen Hufe aus dem Stall setzt, lässt sie den aufkommenden Anflug von Entrüstung schließlich mit einem geräuschvollen Schnaufen verpuffen – und willigt ein.

Als sie den Stall verlassen, flieht eine aufgeregte Henne vor dem hinterherjagenden jungen Stallknecht direkt an ihnen vorbei. Acht kleine Küken wuseln in unmittelbarer Nähe über den Wirtschaftshof. Augenblicklich bleibt Graf Christian mit der Stute stehen und Isabelle schiebt sich an ihnen vorbei, um beim Einfangen der Küken zu helfen. Inzwischen hat der große, schlanke Holger die Henne eingefangen und setzt sie in einen Korb, den das Mädchen Marie festhält und mit einem Tuch bedeckt. Schnell gelingt es Holger und Isabelle, auch der acht Küken habhaft zu werden und sie eins nach dem anderen zur Henne in den Korb zu setzen. Es ist ein Spaß, den flauschigen kleinen Piepsern hinterherzujagen. Das letzte Küken behält Isabelle einen Moment länger in der Hand und betrachtet das kleine Tier verzückt. Sie spürt dessen Wärme und den Schlag des kleinen Herzens auf ihrer Haut.

„Können wir dann?", ruft sich Graf Christian in Erinnerung. Isabelle gibt dem winzigen Tier einen Kuss auf das Köpfchen und setzt es schnell in den Korb. Marie ist sichtlich erleichtert, als sie endlich das Federvieh beisammenhat, und bringt es in Begleitung von Holger zurück in den Hühnerstall.

Das Fohlen wirkt wenig ängstlich. Zwar läuft es nah bei seiner Mutter hinter ihnen her, aber es scheint von Interesse und Neugier gepackt. Es betritt die Wiese, ohne zu zögern – wohl, weil es seine Mutter auch tut –, dann hält es jedoch inne, beäugt die ihm merkwürdig anmutenden schlanken, grünen, aus dem Boden wachsenden Gräser und steckt mutig seine Nase hinein. Schließlich macht es wieder ein paar Schritte und beginnt plötzlich, wie ein Böckchen vor Freude zu springen, als würde das Gras unter seinen Hufen kitzeln. Isabelle muss lachen, so allerliebst ist es anzusehen.

„Ihr habt Euch in den letzten Tagen verändert", stellt Graf

Christian unvermittelt fest und lächelt sie an.

„Wie meint Ihr das?", fragt Isabelle, immer noch etwas vergrämt über seine herablassende Art ihr gegenüber.

„Ihr scheint zufriedener zu sein. Ihr leuchtet."

„Ich leuchte?" Isabelle stutzt. *Ich kenne bisher nur einen Menschen, der das zu mir gesagt hat, wenn ich glücklich war, und das ist meine Hanne.*

„Ja, Ihr leuchtet. Und auch wenn ich froh darüber bin, dass es so ist, so bin ich doch ein wenig neidisch auf das Fohlen, weil es das Wunder vollbracht hat – und nicht ich."

„War das so eine Art Wettbewerb zwischen Euch und dem Fohlen?"

Der Graf schmunzelt und kommt ein paar Schritte auf sie zu. „Nein. Jedenfalls hatten wir keine Abmachung. Ich ahnte nicht einmal etwas von meiner Konkurrenz. Hätte ich davon gewusst, hätte ich mir mehr Mühe gegeben. Meint Ihr, ich hätte eine Chance gehabt?"

Isabelle tut so, als müsste sie darüber nachdenken, um dann mit aufgesetztem Bedauern festzustellen, dass dies wohl leider nicht der Fall gewesen wäre. „Ich bedaure, aber es dürfte Euch unmöglich sein, gegen das Fohlen als Gewinner eines solchen Wettstreits hervorzugehen, denn es bedürfte einer eingehenden Wesensänderung, wenn Ihr mit seinem possierlichen Gebaren mithalten wollt."

„Oh, nichts liegt mir ferner, als possierlich auf Euch zu wirken, aber glaubt mir, ich habe andere Vorzüge, mit denen ich Euch nicht nur zum Leuchten, sondern ganz und gar zum Strahlen bringen würde."

Er steht jetzt ganz nah bei ihr. Sie spürt ihr Herz vor Aufregung kräftig in ihrer Brust schlagen, aber dennoch hat das Gespräch eine Wendung genommen, die ihr nicht gefällt. Seine Bemerkung hat etwas Anstößiges. *So offen würde er nicht sprechen, wenn seinesgleichen vor ihm stehen würde.* Isabelle fühlt sich beschämt. Sie wendet sich von ihm ab und will gehen.

Schnell holt er sie ein und blockiert das Gatter. „Was ist? Habe ich etwas Falsches gesagt?"

„Ihr seid über die Maßen unverschämt und merkt es nicht einmal."

„Aber warum?", fragt er unschuldig und hebt hilflos die Arme, so als wäre er sich der anstößigen Offerte, die er ihr gegenüber gerade gemacht hat, nicht bewusst.

„Ich weiß nicht, ob es ein Zeugnis von Wertschätzung ist, wenn Ihr mir Eure Vorzüge anpreist, oder ob ich es Euch nicht eher zum Gegenteil auslegen soll. Tatsache ist, dass selbst mir schon zu Ohren gekommen ist, dass Ihr recht umtriebig bei der Jagd nach Weiberröcken seid."

Er will sich rechtfertigen, sie lässt ihn aber nicht zu Wort kommen.

„Ich war bis gerade eben in dem Glauben, dass Ihr mich zu meinem Schutz hierhergebracht habt – und nicht, um nach mir Jagd zu machen. Ich habe kein Interesse daran, eine weitere Trophäe in Eurer Sammlung zu werden."

„Es tut mir leid. So habe ich das nicht gemeint. Ich bin wirklich sehr bemüht, Euch mit dem gebührenden Respekt gegenüberzutreten."

„In Euren Augen scheint mir dann nicht besonders viel davon zuzustehen. Allein wie Ihr mich gegen meinen Willen und ohne den Versuch einer Erklärung hierher verschleppt habt, als würde es mir an der nötigen Intelligenz fehlen, zu verstehen, dass alles nur zu meinem Besten geschieht, ist entwürdigend genug."

„Ich dachte, das hätten wir hinter uns", brummt er genervt.

Das kränkt sie. Sie ist wütend auf ihn und auf sich selbst, weil sie in den letzten Tagen der irrigen Annahme unterlag, dass er vielleicht doch ganz anders ist, als sie bisher geglaubt hat. Wieder unternimmt sie einen Versuch zu gehen, doch er lässt sie nicht. Mit seiner Hand verhindert er immer noch, dass sie das Gatter öffnen kann. Sie ist nun zwischen ihm, dem Gatter und seinen beiden Armen gefangen.

„Vielleicht habt Ihr es hinter Euch. Für Euch dürfte es ein Leichtes gewesen sein. Ich hatte Todesangst. Wie soll ich die Erinnerung daran so einfach hinter mich bringen? Ihr habt mich bis heute noch nicht einmal um Verzeihung dafür gebeten", wirft sie ihm vor.

„Es liegt mir nicht, um Verzeihung zu bitten. Schon gar nicht, wenn ich nicht der Meinung bin, einen Fehler gemacht zu haben." Jetzt hat sich auch seine Stimmung deutlich geändert. Hochmütig sieht er sie an. „Ich habe Euch immer wieder versichert, dass Euch nichts geschehen wird. Was hätte ich noch tun sollen? Aber wenn es Euch so wichtig ist, dann bitte ich Euch hiermit um Verzeihung", erklärt er selbstgefällig.

Sie schluckt schwer. *Wie kann er nur so abscheulich zu mir sein?* Tränen steigen ihr in die Augen.

Augenblicklich werden seine Gesichtszüge wieder weich, und er bemüht sich, ihr sein Vorgehen zu erklären. „Versteht doch, es war nicht genug Zeit, um einander kennenzulernen, Pläne zu schmieden und in gemeinsamer Übereinkunft ein Schauspiel aus der Entführung zu machen. Ich musste schnell handeln und Euch vor Eurem Cousin in Sicherheit bringen."

„Das klingt ja beinahe so, als hätte mir Friedrich nach dem Leben getrachtet", erwidert sie aufgebracht. Sie ist sich sicher, dass er übertreibt.

„Ganz abwegig scheint mir das nicht mehr, nach dem, was ich nun über ihn weiß.“ Er sieht sie eindringlich an.

In seinem Blick erkennt sie, dass er glaubt, was er sagt, aber sie hat nach wie vor Zweifel und schüttelt den Kopf.

„Auch wenn er es nicht mit einem Dolch oder Gift getan hätte, so hätte er doch nach und nach das Feuer gelöscht, das in Euch brennt, für das Ihr lebt und das Euch leuchten lässt.“

Isabelle lässt seine Worte einen Augenblick auf sich wirken. Sie weiß, dass er recht hat. Als sie auf dem Weg nach Stendal waren, hat sie gefühlt, dass etwas in ihr verloren gegangen ist. Sie hätte es nicht beschreiben können, aber jetzt erkennt sie, dass da nur noch ein Glutnest in ihr war.

„Ich musste etwas tun, um Euch schützen zu können. So wie Ihr vorhin die Küken eingefangen habt, um sie vor den Pferdehufen zu schützen.“ Der Graf scheint beinahe daran zu verzweifeln, dass sie ihn nicht versteht.

„Das kann man doch nicht miteinander vergleichen!“

„Nein? Warum nicht? Sind die Küken nicht vor Euch davongelaufen? Habt Ihr sie nicht gegen ihren Willen festgehalten? Und habt Ihr nicht ihre Herzen vor Angst rasen gespürt?“

„Aber ich habe sie doch nur zu ihrer Mutter gebracht. Ihr habt mich verschleppt – und nicht zurück nach Hause gebracht“, schluchzt sie.

„Welches Zuhause denn? Habt Ihr denn noch ein Zuhause?“ Er ist sichtlich aufgebracht über ihr anhaltendes Unverständnis.

Isabelle schweigt, senkt den Blick und legt verzweifelt ihre Hände über die Augen, in die unnachgiebig Tränen drängen.

„Wo seid Ihr im Moment besser aufgehoben als auf Schloss Feldheim?“, fragt er jetzt sanft und einfühlsam.

Sie lässt ihre Hände wieder sinken und sieht ihn traurig an. Die Wut auf ihn ist erloschen. „Ich möchte jetzt bitte gehen“, sagt sie leise. Er öffnet ihr das Gatter und lässt sie frei.

„Isabelle, das Fohlen braucht noch einen Namen!", ruft er ihr hinterher, als sie schon wieder fast beim Tor zum Wirtschaftshof ist.

Sie bleibt stehen und sieht ihn verständnislos an.

„Es ist ein Mädchen. Ein wunderschönes, selbstbewusstes und energisches Mädchen. Wem, wenn nicht Euch, sollte es gelingen, einen passenden Namen zu finden?!"

Am darauffolgenden Abend verkündet Graf Christian wohl mehr seinem Onkel als ihr, dass er am nächsten Morgen mit Sükrü nach Hamburg aufbrechen wird. Isabelle ist wie vom Donner gerührt. Ob es die Nachricht ist, dass Graf Christian für einige Zeit nicht auf Schloss Feldheim sein wird, die sie mehr bedrückt, oder die Tatsache, dass er nach Hamburg reisen will, weiß sie nicht.

„Ist Euch nicht wohl, Fräulein Isabelle?", fragt Graf Ludwig, der offenbar Isabelles Erschütterung bemerkt hat.

„Nein. Ich musste nur gerade an meinen Vater denken. Ich weiß nicht, ob es euch bekannt ist, aber er war auf dem Weg von Hamburg nach Hause, als man ihn …", sie hat Mühe, weiterzusprechen. Es ist nun zwar mehr als einen Monat her, aber sie hat immer noch einen Kloß im Hals, wenn sie an ihren ermordeten Vater denkt. *Das wird wohl auch für eine lange Zeit noch so bleiben. Vielleicht auch für immer.* Zumindest hat sie sich inzwischen so weit unter Kontrolle, dass sie es sich im Beisein anderer verkneifen kann, in Tränen auszubrechen. „… als man ihn überfallen und getötet hat." Sie schluckt hörbar ihren Schmerz herunter.

Graf Ludwig nickt verständnisvoll. „Ja, das sind wahrlich grauenvolle Erinnerungen. Aber auch die werden Euch mit der

Zeit nicht mehr ganz so arg quälen."

Isabelle nickt. „Ich hoffe nur, dass nicht noch andere Erinnerungen dieser Art in nächster Zeit hinzukommen werden." Besorgt sieht sie zuerst zu Sükrü und dann zu Graf Christian hinüber, der bei ihren Worten von seinem Essen aufblickt und sie gerührt anlächelt.

„Macht Euch keine Sorgen, Isabelle", sagt Sükrü. „Wir passen aufeinander auf. Das ist uns bisher ganz gut geglückt."

„Darf ich fragen, warum Ihr nach Hamburg reist?" Sie sieht zu Sükrü und folgt dann dessen Blick zu Graf Christian.

Der zuckt mit den Schultern. „Geschäfte", ist seine nicht unfreundliche, aber dennoch knappe Antwort, die deutlich macht, dass er nicht weiter darüber sprechen will.

„Darf ich Euch um einen kleinen Gefallen bitten, Fräulein Isabelle?", fragt er unerwartet.

Isabelle sieht ihn skeptisch an. *Wird er mich jetzt bitten, meine Nase nicht in seine Angelegenheiten zu stecken?* Sie nickt zögerlich und macht sich auf eine kränkende Bemerkung gefasst.

„Würdet Ihr Euch bitte in der Zeit meiner Abwesenheit um Luna und das Fohlen kümmern?"

Isabelle ist überrascht und lächelt erleichtert und erfreut über seine Bitte.

„Wir werden einige Tage fort sein. Mir wäre wohler, wenn ich weiß, dass Ihr ein Auge auf die beiden habt. Falls es Probleme geben sollte, sagt Ihr am besten Franz Bescheid."

„Natürlich, das mache ich sehr gern."

Es ist nur ein kleiner Trost für die Zeit, in der sie in Ungewissheit um das Wohlergehen von Sükrü und ihm sein wird, aber es würde sie ein wenig ablenken.

Kapitel 13

Mai 1765, Schloss Feldheim

Während Sofie ihren Sükrü sehr vermisst und in den ersten Tagen keine Gelegenheit auslässt, dies gegenüber Isabelle immer wieder zu beteuern, schwankt Isabelle in ihren Gefühlen. Sie empfindet es einerseits als Erleichterung, dass sie sich in den nächsten Tagen wieder ungezwungen auf Schloss Feldheim bewegen kann, ohne in die Verlegenheit zu kommen, Graf Christian zu begegnen, andererseits macht sie sich aber auch Sorgen und wünscht sich, dass die beiden Männer wieder wohlbehalten nach Schloss Feldheim zurückkehren würden. Sie hofft, dass die kleine Verschnaufpause, die sie ihrem Gefühlschaos nun gönnen kann, Klarheit bringen wird.

Sofie tut ihr allerdings leid. Isabelle versucht, sie, so gut es ihr möglich ist, von ihrer Sehnsucht abzulenken, und verbringt nach Möglichkeit viel Zeit mit ihr; dafür verzichtet sie auch auf den einen oder anderen Ausritt. Damit Sofie weiterhin Fortschritte beim Lesen machen kann, hat sie während Sükrüs Abwesenheit den Unterricht übernommen. Sie hat dafür ein schönes Gedicht aus einem Band mit Liebesgedichten herausgesucht, welches Sofie ihrem Sükrü möglichst flüssig und gut betont vortragen möchte, wenn er wieder da ist.

Da Sofie die Sehnsucht vor allem am Abend packt, schlafen sie nun sogar ab und an zusammen in Isabelles großem Bett. Dort albern sie herum und reden in die Dunkelheit hinein, bis einer von ihnen irgendwann die Augen zufallen.

Isabelle wird in diesen Tagen nicht müde, Sofie auf deren Fragen hin immer wieder zu beteuern, dass es ihr gut geht – und sie keine Sehnsucht nach Graf Christian habe. Sie ist sich sicher, dass die zwei Wochen ohne ihn ihr dabei helfen werden, ihre Gefühle unter Kontrolle zu bekommen, sodass sie ihm dann wieder ungezwungen entgegentreten kann.

Ihr Verstand hat erkannt, dass die Gefühle, die sie begonnen hat, für Graf Christian zu empfinden, nicht erwidert werden würden – und auch nicht erwidert werden dürfen. Dies musste nun nur noch ihr Herz begreifen, bevor es zu spät sein würde, es brechen könnte, und, um es in Sofies einfühlsamen Worten wiederzugeben, Isabelle Höllenqualen erleiden müsse.

Dem Gefallen, um den Graf Christian sie gebeten hat, kommt sie mit Freude nach. Inzwischen stehen Luna und das Fohlen den ganzen Tag über mit den anderen Pferden auf der Koppel. Nur für die Nacht und bei schlechtem Wetter bringt sie die beiden in den Stall. Isabelle hat es sich zur Gewohnheit gemacht, sie jeden Morgen auf der Koppel zu besuchen und sie zu versorgen, wenn sie abends wieder im Stall sind. Auch zwischendurch schaut sie unregelmäßig immer mal wieder bei den beiden vorbei und stellt jedes Mal erfreut fest, dass es ihnen gut geht – und es dem Fohlen nicht an Lebensfreude und Übermut mangelt. Inzwischen kennen die beiden Isabelle ganz gut und kommen direkt zu ihr, wenn sie an der Koppel oder im Stall auftaucht.

Die Tage werden wärmer und länger, und Johann und Jakob haben schon vor einiger Zeit begonnen, den Gemüsegarten zu bestellen. Sie zieht nun ernsthaft in Erwägung, den Gärtnern ihre Unterstützung anzubieten. Auch Sofies Schilderungen von Jakob können sie davon nicht mehr abhalten; sie möchte sich selbst einen Eindruck von dem Jungen machen. Die Gelegenheit dazu kommt schneller als gedacht.

Es ist der Nachmittag eines trüben Tages, an dem die Sonne nur ab und zu hinter grauen, dicken Wolken hervorlugt. Isabelle kommt gerade von der Koppel, als sie den rothaarigen Jungen über den Wirtschaftshof gehen sieht. Hinter ihm her humpelt der kleine weiße Hund, der Mühe hat, mit Jakob Schritt zu halten.

Isabelle fasst sich ein Herz und ruft nach Jakob, aber er reagiert nicht. Sie läuft ihm hinterher und berührt ihn an der Schulter, um ihn auf sich aufmerksam zu machen. Der Junge weicht ihrer Berührung panisch aus, protestiert lautstark und klatscht dabei in die Hände. Seine aufgebrachte Reaktion auf ihre bloße Berührung erschrickt Isabelle. Sie tritt etwas zurück, hebt beruhigend ihre Hände und sieht hilfesuchend im Wirtschaftshof umher, aber der sonst eher belebte Hof ist in diesem Augenblick menschenleer. Zu Isabelles Glück beruhigt sich Jakob recht schnell wieder. *Das also hat Sofie gemeint, als sie erzählte, der Junge sei vom Teufel besessen. Anfassen darf man ihn folglich auch nicht.*

„Ich möchte dir nur sagen, dass dein Hund humpelt."

„Ich weiß", antwortet Jakob. Er richtet zwar seine Augen dabei auf sie, macht aber eher den Eindruck, als würde er durch sie hindurchsehen. „Aber ich weiß nicht, warum."

„Soll ich einmal nachsehen?", bietet Isabelle freundlich an. Jakob nickt stumm. „Kannst du deinen Hund auf den Arm nehmen? Dann kann ich mir besser seine Pfoten ansehen."

Jakob bückt sich und hebt seinen kleinen weißen Gefährten hoch. *Ihn zu berühren, stellt für den Jungen offenbar kein Problem dar.*

„Wie heißt sie denn?", fragt sie Jakob, als sie erkennt, dass es sich um eine Hündin handelt. Vorsichtig untersucht sie die Pfote, die die Kleine angehoben hat, als sie stehen geblieben ist.

Die kleine Hündin zappelt unruhig unter ihren Berührungen.

„Flocke", kommt die knappe Antwort von Jakob.

„Flocke! Das ist aber ein schöner Name", sagt Isabelle sanft, aber eher zu der Hündin als zu Jakob. Sie hat einen ziemlich großen Dorn gefunden, der sich zwischen den Zehen in die Haut geschoben hat. Die Kleine jault auf, als Isabelle gegen ihn stößt. Schnell zieht sie ihn heraus – und präsentiert Jakob ihren Fund. „Da haben wir den Übeltäter."

Der Junge sieht auf den Dorn in ihrer Hand und lächelt für einen winzig kleinen Moment zufrieden, setzt dann seine Hündin wieder auf dem Boden ab und zieht mit ihr, ohne ein Wort des Dankes, von dannen.

***

Als er vor einem Monat zusammen mit seinem Bruder in Magdeburg war, hat Christian gehofft, dass zwischen Otto Reichardts Hinterlassenschaften auch eine Liste oder Rechnung mit den Stoffen ist, die er auf seiner letzten Geschäftsreise in Hamburg erworben hatte.

Leider waren die Papiere jedoch nicht aufzufinden. Vermutlich hatte der Mörder diese an sich genommen – wie auch alles andere, was Otto zum Zeitpunkt des Überfalls bei sich hatte. Glücklicherweise konnte Christian aber anhand der Geschäftsunterlagen in Reichardts Arbeitszimmer den Großhändler in Hamburg ausfindig machen, mit dem Otto seit Jahren Geschäfte gemacht hatte. Christian schrieb ihm daraufhin einen Brief, in dem er ihn darüber informierte, dass Otto Reichardt überfallen und ermordet worden war. Außerdem bat er ihn, ihm eine Liste der Stoffe zu schicken, die Otto Reichardt bei ihm erworben hatte.

Die Antwort des Großhändlers hatte auf sich warten lassen. Als sie dann endlich eintraf, zeigte sie seine Betroffenheit über den Tod seines jahrelangen Geschäftspartners; er war aber dennoch misstrauisch, was Christian ihm nicht verdenken konnte. Schließlich kannte er Graf von Feldheim nicht und konnte sich auch nicht erklären, was der mit seinem Freund Otto Reichardt abzumachen hatte. So musste sich Christian in Begleitung seines Bruders wohl oder übel auf den weiten Weg nach Hamburg machen.

Gestern statteten sie dem Großhändler Jensen dann endlich einen Besuch ab. Sie fanden sein Kontor recht schnell und trafen ihn auch gleich dort an. Jensen war ein älterer, großer, schlanker Mann mit einem ruhigen und bedachten Wesen. Er war Christian sofort sympathisch; wohl, weil er ihn ein wenig an seinen Onkel Ludwig erinnerte. Es bedurfte jedoch einiger Überzeugungsarbeit, um letztendlich die Liste mit den Stoffen von ihm zu bekommen, die Otto im März direkt mitgenommen hatte. Christian musste mehr preisgeben, als er vorhatte. Er musste Jensens Vertrauen gewinnen. So erzählte er ihm, welche Umstände ihn mit Otto Reichardt bekannt gemacht hatten und dass er und sein Onkel die Tochter von Otto in ihre Obhut genommen haben. Er berichtete ihm von seiner Vermutung, was den Tod Ottos betraf – und von seinem Plan. Das alles hörte sich für Jensen anscheinend schlüssig an, sodass er ihnen schließlich eine Liste zusammenstellte und ihnen gern noch mehr behilflich gewesen wäre, aber leider hatte er keine Beziehungen nach Stendal und kannte dort auch keine Stoffhändler. Christian bedauert dies zwar, weil es ihn möglicherweise schneller an sein Ziel gebracht hätte, aber auch dafür würde es eine Lösung geben.

Zumindest hat er jetzt die Liste. Nun würde er den nächsten

Schritt planen. Aber zunächst galt es, nach Hause zurückzukehren.

Ein Bild von Isabelle schiebt sich in seine Gedanken, sein Herz schlägt schneller und ein Lächeln huscht über sein Gesicht. Er schielt zu seinem Bruder hinüber, der auf seinem Pferd sitzend stur geradeaus starrt, und ist erleichtert, dass dieser nichts bemerkt hat. Sükrü hängt wohl seinen eigenen Gedanken nach. Noch vor ein paar Wochen verband Christian mit zu Hause eher Konstantinopel als Schloss Feldheim. *Jetzt denke ich dabei eigenartigerweise als Erstes an Isabelle – und Isabelle ist auf Schloss Feldheim.* Er glaubt nun zu verstehen, was Sükrü meint, wenn er sagt, er ist dort zu Hause, wo Sofie ist. Christian ist sich jedoch unschlüssig, ob ihm diese Erkenntnis und das damit verbundene Gefühl gefallen sollen.

***

„Wie kann man nur so töricht sein?", schimpft Sofie, während sie Isabelle den rot gebrannten Nacken vorsichtig mit Gänseschmalz einreibt. „Sonst hast du doch deine Haare immer offen. Warum hast du sie heute hochgebunden?"

„Weil ich geschwitzt habe."

„Was hast du überhaupt so lange in der Sonne gemacht?"

„Im Garten gearbeitet." Isabelle grinst Sofie triumphierend an.

„Was?" Sofie ist erstaunt. „Johann hat es dir wirklich erlaubt?"

„Johann auch, aber vor allem wohl Jakob. Johann meinte, ohne dass sein Sohn zustimmt, würde es nicht gehen. Aber Jakob war einverstanden. Vielleicht habe ich was gut bei ihm, weil ich seiner Flocke den Dorn aus der Pfote gezogen habe."

„Und, wie war es?“

„Wir haben heute nur die Erde vorbereitet. Das war noch einfach. Johann hat mich schon vorgewarnt. Wenn wir die Reihen anlegen und säen und pflanzen, muss ich mich ans Maß halten, damit Jakob zufrieden ist.“

„Na, wenn es dir Spaß macht“, äußert Sofie geringschätzig. Sie scheint ein wenig enttäuscht, weil sie dann in Zukunft wohl doch wieder weniger Zeit mit der Freundin verbringen würde.

„Es macht mir mehr Spaß, als Wäsche zu waschen und Kartoffeln zu schälen.“

Sofie zuckt schmollend mit den Schultern.

„Ich werde trotzdem noch genug Zeit für dich haben. Du hast doch auch immer noch genug nebenbei zu tun.“ Isabelle nimmt Sofies Hand und streichelt sie tröstend. „Und dein Sükrü ist bestimmt auch bald wieder da, dann wirst du froh sein, wenn du mich beschäftigt weißt und mir nicht fortwährend Gesellschaft leisten musst.“

Sofie sieht ein, dass Isabelle recht hat. „Das nächste Mal setzt du dir dann aber besser einen Sonnenhut auf.“

„Ja, Frau Mutter“, sagt Isabelle betont gehorsam und bekommt für diese Bemerkung einen empörten Stups gegen den Hinterkopf. Sie kichern beide.

Sofie schlägt Isabelle vor, einen Zopf für die Nacht zu flechten, um ihre vom Sonnenbrand versehrte Haut im Nacken nicht unnötig zu reizen.

Isabelle nickt zustimmend, ist mit ihren Gedanken aber bereits ganz woanders. „Kennst du eigentlich einen Baron von Pletten?“

Sofies Lächeln schwindet augenblicklich aus ihrem Gesicht. „Ja, warum?“

„Graf Ludwig hat heute beim Abendessen erzählt, dass er

sich mit seiner Tochter für einen Besuch angemeldet hat. Es soll sogar einen Ball geben." Isabelle sieht im Spiegel ihres Frisiertisches zu Sofie auf. „Du scheinst ihn nicht besonders zu mögen", stellt sie verwundert fest.

Missfallend verzieht Sofie ihren Mund und schüttelt den Kopf, während sie Isabelles Haar zu einer Seite kämmt, um es dort zu einem Zopf zu flechten. „Er ist mir unsympathisch, aber ich kann nicht einmal sagen, warum. Ich hatte bisher nichts mit ihm zu tun."

„Und seine Tochter?"

„Baronesse Constanze." Sofie zuckt gleichgültig mit den Schultern. „Da ist es genauso. Na ja, sie ist ganz hübsch anzusehen, anders als ihr Vater, aber sie soll hochmütig und anspruchsvoll sein. Das lässt sie auch die Dienstmädchen spüren, wenn sie hier ist. Ihre Mutter ist vor vier Jahren verstorben. Sie soll ihr Ebenbild sein. Ihr Vater vergöttert sie und behütet sie wie seinen Augapfel."

„Das ist doch aber eigentlich ein Wesenszug, den man einem Vater zugutehalten sollte, oder nicht?!"

„Wie gesagt, ich kenne ihn nicht. Es ist nur ein ungutes Gefühl, das mich beschleicht, wenn ich ihn sehe. Ich versuche ihnen jedenfalls aus dem Weg zu gehen, wenn sie hier sind, was mir bisher aufgrund der mir zugeteilten Aufgaben auch nicht schwergefallen ist. Möglicherweise irre ich mich aber auch." Sofie legt ein Bändchen um das Ende des Zopfes und verschließt es mit Knoten und Schleife.

„Sind sie denn oft hier zu Besuch?" Isabelle und Sofie wechseln nun ihre Plätze am Frisiertisch und Isabelle beginnt, Sofies volle dunkelbraune Locken zu bürsten.

„Seitdem ich hier in Diensten stehe, waren sie immer wenigstens einmal im Sommer hier, aber seit Graf Christian wieder zu Hause ist, kommen sie öfter. Viel öfter.“

Isabelle beschleicht ein komisches Gefühl. Bis gerade eben hat sie noch geglaubt, ihre Gefühle für Graf Christian langsam in den Griff zu bekommen. In den vergangenen Tagen hat sie sich immer wieder recht überzeugend eingeredet, dass die Zuneigung, die sie inzwischen für ihn empfindet, auf Einseitigkeit beruht und dass er sich niemals, über die Jagd nach einer weiteren Trophäe hinaus, ernsthaft mit ihr einlassen würde. Sie war überzeugt, dass nun auch ihr Herz dabei ist, dies endlich zu verstehen, denn es schlägt nicht mehr ganz so schnell, wenn sie an ihn denkt. Doch plötzlich erfasst sie ein Anflug von Eifersucht gegenüber Constanze von Pletten, obwohl sie diese noch nicht einmal kennt.

„Wie alt ist die Baronesse?“, fragt sie nachdenklich.

Sofie ahnt, worauf Isabelle hinauswill. „Ungefähr so alt wie wir? Vielleicht auch ein wenig jünger“, antwortet sie zerknirscht.

„Also eine mögliche Anwärterin auf den Titel der Gräfin von Feldheim.“ Isabelle versucht, bei dieser Feststellung gelassen zu lächeln, um den Schmerz zu überspielen, den sie dabei empfindet. Sofie sieht sie mitleidig an, als würde sie ahnen, was in Isabelle vorgeht, auch wenn diese die letzten Tage sehr bemüht gewesen ist, ihrer Freundin und ihrem Herzen etwas anderes weiszumachen.

Kapitel 14

21. Mai 1765, Schloss Feldheim

Isabelle weiß nicht, wie spät es inzwischen ist. In ihrem Zimmer ist es genauso dunkel wie in ihren Gedanken. Unruhig wälzt sie sich hin und her, ohne Schlaf dabei zu finden, während Sofie selig neben ihr schlummert. Graf Christian und Sükrü sind nun seit fast zwei Wochen fort. Hatte sie sich anfangs einzureden versucht, dass sie die Abwesenheit des Grafen als Erleichterung empfindet, so muss sie sich nun eingestehen, dass sie sich zunehmend Sorgen macht, woran Sofies Unruhe und ihr Klagen sicherlich nicht ganz unschuldig sind. *Ist es möglicherweise ein schlechtes Omen, dass sie nach Hamburg gereist sind?* Sie muss wieder an ihren Vater denken, der von seiner letzten Reise nach Hamburg tot heimgekommen ist. Bei der Vorstellung, dass es Graf Christian ähnlich ergangen sein könnte, klopft ihr Herz vor Angst viel schneller, und die Sorge um ihn liegt ihr schwer wie ein Stein auf der Brust. Mit diesen dunklen Gedanken schläft sie schließlich doch noch ein.

Der Sarg, in dem ihr Vater liegt, wird in das tiefe Grab vor ihr hinabgelassen. Der Boden auf dem sie steht, ist mit einer schwarz glänzenden, zähen Flüssigkeit überzogen. Isabelles Augen brennen vor Tränen. Der Sarg verschwimmt im Tränenschleier, als er immer tiefer in die Erde sinkt. Die schwarze, zähe Masse läuft langsam in das Grab, dem Sarg hinterher, und droht, auch sie mitzuziehen. Sie verliert beinahe den Halt. Es scheint, als hätte das Grab keinen Boden, denn der Sarg ihres Vaters sinkt immer tiefer und tiefer. Sie kann ihn kaum noch sehen. Sie beugt sich nach vorn und ruft nach ihm – will ihn aufhalten, rutscht aus und sucht nach etwas, woran sie sich festhalten kann. Ihre Beine hängen schon über dem Abgrund. Sie will nicht hinabstürzen. Sie will noch nicht sterben. Isabelle versucht zu schreien, aber die Angst schnürt ihr die Kehle zu und kein Ton kommt aus ihrem Mund. Dann hört sie eine Frauenstimme ihren Namen rufen. Sie blickt auf und sieht eine blond gelockte Frau mit großen blauen Augen. Isabelle erkennt sie. Es ist die Frau von dem Bild in der Galerie. Die Frau lächelt sie an und reicht ihr die Hand. Erleichtert ergreift Isabelle diese, lässt sich von ihr in die Arme ziehen und legt ihre Wange an den elfenbeinweißen, kühlen Seidenstoff ihres Kleides. Sie nimmt ihren blumigen Duft wahr und schließt, erleichtert über ihre Rettung, die Augen. Die Frau hält sie fest und tröstet sie, während Isabelle ihren Tränen voll Trauer und Angst freien Lauf lässt. Sie streichelt über Isabelles Kopf. Ihre zarte, schlanke Hand berührt sanft ihre Wange, gleitet dann zärtlich über ihren Rücken bis zur Taille. Dort wird ihr Griff auf einmal fester und brennt heiß durch den dünnen Stoff des Kleides auf Isabelles Haut. Der blumige Duft ist einem herb-holzigen Geruch gewichen. Verunsichert öffnet sie die Augen und sieht statt der elfenbeinweißen Seide nassglänzendes Leder. Ihr Herzschlag wird schneller. Sie spürt Panik in sich aufsteigen. Langsam hebt sie ihren Kopf, um zu sehen, wer oder was sie in den Armen hält. Blond gelocktes Haar liegt auf dem Kragen des dunkelbraunen Mantels. Die Panik verebbt, aber ein heftiges Pochen an ihrem Hals verbleibt. Sie sieht in die blauen Augen von Graf Christian, die sich nach und nach mit der schwarzen, zähen Flüssigkeit aus dem Grab ihres Vaters füllen.

Panisch schreckt Isabelle auf und schaut sich verwirrt in dem dunklen Zimmer um, das nur durch die Schlitze der Vorhänge vom Mondlicht erhellt wird. Sie atmet erlöst aus. Es war nur ein Traum. Langsam beruhigt sich ihr rasendes Herz. Isabelle sieht zu ihrer Freundin hinüber. Sofie schläft tief und fest auf der Seite, zusammengerollt wie ein Igel. Erleichtert lässt sich Isabelle zurück in ihr Kissen sinken und lüftet mit einer Hand den Stoff des Nachthemdes, der auf ihrer schweißnassen Brust klebt. *Was macht dieser unverschämte Graf nur mit mir? Es darf ihm einfach nichts passiert sein*!

Auch heute sind Sükrü und Graf Christian nicht nach Schloss Feldheim zurückgekehrt. Isabelle hat immer wieder an ihren merkwürdigen Traum denken müssen. Sofie hat sie davon nichts erzählt. Wer weiß, was sie in ihrem derzeitigen Zustand hineingedeutet hätte. Sie möchte Sofie nicht noch mehr beunruhigen und wünscht sich nun nichts sehnlicher, als endlich wieder die schönen blauen Augen von Graf Christian zu sehen, weil das bedeuten würde, dass er heil zurückgekehrt ist.

Im Laufe des Nachmittags hat sich der Himmel mehr und mehr mit dunklen Wolken zugezogen. Nun ist es schon später Abend und die Dämmerung setzt langsam ein. Inzwischen ist es absolut windstill und die Luft ist drückend schwül. Alle Zeichen stehen auf Gewitter.

Die beiden Pferdeknechte holen noch die letzten Pferde von der Koppel, und Isabelle macht sich daran, das kleine Fohlen und seine Mutter zu versorgen. Sie hat gerade damit begonnen, Luna zu striegeln, als sie in der Ferne das erste Donnergrollen hört.

Die Stallknechte beeilen sich, die anderen Pferde mit Futter zu versorgen. Schließlich bietet ihr Franz noch seine Hilfe an, doch Isabelle lehnt dankend ab. Besorgt sieht er sie an und rät ihr, sich schnell ins Schloss aufzumachen. Doch Isabelle nimmt es gelassen. Sie vertreibt sich gern ihre Zeit bei Luna und dem Fohlen im Stall. Hier ist sie auch vor dem Gewitter in Sicherheit. Sie wird den beiden einfach Gesellschaft leisten, bis das Gewitter vorübergezogen ist. So lange wird es schon nicht dauern.

Aber es kommt anders als gedacht. Das Gewitter bricht mit aller Kraft über Feldheim herein. Auch als die beiden Pferde versorgt sind und sie Luna und der kleinen Guinevere – diesen Namen hat sie sich für die Kleine in Erinnerung an ihren Lancelot überlegt – zusätzliche Streicheleinheiten gegeben hat, scheint das Unwetter nicht enden zu wollen. Irgendwann geht Isabelle zur Stalltür, um zu sehen, wie stark der Regen ist. *Vielleicht kann ich doch schnell zwischen Blitz und Donner über den Wirtschaftshof ins Schloss laufen.*

Gerade als sie einen Flügel der breiten Tür öffnen will, wird er von außen aufgestoßen. Im selben Moment schlägt ein Blitz krachend ganz in der Nähe ein und lässt Isabelle im strömenden Regen die Gestalt eines großen, breitschultrigen, vermummten Mannes vor sich erkennen. Die Fäden aus Regen und der nasse, dunkle Ledermantel leuchten im Licht des Blitzes bizarr auf. Erschrocken schreit Isabelle auf, macht verängstigt einen Schritt nach hinten, tritt dabei auf den Saum ihres Kleides – und fällt der Länge nach auf den harten Stallboden. Mit vor Entsetzen weit aufgerissenen Augen starrt sie in die Richtung des Mannes, der weiter auf sie zukommt. Panisch versucht sie, sich auf dem Boden weiter von ihm wegzuschieben, aber sie ist dabei viel zu langsam.

„Fräulein Isabelle, ich hoffe, Ihr habt Euch nicht wehgetan." Eine wohlklingende, tiefe Stimme, die sie seit fast zwei Wochen nicht mehr vernommen hat, erlöst sie mit diesen Worten von ihrer Furcht. Er hält ihr seine Hand hin und setzt seinen vom Regen triefenden Hut ab. Dunkelblondes, lockiges Haar kommt darunter zum Vorschein.

Erleichtert greift sie nach seiner Hand und lässt sich von dem jungen Grafen aufhelfen. Er zieht sie in seine Arme, und augenblicklich ist da wieder dieses aufgeregte Kribbeln in ihrem Bauch. Doch hat sie diese Geste missverstanden, wie sie im nächsten Augenblick feststellt. Er will sie lediglich aus dem Weg haben, damit Sükrü die beiden Pferde hereinführen kann.

Holger kommt herbeigeeilt und nimmt Sükrü die Pferde ab, um sich dieser anzunehmen.

„Habt Ihr Euch etwas getan?“, hakt Graf Christian noch einmal nach.

„Nein“, antwortet sie schnell und reibt sich dabei den schmerzenden Ellenbogen, auf den sie gefallen ist. „Es ist alles in Ordnung“, versichert sie fahrig. Die Angst und sein plötzliches Auftauchen haben sie aufgewühlt. Graf Christian scheint das ebenfalls bemerkt zu haben.

„Wenn ich Euch erschreckt habe, tut es mir leid. Oder habt Ihr Euch beim Sturz den Kopf gestoßen? Ihr wirkt so verstört.“ Er ist ernsthaft besorgt und im Begriff, ihren Kopf in seine Hände zu nehmen, um ihn zu untersuchen.

Isabelle will seine Berührung vermeiden, die würde nur noch mehr Verwirrung in ihr stiften. Sie wehrt ihn ab und weicht ihm aus. „Nein. Es ist nur … Eure Rückkehr ist so überraschend. Wir haben uns zwar schon Sorgen um Euch gemacht, aber heute Abend und bei dem Wetter hat sicher niemand mehr mit Euch gerechnet.“ Sie sieht zu ihm auf, und ein Lächeln huscht über sein Gesicht, sodass sie seine schönen, weißen Zähne sehen kann. Erst jetzt wird ihr klar, was sie gerade gesagt hat. „Also, ich meine … Euer Onkel hat sich Sorgen um Euch gemacht“, fügt sie unsicher hinzu.

„Wie bedauerlich“, entgegnet Graf Christian, und das Lächeln schwindet augenblicklich aus seinem Gesicht. *Er scheint wirklich getroffen zu sein.* „Ich hatte gerade die leise Hoffnung, Ihr wärt vielleicht auch ein wenig um mich besorgt gewesen.“ Er sagt es ernst und ohne Spott in der Stimme, wie sie es sonst von ihm gewohnt ist. Betreten weiß sie nicht, wo sie hinsehen soll, sucht nach Worten, die sie entschuldigen, ihn aber nicht verletzen würden, und blickt schließlich hilfesuchend zu Sükrü.

„Bring Fräulein Isabelle doch nicht in Verlegenheit! Wir sollten lieber zusehen, dass wir rüber ins Haus kommen.“

Beherzt geht sie auf Sükrüs Ratschlag, der dieser unglücklichen Situation augenblicklich ein Ende bereiten würde, ein und will gerade in den strömenden Regen hinauslaufen, als Graf Christian sie am Arm zurückhält. „Wartet!“ Er zieht seinen Mantel aus und spannt ihn über seine erhobenen Arme. So tritt er schützend neben sie. „Wir gehen zusammen rüber.“

Isabelles Herz macht Freudensprünge, wofür sie es im Stillen tadelt.

Sie warten den nächsten Blitz ab, danach machen sie sich auf den Weg. Sükrü geht ihnen voraus. Er muss auf niemanden Rücksicht nehmen und ist mit schnellen Schritten, wenige Augenblicke später beim Schloss. Graf Christian und Isabelle schlängeln sich gemeinsam zwischen den vielen Pfützen hindurch, die sich auf dem Hof gebildet haben. Um den Schutz des Mantels nicht zu verlassen, müssen sie dabei so dicht wie möglich zusammenbleiben – und stoßen unweigerlich immer wieder aneinander. Entgegen ihren Vorsätzen genießt Isabelle diesen Hindernislauf, so nass und ungemütlich er auch ist. *Wegen mir könnten wir so gemeinsam bis ans Ende der Welt gehen.* Viel zu schnell haben sie ihrer Meinung nach den Hof überquert und die Stufen in die Trockenheit erklommen.

Ein Dienstmädchen, es ist Bettie, knickst höflich, als der Graf eintritt, und nimmt ihm den nassen Mantel ab.

„Danke. Das war sehr freundlich von Euch." Isabelle lächelt Graf Christian zaghaft an und ergreift dann die Flucht in Richtung Treppe. Sie hört, wie Bettie fragt, ob der Herr Graf und Herr Sükrü noch etwas zu sich nehmen wollen, und der Graf ihr antwortet, dass sie ihnen etwas auf die Zimmer bringen soll. Isabelle ist inzwischen die breite Treppe hinaufgeeilt. Dort, wo diese sich teilt, blickt sie noch einmal zu Graf Christian zurück. Noch immer berauscht von dem Moment seiner Nähe und dem Glück, dass er wohlbehalten zurückgekehrt ist, stellt sie erfreut fest, dass seine Augen auf sie gerichtet sind.

„Und Fräulein Isabelle bringst du etwas zum Kühlen für ihren Arm", trägt er Bettie auf, ohne den Blick von ihr zu nehmen.

Am nächsten Abend sitzen sie endlich wieder zu viert am Tisch. Isabelle hat versucht, sich besonders hübsch zu machen, was sie gegenüber Sofie nie zugegeben hätte, aber die ist natürlich nicht auf den Kopf gefallen und hat sie nach Leibeskräften darin unterstützt.

Isabelle trägt eines der Kleider, die Graf Christian für sie ausgesucht hat. Es ist aus fliederfarbener Seide. Der Farbton ist ähnlich dem altmodischen Kleid, welches ihrem Teint geschmeichelt hat. Auch Graf Christian scheint die Farbe an ihr gefallen zu haben, sonst hätte er wohl kaum, trotz seiner Beleidigung hinsichtlich des unmodischen Schnitts, ein Kleid in dieser Farbe anfertigen lassen. Er hatte die Schneiderin sogar gebeten, hierfür Magdeburger Seide zu verwenden. Frau Stubenrauch hat sich mehrfach bei Isabelle entschuldigt, dass sie in der Kürze der Zeit leider keine Vollseide in diesem Farbton hatte auftreiben können und sie das Kleid daher aus Florettseide fertigen musste. Isabelle ist das egal. Ihr gefällt das Kleid so, wie es ist. Und das Ansinnen von Graf Christian gefällt ihr zugegebenermaßen noch viel mehr.

Sie bemerkt, wie seine Blicke immer wieder zu ihr wandern, und sie nimmt all ihren Mut zusammen, um seine Blicke zu erwidern. Zunächst nur kurz, dann immer etwas länger halten ihre Augen aneinander fest. So geht das Spiel zwischen ihnen, bis Graf Ludwig mit einem lauten Räuspern sein Besteck klirrend auf dem Teller ablegt. Er wirft seinem Neffen einen missbilligenden Blick zu. Graf Christian missfällt diese Maßregelung seines Onkels offenbar. Isabelle kann es deutlich an seinem Gesicht ablesen. Auch wenn sie sich nicht sicher ist, befürchtet sie dennoch, dass die Unstimmigkeit zwischen dem jungen und dem alten Grafen mit ihr – beziehungsweise mit den Blicken, die ihr Graf Christian zugeworfen hat – zusammenhängt. Sie senkt beschämt den Blick auf ihren Teller.

Graf Christian räuspert sich. „Fräulein Isabelle, erlaubt mir, Euch zu sagen, dass Ihr bezaubernd ausseht. Ich habe Euren Anblick die vergangenen Tage aufs Sehnlichste vermisst." Seine Worte klingen geschwollen, erzwungen, unecht – und ihr ist sofort klar, dass er damit seinen Onkel provozieren will. Auch wenn sie nur Mittel zum Zweck ist, lässt sie sein Kompliment erröten.

„Georg und Constanze werden morgen hier eintreffen. Im Übrigen hat mich Georg gebeten, Constanze eine kleine Freude zu machen und einen Ball auszurichten. Er wird in drei Tagen stattfinden", verkündet Graf Ludwig eindringlich und mahnend, als würde er Graf Christian an etwas erinnern wollen.

Isabelle schlussfolgert, dass es sich bei Georg und Constanze wohl um den Baron von Pletten und seine Tochter handelt.

Graf Christian runzelt verdrießlich die Stirn. Er atmet hörbar schwer aus und lässt sich in seinen Stuhl zurückfallen. „Wie geht es Eurem Arm, Fräulein Isabelle?“

Er versucht, seinen Onkel zu ignorieren. Es ist ihr unangenehm, von Graf Christian benutzt zu werden, um seinen Onkel zu verärgern. „Danke, es geht ihm gut“, antwortet sie daher knapp.

„Christian, vergiss deine Pflichten nicht erneut! Ich gehe davon aus, dass du vorhast, unsere Gäste dieses Mal einmal öfter mit deiner Anwesenheit zu erfreuen. Vor allem Constanze. Es wird Zeit, dass endlich die Verhältnisse geklärt werden.“ Graf Ludwig sieht seinen Neffen streng an.

Für Isabelle ist es unerträglich, dieses Gespräch mitanzuhören. Die Worte von Graf Ludwig bestätigen ihre Befürchtungen und geben ihnen neuen Nährboden. Sie kann nun nicht mehr leugnen, dass es ihr in den vergangenen zwei Wochen nicht gelungen ist, ihr Herz zur Vernunft zu bringen.

„Verzeiht, mir ist etwas unwohl. Ich würde mich gern zurückziehen“, äußert sie betreten. Isabelle erhebt sich von ihrem Platz, und auch die Herren stehen der Höflichkeit halber auf und warten, bis sie das Esszimmer verlassen hat.

***

„War das erforderlich?“ Christian sieht seinen Onkel vorwurfsvoll an.

„Ich bitte dich, Christian. Ich habe nichts gegen Fräulein Isabelle, aber du kennst das Versprechen, das es zwischen den von Pletten und deinen Eltern gegeben hat. Ich werde dich zu nichts zwingen, das habe ich dir auch gesagt, aber du musst endlich entscheiden, was du willst – und für Klarheit sorgen. Constanze hat es nicht verdient, jedes Mal mit neuen Hoffnungen hierherzukommen und enttäuscht wieder abzureisen."

„Constanze ist verzogen. Es tut ihr ganz gut, nicht immer gleich alles zu bekommen, was sie haben möchte."

„Gut, wenn dir die Gefühle von Constanze egal sind, dann korrigiere mich, wenn ich mich in der Annahme täusche, dass dies bei Fräulein Isabelles Gefühlen nicht der Fall ist. Auch wenn ich bis vor Kurzem noch meine Hand dafür ins Feuer gelegt hätte, dass ihr einander nicht ausstehen könnt."

Christian sieht seinen Onkel erstaunt an. Einerseits ist er überrascht, dass sein Onkel überhaupt etwas bemerkt hat, was ihm selbst erst langsam wirklich bewusst wird, und andererseits, dass er auch noch so offen darüber spricht. Unterstützung suchend sieht er zu seinem Bruder.

Der hebt jedoch nur ergeben die Hände. „Tut mir leid, Christian, da muss ich Ludwig recht geben."

„Schön, dass ihr euch da einig seid."

„Ich verstehe nicht, was daran so schwer ist. Dass du die Baronesse nicht besonders schätzt, daraus hast du bisher keinen Hehl gemacht, zumindest mir gegenüber nicht. Im Übrigen würde es euch die ständigen Besuche ersparen, die euch beiden lästig sind. Mir im Übrigen auch." Sükrü sieht von Ludwig zu Christian.

„Die leidigen Besuche hin oder her. Bedenke, es war so etwas wie der letzte Wille deiner Eltern." Sein Onkel sieht Christian mahnend an.

Christian lässt sich wieder missmutig in seinen Stuhl zurückfallen. *Wenn es nur so einfach wäre. Natürlich will ich meine Eltern nicht enttäuschen.*

Sein Onkel macht deutlich, dass er von dem Zwiespalt weiß, in dem er steckt. Es ist für ihn bis heute unverständlich, dass sein Bruder – Christians Vater – den von Pletten ein solches Versprechen gegeben hat. Dennoch solle Christian genau abwägen, ob es sich bei dem Getändel mit Fräulein Isabelle um ernstgemeinte Avancen seinerseits handle und das Fräulein es wert sei, für sie das Versprechen seines Vaters zu brechen, oder ob das Ganze nicht nur seinem persönlichen Vergnügen diene und darüber hinaus die Möglichkeit biete, Georg und Constanze vor den Kopf zu stoßen. Dann wechselt er abrupt das Thema. „Ich hoffe, eure Reise nach Hamburg hat sich wenigstens gelohnt?"

Sein Bruder und er nicken. „Ja, wir haben die Liste mit den gekauften Waren von Jensen bekommen", antwortet Sükrü.

„Allerdings weiß ich nun nicht weiter. Wie bekomme ich heraus, ob jemand die Waren gekauft oder verkauft hat?", ergänzt Christian in der Hoffnung, dass sein Onkel noch eine Idee hat.

„Ich hoffe, Ihr habt euch da nicht in irgendeine dumme Idee verrannt, die euch in Schwierigkeiten bringen wird." Ludwig ist besorgt. „Wer weiß, ob die Waren überhaupt schon in Umlauf gebracht wurden, der Mörder müsste ja schon ganz schön dumm sein, wenn er die Waren so kurz nach dem Überfall schon zum Verkauf anbietet."

„Wenn nicht dumm, dann aber vielleicht in Bedrängnis. Im besten Fall bleibt ihm im Moment nichts anderes übrig, weil er ohne den Verkauf keine Möglichkeit hat an Geld zu kommen."

Ludwig nickt. Er weiß, dass sein Neffe mit seiner Vermutung gar nicht so falsch liegen könnte. „Vielleicht solltest du mal mit Johann, unserem Gärtner, sprechen. Der stammt doch aus Stendal. Möglicherweise kennt er noch jemanden, der dir weiterhelfen kann."

Kapitel 15

23. Mai 1765, Schloss Feldheim

Johann sticht mit seinem dicken Zeigefinger tiefe Löcher in die aufgelockerte, vom Regen noch feuchte Erde des Gemüsegartens und legt ungefähr alle Zweifingerlängen eine Bohne hinein. In Gedanken fragt er sich, wo sich sein Junge herumtreibt. Der Morgen ist inzwischen weit fortgeschritten, und dass er sich vor der Gartenarbeit drückt, ist ungewöhnlich, vor allem dann, wenn dabei sein geometrisches Genie geweckt oder in diesem Fall zumindest gekitzelt wird. Heute hätte er wieder peinlichst genau darauf geachtet, dass die Löcher für die Bohnen immer haargenau den gleichen Abstand haben und nicht außer Lot geraten.

Johann ist aufgefallen, dass Jakob sich in den letzten Tagen viel in der Nähe des jungen Fräuleins, das seit ein paar Wochen auf dem Schloss wohnt, aufhält. Er hat ihn darauf angesprochen. Seine Antwort war, dass er auf das Fräulein achtgeben wolle. Johann hat das sehr verwundert, weil Jakob noch nie eine enge Bindung zu anderen Menschen hatte, geschweige denn, dass er Zeit darauf verschwenden würde, sich um ihr Wohlergehen zu sorgen. Die engste – oder besser gesagt emotionalste – Bindung hat er wohl zu seiner Hündin Flocke. Er hat seinem Sohn gesagt, dass das Achtgeben schon der Herr Graf übernehmen würde, aber Jakob meinte, der könne auch nicht immer da sein.

Jakob ist ein lieber Junge, aber meist wissen weder er noch seine Frau, was in seinem Kopf vorgeht. Und so befürchtet er, dass Jakob in Bezug auf das junge Fräulein Ambitionen entwickelt, die sich nicht gehören.

In seine Gedanken vertieft, hat Johann nicht bemerkt, dass er nicht mehr allein ist. Erst ein Räuspern lässt ihn erschrocken hochfahren. Zu seiner Überraschung steht der junge Graf hinter ihm. Er wischt sich schnell die braunen Finger, so gut es geht, an seiner Schürze ab, nimmt dann seinen Sonnenhut vom Kopf und verneigt sich.

„Mein Herr“, sagt er demütig.

„Guten Tag, Johann.“

Johann spielt nervös am Rand seines Strohhutes. Dass ihn der junge Graf aufsucht, ist ungewöhnlich. Er hofft inständig, dass sein Junge nichts ausgefressen hat. Der Graf stellt ein freundliches Gesicht zur Schau, was ihn zuversichtlich stimmt.

„Mein Onkel hat mir erzählt, dass du ursprünglich aus Stendal kommst?“

„Ja, mein Herr“, antwortet Johann ehrfürchtig. Er hat Respekt vor dem jungen, kräftigen Mann, der meist sehr ernst dreinschaut, aber im Übrigen bescheiden, nachsichtig und gerecht ist. „Meine Frau und ich sind dort geboren und aufgewachsen. Wir sind erst vor drei Jahren nach Schloss Feldheim gekommen.“

„Gehe ich dann recht in der Annahme, dass du in Stendal noch einige Leute kennst?“

„Oh ja, beinahe unsere gesamte Familie und natürlich auch viele Freunde leben in Stendal.“

„Warum seid ihr vor drei Jahren nach Schloss Feldheim gekommen? Hattest du Ärger in der Stadt?“

Johann verwundern die Fragen des Grafen, besonders die letzten beiden. Warum hätte er in Stendal Ärger haben sollen? Gibt es etwa auf Schloss Feldheim Ärger, von dem er nichts mitbekommen hat? Hat Jakob doch etwas angestellt?

„Nein." Er sieht den Grafen unsicher an. „Wir haben meinem Jungen zuliebe die Stadt verlassen. Ihr wisst ja, dass er etwas anders ist." Der Graf nickt. „Er hatte es nicht leicht dort. Hier ist es nicht so eng und überfüllt mit Menschen. Er kann raus, ins Freie, und dabei trotzdem für sich allein sein. Das macht die Umstände für uns alle erträglicher." Der Graf hört ihm scheinbar aufmerksam zu. „In der Stadt haben ihn viele beschimpft. Sie haben gesagt, dass er vom Teufel besessen wäre. Ich bin Graf Ludwig und natürlich auch Euch sehr dankbar für diese Möglichkeit, die Ihr meiner Familie hier bietet."

„Johann, ich möchte diese Dankbarkeit wirklich nicht ausnutzen, aber kann ich dich um einen Gefallen bitten?"

„Um jeden, mein Herr", versichert ihm Johann, hofft aber inständig, dass es nichts Unrechtes ist, was von ihm verlangt wird.

Der Graf zieht ein zusammengefaltetes Papier unter seiner Weste hervor. „Ich muss in Erfahrung bringen, ob in den letzten Wochen die Waren, die auf dieser Liste stehen, in Stendal oder Umgebung gekauft oder verkauft wurden und wer diese Geschäfte getätigt hat. Es handelt sich um Waren, die bei einem Überfall erbeutet wurden. Kannst du mir dabei behilflich sein?" Er übergibt Johann das Papier.

Der wirft einen kurzen Blick darauf. „Ich werde mein Möglichstes tun, um Eurer Bitte nachzukommen."

***

Am späten Nachmittag kommen die Gäste auf Schloss Feldheim an. Die Dienerschaft hat die Kutschen schon von Weitem erspäht und angekündigt, sodass nun alle rechtzeitig zum Empfang auf dem Schlosshof stehen.

Graf Ludwig hat auch Isabelle dazugebeten, die der Bitte nur ungern nachkommt, allerdings hätte sich die Begegnung mit den von Pletten ja sowieso nur bis zum Abendessen aufschieben lassen. Sie steht als Letzte neben Sükrü in der Reihe der Gastgeber.

„Bist du dir sicher, dass die Baronesse nur zu Besuch kommt? Das sieht eher nach einem Umzug aus", meint Sükrü amüsiert zu Graf Christian, als zwei Kutschen und ein mit Gepäck beladener Wagen einrollen. Der stößt ihm für die Bemerkung ungehalten mit dem Ellenbogen in die Seite.

Auf dem Schlosshof hält nur die Equipage; die andere Kutsche und der Wagen fahren weiter zum Wirtschaftshof.

Ein Diener öffnet die Tür der Equipage und klappt die Stufen herunter. Ein älterer Herr steigt aus, von dem Isabelle annimmt, dass dies wohl der Baron von Pletten ist. Für den interessiert sie sich allerdings weniger. Ihre gesamte Aufmerksamkeit ist auf die Baronesse gerichtet. Sie sieht bereits den rosafarbenen Taft ihres Kleides, der mit Rüschen in einem dunkleren Farbton verziert ist. Unter dem üppigen Rock kommt ein kleiner Fuß hervor, der in einem farblich auf das Kleid abgestimmten Schuh steckt und vorsichtig nach der ersten Stufe des Ausstiegs sucht. Eine zarte Hand, an der ein auffälliger Ring prangt, wird hilfesuchend herausgestreckt. Der Diener kommt dem Ersuchen nach, und schließlich steigt die Baronesse anmutig aus der Kutsche. Sie trägt einen hübschen, mit einer rosafarbenen Schleife verzierten Hut, der einen Schatten auf ihr Gesicht wirft. Die braunen Haare sind elegant hochgesteckt und nur eine gelockte Haarsträhne fällt ihr über die rechte Schulter. *Sie sieht sehr vornehm aus. Ganz anders als ich selbst.*

Inzwischen hat der Baron schon herzlich Graf Ludwig und Graf Christian begrüßt. Während Sükrü sich vor dem Baron verneigt, bekommt er selbst nur ein gnädiges Kopfnicken. Isabelle ergeht es da nicht viel anders. Er gibt ihnen damit deutlich zu verstehen, dass er sich für etwas Besseres hält, womit er nicht ganz unrecht hat, wenn man dem Standesdünkel Glauben schenkt. Da er Sükrü aber schon von seinen letzten Besuchen kennt, schenkt er diesem weniger Aufmerksamkeit als Isabelle. Er mustert sie von oben bis unten mit einer Miene, die nicht verraten lässt, was er denkt.

„Graf Ludwig hat Euch in seinem letzten Brief erwähnt. Meine Tochter und ich waren sehr gespannt, Euch kennenzulernen. Darf ich fragen, warum Ihr auf Schloss Feldheim verweilt? Mein lieber Ludwig hat sich diesbezüglich leider sehr bedeckt gehalten.“

Isabelle schielt kurz zu Graf Christian und Sükrü hinüber, die die Frage des Barons natürlich auch gehört haben und nun interessiert in Isabelles Richtung starren, gespannt darauf, was sie antworten wird.

„Graf Ludwig war so freundlich, mich nach dem plötzlichen Tod meines Vaters hierher nach Schloss Feldheim einzuladen. Er hatte wohl gehofft, dass mich ein Umgebungswechsel auf andere Gedanken bringen würde.“

„Ist es Euch denn gelungen, auf andere Gedanken zu kommen?“

„Für den Moment ist es wohl so, aber ich werde leider nicht auf ewig hierbleiben können.“

„Ja, das ist bedauerlich, nicht wahr? Aber ich hoffe, Ihr leistet uns wenigstens noch so lange Gesellschaft, wie auch wir auf Schloss Feldheim verweilen.“

Der Baron von Pletten verzieht bei seinen freundlichen Worten so verächtlich sein Gesicht, dass Isabelle sicher ist, dass er das Gegenteil von dem meint, was er sagt. *Er würde mich wahrscheinlich lieber früher als später abreisen sehen.*

Inzwischen steht nun auch die Baronesse neben ihrem Vater, die Isabelles Begrüßung ähnlich erwidert wie ihr Herr Vater. Auch sie mustert sie von oben bis unten mit einem mitleidigen Blick, sodass Isabelle es bereut, sich nicht mehr herausgeputzt zu haben.

Die Baronesse erspart es sich auch gleich, sie mit Fräulein anzureden.

„Isabelle, ich konnte es kaum erwarten, mir endlich ein Bild von Euch machen zu können. Erging es Euch auch so?"

Constanze von Pletten hat kleine braune Augen und eine schmale, spitze Nase. Als sie Isabelle aufgesetzt anlächelt, kommen lange, schmale, Zähne zum Vorschein. *Sie sieht aus wie eine kleine Spitzmaus.* Dass das Aussehen der Baronesse demnach doch nicht ganz so tadellos ist, wie es zunächst schien, beruhigt Isabelle etwas.

„Tut mir leid, Baronesse, ich habe erst vor ein paar Tagen von Euch erfahren und hatte seitdem nur wenig Muse, um mir über Euch Gedanken zu machen."

Die Baronesse starrt sie empört an. Ihr Vater ebenso. Isabelle schimpft sich in Gedanken für ihre lose Zunge, da zu der von ihr verlangten Etikette, so viel hat sie inzwischen verstanden, auch Schmeicheleien gehörten, um sein Gegenüber nach Möglichkeit niemals mit der Wahrheit zu brüskieren. Sie ist hier selbst nur Gast und sollte es vermeiden, Graf Ludwig so zu beschämen.

„Verzeiht, Baronesse, meine Worte waren nicht wohl gewählt. Was ich eigentlich ausdrücken wollte, ist, dass sich meine Neugierde in Grenzen hielt, weil ich gar keine Mühe hatte, mir ein Bild von Euch zu machen, da hier schon alle in den höchsten Tönen von Euch gesprochen und Euch auf das Genaueste beschrieben haben."

Die Baronesse lächelt zufrieden, und auch Baron von Pletten

legt ein gnädiges Lächeln auf, das seine Augen jedoch nicht erreicht. Diese sehen Isabelle eher wie eine lästige Laus an, die es gilt, zwischen den Fingern zu zerquetschen. Bei seinem Blick läuft es ihr kalt den Rücken hinunter. *Diese Suppe habe ich mir wohl selbst eingebrockt.*

„Und stimmt das Bild, das Ihr Euch von mir gemacht habt, mit der Realität überein – oder seid Ihr enttäuscht?", hakt die Baronesse überaus charmant nach und wirft dabei Graf Christian einen koketten Blick zu.

„Nein, keineswegs. Wie könnte ich enttäuscht sein? Das steht mir überhaupt nicht zu." Isabelle ist nun bemüht, das Gemüt des Barons von Pletten zu besänftigen, und senkt demütig den Blick.

„Ja, da habt Ihr wohl recht", stellt die Baronesse herablassend fest. „Und dennoch würde ich mich gern ein wenig mit Euch unterhalten, wenn es meine Zeit erlaubt. Wenn es Euch keine Umstände macht, könnt Ihr meiner Zofe helfen, das Gepäck auf meine Zimmer zu bringen. Dann wisst Ihr gleich, wo sich diese befinden, wenn ich Euch rufen lasse."

Isabelle starrt die Baronesse fassungslos an. *Das ist nicht ihr Ernst! Für wen hält sie sich?!*

„Ich denke, das schafft die Dienerschaft auch gut allein, meine liebe Constanze. Fräulein Isabelle ist ein Gast meines Onkels. Auch wenn sie in ihrem Stand weit unter dem unseren ist, so ist sie hier, um sich zu erholen. Das werdet Ihr in Eurer Güte sicherlich verstehen."

Graf Christian schiebt sich zwischen sie und die Baronesse, wobei er Isabelle seinen Rücken zudreht und sie, wenn auch vermutlich unabsichtlich, ein wenig zur Seite stößt, sodass Sükrü schnell nach ihrem Arm greift, damit sie nicht die Balance verliert.

„Ihr werdet später noch Gelegenheit haben, mit ihr zu reden, aber nun erlaubt mir, liebe Constanze, Euch zu Euren Gemächern zu geleiten." Graf Christian bietet der Baronesse seinen Arm zum Geleit an. Die Baronesse kommt dieser Aufforderung selbstverständlich nur zu gerne nach. „Ihr seid von der langen Reise sicherlich erschöpft und wollt Euch ein wenig ausruhen, bevor Ihr beim Abendessen die Tafel mit Eurem Liebreiz schmückt."

Constanze von Pletten schmilzt dahin, und Baron von Pletten blickt zufrieden auf Graf Christian und seine Tochter.

Verletzt von den galanten Worten, die Graf Christian für die Baronesse übrighat, und der Ignoranz, die er ihr entgegenbringt, geht Isabelle enttäuscht zum Stall, um Trost bei einem Ausritt mit Amira zu finden.

***

„War das Abendessen tatsächlich so schlimm, wie Isabelle es geschildert hat?" Sofie liegt selig in Sükrüs Arm.

„Schlimmer", antwortet Sükrü nüchtern. Sofie stützt sich überrascht auf, damit sie ihm in die Augen sehen kann. Er lacht sie an. „Na ja, Mord und Totschlag gab es nicht – noch nicht", gibt er zu.

Sofie gibt Sükrü einen Kuss, legt sich zurück in seinen Arm und streichelt zärtlich seine glatte, kräftige Brust.

„Was hat Isabelle denn erzählt? Sie war sehr zurückhaltend beim Abendessen."

„Sie empfand es als unangenehm, neben Baron von Pletten sitzen zu müssen. Er riecht streng nach Tabak und ist ihr auch sonst eher unsympathisch."

„Ja, wem nicht. Ich glaube, Christian hätte auch lieber die

alte Sitzordnung beibehalten, als zwischen dem Baron von Pletten und seiner Tochter eingekesselt zu werden."

„Er soll sich aber recht angeregt und charmant mit den beiden unterhalten haben."

„Hat das auch Isabelle gesagt?"

Sofie nickt.

„Und das hat sie gestört?", fragt er neugierig.

Sofie zuckt mit den Schultern. Sie ist sich unsicher, ob sie so weit gehen kann und ihm erzählen soll, was Isabelle für sich selbst nicht einmal richtig wahrhaben will.

„Ich weiß nicht, ob ich darüber reden darf. Sie ist meine Freundin. Ich möchte nicht ihr Vertrauen missbrauchen."

„Und ich dachte, du vertraust mir." Sükrü spielt den Gekränkten.

„Du bist gemein. Jetzt kommst du mir so, damit ich keine andere Wahl habe, als es dir zu erzählen." Sofie setzt sich auf und tut so, als ob sie gehen will, obwohl ihr tatsächlich nichts ferner liegt.

„Du hättest eben nicht andeuten dürfen, dass es da überhaupt etwas zu erzählen gibt", neckt Sükrü sie. Er umschlingt sie von hinten mit seinen Armen. „Bleib hier, liebste Sofie, ich werde dich auch nicht weiter bedrängen." Er schiebt die langen braunen Locken, die über ihren Rücken fallen, zur Seite und küsst ihren Hals. Stück für Stück arbeitet er sich so zu ihrer Schulter vor, bis Sofie spürbar nachgibt. „Außerdem glaube ich zu wissen, was du mir erzählen wirst."

„Da bin ich aber mal gespannt."

„Nun, wie du dir denken kannst, hatte ich schon ab und an das Vergnügen, anwesend zu sein, wenn Christian und Isabelle aufeinandertrafen", erzählt Sükrü etwas amüsiert zwischen seinen Küssen. „Ich wage sogar zu behaupten, dass mir dieses Vergnügen bisher häufiger vergönnt war als dir – und du weißt, ich bin ein sehr guter Beobachter.“

„Oh ja, zumindest was mich angeht. Du weißt immer genau, wonach mir gerade der Sinn steht“, schmeichelt Sofie. „Und was hast du beobachtet?“, fragt sie zuckersüß.

„Ich glaube, die beiden empfinden mehr füreinander, als sie zugeben wollen. Vielleicht sind sie sogar füreinander bestimmt.“

„Du bist ein Romantiker.“ Sofie lächelt Sükrü liebevoll an.

„Und hat der Romantiker recht?“

„Auch wenn ich es ungern zugebe, aber ja, der Romantiker könnte tatsächlich recht haben.“ Verzweifelt fügt sie hinzu: „Ich fürchte nur, Isabelle wehrt sich viel zu sehr dagegen.“

„Na, da haben die beiden ja etwas gemeinsam.“ Sükrü lässt sich mit Sofie im Arm wieder zurück aufs Bett fallen. „Die Anwesenheit der von Pletten wird es den beiden in den nächsten Tagen nicht gerade leichter machen.“

Sofie stimmt Sükrü zu. „Isabelle meinte sogar, wenn Blicke töten könnten, hätte der Baron sie schon auf dem Gewissen.“

„Wen wundert's? Stell dir vor, du planst seit Jahren, dass deine Tochter einen gut betuchten Grafen heiraten soll – und als er endlich wieder in der Heimat ist und eigentlich nur die Verlobung bekanntgegeben werden muss, da zieht in des Grafen Schloss plötzlich eine fremde junge Frau ein.“

„So blasiert, wie die von Pletten sind, würde es mich aber wundern, wenn sie in Isabelle eine ernst zu nehmende Konkurrentin für die Baronesse sehen.“

„Um das herauszufinden, sind sie hier. Isabelle ist anders. Und sie wissen nicht besonders viel über sie. Das macht ihnen möglicherweise Angst.“

Sofie denkt kurz über Sükrüs Worte nach und findet dann, dass sie jetzt genug über ihre Freunde und die von Pletten gesprochen haben. Sie legt ein Bein über Sükrü und setzt sich auf seinen Unterleib. „Du bist auch anders, und ich wusste auch nicht viel über dich. Aber Angst hatte ich vor dir deswegen nicht." Sie lächelt ihn herausfordernd an.

„Dann ist dir also daran gelegen, dass ich dir ein wenig Angst einjage?", lässt sich Sükrü auf das Spiel ein. Sofie nickt voller Vorfreude.

„Mit dem größten Vergnügen." Sükrü will augenblicklich über sie herfallen, doch Sofie hält ihn zurück.

„Davor musst du mir aber versprechen, noch etwas für mich zu tun." Sofie nimmt den Gedichtband in die Hand, der neben Sükrü auf dem Bett liegt. Sie hat ihm heute das Gedicht daraus vorgetragen, das sie mit Isabelle geübt hatte.

„In diesem Moment verspreche ich dir alles, was du willst, Dilara."

Sofie schmilzt dahin, wenn er sie so nennt. Sie sieht Sükrüs amüsierten Blick. „Was ist?", fragt sie verunsichert.

„Ich bin über mich selbst verwundert, wie begehrenswert ich es finde, wenn du nackt mit einem Buch in den Händen auf mir sitzt, obwohl du doch bei dieser Gelegenheit besser etwas anderes in den Händen halten solltest." Sein anziehendes Lächeln ist verlockend.

„Was meinst du, wie begehrenswert du mich erst finden wirst, wenn ich keinen Gedichtband, sondern den Band mit den Fabeln, den du mir morgen aus der Bibliothek holen wirst, nackt in meinen Händen halte? Wenn das Buch nicht allzu dick ist, wäre es möglich, dass ich dann sogar noch eine Hand für etwas anderes frei habe."

„Fabeln?", fragt Sükrü nach, um sicherzugehen, dass er sich

nicht verhört hat.

„Ja, Fabeln. Isabelle hat einen Band mit Fabeln von einem Herrn Lessing in der Bibliothek stehen sehen. Sie meint, das wären schöne, kurze Geschichten, die sich gut zum Lesen üben eignen würden. Und das hier kannst du dann gleich wieder mit zurücknehmen." Sie legt den Gedichtband nun zur Seite.

Sükrü betrachtet Sofie eingehend im Kerzenlicht. „Du bist wie für mich gemacht", stellt er hingerissen von ihrer Schönheit fest.

„Das will ich hoffen", erklärt Sofie strahlend, dann breitet sie ergeben ihre Arme aus und fügt hinzu: „Und nun darfst du mir Angst machen."

 Kapitel 16

Der Duft von Apfelkuchen zieht Isabelle entgegen. Das Wasser läuft ihr im Mund zusammen. *Sofie wird bestimmt erfreut sein, wenn ich ihr eins der Küchlein mitbringe, wenn wir nachher auf die Bleichwiese gehen.*

Als sie das Speisezimmer betritt, sitzen Baron und Baronesse von Pletten bereits beim Frühstück, was ihr trotz der köstlich duftenden Apfelküchlein schlagartig den Appetit verdirbt. Auch Graf Christian ist anwesend. Bei seinem Anblick hüpft ihr Herz vor Freude und ihre Knie werden weich; und das, obwohl er ihr gegenüber ein ignorantes und manchmal schon beinahe wieder unverschämtes Verhalten an den Tag legt, seit die von Pletten zu Gast sind. In Gedanken verzweifelt sie über ihre eigene Dummheit, aber Einfluss hat sie auf die Reaktionen ihres Körpers dennoch nicht.

Sie knickst und wünscht mit einem erzwungenen Lächeln allen einen guten Morgen. Allzu schwer fällt es ihr nicht, denn sie hat nicht vor, sich lange aufzuhalten. Da der Tee, den sie üblicherweise am Morgen trinkt, noch zu heiß ist, was heute nicht mit ihrer Absicht, schnell wieder von hier zu verschwinden, übereinkommt, gießt sie sich ein Glas von dem parfümierten Wasser ein und trinkt es im Stehen in einem Zug aus.

Das unüberhörbare Kokettieren von Graf Christian und der Baronesse versetzt ihr einen Stich ins Herz. Sie sieht die kleinen Apfelküchlein, von denen sie gern für Sofie eins mitgenommen hätte, denn sie weiß, dass sie diese kleinen Kuchen liebt. *Es macht wohl keinen guten Eindruck, wenn ich jetzt mein Taschentuch herausziehe, um einen Kuchen darin zu verstecken. Schade!* Sie bedauert es sehr, dass sie Sofie keine Freude machen kann, bricht sich ein Milchbrötchen ab und will gerade wieder gehen, als sie die Baronesse etwas in französischer Sprache plappern hört, das auf ihren Namen endet und von der Betonung her wohl eine an sie gerichtete Frage ist. Sie dreht sich zu der Baronesse um. Drei Augenpaare starren sie ihrer Antwort harrend an.

„Wie bitte?", fragt sie ein wenig überrascht.

„Ich hatte gehofft, wir könnten einen kleinen Spaziergang durch den Park machen", sagt die Baronesse jetzt so, dass es auch Isabelle verstehen kann.

Isabelle ist nicht besonders erpicht darauf, Zeit mit der Baronesse zu verbringen.

„Wann?", fragt sie kurz angebunden, in der Hoffnung, dass die Baronesse einen Zeitpunkt wählen würde, der ihr ganz und gar nicht passt.

„Maintenant."

Isabelle zieht fragend die Augenbrauen hoch.

Die Baronesse verdreht, Isabelles Begriffsstutzigkeit überdrüssig, die Augen. „Ich bin gerade fertig. Wir könnten gleich ein paar Schritte durch den Park gehen." Sie nimmt ihre Serviette vom Schoß und will aufstehen.

„Tut mir leid, Baronesse, ich habe jetzt leider keine Zeit", sagt Isabelle schnell und dreht sich zur Tür, um das Zimmer zu verlassen. *Ich habe keine Lust auf ein oberflächliches Wortgeplänkel mit der Baronesse.* Vielleicht ist es auch die Angst davor, erkennen zu müssen, dass ihr die Baronesse weit überlegen ist, insbesondere im Hinblick auf ihre verborgenen Hoffnungen gegenüber Graf Christian.

„Wieso habt Ihr keine Zeit, Isabelle?", fragt die Baronesse erstaunt, wobei sie wieder Isabelles einfache Aufmachung geringschätzig betrachtet. „Ich dachte, Ihr wärt hier ein Gast – wie ich auch. Oder müsst Ihr jetzt zum Kartoffelschälen in den Keller, um Euch Kost und Logis zu erarbeiten?" Die Baronesse lacht affektiert.

Isabelle stimmt unüberlegt in das Gelächter der Baronesse mit ein. Weder sie noch ihr Vater bemerken, dass dies nur dazu dient, sie nachzuäffen. Isabelle ist letztendlich froh darüber, dass sie es offenbar für die Bekräftigung eines gelungenen Scherzes halten. Einen Fauxpas wie am Vortag will sie sich Graf Ludwig zuliebe nicht noch einmal leisten. Sie bemerkt, dass Graf Christian sie beobachtet – und schielt kurz zu ihm hinüber. Er amüsiert sich offenbar über sie.

„Nein, das muss ich nicht, aber ich bin leider schon verabredet."

„Mit wem seid Ihr denn verabredet, wenn ich fragen darf?"

Nein, das dürft Ihr nicht! Es geht Euch nichts an! Das kann ich keinesfalls antworten. „Mit Sofie", sagt sie nur.

„Wer ist Sofie?"

Isabelle kommt sich gerade wie ein Dienstmädchen vor, das vor den Herrschaften Rechenschaft abzulegen hat. Sie zögert und überlegt, was sie jetzt sagen soll. *Ist Sofie eine Magd, ist sie ein Dienstmädchen – oder ist sie so etwas wie eine Zofe?*

„Eine Freundin", antwortet sie schließlich im selben Moment, als Graf Christian für sie antwortet: „Sie ist ein Dienstmädchen."

„Oje, wie langweilig." Die Baronesse scheint enttäuscht. „Ich hatte gehofft, Ihr hättet etwas Aufregenderes zu bieten, wie zum Beispiel einen gutaussehenden Pferdeknecht, mit dem Ihr Euch heimlich im Stall zu einem Stelldichein trefft." Wieder lacht sie affektiert.

Isabelle sieht ihr verbittert dabei zu. „Warum denkt Ihr das, Baronesse? Glaubt Ihr, weil ich von niederem Stand bin, vermag ich es nicht, meine Triebe im Zaum zu halten – und treibe es wie ein Tier mit jedem Mann, der mir über den Weg läuft, noch vor dem heiligen Bund der Ehe?" Isabelle ist empört. *Ich habe wirklich versucht, freundlich zu bleiben, aber was bildet sich diese aufgetakelte Kuh eigentlich ein?* „Anstand und Tugend kosten kein Geld. Es sind keine Eigenschaften, die Ihr hochwohlgeborenen Herrschaften nur für Euch beanspruchen könnt." Isabelle hört den Baron empört aufstöhnen.

„Fräulein Isabelle, Ihr tretet gerade den Gegenbeweis dafür an. Ihr vergreift Euch meiner Tochter gegenüber im Ton", tadelt er sie.

Isabelle schnappt nach Luft und sieht, warum auch immer, hilfesuchend zu Graf Christian, der das Gespräch offenbar nach wie vor amüsiert verfolgt und kein Interesse daran zeigt, sich einzumischen.

Unerwartet lenkt die Baronesse ein. „Lasst es gut sein, Papa, ich bin Isabelle vielleicht etwas zu nahegetreten." Die Baronesse sieht Isabelle entschuldigend an. „Verzeiht mir, Isabelle, ich wollte Euch nicht beleidigen."

Isabelle runzelt skeptisch die Stirn, nickt der Baronesse aber nachgiebig zu, als Zeichen dafür, dass sie die Entschuldigung annimmt.

„Ich verstehe jedoch nicht, warum Ihr Eure Zeit lieber in der Gesellschaft eines Dienstmädchens verbringen wollt, als die Gelegenheit zu ergreifen und mit einer Baronesse ein wenig spazieren zu gehen. Vielleicht wird das der Beginn einer besonderen Freundschaft. Einer Freundschaft, der Ihr mit Sicherheit mehr Vorteile abgewinnen könntet als der Freundschaft mit einem Dienstmädchen."

Isabelle bezweifelt das – und sie glaubt auch nicht, dass die Baronesse ernsthaftes Interesse an einer Freundschaft mit ihr hegt, aber sie lenkt dennoch resigniert ein. „Gut, dann gehen wir spazieren." Sofie würde einen Moment warten müssen.

Isabelle versucht, den Spaziergang mit Baronesse Constanze möglichst kurz zu halten. Zum einen freut sie sich auf den gemeinsamen Vormittag mit Sofie, zum anderen hat sie das Gefühl, dass die Baronesse ein ungewöhnlich tiefes Interesse an ihrer Person zeigt, was ihr unangenehm ist.

Als sie den Brief an Hanne abschicken wollte, hat Graf Ludwig ihr mehr als einmal zu verstehen gegeben, dass vorerst besser niemand wissen sollte, dass sie auf Schloss Feldheim weilt. *Was darf ich der Baronesse denn nun erzählen?* Sie weiß nicht, wie eng die beiden Familien wirklich befreundet sind, und so hält sie sich bedeckt und schweigt weiter über die Entführung und den Grund ihrer Anwesenheit. Als es zunehmend anstrengend wird, den Fragen der Baronesse auszuweichen, tritt sie den Rückzug an und verabschiedet sich in den Keller zum Kartoffelschälen.

Sofie hat schon auf Isabelle gewartet. Der Tag ist ideal zum Wäschebleichen geeignet. Die Sonne scheint von einem wolkenlosen Himmel und es weht kaum ein Lüftchen. Jede von ihnen fasst an eine Seite des großen Korbs, der zum Überquellen mit weißer Wäsche gefüllt ist, was sich an seinem immensen Gewicht bemerkbar macht. Sie gehen damit über den Wirtschaftshof.

Der Hufschmied ist heute da. Er ist gerade dabei, im Schatten des Westflügels zusammen mit Franz und Holger eines der Pferde zu beschlagen. Bei ihnen stehen auch Graf Christian und Sükrü.

Als sie Sofie und Isabelle über den Hof kommen sehen, schenken die beiden Herren ihnen ein bezauberndes Lächeln. Sofie kann gar nicht anders, als Sükrüs Lächeln zu erwidern. Isabelle presst dagegen vergrämt ihre Lippen aufeinander, was jedoch nichts daran ändert, dass sie wieder weiche Knie bekommt. Der schwere Korb macht es dabei nicht gerade leichter, sich auf den Beinen zu halten.

„Fräulein Isabelle!", ruft Christian mit gespieltem Erstaunen aus. „Wie ich sehe, seid Ihr von dem Spaziergang mit der Baronesse schon zurück. Der war aber nur von kurzer Dauer", amüsiert er sich.

„Ich bedauere das auch sehr, aber leider vermochte ich der zwar unterhaltsamen, aber dennoch sehr anspruchsvollen Konversation mit der Baronesse nicht so lange zu folgen." Um ihren Worten Nachdruck zu verleihen, sieht Isabelle ihn betont verzagt an und zuckt mit den Schultern, um damit ihr vorgetäuschtes Bedauern zum Ausdruck zu bringen. Der Graf kommt amüsiert auf sie zu. Die bisher nur kleinen Schmetterlinge in ihrem Bauch gewinnen mit jedem Schritt, den er näher kommt, an Größe.

Er bleibt unmittelbar vor ihr stehen und schaut zu ihr hinunter, direkt in ihre Augen. „Irgendwie werde ich das Gefühl nicht los, dass Ihr die Baronesse nicht besonders gut leiden könnt", sagt er leise, sodass nur sie es hören kann. „Ich frage mich, woran das liegen mag."

Sie befürchtet, dass er ihre Gedanken lesen kann und möglicherweise ahnt, dass ein Teil ihrer Abneigung gegenüber der Baronesse auch daher rührt, dass es ihr missfällt, wenn er mit ihr kokettiert. Isabelle spürt die plötzliche Hitze in ihren Wangen und senkt ihren Blick, damit er es nicht bemerkt.

„Der Korb sieht schwer aus." Der Graf legt seine Hand über ihre, umschließt sie und hebt den Korb weiter an, sodass sie keine Last mehr zu tragen hat. Seine Nähe und seine Berührung machen sie schwach. Sie spürt ihr Herz, das sich beinahe überschlägt. „Komm, Sükrü, die Damen haben sicher nichts dagegen, wenn wir ihnen den Korb auf die Bleichwiese bringen."

Isabelle zieht ihre Hand unter seiner hervor und verspürt Erleichterung und Bedauern zugleich. Ihr Herz beruhigt sich. Dann sieht sie zu Sofie, die sich an ihre Seite gesellt – und sie wissend anlacht. *Was?*, fragt Isabelle stumm mit hochgezogenen Augenbrauen. Sofie stupst sie neckend an, als sie den beiden Männern folgen, die den Wäschekorb mit einer Leichtigkeit tragen, als wäre er leer.

Höflich bedanken sie sich bei ihren Trägern, nachdem diese den Korb entsprechend Sofies Anweisungen abgestellt haben. Die Männer sind schon fast auf dem Rückweg, als sich Graf Christian noch einmal zu ihnen umdreht.

„Fräulein Isabelle, geht Ihr heute noch einmal zur Koppel, um nach Luna und ihrem Fohlen zu sehen?"

Isabelle nickt. „Ja, wenn wir von der Bleichwiese zurück sind."

Graf Christian scheint mit der Antwort zufrieden. Er entblößt beim Lächeln seine schönen Zähne. „Gut." Dann wendet er sich ab und geht mit Herrn Sükrü zum Wirtschaftshof zurück.

Sofie und Isabelle breiten die weiße Wäsche Stück für Stück auf der Wiese aus. Dann füllen sie immer wieder die Gießkannen an der Pumpe mit Wasser und benetzen die Wäsche damit. Sie haben ihren Spaß, albern herum, bespritzen sich gegenseitig mit dem kühlen Nass und quieken vor Vergnügen.

Als sie fertig sind, setzen sie sich auf die Wiese in die Sonne, um sich von ihr trocknen zu lassen. Sie sind allein und so zieht Sofie ihren Rock hoch, um auch ihren Beinen etwas Sonne zu gönnen. Isabelle tut es ihr gleich. Im unmittelbaren Vergleich ihrer Beine fällt ihr auf, dass an Sofies Beinen kein einziges Haar zu sehen ist. Verwundert rutscht sie zu ihr hinüber, um noch genauer hinzusehen.

„Wieso hast du keine Haare an deinen Beinen?" Isabelle sieht wieder zu ihren eigenen Beinen. *Die unbehaarten Beine von Sofie sehen viel hübscher aus.*

„Weil ich sie wegmache", antwortet Sofie, als wäre es das Normalste der Welt – und Isabelle kommt sich fast ein bisschen dumm vor.

Sie streicht mit der Hand über die Haut an Sofies Beinen. „Das ist so schön glatt", stellt sie bewundernd fest. „Und wie machst du das? Doch nicht mit einem Rasiermesser?"

Sofie lacht sie an, als hätte sie auf die Frage gewartet. „Das ist eine Geheimrezeptur von Sükrü."

„Kannst du die Haare an meinen Beinen auch damit entfernen?"

„Wenn du willst. Die Prozedur ist allerdings nicht ganz angenehm."

Bei dem Gedanken an mögliche Schmerzen verzieht Isabelle zweifelnd das Gesicht.

Sofie legt den Kopf schief. „Heute Nachmittag?"

Isabelle nickt zögernd. Sie ist neugierig. *Wenn es mir am Ende doch nicht ganz geheuer ist, kann ich Sofie immer noch Einhalt gebieten.*

„Nur an den Beinen?", hakt Sofie nach.

Verständnislos sieht Isabelle sie an. „Wie meinst du das? Wo denn noch?“

Sofie grinst. „Unter den Armen und hier …“, Sofie legt ihre Hand auf den Rock, an die Stelle, wo sich ihre Scham befindet, „… habe ich auch keine Haare.“

Isabelle sieht sie mit weit aufgerissenen Augen an. „Du veralberst mich. Das glaube ich nicht.“

„Doch. Sükrü gefällt es so. Dafür, dass er mich dort dann umso hingebungsvoller verwöhnt, nehme ich den kurzen Moment der Qual gern in Kauf.“

„Sofie, du bist unmöglich.“

Sofie verdreht ihre Augen. „Da ist es wieder, das biedere Fräulein Isabelle.“ Sie versucht, Isabelle zu überzeugen, indem sie weitere Vorteile des Enthaarens anpreist unter anderem auch, dass sie sich an den unreinen Tagen viel besser sauber halten kann. „Das müsste dich, Fräulein Reinlich, doch eigentlich überzeugen.“ Isabelle sieht sie immer noch skeptisch an. Sofie zuckt mit den Schultern und stützt sich nach hinten auf die Ellenbogen auf. „Das kannst du dir ja noch überlegen. Ich bringe genug Zuckerpaste mit.“

„Zuckerpaste? Was soll das werden? Willst du mich wie eine Frucht kandieren?“

„Warum nicht. Der junge Herr Graf hätte bestimmt nichts dagegen, an dem süßen Früchtchen zu naschen“, antwortet sie frech.

„Sofie!“, ermahnt Isabelle sie empört. „Rede nicht solchen Unsinn! Wenn dich jemand hört.“

Sofie lacht. „Lass mich nur machen!“

Sie legen sich beide in das weiche grüne Gras, lassen sich noch eine Weile von den Sonnenstrahlen verwöhnen – und geben sich dem Müßiggang hin.

Nach einer Weile schreckt Sofie plötzlich auf. „Wir sollten

langsam zurückgehen.“

„Warum?“, fragt Isabelle schläfrig. *Es ist so schön in der wärmenden Sonne.* Noch vor einigen Wochen lag ihre Welt in Trümmern. Hätte ihr damals jemand gesagt, dass sie in nicht allzu langer Zeit wieder lachend auf einer Wiese liegen und den Sommer genießen würde, hätte sie an seinem Verstand gezweifelt. Und dies umso mehr, wenn sie an das Leben denkt, das ihr in Stendal an der Seite von Friedrich bestimmt war. Ihr wird gerade bewusst, dass sie dankbar ist. *Ich bin Graf Christian tatsächlich dankbar, dass er mich nach Schloss Feldheim gebracht hat. Ich bin ihm sogar so dankbar, dass ich ihm inzwischen auch die Ängste, die ich während der Entführung auszustehen hatte, verzeihe. Hätte ich nur damals schon gewusst, wem ich ausgeliefert bin und wer hinter mir auf dem Pferd sitzt, wäre ich ihm freiwillig gefolgt.* Über ihr Gesicht breitet sich ein Lächeln aus, als sie daran denkt, wie nah sie ihm auf dem Pferd war.

„Du bekommst Sommersprossen.“ Ermahnend wird sie von Sofie aus ihren Gedanken gerissen.

„Die habe ich doch schon.“

„Ich weiß.“

„Also, warum willst du dann unbedingt los? Es ist doch schön hier. Die Sonne scheint, die Bienen summen …“

„Jaja.“ Sofie nickt und lacht sie an. „Und du wirst erwartet.“

„Das wüsste ich aber.“

„Auf der Koppel.“

„Du meinst von Guinevere und Luna? Ich glaube, die sind sich beide genug. Da kommt es nicht darauf an, ob ich früher oder später vorbeikomme.“ Isabelle gähnt entspannt.

„Mag sein, aber ich weiß nicht, wie lange Graf Christian auf dich warten wird.“

„Wie kommst du darauf?“ Sie sieht in das grinsende Gesicht

von Sofie.

„Warum, glaubst du, hat er dich gefragt, ob du heute noch einmal zur Koppel gehst?"

Isabelle zuckt gleichgültig mit den Schultern. „Nur so. Vielleicht, um überhaupt mal etwas Nettes zu sagen und mich nicht die ganze Zeit über zu ignorieren."

„Wie kommst du darauf, dass er das tut? Sobald du ihm über den Weg läufst, hat er nur Augen für dich."

„Wohl eher für die Baronesse von Pletten", entgegnet Isabelle enttäuscht.

„Ach was. Er tut nur, was von ihm erwartet wird. Das sind nur Schmeicheleien. Das meint er nicht ernst."

Ganz plötzlich wird Isabelle ungehalten. „Du kannst doch gar nicht wissen, was in seinem Kopf vorgeht!", wirft sie Sofie vor. „Du hast doch mit eigenen Augen gesehen, wie er die Baronesse umgarnt. Und wenn das tatsächlich nur gespielt ist, wer sagt dir dann, dass ihm die Nettigkeiten, die er in letzter Zeit ab und zu für mich übrighat, ernst sind – und nicht nur einem Zweck dienen. Ich denke, es bedarf keiner weiteren Erklärung, welchen Zweck ich meine." Sofie sieht sie entgeistert an. „Bitte hör auf, mir irgendetwas einzureden, wenn du doch genau weißt, dass es nur noch eine Frage der Zeit ist, bis sich Graf Christian und Constanze von Pletten verloben. Und vielleicht ist es ja sogar morgen schon so weit. Warum sonst soll ein Ball stattfinden?!"

Als Isabelle ausgesprochen hat, was sie eigentlich nicht wahrhaben will, wird ihr ganz übel. Sie hofft so sehr, dass es nicht passieren wird, aber alles spricht dafür.

Aus Sofies Entgeisterung ist inzwischen Kränkung geworden. „Wie es auch sei. Ich muss gehen", sagt Sofie eingeschnappt.

„Warum, Sofie? Es tut mir leid. Vergib mir!“ Sie sieht Sofie flehend an und streckt die Hand nach ihr aus. „Bitte, bleib bei mir!“

Sofie schüttelt den Kopf. „Ich habe Bettie versprochen, ihr beim Silberputzen zu helfen. Bis zum Ball ist noch eine Menge zu tun. Das verstehst du doch, oder?“ Sie ergreift Isabelles Hand und zieht sie hoch.

„Dann muss es wohl sein“, gibt Isabelle resigniert zurück und hofft, dass Sofie ihr ihren Gefühlsausbruch wirklich verzeiht und sich nicht nur zum Silberputzen zurückzieht, weil sie Isabelle ihr Verhalten nachträgt. „Ich könnte euch helfen. Zu dritt geht es doch schneller.“

„Ganz sicher nicht. Ich werde mir mit Graf Christian keinen Ärger einhandeln, nur weil ich dich zum Silberputzen verführt habe, während er auf dich wartet.“ Sie sagt es ernst, beinahe verbittert, nicht mit dem zweideutigen Grinsen, das sie sonst auflegt, wenn sie Isabelle neckt. *Sie hat mir nicht verziehen.*

Schweigend gehen sie zurück zum Tor, das in den Wirtschaftshof führt, vorbei an der Wiese, die so üppig mit Obstbäumen bestückt ist, dass diese anfangs die Sicht zur Koppel versperren. Sie haben schon einige der Obstbäume hinter sich gelassen, als Sofie sie wider Erwarten in die Seite stupst.

„Na, was habe ich dir gesagt?“ Sofie weist mit dem Kopf in Richtung Koppel.

Isabelle folgt ihrem Blick. Und da ist er. Graf Christian sitzt auf dem oberen Holm des Zauns und sieht zu ihnen herüber. Ihr Herz schlägt Purzelbäume. Sie versucht, es zu ignorieren. „Ach, das ist Zufall. Er wartet bestimmt nicht auf mich.“ Energisch schlägt sie weiter den Weg zum Tor ein.

Sofie hält sie am Arm zurück. „Du gehst jetzt rüber zu ihm!“, bestimmt sie.

„Lass mich! Was soll der Graf denken?! Er sieht doch alles." Isabelle reißt ihren Arm los.

„Dann geh jetzt rüber!", befiehlt Sofie energisch und stampft dabei mit einem ihrer kleinen Füße auf. „Wenn du es nicht tust, muss ich wohl noch einmal darüber nachdenken, ob ich mir dein Gezeter von eben nicht doch mehr zu Herzen nehmen soll, als es dir lieb ist."

„Du erpresst mich?"

„Nenn es, wie du willst." Sofie zuckt verdrossen mit den Schultern.

Isabelle fügt sich ausweglos, allerdings nur ihrer Freundin zuliebe. Das redet sie sich zumindest ein, während sie zur Koppel geht und dabei versucht, so unverkrampft wie nur möglich zu wirken. Sie tut so, als würde sie das Fohlen und seine Mutter beobachten, und schenkt dem Grafen nur ab und zu ihre Aufmerksamkeit, bevor sie den Blick gleich wieder senkt, um zu sehen, wo sie hintritt. *Wenn ich jetzt hinfallen würde, wäre mir sein Spott sicher.* Mit jedem Schritt, den sie ihm näher kommt, werden ihre Beine nachgiebiger. *Ich brauche dringend etwas woran ich mich festhalten kann.*

Inzwischen ist er vom Zaun heruntergesprungen und kommt ihr entgegen. Geschmeidig überquert er die Koppel. *Wie kann jemand in einem einfachen weißen Baumwollhemd und einer abgewetzten Lederhose, die in staubigen Stiefeln steckt, nur so unverschämt gut aussehen?* Als würde sie sein Aussehen nicht genug verzaubern, weht auch noch eine sommerliche Brise die letzten weißen Blütenblätter von den Obstbäumen, die wie Schneeflocken herunterfallen, und die Szenerie noch unwirklicher erscheinen lassen. Ihre Beine drohen jeden Augenblick unter ihr einzuknicken, da hat sie endlich den rettenden Zaun erreicht und klammert sich an ihm wie eine ertrinkende Ratte an ein Stück Treibholz. Beinahe gleichzeitig ist er auch da. Nur der Zaun der Koppel trennt sie noch voneinander. *Vielleicht sollte das auch besser so bleiben.* Er betört sie mit seinem Lächeln. Man könnte glauben, dass er sich wirklich freut, sie zu sehen. Ihr geht es jedenfalls so, auch wenn sie sich bemüht, es vor ihm zu verbergen.

„Schön, dass Ihr vorbeikommt, Fräulein Isabelle", sagt er bemüht beiläufig.

„Ich muss ja mal nach der Kleinen sehen." Sie sieht zu dem Fohlen rüber und dann unsicher zu ihm hinauf.

„Kommt Ihr herüber? Dann können wir zu ihr gehen, und Ihr verratet mir endlich den Namen, den Ihr Euch für sie überlegt habt."

Isabelle sieht unsicher zum Gatter, das sich ein Stück von ihr entfernt befindet, und will sich auch gerade auf den Weg dorthin machen, als er sie zurückhält. „Wartet, Ihr könnt gleich hier herüberkommen. Ich helfe Euch." Seinen Worten Nachdruck verleihend, hält er ihr seine Hand entgegen.

Sie ist unschlüssig. *Keinesfalls will ich mich vor ihm blamieren und der Länge nach über den Zaun fallen. Aber seine Aufforderung ist zu verlockend. Ich kann sie nicht ausschlagen.* Als sie mit beiden Füßen auf dem unteren Holm des Zauns steht, bereut sie schon ihre waghalsige Entscheidung. *Das war keine gute Idee – die Muskeln in meinen Beinen haben gerade die Festigkeit von Hannes Pudding.* Sie versucht, wie beim Aufsteigen auf ein Pferd, eines ihrer Beine über den oberen Holm zu schwingen und so auf die andere Seite zu bringen. Dabei verheddert sie sich aber mit dem Schuh im Stoff ihres Kleides, sodass sie beinahe den Halt verliert. *Verdammt!* Sie sieht sich schon kopfüber auf die Koppel stürzen, als der Graf sie unter den Armen packt, festhält und über den Zaun in seine Arme zieht.

„Keine Angst. Ich hab' Euch", sagt er mit dunkler, sanfter Stimme, die einen Eisberg hätte schmelzen lassen.

„Ja, Ihr habt mich", flüstert sie. Er hält sie länger fest als nötig, und Isabelle lässt es sich gern gefallen. Ihre Augen versinken ineinander. Erst als sein Blick zu ihren Lippen wandert und er mit seinem Gesicht näherzukommen droht, besinnt sie sich und löst sich aus seiner Umarmung. „Ich danke Euch. Das nächste Mal sollte ich dann doch besser durch das Gatter gehen."

„Das würde ich sehr bedauern."

Sie kann seinem intensiven Blick nicht standhalten und versucht, seine Aufmerksamkeit auf die Pferde zu lenken, die gerade auf dem Weg zu ihnen sind. „Sie wird bestimmt mal eine prächtige Stute", sagt Isabelle, während sie das muntere Fohlen beobachtet, wie es mit den langen Beinen Bocksprünge über die Wiese macht.

„So prächtig wie die Mutter." Graf Christian klopft der Stute liebevoll auf den Hals. „Sie wird sich vor den Hengsten in Acht nehmen müssen."

***

Dem Baron gefällt nicht, was er sieht. Möglicherweise ist es nur eine Laune des Grafen, der er gerade auf der Koppel nachgeht und die seinem Ruf als Schürzenjäger gerecht wird.

Es ist ihm auch egal, welche außerehelichen Beziehungen der Graf führen wird, um seine Gelüste zu befriedigen. Hauptsache ist, dass der Graf seine Tochter Constanze zur Frau nimmt. Bis dahin muss er sichergehen, dass ihm kein anderes Weib einen Strich durch die Rechnung macht. Er wird das Gefühl nicht los, dass er dieses da im Auge behalten muss. Dieses Weibsbild scheint hier eine besondere Stellung zu genießen. Wäre sie nur ein Dienstmädchen, würde er sich weniger Sorgen machen.

Es treibt ihn beinahe zur Weißglut, dass jeder, den er nach ihr befragt – egal, wie geschickt er sich dabei auch anstellt –, sich bedeckt hält. Es muss doch eine Möglichkeit geben, etwas über das Weib herauszubekommen. Er macht sich auf den Weg zu seiner Tochter.

***

„Welchen Namen habt Ihr Euch für das kleine Fräulein hier überlegt?" Graf Christian hat den kleinen Wildfang eingefangen, hält ihn für einen kurzen Moment fest und lässt ihn dann wieder los. Was die Kleine erneut mit lustigen Bocksprüngen beantwortet, als würde sie ihn zum Spielen auffordern.

Isabelle lacht. „Ich glaube, sie will mit Euch fangen spielen."

„Ich würde lieber mit Euch fangen spielen." Überrumpelt von seiner Offenheit weicht sie sprachlos seinem alles durchdringenden Blick aus. Ein heftiges Pochen an ihrem Hals macht sich bemerkbar.

„Es tut mir leid, ich wollte Euch nicht in Verlegenheit bringen."

„Was haltet Ihr von Guinevere?", fragt sie ablenkend und übergeht damit seine Bemerkung.

„Guinevere. Die Frau von König Artus. Wie seid Ihr auf diesen Namen gekommen?", will er wissen, während er das Fohlen neckt, indem er immer wieder so tut, als würde er es fangen wollen, sobald es in seine Nähe kommt.

„Als ich ein kleines Mädchen war, hat mir mein Vater oft die Geschichte von König Artus und den Rittern der Tafelrunde vorgelesen. Und als er mir später ein Pferd geschenkt hat, habe ich es Lancelot genannt." Mit Wehmut denkt sie an ihren geliebten

Hengst. *Ich werde ihn nie wiedersehen. Und er weiß nicht einmal, dass ich ihn nicht freiwillig im Stich gelassen habe.* „Ich musste ihn zurücklassen", bringt sie gerade noch über die Lippen, bevor der erste Schluchzer ihre Kehle verlässt. Sie wendet sich von ihm ab und wischt sich die Tränen aus den Augen. Sie will nicht, dass er sie weinen sieht.

Graf Christian geht zu ihr und will sie in die Arme nehmen, aber sie weicht ihm aus.

„Nein! Nicht! Es geht schon."

Er sieht sie verstimmt an. Es tut ihr leid. *Wen werde ich wohl heute noch alles vor den Kopf stoßen?* Mit Nachdruck wischt sie die übrigen Tränen weg und lächelt ihn dann angestrengt an.

„Jedenfalls habe ich an meinen Lancelot gedacht, als ich mir den Namen überlegt habe." Sie räuspert sich, um den Kloß in ihrem Hals aufzulösen. „Aber Ihr könnt ja auch einen anderen Namen wählen, wenn er Euch nicht gefällt."

„Nein, wenn Ihr es wünscht, wird sie Guinevere heißen", sagt er gleichgültig und wendet sich zu dem Fohlen, um das Spiel mit ihm fortzusetzen. „Komm her, du kleine Königin." Graf Christian schnappt sich erneut das Fohlen.

„Ganz zufrieden scheint Ihr mit meiner Wahl nicht zu sein", zweifelt sie.

„Na ja, ich denke, es ist ein schöner Name für ein schönes Pferd. Ich frage mich nur, warum Ihr Euch in der Geschichte von König Artus ausgerechnet eine Ehebrecherin und einen Verräter als Helden ausgewählt habt."

Entrüstet sieht sie ihn an. „Das sind sie nicht. Ihr Sehnen zueinander findet nie Erfüllung", rechtfertigt sie nicht nur sich.

Er stößt ein verächtliches Lachen aus. „Das glaubt Ihr. So verklärt können wirklich nur die Vorstellungen eines Frauenzimmers sein."

Sie ist verwirrt. *Was ist passiert? Gerade war er noch so bemüht um mich, und jetzt scheint es, als würden wir ein Gefecht
austragen.*

„Wenn Ihr so romantisch veranlagt seid, gehe ich recht in der
Annahme, dass auch Ihr auf Euren Prinzen wartet, der mit seinem Ross daherkommt und Euch auf seine Burg führt?"

Sie weiß nicht, was sie ihm darauf antworten soll. Es scheint,
als würde er wieder über sie spotten – wohl, weil sie seinen Trost
verschmäht hat. *Er hat mich doch mit auf sein Schloss genommen, wenn auch aus einem anderen Grund.* „Träumt nicht jedes
Mädchen davon?!"

„Ich kann es Euch nicht sagen. Ich danke Gott dafür, dass ich
davon verschont geblieben bin, ein Weib zu werden."

Er klingt überheblich. Ihre Blicke treffen sich nur für einen
kurzen Moment, und sie glaubt, Verbitterung darin zu sehen.

„Ihr scheint nicht sehr viel von uns Frauen zu halten", hält
sie ihm vor.

„Das würde ich nicht sagen. Ihr habt durchaus eure Vorzüge,
aber für meinen Geschmack verbringt ihr zu viel Zeit damit, euren einfältigen Träumereien hinterherzujagen, während ihr das
übersteht, was zum Greifen nahe ist – und vor euch steht."

Isabelle stutzt für einen Moment. Er hat versucht, gleichgültig zu klingen, und doch fühlt sich das Gesagte an wie ein an sie
gerichteter Apell. *Hat er meine Reaktion auf seinen Versuch,
mich zu umarmen, etwa so verstanden, dass ich ihn nicht für gut
genug befinde? Das wollte ich nicht.* Sie sieht ihn mitfühlend an.
Jetzt weicht er ihr aus.

„Träume können wahr werden." Isabelle versucht seinen
Blick wieder einzufangen und mit ihren Worten seine Seele zu
streicheln. „Und manchmal ist das, was so nah ist, die Erfüllung
eines Traumes. Es braucht vielleicht nur etwas mehr Zeit, dies

zu erkennen. Aber Ihr wollt den Frauen doch keine gänzliche Blindheit unterstellen?"

Christian lacht kurz auf, doch die Melancholie in seinem Blick straft seinen Mund Lügen. „Jedenfalls nicht Euch, Fräulein Isabelle, und doch müsst Ihr aufpassen, dass das Herz eines Weibes, das ohne Zweifel in Eurer Brust schlägt, nicht Euren Verstand überwältigt."

„Wie meint Ihr das?" Sie hat durchaus den Inhalt seiner Worte verstanden – und doch weiß sie nicht, warum er diese Mahnung ausspricht. *Ist er nun verärgert, weil ich ihm ausweiche, oder will er mich vor sich warnen?* Dieses Auf und Ab der Gefühle, das er in ihr auslöst, macht sie ganz schwermütig.

Auf seinem Gesicht zeigt sich für einen Moment ein anzügliches Grinsen. *Ich hätte ihn wohl besser nicht fragen sollen.*

„Nehmen wir an, es würde tatsächlich ein edler Prinz daherkommen und Euch mit auf seine Burg nehmen. Was dann?"

Sie sieht ihn mürrisch an und macht sich auf Belehrungen gefasst, von denen sie jetzt schon weiß, dass sie diese nicht hören will.

Graf Christian fährt ungerührt fort. „Die Heirat eines Adeligen mit einer Bürgerlichen dürfte nicht so einfach sein; im Falle eines Prinzen, würde ich behaupten, sogar unmöglich. Ich nehme nicht an, dass Ihr Euer Leben an des Prinzen Seite als seine Mätresse fristen wollt."

Isabelle schnappt erbost nach Luft und will ihm eine Ohrfeige verpassen. Der Graf fängt sie ab und hält ihr schmales Handgelenk fest in seinem Griff. Dann zieht er sie an sich heran, lässt ihr Handgelenk wieder los und legt stattdessen seine Arme um sie. Isabelle macht sich steif wie ein Brett. *Was bildet sich dieser unverschämte Graf eigentlich ein?!* Sie versucht, sich aus seiner Umarmung zu befreien.

„Bitte, Isabelle", fleht er sanft. „Es tut mir leid."

Die Verzweiflung in seiner Stimme bricht ihren Widerstand. Sie sieht zu ihm auf, in seine blauen, traurigen Augen, die Isabelle in ihrem Zauber gefangen nehmen. *Wenn er mich jetzt küssen will, dann lasse ich es zu.*

Näherkommende Frauenstimmen stören ihre Zweisamkeit. Augenblicklich lösen sie sich voneinander, als wären sie bei etwas Verbotenem erwischt worden.

„Constanze? Wie schön, Euch zu sehen, meine Liebe." Graf Christian geht zu der Baronesse und schenkt ihr seine ganze Aufmerksamkeit. Er ergreift die Hand, die sie ihm reicht, um ihr einen Kuss darauf zu hauchen. „Was führt Euch hierher?"

„Ich habe ein wenig Kopfweh und dachte, etwas frische Luft würde mir ganz guttun." Geziert legt sie ihren Handrücken an die Stirn.

„Dafür, dass Ihr Euch nicht wohlfühlt, seht Ihr aber überaus entzückend aus."

Sie wehrt seine Worte gestenreich ab. „Ihr bringt mich in Verlegenheit, Christian." Vornehm wedelt sie sich mit ihrem Fächer Luft zu. „Man tut, was man kann", lacht sie gekünstelt.

Isabelle kann nicht glauben was sie sieht und hört. *Ich bin überflüssig. Er hat mich an der Nase herumgeführt – und ich bin darauf reingefallen. Ein gelungenes Schauspiel. Es ist Zeit für mich, von der Bühne zu gehen. Da ist seine Gräfin, und ich will ganz gewiss nicht seine Mätresse sein.* Sie muss weg von hier und eilt mit immer schneller werdenden Schritten in Richtung des Wirtschaftshofs, vorbei an Constanzes Zofe, die ihrer Herrin auf Schritt und Tritt folgt. Ihr verächtlicher Blick folgt Isabelle, wobei sie missbilligend ihre Lippen spitzt.

Kapitel 17

„Hast du etwas über dieses Weib herausfinden können?" Georg von Pletten hat seine Tochter, nachdem er sie nirgends finden konnte, zu sich kommen lassen. Er steht nachdenklich an einem der Fenster in seinem Zimmer und zieht an der Pfeife in seinem Mund. Der ganze Raum ist von dem Geruch des Tabaks geschwängert.

„Nein, Papa. Nur, dass sie aus Magdeburg kommt – und dass ihr Vater ein Kaufmann war, der unlängst auf der Rückkehr von einer Geschäftsreise überfallen und ermordet worden ist."

„Und ihre Mutter?"

„Schon lange tot."

„Hat sie dir erzählt, warum sie hier ist?"

Constanze schüttelt den Kopf.

„Oder was es für eine Verbindung zwischen ihnen und den von Feldheim gibt?"

„Nein, sie ist mir immer ausgewichen oder meinte, dass sie nicht wüsste, welche Art von Bekanntschaft ihr Vater und die von Feldheim pflegten."

Georg von Pletten geht nachdenklich im Zimmer auf und ab. „Kennst du wenigstens den Namen ihres Vaters?"

„Otto Reichardt."

Er bleibt stehen und wippt erfreut auf seinen Schuhen hin und her. „Na, das ist immerhin ein Anfang. Wenn er ein Kaufmann war, wird er ja nicht ganz unbekannt in Magdeburg und

Umgebung sein."

„Papa, meint Ihr wirklich, dass die Tochter eines Kaufmanns meiner Verlobung mit Graf Christian im Weg stehen könnte?" Sie runzelt zweifelnd die Stirn. „Ich meine, sie ist nur eine Bürgerliche, und seht sie Euch doch an, wie sie herumläuft. Sie dürfte den Ansprüchen des Grafen bei Weitem nicht genügen."

„Ich fürchte, die Ansprüche des Grafen könnten, was das betrifft, nach seiner Zeit im Morgenland nicht mehr allzu hoch sein", erklärt der Graf abfällig und spuckt angewidert einen Krümel Tabak auf den edlen Teppich.

„Aber er verhält sich mir gegenüber immer sehr charmant und schenkt mir seine ganze Aufmerksamkeit, während er sie überhaupt nicht beachtet." Constanze kaut nachdenklich an ihren Fingernägeln. „Ich denke, sie stellt keine Gefahr für mich dar."

„Das Denken solltest du mir überlassen. Du hast nicht gesehen, wie charmant er zu dem Weib vorhin auf der Koppel war. Vielleicht amüsiert er sich nur ein wenig mit ihr, aber vielleicht ist er auch nur bemüht, uns gegenüber die Fassade aufrechtzuerhalten. Vertrau mir, Liebes! Wir sollten auf der Hut sein – und vielleicht auch einen Weg finden, um sie loszuwerden. Irgendeinen Grund muss es ja geben, dass sie hier so plötzlich eingezogen ist und dass eure Verlobung seit seiner Rückkehr immer wieder aufgeschoben wird."

Sie zuckt hochmütig mit den Schultern.

„Oder willst du das Risiko eingehen, dass er ein dahergelaufenes Weibsbild dir vorzieht?"

„Nein, das will ich natürlich nicht." Sie verschränkt ihre Arme vor der Brust, reckt ihr Kinn nach vorn und hebt hochmütig die Augenbrauen an. „Allerdings glaube ich auch nicht, dass es so weit kommen wird. Er gehört mir. Das habt Ihr mit seinem

Vater so ausgemacht. Dann will ich ihn auch haben. Sie kann ihn mir nicht wegnehmen."

Georg von Pletten geht zu seiner Tochter und tätschelt ihr die Wange. „Das wird sie auch nicht, mein Kind, dafür werde ich schon sorgen."

Constanze lächelt ihren Vater ergeben an.

„Hat deine Zofe irgendetwas beim Gesinde in Erfahrung bringen können?"

„Ach …", Constanze winkt ab, „… ich weiß nicht, ob da was dran ist. Das hört sich alles so an den Haaren herbeigezogen an."

„Erzähl schon!", fordert er sie ungeduldig auf.

„Angeblich soll dieser Otto Reichardt dem jungen Grafen einmal das Leben gerettet haben, aber …"

„Warum hast du das nicht gleich gesagt?!", fährt er seine Tochter aufbrausend an. Constanze erschrickt – und weicht vor ihm zurück.

„Tut mir leid, Liebes. Ich habe mich im Ton vergriffen." Er nimmt sie in den Arm und streichelt ihr den Rücken. Georg von Pletten ahnt nun, was dahinterstecken könnte – und es gefällt ihm nicht. Es gefällt ihm überhaupt nicht. „Morgen findet der Ball statt. Ich gehe davon aus, dass Fräulein Isabelle auch anwesend sein wird. Sag deiner Zofe, dass sie sich in der Zeit ein wenig in ihrem Zimmer umsehen soll. Vielleicht kann sie etwas Brauchbares finden, das uns etwas mehr über dieses Fräulein verrät. Aber sie soll sich nicht erwischen lassen."

Constanze nickt folgsam.

***

Am späten Nachmittag kommt Sofie mit Zuckerpaste und einer Flasche duftendem Öl bei Isabelle vorbei. Sie hat es nicht vergessen, und da Marie beim Silberputzen mitgeholfen hat, sind sie schneller fertig geworden als gedacht. Auch die Wäsche hat sie mit Bettie schon von der Bleichwiese geholt.

Den ersten Streifen der klebrigen Masse trägt Sofie auf Isabelles rechtes Schienbein auf und zieht ihn dann mit einem schnellen, kräftigen Ruck nach oben ab. Nach dem ersten Schrecken empfindet Isabelle es doch als einigermaßen erträglich – zumindest an den Beinen – und lässt die Behandlung mit Vorfreude auf das Ergebnis weiter über sich ergehen.

Glücklich strahlend ölt sie danach die glatte Haut ihrer Beine ein, sodass es ein Leichtes für Sofie ist, sie zu überreden, auch noch die Haare zwischen den Pobacken, an der Scham und unter den Achseln zu entfernen.

Hätte Isabelle vorher gewusst, wie sehr es wehtun würde, hätte sie sich nicht darauf eingelassen, aber einmal angefangen, lässt sie Sofie ihr Werk vollenden. Währenddessen äußert sie gegenüber Sofie die Vermutung, dass sie ihr wohl doch noch böse ist und sie gerne leiden sieht, aber Sofie versichert ihr das Gegenteil – und dass dies alles nur zu ihrem Wohle geschehe.

Es ist eine Tortur, die aber Gott sei Dank irgendwann ein Ende findet. Das duftende Öl verschafft ihrer gereizten Haut schließlich etwas Linderung.

„Beim nächsten Mal tut es nicht mehr ganz so weh." Sofie sieht Isabelles zweifelnden Blick. „Versprochen."

Isabelle lacht gequält. „Ich glaube nicht, dass es ein nächstes Mal geben wird." Sie hat gerade die Haut unter ihren Armen eingeölt und ist jetzt dabei, das Öl im Schambereich zu verteilen.

„Bald wirst du es zu schätzen wissen", meint Sofie überzeugt.

Isabelle lacht nur ungläubig. Dann stellt sie sich vor den

Spiegel ihres Frisiertisches und betrachtet sich. Es ist ein ungewohnter Anblick. *Ich sehe wie ein kleines Mädchen aus.* Unzufrieden verzieht sie das Gesicht.

„Was ist?", fragt Sofie verwundert.

„Das sieht seltsam aus." Isabelle legt verunsichert ihre Hand über die Scham. Sofie zieht sie wieder weg. Isabelle legt die andere Hand darauf, die Sofie wiederum wegzieht.

„Du wirst dich schon daran gewöhnen."

Isabelle schüttelt den Kopf. *Nein, das werde ich nicht!* „Das sieht aus wie …", Isabelle schmunzelt amüsiert bei dem Gedanken, der ihr gerade durch den Kopf geht, „… wie eine Nacktschnecke."

Sofie prustet los. „Na, ganz unrecht hast du ja nicht."

Isabelle greift zu ihrem Unterkleid, das auf dem Bett liegt, und zieht es an. Sie kann ihren Anblick nicht länger ertragen. „Also, sei mir nicht böse, meine liebe Sofie, aber das nächste Mal entfernen wir nur die Haare an meinen Beinen."

„Wir werden sehen." Sie hilft Isabelle beim Ankleiden, und dann gehen sie gemeinsam nach unten.

„Was hast du heute noch vor?", fragt Sofie flüsternd, denn Baron von Pletten kommt ihnen gerade entgegen. Er soll nicht hören, dass sie Isabelle duzt. Sie knicksen höflich, als sie ihm begegnen, und gehen weiter.

„Ich möchte vor dem Abendessen noch in die Bibliothek und mir ein neues Buch aussuchen. Warum?"

„Ach, nur so", wehrt Sofie ab. „Ich hoffe Sükrü denkt daran, mir die Fabeln aus der Bibliothek zu holen. Vielleicht kannst du ihn daran erinnern, falls du ihn triffst?"

„Das mache ich. Wir können sonst auch einmal gern zusammen hingehen, dann kannst du dir selbst etwas aussuchen."

„Ach, ich weiß nicht. Was soll Graf von Feldheim nur denken, wenn er das mitbekommt?"

„Muss er doch nicht. Du bist doch mit mir da. Aber dein Sükrü wird dich schon nicht vergessen."

„Das will ich ihm auch raten." Sofie versucht, streng dreinzuschauen, was mit einem solch lieblichen Gesicht, wie Sofie es hat, kaum gelingen kann. Isabelle muss über den gescheiterten Versuch lachen.

Als Isabelle etwas später die Bibliothek betritt, hofft sie darauf, Sükrü in der Bibliothek vorzufinden. Sie lässt ihren Blick flüchtig durch den Raum schweifen, um festzustellen, dass sie doch allein ist. Vor zwei Tagen war ihr beim Herumstöbern ein Werk von Kleist in die Hände gefallen, das „Der Frühling" heißt. Heute will sie es mit auf ihr Zimmer nehmen. Sie geht geradewegs auf das Regal zu, in das sie den schmalen Band zurückgestellt hat, und lässt ihre Augen suchend über die Buchrücken gleiten, als sie Schritte hinter sich vernimmt.

In dem Glauben, dass es Sükrü ist, der für seine Sofie die Fabeln von Lessing holen möchte, dreht sie sich erfreut zur Tür um. Das Lächeln schwindet augenblicklich aus ihrem Gesicht, als sie feststellt, dass es Baron von Pletten ist, der die Bibliothek aufsucht. Ihr Stimmungswandel entgeht ihm nicht.

„Ihr habt wohl jemand anderen erwartet, Fräulein Isabelle?"

„Nein, um ehrlich zu sein, habe ich niemanden erwartet", lügt sie. *Es geht ihn nichts an, wen ich erwarte und wen nicht.* Baron von Pletten schließt die Tür. Isabelle dreht sich zurück zum Bücherregal, findet das Buch, zieht es hervor und blättert noch einmal kurz darin herum.

„Seid Ihr allein hier?"

„Das würde ich gern behaupten“, antwortet sie mit deutlichem Desinteresse.

„Ich möchte wissen, ob außer uns noch jemand hier ist.“

Der gereizte Tonfall des Barons lässt Isabelle wachsam werden.

„Nein. Niemand“, bestätigt sie zögernd und hört, wie sich der Schlüssel im Türschloss herumdreht und dann herausgezogen wird. Das nur unterschwellig ungute Gefühl, das sie gerade noch hatte, steigert sich zu einer alarmierenden Unruhe.

Sie dreht sich augenblicklich wieder zurück zu ihm.

„Was soll das?“, fragt sie aufgebracht.

„Na na, ich bitte um etwas mehr Respekt, Fräulein Isabelle“, sagt er verächtlich. „Ihr sprecht mit einem Baron – und nicht mit Euresgleichen.“ Er grinst sie herablassend an.

Ich mag ihn nicht. Mit seinem spitzen Gesicht sieht er aus wie ein Greifvogel, vor dem man ständig auf der Hut sein muss, weil er sich jeden Augenblick auf einen stürzen und mit seinem scharfen Schnabel und den spitzen Krallen bei lebendigem Leib zerfleischen könnte. Die Art und Weise, wie er gerade mit ihr spricht, arrogant und abfällig, lässt es ihr in bitterer Vorahnung kalt den Rücken herunterlaufen.

„Würdet Ihr bitte wieder aufschließen? Ich möchte jetzt gehen“, erklärt sie höflicher, aber immer noch bestimmt, in dem Versuch, ihre Angst zu überspielen. Fest umklammert sie mit einer Hand das Buch „Der Frühling“. Der Frühling, der ihr scheinbar immer wieder Unglück bringen soll.

„Das würde ich sehr bedauern, Fräulein Isabelle, denn ich bin sehr erfreut, Euch hier anzutreffen.“ Er kommt ein paar Schritte auf sie zu. „Ich möchte mit Euch ein paar Worte unter vier Augen wechseln.“

„Ich wüsste nicht, was Ihr mit mir zu bereden hättet.“ Sie

dreht sich zurück zum Bücherregal, um ihm die kalte Schulter zu zeigen und das Gesagte zu bekräftigen. Sie tut so, als würde sie geschäftig die Buchrücken der in dem Regal stehenden Bücher studieren. Jetzt, da ihre anderen Sinne so angespannt und geschärft sind, ist sie jedoch nicht in der Lage, auch nur einen einzigen Titel zu erfassen.

„Mir gefällt dein Benehmen nicht. Wenn sich die Grafen von Feldheim das von dir gefallen lassen, ist das ihre Angelegenheit. Aber mir gegenüber wirst du Respekt zeigen."

Ihr wird bewusst, dass es außerordentlich dumm ist, der Gefahr in Gestalt von Baron von Pletten den Rücken zuzukehren. Zu spät. Schneller, als sie denken kann, steht er unmittelbar hinter ihr.

„Und wenn ich mit dir rede, siehst du mich gefälligst an!" Er packt sie am Arm und reißt sie daran zu sich herum. Isabelle schreit erschrocken auf – und lässt das Buch fallen.

„Hast du mich verstanden, du kleines Flittchen?!" Er drückt sie an den Schultern gegen das Bücherregal.

Isabelle stöhnt vor Schmerzen auf.

„Was wollt Ihr von mir?", fragt sie trotzig, immer noch in dem Bemühen, ihre Angst vor ihm zu verbergen.

„Ich möchte, dass du deine Finger von Graf Christian lässt."

„Ich hatte nicht vor, dem Grafen mit meinen Fingern zu nahe zu kommen."

„Verkauf mich nicht für dumm!"

Erneut stößt er sie kräftig gegen das Regal. Sie schreit auf. Er zerquetscht ihr beinahe die Schultern. Tränen steigen ihr in die Augen. Sie hätte nicht gedacht, dass dieser hagere Mann so viel Kraft hat. Isabelle schlägt mit ihren Fäusten gegen seinen Oberkörper, um ihn irgendwie auf Abstand zu halten.

„Ich habe euch heute Vormittag auf der Koppel beobachtet.

Du brauchst dich keinen Illusionen hingeben. Der Graf spielt nur mit dir. Auf dem Ball übermorgen wird die Verlobung von ihm und meiner Tochter bekanntgegeben."

„Dann müsst Ihr Euch ja keine Sorgen machen", presst sie widerspenstig hervor.

Er zieht ein Messer – und hält es ihr drohend unter das Kinn. „Ganz richtig, denn du kommst mir nicht in die Quere. Du wirst dich von ihm fernhalten, und auf dem Ball hältst du dich auch im Hintergrund!"

Sie spürt, wie die Spitze des Messers an ihrer Haut kratzt und dreht ihren Kopf zur Seite, in dem Versuch, der gefährlichen Klinge zu entgehen.

„Und zu keinem ein Wort von unserer kleinen Unterredung! Verstanden?"

Isabelle bleibt vor Angst jedes Wort im Hals stecken.

„Ich kann sonst sehr ungemütlich werden. Hast du mich verstanden?!", zischt er nachdrücklich und schiebt ihr dabei die Messerspitze noch ein wenig mehr in die gespannte Haut unter ihrem Kiefer.

Sie spürt, wie ein kleines warmes Rinnsal ihren Hals hinunterläuft und riecht seinen widerlichen, fauligen Atem. Ihr wird übel.

„Ich habe gefragt, ob du mich verstanden hast?"

Isabelle wird klar, dass er eine Antwort von ihr erwartet. „Ja", flüstert sie jetzt eingeschüchtert.

„Was, ja?" Er hat anscheinend Spaß daran, sie zu demütigen.

Sie schluchzt. „Ja, ich habe Euch verstanden."

„Gut. Sehr gut." Er ist zufrieden, lässt sie los und steckt sein Messer ein.

Isabelle nimmt erleichtert an, dass er sie jetzt in Ruhe lassen wird, als er sie unverhofft erneut packt und gegen das Bücherregal drückt.

„Wartet, Fräulein Isabelle, Ihr habt da etwas Blut an Eurem Hals, so kann ich Euch nicht gehen lassen!“, sagt er gierig und starrt sie erregt an.

„Nein, bitte nicht“, fleht sie leise mit einer schlimmen Vorahnung. Sie versucht, ihn abzuwehren. Vergeblich. Er presst seine Hand auf ihren Mund und dreht ihr den Kopf zur Seite. Isabelle wimmert, während der Baron ihr genüsslich das Blut vom Hals leckt. Angewidert und hilflos schließt sie die Augen.

„Falls du einen Ersatz für Graf Christian brauchst, jemanden, der dir seinen Schwanz zwischen die Schenkel steckt, es wäre mir ein Vergnügen.“

Ihre Augen weiten sich vor Angst und sie versucht, ihm – so deutlich, wie es mit verschlossenem Mund nur möglich ist – zu verstehen zu geben, dass sie niemanden braucht, der das tut. Er lacht verächtlich und lässt sie los. Diesmal wagt sie es nicht, voreilig erleichtert zu sein, sondern bleibt auf der Hut. Angespannt – wie zur Salzsäule erstarrt – steht sie an das Regal gelehnt und wagt es kaum, zu atmen, nur ihre Finger versuchen, Halt an dem glatten Holz des Bücherregals zu finden.

Er ist im Begriff zu gehen, als er sich schließlich doch noch einmal zu ihr umdreht und ihr droht. „Vergiss nicht, was ich dir gesagt habe, du kleine Hure! Zu keinem ein Wort!“ Dann geht er.

Als die Tür hinter ihm ins Schloss fällt, löst sich ihre Starre, die Beine geben unter ihr nach – und sie bricht zusammen. Ihre Augen füllen sich mit Tränen. Sie greift nach dem Oberstoff ihres Rockes und wischt sich angeekelt über Mund und Hals. Sie rubbelt so lange damit, bis ihre Haut glüht. Dann befühlt sie ihre schmerzenden Schultern. Das Entsetzen will in Schreien und

Weinen aus ihr herausbrechen, aber sie erlaubt sich nur einen lauten Schluchzer und schluckt den Drang, ihren Emotionen freien Lauf zu lassen, mit einem Brennen in der Kehle herunter.

Ein schleifendes Geräusch lässt sie erschrocken zusammenfahren. Die Furcht, dass er zurückkommen könnte, lässt ihr Herz beinahe stehenbleiben. Ein schneller Blick zur Tür gibt ihr jedoch Entwarnung. Sie wischt sich die Tränen ab, zieht sich am Regal hoch und hält sich dort noch einen Moment fest, bis sie sich sicher ist, dass ihre Beine sie tragen werden. Isabelle streicht ihr Kleid glatt, tupft noch einmal die nachgerutschten Tränen von den Wangen, holt tief Luft – und verlässt dann die Bibliothek, ohne das Buch.

Den Rest des Tages verlässt sie ihr Zimmer nicht mehr. Auch dem Abendessen bleibt sie fern.

Sofie bemerkt, dass irgendetwas nicht mit ihr stimmt, und bedrängt sie, mit ihr zu reden. Isabelle bleibt nichts anderes übrig, als ihrer Freundin immer wieder zu versichern, dass alles in Ordnung sei und sie sich lediglich unwohl fühle. Die kleine verschorfte Wunde unter ihrem Kinn erklärt sie damit, dass es sich möglicherweise um einen Insektenstich handelt, an dem sie zu sehr gekratzt hat. Sehr glaubwürdig kommt sie dabei wohl nicht rüber. Außerdem ist Sofie nicht entgangen, dass sie auf einmal ihre Zimmertür abgeschlossen hat. Gern hätte sie Sofie alles erzählt und sich bei ihr ausgeweint, aber sie wagt es nicht.

Kurz bevor sie zu Bett gehen will, klopft es an ihrer Tür. Sofie ist nicht mehr bei ihr, und ein kalter Schauer der Angst, der ihr die Haare zu Berge stehen lässt, läuft ihr über den Rücken. Sie zögert, fragt aber schließlich, wer da ist. Sebastian, einer der Diener, gibt sich zu erkennen. Erleichtert, aber immer noch misstrauisch, öffnet sie die Tür nur einen Spalt breit, um sie im

Notfall schnell wieder zuschlagen zu können. Sebastian hält ihr ein Buch durch den geöffneten Türspalt entgegen. Darin steckt ein Zettel. „Der Frühling", liest sie. Wieder überfällt sie ein ungutes Gefühl, das sich mit einer unangenehm brennenden Hitze in ihrem Nacken bemerkbar macht, als würden unzählige kleine Nadeln immer wieder auf ihre Haut einstechen. *Ist das eine neue Warnung von Baron von Pletten?* Mit zitternden Fingern nimmt sie es entgegen, bedankt sich bemüht höflich und schließt sogleich die Tür wieder ab.

Isabelle öffnet den Buchdeckel und starrt angespannt auf den Zettel und die darauf geschriebenen Worte. Ihre Augen eilen flüchtig darüber hinweg, nur um zuerst den Absender dieser Zeilen auszumachen. Als sie ihn erkennt, löst sich langsam ihre Anspannung und sie liest die Nachricht.

Isabelle,

das Buch habt Ihr in der Bibliothek vergessen.

Verzeiht, dass ich Euch nicht zu Hilfe gekommen bin, aber manchmal ist es besser, ein Niemand zu sein und nicht gesehen zu werden, nur um dafür selbst besser zu sehen und zu verstehen.

Euer Freund Sükrü

Kapitel 18

Christian reibt seinen Zeigefinger nachdenklich über die Unterlippe. Er ist besorgt. Isabelle hat sich am gestrigen Abend wegen einer Magenverstimmung vom Abendessen entschuldigen lassen, aber auch heute hat er sie den ganzen Tag noch nicht gesehen. Am Vormittag hat sie ihn abgewiesen, als er mit ihr reden wollte. Sie hat ihn einfach vor der verschlossenen Tür stehen lassen und ihn gebeten, zu gehen.

Das schlechte Gewissen plagt ihn. Gestern hat er auf der Koppel etwas zu ihr gesagt, dass er so nicht gemeint hat. Er will richtigstellen, wozu er gestern nicht mehr gekommen ist, weil dann Constanze plötzlich vor ihnen stand.

Christian befürchtet, dass er Isabelle mit seinen eigenen Ängsten und Bedenken verwirrt und verletzt hat. Lange hat er sich gegen die ihm unbekannten Gefühle gewehrt und selbst an seine Vernunft appelliert, aber er kann sich nicht länger etwas vormachen. Er fühlt sich von Isabelle angezogen. *Jedes Mal wenn ich sie sehe, will ich sie in meine Arme nehmen, will sie berühren, will sie riechen, will sie schmecken – und will noch viele andere Dinge mit ihr machen, von denen Isabelle vermutlich noch nicht einmal weiß, dass man sie machen kann.* Der Gedanke daran verstärkt seine Begehrlichkeiten. *Ich will sie unter meinen Liebkosungen strahlen sehen.*

Unschlüssig blickt er auf die Schatulle vor sich, in die er das Halsband und die Ohrringe seiner Mutter gelegt hat. Es ist der

Schmuck, den sie auf dem Gemälde trägt, welches Isabelle vor einiger Zeit bewundert hat. Er möchte Isabelle damit eine Freude machen, damit sie ihn auf dem heutigen Ball tragen kann.

Christian überlegt, ob sie sich dadurch bedrängt fühlen oder wieder einmal etwas falsch verstehen könnte, und kommt zu dem Schluss, dass ein paar erklärende Zeilen notwendig sind. In seiner Vorstellung sieht er sie vor sich – in dem dunkelroten Kleid, das er für sie ausgesucht hat. Es ist ein atemberaubender Anblick, und er lächelt still. Seiner Meinung nach bedarf es dieses Putzes und Tandes eigentlich nicht. *Ich begehre Isabelle genauso, wie sie ist. Und dennoch soll sie sich heute Abend, zwischen den anderen aufgeputzten Damen und Herren, wie eine Königin fühlen, auch wenn ich wohl kaum ein Wort mit ihr wechseln werde und meine gesamte Aufmerksamkeit Constanze und deren Vater schenken muss.* Er klappt die Schatulle zu, greift zu seiner Feder und schreibt:

Isabelle,

ich möchte Euch für meine Worte auf der Pferdekoppel um Verzeihung bitten. Zu meinem Bedauern habt Ihr es mir verwehrt, meine Reue persönlich an Euch heranzutragen.

Ich wollte Euch nicht verletzen.

Ihr habt mich gefangen in Eurem Netz aus Unschuld, Verwundbarkeit, Klugheit, Stolz und Liebreiz. Ich habe lange versucht, diesem Netz zu entkommen. Vielleicht auch gestern noch. Doch ich muss mir nun eingestehen, dass es mir nicht gelingt. Ihr habt mich verzaubert. Verzeiht mir also, wenn Eure Anwesenheit mir den Verstand raubt – und meine Worte daher oft ohne Bedacht gewählt sind.

Den Schmuck, den ich Euch mit diesen Zeilen schicke, kennt Ihr bereits. Erinnert Euch an das Bildnis meiner Mutter, das

Euch so sehr gefallen hat. Ich bin mir sicher, Ihr hättet sie mit Eurem Wesen genauso eingenommen wie mich. Ich bitte Euch, diesen Schmuck als Zeichen Eurer Vergebung heute Abend auf dem Ball zu tragen.

Euer Christian

***

Isabelle hält den Brief von Christian in ihren zitternden Händen. Überwältigt von seinen Worten streichelt sie mit ihren Fingerspitzen zärtlich über seine Gefühle, die er hier schwarz auf weiß zu Papier gebracht hat. *Ich kann es kaum glauben, dass er so für mich empfindet. Soll es wirklich wahr sein?* Sein Bekenntnis erfüllt sie voll und ganz mit Glück, in einem Ausmaß, das ihr Herz beinahe nicht zu bewältigen scheint, so sehr klopft es in ihrer Brust.

„Was hat er geschrieben?", fragt Sofie und bestaunt den wunderschönen Schmuck, der in der Schatulle liegt, die Graf Christians Kammerdiener gerade vorbeigebracht hat.

Isabelle faltet den Brief zusammen und drückt ihn an ihr Herz. „Lass mir das Geheimnis, liebe Sofie", bittet sie und lächelt ihre Freundin selig an.

Sofie nickt ihr verständnisvoll lächelnd zu. „Na dann wollen wir dich mal für den Ball herausputzen."

Sie beginnt, Isabelle aus ihrem Kleid zu schälen und plappert dabei unentwegt munter auf sie ein, wie froh sie darüber ist, dass nun etwas Leben in Isabelle gekommen ist, hält ihr jedoch vor, dass sie sich gestern Abend seltsam benommen hat und ihr immer wieder ausgewichen ist, wenn sie nach ihrem Befinden gefragt hat. Sofie stellt fest, dass ihr endlich etwas Röte in die

Wangen gestiegen ist und sie glücklich zu sein scheint. Sie vermutet, dass Isabelles Unbehagen wohl mit einem Missverständnis zwischen ihr und Graf Christian zusammenhing, das nun glücklicherweise ausgeräumt ist.

Isabelle lässt sie in dem Glauben. *So ist es einfacher.* „Ich weiß nicht, ob ich überhaupt zu diesem Ball gehen will. Ich glaube, es wäre besser, wenn ich hierbleibe."

Als hätte Isabelle ihr plötzlich den Wind aus den Segeln genommen, hält Sofie in ihrem emsigen Tun inne – und sieht ihre Freundin mit offenem Mund an. „Das ist jetzt aber nicht dein Ernst. Isabelle, da unten findet ein Ball statt, zu dem du eingeladen bist und auf dem Graf Christian dich erwartet – und du willst mir erzählen, dass es besser wäre, nicht dort hinzugehen?"

Was soll ich sagen? Ich kann ihr nicht von der Drohung des Barons erzählen. „Der Ball ist für die Baronesse. Und Christian erwartet mich nicht. Seitdem die Baronesse da ist, kokettiert er die ganze Zeit mit ihr herum." Isabelle sieht Sofie verzweifelt an. „Außerdem glaube ich, dass der Ball dazu dient, die Verlobung von Graf Christian mit der Baronesse bekanntzugeben."

„Wie kommst du denn darauf?" Sofie ist entrüstet.

„Sagen wir mal, ich weiß es von jemandem, der es wissen muss."

„Von der Baronesse? Darauf würde ich aber nicht wetten. Ich weiß zwar nicht, was der Herr Graf dir da geschrieben hat …", Sofie weist auf den Brief von Christian, „… aber so, wie du aufgeblüht bist, als du ihn gelesen hast, kann ich mit Sicherheit davon ausgehen, dass er dich nicht darüber in Kenntnis gesetzt hat, dass er sich heute noch mit der Baronesse verloben wird."

Isabelle bestätigt Sofies Vermutung.

„Na siehst du. Und dass er dir den Schmuck geschickt hat, deute ich als Zeichen, dass er dich heute Abend auf dem Ball erwartet. Wann sollte man sonst so etwas Prächtiges tragen?" Sofie wirft noch einmal einen bewundernden Blick in die Schatulle.

Isabelle ist allerdings immer noch nicht ganz überzeugt.

„Außerdem wäre Sükrü, glaube ich, auch ganz froh, wenn du heute Abend da wärst."

Sofie schaut sie traurig an und erklärt ihr, dass sie auch gern einmal mit ihrem Sükrü auf einen Ball gegangen wäre. Sie stellt es sich wundervoll vor, mit ihm über die Tanzfläche zu schweben. Wie zum Beweis nimmt sie Isabelles Kleid, legt es sich mit den Armen an, als würde sie es selbst tragen, und tanzt zu einer von ihr selbst gesummten Melodie durch das Zimmer.

Isabelle steht auf und nimmt ihre Freundin in die Arme. „Nur weil es heute nicht so ist, heißt das ja nicht, dass es ewig so bleiben wird", versucht sie, Sofie zu trösten.

Sofie verzieht schmollend den Mund und zuckt mit den Achseln. „Jedenfalls kommt sich Sükrü immer recht verloren auf solchen Veranstaltungen vor. Er würde sich bestimmt freuen, dich zu sehen."

Isabelle denkt einen Moment angestrengt nach. *Wenn ich gar nicht auf dem Ball erscheinen würde, wäre das zwar sicherlich im Sinne der von Pletten, aber es würde bei den von Feldheim Fragen aufwerfen, die ich morgen oder spätestens in den folgenden Tagen beantworten müsste. Ich hasse es, zu lügen. Außerdem würde ich Graf Ludwig vor den Kopf stoßen – und vor allem Christian. Wenn ich aber hingehe und den Abend mit Sükrü an meiner Seite verbringe, dürfte der Baron von Pletten nichts dagegen haben.*

„Also gut, dann werde ich aufpassen, dass keine andere Dame auf dem Ball es wagt, deinem Sükrü schöne Augen zu machen."

Sofie gibt Isabelle einen dicken Schmatzer auf die Wange.

„Dann fangen wir an", sagt Isabelle auffordernd und hebt ergeben die Arme, um Sofie zu Werke schreiten zu lassen. Sofie reibt sich vor Freude die Hände und erklärt Isabelle, dass sie aus ihr die Königin der Nacht machen wird. Isabelle lächelt ihre Freundin aufmunternd an, auch wenn sie insgeheim weiß, dass sie das ganz gewiss zu verhindern weiß.

In ihrem Eifer schnürt Sofie ihr die Schnürbrust viel zu eng. Isabelle beschwert sich darüber, doch Sofie nimmt sie nicht ernst und befindet, dass die Schnürbrust nicht zu eng sein kann, solange sie noch klagen kann. Sie will Isabelle eine Taille zaubern, die Constanze vor Neid erblassen lässt. Wenn Isabelle dann noch den Schmuck und das wunderschöne rote Kleid trägt, wird Graf Christian mit Sicherheit nur noch Augen für sie haben, erklärt ihr Sofie. Isabelle presst unzufrieden die Lippen aufeinander. *Es ist Zeit, Sofie Einhalt zu gebieten und ihr zu beichten, dass meine Vorstellungen nicht mit ihren übereinstimmen.* „Nicht das rote Kleid!

„Nicht das rote Kleid?" Sofie sieht Isabelle verständnislos und enttäuscht an. „Aber das ist doch wunderschön. Wann willst du es denn sonst tragen?"

Isabelle streicht liebevoll über den glatten, glänzenden Stoff. „Ja, es ist wunderschön." *Und Christian hat es für mich ausgesucht*, denkt sie mit Stolz. „Heute nicht. Der Ball wird zu Ehren von Constanze gegeben. Ich halte es für anmaßend und nicht besonders taktvoll, in einem solch auffälligen Kleid aufzutauchen."

Sofie gibt sich geschlagen. Sie sind ohnehin schon zu spät dran, um noch lange zu diskutieren. „Gut, welches dann?", drängelt sie.

„Das Graublaue."

Sofie sieht sie an, als würde sie an ihrem Verstand zweifeln. „Welches Graublaue? Doch nicht das, das ich für dich aus den Lumpen geholt habe, als du hier angekommen bist?"

Isabelle schaut Sofie streng an. *Ich muss jetzt stark sein. Es fällt mir nicht leicht, meinen Willen gegen Sofie durchzusetzen. Irgendwie schafft es Sofie immer wieder, mich zu Dingen zu überreden, die ich eigentlich nicht will.* Isabelle denkt da beispielsweise an ihre Nacktschnecke. *Diesmal muss es mir gelingen.* „Doch! Genau das!"

„Isabelle! Du willst nicht in diesem altmodischen Ding auf den Ball gehen, oder?! Außerdem passt auch der Schmuck nicht dazu."

„Das muss er auch nicht, weil ich ihn nämlich nicht tragen werde."

„Das kannst du nicht machen. Graf Christian wird enttäuscht sein."

Ja, das wird er vermutlich. Die Erkenntnis tut ihr in der Seele weh, aber sie will Baron von Pletten nicht unnötig provozieren. *Ich muss unscheinbar sein. Das kann ich weder mit dem roten Kleid noch mit dem Schmuck.*

„Sofie, ich trage das graublaue Kleid – und keinen Schmuck", bestimmt sie streng und unnachgiebig.

Sofie sieht sie beleidigt an. „Wie Ihr wünscht, Fräulein Isabelle." Sie knickst demonstrativ.

„Sei nicht albern, Sofie", entgegnet sie flapsig und stupst ihre Freundin an, doch diese senkt demütig den Blick. „Deswegen wirst du mir doch nicht böse sein?" *Aber es scheint so.* Sie bekommt keine Antwort – und auch sonst spricht Sofie nur noch das Nötigste mit ihr, während sie dabei ist, sie für den Ball herzurichten.

Das Fest hat bereits begonnen, als Isabelle unsicher den Tanzsaal betritt. Unzählige Kerzen sind entzündet. Ihr Licht spiegelt sich in den vergoldeten Stuckverzierungen, den Spiegeln an den Wänden, den Gläsern in den Händen der Gäste und in allen anderen glatten und glänzenden Flächen, von denen es hier reichlich gibt. Es bricht sich in den Kristallen der prachtvollen Leuchter und taucht den festlichen Saal in warmen, goldenen Glanz. Der Anblick ist zauberhaft, aber sie fühlt sich hier verloren. Viel lieber wäre sie eine unsichtbare Beobachterin gewesen, als in das hochherrschaftliche Treiben eintauchen zu müssen. Dies ist nicht ihre Welt. Darüber hinaus bereitet ihr der Vorfall in der Bibliothek Unbehagen, wenn nicht sogar Angst. Sie möchte Baron von Pletten keineswegs noch einmal allein über den Weg laufen.

Der Saal ist bereits gut gefüllt. Es wird getanzt, geplaudert und gelacht. Niemand nimmt von ihr in dem altmodischen graublauen Kleid Notiz, und wenn, dann nur, um ihr einen mitleidigen Blick zuzuwerfen. Ihr Plan scheint aufzugehen. So ist es ihr recht.

Sie hat Sükrü an der gegenüberliegenden Seite des Saals in der Nähe der großen Fenster, die auf die Terrasse und in den Park führen, erspäht. Unbedacht will sie zunächst den kürzeren Weg zu ihm quer über die Tanzfläche einschlagen, zögert dann aber. Nur wenige Paare versuchen sich möglichst anmutig auf dem glänzenden Parkett zum Takt der Musik zu bewegen. Sie würde zu viel Aufmerksamkeit auf sich ziehen. Also schlängelt sich Isabelle an den am Rand der Tanzfläche etwas gedrängter stehenden hochgeborenen Herrschaften vorbei, immer in Bedacht, niemanden anzurempeln.

Sükrü ist, wie von Sofie vorhergesagt, ohne Gesellschaft – und erfreut, sie zu sehen. „Wie ist Euer Befinden, Isabelle?“ Er sieht ernsthaft besorgt aus.

„Danke, ich denke, ganz gut“, schwindelt sie und versucht, sich unbeholfen in der unangenehm eng sitzenden Schnürbrust zurechtzurücken, um irgendwie besser atmen zu können.

„Habt Ihr meine Nachricht erhalten?“

Sie nickt nur, unschlüssig darüber, ob sie ihm Vorwürfe machen soll, weil er nicht eingeschritten ist, geschweige denn, sich bemerkbar gemacht hat. *Das hätte mir vermutlich einiges erspart.*

Als wüsste Sükrü, was in ihr vorgeht, beginnt er, sich zu rechtfertigen. „Ich hoffe, Ihr könnt mir meine Tatenlosigkeit vergeben. Sie diente allein dem Zweck, Baron von Pletten etwas mehr hinter die polierte Fassade blicken zu können. Dass Ihr als Mittel dazu herhalten musstet, tut mir aufrichtig leid, aber es war eine Gelegenheit, die ich nicht verstreichen lassen konnte. Hätte er Euch weiter bedrängt, wäre ich eingeschritten. Das versichere ich Euch.“

„Lasst uns bitte nicht weiter darüber reden. Ich denke seit gestern Abend an nichts anderes und wäre für ein wenig Ablenkung dankbar.“

Sükrü nickt verständnisvoll. Isabelle sucht unter den tanzenden Anwesenden nach Christian und entdeckt ihn. Er tanzt gerade mit der Baronesse. Constanze von Pletten sieht heute Abend wunderschön aus, stellt Isabelle anerkennend und etwas wehmütig fest. Sie trägt ein Kleid aus smaragdgrüner Seide, welches mit goldfarbenen Rüschen und Schleifen verziert ist. Die zweistufigen Volants am Saum des Kleides sind mit goldenen Rosen bestickt. Farblich dazu passen die in ihre hochgesteckten Haare eingeflochtenen Bänder, die zusätzlich mit kleinen Rosenblüten verziert sind.

Isabelle wäre jetzt gern an ihrer Stelle. Nicht um des Kleides willen, sondern wegen des Mannes an ihrer Seite, der ebenfalls umwerfend aussieht. Seine Haare sind gekürzt und stehen nicht wie sonst wild von seinem Kopf ab. Sogar rasiert ist er und trägt seinen Bart heute genau wie Sükrü nur um Mund und Kinn herum. Weste und Rock sind aus edlem Stoff, aber farblich nicht auf das Kleid der Baronesse abgestimmt, was Isabelle zufrieden zur Kenntnis nimmt. Er macht auch in der feinen Kniehose eine gute Figur, allerdings findet sie ihn in seiner Alltagskleidung aufregender. Erst jetzt bemerkt sie, dass Sükrü mit ihr gesprochen hat.

„Verzeiht, was habt Ihr gesagt?", fragt Isabelle beschämt, weil sie ihm nicht zugehört hat.

Er war ihrem Blick gefolgt – und lächelt sie wissend an. „Es war nicht so wichtig. Ich habe nur gesagt, dass ich mir die größte Mühe geben werde, Euch heute Abend die erwünschte Zerstreuung zu verschaffen. Im besten Fall braucht es aber nur wenig meines Dazutuns. Wenn wir die Augen ein wenig offenhalten, gibt es an einem solchen Abend sicherlich genug Frivolitäten zu entdecken, die uns erheitern werden." Er lässt seinen zynischen Blick über die ausstaffierten Herren und herausgeputzten Damen schweifen, die miteinander tanzen, lachen, spotten und kokettieren.

Er amüsiert sie. Dafür ist sie dankbar. „Ihr werdet es heute dennoch nicht besonders leicht haben in dem Bemühen, mich aufzuheitern. Ich habe nicht das Gefühl hierherzugehören. Das ist nicht die Welt, in der ich aufgewachsen bin. Darum verzeiht mir meinen Verdruss." Er schenkt ihr ein mitfühlendes Lächeln. Isabelle sieht ihm an, dass er weiß, wovon sie spricht. „Außerdem …", setzt sie an, um sich weiter zu erklären, stockt dann aber, denn gerade trifft sich ihr Blick mit dem von Christian, der sie nun auch entdeckt hat.

Zunächst erfreut darüber, sie zu sehen, bleibt sein Blick enttäuscht an ihrem nackten Hals hängen. Sie greift mit ihrer Hand an die Stelle, an der das Halsband seiner Mutter sie hätte schmücken sollen. Ihre Lippen öffnen sich verzweifelt, als wolle sie ihm eine Entschuldigung entgegenrufen, die er aber auf diese Entfernung sowieso nicht hören würde. Gekränkt wendet er sich ab – und schenkt Baronesse Constanze sein bezauberndes Lächeln.

„Außerdem?“, holt Sükrü ihre Aufmerksamkeit zurück.

„Außerdem soll heute die Verlobung von Graf Christian und Baronesse Constanze bekanntgegeben werden. Aber ich nehme an, das ist euch bekannt?“

„Und, wäre das ein Grund für Euch, betrübt zu sein?“

„Ja. … Nein.“ Isabelle schüttelt den Kopf. Sie kommt ins Stottern. Sie kann Sükrü nicht die Gefühle offenlegen, die sie Graf Christian gegenüber hegt. Isabelle hätte sich dafür die Zunge abbeißen können, dass sie das Thema überhaupt angeschnitten hat. Die Gedanken kreisen durch ihren Kopf, um Sükrü einen Grund darlegen zu können, der nicht sofort auf ihre Gefühle für den Grafen schließen lässt, auch wenn er sich wahrscheinlich schon viel zu viel denken kann.

„Ich hege keine Sympathie für die Baronesse, und ihr Vater …“, ihr Blick fällt zufällig auf Baron von Pletten, der ihr zufrieden mit einem Glas in der Hand zuprostet, „… ist einfach nur abstoßend.“ Bei dem Gedanken daran, was er ihr in der Bibliothek angeboten hat, bevor er gegangen ist, muss sie sich unweigerlich vor Ekel schütteln. Angewidert wendet sie sich ab und sieht wieder Sükrü an.

„Ihr nehmt kein Blatt vor den Mund.“

„Verzeiht mir diese Unverfrorenheit.“

Sükrü schüttelt den Kopf. „Bei mir stoßt Ihr damit auf Verständnis, und es gefällt mir."

„Auch wenn mein erstes Zusammentreffen mit Euch und Graf Christian etwas unleidig verlief …", spielt sie auf ihre gewaltsame Verschleppung an und untertreibt dabei absichtlich, „… so gefällt mir dennoch der Gedanke nicht, dass Graf Christian in diese Familie einheiraten wird. Ich habe kein gutes Gefühl dabei."

„Ja, ich kann Euch nur beipflichten", meint Sükrü überzeugt. „Ich wünsche das meinem Bruder ehrlich gesagt auch nicht."

Wenn die Baronesse Herrin von Schloss Feldheim wird, kann ich nicht länger hierbleiben, denkt Isabelle. *Das würde ich nicht ertragen. Aber wo soll ich hin?!* Wehmütig denkt sie wieder an ihr Zuhause. *Ich weiß nach wie vor nicht, wie es Hanne und August ergeht und ob Lancelot von seinem neuen Herrn gut behandelt wird.* Wieder zerrt sie vergeblich an ihrem Kleid, um die Schnürbrust irgendwie zu lockern.

Sükrü schlägt vor, einen Moment nach draußen zu gehen, um frische Luft zu schnappen und die Blässe aus ihrem Gesicht zu vertreiben. Isabelle nimmt das Angebot dankbar an. Er bietet ihr freundschaftlich seinen Arm an und führt sie hinaus auf die Terrasse.

Auf dem Weg dorthin nehmen sie sich jeder eines der gefüllten Gläser, welche den Gästen von scheinbar leichtfüßig umherwandelnden Dienern auf Tabletts gereicht werden. Es dämmert bereits, und ein laues Lüftchen weht über ihr Gesicht und Dekolleté. Isabelle atmet, so tief es ihr möglich ist, ein – und empfindet für den Moment etwas Erleichterung. Die Luft hier draußen ist frisch und klar – nicht schwer und gesättigt vom süßen Duft der Parfums und den unangenehmen Gerüchen von Schweiß. Sie ist durstig und leert das Glas beinahe in einem Zug.

Der kalte Wein läuft ihr überraschend warm die Kehle hinunter. Das leere Glas stellt sie auf die Balustrade, dann steigen sie langsam die Treppe hinunter, um ein wenig durch den Park zu flanieren. Mit jedem Schritt werden die Klänge der Musik, die vielen Stimmen und das Gelächter leiser, bis sie es beinahe ganz hinter sich lassen.

„Ich habe Euch das noch nie gefragt, aber was ist eigentlich mit Eurer Heimat – mit Eurer Familie?"

„Was meint Ihr?"

„Habt Ihr in Konstantinopel eine Familie, die auf Euch wartet?"

„Nein." Sükrü schüttelt bekräftigend den Kopf.

„Was ist mit Euren Eltern? Habt Ihr Geschwister?"

„Nein, ich bin ein Einzelkind. Es war meiner Mutter leider nicht vergönnt, mehr Kinder zu bekommen; es hätte ihr das Leben gekostet."

„Oh, wie traurig."

„Ja, vielleicht, aber in Christian habe ich einen Bruder gefunden, den ich mir nicht selbst hätte besser aussuchen können."

„Wie kam es eigentlich dazu?"

„Da müsste ich etwas weiter ausholen. Ich möchte Euch allerdings nicht langweilen."

„Ich bezweifle, dass Ihr mich langweilen werdet. Ich werde die anderen Herren, die erpicht darauf sind, mir meine Zeit zu vertreiben, einfach auf später vertrösten." Isabelle macht eine vernachlässigende Geste zu der imaginären Ansammlung von Herren hinter sich. Sie lachen einander an und beginnen, den großen Brunnen im Park zu umrunden.

„Also gut." Sükrü überlegt kurz, wo er beginnen soll. „Mein Vater war ein angesehener Arzt. Bei einer Reise, die ihn über Umwege auch hierher nach Schloss Feldheim führte, bat ein

Freund des Grafen von Feldheim ihn, seine Heimat zu verlassen, um für sein Wohlbefinden und das seiner Familie zu sorgen. Mein Vater kam diesem Wunsch, neugierig auf ein anderes Leben, sehr gern nach. Im Hause des Barons von Winterfeld lernte er die Kammerzofe der Baronin kennen, die später meine Mutter werden sollte. Er nahm sie zu seiner Frau. Und einige Zeit später erblickte ich das Licht der Welt."

„Das heißt, Ihr seid hier aufgewachsen?"

„Nicht ganz. Nur bis ich zwölf Jahre alt war. Als 1755 die Zeichen auf Krieg im Reich standen, beschloss mein Vater, seine Familie in seine Heimat zu bringen. Wir sind dann nach Konstantinopel gegangen. Christian ist damals mit uns gekommen."

„Warum? Er dürfte kaum älter als Ihr gewesen sein. Was war mit seinen Eltern?"

„Seine Eltern waren zu diesem Zeitpunkt schon tot. Und ja, er ist nur zwei Jahre älter als ich. Sein Onkel, inzwischen ein guter Freund meines Vaters, wollte ihn weit weg in Sicherheit wissen – und gab ihn deshalb in die Obhut meines Vaters."

„Warum musste er um seine Sicherheit besorgt sein?", fragt Isabelle gespannt.

Sükrü räuspert sich verlegen. „Fräulein Isabelle, ich weiß nicht, ob es Christian recht ist, wenn ich so offen über seine Angelegenheiten spreche. Es ist an ihm, Euch ein paar Dinge zu erklären, wenn er dazu bereit ist. Darum möchte ich mich etwas bedeckt halten."

„Verzeiht mir meine Neugier. Ich wollte mit meinen Fragen nicht aufdringlich sein."

„Ich kann nur so viel sagen, dass es wohl jemanden gab, der nach seinem Leben trachtete."

Isabelle ist entsetzt. „Und Ihr gabt vor, mich zu langweilen.

Ich hoffe, er war bei Euch in Konstantinopel außer Gefahr."

„Ja, zumindest gab es keine außergewöhnlichen Vorfälle mehr."

„Ihr seid dann also die letzten Jahre wie Brüder zusammen aufgewachsen."

„Ja, wir waren schon vorher gute Freunde, aber als wir dann nach Konstantinopel gezogen sind, haben ihn meine Eltern wie einen Sohn aufgenommen."

Einen Moment bleiben sie vor dem Brunnen stehen, in dessen Mitte eine Venus in einer offenen Muschel sitzt. Es ist Isabelle bisher nie aufgefallen, aber gerade denkt sie, dass die Göttin der Liebe irgendwie ängstlich und verloren aussieht, als hätte man sie plötzlich völlig schutzlos in der Fremde ausgesetzt. Es scheint, als hätte sich ihre Muschel gerade erst geöffnet und ihr eine Welt offenbart, die sie vorher nicht gekannt hat. Scheu bedeckt sie mit einer Hand ihre Scham und mit der anderen ihre Brüste, was ihr nicht ganz gelingt.

„War er glücklich?", erkundigt sich Isabelle besorgt. Sie empfindet Mitleid für den Jungen, der plötzlich ohne die eigene Familie in einem fremden Land war und um sein Leben fürchten musste.

„So glücklich wie man sein kann, wenn man als Kind seine Familie und Heimat hinter sich lassen muss."

Isabelle sieht ihn bedrückt an. Langsam gehen sie wieder zurück zum Schloss.

„Meine Eltern haben sich sehr bemüht. Und ja, ich denke, irgendwann war er wieder glücklich. Doch der Verlust ist eine Wunde, die zwar verheilt, aber sie hinterlässt eine Narbe. Es wird danach nie wieder so sein, wie es einmal war."

„Das habt Ihr schön gesagt, und doch ist es so bitter." Sie weiß genau, was er meint – und denkt an ihren Vater.

Sükrü sieht ihre Augen im Fackelschein feucht glänzen. „Ich wollte Euch nicht traurig stimmen."

Sie sieht betreten nach unten. „Nein, es ist alles gut. Eure Worte haben mich gerührt. Es ist nur … meine Wunde ist noch sehr frisch."

Er nickt verständnisvoll.

Ein Diener schwebt an ihnen vorbei, und Isabelle nutzt die Gelegenheit, sich noch ein Glas Wein von seinem Tablett zu nehmen.

„Wie alt sind Eure Wunden?", erkundigt sie sich bei Sükrü.

„Mein Vater starb vor drei Jahren nach einer langen und schweren Krankheit. Er konnte sich leider nicht selbst heilen. Und meine Mutter folgte ihm aus Kummer nur ein halbes Jahr später. Sie konnte nicht ohne ihn sein. Ihr Herz war gebrochen."

„Das tut mir leid." Sie legt ihm mitfühlend ihre Hand auf den Arm. „So bedrückend es ist, ich denke, Eure Eltern konnten sich dennoch sehr glücklich schätzen, in dem jeweils anderen einen Menschen gefunden zu haben, mit dem sie so eng verbunden waren und der sie so ergänzte, dass ein Weiterleben ohne ihn nicht denkbar war, gar eine Qual bedeutet hätte."

„Jetzt rühren mich Eure Worte."

Sie lächeln einander wehmütig an.

Sükrü sieht verträumt zurück in den Park. „Nun sind wir seit fast zwei Jahren wieder hier."

„Habt Ihr Sehnsucht nach Konstantinopel?"

„Ich weiß es nicht. Ich habe mehr Zeit meines Lebens hier verbracht, und dennoch wiegen die Jahre in Konstantinopel so schwer. Es ist eine ganz andere Welt. So intensiv an Gerüchen und Farben. Wenn man einmal da war, ist es, als hätte man ein Zeichen eingebrannt bekommen, das einen immer daran erinnern wird. Anders kann ich es nicht in Worte fassen."

„Wollt Ihr wieder zurückkehren?"

„Vielleicht. Irgendwann. Aber im Moment bin ich bei den Menschen, die mir wichtig sind."

„Graf Christian?"

„Ja." Er zögert einen Augenblick. „Ich denke, Ihr wisst auch, dass ich Gefühle für Sofie hege."

„Ja, ich habe davon gehört." Isabelle schmunzelt verschwörerisch.

„So?" Er räuspert sich erfreut. „Sie redet also über mich. Was erzählt sie denn so?"

„Herr Sükrü, ich weiß nicht, ob es Sofie recht wäre, wenn ich so offen über ihre Angelegenheiten spräche", antwortet sie belustigt.

Er lacht. „Der Punkt geht an Euch, Isabelle. Wollen wir wieder hineingehen?"

Isabelle hakt sich zustimmend bei ihm ein. Als sie den Saal betreten, beginnt sie sofort, nach Christian zu suchen, und findet ihn, wie befürchtet, in der Gesellschaft der Baronesse. Sie sind scheinbar in eine heitere Unterhaltung vertieft. Ihre Blicke treffen sich. Sein Lächeln schwindet, und er presst unzufrieden die Lippen aufeinander. Enttäuscht wendet sie sich ab. *Nur zu gern würde ich dir erklären, warum ich deinem Wunsch, den Schmuck deiner Mutter zu tragen, nicht nachgekommen bin.* Sükrü nimmt zwei Gläser von einem Tablett und reicht ihr eines davon. Es ist ihr drittes.

„Nun, was erzählt Sofie über mich?", nimmt Sükrü auffallend neugierig das Gespräch wieder auf.

Isabelle lacht. Sie deutet auf das Glas in ihrer Hand. „Ich durchschaue Euch, Sükrü. Ihr glaubt, wenn Ihr dafür sorgt, dass meine Kehle nicht trocken bleibt, wird das gleichzeitig auch meine Zunge lösen, aber ich kann nur so viel verraten: Sie schwärmt von Euren Künsten. Ihr scheint diese wie kein anderer zu beherrschen." Sie lacht ihn an – und errötet gleichzeitig.

Als er sie, sichtlich verblüfft über ihre Freimütigkeit, anstarrt, schlägt sie sich, von sich selbst überrascht, die Hand vor den Mund. *Was habe ich da nur gesagt?! Der Wein hat wohl schon unbemerkt seine Wirkung getan. Ich muss jetzt besser aufpassen.*

Keineswegs peinlich berührt antwortet Sükrü amüsiert: „Nun, wenn Ihr dabei an dieselben Künste denkt wie ich, möchte ich mich nicht zu Unrecht damit rühmen, als Einziger mit diesen Fertigkeiten begnadet zu sein. Christian dürfte diese Künste auch beherrschen."

Seine Bemerkung kommt für sie völlig unerwartet. *Was sagt er da?* Ihr Gesicht brennt vor Scham. Verlegen senkt sie den Blick. Ihre Gedanken überschlagen sich. Wenn er sie in Verlegenheit bringen wollte, ist es ihm gelungen. *Was kann ich nur erwidern, um mich nicht selbst bloßzustellen?* „Sofie ist sehr stolz darauf, dass Ihr sie im Lesen und Schreiben unterrichtet", versucht sie, den Sinn ihrer zuvor gesagten Worte umzudeuten. „Es würde mich tatsächlich sehr wundern, wenn Graf Christian diese Fähigkeiten nicht beherrschen würde."

Das Ablenkmanöver schlägt fehl. Sükrü lacht sie wissend an. *Oder lacht er mich aus? Er hat mich ertappt.* Doch scheinbar hat er Erbarmen mit ihr und lenkt das Gespräch in eine andere Richtung.

„Wenn Ihr die Wahl hättet, würdet Ihr dann nach Hause zurückkehren?"

„Ja." Ihre Antwort erfolgt blitzschnell. Es bedarf für sie keiner weiteren Überlegung. Sein Blick verrät ihr, dass er offenbar eine andere Antwort erwartet hat. „Das würde ich zu gern, nur leider habe ich kein Zuhause mehr", fügt sie bedauernd hinzu.

„Würde Euch hier denn nichts halten?“

Isabelle denkt kurz nach. „Vielleicht Sofie. Sie ist mir eine gute Freundin geworden, die ich nicht mehr missen möchte.“

„Weiter nichts?“, fragt er zweifelnd.

Sie befürchtet zu wissen, worauf er hinauswill, aber Christian war im Moment weiter von ihr entfernt als jemals zuvor, wie sie sich unter Qualen eingestehen muss. *Außerdem werde ich ganz bestimmt nicht mit Sükrü darüber sprechen.*

„Nein, nichts.“ Sie sieht ihm fest in die Augen, sodass ihre Antwort keine Zweifel zulässt.

Der Abend in Sükrüs Gesellschaft ist für sie sehr unterhaltsam, und so vergeht die Zeit recht schnell, bis plötzlich ein helles Klingen die Stimmen und das Lachen der vielen Gäste nach und nach gespannt verstummen lässt. Jetzt ist es so weit, denkt Isabelle mit Schrecken. Graf Ludwig steht neben Baron von Pletten und sieht sich im Saal um, darauf wartend, dass Stille einkehrt, um seine Ankündigung zu machen. Wider die Vernunft hofft Isabelle, dass sie nicht gleich die Worte vernehmen wird, mit denen die Verlobung von Graf Christian und Baronesse Constanze bekannt gegeben wird.

Ihr Herz schlägt wie wild von innen gegen die Schnürbrust, als hätte es nicht genug Platz und würde nach mehr davon verlangen. Noch einmal versucht sich Isabelle in dem unbequemen Kleidungsstück zurechtzurücken und will mit einem tiefen Atemzug ihre Lungen füllen, aber die Schnürbrust lässt dies einfach nicht zu. Sie versucht es wieder und wieder. Panik steigt in ihr auf. Vor ihren Augen verschwimmen die prächtigen Roben der Gäste in eine bunte, unerkennbare Masse. Sie sucht Halt und tastet beinahe blind nach Sükrüs Arm. Von Weitem hört sie seine Stimme. Das Pochen in ihren Ohren ist aber inzwischen so laut, dass sie ihn nicht mehr versteht. Isabelle versucht ihm noch zu sagen, dass sie keine Luft mehr bekommt. Dann versinkt sie in Dunkelheit.

∗∗∗

Sükrüs Stimme durchschneidet die Stille, die den Raum ergriffen hat. Augenblicklich setzt aufgeregtes Gemurmel ein. Auf der einen Seite des Saals, auf der man nicht sieht, was geschehen ist, handelt es sich dabei um Empörung über die Unterbrechung, während es sich auf der anderen Seite des Saals, aus der Christian Sükrüs Rufe vernimmt, um besorgte Bestürzung handelt.

Er sieht sich nach seinem Bruder um, der immer wieder Isabelles Namen ruft. Gerade erkennt er noch, wie Sükrü mit ihr im Arm zu Boden sinkt, und will zu ihnen laufen, doch im nächsten Augenblick bildet sich eine neugierige Menschentraube um die beiden. Besorgt um Isabelle und zornig darüber, dass man ihm den Weg zu ihr versperrt, kämpft er sich ohne Rücksicht entschlossen durch die schaulustigen Gäste seines Onkels, um zu ihr durchzudringen. Ihn übermannt die Angst, dass er sie verlieren könnte. Ein Gefühl, das er so stark seit vielen Jahren nicht mehr empfunden hat. Vergebens ruft er ihren Namen – eine Antwort bekommt er nicht.

„Sie hat keine Luft mehr bekommen", antwortet ihm Sükrü auf seine noch unausgesprochene Frage.

„Komm mit!", befiehlt Christian seinem Bruder, überlegt nicht lange, nimmt Isabelle auf seine Arme und trägt sie in Richtung eines an den Saal grenzenden Separees. Sükrü stößt mit Schwung die Tür auf, was ein sich darin amüsierendes Pärchen entrüstet aufschrecken lässt. Christian legt Isabelle auf dem Boden ab, zieht sein kleines Messer hervor und schlitzt ihr das

263

Kleid und die Schnürbrust auf. Er öffnet ihren Mund, legt seinen auf ihren und bläst ihr seinen Atem in die Lungen. Im nächsten Augenblick nimmt sie schon selbst einen tiefen Atemzug, und Christian ist so erleichtert, dass er sein Glück kaum fassen kann. Er zieht seinen Rock aus und bedeckt damit Isabelles Blöße.

***

Die Dunkelheit lichtet sich, doch es dauert eine Weile, bis sie wieder ganz bei sich ist. Sie hört Christian, der immer wieder nach ihr ruft. Verschwommen nimmt sie sein Gesicht wahr und murmelt seinen Namen. Sie spürt, wie er sie aufrichtet, einen ihrer Arme um seinen Nacken legt und sie hochhebt. Auf dem Weg zu ihrem Zimmer kommt sie weiter zu sich – und hält sich dankbar bei ihm fest. Sie ist froh, dass der Abend für sie nun ein Ende hat und er bei ihr ist.

Sofie ist gerade dabei, Isabelles Bett für die Nacht herzurichten, als Sükrü den beiden die Tür öffnet. Besorgt eilt sie zu ihr, als Isabelle von Christian auf der Ottomane abgesetzt wird.

„Was ist passiert?", fragt Sofie ihren Sükrü und kniet neben Isabelle nieder, um die Hand der Freundin zu halten.

„Sie ist ohnmächtig geworden. Vermutlich war sie zu eng geschnürt."

Sofie schlägt sich erschrocken die Hand vor den Mund.

„Es geht schon wieder." Isabelle versucht, trotz ihrer Schwäche, Sofie zu beruhigen. Sie presst ein Lächeln heraus und drückt ihre Hand zur Bestätigung.

„Es tut mir leid." Sofie schüttelt aufgelöst den Kopf. Tränen steigen ihr in die Augen. „Das wollte ich nicht", beteuert sie.

„Lasst uns allein!", befiehlt Christian streng. Er gießt aus der

Karaffe, die auf dem Tisch steht, etwas Wasser in ein Glas und führt es Isabelle an die Lippen. Sie hat keinen Durst, nippt aber gehorsam. Sie weiß, dass er verärgert ist, und will ihn nicht unnötig reizen.

Sofie schnieft. „Das war keine Absicht." Sie erntet dafür einen ungeduldigen Blick von Christian.

„Komm!" Sükrü ruft Sofie zärtlich zu sich und streckt ihr seine Hand entgegen. Sofie ergreift sie dankbar und lässt sich von Sükrü in den Arm ziehen, um mit ihm Isabelles Zimmer zu verlassen.

„Ich werde nachher ein ernstes Wort mit Sofie sprechen müssen, aber jetzt seid Ihr erst einmal dran." Christian stellt das Glas, aus dem Isabelle getrunken hat, geräuschvoll auf dem kleinen Tisch ab – und wirft ihr einen strengen Blick zu.

„Ich bitte Euch, verschont Sofie! Ihr habt doch gesehen, wie aufgelöst sie ist. Es ist nicht ihre Schuld." Isabelle macht eine kurze Pause, um nach einer Entschuldigung für Sofie zu suchen. „Es war wohl meine Eitelkeit", behauptet sie kleinlaut.

„Eure Eitelkeit?", Christian lacht höhnisch. „Dann war es wohl auch Eure Eitelkeit, die Euch dazu bewogen hat, dieses überaus geschmacklose Kleid zu einem Ball zu tragen und statt des Schmucks meiner Mutter lieber gar keinen anzulegen."

Er ist wütend auf sie, und sie hat Verständnis dafür. *Sieht es doch so aus, als würde ich seine Geste nicht zu schätzen wissen und ihm nicht vergeben.* Ihre Hand berührt wieder ihren nackten Hals. „Es tut mir leid. Ich wollte Euch wirklich nicht verärgern."

Verunsichert steht sie von der Ottomane auf, um etwas Abstand zu ihm zu gewinnen, und ist dabei bemüht, seinen Rock vor ihrer Brust zu halten. Auch wenn sein Groll nachvollziehbar ist, schüchtert sie sein Verhalten ein. Mit zwei großen Schritten ist er bei ihr. Erschrocken weicht sie zurück und versucht, ihn mit ihrer freien Hand von sich fernzuhalten. Blitzschnell umfasst er diese und zieht Isabelle an sich, um sie schließlich in seine Arme zu nehmen. Das Herz bleibt ihr vor Überraschung beinahe stehen – damit hat sie nicht gerechnet. Augenblicklich stellt sich das inzwischen vertraute Kribbeln in ihrem Bauch ein.

„Ja, ich bin verärgert. Aber es geht jetzt nicht um den Schmuck." Sein Blick wird weicher. „Tut so etwas nie wieder!"

Sie sind so nah beieinander wie am Vortag auf der Koppel. Ihre Blicke wandern auf dem Gesicht des anderen ruhelos zwischen Augen und Mund hin und her.

„Ich hatte Angst um Euch, Isabelle", sagt er zärtlich und legt seine warme Hand in ihren Nacken. Sie will etwas erwidern, da verschließt er auch schon ihre Lippen mit den seinen und gibt ihr einen sanften Kuss. Dann sieht er ihr prüfend in die Augen, nur um mit ihrem Einverständnis erneut zu einem Kuss anzusetzen. Sie spürt, wie sich seine warmen, weichen Lippen über den ihren öffnen. Seine Zungenspitze stößt zärtlich ihre Lippen an und bittet um Einlass. Unsicher und neugierig auf das Unbekannte lässt sie ihn gewähren, zieht sich aber scheu zurück, verweilt in einem dunklen Versteck, bis sich seine Zunge langsam spielerisch vortastet, nach ihr sucht, sie schließlich findet und versucht, hervorzulocken. Abwechselnd stupsen sich ihre Zungen sanft an, ziehen sich dann kurz in die eigene sichere Höhle zurück, nur um schließlich wieder sehnlichst die Nähe des anderen zu suchen. Sie lässt sich dabei von ihm anleiten. Tut ihm nach, was er tut. Liebevoll necken und streicheln ihre Zungenspitzen einander.

Sie hatte keine Vorstellung davon, wie es ist, ihm so nah zu sein. Nie zuvor hat sie den Kuss zwischen zwei Liebenden erfahren, doch sie kann sich dem Genuss nicht gänzlich hingeben.

Isabelle befürchtet, etwas falsch zu machen – und seinen Erwartungen nicht zu entsprechen. In ihre von der Sinnlichkeit ablenkenden Gedanken schiebt sich die Drohung des Barons von Pletten. Augenblicklich verbannt sie entschlossen seine Zunge aus ihrem Mund und dreht ihr Gesicht zur Seite, damit er ihre Lippen nicht mehr erreichen kann. Er ist nun mit seinem Mund an ihrem Ohr.

„Was ist, Isabelle? Findet ihr keinen Gefallen daran – oder habt Ihr mir meine feigen Worte von der Koppel doch nicht vergeben?", flüstert er.

Sein warmer Atem dringt sanft in ihr Ohr und löst einen wohligen Schauer aus, der ihren Körper erfasst. Dennoch versucht sie, sich mit ihren Händen, die auf seiner Brust liegen, von ihm wegzudrücken. Er lockert seine Umarmung und sieht sie beinahe ängstlich an.

„Es gefällt mir. Es gefällt mir viel zu sehr", flüstert sie schnell. Sie sieht ihm in die Augen. In diese sehnsuchtsvollen blauen Augen. *Es ist unmöglich, ihm zu widerstehen.* Sie wendet den Blick ab, um nicht nachgeben zu müssen, und versucht, ihre Gedanken zu sortieren. „Aber es ist nicht richtig. Die Baronesse, Eure Verlobte …"

„Sie ist nicht meine Verlobte."

Ein Stein fällt Isabelle vom Herzen. „Aber ihr Vater …"

„Mit dem bin ich auch nicht verlobt", äußert er amüsiert, sodass sie kurz auflachen muss, um sich im nächsten Moment wieder verzweifelt abzuwenden. „Bitte vergebt mir, aber ich kann es Euch nicht erklären. Es darf nicht sein."

Er nimmt ihr Gesicht in seine großen Hände, sodass sie ihn ansehen muss. „Isabelle, ich weiß inzwischen, was gestern in der Bibliothek vorgefallen ist. Sükrü hat es mir erzählt."

Isabelle ist einen Moment sprachlos, aber sie spürt etwas Erleichterung darüber, dass er eingeweiht ist, auch wenn sie es ihm nicht erzählt hätte. Dennoch, die Angst vor dem Baron und dem, was er mit ihr anstellen würde, bleibt. „Dann versteht Ihr …“

„Du brauchst dir keine Sorgen machen“, fällt er ihr ins Wort und küsst sie. „Ich behalte ihn im Auge.“ Wieder küsst er sie. „Ich pass' auf dich auf.“ Und noch einmal folgt ein Kuss als Bestätigung für sein Versprechen.

Seine Worte brennen sich durch die mit ihnen verbundenen Zärtlichkeiten so tief in sie ein, dass es beinahe unmöglich ist, ihm nicht zu glauben. Dennoch gelingt es ihr nicht, alle Bedenken von sich zu schieben. Jetzt, in diesem Moment, fühlt sie sich in seinen Armen sicher, aber sie weiß auch, dass er nicht immer bei ihr sein kann – und nicht immer bei ihr sein wird. Ihre Zweifel behält sie jedoch für sich und lässt ihn gewähren, als er mit seiner Zunge ihr Ohr liebkost, mit den Zähnen zärtlich daran knabbert und sein Atem in ihrem Ohr erneut die wohligen Schauer auslöst.

Christian erkundet mit seinen Lippen und seiner Zungenspitze ihren Hals und saugt sich dort für einen kleinen Moment fest. Unter dem lustvollen Ziehen atmet sie erregt aus und presst sich an ihn, aus Angst, den Boden unter den Füßen zu verlieren. Er küsst sie wieder. Diesmal intensiv und fordernd, um sie schließlich auf seine Arme zu heben und zum Bett zu tragen.

Isabelle ahnt, wohin das führen soll, dazu ist sie jedoch nicht bereit. Gewarnt spannt sich ihr Körper an.

„Ihr solltet jetzt gehen“, fleht sie flüsternd.

Er bleibt stehen – und sieht sie nachdenklich an.

„Eure Gäste wundern sich sicherlich schon, wo Ihr bleibt. Es gehört sich nicht, sie so lange warten zu lassen.“

„Ich habe dir schon einmal gesagt, dass mir Anstandsregeln

einerlei sind und sinnlos erscheinen, wenn sie meinen eigenen Bedürfnissen im Wege stehen. Und gerade möchte ich bei dir sein, also würde es keinen Sinn machen, zu meinen Gästen zurückzukehren."

„So wenig ich die Baronesse auch mag, aber sie fühlt sich vermutlich gerade ziemlich deplatziert, von Euch auf dem Ball vor all den Gästen alleingelassen. Ich würde jetzt nicht in ihrer Haut stecken wollen. Ihr solltet zurückkehren." Tatsächlich denkt Isabelle aber auch an den Baron, den sie nicht noch mehr gegen sich aufbringen will.

Christian setzt sie wieder ab. „Ich kann dir versichern, dass Constanze jetzt aber gern in deiner Haut stecken wollen würde – und sie würde mich bestimmt nicht dir zuliebe von sich stoßen."

Isabelle befürchtet, dass er sie missverstanden hat, darum legt sie ihm nun eine Hand in den Nacken und zieht ihn zu sich, um ihn zu küssen, was er sich bereitwillig gefallen lässt.

Durch den Kuss versöhnt, lenkt er ein: „Aber du hast recht, ich sollte Constanze diese Peinlichkeit ersparen. Sie kann nichts für das Benehmen ihres Vaters. Auch wenn ich es bedauere, dich jetzt verlassen zu müssen." Er gibt ihr einen letzten Kuss.

„Ich wünsche Euch noch einen unterhaltsamen Abend, Herr Graf", sagt sie etwas wehmütig zum Abschied.

„Christian", korrigiert er sie. „Bitte nenne mich einfach nur bei meinem Vornamen!" Seine Stimme klingt heiser.

Gern kommt sie seinem Wunsch nach. „Ich wünsche dir noch einen unterhaltsamen Abend, Christian", flüstert sie zärtlich und reicht ihm seinen Rock.

Christian ergreift ihn, ohne es sich nehmen zu lassen, einen beherzten Blick in ihren sehr tiefen und weiten Ausschnitt zu riskieren. „Was den Abend betrifft, so hat er seinen Höhepunkt für mich gerade erreicht." Er haucht ihr mit einem innigen Blick in die Augen einen Kuss auf den Handrücken. „Nun geh zu Bett und ruh dich etwas aus!"

Kapitel 19

26. Mai 1765, Schloss Feldheim

Immer wieder fährt Isabelle mit der Bürste durch ihre langen, welligen Haare und streicht im Wechsel mit der anderen Hand darüber hinweg. Unbewusst erfreut sie sich an dem glatten, seidigen Gefühl, das die inzwischen glänzende Fülle auf ihrer Haut hinterlässt. Im Spiegel beobachtet sie nachdenklich Sofie, die ihr Nachthemd gerade hochhebt, begutachtet und zu dem Schluss kommt, dass es Zeit für ein neues wird.

„Sükrü hat erzählt, dass sein Vater ein angesehener Arzt war. Was ist eigentlich mit Sükrü?"

„Was meinst du? Was soll mit Sükrü sein?" Sofie schaut sie verwundert an, während sie das Nachthemd zusammennimmt und in ihren Händen verknäuelt.

„Na, wo liegen Sükrüs Talente?" Isabelle legt die Bürste ab und geht hinüber zu ihrem Bett, um sich darauf zu setzen. Sie hat sich gefragt, ob Sükrü hier wirklich glücklich werden kann, ohne eine richtige Aufgabe zu haben, wenn in ihm womöglich die Talente seines Vaters schlummern.

Sofie grinst anzüglich, geht übertrieben geschmeidig auf Isabelle zu, lehnt sich an den Pfosten des Himmelbetts und nimmt eine aufreizende Pose ein. „Ich habe dir doch schon von Sükrüs Talenten erzählt", erklärt sie mit einer sinnlichen Stimme und zwinkert ihr zu.

Isabelle greift nach einem Kopfkissen und wirft es lachend nach ihr. „Du dummes Huhn. Ich will wissen, welche Interessen

Sükrü hat.“

Sofie wirft das Kissen zurück, setzt sich zu ihr aufs Bett und sieht sie mit hochgezogenen Augenbrauen an. „In dieser Hinsicht, meine liebe Isabelle, kann ich dir nur eine ähnliche Antwort geben“, antwortet sie mit gespielt überheblicher Stimme. Dabei streicht sie mit ihrer Hand über die Wölbung ihrer Brust, um sie mit verträumtem Blick weiter nach unten gleiten zu lassen. Sie demonstriert damit eindrucksvoll, dass Sükrüs Interessen ganz klar bei ihr liegen. Isabelle verdreht grinsend die Augen und lässt sich kapitulierend nach hinten aufs Bett fallen.

Sofie kichert. „Sükrü liegt nichts an der Medizin. Sein Vater hätte es gern gesehen, wenn er auch Arzt geworden wäre. Er hat auch angefangen, Sükrü dahingehend auszubilden, aber Arzt zu sein, heißt eben nicht nur, Krankheiten zu erkennen und diese heilen zu können. Man muss die intimsten Stellen von fremden Menschen untersuchen – egal, wie schmutzig und ungepflegt sie sind. Man muss eitrige, stinkende Wunden versorgen, Darmverschlüsse lösen und was weiß ich noch alles.“ Sofie hat bei ihrer Aufzählung angewidert den Mund verzogen. „Sükrü kann das nicht. Er findet es abstoßend.“

Isabelle nickt verständnisvoll.

„Aber er kann gut mit Zahlen umgehen.“

Isabelle setzt sich interessiert wieder auf. „Und macht er etwas daraus?“

Sofie nickt. „Der Verwalter hier ist schon recht alt. Sükrü geht ihm immer wieder zur Hand und lässt sich einarbeiten.“

„Du bist stolz auf ihn, oder?!“

Sofie nickt selig. „Ich bin stolz darauf, dass er mich ausgewählt hat, seine Dilara zu sein.“

„Dilara? Was bedeutet das?“

„Ich bin die, die sein Herz mit Liebe füllt.“ Sofie strahlt über das ganze Gesicht.

„Denkst du, er meint es ernst mit dir?"

Sofies Stimmung ändert sich von einer Sekunde auf die andere. Sie sieht Isabelle beleidigt an. „Denkst du, ich bin nicht gut genug für ihn, weil ich nur ein dummes Dienstmädchen bin?" Sofie steht entrüstet vom Bett auf.

Bestürzt sieht Isabelle sie an. Bevor Sofie gehen kann, schnappt sich Isabelle ihre Hand und hält sie fest. „Nein! Nein, so habe ich das doch gar nicht gemeint. Du bist nicht dumm, und du bist nicht nur ein Dienstmädchen. Für mich bist du das beste Dienstmädchen der Welt – und vor allem meine Freundin."

Sofie sieht sie etwas milder gestimmt an.

„Ich wollte keine Zweifel in dir säen. Ich will nur wissen, woran man merkt, dass ein Mann nicht nur seinen Spaß haben will, sondern dass es ihm dabei um mehr geht."

Sofie lässt sich von Isabelle wieder auf das Bett ziehen und lächelt sie an. „Das wirst du nie wissen", antwortet sie altklug.

Isabelle verzieht enttäuscht das Gesicht.

„In erster Linie brauchst du Vertrauen. Vertrauen in dich selbst. Vertrauen, dass du schön und liebenswert bist. Dann kannst du auch einem Mann vertrauen. Was aber auch nicht immer heißt, dass dieser dein Vertrauen niemals missbrauchen wird."

„Das klingt für ein dummes Dienstmädchen ganz schön klug." Isabelle macht ein beeindrucktes Gesicht.

Sofie nickt bestätigend, schlägt sich selbst mit stolzgeschwellter Brust auf die Schulter, um dann einzugestehen: „Ist von meiner Oma."

Sie sehen einander an und prusten los. Lachend lassen sie sich nach hinten aufs Bett fallen.

„Graf Christian?", fragt Sofie in die Stille, als sie sich wieder beruhigt haben.

Isabelle zuckt unglücklich mit den Schultern. Sie braucht nur seinen Namen zu hören und spürt sofort, wie ihr Puls am Hals vor Aufregung pocht. Nachdenklich sieht sie zum Himmel ihres Bettes, wo die kleinen dicken Putten wie jeden Tag die Fruchtgehänge darbieten. „Ach, ich weiß auch nicht. Ich bin von niederer Geburt." Sie reibt sich angestrengt die Schläfen. „Ich verliere meinen Sinn für die Realität. Es kann nicht sein, was nicht sein darf."

„Das sind vom Menschen gemachte Regeln. Darum schert sich die Liebe nicht."

Isabelle sieht ihre Freundin anerkennend an, um im nächsten Moment fragend eine Augenbraue zu heben.

Sofie versteht die unausgesprochene Frage. „Das war von mir", tut sie würdevoll kund, und sie lachen wieder.

Der Nachmittag ist kühl. *Ich hätte mir zum Ausreiten noch etwas überziehen sollen.* Etwas durchgefroren bringt Isabelle Amira in den Stall, um sie abzusatteln. *Christian habe ich den ganzen Tag über nicht gesehen. Einerseits bin ich froh darüber – ich weiß nicht wie ich mich ihm gegenüber verhalten soll –, andererseits sehne ich mich nach einem Wiedersehen, das mir bestenfalls Gewissheit gibt, dass seine Zuneigung am gestrigen Abend kein Traum war.*

Sie führt Amira in ihre Box. Durch die Gitterstäbe sieht sie ihn sofort in der Fensternische der leeren Nachbarbox von Luna und Guinevere sitzen. Er starrt durch das Fenster nach draußen und wischt sich nun schnell über die Augen. *Hat er geweint?* Sie befreit Amira schweigend von Sattel und Zaumzeug. Dann geht sie zu ihm. Sie bleibt in der Tür stehen, unschlüssig und abwartend, wie er auf sie reagieren wird.

Als Christian sie bemerkt, wendet er seinen Blick vom Fenster ab und lächelt sie an. „Isabelle. Schön, dass du da bist." Das Lächeln kann seine Augen jedoch nicht erreichen. *Er hat Kummer. Irgendetwas scheint ihn zu quälen.* Er streckt seine Hand nach ihr aus. Sie folgt seiner Einladung, geht zu ihm und legt ihre hinein. Wohlig warm schließt sich seine Hand um ihre kalten Finger. Christian zieht sie zu sich heran zwischen seine Beine und sieht zu ihr hinauf.

Isabelle nimmt sein Gesicht in ihre Hände und wischt ihm mit dem Daumen zärtlich über die noch feuchten Wangen. „Was ist passiert?"

„Nichts. Es ist alles gut", sagt er leise und schließt seine Augen, damit sie die Lüge darin nicht entdecken kann.

„Das glaube ich nicht." Sanft lehnt sie seinen Kopf an ihren Bauch und streichelt ihm liebevoll über die Haare, über seine Wange und über den Rücken.

„Es sind nur dunkle Schatten aus der Vergangenheit, die mich immer wieder einholen", hört sie ihn traurig flüstern.

***

Die Berührungen ihrer zarten Hände tun ihm gut. Sie lähmen den Schmerz der Erinnerungen. Er genießt es, sie so nah bei sich zu haben, und liebt den Duft von Flieder, den sie verströmt. Sie ist rechtzeitig gekommen, um die Zweifel, die in ihm wieder aufzukeimen drohen, zu unterdrücken.

Im nächsten Moment hört er, wie die Stalltür geöffnet wird und schreckt genau wie Isabelle zusammen. *Niemand soll sie zusammen sehen!* Isabelle dürfte das Gleiche denken, denn hastig hat sie ihn von sich geschoben und sich unüberlegt zum Gehen abgewandt. Schnell steht er auf, packt sie von hinten, legt ihr seine Hand auf den Mund und schiebt sie zur Trennwand von Amiras Box. Er zieht sie auf das provisorische Nachtlager hinunter, das dort nach wie vor steht. Mit seiner Hand auf ihrem Mund drückt er ihren Kopf an seine Schulter und hält sie fest in seinen Armen.

***

Isabelle wird für einen Augenblick an den Tag ihrer Entführung erinnert. Nur heute ist es anders. Sie hat keine Angst. Christians warmer, starker Körper umschlingt sie, als würde er sie in sich einhüllen wollen, um alles Bedrohliche von ihr abzuwenden. Ein Gefühl von Geborgenheit durchströmt sie in einer bisher unbekannten Intensität. Dennoch ist Isabelle alles andere als gelassen. Da ist eine Unruhe in ihr – eine Aufregung, die ihr das Herz bis zum Hals schlagen lässt und die nicht daher rührt, dass sie befürchten muss, entdeckt zu werden. Es liegt allein an Christian, an seiner Nähe und der leisen Hoffnung, dass er sie wieder küssen wird, wenn sie ungestört blieben. Sein Atem kitzelt verführerisch an ihrem Ohr. Zusammen drängen sie sich an die Wand und lauschen auf die Geräusche, die von dem unbekannten Eindringling ausgehen.

Ein Schleifen, ein Stöhnen, ein Poltern, ein Klirren – und wieder ein erleichtertes Stöhnen, das, wenn sie richtigliegt, von Franz stammt. Er beginnt, eine Melodie zu pfeifen, und hört nach nur ein paar Tönen abrupt damit auf. Seine Schritte nähern sich ihrem Versteck.

„Na, meine Schöne, was machst du denn hier? Du kannst doch wieder raus auf die Koppel." *Es ist Franz*, bestätigt sie sich selbst, als sie ihn reden hört. Er hat Amira entdeckt und nimmt sich ihrer an, um sie aus dem Stall zu bringen.

Isabelle ist immer noch auf die sich entfernenden Schritte von Franz und Amiras Hufschläge konzentriert, als Christian seine Hand von ihrem Mund löst und mit beiden Händen beginnt, die Rundungen ihres Oberkörpers zu erkunden. Sie trägt heute eines der Kleider, unter denen sie keine Schnürbrust benötigt. Das erleichtert Christian nun, ihre Brüste zu liebkosen. Er drückt sie zärtlich mit beiden Händen. Überrascht sieht sie ihn an. Sie verstehen einander ohne Worte. Ihre Lippen finden zueinander, und sie wiederholen das zärtliche Spiel, welches ihre Zungen bereits gestern ausgetragen haben.

Währenddessen beginnt Christian, die kleinen Knöpfe ihres Oberteils zu öffnen. Das ist mehr, als Isabelle sich erhofft hat, vielleicht auch mehr, als sie zulassen möchte. Hinzu kommt die Befürchtung, doch noch entdeckt zu werden. Sie will ihn mit ihren Händen davon abhalten, doch er hat nicht vor, sich von seinem Vorhaben abbringen zu lassen. Christian ergreift ihre Hände und gibt jeder von ihnen einen zärtlichen Kuss auf den Handrücken, bevor er sie jeweils rechts und links auf seine Oberschenkel ablegt. Wie zur Bekräftigung, dass ihre Hände dort liegen bleiben sollen, drückt er für einen Moment seine Hände auf die ihren. Dann öffnet er, so schnell es ihm möglich ist, weitere Knöpfe ihres Oberteils, löst die Schleife ihres Unterkleids und gleitet mit einer Hand sanft unter ihre Wäsche. Ihre immer noch kalte Haut brennt förmlich unter seiner Berührung. Vorsichtig knetet Christian ihren Busen in seiner warmen Hand und fährt mit seinem Zeigefinger mehrmals zärtlich den Vorhof ab. Sie seufzt genüsslich und drückt sich mit dem Rücken gegen ihn. Er beginnt, ihre Brustwarze, die sich unter seinen Berührungen fest aufgestellt hat, zwischen Daumen und Zeigefinger hin- und herzudrehen und an ihr zu zupfen. Ihre Finger, die eben noch regungslos auf seinen Beinen gelegen und das Gefühl des warmen, weichen Leders genossen haben, drücken sich in seine Muskeln, als ein heißer Schauer sie durchfährt, der ihr trotz seiner Hitze eine Gänsehaut beschert. Christian dreht ihr Gesicht zu sich, um sie zu küssen. Während Isabelle seinem Wunsch nachkommt, schiebt er ihren Rock bis über das Knie. Da kommt sie zur Besinnung. *So weit darf er nicht gehen!* Auch wenn sie Gefahr läuft, dass dieser Moment der Nähe dann ein jähes Ende finden könnte. Sie versucht, sein weiteres Vordringen aufzuhalten. Diesmal lässt er es zu und küsst sie zärtlich.

„Hast du Angst?", flüstert er heiser.

„Ich habe Angst davor, deine Hure zu sein", antwortet sie leise und bringt dabei kaum einen Ton hervor.

„Du wärst nie meine Hure. Du bist immer meine Königin", murmelt er liebevoll. Christian legt seine Hand auf ihre Wange und fährt mit dem Daumen zärtlich die Lippen ihres leicht geöffneten Mundes ab. „Aber keine Angst, so weit werde ich heute nicht gehen. Ich will dich nur ein wenig mit meinen Fingern verwöhnen und dir Lust auf mehr bereiten."

Isabelle gibt ihm keine Antwort. Sie ist unschlüssig, denn sie weiß nicht, was sie erwarten wird. „*Er hat sehr geschickte Finger*", hallt ihr Sofies Stimme durch den Kopf, und eine Spannung legt sich über sie, die ihr Herz noch kräftiger schlagen lässt als zuvor. Er überkreuzt ihre Handgelenke und hält sie mit seiner linken Hand eng an ihren Leib gedrückt. Isabelle wehrt sich nicht. Während Christian sie hingebungsvoll küsst, startet er einen neuen Versuch und führt seine rechte Hand unter ihren Rock. Schon die erste Berührung seiner Finger auf der Innenseite ihrer Oberschenkel lässt sie überrascht zusammenzucken, als sich ein köstliches Prickeln bis zu ihrer Scham ergießt. Wie von einer fremden Macht gesteuert, öffnen sich ihre Schenkel und geben freizügig ihre empfindsamste Stelle preis.

Überrascht von der Reaktion ihres Körpers, sagt sie sich von seinen Lippen los, um sich auf seine Hand zu konzentrieren, doch im gleichen Moment stellt er seine Berührung ein und zieht seine Hand unter ihrem Rock hervor. Er legt sie an ihre Wange, um ihr Gesicht wieder zu ihm zu drehen und sie zu küssen. Wie zuvor kommt Isabelle seiner Aufforderung nur zu gern nach. Währenddessen wandert Christians Hand an den Ort zurück, den sie gerade verlassen hat, und arbeitet sich sanft streichelnd abwärts. Das Prickeln in ihren Lenden ist so betörend, dass sie sich auch diesmal nicht seinem Kuss hingeben kann. Unsicherheit und die Neugier auf das Unbekannte nehmen sie ein. Sie muss sehen, was er vorhat, aber wie auf ein Zeichen stellt seine Hand auch diesmal ihre Berührungen sofort wieder ein, als ihre Lippen die seinen verlassen.

Sie ist enttäuscht und sieht ihn auffordernd an, doch er scheint auf etwas zu warten, und im nächsten Moment glaubt sie zu wissen, was dieses „Etwas" ist. *Ich muss ihn küssen, damit er mich mit seiner Hand verwöhnt. So soll es sein.* Sie reckt sich ihm entgegen, um seinen Mund zu erreichen, doch er zieht sich zurück und grinst sie an. Eine Herausforderung. Isabelle startet einen erneuten, entschlossenen Versuch, aber er hält sie so fest, dass er weiterhin für ihre Lippen außer Reichweite bleibt. Dann zeigt er Erbarmen, kommt ihr entgegen, und das zärtliche Spiel ihrer Zungen sorgt dafür, dass seine Hand den ihr unbekannten Plan weiterverfolgt. Er erreicht ihre Scham. Seine Berührung löst ein Hochgefühl in ihr aus, das sie mit einem Jauchzen kundtut, welches von seinem Kuss beinahe unterdrückt wird. Christian hält in seinem Kuss inne. Sie spürt, wie seine Finger plötzlich nicht mehr verwöhnen, sondern eher überrascht erkunden. Das Runzeln auf seiner Stirn bestätigt ihr das Gefühl. Siedend heiß fällt ihr Sofie mit ihrer Zuckerpaste ein. Hitze steigt ihr ins

Gesicht. Sie versucht, sich panisch von ihm loszumachen und seine Hand abzuschütteln. Aber sie hat keine Chance. Schnell ist sein verwundertes Stirnrunzeln einem Lächeln verzückender Erkenntnis gewichen.

„Fräulein Isabelle, Ihr überrascht mich immer wieder", sagt er hocherfreut. „Darf ich fragen, welchen Umständen ich die Nacktschnecke unter Euren Röcken zu verdanken habe?" Christian strahlt übers ganze Gesicht.

Ist er tatsächlich erfreut – oder lacht er mich aus? Sie beißt sich auf die Unterlippe. „Sofie", gibt sie kleinlaut zu.

„Dann richtet doch Sofie bitte die besten Grüße aus, verbunden mit meinem herzlichsten Dank!" Er küsst sie und erkundet die intimste Region ihres Körpers zärtlich weiter. Jede seiner Berührungen ist dabei unglaublich berauschend. Er schiebt seine Finger zwischen ihre Schamlippen und erreicht eine Stelle, deren Berührung ihren Unterleib – ähnlich einer Stimmgabel – zum Vibrieren bringt. Wieder entweicht ein verzücktes Jauchzen ihren Lippen. Überrascht presst sie schnell ihre Oberschenkel aneinander, um das Zucken ihres Unterleibs zu unterdrücken.

Christian zieht sich hinter ihr hervor, lässt sie vorsichtig auf die Strohsäcke sinken und schiebt sich zwischen ihre Beine, die er zärtlich vom Knöchel aufwärts bis zu ihren Pobacken streichelt. Dann ist er über ihr und öffnet die noch übrigen Knöpfe ihres Oberteils, damit er ihr Unterkleid so weit herunterziehen kann, dass ihr Busen völlig entblößt ist. Er grinst ihre Brüste amüsiert an. Alarmiert hebt sie ihren Kopf, um zu sehen, was er sieht.

„Was ist?", fragt sie verunsichert. *Hoffentlich sind ihm meine Brüste nicht zu klein.*

„Nichts. Ich freue mich nur, endlich die Bekanntschaft dieser entzückenden Igelnasen zu machen." Mit seinen Zeigefingern stupst er neckend ihre harten Brustwarzen an, die sich ihm anbiedernd entgegenrecken. Er beugt sich zu ihr hinunter und küsst sie. Mit ihren Händen beginnt Isabelle, seinen Oberkörper zu erkunden. Durch das dünne Baumwollhemd kann sie jeden seiner Muskeln fühlen. *Das ist mir nicht genug.* Mehr als einmal schon hatte sie das Verlangen, seine Haut zu spüren und seinen Duft zu riechen. *Wann sollte ich diesem Verlangen nachgeben, wenn nicht jetzt?*

Entschlossen beginnt sie, das Hemd aus seiner Hose zu ziehen. Im gleichen Moment lässt sich Christian auf sie niedersinken, so als wolle er ihren Plan durchkreuzen. *Sein nackter Rücken ist mir dennoch sicher.* Ihre Hände bewegen sich genüsslich über seine warme Haut und die Rückenmuskeln, die sich in sanften Bögen neben seiner Wirbelsäule erheben. Sie spürt sein Gewicht auf ihrem Körper – ein unbekanntes Gefühl. Er ist schwer, aber seine maskuline Übermacht verstärkt unerwartet ihre Erregung. Ihre Lippen und Zungen spielen miteinander – mal sanft und zärtlich, mal wild und ungezügelt. Er liebkost ihr Ohr. Zufrieden schließt sie ihre Augen und genießt den prickelnden Schauer, der jede einzelne Haarwurzel an ihrem Nacken und Kopf erfasst. Leise seufzt sie. Christian arbeitet sich langsam mit seinen Lippen und seiner Zunge ihren Hals entlang über ihr Dekolleté hin zu ihrem Busen. Während er die eine Brust wie zuvor mit seiner Hand erkundet, verwöhnt er die andere zunächst mit seinen Lippen und seiner Zunge, um dann zärtlich an ihrer Brustwarze zu saugen und zu knabbern. Das Feuer der Leidenschaft breitet sich heiß und jegliches Übel verzehrend in Isabelles Körper aus. Nicht im Entferntesten hat sie geahnt, welche Lust Christian ihr bereiten kann. Ihr Herz klopft vor Erregung. Sie seufzt genießerisch. Verschmitzt grinsend verschwindet Christian mit seinem Kopf zwischen ihren Beinen. Sie will gerade protestieren, als auch schon ein verzückter Aufschrei ihrer Kehle entspringt, während Christian sie genüsslich mit seiner Zunge verwöhnt und sie ihre Finger in seine weichen Haare gräbt.

Als er nach einer Weile wieder auftaucht, sieht er sie triumphierend von oben herab an. „Und? Hat es Euch gefallen, Fräulein Isabelle?" Selbstsicher lacht er sie, auf ein Lob wartend, an.

Auch wenn er in diesem Moment vermutlich alles von ihr verlangen könnte, nur damit sie noch einmal in den Genuss dieses Vergnügens kommt, will sie ihm diesen Gefallen jedoch nicht tun.

„Es ist unanständig, was wir hier tun", stellt sie stattdessen streng fest.

Er lacht kurz auf. „Wir? Du liegst mit entblößter Brust und gespreizten Beinen vor mir." Er ist amüsiert, und sie ist empört, als ihr klar wird, dass er recht hat. Schnell will sie sich vor ihm zurückziehen, doch er umschließt mit seiner linken Hand ihren Hals und hindert sie an ihrem Vorhaben, indem er sie zurück auf die Strohsäcke drückt.

Im ersten Augenblick der Panik versucht sie, mit ihren Händen seinen Griff zu lösen, doch Christian ergreift ihre linke Hand und hält sie fest, indem er seine Finger in ihre verschränkt. Er beugt sich zu ihr hinunter, um ihr ein langgezogenes, beruhigendes „Sch" ins Ohr zu raunen. Sie begreift, dass er nicht vorhat, zuzudrücken, sondern ihr lediglich seine Macht und Kraft demonstrieren will. *Es ist ein Spiel. Er spielt mit mir Fangen – genau wie mit dem Fohlen.* Als könnte er ihre Gedanken lesen, flüstert er zur Bestätigung heiser: „Hab' dich."

Sie muss sich nun entscheiden, ob sie dieses Spiel mitspielen will. Ein Blick in seine aufgewühlten Augen – und die Entscheidung fällt ihr nicht schwer. *Dieser Nervenkitzel bereitet mir nur noch mehr Lust.*

Christian lässt ihr einen Moment, bis sie sich beruhigt hat und erkennt, dass er ihr nicht wehtun will. Er fängt ihren Blick ein. Als sie ihn ansieht, verklärt sich dieser. Sie hört auf, an seinen Fingern zu zerren, die ihren Hals umschließen, und er spürt wie sich ihr Körper entspannt. Er lockert seinen Griff; ganz will er sie jedoch noch nicht freigeben. Mit der anderen Hand sucht er nun erneut nach dem Punkt zwischen ihren Schamlippen, dessen Berührung sie vorhin so entzückend hat aufjauchzen lassen. Ihr seliges Summen verrät ihm, dass er ihn gefunden hat. Seine Fixierung verhindert, dass sie sich lustvoll aufbäumen kann, umso mehr Bewegung kommt in ihr Becken, während er immer wieder sanft über die kleine Knospe reibt. Isabelle fährt mit ihrer rechten Hand seinen Arm entlang, mit dem er sie festhält.

Er beobachtet, wie sie ihn für einen Moment unter schweren Lidern ansieht, um sich dann wieder ganz dem Genuss hinzugeben und ihre Augen zu schließen. Dafür öffnet sich jetzt ihr herrlich breiter und inzwischen blutroter Mund. Sie atmet hörbar ein und aus und krallt sich mit ihren Fingerkuppen in seinen Oberarm. Ihre Atmung wird schneller. Zufrieden beobachtet er, wie sie sich erregt unter seinen Berührungen windet. Christian hat noch ihren betörenden Duft in der Nase, als er mit einem Finger in eine Höhle vordringt, die er viel lieber mit etwas anderem erforscht hätte. Die Erinnerung an ihren Geruch und die feuchtwarmen, weichen Gefilde, die er gerade erfühlt, machen ihn wahnsinnig.

Er kann nicht mehr an sich halten und stöhnt unter dem Druck, der sich in seiner Hose aufbaut. Schnell lässt er sie los und steht auf. *Ich kann heute nicht weitergehen. Ich darf ihr Vertrauen nicht missbrauchen.*

„Was ist los?", fragt sie irritiert, im ersten Augenblick noch berauscht von dem Sturm der Gefühle, der gerade in ihr getobt hat und so jäh unterbrochen wurde. Dann sieht sie ihn besorgt und auch ein wenig enttäuscht an.

„Keine Sorge, es ist alles in Ordnung." Er lächelt Isabelle schmerzverzerrt an. „Aber du solltest jetzt gehen." Verwirrt setzt sie sich auf, streift ihre Röcke wieder zurück über die Beine und beginnt, ihr Oberteil zu richten.

„Habe ich etwas falsch gemacht?", fragt sie vorsichtig und sieht mit großen Augen zu ihm auf, während sie nervös versucht, die Knöpfe an ihrem Oberteil schnellstens zu schließen. Ihre Wangen und Lippen sind kräftig gerötet und zeugen von dem, was sie gerade erlebt hat. Er ist betört von diesem Anblick, beugt sich zu ihr herunter und gibt ihr einen Kuss.

„Keine Sorge, du hast nichts falsch gemacht. Es gibt da nur jemanden, der auch Bedürfnisse hat." Er weist mit seinen Augen auf die Beule, die ganz deutlich von innen gegen seine Hose drückt.

„Oh", entschlüpft es Isabelle erstaunt. Sie denkt an den Morgen im Stall, als sie ihn heimlich beobachtet hat und wird rot vor Scham.

„Ich brauche jetzt nur ein wenig Zeit für mich allein", sagt er unruhig.

Isabelle steht hastig auf und streicht sich schnell die Kleider glatt. *Ich will ihn nicht länger als nötig leiden lassen.* „Es tut mir leid, dass ich dir keine Erleichterung verschaffen kann." Sie sieht ihn mitfühlend an.

„Das kannst du, Liebste. Aber das zeige ich dir ein anderes Mal. Wenn du es willst." Er zieht sie an sich und drückt ihr einen eiligen Kuss auf die Lippen. „Und nun geh und pass auf, dass dich niemand sieht!"

Dass man ihr ansieht, was sie getan hat, behalte ich lieber für mich. Ich will sie nicht beunruhigen. Damit niemand verdacht schöpft, werde ich später auf der Rückseite des Stalls aus einem der Fenster klettern. Ich muss sie schützen – vor allem, solange Georg noch auf Feldheim verweilt.

***

Schweren Herzens gibt Isabelle seiner Bitte nach. Er hat sie „Liebste" genannt und es wird ein nächstes Mal geben, das tröstet sie. Auf dem Weg zur Stalltür kämmt sie noch ihre langen Haare so gut es geht mit den Fingern durch, um sie zu richten und um verräterische Strohhalme abzuschütteln. Dann überquert sie schnellen Schrittes mit nach unten gesenktem Blick den Wirtschaftshof und sieht zu, dass sie ungesehen in ihr Zimmer kommt, wo sie sich, aufgelöst in purem Glück, auf ihr Bett wirft.

Als Sofie später vorbeikommt, betrachtet sie Isabelle erfreut. Das geheimnisvolle Lächeln, der verträumte Blick und die geröteten Wangen kommen ihr bekannt vor.

„Ich kann darüber nicht sprechen, aber ich soll dir einen herzlichen Dank für die Nacktschnecke ausrichten", erklärt Isabelle mit einem verträumten Lächeln. Sofie lacht. Natürlich versucht sie, Isabelle jede Kleinigkeit zu entlocken, aber Isabelle hüllt sich in Schweigen und behält ihr Geheimnis für sich. Sofie gönnt es ihr. Sie hätte es selbst nicht anders gemacht.

In der darauffolgenden Woche, in der die von Pletten noch auf Feldheim weilen, zehrt Isabelle von dem Moment der intimen Zweisamkeit, den sie mit Christian im Pferdestall erleben durfte. Auch wenn er wohl beschlossen hat, in diesen Tagen gänzlich auf Abstand zu gehen, so versetzt sie die Erinnerung an seine Küsse und seine Berührungen stets in einen Zustand der

Glückseligkeit.

Christian ist derweil bemüht, Constanze und Georg von Pletten zu beschäftigen und zu unterhalten. Sie unternehmen Picknickausflüge und Wanderungen, sind bei befreundeten Nachbarn zu einem kleinen Hauskonzert eingeladen und amüsieren sich bei einem Sommerfest im Dorf. Graf Ludwig scheint das Verhalten seines Neffen zufriedenzustellen, auch wenn er nach dem Ball etwas vergrämt gewirkt hat. Isabelle hingegen verschaffen diese Unternehmungen, zu denen sie selbstverständlich nicht eingeladen ist, die eine oder andere Gelegenheit, unbehelligt mit Amira auszureiten oder Luna und Guinevere zu besuchen. Ansonsten macht es ihr nicht viel aus, sich in ihr Zimmer zurückzuziehen und zu lesen. Das Ende ist absehbar. Die einzige Zeit des Tages, an der sie Baron von Pletten nicht aus dem Weg gehen kann, ist das Abendessen. Aber auch das erträgt sie tapfer. Der Baron verhält sich ihr gegenüber sehr gefasst und beinahe freundlicher als zuvor. Auch wenn Isabelle bewusst ist, dass diese Freundlichkeit nur aufgesetzt ist, ist sie darüber dennoch verwundert, hat sie doch nach dem Vorfall auf dem Ball mit erneuten Drohungen seinerseits gerechnet.

Die kleinen spitzen Bemerkungen, die Baronesse Constanze ihr gegenüber nicht unterlassen kann und ihr liebend gern zum Abendessen serviert, damit auch alle anderen etwas davon haben, lässt sie über sich ergehen. Auch wenn ihre Anspielungen Isabelle meist wie ein dummes, unbeholfenes Ding aussehen lassen, das weit unter ihrem Stand ist, behält diese ihre Zunge im Zaum und erträgt es demütig, in dem Wissen, dass Christians Zuneigung, derer sich Constanze von Pletten sicher scheint, nur vorgetäuscht ist.

Kapitel 20

9. Juni 1765, Schloss Feldheim

Schon vor einigen Tagen sind Baron und Baronesse von Pletten samt ihrer Entourage abgereist. Die Baronesse hat bei der Abreise, trotz der unterhaltsamen Zeit, die sie hier verbracht hat, überaus verbittert dreingeschaut. Isabelle nimmt an, dass es wohl daran lag, dass es nicht mehr zu der erhofften Verlobung mit Graf Christian gekommen ist. Georg von Pletten hat sich Derartiges nicht anmerken lassen. Nur der linkische Blick und das unterdrückte, siegessichere Grinsen bei seinem Abschied geben ihr zu denken, und sie befürchtet, dass für ihn in dieser Angelegenheit noch nicht das letzte Wort gesprochen ist.

Dennoch wirkte es wie eine Erlösung, als die Kutsche außer Sichtweite war. Zum einen fühlte sie sich nun wieder frei und sicher auf Schloss Feldheim, zum anderen hegte sie aber auch die Hoffnung, dass Christian nun wieder ihre Nähe suchen würde.

Diese Hoffnung zerschlug sich im Laufe der vergangenen Tage jedoch nach und nach. Christian geht ihr nach wie vor aus dem Weg, und wenn sich ein Zusammentreffen nicht umgehen lässt, vermeidet er den Blickkontakt mit ihr und lässt sich nur zu belanglosen Höflichkeitsfloskeln hinreißen.

In Isabelle keimt nach und nach die Befürchtung auf, dass es nicht die Baronesse ist, die von Christian getäuscht wurde, sondern sie selbst. Isabelle ist am Boden zerstört. *Ich sehne mich so sehr nach ihm. Was ist nur geschehen, dass er sich plötzlich wieder so abweisend verhält? Habe ich vielleicht doch etwas falsch gemacht, und er wollte mich nur, entgegen seiner üblichen Art, nicht vor den Kopf stoßen?* In Gedanken geht sie immer wieder die innigen Momente im Pferdestall durch, bis er sie so plötzlich gebeten hat, zu gehen. *Habe ich mich zu ungeschickt angestellt? Oder ist ihm einfach nur klar geworden, dass er doch nicht genug für mich empfindet? Ich muss mir wohl eingestehen, dass ich doch nur eine von vielen bin, mit denen er sein Spiel getrieben hat, während es für mich die Erfüllung einer Sehnsucht war, von der ich zuvor nichts ahnte.*

Es versetzt ihr jedes Mal einen Stich ins Herz, wenn sie sich begegnen und er mehr oder weniger über sie hinwegsieht, so als wäre sie es nicht wert, weiter beachtet zu werden. Um sich zu schützen, beschließt sie schließlich, es genauso zu halten, auch wenn es ihr nicht leicht fällt. Darüber hinaus redet sie ihn nun wieder ganz förmlich mit seinem Titel an, selbst dann, wenn der Zufall es will, dass sie sich allein über den Weg laufen.

Unentwegt sucht sie sich eine Beschäftigung, damit sie nicht ins Grübeln kommt. Und auch Sofie, die ihren Kummer selbstverständlich bemerkt, ist bemüht, sie abzulenken und auf andere Gedanken zu bringen.

Isabelle ist nun beinahe jeden Tag für mehrere Stunden mit Jakob im Garten beschäftigt. Johann hat sie schon seit einigen Tagen nicht gesehen. Jakob hat ihr, wie immer völlig emotionslos, mitgeteilt, dass sein Vater etwas in Stendal zu erledigen hat. Sie war über den Zufall verwundert, dass jemand von Schloss Feldheim dort etwas zu erledigen hat, wo sie eigentlich längst verheiratet an Friedrichs Seite hätte leben sollen. Auch auf die Gefahr hin, zu neugierig zu sein, hat sie Jakob geradeheraus gefragt, warum sein Vater in Stendal ist, und erfahren, dass Jakobs

Onkel und Tante dort wohnen. Sie hofft nun für Jakob und seine Familie, dass es keine beklagenswerten Umstände sind, die Jakobs Vater so lange in Stendal festhalten, hakt aber nicht weiter nach.

Das Zusammenarbeiten mit dem Jungen ist oft anstrengend, aber auch eine gute Ablenkung. Es erstaunt sie, wie gut Jakob Bescheid weiß, wann er was im Garten zu tun hat. Sie hatte angenommen, dass der Junge ohne seinen Vater in dieser Hinsicht etwas unbeholfen wäre, aber scheinbar ist Johann die letzten Jahre darum bemüht gewesen, immer nach einem gleichbleibenden Muster und Zeitplan mit dem Jungen zu arbeiten, woran sich Jakob nun halten kann und will. Und auch eine Isabelle Reichardt darf dieses Vorgehen nicht durcheinanderbringen. Tut sie es doch einmal ungewollt, beginnt Jakob aufgeregt zu protestieren – und klatscht dabei immer wieder fest in die Hände. Isabelle ist dann bemüht, möglichst schnell den Fehler zu finden und alles wieder in den Ursprungszustand zu versetzen, sodass Jakob in den meisten Fällen nach kurzer Zeit wieder zur Ruhe kommt. Genau aus diesem Grund hilft sie dem Jungen meist nur beim Gießen, Hacken und Unkrautjäten. Dabei kann sie am wenigsten falsch machen. Aber heute pflanzen sie zusammen Kohl.
Isabelle hat von ihm den Auftrag bekommen, die Grünkohlpflanzen zu setzen. Jakob hat ihr dafür extra zwei Stöcke auf Länge gebracht – den kürzeren für den Abstand der Pflanzen untereinander und den etwas längeren Stock für den Abstand zwischen den Reihen. Daran hat sie sich genau zu halten, das weiß sie inzwischen.

Flocke, die kleine weiße Hündin, weicht Jakob wie immer nicht von der Seite, aber auf die Beete darf sie nicht. Also legt sie sich auf den Weg, in den Schatten des Pflaumenbaums, und beobachtet von dort aufmerksam das Geschehen, wobei ihr dann und wann die kleinen Äuglein zufallen.

Es ist heiß und die Sonne brennt durch den Stoff ihres Kleides auf Isabelles Rücken. Schweigend arbeiten sie und Jakob vor sich hin, dennoch herrscht keine völlige Stille. Die Vögel versuchen, sich in ihren Gesangskünsten gegenseitig zu überbieten, ab und an bringt der Wind die Blätter der Bäume zum Rauschen, eine dicke Hummel brummt ganz in der Nähe von einer Blüte zur nächsten und Flocke schnauft gelangweilt oder streckt sich stöhnend, als würde ihr die Last der Verantwortung, die sie glaubt, für Jakob innezuhaben, zu schwer auf die kleinen, zerbrechlichen Schultern drücken. Plötzlich springt sie auf und kündigt einen Besucher an.

***

Christian ist Isabelle die letzten Tage nach Möglichkeit aus dem Weg gegangen. Er hat ihr etwas zu beichten, doch ihm fehlt der Mut dazu. Tag für Tag schiebt er es jetzt schon vor sich her. Aber wenn er dort weitermachen will, wo sie im Pferdestall aufgehört haben, muss er ihr erst die Wahrheit sagen. Und das sollte er besser früher als später tun, da muss er seinem Bruder wohl oder übel zustimmen. Wenn es nach Sükrü gegangen wäre, hätte er ihr schon alles an dem Tag gestehen sollen, als sie Isabelle entführt haben. Aber er konnte – oder vielmehr wollte – es nicht. Isabelle war eine Fremde für ihn – und er schämt sich für das, was er getan hat. Auch hätte die Wahrheit Isabelle nicht dazu bewogen, freiwillig mit ihm zu gehen; daran hat er nach wie vor keine Zweifel.

Aber nun führt kein Weg mehr an der Wahrheit vorbei, auch

290

wenn er damit das Risiko eingehen muss, dass sie ihm möglicherweise nicht verzeiht. Weder sein Verhalten in der Vergangenheit noch sein Versteckspiel in der Gegenwart. *Ich sehne mich nach ihr. Ich sehne mich danach, ihre weiche, nach Flieder duftende Haut mit meinen Lippen zu streicheln, sehne mich danach, von ihren zarten Händen berührt zu werden, sehne mich nach ihren Küssen und verzehre mich nach dem betörenden Duft ihrer Scham. Ich will mehr von ihr – doch das kann ich nur verlangen, wenn ich endlich ehrlich zu ihr bin.*

Auf seinem Weg zu Kurt Lander und Sükrü hat er gesehen, wie sie mit dem rothaarigen Jungen des Gärtners in den Gemüsegarten gegangen ist. Er hat die Absprachen mit dem Verwalter möglichst kurz gehalten, damit er sie danach noch im Garten antreffen würde.

Jetzt beobachtet er Isabelle. Sie kniet in einem der Beete und buddelt kleine Löcher, in die sie junge Pflanzen setzt, um dann die Erde um sie herum mit ihren Händen wieder anzudrücken. Er muss lächeln. Ihm gefällt, was er sieht. Es ist eine der Seiten an Isabelle, die sie von den Frauen, mit denen er sich eigentlich hätte umgeben sollen, unterscheidet. *Sie ist so echt – so lebendig. Dass Constanze jemals freiwillig ihre bloßen Hände in die schwarze Erde graben würde, ist unvorstellbar.*

Als er zu ihnen geht, verrät die weiße Hündin Jakob und Isabelle sein Kommen. Flocke läuft ihm wachsam entgegen, um nachzusehen, wer sich da ihrem Herrchen nähert. Isabelle und der Junge sehen nur kurz von ihrer Arbeit auf, um dann konzentriert weiterzuarbeiten.

Dass sie ihn gesehen haben, dessen ist er sich sicher. Von dem Gärtnerjungen ist er nichts anderes gewohnt; er lebt in seiner eigenen Welt. Aber Isabelles Verhalten tut ihm weh. *Vor ein paar Tagen noch hätte sie mich nicht ignoriert. Sie wäre wahrscheinlich aufgestanden und hätte mir mit einem scheuen Lächeln erwartungsvoll entgegengesehen. Ich habe sie gekränkt.* Nicht zum ersten Mal, wie er weiß.

Christian steht nun vor dem Beet, in dem die beiden hockend arbeiten und seine Anwesenheit geflissentlich übergehen. Auf das Beet zu treten, um sich die nötige Aufmerksamkeit von Isabelle einzufordern, wagt er nicht, weiß er doch inzwischen, wie der Junge reagiert, wenn man seine Ordnung durcheinanderbringt.

***

Isabelle weiß, dass Christian inzwischen bei ihnen steht. Sie arbeitet aber weiter, ohne ihn auch nur eines Blickes zu würdigen. Unter dem breiten Rand ihres Strohhutes ist es ihr ein Leichtes, sich zu verstecken.

„Guten Morgen, Isabelle.“

Isabelle wartet einen Augenblick. Als er nichts weiter sagt, erwidert sie seinen Gruß, ohne von ihrer Arbeit aufzusehen.

„Guten Morgen, Herr Graf.“ *Ich darf ihn nicht ansehen. Wenn ich ihn nicht sehe, schmerzt mich die Sehnsucht nach ihm nicht ganz so sehr.*

„Habt Ihr einen Augenblick Zeit für mich? Ich würde gern mit Euch unter vier Augen reden.“ Er räuspert sich verlegen.

„Es tut mir leid, Herr Graf, aber wie Ihr seht, habe ich zu tun.“ Sie gibt sich so abweisend wie möglich. *Will er mir jetzt endlich erklären, warum wir beide nicht mehr zusammen sein können?* Auch wenn es sie die vergangenen Tage beinahe zermürbt hat, den Grund dafür nicht zu kennen, so hat sie jetzt

Angst davor, ihn zu erfahren. Bisher hat sie versucht, sich einzureden, dass alles nur ein Missverständnis ist, das sich aufklären wird – und dann würde alles wieder so sein können, wie es vorher war. Aber wirklich daran glauben kann sie nicht. *Wenn er mir jetzt einen Grund nennt, der nicht infrage zu stellen ist, ist es endgültig.* Entgegen ihrer gespielten Gelassenheit schlägt ihr Herz viel zu schnell und kräftig in ihrer Brust.

„Ich bitte Euch, weist mich nicht zurück", fleht er. „Es ist wichtig."

Betrübt schielt sie nun unter ihrem Hut zu ihm hinauf und seufzt.

„Also gut", gibt sie nach. *Es war ein Fehler, ihn anzusehen. Er sieht unglücklich aus, und auch wenn er es nicht verdient, habe ich dennoch Mitleid mit ihm.*

Sie steht auf, nimmt ihren Strohhut ab und geht die Reihe, die sie gepflanzt hat, bis zum Ende des Beetes zurück, wo schon zwei mit Wasser gefüllte Gießkannen bereitstehen. Sie legt ihren Hut daneben und wäscht sich in einer der Kannen, so gut es geht, die Hände, schüttelt dann das Wasser ab und trocknet sie an ihrer Schürze. Isabelle lässt sich dabei Zeit, hat sie doch Angst vor dem, was sie gleich zu hören bekommen wird. Es entgeht ihr dabei nicht, wie er jede ihrer Bewegungen aufmerksam und ungeduldig verfolgt.

Schließlich fällt ihr nichts mehr ein, was sie noch tun könnte, um Zeit zu schinden, und sie geht zu ihm. Als sie bei ihm ist, hält er ihr höflich seinen Arm hin, damit sie sich bei ihm einhaken kann, während sie ein Stück zusammen gehen würden. Sie sieht ihn irritiert an und lehnt seine Einladung kopfschüttelnd ab. Enttäuscht senkt er seinen Blick, dreht sich um und geht dann den schmalen Weg voraus, wobei er sich mehrmals unsicher nach ihr umschaut, um sicherzugehen, dass sie ihm folgt.

Christian schlägt die Richtung durch den Garten ein, in der sich der Park anschließt – dort können sie bequem nebeneinandergehen, was das Reden erheblich einfacher gestalten würde. Allerdings reden sie nicht miteinander. Isabelle hat ihm nichts zu sagen, und er zögert. So laufen sie eine kleine Weile nebeneinanderher, ohne dass einer von ihnen ein Wort verliert.

Ist es ein gutes Zeichen, dass er damit hadert, sich zu erklären? Warum spannt er mich so lange auf die Folter? Isabelle wird ungeduldig.

„Würdet Ihr nun bitte sagen, weswegen Ihr mich sprechen wolltet?" Sie verschränkt schützend ihre Arme vor der Brust und sieht stur geradeaus, während sie weitergehen. Ihr Herz hat sich zwischenzeitlich beruhigt, überschlägt sich nun aber beinahe wieder in Erwartung seiner Antwort.

„Ich denke, Ihr wisst, warum ich Euch sprechen möchte", beginnt er leise.

Sie reagiert darauf nicht. Seine Gedanken kann sie schließlich nicht lesen.

„Ich möchte versuchen, Euch zu erklären, warum ich mich in den letzten Tagen von Euch ferngehalten habe."

Isabelle rechnet mit dem Schlimmsten. Tränen steigen ihr in die Augen. *Ich will jetzt nicht weinen. Nicht vor ihm.* Sie dreht ihren Kopf zur Seite und versucht angestrengt, die Tränen wegzublinzeln.

„Es ist so …", Christian räuspert sich, „… ich habe Euch etwas zu beichten." Er macht eine kurze Pause, die Isabelles Gemüt nur noch mehr quält. Dann fährt er endlich fort. „Isabelle, ich kann mit dir nicht da weitermachen, wo wir aufgehört haben, bevor du nicht weißt, wer ich bin – und was ich getan habe."

„Warum glaubt Ihr, dass ich überhaupt noch mit Euch da

weitermachen möchte, wo wir aufgehört haben?", fragt sie trotzig.

Er bleibt stehen und hält Isabelle fest. Isabelle will sich losmachen. Sie hat zwar gehört, was sie sich zu hören erhofft hat – nämlich, dass er weiterhin mit ihr zusammen sein will –, *aber was weiß ich schon, was er zu beichten hat? Was meint er damit, wenn er sagt, „wer er ist – und was er getan hat"? Ist er nicht Graf Christian von Feldheim? Spielt er nur dessen Rolle?*

Er dreht sie zu sich herum. „Du bist gekränkt. Das sagt mir, dass es dir nicht egal ist, und allein das lässt mich hoffen, dass du mir vielleicht vergeben kannst."

Sie kann ihre Tränen nun nicht mehr zurückhalten und wischt sie schnell von ihren Wangen. Er will sie in seine Arme ziehen, aber sie wehrt ihn ab. „Was hast du mir nun zu beichten?", fragt sie gereizt.

Er seufzt. „Es ist nicht so einfach, den richtigen Anfang zu finden. Ich möchte, dass du mich verstehst."

„Um dich zu verstehen, musst du erst einmal mit mir reden."

Er nickt, verständig über Isabelles Ungeduld, und seufzt dennoch schweren Herzens, als er beginnt zu erklären. „Du weißt, dass ich nicht nur meine Mutter, sondern auch meinen Vater sehr früh verloren habe, oder?"

„Ja, Sükrü hat es mir erzählt."

„Was hat er dir noch erzählt?"

„Nichts weiter. Nur dass du dann mit ihm und seinen Eltern nach Konstantinopel gegangen bist, weil es für dich hier zu gefährlich war. Aber was hat das jetzt hiermit zu tun?" Sie sieht ihn verständnislos und ungeduldig an.

„Meine Eltern sind nicht einfach verstorben. Meine Eltern wurden ermordet."

Isabelle sieht ihn erschrocken über diese Offenbarung an.

„Ich war dabei, ich habe es gesehen", fügt er leise hinzu. Jetzt hat er seine Arme vor der Brust verschränkt, als würde er sich vor irgendetwas schützen wollen.

Bis gerade hat Isabelle versucht, sich kalt und abweisend zu geben, doch nun kann sie ihr Mitgefühl nicht mehr verbergen. Die Vorstellung, dass er mit vierzehn Jahren mitansehen musste, wie seine Eltern ermordet wurden, tut ihr weh. „Das … das tut mir so leid."

Er redet weiter, sieht sie dabei aber nicht an, so als wäre er verlegen oder ganz und gar beschämt. „Ich frage mich seitdem immer wieder, ob ich nicht etwas hätte tun können oder sogar etwas hätte tun müssen. Ich habe meine Mutter und meinen Vater zurückgelassen und mich wie ein Feigling aus dem Staub gemacht, anstatt ihnen zu helfen."

„Aber du warst damals ein Kind!", entschuldigt sie sein Verhalten. Isabelle geht zu ihm, will ihn in die Arme nehmen. Egal, was zwischen ihnen vorgefallen ist – sie hat das Bedürfnis, ihn zu trösten.

Jetzt weicht er ihr aus. „Ich habe deinen Trost und dein Mitleid nicht verdient."

„Ich glaube nicht, dass deine Eltern gewollt hätten, dass du dich in Gefahr begibst. Sie wären bestimmt sehr froh darüber, dass du dich in Sicherheit gebracht hast – und vor allem, dass du lebst."

Er schüttelt den Kopf. „Du bist nicht die Erste, die mir das sagt. Nur kann ich es glauben? Ich trage seit Jahren diese Schuld in mir, und ich schäme mich so dafür."

„Christian, …", ermahnt sie ihn, „… stell dir vor, du hättest einen Sohn." Sie hält kurz inne und beobachtet, wie er sich innerlich windet, als würde er ihr nicht zuhören wollen, weil das bedeuten könnte, dass er sich vergeben muss. „Stellst du es dir vor?", fragt sie deshalb noch einmal streng und eindringlich.

Er nickt.

„Du musst es fühlen." Isabelle sieht ihm in die Augen. „Fühlst du es hier, dass du einen Sohn hast?" Sie berührt mit ihrer Hand die Stelle, wo Christians Herz schlägt.

Christian sieht sie an und stellt sich seinen Sohn vor. Er hat kastanienbraunes Haar und smaragdgrüne Augen. Genau wie Isabelle. Bei der Vorstellung muss er lächeln. Er nickt noch einmal.

„Ja, ich fühle es", bestätigt er zärtlich und legt seine Hand über die von Isabelle.

„Und jetzt überleg dir, was du dir für ihn wünschen würdest. Würdest du dir wünschen, dass er davonläuft und sein Leben rettet – oder dass er für dich sein Leben opfert?"

Er schließt die Augen und beißt sich auf die Unterlippe. *Ich brauche nicht lange zu überlegen.* Die Erkenntnis, die sich nun in ihm ausbreitet, nimmt ihm die schwere Last der Schuld, die er jahrelang mit sich herumgetragen hat. Tränen steigen ihm in die Augen.

„Dass er sein Leben rettet", flüstert er. „Ich würde wollen, dass er davonläuft und sein Leben rettet." Er öffnet seine Augen und sieht Isabelle, die ihn so liebevoll anlächelt, dass es ihm schwerfällt, weiterzureden.

„Aber das ist noch nicht alles", gesteht er mit belegter Stimme.

Isabelle nickt. „Das dachte ich mir." Sie zieht ihre Hand unter der seinen hervor, und das mitfühlende Lächeln schwindet aus ihrem Gesicht.

„Erinnerst du dich an den Jungen, den du vor zehn Jahren schwer verletzt gefunden hast? Den ihr bei euch aufgenommen und wochenlang gepflegt habt?"

Sie sieht ihn verständnislos an. Natürlich erinnert sie sich, aber woher weiß er von ihm?

Christian senkt verlegen seinen Blick. „Erinnerst du dich an den Jungen, der sich eines Nachts davongemacht hat und euch ein Pferd und Lebensmittel gestohlen hat?"

Isabelle denkt an den Jungen, den sie damals am Ufer der Elbe gefunden hat und von dem sie im ersten Augenblick geglaubt hat, dass er tot sei. Sie haben ihn mit nach Hause genommen und ihr Vater ließ einen Arzt kommen, der ihnen jedoch nicht viel Hoffnung machte. Am Ende behielt er nicht recht. Sie pflegten den Jungen, bis er wieder genesen war. *Zumindest seinen Körper. Bei seiner Seele bin ich mir nicht sicher.* Sie selbst hat an seinem Bett gesessen und ihm seine Stirn gekühlt, als er im Fieberwahn gelegen, geweint und geschrien hat. Als er über den Berg war, sprach er kein Wort mit ihnen, bis zu dem Tag, als er sie hasserfüllt anschrie, dass sie ihn endlich in Ruhe lassen und nicht ständig mit ihren hässlichen grünen Froschaugen angaffen soll. In der darauffolgenden Nacht ist er dann verschwunden. Sie erinnert sich, dass Hanne geschimpft hat, wie undankbar der Junge doch ist, während ihr Vater ihn in Schutz nahm, weil keiner wusste, was der Junge Schlimmes erlebt hat.

„Ja, ich erinnere mich. Er ließ uns glauben, dass der Schock ihn verstummen lassen hat." Ihre Augen verengen sich misstrauisch. „Aber woher weißt du von ihm?" Sie kann keinen Zusammenhang herstellen zwischen dem, was damals geschehen ist, und Christians heutigem Verhalten, das er zu rechtfertigen versucht.

„Erinnerst du dich auch noch an die Verletzungen des Jungen?"

„Ja, aber was soll das alles?" Sie schüttelt verständnislos den Kopf, in dem immer noch das Bild des Jungen hängt, mit seinen blonden, lockigen Haaren und den blauen Augen – genau wie Christian. Dann fällt ihr Blick auf Christians linke Hand, die er immer bemüht ist, vor ihr zu verstecken, wenn er nicht gerade den fingerlosen Handschuh darüber trägt. Sie schluckt schwer. „Er hatte einen Durchschuss in der linken Hand." Sie sieht zu ihm auf – und wieder zu seiner linken Hand. Die Erkenntnis des Möglichen trifft sie wie ein Schlag. *Ich habe die Lösung die ganze Zeit vor mir gehabt. Warum habe ich sie nicht schon viel früher erkannt?! Aber wie hätte ich auch den schmächtigen Jungen, der damals sogar ein Stück kleiner als ich selbst war, und von dem ich nicht einmal den Namen kannte, mit ihm – Graf Christian von Feldheim – in Verbindung bringen sollen.*

„Ich habe meine Mutter mit der Hand umfasst, um sie von der Gefahr wegzuziehen. Aber wohin? In der Kutsche war kein Platz, um auszuweichen", erklärt er und wirkt dabei so verzweifelt, als läge der Überfall nur ein paar Tage zurück. Christian zieht den Handschuh aus.

Da ist sie – die Narbe. Nicht mehr so rot, nicht mehr so geschwollen, aber eine gut verheilte Narbe, die von einem Durchschuss stammen könnte. Noch will sie alledem nicht ganz Glauben schenken. Eine Unsicherheit besteht noch.

„Die Kugel ist auch in seinen Bauch gedrungen", stellt Isabelle fest und sieht gebannt zu, wie Christian nun auch sein Hemd lüftet. Ungläubig starrt Isabelle auf die Narbe. *Sie ist tatsächlich genau an der Stelle, wo auch der Junge verletzt war.* Sie geht einen Schritt auf ihn zu und streckt ihre Hand aus. Sie will die Narbe berühren, damit sie sicher sein kann, dass sie echt ist, schreckt dann aber doch davor zurück. „Du warst das?"

Er nickt schuldbewusst und steckt sein Hemd wieder in die Hose.

Ich verstehe das alles nicht. Auf einmal sind so viele Fragen in ihrem Kopf. „Warum hast du damals nicht mit uns gesprochen? Warum bist du einfach abgehauen? Und warum hast du es mir nicht schon viel früher erzählt?" Sie ist außer sich.

„Ich habe mitbekommen, wie dein Vater erzählt hat, dass man in der Stadt nach mir suchen würde, weil ich angeblich ein entlaufener Dieb sei."

Isabelle nickt. *Ich weiß nicht, warum Vater es getan hat, aber er hat dich geschützt.* „Ja, das stimmt. Vater hat sogar noch den Arzt bestochen, damit er dich nicht verrät."

„Die Leute, die meine Eltern getötet haben, wollten auch mich aus dem Weg schaffen. Ich hatte schließlich alles gesehen. Das glaubten sie zumindest. Ich nehme an, dass sie versucht haben, meiner auf diese Weise habhaft zu werden, als sie gemerkt haben, dass ich nicht unter den Toten bin."

Isabelle ist entsetzt und ihrem Vater unendlich dankbar, dass er damals gegen alle Vernunft gehandelt hat. „Aber warum?"

„Ich weiß es nicht." Er hebt hilflos seine Arme – und lässt sie wieder sinken. „Ich weiß bis heute nicht, wer meine Eltern hat töten lassen und vor allem nicht, warum." Er kann die Tränen nicht mehr zurückhalten und senkt beschämt den Kopf, damit Isabelle sie nicht sieht.

Isabelle geht zu ihm und wischt ihm die Tränen von den Wangen. „Darum hat dein Onkel dich nach Konstantinopel geschickt?"

„Ja." Er umfasst zärtlich Isabelles Hände und legt sie auf seiner Brust ab.

Aber Isabelle lässt sie dort nicht liegen. Zu vieles ist noch ungeklärt.

„Aber warum hast du dich stumm gestellt?"

„Da gab es nicht nur einen Grund. Ich war wütend auf euch", gibt er kleinlaut zu. „Ich konnte euch nicht dankbar sein. Als ich zu mir kam, fühlte ich mich meinen Eltern gegenüber schuldig, und alles tat weh – meine Wunden und meine Seele. Ich hätte lieber sterben wollen, und ich habe euch dafür gehasst, dass ihr mir das Leben gerettet habt."

Isabelle sieht ihn verwirrt an. Sie weiß nicht, ob sie das verstehen kann, aber sie versucht, sich in den Jungen einzufühlen, der auf so schreckliche Weise seine Eltern verloren hat.

„Es war dumm. Es tut mir leid, Isabelle. Ihr wart auf meiner Seite, aber ich habe das damals nicht sehen können. Außerdem wollte ich mich nicht verraten, also habe ich lieber gar nichts gesagt. Und weil ich wütend auf euch war, fiel es mir auch nicht schwer, euch ein Pferd und Lebensmittel zu stehlen. Ich musste ja irgendwie nach Hause kommen." Christian senkt reumütig seinen Kopf. „Es tut mir so leid." Er rauft sich nervös die Haare und wirft Isabelle dann einen flehenden Blick zu.

Er hofft wohl auf ein Wort des Verständnisses, aber ich weiß nicht, was ich zu alldem sagen soll. Sie ist überwältigt von einem Gemisch der gegensätzlichsten Emotionen. Da ist die ihr Blut zum Kochen bringende Wut auf ihn, dass er ihr diese einfachen Antworten auf ihre dringlichsten Fragen, die so vieles erklärt hätten, so lange vorenthalten hat. Da ist die befreiende Erleichterung darüber, dass der Grund, warum sie auf Schloss Feldheim weilt, keine Lüge ist. Da ist das ihr Herz marternde Mitgefühl für den vierzehnjährigen Jungen, der miterleben musste, wie seine Eltern ermordet wurden. Und über allem liegt die innig empfundene Zuneigung zu Christian, die mit seinem Geständnis an Gewicht gewonnen hat, und schließlich noch das Bedürfnis, ihm Liebe und Trost zu spenden, damit ihm die Vergangenheit nicht mehr allzu sehr auf die Seele drückt.

„Als ich aus Konstantinopel zurück war, habe ich irgendwann den Entschluss gefasst, euch aufzusuchen und alles aufzuklären. Ich wollte mich bei deinem Vater bedanken und meine Schuld bei euch begleichen. Aber dann war es zu spät. Ich habe vom Tod deines Vaters erfahren – und konnte ihm nur noch die letzte Ehre erweisen."

Als er den Tod ihres Vaters erwähnt, wird sie traurig. *Es hätte ihm bestimmt viel bedeutet, die Wahrheit zu erfahren und zu wissen, dass er damals das Richtige getan hat.*

Christian zieht sie sanft an sich. Jetzt wehrt sie sich nicht mehr. Sie legt ihren Kopf an seine Schulter und lässt sich von ihm tröstend den Rücken streicheln.

„Du warst auf seiner Beerdigung?" *Hätte ich dich doch nur damals schon an meiner Seite gewusst.*

„Ja, ich war da."

„Ich kann mich gar nicht erinnern, dich gesehen zu haben", sagt sie bedauernd.

Er schließt sie fest in seine Arme. „Ich weiß. Aber ich habe dich gesehen. Ich hatte Mitleid mit dir."

„Und aus Mitleid hast du mir eine Sterbensangst eingejagt und mich nach Schloss Feldheim verschleppt?" Sie spricht es ohne einen Vorwurf aus, eigentlich nur, um ihn zu ärgern. *Ich will es ihm nicht zu einfach machen.*

„Verzeih mir, Isabelle! Du sahst so unglücklich aus, und eure alte Magd hat so schlecht von deiner Familie gesprochen. Ich dachte, dir ein anderes Leben zu bieten, als das, was dich an der Seite deines Cousins oder im Kloster erwarten würde, wäre vielleicht eine Möglichkeit, meine Schuld doch noch zu begleichen. Aber die Zeit war knapp. Ich habe es dir schon einmal versucht zu erklären. Der Entschluss, dich zu entführen, war die einzige Möglichkeit, die ich sah, um dich aus dieser Lage zu befreien."

„Warum hast du nicht mit mir gesprochen und es mir erklärt?“

„Hättest du es verstanden? Du hast so sehr um deinen Vater getrauert. Und du hast mich ja nicht einmal bemerkt. Das hat ganz schön an meinem Stolz gekratzt, das kann ich dir versichern.“

Sie lacht spöttisch auf. *Als ob du dich darum geschert hast.*

„Es war vielleicht ein unbedachter, eiliger Entschluss, aber die Dinge haben sich etwas überschlagen. Sei ehrlich – wärst du einfach mit mir gekommen? Du kanntest mich doch gar nicht.“

„Wahrscheinlich nicht“, gibt sie zu.

Er spürt ihren Atem an seinem Hals. *Es tut gut, sie wieder so nah bei mir zu haben.* „Siehst du! Und deine liebenswerte Tante hätte dich bestimmt auch nicht gehen lassen.“

„Da könntest du recht haben.“

„Vergibst du mir, Isabelle? Kannst du mir verzeihen, dass ich dir nicht die Wahrheit über mich gesagt habe, dass ich dich gegen deinen Willen hierhergebracht habe und dass ich dich die vergangenen Tage im Ungewissen gelassen habe, nur weil mir der Mut gefehlt hat, dir alles zu beichten?“

Sie schweigen eine Weile. Christian wartet angespannt auf Isabelles Antwort. Dass er sie in seinen Armen halten darf, lässt ihn Hoffnung schöpfen.

Isabelle fällt kein Grund ein, warum sie ihm nicht vergeben sollte. *Er war damals ein Kind, das Schreckliches erlebt hat. Wenn mein Vater ihm keinen Vorwurf gemacht hat, warum soll ich es dann tun? Die Reue, die er für sein damaliges Handeln empfindet, spricht für ihn. Und letztendlich bin ich ihm dankbar, dass er mich nach Schloss Feldheim gebracht hat. Dass er es so lange nicht gewagt hat, mir die Wahrheit zu sagen, zeigt, dass es ihm nicht egal ist, was ich von ihm denke.*

„Ich verzeihe dir.“

Ihre Antwort scheint eine Erlösung für ihn zu sein, die nicht nur seine Arme um sie herum lockert, sondern ihn auch erleichtert ausatmen lässt.

„Was ist mit Vaters Pferd geschehen? Hast du dich gut darum gekümmert?“

„Sag du es mir! Macht Amira einen guten Eindruck auf dich?“

„Amira?“

„Ja. Ich finde, der Name passt besser zu ihr als Butterblume.“

Er klingt überheblich, als er es sagt. *Der Name passt wohl besser zu den von Feldheim, aber zu uns Reichardts hat Butterblume sehr gut gepasst.* Isabelle zuckt nur verdrossen mit den Schultern. *Ich will mich jetzt nicht mit ihm streiten. Butterblume geht es gut.* Die Gewissheit reicht ihr für den Moment.

„Und was deine hässlichen grünen Froschaugen angeht …“

Isabelle zuckt zusammen. Seine Worte hatten sie damals sehr getroffen, und es überrascht sie, dass er sich daran noch erinnern kann.

„… sie sind gar nicht hässlich, und es sind auch keine Froschaugen.“

Jetzt ist Isabelle erleichtert. Dennoch befreit sie sich aus seiner Umarmung und sieht ihn gekränkt an. „Ach, nein?“ Isabelle verschränkt beleidigt die Arme vor ihrer Brust und macht damit deutlich, dass es wohl etwas mehr braucht, um das wiedergutzumachen.

„Nein.“

Er versucht, sie wieder an sich zu ziehen, aber Isabelle macht sich aus gespieltem Trotz steif.

„Ich wollte dich damals einfach nur verletzen, damit du endlich verschwindest. Du bist mir tüchtig auf die Nerven gegangen mit deinem ständigen Geplapper und den Versuchen, mich aufzuheitern. Du warst so schrecklich anstrengend. Um ehrlich zu sein, bist du das auch heute noch manchmal."

Isabelle windet sich aus seinen Händen. *Jetzt treibst du es zu weit.* „So, ich bin also anstrengend. Dann sollte ich jetzt wohl besser wieder zu Jakob gehen. Dem falle ich nämlich nicht zur Last."

Er zieht sie an ihrem Arm zurück und hindert sie daran, zu gehen. „Bist du dir da sicher?"

Isabelle sieht ihn empört an. „Das mit der Bitte um Verzeihung solltest du dringend noch einmal üben", bemerkt sie aufgebracht.

Er lacht und legt zärtlich seine Hand an ihre Wange. Dann sieht er sie ernst an. „Deine Augen sind so grün wie eine Sommerwiese – und wenn du wütend bist, so wie jetzt, dann funkeln sie noch schöner als Smaragde, die man gegen die Sonne hält."

Unter seinem hingebungsvollen Blick wird sie schwach und lässt sich von ihm in die Arme ziehen. Ihre Augen wandern zu seinen schönen Lippen. *Ich will dich endlich wieder küssen.* Als hätte sie es laut ausgesprochen, legt er ihr seine Hand in den Nacken und kommt ihr entgegen. Sie schließt die Augen. Weich und zärtlich stoßen ihre Lippen aufeinander. Seine Zunge sucht die ihre, und sie spielen das vertraute, sinnliche Spiel miteinander. Ihre Hände gleiten über seinen muskulösen Rücken hinunter zu seinem Po. Sie umfasst seine Pobacken und drückt liebevoll zu. Als Reaktion darauf zieht Christian ihren Unterleib dicht an den seinen, was Isabelle mit einem genussvollen Seufzen beantwortet.

Sie drohen, sich ganz in sich selbst zu verlieren, als sie das Hecheln eines Hundes in das Hier und Jetzt zurückholt. Immer noch eng umschlungen richten sich ihre Augen auf die kleine weiße Hündin, die schwanzwedelnd zu ihnen hinaufschaut. Einer Ahnung folgend sieht Isabelle in die Richtung, aus der sie gekommen sind, und entdeckt Jakob, der unweit von ihnen am Brunnen stehen geblieben ist. Christian folgt ihrem Blick. Schnell gehen sie auseinander.

„Jakob? Hast du mich gesucht?", ruft Isabelle überrascht. Der Junge dreht sich scheinbar verlegen um und klatscht in die Hände.

„Ich sollte gehen", stellt sie besorgt und gleichzeitig bedauernd fest.

Christian nickt betrübt, hält sie aber dennoch zurück. Er hat in ihren Haaren eine kleine Spinne entdeckt, die er nun vorsichtig herausnimmt. Sie sehen ihr einen Augenblick nach, wie sie sich von seinem Finger zum Boden abseilt und dabei im Wind treiben lässt. Als sie sicher gelandet ist, will Isabelle gehen, doch Christian zieht sie noch einmal leidenschaftlich an sich und küsst sie hingebungsvoll.

„Ich bin noch nicht fertig mit dir", flüstert er ihr ins Ohr und gibt ihr damit ein Versprechen, dass sie mit einer prickelnden Vorfreude erfüllt. Dann lässt er sie frei.

Als sie am Nachmittag mit Sofie zusammensitzt, berichtet Isabelle ihr von Christians Geständnis und stellt ihre Freundin zur Rede.

Sie erfährt von Sofie, dass alle Bediensteten auf Schloss Feldheim eingeweiht und zur Verschwiegenheit verpflichtet wurden. Sie sollten freundlich und zuvorkommend zu Isabelle sein, schließlich hat der junge Graf ihr sein Leben zu verdanken.

Sofie beteuert ihr unzählige Male, dass sie ihr alles erzählt hätte, hätte sie es nur gedurft, aber der Graf ist nun einmal ihr Herr – und dem muss sie gehorchen. Isabelle hat Verständnis für den Zwiespalt, in dem Sofie steckte, ist aber dennoch ein wenig enttäuscht von ihrer Freundin. Die Tatsache, dass Sofie immer wieder auf Sükrü eingeredet hat, damit dieser Christian endlich davon überzeugt, Isabelle die Wahrheit zu sagen, stimmt sie jedoch wieder versöhnlich.

„Es hätte mir einiges leichter gemacht, wenn er mir nur eher die Wahrheit gesagt hätte. Ich habe mich so in ihm getäuscht.“

„Inwiefern?“

„Ich dachte, er sei selbstherrlich und unverschämt, dabei hatte er einfach nur Angst, dass ich ihm nicht vergeben könnte, obwohl er so viel durchgemacht hat.“

„Du hast dich nicht geirrt. Er ist selbstherrlich und unverschämt.“

Isabelle sieht Sofie verblüfft an.

„Aber er ist auch höflich, gerecht und fürsorglich. Sükrü würde ihm sogar sein Leben anvertrauen. Und dir fallen bestimmt auch noch ein paar Eigenschaften ein, die für ihn sprechen, oder?!“

Isabelle wird rot.

„Was ich sagen will: Er würde dich wahrscheinlich gar nicht reizen, wenn er nicht selbstherrlich und unverschämt wäre. So wie er wahrscheinlich auch kein Interesse für dich hegen würde, wenn du nicht so dickköpfig und unfügsam wärst.“

„Ich bin nicht dickköpfig und unfügsam.“

„Doch, das bist du, meine liebe Isabelle. Aber das Leben wäre doch ziemlich langweilig und fad, wenn wir nicht alle unsere Ecken und Kanten hätten.“ Sofie sieht aus dem Fenster hinunter zum Park. „Genau wie Frühling und Sommer kein farbenfrohes Spektakel wären, wenn jede Blume der anderen gleichen würde.“

In der Nacht hört sie Christian ihren Namen rufen. Immer und immer wieder, bis sie schließlich wach wird. Isabelle blinzelt verwirrt. Ihr Blick wandert von Christian, der auf ihrem Bett sitzt, zu den brennenden Kerzen auf ihrem Nachttisch – und wieder zurück zu Christian. Sie fragt sich, warum er bei ihr ist und ob sie vergessen hat, die Kerzen zu löschen.

„Christian? Ist was passiert?" Sie ist beunruhigt, setzt sich auf und reibt sich verschlafen die Augen.

„Noch nicht", antwortet er sanft und leise, und dennoch hört es sich beinahe wie eine Drohung an. Er steht von ihrem Bett auf.

Immer noch leicht benommen vom Schlaf, aus dem er sie gerissen hat, sieht Isabelle ihn aus zusammengekniffenen Augen an und nimmt nur am Rande seinen schwarzen, seidig glänzenden, mit orientalischen Mustern bestickten Morgenrock wahr.

„Ich habe dir doch gesagt, dass ich noch nicht fertig mit dir bin." Er öffnet den Gürtel des Morgenrocks und lässt beides zusammen zu Boden fallen.

Jetzt ist sie hellwach und versteht, warum er bei ihr ist. Noch nie zuvor hat sie einen völlig nackten Mann zu Gesicht bekommen. Und jetzt steht Christian vor ihrem Bett, nackt, wie Gott ihn schuf. *Und Gott hat sich mit ihm wirklich sehr, sehr, sehr viel Mühe gegeben*, stellt sie anerkennend fest, als sie ihren Blick über seinen wohlmodellierten, muskulösen Körper schweifen lässt. Seine sonnengebräunte Haut schimmert verführerisch im flackernden Kerzenlicht. Isabelle kann sich gar nicht satt an ihm sehen. Seine Stärke, der sie sich gegenübersieht, lässt sie schwach werden. Sie spürt aufgeregt flatternde Schmetterlinge in ihrem Bauch und ein kräftiges Pochen an ihrem Hals. Die Spannung vor dem Unbekannten und die Vorfreude darauf bringen ihr Blut dermaßen in Wallung, dass sie es unter ihrer Haut sieden fühlt. Sie sieht das selbstgefällige Lächeln, dass seinen Mund umspielt. *Er genießt jeden Blick von mir.* Erregt öffnet sie ihre Lippen.

„Gefällt dir, was du siehst?", will er überheblich wissen.

Ich kann es ihm nicht vorwerfen. Er hat allen Grund dazu. Isabelle schluckt schwer – und nickt beeindruckt. Sein Anblick hat ihr die Sprache verschlagen.

„Soll ich wieder gehen?"

Isabelle schüttelt den Kopf.

Er lacht leise. „Darf ich zu dir kommen?"

Wieder nickt sie nur.

„Du darfst mit mir reden, Isabelle", sagt er amüsiert. Er hebt die Decke an, unter der sie liegt, und will sie wegziehen.

„Darf ich?", vergewissert er sich noch einmal.

„Ja", haucht Isabelle zaghaft.

Mit jedem Stück, das er nun näher zu ihr kommt und sich über sie beugt, fragt er erneut: „Darf ich?"

Und jedes Mal antwortet sie mit einem sehnsüchtigen „Ja" und kann es kaum erwarten, bis sie ihn ganz nah bei sich hat.

Er schiebt ihr mit seiner großen, warmen Hand das Nachthemd die Oberschenkel entlang nach oben – und noch weiter. Seine Berührungen lassen sie beben. Sie hilft ihm, damit er ihr das Nachthemd schließlich über den Kopf ziehen kann.

Christian nimmt sie in seine Arme, küsst sie innig und drückt sie zurück aufs Bett.

„Bleib liegen! Ich will dich ansehen. So wie du mich angesehen hast."

Isabelle gehorcht ihm, auch wenn sie unsicher ist, ob ihm gefallen wird, was er sieht. Scheu bedeckt sie ihre Scham und ihre Brüste mit den Händen, doch Christian nimmt ihre Hände von dort weg und legt sie neben ihr ab. Dann steht er auf und geht langsam um das Bett, die Augen stets auf sie gerichtet, um sie von allen Seiten betrachten zu können. Sie beobachtet ihn. Versucht, an seinem Gesicht abzulesen, ob er Gefallen an ihr findet. Seine intensiven Blicke beschleunigen ihren Herzschlag und ihre Atmung. Ihr Brustkorb hebt und senkt sich deutlich sichtbar.

„Du solltest das lassen", raunt er heiser.

„Was?", fragt sie unschuldig.

„Das Atmen. Es macht ihn wahnsinnig." Christian sieht an sich hinunter – und sie folgt seinem Blick. Dort sieht sie sein Gemächt in voller Größe. *Dass ihm gefällt, was er sieht, dürfte damit außer Frage stehen.*

Er legt sich wieder zu ihr. „Du kannst ihn anfassen." Er nimmt ihre Hand und führt sie zu seinem Glied.

Isabelle berührt es zunächst nur zaghaft und ist überrascht, wie zart seine Haut sich anfühlt. Sie setzt sich auf und umschließt es nun mit ihrer Hand. Christian zieht erregt die Luft ein. Dennoch zögert sie. *Ich will ihm nicht wehtun.* Er zeigt und erklärt ihr, wie sie ihn mit der Hand erfreuen kann, und Isabelle folgt seiner Anleitung. Sie gleitet mit ihrer Hand, die seinen Penis umschließt, langsam hoch und runter und verwöhnt abwechselnd die Unterseite seines Glieds mit den Fingern. *Es scheint ihm zu gefallen. Und mir gefällt, wie schwach und wehrlos dieser starke Mann in meinen Händen liegt.*

Nach einer Weile räuspert er sich verlegen. „Würdest du ihn auch in den Mund nehmen?", bittet er vorsichtig.

Isabelle gibt ihm keine Antwort. Verwundert fragt sie sich, was es bewirkt, wenn sie sein Glied in den Mund nehmen würde. Sie sieht seinen erregten, hoffnungsvollen Blick auf sich gerichtet. Das große, starke und dennoch so zarte Gemächt liegt ausgeliefert in ihrer Hand. *Ich begehre ihn, und ich will ihn glücklich machen – so wie er mich im Pferdestall glücklich gemacht hat –*, also stellt sie seine Bitte nicht weiter infrage. Sie beugt sich vor – und lässt sein Glied langsam in ihren Mund gleiten. Sein erleichtertes Ausatmen bestätigt sie in dem, was sie tut. Isabelle überrascht die Fülle in ihrem Mund, die ihr im ersten Augenblick beinahe den Atem raubt. Sie zieht ihn wieder heraus und umspielt mit ihrer Zunge zärtlich die empfindsame Spitze. Sein hilfloses Stöhnen lässt sie zu ihm aufblicken.

Christian liegt ergeben vor ihr, hat die Augen geschlossen und genießt offensichtlich ihre Liebkosungen. Seine Hand hat er sanft auf ihren Kopf gelegt. Sie lässt sein Gemächt nun abwechselnd in ihre Mundhöhle hinein- und wieder hinausgleiten, wobei sie mit ihren Lippen mal mehr und mal weniger Druck darauf ausübt und zaghaft daran saugt. Sein Stöhnen wird drängender. Als sich eine warme, salzig schmeckende Flüssigkeit in ihren Mund ergießt, hält er ihren Kopf fest – und Isabelle bleibt nichts anderes übrig, als sie hinunterzuschlucken. Christian atmet erleichtert aus. Er sieht sie entrückt an, zieht sie zu sich und wischt ihr mit dem Daumen zärtlich einen Rest seines wertvollen Safts von den Lippen. Isabelle schmiegt sich an ihn, küsst seinen Hals, seine Brust und nimmt den Duft seiner Haut in sich auf. *Er riecht so unglaublich gut.*

Nach einer kurzen Verschnaufpause, in der sie sich schweigend in den Armen liegen, beginnt er damit, sie zu verwöhnen. So wechseln sie sich im Geben und Nehmen ihrer Zärtlichkeiten ab, bis das hingebungsvolle Spiel sie so viel Kraft gekostet hat, dass sie einschlafen.

Kapitel 21

15. Juni 1765, Magdeburg

Es ist nun schon Mitte Juni, und von Isabelle gibt es nach wie vor kein Lebenszeichen. Hanne ist am Boden zerstört. Anfangs hat sie noch gehofft, dass Isabelle den Wegelagerern irgendwie entkommen kann oder dass man diese Verbrecher aufgreifen würde und ihre Kleine wieder zurück nach Hause bringt, aber inzwischen hat sie eingesehen, dass ein solches Wunder nicht geschehen wird. Und das bedeutet, dass sie Isabelle wohl nie wiedersieht. Sie betet jeden Abend für ihr kleines Mädchen. Betet dafür, dass man ihr nichts Schlimmes antut, falls sie noch am Leben ist, und betet dafür, dass sie ohne Qualen hat sterben dürfen, falls sie in den Tod geschickt wurde. Warum hat es ausgerechnet Isabelle treffen müssen? Erst Otto – und jetzt auch noch das Mädchen.

Der feine Herr, der das Haus gekauft hat, hat bisher alles so belassen. Hanne und August fragen sich oft, warum er Haus und Hof überhaupt erworben hat. Aber sie sind auch froh, dass sie in ihrem Alter keine neue Anstellung suchen müssen und das Haus, das sie seit fünfundzwanzig Jahren ihr Heim nennen, nicht verloren ist.

Hanne geht oft in Isabelles Zimmer, setzt sich auf einen Stuhl, schließt die Augen und erinnert sich daran, wie es war, als Isabelle noch bei ihr war. Der Kummer um ihr Mädchen hat ihr so sehr den Appetit verdorben, dass sie bereits einiges an Leibesfülle verloren hat.

Der neue Besitzer kam nur wenige Tage nach Isabelles Verschwinden noch einmal hierher. Er suchte Unterlagen von Ottos letzter Geschäftsreise, fand sie aber nicht. Hannes Leid blieb ihm nicht verborgen, und er versprach ihr, vor allem in Gedenken an seinen Freund Otto nach Isabelle suchen zu lassen. Das Versprechen ließ sie damals Hoffnung schöpfen.

Am nächsten Tag reiste er schon wieder ab, und Hanne und August haben seitdem nichts mehr von ihm gehört oder gesehen. Hanne befürchtet, dass er ihr ein Versprechen gegeben hat, das er nicht halten kann oder will. Was hat sie auch erwartet? Wenn Isabelle ein hochwohlgeborenes Fräulein gewesen wäre, hätte man sich wahrscheinlich mehr darum geschert, was ihr zugestoßen sein mag. Aber in den Augen des feinen Herrn ist sie wohl nur ein unbedeutendes Mädchen. Eines von vielen. Sie selbst allerdings hätte für das Mädchen ihr Leben gegeben.

Gerade ist wieder ein solch feiner Herr auf den Hof gekommen. Hanne sieht ihn durch das Küchenfenster. Er ist schon älter und hat ein hageres Gesicht, in dem eine spitze, leicht gebogene Nase sitzt. Freundlich lächelt er August an, als dieser ihm das Pferd abnimmt. Hanne geht auf den Hof und begrüßt den Mann mit einem Knicks.

Der Mann verbeugt sich tief, als hätte er eine Dame seines Standes vor sich.

„Ihr müsst Hanne sein", stellt er mit einem breiten Lächeln fest, das seine kleinen braunen Zähne entblößt. Der Wind trägt seinen Geruch nach Tabak zu ihr herüber.

Hanne stutzt. „Darf ich fragen, woher Ihr meinen Namen kennt?"

„Nun, Otto hat immer viel von seinem Zuhause erzählt. Auch von Euch." Er blinzelt ihr durch die Mittagssonne entgegen.

Hanne sieht ihn misstrauisch an. „Ich bin ein alter Freund von Otto Reichardt. Ist er denn da?“, ergänzt der feine Herr und schaut sich interessiert auf dem Hof um.

„Nun, wenn Ihr ein alter Freund seid, müsstet Ihr wissen, dass Herr Reichardt nicht mehr unter uns weilt.“

Der Mann sieht sie mit offenem Mund entsetzt an. Er nimmt seinen Dreispitz ab, senkt den Blick, murmelt etwas und bekreuzigt sich. Er scheint ehrlich betroffen zu sein.

„Wir haben uns einige Jahre nicht gesehen, aber immer schriftlich Kontakt gehalten. Nun bin ich geschäftlich in der Nähe – und wollte ihn überraschen.“ Er schüttelt verzweifelt den Kopf. „Der arme Otto. Wie ist er denn von uns gegangen? War er krank?“

Hanne schüttelt traurig den Kopf. Das alles ist noch nicht lange genug her, als dass sie darüber emotionslos hätte sprechen können. Sie erzählt dem Mann, was im Frühling geschehen ist. Er ist schockiert und muss sich setzen. Hanne bietet ihm einen Platz auf der Bank im Hof an.

„Gehört das dann jetzt alles seiner Tochter?“ Hanne schüttelt den Kopf, während er nachdenklich seine Stirn in Falten legt. „Isabelle heißt sie doch, glaube ich.“

Hanne ist der Meinung, dass der feine Herr, wenn er ihren Namen kennt und auch von Isabelle weiß, wohl wirklich ein Freund von Otto Reichardt sein muss. Warum hätte er sonst auch hierherkommen sollen? So erzählt sie ihm von dem Testament und von dem Handel, den Isabelle ihr zuliebe mit ihrem Vetter eingegangen ist.

„Nun ja, die schlechteste Entscheidung war das ja wohl nicht für das Mädchen. Besser als das Kloster allemal.“

Hanne lacht abfällig und erzählt dem feinen Herrn nun auch noch von Friedrich, von seinem unbeherrschten Wesen und von seiner Trink- und Spielsucht.

„Das arme Mädchen. Da trägt sie Euch zuliebe eine große Bürde.“

Hanne bestätigt das mit einem Kopfnicken, und Tränen steigen ihr in die Augen.

„Die Trennung fällt Euch schwer“, stellt er verständnisvoll fest.

„Ich habe sie doch großgezogen. Natürlich fehlt sie mir.“ Hanne schluchzt.

„Lebt sie denn wenigstens nicht allzu weit weg, sodass sie Euch ab und an besuchen kommen kann?“

„Die Frage ist, ob sie überhaupt noch lebt.“ Nun kann sich Hanne nicht mehr beherrschen und weint hemmungslos. August hat sich inzwischen dazugesellt und versucht, sie zu beruhigen.

„Wie meint Ihr das? Glaubt Ihr, Friedrich Reichardt hat ihr etwas angetan?“ Der feine Herr sieht sie skeptisch an.

Hanne wischt sich mit der Schürze die Tränen ab und schnäuzt hinein. Sie hat nichts anderes zur Hand.

„Lass gut sein, Hanne!“, ermahnt August sie.

In seinem Gesicht erkennt sie, dass er nichts davon hält, dass Hanne dem Fremden so viel preisgibt. Hanne schüttelt ihn ab. Die Ungewissheit bringt sie beinahe um und sie klammert sich an jeden Strohhalm. Vielleicht weiß ja dieser feine Herr einen Rat. „Der Herr kann doch ruhig wissen, wie schlimm uns das Schicksal mitgespielt hat. Er kann gern wissen, dass Isabelle eben nicht bei Friedrich in Stendal ist, obwohl ich mir im Moment nichts sehnlicher wünsche. Ich hätte nie gedacht, dass ich das einmal sagen würde.“

„Ihr sprecht in Rätseln, Hanne. Wo ist das arme Mädchen denn dann?“

Hanne erzählt ihm von dem Überfall und dass Isabelle seitdem spurlos verschwunden ist.

Der feine Herr schüttelt bestürzt den Kopf. „Man sagt wohl nicht ohne Grund, dass ein Unglück selten allein kommt. Als ob der Mord an dem lieben Otto nicht genug Leid gebracht hätte. Wenn er das wüsste, würde er sich im Grab umdrehen. Ich bedaure das sehr."

„Es ist so still und einsam hier, seit die beiden nicht mehr hier sind", schnieft Hanne.

„Ist das Haus denn schon verkauft? Hier zieht doch bestimmt bald neues Leben ein. Das dürfte Euch ein wenig von Eurem Kummer ablenken."

„Es wurde schon wenige Tage nach der Beerdigung verkauft, aber Ihr seht und hört es ja selbst, hier herrscht eine Stille wie auf dem Friedhof."

„Wer ist denn der neue Hausherr?"

„Ein Graf."

Der feine Herr runzelt verständnislos die Stirn. „Was will denn ein Graf mit einem solchen Haus?"

„Ja, das wundert Euch auch, nicht wahr?! Siehst du, August, ich habe recht, wenn ich sage, dass da irgendetwas nicht stimmt."

„Hanne, du sollst nicht immer so viel daherreden. Sei froh, dass wir hierbleiben können. Womöglich wären wir sonst im Armenhaus gelandet. Es geht uns doch gut."

„War er denn schon einmal hier, der Herr Graf?"

„Ach! Nach dem Kauf nur einmal. Danach hat er sich nicht mehr blicken lassen." Hanne winkt verächtlich ab.

„Waren er und Otto miteinander bekannt?"

Hanne nickt. „Ja. Zumindest hat er so etwas erwähnt. Als unser Herr noch gelebt hat, habe ich ihn hier allerdings nie gesehen."

Der feine Herr steht von der Bank auf. „Ich möchte Eure kostbare Zeit nun auch nicht weiter in Anspruch nehmen. Es tut mir sehr leid, dass ich Euch in Eurem Kummer zurücklassen muss, aber ich hatte gehofft, Otto wiederzusehen. Nun, da er nicht mehr da ist, werde ich mich wieder auf den Weg machen. Umso eher bin ich wieder zu Hause."

Kapitel 22

19. Juni 1765, Schloss Feldheim

Christian kommt nun beinahe jeden Abend zu ihr. Die Stunden, an denen der Tag sich dem Ende neigt, kann sie daher kaum erwarten. Die Spannung auf die Sinnesfreuden, die er ihr bereitet, versüßt ihr den Tag.

Dass sie ihre Zuneigung füreinander vor allen anderen, außer Sofie und Sükrü, zu verheimlichen versuchen, macht ihre Begegnungen im Beisein anderer nur noch aufregender. Die heimlichen, manchmal sehr anzüglichen Berührungen und Gesten von Christian lösen in ihr einen wollüstigen Funkenflug aus, der ihr oft viel Selbstbeherrschung abfordert, was Christian stets amüsiert beobachtet. Dennoch gibt es auch tagsüber immer wieder Gelegenheiten, bei denen sie ihre Zweisamkeit ungestört genießen können. Manchmal ist es der Zufall, der diese Gelegenheiten herbeiführt, und manchmal sind sie geplant.

Gerade sitzen sie unter dem Kirschbaum am Ende der Streuobstwiese, bei dem sie sich regelmäßig, aber dennoch immer rein zufällig treffen.

Christian lehnt am Stamm des Baumes, der sein niedriges Blattwerk weit über sie ausbreitet und an dem schon die ersten roten Früchte hängen. Isabelle sitzt zwischen seinen Beinen, mit dem Rücken an ihn gelehnt. Ihren Kopf hat sie an seine Schulter gelegt. Er hält sie in seinen Armen und sie dösen in der Mittagssonne.

Noch vor ein paar Wochen hätte Christian sich nicht vorstellen können, dass es ihn glücklich machen würde, mit einer Frau einfach nur unter einem Kirschbaum zu sitzen. Bisher erfolgte jede Zusammenkunft mit einer Frau ausschließlich mit dem Ziel seiner körperlichen Befriedigung. Isabelle tut darüber hinaus seiner Seele gut. Er wusste bis vor Kurzem nicht, dass ihm etwas gefehlt hat. Jedenfalls hätte er es nicht in Worte fassen können. *Jetzt weiß ich, dass mir nichts mehr fehlt, wenn Isabelle nur bei mir ist.*

„Ich frage mich so oft, wie es Hanne und August geht." Isabelle seufzt traurig. „Was meinst du, wie lange es noch dauern wird, bis ich den beiden ein Lebenszeichen von mir geben kann, ohne dass du oder ich in Schwierigkeiten kommen?"

„Vielleicht nicht mehr allzu lang, aber ich weiß es nicht", antwortet er schläfrig. Er streicht ihr eine Haarsträhne aus dem Gesicht und gibt ihr einen zärtlichen Kuss, als sie zu ihm aufsieht.

„Glaubst du wirklich, Friedrich wird irgendwann nicht mehr auf dem Versprechen bestehen, das ich ihm gegeben habe?"

Er zuckt mit den Schultern.

„Ich kann es mir nicht vorstellen. Er braucht mein Erbe. Ich müsste mich wahrscheinlich damit freikaufen. Alles andere wäre ein Wunder."

„Wenn unserem König ein Wunder vergönnt war, damit der Krieg endlich ein Ende findet, warum dann nicht auch uns?"

„Meinst du nicht, es ist ein wenig vermessen, das Eheversprechen zwischen Friedrich und mir mit dem Bündnis zwischen Russland und Österreich zu vergleichen? Außerdem müsste dann einer der beiden Vertragspartner das Zeitliche segnen. Der Gedanke gefällt mir ganz und gar nicht." Isabelle versucht sich noch weiter in seine Umarmung zu graben.

„Da stimme ich dir zu. Ich wollte damit auch nur sagen, dass man manchmal glaubt, keinen Ausweg zu sehen, und dann geschieht etwas Unverhofftes – oder es tritt etwas zutage, mit dem man nicht gerechnet hat –, und plötzlich liegt die Lösung ganz nah."

„Du sprichst in Rätseln."

„Vertrau mir einfach. Ich bin zuversichtlich."

„Wenn sich Hanne und August doch wenigstens nicht weiter sorgen müssten und wissen dürften, dass es mir gut geht."

„Geht es dir denn gut?", flüstert er nun munterer in ihr Ohr.

Egal wie bekümmert sie gerade noch war, das aufkommende wohlige Kribbeln lässt sie lächeln. *Ich weiß genau, was er hören will, aber sagen werde ich es ihm nicht.* „Na ja, es ist erträglich. Wenn man bedenkt, dass ich gegen meinen Willen hierher verschleppt worden bin, könnte es mir tatsächlich schlechter ergehen."

Er stupst sie zur Strafe in die Seite und sie kichert leise.

„Wenigstens hat man mir ein Dach über dem Kopf zugestanden, und verhungern und verdursten lässt man mich auch nicht", führt sie weiter aus. „Meine Langeweile kann ich mir auch ganz gut vertreiben. Ich darf ausreiten, lesen und im Garten arbeiten." Isabelle macht eine kleine Pause, als würde sie nachdenken. „Ach, und dann ist da noch dieser Mann. So ein selbstgefälliger und unverschämter Graf, der um meine Zuneigung buhlt", trägt sie scheinbar verächtlich vor. Sie vollführt eine affektierte Geste und fügt überheblich hinzu: „Hin und wieder lasse ich ihn in dem Glauben, dass er mich fasziniert – und vertreibe mir meine Zeit mit ihm unter einem Kirschbaum."

Dieses freche Biest – ich habe genug gehört. „Ich glaube, dein Entführer war bisher etwas zu nachsichtig mit dir."

Sie lacht. Christian schiebt sie von sich weg und drückt sie hinunter ins Gras. *Na warte, du wirst gleich um meine Zuneigung buhlen!* Damit sie ihm nicht mehr entkommen kann, setzt er sich auf Isabelles Oberschenkel und fängt dann an, sie zur Strafe zu kitzeln.

Sie lacht, schreit und quiekt. Isabelle windet sich unter ihm, versucht, seine „Angriffe" mit ihren Händen abzuwehren, und fleht ihn an, aufzuhören. Aber erst, als sie völlig außer Atem japst: „Bitte, hör auf! Ich kann nicht mehr!", hat er Erbarmen mit ihr. Er umfasst ihre Handgelenke und drückt sie neben ihren Kopf auf den Boden. Christian sagt kein Wort. Er sieht sie einfach nur überlegen an. *Sein Blick betört mich.* Sie versucht, ihre Handgelenke freizubekommen, um ihn an sich zu ziehen und zu küssen, doch es gelingt ihr nicht.

„Vielleicht solltest du dich bei dem selbstgefälligen und unverschämten Grafen lieber entschuldigen", schlägt Christian zynisch vor. Er grinst berechnend.

Und wieder übermannt sie dieser wollüstige Funkenflug. Sie sieht ihn begierig an. „Niemals", haucht sie.

Dann muss ich dich wohl bestrafen.

Sein Gesicht kommt nun immer näher. In Erwartung seines Kusses öffnet sie leicht ihre Lippen und schließt die Augen. Ein Räuspern lässt sie erschrecken. Es ist Sükrü.

„Tut mir leid, wenn ich euch zwei stören muss, aber Johann ist zurück. Er will mit dir sprechen, Christian."

Ausgerechnet jetzt. „Einen besseren Zeitpunkt hätte er nicht wählen können", beklagt sich Christian unzufrieden, steht auf und reicht Isabelle die Hand, um ihr aufzuhelfen.

„Also, mir würden da schon noch ein paar andere Gelegenheiten einfallen, bei denen mir eine Störung recht willkommen wäre", widerspricht sie ihm scheinbar gleichgültig und richtet desinteressiert ihre Kleidung.

Sie liebt es mich zu reizen – und ich finde es zugegebener Maßen auch ganz wunderbar. Er packt sie an der Taille und zieht sie an sich. Isabelle grinst ihn herausfordernd an.

„Das hat noch ein Nachspiel, Fräulein Isabelle", droht er ihr, lässt sie dann aber los, um Sükrü hinterherzulaufen, der anstandshalber schon vorausgegangen ist.

„Das hoffe ich, Herr Graf." *Ich kann es kaum erwarten.*

Er dreht sich noch einmal zu ihr um und lacht sie amüsiert an. Dann beeilt er sich. Er hofft, dass Johann ihm die Nachricht bringt, die er erwartet.

Leider ist dem nicht so, weswegen Christian etwas ungehalten darüber ist, dass er dafür seine Liebste verlassen hat. Aber er kann Johann keinen Vorwurf machen, ebenso wenig, wie er Wunder erwarten kann. Johann hat sein Möglichstes getan. Er kennt eben nicht die richtigen Leute und auch keine Halunken in Stendal, die ihm vielleicht die nötigen Informationen hätten besorgen können. Wenigstens will sein Schwager versuchen, die erforderlichen Kontakte herzustellen, aber das würde noch etwas Zeit in Anspruch nehmen. Zeit, die er im schlimmsten Fall nicht hat.

Johann hat die Liste mit den in Hamburg gekauften Stoffen seinem Schwager überlassen, insofern ist Christian froh, dass er Johann nur eine Abschrift mitgegeben hat. Er muss sich nun noch etwas in Geduld üben und kann nur hoffen, dass ihre Bemühungen den gewünschten Erfolg bringen. Er hätte lieber heute als morgen die nötigen Beweise in den Händen, um den Mörder – oder denjenigen, der den Mord an Otto Reichardt in Auftrag gegeben hat – zu stellen. Und das nicht nur, weil er es Otto Reichardt schuldig ist.

Kapitel 23

29. Juni 1765, Schloss Feldheim

Es ist der 29. Juni, der Tag, an dem Christian Geburtstag hat – und vierundzwanzig Jahre alt wird. Ein großes Fest soll es deswegen nicht geben. Christian hält nicht besonders viel von diesen Veranstaltungen. Aber wie es nicht anders zu erwarten war, sind Baron von Pletten und seine Tochter vor zwei Tagen erneut angereist.

Isabelle ist betrübt darüber. Mit dem Eintreffen der von Pletten fühlt sie sich an dem Ort, der ihr inzwischen so vertraut geworden ist und ihr Schutz und Sicherheit bietet, schlagartig unwohl. Schon als die Nachricht über die Absicht eines neuerlichen Besuches in Schloss Feldheim eintraf, machte sich dieses Unbehagen in ihr breit, was sie Christian gegenüber nicht verbergen konnte. Er hat ihr immer wieder versichert, dass sie sich keine Sorgen machen bräuchte. Er würde auf sie aufpassen, und der Baron würde es nicht wagen, sich an ihr zu vergreifen. Er wäre nur ein sich aufspielender Großkotz, der immer noch in Erwartung wäre, dass Christian seine Tochter zur Frau nehmen würde. Christian kann sich nicht vorstellen, dass der Baron etwas tun würde, das sein Missfallen hervorrufen und damit die Ehe mit seiner Tochter gefährden würde. Er ist der Meinung, dass der Baron Isabelle nur Angst machen wollte. Was ihm ja auch gelungen ist. Isabelle kann jedoch nicht glauben, dass Georg von Pletten es nur bei leeren Drohungen belassen wird. Christian war nicht dabei, als er sie in der Bibliothek bedroht hat. Er hat nicht gesehen, wie der Baron sie bedrängt hat. Weder Sükrü noch Christian haben in seine bösen, gierigen Augen sehen müssen, während er ihnen ein Messer an die Kehle gehalten hat.

Sie schließt nun wieder die Tür ab, sobald sie sich allein in ihrem Zimmer befindet, und zieht sich weitestgehend zurück, um Baron von Pletten möglichst nicht zu begegnen, schon gar nicht allein. Zudem bringt es die Anwesenheit des Barons und der Baronesse mit sich, dass sie Christian seltener zu Gesicht bekommt. Auch wenn Christian ihr weismachen will, dass Georg von Pletten mehr prahlt, als dass er seinen Worten Taten folgen lassen würde, so scheint er doch selbst nicht ganz überzeugt davon zu sein, denn seine nächtlichen Besuche bei ihr hat er bis auf Weiteres eingestellt, was dazu führt, dass Isabelle sich nur noch mehr nach Christian sehnt und sich nach ihm verzehrt.

Sofie macht beim Lesenlernen weiter große Fortschritte. Nach dem Frühstück sitzen sie in Isabelles Zimmer zusammen auf der Ottomane, und Sofie liest aus „König Artus und die Ritter der Tafelrunde" vor. Isabelle hat das Buch wider Erwarten vor einigen Tagen in der Bibliothek entdeckt. Noch vermag Sofie nicht an die Lesekunst von Isabelles Vater heranzureichen, weil sie sich noch zu sehr auf die einzelnen Worte als auf deren Bedeutung im Zusammenhang konzentrieren muss, aber bis auf einzelne Hänger geht ihr das Lesen recht flüssig von den Lippen.

Isabelle spielt mit einem schwarzen Seidenband, das zwischen den Seiten gelegen hat und beim Umherblättern herausgefallen ist. Es diente wohl jemandem mal als Lesezeichen. Sie lässt es durch ihre Finger gleiten und berührt dann mit dem glatten, kühlen Stoff ihre Lippen. Für einen kurzen Moment schweifen ihre Gedanken ab und fliegen zu Christian und seinem schwarzen Morgenrock, unter dem er, wenn er nachts zu ihr kommt, seinen atemberaubenden Körper verbirgt, den sie inzwischen so gut kennt, dass sie ihn bis ins kleinste Detail beschreiben könnte. Gerade will sie sich gedanklich in diese kleinen Details, wie dem entzückenden Leberfleck über seiner rechten Pobacke, verlieren, als er plötzlich in ihrem Zimmer steht. Zu zweit springen sie augenblicklich von der Ottomane auf. Sofie, um respektvoll vor ihrem Herrn zu knicksen, und Isabelle, um sich Christian hocherfreut in die Arme zu werfen, was sie aber des Anstands wegen nicht tut.

Christian bittet Sofie, ein paar unaufschiebbaren Verrichtungen auf dem Flur nachzugehen, damit er Isabelles Zimmer später auch wieder ungesehen verlassen kann.

Als sie allein sind, zieht er Isabelle endlich in seine Arme. Sie blickt ihm tief in die Augen und fragt mit zärtlicher Stimme: „Womit kann ich dem Herrn Grafen eine Freude zu seinem Geburtstag machen?"

Durchtrieben grinst er sie an und gibt ihr zärtlich einen Kuss, dann wandert er mit seinen Lippen zu ihrem Ohr und raunt mit sanfter Stimme: „Ich wüsste da tatsächlich etwas, Fräulein Isabelle." Inzwischen weiß er, wie sehr es Isabelle erregt, wenn er ihr etwas ins Ohr flüstert.

Das Prickeln, das sein Atem an dieser empfindlichen Stelle auslöst, breitet sich rasant über ihren ganzen Körper aus und macht sie beinahe willenlos. Sie glaubt, seinen Wunsch zu kennen, ist sich aber nicht sicher, ob sie ihn wirklich erfüllen soll, auch wenn sie sich inzwischen selbst danach sehnt.

Christian nimmt ihr Gesicht in beide Hände und sieht sie zärtlich an. „Ich möchte, dass du heute Abend den Schmuck meiner Mutter trägst."

Sie runzelt die Stirn und seufzt mürrisch. *Mit diesem Wunsch habe ich nicht gerechnet.*

„Was ist?“, fragt er mit verletztem Blick, sodass es ihr augenblicklich leidtut. „Gefällt er dir nicht?“

„Doch, er ist wunderschön“, versichert sie ihm. Da er ihr ihre Sorgen den Baron betreffend wohl wieder auszureden versuchen würde, sucht sie nach einem anderen Grund, den sie vorschieben könnte, um den Schmuck nicht tragen zu müssen.

„Aber …“, sie macht eine Pause.

„Aber?“

„… ich habe das Gefühl, dass es Unrecht ist, den Schmuck deiner Mutter zu tragen. Ich glaube, sie würde es nicht gutheißen.“

„Wie kommst du darauf?“

„Deine Eltern wollten doch, dass du die Baronesse zu deiner Frau nimmst. Wie kannst du dann annehmen, dass es dem Wunsch deiner Mutter entsprechen würde, wenn eine Frau wie ich, eine Bürgerliche, ihren Schmuck trägt? Wäre es nicht eher ihr Wunsch gewesen, dass ihn die Baronesse eines Tages trägt?“

Er runzelt unwillig die Stirn. „Nein, du kannst mir glauben, meine Mutter war eine liebevolle und einfühlsame Frau. Ich bin mir sicher, du hättest sie genauso verzaubert, wie du mich verzaubert hast. Du darfst ihn tragen, glaub es mir. Es wäre ihr Wunsch gewesen, wenn es ihr vergönnt gewesen wäre, dich kennenlernen zu dürfen. Und die Tatsache, dass du ihrem Sohn das Leben gerettet hast, wäre dabei wohl auch nicht von unerheblichem Einfluss auf ihr Wohlwollen gewesen.“

Isabelle zögert.

„Bitte erweis mir und meiner Mutter diese Ehre!“, fleht er.

Wie kann ich ihm das abschlagen, ohne ihn zu verletzen? Sie gibt nach und nickt einwilligend, aber immer noch unschlüssig.

Ihre Gedanken wandern wieder besorgt zu der Drohung, die Baron von Pletten ihr gegenüber ausgesprochen hat. Sie will ihn nicht provozieren. Schon der Gedanke an eine erneute Begegnung dieser Art lässt es ihr kalt den Rücken herunterlaufen.

„Und das rote Kleid trägst du bitte auch", fügt er schnell, wohl die Gunst der Stunde nutzend, fordernd hinzu.

„Du verlangst zu viel!" Missmutig will sie sich von ihm abstoßen, doch er drückt sie noch fester an sich. „Du weißt, dass ich lieber so wenig Aufmerksamkeit wie möglich auf mich richten möchte, wenn der Baron hier ist. Was er getan hat …", sie kann es nicht aussprechen und schüttelt sich bei dem Gedanken an seinen widerlichen Geruch und daran, wie er sie beleckt hat, vor Ekel. „Ich will so etwas nicht noch einmal erleben."

„Das wirst du auch nicht. Ich pass' auf dich auf. Bitte erfülle mir diesen Wunsch!", bittet er erneut. „Ich will dich heute leuchten sehen", sagt er wieder nah bei ihrem Ohr. „Was soll Georg daran auszusetzen haben? Es muss ihn sogar äußerst zufrieden stimmen, wenn ich trotz deiner offensichtlichen Bemühungen, meine Aufmerksamkeit auf dich zu ziehen, nur Augen für Constanze haben werde."

„Wirst du das denn?"

„Zumindest wird es den Anschein haben. Aber eben nur den Anschein." Er küsst sie. „Bitte schlag es mir nicht aus!" Sein Blick ähnelt dem eines um eine Wurst bettelnden Hundes und bringt sie zum Erweichen.

„Aber nur, weil du Geburtstag hast", beugt sie sich auch diesem Wunsch, an der Weisheit dieser Entscheidung stark zweifelnd. *Hoffentlich bereue ich es nicht.*

Er nimmt ihre Hände in die seinen und küsst sie dankbar. Dabei wird er auf das Seidenbändchen zwischen ihren Fingern aufmerksam. Christian nimmt es ihr ab und streicht gedankenverloren mit seinem Daumen über den glänzenden Stoff, wobei ihm ein Lächeln über das Gesicht huscht. Im nächsten Augenblick ist er wieder konzentriert bei ihr. Isabelle hält es für eine Erinnerung an glückliche Tage und sieht darüber hinweg.

„Da wäre noch etwas."

„Auffallend genügsam sind der Herr Graf aber nicht", zieht sie ihn auf.

„Wenn dem so wäre, hätte ich nicht bis heute damit gewartet, diesen Wunsch zu äußern."

Also doch – er will mich ganz und gar. In heißer Vorahnung spannt sich ihr Körper an, worauf er mit einem zufriedenen Grinsen antwortet.

„Ich möchte, dass du um Mitternacht, wenn alle zu Bett gegangen sind, zu mir kommst." Er lächelt verführerisch, sodass keine Zweifel mehr daran bestehen, was er vorhat.

„Ich soll zu dir kommen?", fragt sie überrascht. „Ganz abgesehen davon, dass ich es im Moment ohnehin für keine gute Idee halte, wäre es mir auch lieber, wenn du zu mir kommen würdest. Was ist, wenn mich jemand sieht?" Schon die Vorstellung lässt ihr das Herz bis zum Hals schlagen.

„Das macht das Ganze doch noch ein wenig aufregender. Findet Ihr nicht, Fräulein Isabelle?" Er legt wieder dieses durchtriebene Lächeln auf, das alles sagt und doch alles offenlässt, und das in ihr eine Neugier erweckt, der sie nicht widerstehen kann.

„Herr Graf!", ermahnt sie ihn in gespielter Entrüstung und schlägt ihm mit der Faust gegen seine starke Brust. Schon jetzt ist sie erregt bei dem Gedanken an das, was in der Nacht noch vor ihr liegt. „Dann werde ich heute wohl noch ein Bad nehmen müssen", stellt sie nüchtern fest.

„Ich bedauere es sehr, dass die Wanne nicht Platz genug für uns zwei bietet. So bleibt mir nur, das Bad nach dir zu genießen – und mir vorzustellen, wie das Wasser zuvor deinen lieblichen Körper umspielt, deine zarte Haut gestreichelt hat, von deinen Brustwarzen geperlt ist und die süße Knospe zwischen deinen Lippen liebkost hat." Seine Hand gleitet bei seinen letzten Worten zwischen ihre Beine. Trotz ihres Kleides, dessen Stoff seine Hand von ihrer Haut trennt, lässt sie die überraschende und unverschämte Berührung erregt nach Luft schnappen. Ihr Körper fängt an zu beben. *Er ist so berauschend.*

„Ich werde den Mädchen auftragen, dass sie am Nachmittag ein Bad für Euch herrichten, Fräulein Isabelle. Sie werden Euch Bescheid geben, wenn alles vorbereitet ist." Er lässt sie aus seiner Umarmung frei, haucht ihr formvollendet einen Kuss auf den Handrücken und lässt sie allein in ihrem erregten Zustand zurück, sodass sie beinahe wütend auf ihn werden will, wohl wissend, dass jetzt nicht der richtige Zeitpunkt für das ist, wonach sich ihr Körper sehnt.

Sprachlos staunend betrachtet Isabelle sich im Spiegel. Das dunkelrote Atlaskleid sieht dermaßen schön aus, dass sie es nicht fassen kann. Immer wieder streicht sie über den glänzenden Stoff, der glatt über ihrer Schnürbrust liegt, um das Kleid und sich zu fühlen, als wolle sie sichergehen, dass sie es ist, die dieses prachtvolle Kleid trägt und die sich im Spiegel sieht.

„Du siehst wunderschön aus", bestätigt Sofie begeistert. „Die Baronesse kann schon einmal anfangen, ihre Sachen zu packen."

Isabelle lächelt wehmütig bei dem Gedanken an ihre Rivalin, da klopft es an der Tür. Als Sofie diese öffnet, schiebt sich schnell, und ohne weiter zu fragen, Christian an Sofie vorbei in

Isabelles Zimmer.

„Warte einen Moment draußen, Sofie", trägt er ihrer Freundin auf. Sofie knickst ergeben vor ihrem Herrn und geht grinsend hinaus auf den Flur.

Isabelle hat sich inzwischen von ihrem Spiegelbild losgerissen und zu Christian umgedreht, den sie nun sprachlos anlächelt. Seine Freude über die ihm offensichtlich gelungene Überraschung kann er nicht verbergen. Sie geht zu ihm und streicht nun ebenfalls über den glänzenden, dunkelroten Stoff seines Rocks, um sich zu überzeugen, dass sie nicht träumt. *Es ist der gleiche Atlas, aus dem auch mein Kleid gefertigt ist.* Sein Rock ist mit goldenen Paspeln und Knöpfen verziert sowie mit den gleichen Stickereien, die auch ihr Kleid schmücken.

„Du bist mein Gegenstück", flüstert sie beeindruckt.

„Braucht es dazu erst einen Rock aus dem gleichen Stoff deines Kleides, damit du das erkennst?" Er schmunzelt.

Immer noch verblüfft sieht sie zu ihm auf. „Nein, aber wann hast du den Rock machen lassen?"

„Als ich auch deine Kleider in Auftrag gegeben habe. Onkel Ludwig hatte mir doch – dank deiner liebenswürdigen Bemerkung, meine Aufmachung betreffend – aufgegeben, mir einen neuen Rock nähen zu lassen. Ich hatte irgendwie das Gefühl, dass ich ihn in nicht allzu langer Zeit gebrauchen könnte." Er zuckt mit den Schultern, als wäre das völlig belanglos.

„Du siehst umwerfend aus."

Er nimmt sie bei den Schultern und dreht sie zum Spiegel um, damit sie sich gemeinsam betrachten können. „Das Kompliment kann ich nur zurückgeben." Christian schlingt seine Arme von hinten um sie und kommt mit seinen Lippen ihrem Ohr gefährlich nah. „Du siehst aus wie die pure Versuchung. Ich würde dir am liebsten hier und jetzt das Kleid vom Leib reißen."

Ein Prickeln läuft durch Isabelles Körper und sie schließt genüsslich die Augen, während sie sich an ihn schmiegt.

„Zieh es nachher besser aus, bevor du zu mir kommst; es wäre zu schade, es in Fetzen zu sehen."

Offenbar empfindet er genauso viel Vorfreude auf unser mitternächtliches Stelldichein wie ich.

Beiden gefällt, was sie im Spiegel sehen.

„Zu schade, dass du den Rock nicht anbehalten kannst." Isabelle verzieht bedauernd ihren Mund.

„Warum nicht?", fragt er entrüstet.

„Es ist schon schlimm genug, dass du von mir verlangst, heute dieses Kleid zu tragen." Unzufrieden verzieht sie ihr Gesicht. „Aber wenn du noch den passenden Rock dazu trägst, würde das die Baronesse nur noch mehr vor den Kopf stoßen und den Baron unnötig reizen." Sie dreht sich zu ihm um. „Dein Plan, die Baronesse mit deinen Schmeicheleien zu bezirzen und ihren Vater in die Irre zu führen, dürfte dann auch zum Scheitern verurteilt sein. Du weißt, dass er mir Angst macht."

„Heute Nacht bist du bei mir, da kann nur ich dir etwas anhaben." Er legt seine Lippen auf die ihren, was der Auftakt zu einem leidenschaftlichen Kuss ist.

„Und was hast du überhaupt an dem Kleid auszusetzen?"

„Nichts, es ist atemberaubend, aber es ist zu viel für mich." Unschlüssig sieht sie an sich herab. „Das bin nicht ich. Das ist ein Kleid für eine Königin."

„Dann trägt es die Richtige – ich habe dir doch gesagt, dass du immer meine Königin sein wirst." Er will sie erneut küssen, doch sie hält sein Gesicht in ihren Händen fest.

„Versprich mir, dass du diesen Rock heute Abend nicht tragen wirst."

Er verdreht die Augen.

„Bitte versprich es mir“, fleht sie.

Als Christian erkennt, wie ernst es Isabelle mit ihrer Bitte ist, nickt er einwilligend. „Ich verspreche dir alles, was du willst, meine Liebste.“

Nun lässt sie ihn gewähren, und sie küssen sich erneut. *Hätte ich die Wahl, würde ich den Teil mit dem gemeinsamen Abendessen aus dem heutigen Programm streichen und sofort zu dem Teil des Abends übergehen, der nur für Christian und mich bestimmt ist, anstatt mich gleich den Löwen in Form von Georg und Constanze von Pletten zum Fraß vorzuwerfen.*

„Wir sollten Sofie nicht zu lange auf dem Flur stehen lassen“, ermahnt sie Christian, als es so scheint, als würde er nicht mehr von ihr ablassen.

„Ich stimme dir nur ungern zu“, erwidert er bedauernd. „Aber es fehlt noch etwas.“ Sein Blick wandert zu ihrem Frisiertisch, auf dem die Schatulle steht, in der das Perlenhalsband seiner Mutter mit den dazu passenden Ohrringen liegt. Christian geht hinüber und öffnet die Schatulle. Obenauf sieht er den Brief liegen, den er Isabelle geschrieben hat und der ihr so kostbar zu sein scheint, dass sie ihn zusammen mit dem Schmuck aufbewahrt. Mit einem Blick in den Spiegel, schenkt er Isabelle ein gerührtes Lächeln und legt ihn beiseite. Dann nimmt er das Halsband, geht damit zu ihr und legt es ihr um den Hals. Damit er das Seidenbändchen durch die zweite Öse fädeln kann, hält Isabelle den Halsschmuck mit beiden Händen fest. Schließlich macht Christian einen Knoten in das Bändchen und verschließt das Halsband mit einer Schleife.

„Wenn du heute Nacht noch das Vergnügen mit mir haben möchtest, solltest du es nicht ganz so fest zuziehen“, gibt Isabelle vorwurfsvoll zu bedenken.

Christian lacht amüsiert. „Es muss aber am Hals sitzen. Darum heißt es doch Halsband." Er lockert es ein wenig. „Ist es gut so?"

„Besser", antwortet sie unentschlossen. Sie empfindet es als unangenehm und versucht mit den Fingern zwischen die diamantenumrandete Smaragdspange und ihren Hals zu gelangen. Sie weiß nicht, ob es doch noch zu fest oder einfach nur ungewohnt ist. Christian dreht sie nun zu sich und sieht in ihr unzufriedenes Gesicht. Er zieht sie in seine Arme.

„Spürst du es an deinem Hals?", flüstert er.

„Ja", antwortet sie ihm gequält. Ungehalten nestelt sie weiter an dem Halsband herum. *Eigentlich ist mir das alles zu viel.*

Er nimmt ihre Hand von dem Schmuck, küsst zärtlich ihre Finger und hält sie fest. „Gut", stellt er zufrieden fest. *Wenn du wüsstest wie liebenswert es ist, dass du dich mit dem ganzen Geschmeide und Putz nicht wohlfühlst.* Er führt ihre Hände auf ihren Rücken zusammen, wo er ihre Handgelenke mit einer Hand festhält, während er seine andere Hand zärtlich an ihre Wange legt. Isabelle schließt die Augen und schmiegt sich in die weiche, warme Haut seiner Handinnenseite. „Stell dir einfach vor, es wäre meine Hand, die deinen Hals umschließt! Und die andere Hand …" Er redet nicht weiter und überlässt Isabelle ihrer Fantasie.

Sie öffnet erregt ihre Lippen.

„Spürst du sie?", flüstert er und küsst sie hingebungsvoll.

Isabelle will ihn an sich ziehen, um ihm noch näher zu sein, aber er hält immer noch ihre Hände fest, sodass ihr unter seinem Kuss nur ein verzweifelter Seufzer bleibt.

„Vergiss das Gefühl nicht!", fordert er mahnend. „Es soll dich heute Abend immer wieder daran erinnern, dass jede Schmeichelei und jedes Kompliment, das ich Constanze heute machen werde, an dich gerichtet sein wird", fügt er weicher hinzu. Aus seinem Blick spricht Bedauern.

Sie sieht ihn betrübt an. *Auch wenn ich weiß, dass ich mich mit dem begnügen sollte, was ich habe, so ist es mir nicht genug.*

Christian deutet ihren Blick richtig. „Es wird bald anders sein. Versprochen. In den nächsten Tagen, werde ich eine Gelegenheit finden, um mit Georg und meinem Onkel zu sprechen." Mit einem Kuss lässt er sie frei.

Christian holt Sofie herein und beobachtet, wie sie Isabelle dabei behilflich ist, die Ohrringe anzulegen. *Sie sieht so umwerfend schön aus*, denkt er, und es schmerzt ihn, heute nicht der Mann an ihrer Seite sein zu können. Mit der Erinnerung daran, dass sie heute Nacht ganz ihm gehören wird, tröstet er sich, und zieht sie zum Abschied noch einmal fest in seine Arme.

„Denk daran, den Rock zu wechseln", ermahnt ihn Isabelle. „Du hast es mir versprochen", bringt sie zwischen seinen Küssen hervor.

„Sehr wohl, meine Königin." Er verbeugt sich zum Abschied tief, gibt ihr einen Handkuss und verschwindet dann, nachdem Sofie mit einem Blick auf den Flur sichergestellt hat, dass die Luft rein ist.

***

Ihr großer Auftritt steht bevor. Das Herz schlägt ihr vor Aufregung und Angst bis zum Hals. *Am liebsten würde ich von meinem Versprechen zurücktreten, aber ich habe Christian mein Wort gegeben – und ich halte mich daran. Ich hoffe nur Christian tut es auch.*

Sie steht nicht gern im Mittelpunkt – es ist ihr unangenehm, wenn alle Augen auf sie gerichtet sind. Aber genau das wird sich wohl nicht vermeiden lassen, wenn sie in dieser Aufmachung das Esszimmer betritt. Der dunkelrot glänzende Atlas des Kleides hätte allein schon genügend Aufmerksamkeit auf sich gezogen. Nun trägt sie auch noch den nicht weniger auffälligen Schmuck von Christians Mutter. Auf dem Weg zum Salon fragt sie sich, wie gut Georg von Pletten und Christians Eltern sich gekannt haben. *Würde der Baron den Schmuck erkennen? Das wäre fatal! Warum habe ich nicht schon eher diese Möglichkeit in Betracht gezogen?* Sie erreicht den Salon, dessen Türen weit offen stehen. Es ist zu spät für ihre Bedenken. Sie kann nur hoffen, dass er es nicht tut.

Als Erstes sieht sie Christian und stellt mit Erleichterung fest, dass er sein Wort gehalten hat und tatsächlich einen anderen Rock trägt als noch vor ein paar Minuten. Er steht mit einem Glas Wein in der Hand am Kamin und führt gerade ein angeregtes Gespräch mit Sükrü und seinem Onkel, als er Isabelles Ankunft bemerkt. Ihr Erscheinen zieht Christians Blick magisch an und lässt ein verzaubertes Strahlen auf seinem Gesicht erscheinen, was dazu führt, dass sich auch die anderen beiden Herren neugierig zu ihr umdrehen.

Isabelle ist erleichtert darüber, dass Baron von Pletten und seine Tochter offenbar noch nicht anwesend sind, auch wenn sie sicherlich nicht mehr lange auf sich warten lassen werden.

Auf Sükrüs Gesicht macht sich ein verstehendes Lächeln breit. Er hat wohl erkannt, was seinen Bruder für einen Augenblick in andere Sphären hat entfliehen lassen. Graf Ludwig dagegen scheint etwas entsetzt zu sein. *Das habe ich befürchtet.* Sie geht davon aus, dass er inzwischen weiß, dass Christian und sie sich zueinander hingezogen fühlen. Vielleicht weiß er auch noch mehr, aber er scheint nichts dagegen zu haben, zumindest dann nicht, wenn Baron von Pletten und seine Tochter nicht zugegen sind.

Allerdings steht immer noch das angebliche Eheversprechen im Raum. *Ich weiß, dass Graf Ludwig diese Angelegenheit endlich geklärt haben will. Was für mich mindestens genauso wichtig ist. Nur weiß ich nicht, wie Graf Ludwig die Angelegenheit gern geklärt haben möchte. Besteht er auf der Verbindung mit der Baronesse und duldet mich nur als einen Zeitvertreib an Christians Seite, oder wird er es auch gutheißen, wenn Christian das Eheversprechen mit Constanze meinetwegen auflöst?*

Natürlich bemerkt er die Provokation in dem Kleid und dem Schmuck, denn es bestehen keine Zweifel daran, dass zumindest er den Schmuck erkennt. Dass Isabelle das Halsband seiner Schwägerin trägt, lässt ihn verstehen, dass ihre Aufmachung Christians Idee entspringt. Er nimmt Christian, ohne ein Wort an Isabelle zu richten, zur Seite, um ihn zur Rede zu stellen. Vor Verlegenheit weiß Isabelle nicht, wo sie hinsehen soll. Am liebsten wäre sie vor Scham im Erdboden versunken. Es ist wieder Sükrü, der ihr helfend zur Seite kommt.

„Isabelle, es dürfte mit Eurer Erscheinung gelungen sein, Christian eine große Freude zu bereiten. Leider scheint das Graf Ludwig zu missfallen." Er hält ihr ein Glas Wein hin.

„Ich weiß. Aber es war Christians Wunsch. Ich konnte es ihm nicht abschlagen." Sie ist nervös und leert das ihr gereichte Weinglas in einem Zug.

Sükrü sieht Isabelle amüsiert an. „Den meisten Frauen gelingt es nicht, Christian etwas abzuschlagen."

Sie verschluckt sich.

„Verzeiht, ich wollte Euch nicht brüskieren, aber ich denke, Ihr wisst, was ich meine. Vielleicht kann ich es wiedergutmachen, indem ich Euch versichere, dass Ihr die einzige Frau seid, der er ebenfalls nichts abschlagen kann.“

„Pst“, zischt Isabelle, stupst Sükrü dabei mit dem Ellenbogen in die Seite und weist mit ihren Augen Richtung Salontür, in der gerade Baron von Pletten und Baronesse Constanze erscheinen, die sich ebenfalls ordentlich herausgeputzt haben.

Sükrü ist so taktvoll, sich vor Isabelle zu stellen, damit die Wirkung ihrer Aufmachung den Baron und seine Tochter nicht mit voller Wucht trifft – und so vielleicht leichter verdaulich wird. Und dennoch steht die Entrüstung den beiden ins Gesicht geschrieben und ist nicht zu übersehen. Um die Situation zu retten, lässt Christian seinen Onkel links liegen, eilt sofort zu Baronesse Constanze und überschüttet sie mit Komplimenten. Isabelle hat schwer an den schmeichelnden Worten, die er an Constanze richtet, zu schlucken, was ihr das eng sitzende Halsband in Erinnerung ruft. Sie berührt es mit den Fingerspitzen und denkt an das, was Christian vorhin zu ihr gesagt hat, und tatsächlich zwinkert er ihr schnell zu, als sich ihre Blicke kurz treffen.

Der Abend verläuft unkomplizierter, als von Isabelle angenommen. Möglicherweise liegt das an Christians Charme, mit dem er Constanze den ganzen Abend lang umwirbt, während er sie scheinbar unbeachtet lässt. Christian und Isabelle machen sich einen Spaß daraus. Wann immer sich ihre Blicke treffen und ihr gerade danach ist, berührt sie das Halsband – und Christian lässt sich eine neue Schmeichelei für Constanze einfallen, die eigentlich für Isabelle bestimmt ist. Der Baron und die Baronesse scheinen es nicht zu bemerken. Jedenfalls bleiben ihr die siegessicheren Blicke, die ihr Constanze im Laufe des Abends immer wieder zuwirft, nicht unbemerkt. Dennoch ist Isabelle erleichtert, als das Abendessen endlich vorbei ist, die Herren noch unter sich sein wollen und den Damen deutlich zu verstehen geben, dass sie sich nun zurückziehen dürfen.

Da die Baronesse und sie denselben Weg haben, gehen sie gemeinsam nach oben in den Westflügel. Das oberflächliche Wortgeplänkel zwischen ihnen, bis sie ihre Zimmer erreicht haben, verläuft überraschend freundlich, nur kann Isabelle sich nicht des Eindrucks erwehren, dass Constanze sie die ganze Zeit über mit Mitleid betrachtet. Das verunsichert sie. Zwar hat Constanze aufgrund von Christians ungeteilter Aufmerksamkeit, die sie heute Abend glaubt, erfahren zu haben, allen Grund dazu; allerdings hätte Isabelle von der blasierten Baronesse dennoch Neid auf das prächtige Kleid und auf den unübersehbaren, wertvollen Schmuck erwartet. Isabelle wird das ungute Gefühl nicht los, dass Constanzes Mitleid falsch ist und noch etwas anderes dahintersteckt.

Kapitel 24

Die Uhr auf dem Kamin zeigt endlich Mitternacht. Der Moment, dem sie den ganzen Tag entgegengefiebert hat, steht nun unmittelbar bevor. Langsam dreht Isabelle den Schlüssel im Schloss und öffnet leise ihre Zimmertür. Sie späht in die Dunkelheit. Alles scheint ruhig zu sein. Der fast volle Mond taucht den Flur vor ihr in silbernes Licht, und sie entscheidet, auf einen Kerzenleuchter zu verzichten. *Falls doch noch jemand anderes auf den Fluren unterwegs ist, kann ich mich so leichter verstecken.* Barfuß macht sie sich schnell und leise auf den Weg zu Christian. Die Angst, gesehen zu werden, und die Vorfreude auf ihren Liebsten erregen Isabelle inzwischen so sehr, dass ihrer „Nacktschnecke" das Wasser im Mund zusammenläuft und sie bei jedem Schritt, der sie näher an das bevorstehende Vergnügen bringt, kaum hörbar, aber dennoch genüsslich schmatzt.

Sie läuft durch den Flur des Südflügels, vorbei an der großen Treppe, die hinunter in die Empfangshalle führt, und biegt dann nach rechts in die Nische, über die sie Christians Gemächer erreicht. *Es hat mich niemand gesehen*, das glaubt und hofft sie zumindest. Isabelle klopft an Christians Tür, die beinahe augenblicklich geöffnet wird, als hätte er bereits dahintergestanden und auf sie gewartet.

Er zieht sie herein und verschließt die Tür wieder. „Jetzt gehörst du mir, und es gibt kein Entkommen mehr", raunt er ihr mit heiserer Stimme ins Ohr, als er sie in die Arme nimmt.

Ein prickelnder Schauer durchläuft ihren Körper. „Ich hatte nicht vor, zu entkommen." *Ich will ihm gehören – ganz und gar –, auch wenn es danach kein Zurück gibt.*

„Das ist gut." Er küsst sie. „Du wirst es nicht bereuen. Das verspreche ich dir."

Sie legt ihm ihre Hand in den Nacken und zieht ihn zu sich, um ihm zu zeigen, dass es keiner weiteren Versprechen bedarf. Ihre weichen Lippen vereinen sich, und ihre Zungen finden in einem vertrauten und sinnlichen Tanz zueinander.

„Du sahst heute Abend bezaubernd aus. Es hat mich Mühe gekostet, an mich zu halten. Am liebsten hätte ich es gleich auf dem Tisch, zwischen dem Essen und dem Wein mit dir getrieben."

Während er das sagt, öffnet er ihren Morgenrock und lässt ihn über ihre Schultern gleiten und zu Boden fallen. Das Gleiche tut er mit ihrem Nachthemd, sodass sie schließlich in ihrer nackten Unschuld vor ihm steht. Obwohl er sie nun beinahe jeden Tag so gesehen hat, kann Isabelle deutlich das Begehren in seinen Augen erkennen. Nun ist es an ihr, ihm seinen Morgenrock abzustreifen. Darunter ist er nackt. Sie glaubt jedes Mal aufs Neue, den Verstand zu verlieren, wenn sie ihn so sieht. Christians muskulöser Körper wird von Licht und Schatten gezeichnet. *Seine Haut schimmert im Kerzenlicht wie goldene Seide.* Isabelle kann nicht länger die Finger von ihm lassen. *Ich will jeden Zentimeter seiner Haut spüren und auf meiner Zunge zergehen lassen.* Als wolle sie mit ihm verschmelzen, schmiegt sie sich an ihn. *Ich will eins sein mit ihm.*

„Vertraust du mir, Isabelle?", flüstert er ihr ins Ohr.

Was für eine Frage. *Selbstverständlich vertraue ich dir, sonst würde ich ganz bestimmt nicht freiwillig völlig nackt vor dir stehen.*

„Ja", haucht sie ihm zu.

„Sag es mir!", fordert er.

„Ich vertraue dir, Christian."

Kaum hat sie es ausgesprochen, entlässt er sie ohne Vorwarnung aus seiner Umarmung. Sie ist wie vom Donner gerührt. *Was ist passiert?* Sie will wieder zu ihm, aber er gibt ihr mit einer Geste zu verstehen, dass sie genau dort stehen bleiben soll.

„Was ist?", fragt sie irritiert und sieht mit flehendem Blick zu ihm auf. Schweigend grinst er sie an, gibt ihr einen eher flüchtigen Kuss und geht zu der Ottomane.

Falls der Kuss Isabelle beruhigen sollte, so hat er nicht die gewünschte Wirkung erzielt. Sie fragt sich, was hier gerade vor sich geht. Verwirrt bedeckt sie schützend mit einer Hand ihre Brüste und mit der anderen Hand ihre Scham. Christian nimmt etwas von der Ottomane und kommt dann wieder zu ihr zurück. Verzückt sieht er sie an.

„Du machst mich wahnsinnig." Spielerisch lässt er zwei lange Streifen schwarzer Seide durch seine Hände gleiten. Verunsichert weicht Isabelle ein Stück vor ihm zurück und überlegt gerade noch, ob sie vielleicht doch besser gehen sollte, als er sie in seine Arme zieht und an seinen warmen, harten Körper drückt.

„Keine Angst, ich werde nichts tun, zu dem du nicht bereit bist, aber bitte vertrau mir und versuche das zu tun, was ich dir sage."

Als Antwort lässt sie ihren Schutz fallen, legt ihre Arme um ihn und hält sich an ihm fest. *Ich kann ihm nicht widerstehen. Ich will ihm nicht widerstehen.* Christian streichelt ermutigend ihren Rücken, nimmt schließlich ihr Gesicht in seine Hände und küsst sie so leidenschaftlich, dass sich all ihre Bedenken nach und nach in Luft auflösen. Dabei fängt er immer wieder ihre

Zunge zwischen der seinen und seinem Gaumen ein und saugt sie behutsam an. Das leichte Ziehen in ihrer Zungenwurzel verursacht ein lustvolles Kribbeln. Die Momente des Zweifelns sind verflogen. Die Begierde übermannt ihren Körper und ihren Verstand. Sie lässt ihn gewähren, als er ihre Handgelenke vor ihrem Körper mit einem der Seidenstreifen zusammenbindet. Ihr Herz schlägt vor Aufregung Purzelbäume. Geschickt macht er einen Knoten, von dem er ihr das kürzere Ende in die Hände legt.

„Wenn du des Spiels überdrüssig bist, dann zieh daran, um die Fessel zu lösen. Ansonsten warte, bis ich es tue." Er sieht sie bittend an. Ergeben nickt Isabelle ihm zu. Christian lächelt zufrieden.

Gerade als sie sich noch fragt, was er wohl mit dem zweiten Stück Seide vorhat, verbindet er ihr auch schon die Augen damit. Nur kurz überlegt Isabelle, ob sie dagegen widersprechen soll. *Ich bin ihm nun ausgeliefert, aber gerade könnte ich mir nichts Schöneres vorstellen.*

„Das schärft deine übrigen Sinne", flüstert er ihr zu. Christian legt ihr einen Arm um die Taille und zieht sie wieder an sich. Ihre gefesselten Hände stoßen gegen sein Glied und beginnen, es zu streicheln. Betört öffnet sie ihre Lippen.

„Nicht so schnell." Mit diesen Worten gebietet er Isabelles Händen sanft Einhalt – und schiebt stattdessen seine Hand zwischen ihre Beine. Ein lustvolles Stöhnen kommt über ihre Lippen. Er hat sie entflammt.

„Du hast dich gut vorbereitet", stellt er erregt fest, als er mit seinen Fingern das feuchte Gebiet zwischen ihren Schenkeln erkundet.

Ihre Beine drohen unter ihr nachzugeben, doch Christian hält sie fest in seinem Arm. Sie spürt seine Kraft und fühlt sich ganz und gar sicher bei ihm.

„Weißt du eigentlich, dass du zwischen deinen Lenden nach Zimt riechst?" Isabelle hört die Lust in seiner Stimme.

„Ist das gut oder schlecht?", fragt sie dennoch unsicher nach.

„Das ist gut." Er küsst sie. „Viel zu gut." Christian hebt sie auf seine Arme und trägt sie in sein Schlafzimmer. Währenddessen küsst Isabelle blind seine weiche Haut und atmet seinen vertrauten, wunderbaren Duft ein, den sie mit verbundenen Augen tatsächlich viel intensiver wahrnimmt als zuvor. Er legt sie auf sein Bett, nimmt ihre Hände, führt sie über ihren Kopf und bindet sie dort fest. Mit seinen Fingerspitzen gleitet er über die Innenseiten ihrer nach oben gestreckten Arme hinunter bis zu ihren Hüften. Die zarte Berührung lässt sie erschauern. *Ich will mehr davon.*

Sie spürt, wie er aufsteht und das Bett verlässt. Dass sie ihn nun weder fühlen noch hören kann, macht sie nervös. Ohne ihn kommt sie sich hilflos und verloren vor.

„Christian?", fragt sie unsicher in das Nichts, das sie umgibt.

„Ich bin bei dir", hört sie seine Stimme ganz in der Nähe. „Ich weide meine Augen an deiner Schönheit."

„Nein, tu das nicht", bittet sie verunsichert und will sich bedecken, aber ihre Hände sind nicht frei. Sie könnte an dem kurzen Ende ihrer Fessel ziehen, das in ihren Händen liegt, aber damit würde sie das Spiel beenden bevor es überhaupt richtig begonnen hat. *Dazu bin ich nicht bereit.* Stattdessen versucht sie sich zu beruhigen. Scheu zieht Isabelle ein Bein an und lässt es über das andere fallen, um wenigstens so ihre Scham zu verstecken.

„Deinen lieblichen Körper mit einer Nonnentracht zu verhüllen, wäre wirklich eine Sünde gewesen." Aus seiner Stimme spricht Begehren, und sie stellt sich vor, wie seine wollüstigen Augen jeden Zentimeter ihres Körpers abtasten. Dadurch gerät sie in einen Zustand vorfreudiger Erregung. *Ich will ihn jetzt bei mir haben.*

„Komm bitte wieder zu mir", fleht sie ihn an und hört, wie er sich auf sie zubewegt. Ihre Vorfreude steigert sich ins Unermessliche. Mit einem der Lust geschuldeten tiefen Atemzug versucht sich ihr Körper aufzubäumen, als sie bemerkt, wie sich die Matratze zu beiden Seiten unter seinem Gewicht absenkt. Christian setzt sich auf sie. Isabelle spürt, dass unterhalb ihres Nabels etwas auf ihrem Bauch liegt. In Gedanken sieht sie sein Glied, das sich mit seiner zarten Spitze auf ihren Unterleib gebettet hat. *Er ist also bereit. Ist es jetzt soweit? Wird er jetzt in mich eindringen?* Ihr Atem beschleunigt sich und sie beginnt zu zittern. Es ist eine Mischung aus Erregung und Angst vor dem Unbekannten. Seine Lippen legen sich auf ihren geöffneten Mund. Der Kuss lenkt sie für einen Moment ab und entspannt sie.

„Ich brauche dich jetzt", flüstert er ihr zu, rückt weiter nach oben und hebt ihren Kopf mit einer Hand an.

Die zarte, empfindliche Haut seiner Penisspitze bittet ihre Lippen höflich um Einlass. Isabelle öffnet ihren Mund und lässt ihn ein, wie sie es in den vergangenen Nächten schon so oft getan hat. Sie empfängt ihn zärtlich mit ihrer Zunge. Er wagt sich Stück für Stück weiter in ihre Mundhöhle vor. Sie umschließt ihn dabei mit ihren Lippen und übt leichten Druck auf ihn aus. Als er ihn wieder herauszieht, saugt sie vorsichtig an ihm. Das Spiel wiederholt sich ein paarmal. Sie hört ihn genussvoll stöhnen, was sie verzückt und sie in ihren Bemühungen, ihn zu verwöhnen, weiter anspornt. Dann zieht er sich zurück und ergießt sich mit einem letzten erlösenden Stöhnen auf ihrem Bauch. Sie fühlt, wie der warme Saft über ihre Haut läuft. Christian verreibt den wertvollen Samen zärtlich auf ihr und beginnt, sie mit seiner Liebe zu überschütten.

Er bedeckt sie mit Küssen – mal ganz sanft, wie Schmetterlingsflügel, die ihre Haut nur streifen, und mal fordernd und intensiv, als müsse er sich davon überzeugen, dass sie keine Illusion ist, sondern in Fleisch und Blut vor ihm liegt. Isabelle spürt seinen Atem über die empfindliche Haut ihrer Arminnenseite wandern, bis er wieder ihr Ohr erreicht und dort zusammen mit seiner Zunge ihre sensible Ohrmuschel bezirzt.

Ein berauschendes Kribbeln flutet ihren Körper. Während sein Mund sie zärtlich verwöhnt, erkunden seine Hände ihren Körper. Das haben sie schon oft getan. Aber heute, da sie nicht sehen kann, was er als Nächstes tut, ist jede Berührung eine Überraschung und geht dabei so tief, dass ihre Sinne davon vollkommen ergriffen werden. Seine Fingerspitzen umzeichnen in einem Bogen ihre Brüste, stoßen gegen ihre Brustwarzen, um sie im nächsten Augenblick zwischen seinen Fingern einzuklemmen und an ihnen zu ziehen. Der köstliche Schmerz löst ein ebenso köstliches Pulsieren zwischen ihren Schenkeln aus. Die süße Qual, der sie ausgesetzt ist, tut sie mit einem tiefen Seufzer kund, den Christian schnell unterdrückt, indem er ihre Lippen mit seinem Mund verschließt.

Währenddessen arbeiten sich Christians kitzelnde Fingerspitzen immer weiter vor – in Körperregionen, in denen ihre Fertigkeiten auf das Sehnlichste erwartet werden. Die zärtlichen Berührungen seiner Finger lassen eine übernatürliche Lust in ihr aufwallen. Sie öffnet willenlos ihre Schenkel und präsentiert ihm freizügig die ihm wohlbekannte kleine Liebesknospe und den Eingang zu der warmen, feuchten Höhle, die er heute noch vorhat, zu erobern. Jede seiner durchdringenden, sinnlichen Berührungen treibt ihren Körper immer weiter in einen Rausch der Gefühle und ihren Geist an den Rand des Wahnsinns. Langsam und intensiv arbeitet sich auch Christians Mund weiter nach unten vor. Er knabbert an ihren Brustwarzen, saugt an ihrem Bauchnabel und kommt schließlich irgendwann an seinem eigentlichen Ziel an.

Christian beißt ihr zaghaft in die zarte Haut ihrer Schamlippen, verwöhnt die inzwischen überaus empfindliche Knospe mit seiner Zunge und saugt daran. Schließlich tastet sich seine Zunge vor bis zu dem Höhleneingang, den er zuvor mit seinen Fingern auf etwas Großes vorbereitet hat. Gleichzeitig widmet sich eine Hand weiter ihren Brüsten. Ihre Haut brennt unter seinen ausdauernden und intensiven Liebkosungen. Isabelle gibt sich dem Genuss hin. Ein wohliger Schauer jagt den nächsten. *O Gott, ich verliere meinen Verstand.* Aufgewühlt windet sie sich unter seinen Berührungen und tut ihr Glück mit lustvollem Seufzen und vergnügtem Aufjauchzen kund. *Ich will ihn endlich berühren, seine warme, weiche Haut und seinen harten, muskulösen Körper unter meinen Händen spüren. Ich will ihn mit meiner Zunge verwöhnen und ihn dabei riechen und schmecken.* Aber ihre an das Bett gefesselten Hände lassen das nicht zu. Isabelles in dieser Hinsicht unerfüllte Lust steigert ihre Erregung ins Unermessliche.

Im Rausch der Gefühle macht sie sich keine Gedanken mehr darüber, was als Nächstes passieren wird. Sie ist außerstande, klar zu denken – und lebt nur im Augenblick. Sie spürt, wie Christian die zarte Penisspitze in Position bringt. „Jetzt", raunt er ihr zärtlich ins Ohr und schiebt sich langsam vor, während sie sich eng um ihn spannt. Sie öffnet überrascht ihre Lippen und stöhnt unter dem bisher unbekannten Druck, der ihren Unterleib nun einnimmt. Mehr als ein leichtes Ziehen bemerkt sie nicht, als er ihre Unschuld nimmt, und auch das geht in dem Glück, das ihre Adern pulsierend durchströmt, beinahe unter.

Er beginnt, sich zu bewegen – erst ganz vorsichtig und langsam, dann etwas schneller und kraftvoller. Schließlich löst er ihre Fesseln. Sie spürt, wie seine Macht sie ausfüllt, und zieht ihn an sich, als wolle sie ihn nie wieder loslassen. *Nun sind wir eins.* Immer wieder stößt er zu und stimuliert dabei Regionen ihres Körpers, die – bis sie auf Christian trafen – in einem tiefen und stillen Schlaf gelegen haben. Überrascht stellt sie fest, dass ihr Leib nun Dinge tut, über die sie keine Kontrolle mehr hat. Ihr Po spannt sich an und ihre Bauchdecke zieht sich tief nach innen, sodass sich ihr Becken ihm noch weiter entgegenreckt. Im nächsten Augenblick, beginnt sich ihre Scheide rhythmisch zusammenzuziehen und wieder zu entspannen. Aufs Höchste erregt, stöhnen sie beide gleichzeitig auf.

Mit jeder Entspannung ihrer Scheide ergießt sich in ihr eine Woge der Wonne, die sich von unten ausbreitet und genüsslich über ihr Rückgrat und ihren Nacken in ihren Kopf vorstößt. Ihre Haut glüht unter der Hitze, die aus ihrem Innern an die Oberfläche dringt. Sie atmet nur flach, ist berauscht von dem vollkommenen Glück und dem Funkenflug in ihrem Körper. Das Einzige, woran sie denken kann, ist, dass sie mehr davon will. Im Nacken und auf dem Kopf stellen sich ihre Haare auf und lösen dabei ein köstliches Prickeln aus, das ihren Geist umarmt und in ein sinnliches Hochgefühl taucht. Die Ekstase dauert gefühlt nur ein paar Augenblicke, und mit der letzten Entspannung ihrer Scheide atmet sie aus tiefstem Herzen zufrieden aus.

Christian stößt noch einmal zu – und sein heißer Samen ergießt sich in ihr. Befriedigt lässt er sich auf sie niedersinken. Die Spannung löst sich aus ihrem Körper wie ein Regenschauer, der von oben nach unten ein Kribbeln in jeder Pore ihrer Haut auslöst und einen dünnen Schweißfilm austreten lässt. Die kühlende Wirkung lässt sie die unglaubliche Hitze in sich spüren, die sich nach und nach in ihren Unterleib zurückzieht, wo die Ekstase noch pulsierend und prickelnd zwischen ihren Schamlippen nachhallt. Isabelles Herz schlägt aufgebracht gegen ihre Brust. Sie umklammert Christian und hält sich an ihm fest, als ob sie befürchtet, mit der Woge der Glückseligkeit davongespült zu werden. Christian nimmt ihr die Augenbinde ab, und sie sehen sich entrückt und dankbar an.

„Ich will nicht mehr ohne dich sein", flüstert sie ihm zärtlich zu und streicht ihm dabei seine Haare aus dem Gesicht.

Als Antwort erhält sie einen zärtlichen Kuss. Dann genießen sie still, was sie gerade gemeinsam erlebt haben. Sie lassen die Nachwirkungen abebben, um dann in liebevoller Umarmung einzuschlafen und Kraft für den nächsten Akt zu schöpfen, bei dem sie erneut zu einem Ganzen verschmelzen würden.

Im Morgengrauen bringt Christian sie zurück zu ihrem Zimmer. Im Haus ist es noch ruhig. Auch von den Dienstboten ist noch nichts zu hören oder zu sehen. Isabelle hat das Gefühl, zwischen den Schenkeln wund zu sein. Bei jedem Schritt spürt sie es. Aber es ist ihr nicht unwillkommen. Im Gegenteil, es ist eine süße Erinnerung an das, was sie heute Nacht mit Christian immer wieder erlebt hat. *Ich will es nicht missen.* Mit einem vorerst letzten leidenschaftlichen Kuss und dem Versprechen auf mehr zieht er sich zurück. Nachdem sie die Tür hinter ihm abgeschlossen hat, lässt sie sich erschöpft in ihr Bett fallen und schläft mit einem seligen Lächeln auf den Lippen ein.

*K*apitel 25

30. Juni 1765, Tag, Schloss Feldheim

Die Sonne steht noch hoch am Himmel, als Isabelle zurück nach Schloss Feldheim reitet. Bis zum Mittag hat sie geschlafen – und dann die Flucht ergriffen. Sie wollte niemanden sehen. Sie wollte allein sein und das, was sie gestern Nacht mit Christian erlebt hat, genießen und nachwirken lassen. Ein unermüdliches Lächeln umspielt ihre Lippen. Sie ist glücklich. Es scheint ihr, als würde sie auf Amiras Rücken fliegen.

Sie überqueren die Streuobstwiese und erreichen durch das Tor den Wirtschaftshof. Franz kommt ihr gerade entgegen.

„Guten Tag, Fräulein Isabelle, Ihr scheint einen schönen Nachmittag gehabt zu haben." Er hält Amiras Zügel, während sie absteigt.

„Guten Tag, Franz, es wäre tatsächlich vermessen, mich zu beklagen", antwortet sie beschwingt und lacht ihn an.

„Ihr könnt Amira mir überlassen, ich kümmere mich um sie."

„Danke, Franz, aber das mache ich heute selbst."

Er nickt ihr zu, nimmt Amira den schweren Sattel ab und bringt ihn in den Stall. Isabelle folgt ihm mit Amira. Sie führt sie in ihre Box, hängt Amiras Zaumzeug an den Haken und nimmt sich etwas Stroh, um das Fell der Stute an der Stelle, wo der Sattel auflag, trocken zu reiben. Sie ist fast fertig damit, als sie hört, wie die Stalltür zufällt und der Riegel davorgelegt wird.

Im ersten Moment ist sie erschrocken, doch dann überlegt

sie, ob es vielleicht Christian ist, der zu ihr kommt und sichergehen will, dass sie ungestört bleiben. In freudiger Erwartung tritt sie aus Amiras Box auf den Gang, um mit Entsetzen festzustellen, dass es nicht Christian ist, der mit ihr im Stall allein sein will.

„Guten Tag, Fräulein Isabelle, Ihr wart ausreiten? Da sollte man meinen, der Ritt auf dem jungen Grafen hätte Euch ausreichend befriedigt und erschöpft, aber anscheinend seid Ihr unersättlich." Georg von Pletten grinst sie höhnisch an. „Aus Eurem enttäuschten Gesicht schließe ich, dass Ihr ihn erwartet habt – und nicht mich."

In Isabelle steigt Panik auf. *Er weiß von der Nacht, die ich mit Christian verbracht habe.* Ängstlich schaut sie sich um, ob irgendwo etwas Brauchbares zu finden ist, mit dem sie sich gegen ihn zur Wehr setzen kann, wenn er handgreiflich werden sollte. Aber dort, wo sonst tagsüber in beinahe jeder Ecke eine Schaufel, eine Mistgabel oder wenigstens ein Besen stehen, ist heute nichts zu sehen.

„Ihr unterliegt einem Irrtum, Baron von Pletten. Es war doch gestern Abend für alle ersichtlich, dass der junge Herr Graf nur Augen für Eure Tochter hat." Ihre Stimme zittert.

Er kommt auf sie zu. Sie weicht rückwärts vor ihm aus, ohne ihn dabei aus den Augen zu lassen, bis sie die Boxenwand von Luna und Guinevere im Rücken hat.

„Verkauf mich nicht für dumm, du kleine Hure!", faucht er und drückt ihren Hals mit seinem Unterarm gegen die Wand. Sie schreit vor Schreck auf, bis ihr die Stimme im Halse stecken bleibt.

„Halt deine Klappe!"

Der Druck an ihrer Gurgel lässt sie nach Luft schnappen, und sie muss befürchten, dass sie ersticken wird. Sie versucht mit einer Hand, seinen Arm zu lockern, die andere hält Georg von Pletten fest.

„Ich habe in Erinnerung, dass wir uns bei unserer letzten Aussprache darauf geeinigt haben, dass du die Finger von Christian lässt. Das haben wir doch, oder?!“ Sie sieht ihn mit vor Angst aufgerissenen Augen an. „Ich habe dich was gefragt, Hure!“, schreit er sie an.

„Ja“, presst Isabelle angestrengt hervor, denn die Luft, die er ihr lässt, reicht ihr kaum zum Atmen.

„Warum hast du dich nicht daran gehalten? Das hätte dir diese Unterredung erspart.“ Sein Gesicht ist jetzt ganz dicht an ihrem und sie kann seinen widerlichen Atem riechen. Er lacht sie teuflisch an und bleckt dabei seine vom Tabak braunen Zähne. Er scheint sich an ihrer Angst zu weiden. Wie beim letzten Mal drückt er seinen Unterleib fest gegen den ihren. Isabelle wird übel.

„Bitte nicht“, fleht sie kaum hörbar.

„Keine Angst, ich werde mir auch diesmal meine Finger nicht an dir schmutzig machen. Was ich sehr bedauere. Denn diese Art von Schmutz erregt mich aufs Äußerste.“ Er verringert den Druck auf ihren Hals, nur um sie dann noch einmal mit voller Wucht gegen die Wand zu drücken. „Aber aufgeschoben ist nicht aufgehoben. Betrachte das als Versprechen, falls du mir weiter in die Quere kommst.“

Von außen rüttelt jemand an der Stalltür. Der Baron sieht sich für einen Moment gehetzt um. Dann herrscht wieder Ruhe.

„Ich mache dir jetzt ein Angebot, das du nicht ablehnen kannst. Du verschwindest heute Nacht von hier. Ich habe alles organisiert. Gegen ein Uhr in der Nacht wartet vor dem Schlosstor eine Kutsche auf dich. Die Kutsche wird irgendwann einen Zwischenstopp machen, um die Pferde zu wechseln. Du verlässt die Kutsche nicht. Die Scheiben bleiben verhangen, damit dich niemand sieht. Bei dem nächsten Halt steigst du in die Kutsche deines Vetters um. Er geleitet dich nach Stendal, wo du seine Frau wirst. Also alles so, wie es eigentlich geplant war, bevor du Christian den Kopf verdreht hast." Er lacht sie siegessicher an. „Dein Vetter war übrigens sehr erfreut zu hören, dass du noch am Leben bist. Er wurde übel zugerichtet, weil er ohne dein Erbe seine Schulden nicht zahlen konnte. Er ist der Meinung, dass das alles deine Schuld ist. Ich möchte nicht in deiner Haut stecken, wenn du ihm begegnest."

Nun weiß ich, warum er und seine Tochter meine Aufmachung vom gestrigen Abend vergleichsweise gefasst aufgenommen haben. Der Plan, mich so aus dem Weg zu schaffen, bestand vermutlich schon lange davor. „Warum sollte ich das alles tun?", fragt Isabelle angriffslustig, obwohl sie sich vor Angst kaum noch auf den Beinen halten kann.

„Ich weiß, dass Graf Christian die Kutsche überfallen hat und dich zunächst gegen deinen Willen nach Schloss Feldheim gebracht hat. Dummerweise wurde bei dem Überfall eine Stadtwache getötet."

Isabelle schließt verzweifelt die Augen. *O Gott, ich ahne worauf er hinauswill.*

„Wegen des Überfalls, bei dem er nichts weiter gestohlen hat außer dich, könnte er sich noch freikaufen, aber der Mord an der Stadtwache wird auch ihn an den Galgen bringen."

„Wer sollte Euch das glauben?" *Er hat keine Beweise dafür. Oder? Er darf keine Beweise dafür haben! Käme es nur auf das Wort an, so würde man einem Grafen doch eher Glauben schenken als einem Baron. Ganz gewiss.*

Er lacht sie aus. „Du kleine Hure klammerst dich wirklich an jeden noch so kleinen Strohhalm. Es wird dir nicht gefallen zu hören, dass du selbst den Beweis dafür geliefert hast. Es gibt da einen Brief, in dem du alles fein säuberlich aufgeschrieben hast."

Isabelle wird schwarz vor Augen. *Das kann nicht sein!* Der Baron nimmt jetzt seinen Arm von ihrem Hals.

„Es wäre schade, wenn der Brief in die falschen Hände geraten würde. Ich werde ihn verbrennen, sobald du deinen Vetter geheiratet hast und ich sicher sein kann, dass der Weg für Constanze frei ist. An deiner Stelle würde ich also nicht allzu lange mit der Heirat warten, nicht, dass ich es mir noch anders überlege." Er packt sie am Kinn und dreht ihr Gesicht zu sich, damit sie ihn ansehen muss.

„Du verlässt das Schloss über den Eingang unten bei der Küche. Ich sorge dafür, dass die Türen offen sind. Aber beeile dich. Die Kutsche wartet nicht ewig. Ist sie weg, ist unser Handel hinfällig. Hast du mich verstanden?"

„Ja", haucht Isabelle verzweifelt.

Er lässt sie los. Wieder wird an der Stalltür gerüttelt. Isabelle hört die Stimmen von Franz und Holger. Auf einmal winselt ein Hund im Stall. Der Baron folgt aufgebracht dem Gang durch den Stall, um in jede Box zu spähen und ausfindig zu machen, woher das Winseln kam. Isabelle lässt sich auf die Kiste sinken, die vor der Box steht. Hier hatte sie schon einmal gesessen, als ihr die Knie weich wurden, damals jedoch aus einem angenehmeren Grund.

„Was machst du Dummkopf hier?", hört sie den Baron wüten, während er in einer der Boxen verschwindet. Währenddessen wird immer energischer an der Stalltür gerüttelt. Dann vernimmt sie Jakobs Protestgeschrei und das aufgeregte Gebell von Flocke. Sie springt auf, rennt zu der Box und sieht Jakob, den der Baron am Kragen gepackt hat.

„Lasst ihn los!", schreit Isabelle. „Ihr müsst ihn loslassen." Da der Baron aber nicht von Jakob ablässt, wirft sie sich dazwischen.

Georg von Pletten lässt den aufgebrachten Jungen schließlich los. Jakob klatscht wie wild in die Hände. Sein Blick ist dabei völlig entrückt. Im nächsten Moment wird mit einem lauten Krachen die Stalltür aufgebrochen.

„Sagst du Dummkopf auch nur ein Wort, ziehe ich deinem Hund das Fell über die Ohren", zischt der Baron Jakob zu. Isabelle muss den Baron abwehren, damit er Jakob nicht noch einmal packen kann.

„Ist alles in Ordnung, Fräulein Isabelle?", fragt Franz besorgt. Hinter ihm steht Holger. Beide mit ernster Miene, bereit einzuschreiten, wenn es nötig ist.

„Ja, es war nur ein Missverständnis", antwortet Isabelle fahrig, während Jakob und Flocke sich aus dem Staub machen.

„Warum war die Tür verriegelt?", fragt Holger und sieht dabei argwöhnisch von Isabelle zum Baron.

„Vielleicht hat der Wind sie zugestoßen und der Riegel ist heruntergefallen", versucht Isabelle eine Erklärung zu finden. Die beiden Knechte wirken jedoch nicht sehr überzeugt. *Das spielt jetzt keine Rolle.* Mit den Gedanken ist sie ganz woanders.

„Vielleicht hat sich auch der Rotzlöffel einen Streich erlaubt und die Tür verriegelt." Der Baron weist in die Richtung, in die Jakob verschwunden ist.

„Ja, vielleicht", sagt Franz und wirft dem Baron einen misstrauischen Blick zu.

Isabelle räuspert sich. „Franz, könnt Ihr Euch bitte doch um Amira kümmern? Ich befürchte, die Aufregung ist mir nicht bekommen; ich würde mich gern zurückziehen."

„Selbstverständlich, Fräulein Isabelle." Franz sieht sie verwundert an, doch sie senkt ihren Kopf und weicht damit seinem forschenden Blick aus.

Für Isabelle bricht erneut eine Welt zusammen. Nachdem sie nun doch unerwartet das Glück auf Schloss Feldheim gefunden hat, soll es ihr nun schon wieder entrissen werden. *Und ich kann nichts dagegen tun, denn es geht nicht um mich. Es geht um Christians Leben.*

Wie in Trance geht sie hinauf in ihr Zimmer. Sie nimmt kaum wahr, was um sie herum geschieht. Auch dass sie eines der Dienstmädchen beinahe umrennt, was zur Folge hat, dass es einen Stapel Tischwäsche fallen lässt, bemerkt sie nur am Rande, und sie übergeht dieses Versehen, als wäre es nicht geschehen. Sie hat nur noch einen Gedanken: *Liegt der Brief an Hanne noch in meinem Schreibtisch?*

Mit jedem Schritt wird sie schneller, eilt die Treppe hinauf, rennt den Flur entlang, stürmt in ihr Zimmer und reißt die flache Schublade unter der Schreibplatte auf. Wie von Sinnen schiebt sie die darin liegenden Blätter hin und her. *Das kann nicht sein! Das darf nicht sein!* Sie nimmt das unbeschriebene Papier heraus und durchblättert panisch die leeren Seiten. *Der Brief ist weg!* Isabelle öffnet die anderen Schubladen, obwohl sie bereits weiß, wer den Brief hat, aber sie will die Hoffnung nicht aufgeben. Wie gejagt läuft sie im Zimmer hin und her und versucht nachzudenken, was sie jetzt tun kann, aber da ist kein klarer Gedanke in ihrem Kopf.

Sie geht zurück zum Schreibtisch, um noch einmal alles penibel zu durchsuchen. Jedes Blatt Papier wirft sie einzeln auf den Boden, um sicherzugehen, dass der Brief nicht irgendwo dazwischenliegt. Sie zieht jede Schublade komplett heraus, in der

Hoffnung, dass er nur nach hinten gerutscht ist oder in einer Ritze feststeckt. *Nichts!* Schließlich bricht sie mutlos über dem Schreibtisch zusammen.

Warum bin ich nur so dumm gewesen und habe den Brief, den ich so sowieso nicht mehr abschicken wollte, nicht schon längst in den Kamin geworfen? Im Kamin hätte er mir, wenn auch nur für einen Moment, behagliche Wärme gespendet. In den Händen von Baron von Pletten bringt er mir nun nie enden wollende Kälte. Ihr Herz liegt in Trümmern.

Alles in ihr bäumt sich gegen den Gedanken auf, ohne Christian zu sein, aber wenn sie sein Leben retten will, muss sie ihn aufgeben. *Ich muss es – wegen dieser blasierten Kuh, Constanze von Pletten.* Wut lodert in ihr auf, und sie fegt mit einem Handstreich alles vom Schreibtisch, was darauf steht. Den Kerzenleuchter, das Tintenfass, den Löschsand, die Schreibfedern, den Briefbeschwerer. Alles! Sie hört das dumpfe Poltern des Marmorklotzes, als er auf den Boden fällt, und sieht die schwarze Tinte in den edlen Teppich sickern. Es interessiert sie nicht.

Dann bringt die Verzweiflung den Damm zum Brechen, und sie weint, als gäbe es kein Morgen mehr. Als sie keine Tränen mehr hat, liegt sie nur stumm mit dem Kopf auf dem Schreibtisch und starrt das Muster der Tapete an. *Es gibt keinen anderen Ausweg. Ich muss tun, was der Baron von mir verlangt.*

Isabelle bemerkt nicht, wie Sofie in das Zimmer kommt. Das komische Verhalten von Fräulein Isabelle hat sich unter den Dienstboten schnell herumgesprochen und ist bis zu Sofie in die Küche vorgedrungen. Sie weiß, dass Isabelle die vergangene Nacht bei Christian verbracht hat, und wollte ihr heute etwas Zeit für sich geben, aber nun macht sie sich Sorgen.

Isabelle liegt nach vorn gebeugt auf dem Schreibtisch, starrt auf die Wand und zeigt keine Regung. Nicht einmal ein Augenzwinkern. Vorsichtig spricht Sofie sie an, aber Isabelle reagiert nicht. Sie ist doch nicht etwa tot? Mit klopfendem Herzen legt Sofie ihr eine Hand auf die Schulter, um sie noch einmal beim Namen zu nennen. Da fährt sie plötzlich vor Schreck zusammen.

„Was?", ruft sie, sieht Sofie für einen Moment scheinbar orientierungslos an und setzt sich auf. „Oh, Sofie." Isabelle versucht, sie anzulächeln, was ihr ziemlich misslingt.

„Was ist hier passiert?", fragt sie ihre Freundin und blickt entsetzt auf das Chaos am Boden, neben dem Isabelle wie ein Häufchen Elend an ihrem Schreibtisch hockt.

„Ach, nur ein kleines Malheur", tut Isabelle es lapidar ab, nicht wirklich bemüht, ihr etwas vorzumachen.

Sofie hat den Eindruck, dass Isabelle mit den Gedanken nicht bei ihr ist. Sie sieht verheult aus. Besorgt nimmt sie Isabelles Gesicht in ihre Hände.

„Sag es mir ehrlich! Hat es etwas mit der vergangenen Nacht zu tun? Hat er dir wehgetan?"

„Nein, wo denkst du hin?" Isabelle ist empört. „Christian würde mir nicht wehtun." Sie schiebt Sofies Hände weg.

Sofie fällt ein Stein vom Herzen. Sie hat schon das Schlimmste befürchtet. Und dennoch – irgendjemand hat Isabelle verletzt. Sehr sogar. Da kann sie ihr nichts vormachen.

„Ich … ich habe nur etwas gesucht. Etwas unbeherrscht vielleicht." Isabelle sieht hilflos und irgendwie abwesend auf die Unordnung am Fußboden, die sie angerichtet hat. „Es tut mir leid."

Sofie beginnt die Unordnung wegzuräumen, nicht überzeugt von dem, was ihre Freundin ihr weiszumachen versucht.

„Sag, Sofie, ich hatte vor ein paar Wochen angefangen, einen

Brief an Hanne zu schreiben. Ich habe ihn aber nicht abgeschickt. Hast du ihn vielleicht gesehen?"

Nachdenklich schüttelt Sofie den Kopf. „Nein."

Es ist nur ein Hoffnungsschimmer, den Isabelle noch nicht ganz aufgeben will. „Lag er hier vielleicht irgendwo herum, und du hast ihn weggeworfen oder auf den Weg gebracht?"

„Nein, habe ich nicht", antwortet Sofie jetzt energisch. „Glaubst du mir etwa nicht?"

Isabelle ist inzwischen aufgestanden und nimmt Sofie jetzt in den Arm. „Natürlich glaube ich dir." Ihr kommen erneut die Tränen, und sie drückt Sofie fester an sich, so als ob sie sie nie wieder gehen lassen will.

„Isabelle!" Sofie ermahnt ihre Freundin und befreit sich verwundert aus deren Umarmung. Isabelle dreht sich von ihr weg und wischt ihre Tränen ab.

„Tut mir leid, wenn ich dich erschreckt habe", schluchzt sie weinerlich.

„Isabelle, ich flehe dich an, sag mir endlich, was los ist."

Doch diese schüttelt den Kopf, ohne Sofie anzusehen. „Es ist alles in Ordnung. Ich möchte jetzt bitte allein sein."

Vergrämt nimmt Sofie den Wunsch von Isabelle hin, kann sie doch nichts dagegen tun. „Kann ich wenigstens noch versuchen, den Tintenfleck aus dem Teppich zu entfernen?"

Isabelle zuckt geistesabwesend mit den Schultern. „Meinetwegen."

Sofie holt einen Eimer Wasser, Bürste und Seife und macht sich daran, den Tintenfleck aus dem Teppich herauszuwaschen. Isabelle interessiert nicht, ob es ihr gelingt. Sie legt sich auf ihr Bett, rollt sich zusammen und starrt zum Fenster, während sie dem klagenden Schlag ihres zerbrochenen Herzens lauscht.

$$***$$

„Also, Johann, was hast du in Erfahrung bringen können? Ich hoffe, du hast gute Nachrichten für mich", fragt Christian bestens gelaunt. Die Nacht mit Isabelle geht ihm nicht aus dem Kopf, und er schwelgt in süßen Erinnerungen. Der Gärtner hat von seinem Schwager Nachricht aus Stendal erhalten und sogleich Graf Christian aufgesucht.

„Der Bruder meiner Frau hat über einige Umwege erfahren, dass es tatsächlich jemanden in Stendal gibt, der die Waren auf der Liste schon vor einer Weile gekauft hat. Er ist ein Halunke, ein Schmuggler und ein Hehler. Sie nennen ihn den „Bergmann"."

„Und ist er bereit, den Namen des Verkäufers preiszugeben? Auch vor Gericht?" Christian wird unruhig. Er fühlt sich seinem Ziel so nah. *Ich kann es kaum erwarten, den Mörder Otto Reichardts zu entlarven.*

„Verzeiht, mein Herr, aber das kann ich Euch nicht sagen. Der Kerl ist von übelster Sorte. Allein für eine solche Frage müsste man befürchten, ein Messer von ihm in den Bauch gerammt zu bekommen." Johann tut es sichtlich leid, dass er den Gefallen, um den ihn Christian gebeten hat, nicht zu seiner vollsten Zufriedenheit hat erledigen können.

Er nickt verständnisvoll. „Ich verstehe, Johann. Siehst du eine Möglichkeit, einen Kontakt zwischen ihm und mir herzustellen, damit ich selbst mit ihm sprechen kann?"

Johann sieht ihn entsetzt an. „Wollt Ihr das wirklich riskieren, mein Herr? Es geht mich nichts an, aber ist es denn so wichtig, wer diese Waren verkauft hat, dass Ihr dafür Euer Leben riskieren wollt?"

„Ja, es ist so wichtig. Siehst du eine Möglichkeit, den Kontakt herzustellen?"

Johann nickt etwas widerwillig. „Ich denke, wenn wir zusammen nach Stendal reisen, wird mein Schwager irgendwie eine Möglichkeit finden." Johann räuspert sich verlegen. „Es braucht aber sicher einiges an Schmiergeld", fügt er zaghaft hinzu.

„Hat der Kerl eine Schwachstelle? Etwas, das ihm so wichtig ist, dass er gegebenenfalls auch sich selbst ans Messer liefern würde?"

„Nun, für Geld würde er sicherlich vieles tun. Aber er würde sich wohl kaum ans Messer liefern."

Johann denkt nach. „Wenn es der Halunke ist, an den ich denke, hat er eine Tochter. Hübsches Ding, aber wohl nicht besonders schlau. Sie soll sich im Hurenhaus herumtreiben. Vielleicht ist das sein wunder Punkt."

Christian nickt nachdenklich. *Das ist nicht besonders viel, aber ein Anfang.* „Gut, halt dich bitte bereit, Johann! Ich will es nicht zu lange hinausschieben. Wir werden morgen oder übermorgen aufbrechen. Ich gebe dir Bescheid."

„Sehr wohl, mein Herr."

Christian, sein Onkel und die von Pletten warten jetzt schon eine ganze Weile vergeblich auf Isabelle im Esszimmer.

„Wir sollten uns zu Tisch begeben", schlägt Graf Ludwig vor. „Fräulein Isabelle wird sicher gleich kommen."

„Wir wissen ja, wie die Damen so sind, manchmal vergessen sie einfach die Zeit, wenn sie sich für uns herausputzen. Mir war es bisher vergönnt, ausreichend Erfahrungen damit zu machen." Baron von Pletten lächelt seiner Tochter Constanze wohlwollend zu. „Aber da sie uns mit ihrem Liebreiz erfreuen, wollen wir es ihnen gern nachsehen.“

So viel Verständnis für die Verspätung von Isabelle habe ich von Georg nicht erwartet. Das stimmt Christian nachdenklich. Er hat Isabelle den ganzen Tag noch nicht zu Gesicht bekommen, was er sehr bedauert. Ein Zwischenfall mit einem der Dienstmädchen ist ihm zu Ohren gekommen. Isabelle hätte durch das Mädchen hindurchgesehen, als wäre es gar nicht da, und entschuldigt hat sie sich für das Malheur auch nicht. Tatsächlich erwartet die Dienerschaft keine Entschuldigung von den Herrschaften und ihren Gästen, aber für Isabelle ist ein solches Verhalten ungewöhnlich und hat für Verwunderung gesorgt. *Langsam mache ich mir ernsthaft Sorgen.*

Als sie sich zu Tisch begeben, lässt er ein Mädchen nach oben schicken, das nach Fräulein Isabelle sehen soll. Es dauert eine Weile, bis das Mädchen zurückkehrt und ausrichtet, dass Isabelle unpässlich ist und sie sich deshalb entschuldigen lässt.

„Fräulein Isabelle scheint es ziemlich häufig unwohl zu sein. Nicht, dass etwas anderes dahintersteckt als nur ein verdorbener Magen“, äußert der Baron nun höhnisch.

„Da ist es ja nur gut, dass wir schon mit dem Essen angefangen haben.“ Ludwig übergeht die unpassende Bemerkung des Barons und tupft sich gelassen den Mund mit einer Serviette ab, um dann einen Schluck Rotwein zu trinken.

Christian räuspert sich. „Entschuldigt mich, ich bin gleich wieder da.“ Die missbilligenden Blicke seines Onkels und des Barons lassen ihn kalt. *Ich werde jetzt nach Isabelle sehen. Bevor ich keine Gewissheit darüber habe, wie es ihr geht, werde ich sowieso keinen Bissen herunterbekommen.*

Christian will gerade an Isabelles Zimmertür klopfen, als er zögert und stattdessen doch gleich zur Türklinke greift. Er rechnet damit, die Tür verschlossen vorzufinden, stellt aber überrascht fest, dass sie dies nicht ist. Langsam öffnet er sie und sieht Isabelle, zusammengerollt, mit dem Rücken zu ihm, auf ihrem Bett liegen. Lautlos geht er zum Fußende. Ihre Augen sind geschlossen.

„Isabelle?", fragt er leise. *Falls sie schläft, will ich sie nicht wecken.*

Erschrocken öffnet sie die Augen. *Was machst du hier?* Sie springt augenblicklich vom Bett auf, was ihr einen leichten Schwindel verursacht.

„Bleib doch liegen, wenn es dir nicht gut geht!", sagt er besorgt und will sie in seine Arme ziehen, damit sie den Boden nicht unter den Füßen verliert.

Isabelle versucht, ihm auszuweichen. „Nein, es geht schon." Sie will ihn nicht zu nahe an sich heranlassen, denn das würde vermutlich zu etwas führen, das nicht mehr erlaubt ist. *Ich darf ihn nicht berühren. Ich muss die Finger von ihm lassen, auch wenn es mir schwerfällt. Warum ist er nur gekommen? Jetzt wird er Fragen stellen, die ich ihm nicht beantworten darf. Hätte ich doch nur abgeschlossen! Ich habe es vergessen.* Vor dem Baron hat sie nun nichts mehr zu befürchten. Er hat sie eindringlich wissen lassen, was er von ihr erwartet, und würde sie in Ruhe lassen, wenn sie dem nachkommt.

Christian hat jedoch kein Einsehen mit ihr. Viel zu schnell ist er bei ihr und hält sie nun fest. Isabelle ist bemüht, seinen fragenden Blicken auszuweichen, aber er zwingt sie, ihn anzusehen.

„Was ist los mit dir?" Christian will sie küssen, aber sie presst unnachgiebig ihre Lippen aufeinander und lässt seine Zunge nicht ein. Schnell schließt sie ihre Augen, um die Tränen zu verstecken, die sich darin sammeln.

„Was habe ich getan?", fragt er so verzweifelt, dass es ihr das Herz zerrissen hätte, wenn es nicht schon heute Nachmittag entzweigebrochen wäre. „Habe ich etwas von dir verlangt, das du nicht wolltest?"

Isabelle schüttelt den Kopf.

„Habe ich dir wehgetan? Dann tut es mir leid, Isabelle. Verzeih mir bitte!", fleht er sie an.

„Nein, du hast mir nicht wehgetan." Sie sieht ihn zärtlich an und legt ihm eine Hand auf die Wange. Isabelle streichelt mit ihrem Daumen über seine Lippen. „Du hast mir die bezauberndste Nacht meines Lebens bereitet. Und glaube mir, ich würde alles dafür geben, sie noch einmal erleben zu dürfen."

Er lächelt erleichtert. „Darf ich dann heute Nacht zu dir kommen?"

„Nein!", antwortet Isabelle energisch und befreit sich aus seiner Umarmung. Seine Frage hat sie förmlich erschreckt. Sie sieht das Unverständnis und die Enttäuschung in seinem Gesicht. *Er muss gehen. Ich weiß nicht wie lange ich das noch durchstehe.* „Es ist besser, wenn du jetzt gehst. Mir geht es nicht gut. Ich möchte allein sein", sagt sie barsch. Ohne ein weiteres Wort dreht er sich um und geht zur Tür.

Irgendwie muss ich mich von ihm verabschieden. Nur wie, wenn ich keine Worte des Abschieds nutzen darf? „Bitte warte!", ruft sie nun doch. Christian sieht sie vorwurfsvoll an. Sie hat ihn mit ihrem Verhalten verletzt. *Ein letzter Kuss zur Erinnerung muss erlaubt sein.* Schnell geht sie zu ihm und legt ihm eine Hand in den Nacken, um ihn zu sich zu ziehen. Doch er macht sich steif und kommt ihr kein Stück entgegen. Isabelle stellt sich auf die Zehenspitzen und erwischt gerade noch seine Lippen, bevor er seinen Kopf nach hinten zieht. *Er will mich nicht küssen.*

Erneut steigen ihr die Tränen in die Augen.

„Ich liebe dich", haucht sie verzweifelt, doch er sieht sie nur verbittert an und verlässt ihr Zimmer.

Christian geht zurück ins Esszimmer, aber der Appetit ist ihm vergangen. *Was soll das? War das ihr Plan? Hat sie den Spieß umgedreht und mit mir gespielt, um mir eins auszuwischen – ihre späte Rache für die Entführung?!* Er muss auf niemanden Rücksicht nehmen. Alles ist ihm egal. Er spült seinen Kummer mit billigem Branntwein hinunter, womit er nicht geizt.

***

Später am Abend kommt Sofie noch einmal zu Isabelle, um ihr beim Auskleiden behilflich zu sein. Eigentlich hätte es das heute nicht gebraucht, aber das kann Isabelle ihr nicht sagen. *Sofie soll keinen Verdacht schöpfen. Ich werde mich später einfach wieder anziehen.*

Während sie sich sonst so viel zu erzählen haben, schweigen sie nun. Sofie zieht ihr die Kleider aus, und während Isabelle zum Waschtisch geht und ihre Abendtoilette beginnt, legt Sofie alles ordentlich zur Seite, schlägt die Bettdecke zurück und schüttelt Isabelles Kissen auf. Isabelle macht einen der Lappen nass, die neben der Schüssel bereitliegen, und dreht dann die nach Flieder duftende Seife darin. *Es ist das letzte Mal, dass ich den Duft der Seife einatmen werde.* Sie ist so unendlich traurig. Lieblos seift sie ihren Körper ein, um ihn dann wieder abzuwaschen.

Noch vor ein paar Wochen, als sie zum ersten Mal an der Fliederseife gerochen hat, hätte sie niemals geglaubt, dass es ihr jemals so schwerfallen würde, von Schloss Feldheim und seinen

Bewohnern Abschied zu nehmen.

„Was ist los mit dir, Isabelle? Warum redest du nicht mit mir?" Sofie klingt vorwurfsvoll. Isabelle weiß, dass sie damit nicht im Unrecht ist.

Ich hätte dir so gern mein Herz ausgeschüttet, aber ich darf es nicht. „Es tut mir leid. Mir ist heute einfach nicht danach. Verzeih mir, liebe Sofie!" *Ich will nicht im Bösen mit Sofie auseinandergehen.* Sofie sieht sie aber nach wie vor unzufrieden an.

„Lass uns morgen reden!", versucht es Isabelle noch einmal. Sie verschluckt sich beinahe bei diesen Worten, denn sie hat einen Schluchzer im Hals stecken, der nach oben drängt. Isabelle bemüht sich, die Tränen, die sich bereits wieder in ihren Augen sammeln, wegzuzwinkern, weiß sie doch, dass es ein Morgen für Sofie und sie nicht geben wird.

Sofie hat es bemerkt. Sie geht zu ihrer Freundin und nimmt sie in den Arm. „Ist schon gut. Ich will dich nicht quälen. Erzähle es mir einfach, wenn du bereit dazu bist."

Isabelle umarmt sie dankbar. „Ich hab' dich lieb, Sofie."'

„Ich hab' dich auch lieb, Isabelle."

Sofie holt Isabelles Nachthemd, hilft ihr beim Anziehen und bringt sie dann zu Bett. Auch wenn Sofie weiß, dass Isabelle gleich wieder aufstehen wird, um die Tür hinter ihr abzuschließen, so ist dies doch inzwischen zu einem Ritual geworden, das sie auch dann nicht ablegen, wenn Baron von Pletten ein paar Tage auf Schloss Feldheim weilt. Sie setzt sich zu Isabelle auf die Bettkante.

„Soll ich noch ein bisschen bei dir bleiben? Wir müssen auch nicht reden. Nur damit du nicht allein bist." Sofie legt ihre Hand auf die von Isabelle. „Deine Hand ist eiskalt." Sie schiebt ihre andere Hand unter die von Isabelle, um ihr so von oben und unten Wärme zu spenden.

„Nein. Geh ruhig! Sükrü wartet sicher schon auf dich. Ich möchte dir nicht mit meinem Kummer den Abend verderben."

„Wer weiß, ob Sükrü schon Zeit hat. Graf Christian hat es in kürzester Zeit geschafft, sich so zu betrinken, dass er nicht mehr geradeausgehen konnte und Sükrü ihn in sein Zimmer bringen musste." In der Hoffnung Isabelle damit aufzuheitern, lächelt Sofie sie an.

Isabelle ist bestürzt. *Ich kann mir denken, dass Christian nicht zum Vergnügen getrunken hat.* Aber im nächsten Augenblick ist sie auch erleichtert über diesen Umstand, denn das bedeutet, dass er heute Nacht tief schlafen und sicherlich nicht mehr bei ihr auftauchen würde. Sie bemüht sich, zurückzulächeln. „Geh nur und nimm dir ein wenig Zeit für dich, falls Sükrü noch nicht da ist!"

Sofie gibt ihr einen Kuss auf die Stirn. „Schlaf gut!"

Isabelle hätte heulen können. *Warum nur ist Sofie so lieb zu mir?* „Du auch", antwortet sie, und wieder schluckt sie schwer an dem Kloß in ihrem Hals. „Sofie?", sie hält ihre Freundin, die gerade gehen will, an ihrer Hand zurück. „Ich möchte nur, dass du weißt, dass ich sehr froh darüber bin, dass ich dich … ich meine …, dass du meine Freundin bist."

Sofie sieht sie stirnrunzelnd an. „Das bin ich auch", versichert sie Isabelle und geht dann zögerlich.

Isabelle steigt aus dem Bett, verschließt die Tür und zieht sich ihren Morgenrock über, damit ihr nicht kalt wird. Anziehen will sie sich noch nicht, falls sie doch noch unerwartet Besuch bekommt, den sie nicht abwimmeln kann. So setzt sie sich auf die Ottomane und wartet, bis es so weit ist, Schloss Feldheim zu verlassen. Sie befürchtet einzuschlafen, wenn sie zu Bett gehen würde. *Das darf keinesfalls passieren. Ich darf nicht die Zeit verpassen.*

Immer wieder schaut sie auf die Uhr, die auf dem Kaminsims steht. Dann ist es Mitternacht. Wehmütig denkt sie an letzte Nacht zurück, als sie sich um diese Zeit auf den Weg zu Christian gemacht hat und bald schon in seinen starken, schützenden Armen lag. *Das ist nun vorbei. Nie wieder wird es so sein.*

Isabelle sucht sich das Kleid heraus, mit dem sie nach Feldheim gekommen ist. Sie zieht es so schnell an, wie es ihre zitternden Hände zulassen. Angst überkommt sie vor dem, was ihr bevorsteht. Sie weiß nicht, ob sie dem Baron trauen kann – und die Kutsche sie tatsächlich zu ihrer Familie oder nicht doch in den Tod bringen wird. Und falls sie doch in Stendal eintreffen sollte, vermag sie sich nicht vorzustellen, wie ihre Familie auf sie reagieren wird.

Ich will nicht weg von Christian. Ich will nicht weg von Sofie. Alles in Isabelle schreit danach, hierzubleiben. Ihr ist so kalt, und sie spürt, wie sich ihre Gedärme unangenehm zusammenziehen und ihr Schmerzen bereiten. Isabelle geht zu dem Frisiertisch und öffnet die Schatulle, in der der Schmuck von Christians Mutter liegt. Sie nimmt den Brief heraus, den Christian ihr geschrieben hat, faltet ihn noch kleiner zusammen und versteckt ihn in ihrem Dekolleté. *Wenigstens den will ich mitnehmen. Es ist nicht viel, was mir von Christian bleibt, aber es ist etwas.* Sie streicht über die Perlen und die Spange mit dem großen dunkelgrünen Smaragd und denkt an das gestrige Abendessen und an das Spiel, das ihnen beiden Vergnügen bereitet hat. Ein kurzes Lächeln fliegt über ihr Gesicht, bevor wieder der Kummer die Oberhand gewinnt. In Gedanken sagt sie Lebewohl zu Christian – und klappt die Schatulle zu. Sie nimmt sie in die Hand und klemmt sich ihre Schuhe unter den Arm.

Isabelle lässt ihren Blick noch ein letztes Mal durch das Zimmer schweifen, das ihr inzwischen so vertraut ist, bis er an der Uhr auf dem Kaminsims hängen bleibt. *Es ist Zeit, zu gehen.*

Sie weiß nicht, wie lange sie bis zum Schlosstor brauchen wird. Genau wie eine Nacht zuvor öffnet sie leise ihre Tür und späht in die Dunkelheit. Alles ist ruhig, nur in ihrem Innern tobt ein Sturm. Barfuß läuft sie durch den Flur zu Christians Gemächern. Nun steht sie direkt davor – so nah bei ihm – und versucht, die Tür zu öffnen, um einen letzten Blick auf ihn zu werfen. *Nein, besser nicht – ich könnte ihn wecken.* Sie stellt die Schatulle auf den Boden und legt stattdessen nur beide Hände an die Tür, als könnte sie ihn durch das Holz spüren, doch leider ist es nicht so. Dennoch will sie die Tür nicht loslassen. Sie ist noch nicht bereit dazu und lehnt sich verzweifelt mit ihrer Stirn daran. Isabelle schließt die Augen. Tränen laufen ihr über die Wangen.

Schließlich macht sie sich mit einem stillen Seufzer auf den Weg zur Dienstbotentreppe, die bis in die Küche führt. Dort läuft sie über den kalten Steinfußboden bis zum Ausgang, der auf den Wirtschaftshof hinausführt. Sie zieht sich ihre Schuhe an und tritt nach draußen. Die Nacht ist lau und am Himmel scheint immer noch ein fast voller Mond. Leise schließt sie die Tür hinter sich.

Wie lange sie vor Christians Tür verharrt hat und wie viel Zeit inzwischen vergangen ist, weiß sie nicht. Aber sie weiß, dass sie sich beeilen muss. *Ich darf die Kutsche nicht verpassen.* Schnell geht sie über den Wirtschaftshof zur Vorderseite des Schlosses und läuft den langen Weg bis zum Schlosstor hinunter, hoffend, dass sie niemand sieht – und immer mit dem Gedanken, dass sie die Kutsche erreichen muss. Im Geiste sieht sie Christian, wie er zum Galgen geführt wird. Auch wenn ihre

Beine drohen, unter ihr nachzugeben, treibt die Angst um ihren Liebsten Isabelle an, bis sie schließlich das hohe schmiedeeiserne Tor passiert. Eine Wache ist nicht zu sehen. *Der Baron hat an alles gedacht.*

Im hellen Mondlicht ist die schwarze Kutsche nicht zu übersehen. Wäre der Mond nicht, würde sie in der Dunkelheit untergehen. Nur noch ein paar Schritte, dann ist sie am Ziel. Sie zögert. Etwas hält sie hier fest – und sie weiß auch, was es ist, aber genau das würde sie in Gefahr bringen, wenn sie jetzt nicht einsteigt. *Es muss sein.* Entschlossen macht sie noch die fehlenden Schritte, öffnet die Tür, erklimmt über den kleinen Tritt die Kutsche und zieht die Tür hinter sich zu.

Plötzlich befindet sie sich in völliger Dunkelheit – und Panik überkommt sie. Verängstigt will sie die Tür noch einmal öffnen und tastet suchend nach dem Knauf, als sie hört, wie von außen ein Riegel vorgeschoben wird. Endlich findet sie ihn und rüttelt an der Tür. Vergebens. Sie lässt sich nicht mehr öffnen. Jetzt tastet sie sich zur anderen Seite vor, aber noch ehe sie mit ihren Händen den Knauf der anderen Tür erfühlen kann, hört sie auch hier, wie ein Riegel vorgeschoben wird. *Ich sitze in der Falle!* Isabelles Herz klopft angsterfüllt in ihrer Brust. Die Kutsche setzt sich mit einem Ruck in Bewegung, und sie wünscht sich nichts sehnlicher, als Christian an ihrer Seite zu haben. *Er würde mir mit Leichtigkeit meine Ängste nehmen können. Aber er ist nicht da. Er wird nie wieder bei mir sein.*

Kapitel 26

1. Juli 1765, Schloss Feldheim

Sükrü schließt seine Zimmertür und macht sich auf den Weg zu seinem Bruder. Nach dem, was Sofie ihm gestern über Isabelle erzählt hat und wie sich Christian benommen hat, fragt er sich, was zwischen den beiden vorgefallen ist, dass sie nun beide scheinbar ohne Sinn und Verstand sind. Er will sehen, wie es Christian heute Morgen geht. Die Schatulle vor seiner Tür hebt er verwundert auf und nimmt sie mit in Christians Gemächer.

Das verdunkelte Schlafzimmer stinkt so sehr nach Fusel, dass er befürchtet, schon vom Einatmen betrunken zu werden. Sükrü stellt die Schatulle ab, zieht die Vorhänge zurück und öffnet ein Fenster, damit Luft und Licht in das Zimmer kommen. Das Tageslicht, das nun auf Christians Gesicht fällt, verfehlt seine Wirkung nicht. Er kneift schmerzverzerrt seine Augen zusammen, stöhnt und hebt die Hand vor die Lider.

„Tut mir leid, wenn ich dir das so deutlich sagen muss, aber du siehst aus wie ausgekotzt."

„Wenn ich so aussehe, wie ich mich fühle, glaube ich dir das sogar." Christian dreht sich vom Fenster weg. „Wie spät ist es, dass du mich wecken kommst?"

„Es ist erst acht, aber ich wollte sehen, wie es dir geht."

Christian stöhnt empört. „Wie es mir geht? Hättest du mich ein paar Stunden länger schlafen lassen, würde es mir wahrscheinlich besser gehen."

„Erinnere dich an das, was mein Vater immer gesagt hat!",

antwortet Sükrü amüsiert.

„Wer sich betrinken kann, der kann auch früh aufstehen?"

„Genau. Ich sehe, du hast es verinnerlicht. Also, raus aus den Federn!"

„Dein Vater war in der Hinsicht ein Folterknecht. Du eiferst ihm auch nur nach, wenn es dich nicht selbst betrifft."

Sükrü lacht. „Johann war gestern bei dir. Du wolltest heute dringend mit mir über die Angelegenheit sprechen."

„Ja, das stimmt." Christian schlägt die Decke zurück und setzt sich auf den Bettrand, wo er eine Weile in sich zusammengesunken verweilt und seinen Kopf auf den Händen abstützt. „Ich wollte eigentlich heute mit dir und Johann nach Stendal aufbrechen. Aber ich befürchte, ich werde erst morgen dazu in der Lage sein."

Sükrü klopft Christian auf die Schulter. „Dann nutze den Tag heute, um dich mit Isabelle auszusprechen."

Christian steht auf, blinzelt Sükrü aus zusammengekniffenen Augen an und beginnt, sich anzuziehen.

„Wie kommst du darauf, dass ich mich mit Isabelle über irgendetwas aussprechen müsste?" Christian verzieht genervt das Gesicht. *Mein Schädel brummt. Ich habe wenig Lust, mich mit Isabelle auseinanderzusetzen. Ich weiß nicht, was sie gestern für ein Spiel mit mir gespielt hat, aber sehr amüsant fand ich es jedenfalls nicht.*

„Sofie hat erzählt, dass Isabelle sich gestern eigenartig benommen hat. Und du hast dich gestern scheinbar grundlos bis zur Besinnungslosigkeit betrunken. Da liegt ein Zusammenhang auf der Hand."

„Meinst du? Ich bin mir keiner Schuld bewusst. Den Teufel werde ich tun und mit ihr reden."

„Erwartet sie vielleicht ein Kind von dir?"

„Nein, wie kommst du darauf?“ Christian sieht Sükrü entgeistert an.

Sükrü grinst. „Ich muss dir jetzt nicht wirklich erklären, wie ich darauf komme?“

„Doch.“

„Soll ich bei den Bienen und Blumen anfangen?“

„Nein, aber sie hat sich mir doch erst in der vorletzten Nacht ganz hingegeben.“

„Ach so“, sagt Sükrü und zuckt nachdenklich mit den Schultern. „Dann wäre eine solche Annahme tatsächlich etwas voreilig.“

Die Erinnerung an die Nacht mit Isabelle hat Christians Laune ganz plötzlich gehoben. Verzückt denkt er an Isabelles Leidenschaft zurück – und wie sie wie Wachs in seinen Händen dahingeschmolzen ist. Ihr beglücktes Aufjauchzen und erregtes Stöhnen kommen ihm in den Sinn, und er muss lächeln. *Das kann nicht alles vorgetäuscht gewesen sein.* Nun tut es ihm leid, dass er gerade noch so zornig auf sie war. Er steckt sich das weiße Hemd in die Hose, wobei sein Blick zufällig auf die Schatulle fällt.

Sükrü sieht das, nimmt die Schatulle und reicht sie Christian. „Die stand vor deiner Tür.“

Christian weiß nicht, was er denken soll, aber er hat das Gefühl, dass es nichts Gutes bedeuten kann, wenn Isabelle ihm die Schatulle vor die Tür gestellt hat. Er öffnet sie. Die Kette und die Ohrringe liegen darin. *Der Brief, den ich ihr geschrieben habe, fehlt.*

„Ich muss zu Isabelle.“ Er klappt die Schatulle zu, wirft sie lieblos auf sein Bett und steigt schnell in seine Stiefel.

„Was ist los?“, fragt Sükrü verwundert.

„Das weiß ich noch nicht.“ Er stürmt zu Isabelles Zimmer.

Dort findet er Sofie hilflos vor der geöffneten Kleidertruhe und dem offenen Schrank stehend.

„Wo ist Isabelle?", fordert er von Sofie barsch eine Antwort.

Sofie sieht ihn verzweifelt an und hebt ratlos die Hände, um sie gleich wieder sinken zu lassen. „Ich weiß es nicht, mein Herr. Ich wollte nach ihr sehen, weil sie gestern so traurig war, aber sie ist nicht hier."

„Sie ist fortgegangen", schlussfolgert Christian. Die Worte bleiben ihm beinahe im Hals stecken.

„Vielleicht ist sie nur ausreiten", gibt Sükrü gelassen zu bedenken.

„Fehlt von ihren Kleidern etwas?", fragt Christian angespannt.

„Ich habe schon alles durchgesehen. Es fehlt nur das, was sie anhatte, als sie hier ankam."

„Das kann doch Zufall sein." Sükrü will die beiden beruhigen, deren Nerven offenbar blank liegen.

„Sie ist weg! Warum hätte sie mir sonst den Schmuck vor die Tür stellen sollen?" Christian fährt sich unruhig mit seiner Hand durch die Haare. Noch hofft er, dass er sich irrt.

Sofie trifft die Erkenntnis offenbar mit Bestürzung. Sie schlägt sich die Hand vor den Mund und lässt sich auf Isabelles Bett sinken.

„Was ist, Sofie?" Christian geht zu ihr.

„Sie hat sich gestern von mir verabschiedet, und ich habe das nicht gemerkt."

Sükrü runzelt die Stirn. „Wie meinst du das?"

„Als ich ihr Gute Nacht gesagt habe, hat sie mir gesagt, dass sie mich lieb hat – und dass sie froh ist, mich zur Freundin zu haben. Das hat sie noch nie gesagt." Sofie schluchzt. „Warum ist sie denn weggegangen? Was ist, wenn ihr etwas zugestoßen ist?" Sie sieht Christian fordernd an.

Er versteht ihren Blick. *Ich muss jetzt wissen, was zu tun ist.* Aber er schlägt nur wütend mit der Faust gegen die offenstehende Schranktür, sodass sie laut zuknallt. „Ich Idiot!" Ihm ist gerade klar geworden, dass sie sich wohl auch von ihm verabschiedet hat, als sie ihm sagte, dass sie ihn liebt. *Ich habe sie in meiner verletzten Eitelkeit von mir gestoßen und sie nicht wissen lassen, dass ich sie auch liebe. Vielleicht wäre sie nicht gegangen, wenn sie das gewusst hätte*, geht es ihm durch den Kopf. „Ich muss im Stall nachsehen, ob sie eines der Pferde genommen hat."

Die drei laufen zum Stall und zur Koppel und überprüfen mit Franz und Holger, ob eines der Pferde fehlt, was aber nicht der Fall ist. Christian trommelt alle Leute zusammen und teilt sie in Gruppen ein, um zunächst Schloss Feldheim zu durchsuchen. *Vielleicht ist Isabelle ja doch noch irgendwo hier.* Aber niemand findet sie, und so schickt er die Männer in Gruppen auf Pferden los, um die Umgebung abzusuchen. *Wenn Isabelle zu Fuß und erst im Morgengrauen aufgebrochen ist, kann sie noch nicht weit gekommen sein.*

***

Isabelle ist immer wieder kurz eingeschlafen. Die Anspannung hat sie erschöpft und die Ausweglosigkeit hat sie entmutigt, also hat sie sich der Müdigkeit hingegeben. Irgendwann gegen Morgen hielt die Kutsche und die Pferde wurden ausgetauscht. Isabelle sah durch die Schlitze der dunklen Vorhänge das Morgengrauen, wagte es aber nicht, einen der Vorhänge zur Seite zu schieben, um zu sehen, wo sie waren. Der Baron hatte es verboten. Hielt sie sich nicht daran, war ihr Handel hinfällig. Sie wusste nicht, wer die Kutsche möglicherweise begleiten und ihm berichten würde. Sie konnte das Risiko Christian zuliebe nicht eingehen.

Irgendwann im Laufe des Vormittags hält die Kutsche erneut. Isabelle hält die Luft an. *Wenn der Baron mich nicht angelogen hat, wartet jetzt Friedrich auf mich.* Sie wappnet sich, ihm gegenüberzutreten. *Was habe ich schon zu befürchten – außer, dass meine Familie mich wahrscheinlich über die Maßen beschimpfen wird?* Mit diesen Gedanken macht sie sich Mut. Sie hört, wie ein Riegel zur Seite geschoben wird, dann öffnet sich die Tür – und es ist tatsächlich Friedrich, der vor ihr steht.

„Guten Tag, Isabelle."

Mit eisigem Blick starrt er ihr entgegen. Über seinem rechten Auge prangt eine noch recht frische Narbe und seine vorher gerade Nase ist schief und noch etwas geschwollen. Isabelle begrüßt ihn ebenfalls, muss jedoch zweimal ansetzen, weil ihr die Stimme versagt. Er hilft ihr nicht aus der Kutsche, sondern schlägt lediglich die Tür geräuschvoll hinter ihr zu. Der Kutscher treibt die Pferde an und das schwarze Gespann eilt davon. Die Fahrt darin war nur eine kurze Episode, die aber Isabelles Leben und Gemüt unumstößlich und folgenschwer verändert hat – von der schwerelosen Glückseligkeit der Liebe zur beängstigenden, die Seele niederringenden Schwermut des Verlustes.

Sie sieht die Kutsche ihres Vaters auf der gegenüberliegenden Seite stehen und will in der Erwartung, dass sie gleich weiterfahren würden, hinübergehen. Bleischwer fühlt sich jeder Knochen in ihrem Leib an und jeder Schritt ist eine Herausforderung.

„Warte!", befiehlt Friedrich ihr.

Sie dreht sich zu ihm um. Seine Augen sind unverändert eiskalt und haben sich zu kleinen Schlitzen verengt. Obwohl die Traurigkeit sie voll und ganz ausfüllt und beinahe keine anderen Gefühle zulässt, versucht sie, ihm trotzig entgegenzutreten; *schließlich ist es nicht meine Schuld, dass man mich entführt hat.* Aber sie kann seinem Blick dieses Mal nicht standhalten, weil sie weiß, dass sie sich etwas vormacht, wenn sie die vergangenen Wochen lediglich auf den Umstand der Entführung reduziert.

Gerade als sie verlegen ihren Blick senken will, trifft sie sein Schlag mit voller Wucht ins Gesicht, sodass sie das Gleichgewicht verliert und zu Boden geht. Beißende Funken sprühen in ihrem Kopf, und für einen kurzen Augenblick wird ihr schwarz vor Augen. Sie weiß nicht, wie ihr geschieht, als Friedrich ihr einen Tritt in die Rippen verpasst. Sie schreit vor Schmerz und versucht aufzustehen, um sich vor ihm in Sicherheit zu bringen, als sie schon der nächste Tritt trifft, der den kläglichen Fluchtversuch zunichtemacht und sie wieder im Staub der Straße zusammenbrechen lässt. Instinktiv rollt sie sich zusammen und legt sich schützend die Arme und Hände um ihren Kopf. Immer wieder tritt er zu. Sie schreit, wimmert und fleht, dass er aufhören möge. Dann hört Isabelle die Stimme ihrer Tante, die unverhofft die Erlösung bringt, mit der sie nicht mehr gerechnet hat.

„Friedrich, hör auf! Du prügelst sie ja tot."

Friedrich hält endlich inne, und Isabelle wagt es, zögernd aus ihrer Deckung hervorzukommen. Sie sieht, wie ihr Cousin zu seinem Pferd geht, die Reitgerte holt und damit zu ihr zurückkommt. Sie ahnt, was das bedeutet, schüttelt verzweifelt den Kopf und bettelt um Gnade. Doch er hat kein Einsehen und schlägt mit der Gerte weiter auf sie ein. Sie hört das warnende, zischende Geräusch, wenn die Gerte die Luft zerschneidet, bevor sie mit brennendem Schmerz wieder und wieder auf sie niedergeht.

„Friedrich! Wenn sie tot ist, kannst du sie auch nicht mehr heiraten. Dann siehst du keinen Groschen!"

Die Worte ihrer Tante bringen Friedrich offenbar zur Besinnung, sodass er endlich von ihr ablässt. Isabelle liegt regungslos auf der Straße. Jeder einzelne Tritt und Schlag hallt in ihrem Körper nach. Sie wagt es nicht, sich zu rühren, aus Angst, ein neues Echo aus Schmerzen auszulösen. Isabelle weint stattdessen nur.

Friedrich spuckt sie an. „Miststück!", speit er verächtlich aus.

Ihre Tante kommt und hilft ihr, aufzustehen. Ihr ganzer Körper besteht aus Schmerzen. Bei jeder Berührung, bei jeder Bewegung könnte sie schreien. Sie versucht, tapfer die Zähne zusammenzubeißen, was ihr nicht gelingt. Sie schleppt sich mit Hilfe ihrer Tante zur Kutsche. Isabelle empfindet ihren Körper als quälenden Trümmerhaufen, genau wie ihr Herz, da ist das schwellende Gefühl in ihrem Gesicht nahezu unbedeutend. Dennoch ertastet sie vorsichtig die Blessuren und bemerkt, dass die Lippe aufgeplatzt ist und blutet. Tante Margarete reicht ihr ein Taschentuch.

„Ich habe ihm noch gesagt, er soll dich nicht ins Gesicht schlagen. Was sollen nur die Leute denken!", sagt sie vorwurfsvoll.

Isabelle nimmt das Taschentuch und tupft das Blut ab. Ihre Hände zittern. Es tut so schrecklich weh. Das Wissen, dass ihre Tante Friedrich offenbar ihren Segen für diese Misshandlung gegeben hat, lässt Isabelles Körper erneut durch tiefe Schluchzer erschüttern, was ihre Schmerzen nur unerträglicher werden lässt.

„Das hast du dir alles selbst zuzuschreiben, Isabelle", erklärt ihre Tante selbstgerecht. „Hättest du dich nicht bei diesem Grafen von Feldheim verkrochen, sondern dich an unsere Abmachung gehalten, wäre dir das alles erspart geblieben."

Isabelle will etwas erwidern. Will sich verteidigen. Aber dann besinnt sie sich – und schluckt die Worte hinunter. Christian hatte sie zwar gegen ihren Willen nach Schloss Feldheim verschleppt, aber sie ist freiwillig bei ihm geblieben. *Es war das Beste, was mir passieren konnte. Ich will es nicht ungeschehen wissen.* Dessen ist sie sich sicher. *Ich werde ihn nicht verraten.* Die Gedanken an ihn – an seine Kraft und seine Zärtlichkeit – lassen erneut Tränen in ihr aufsteigen.

***

Christian will nicht aufgeben; den ganzen Tag hat er nach Isabelle gesucht. Erst als es längst dunkel ist, kann ihn Sükrü überreden, ins Schloss zurückzukehren, damit er neue Kraft sammeln kann. Nachts würde er sie nicht finden, wenn er nicht weiß, wo er suchen muss. Die anderen Männer, zu denen sogar der Baron gehört hat, sind da schon vor Stunden wieder zum Schloss zurückgekehrt.

Allein sitzt Christian in seinen Gemächern und nimmt eine Kleinigkeit zu sich, um seinen Hunger zu besänftigen. Er hätte sich nun wenigstens für ein paar Stunden Ruhe gönnen sollen, aber sein Kopf findet keinen Frieden. Er grübelt. *Wo kann Isabelle nur sein? Wieso hat sie keiner gefunden, wenn sie doch nur zu Fuß unterwegs ist? Und das muss sie sein. Es fehlt keines der Pferde. Sie kann zu Fuß doch nicht einen weiteren Weg zurückgelegt haben als er und die Männer zu Pferde. Selbst wenn sie*

378

schon viel früher aufgebrochen ist, hätten wir sie einholen müssen. Er malt sich die schlimmsten Bilder in seinem Kopf aus. Er sieht Isabelle orientierungslos umherirren oder schwerverletzt und bewusstlos an einem Abgrund liegen. *Sie braucht mich, das spüre ich.*

Er ist verärgert, weil er jetzt in der Dunkelheit nichts anderes tun kann, als darauf zu warten, dass der Morgen wieder graut, was um diese Jahreszeit – Gott sei Dank – nicht allzu lange dauern wird. Christian geht zu Isabelles Zimmer. Als er die Tür öffnet, schlägt ihm ihr vertrauter Duft entgegen – er erfüllt den ganzen Raum –, und er wagt es, für einen Augenblick zu hoffen, sie wider Erwarten in ihrem Bett vorzufinden. Aber das Bett ist leer. Er zündet mit seiner Kerze den Kandelaber an, der auf Isabelles Frisiertisch steht, und sieht sich noch einmal in ihrem Zimmer um. *Vielleicht hat Sofie etwas übersehen – und es gibt doch irgendeinen Hinweis auf ihr Verschwinden.*

Christian durchsucht die Sachen im Schrank und in der Kleidertruhe, sieht in die Schubladen ihres Frisiertischs und des Schreibtischs, hebt ihre Kopfkissen hoch, schlägt die Bettdecke zurück, sieht unter die Matratze und tastet den oberen Rand des Betthimmels ab. Er findet nichts, bis auf einen schwarz verschmierten Tintenfleck auf dem Teppich. Resigniert setzt er sich auf Isabelles Bett, nimmt ihr Nachthemd und drückt sein Gesicht hinein. Christian schließt seine Augen – und nimmt einen tiefen Atemzug. Verzweifelt krallt er sich in das Stück Stoff, das ihrem Körper so nah gewesen war wie nichts anderes, nur er selbst. *Ich will sie zurück. Ihr darf nichts passiert sein! Sobald die Dämmerung einsetzt, werde ich weiter nach ihr suchen. Ich muss sie einfach finden.* Christian lässt sich in ihr Bett fallen und legt seinen Kopf auf ihr Kissen, das wie das Nachthemd noch nach ihr duftet. Der liebliche Geruch, den sie in diesem Zimmer zurückgelassen hat, beruhigt ihn, gibt ihm Frieden – und lässt ihn schließlich einschlafen.

Christian ist so unsagbar müde. Sie sitzen unter einem Kirschbaum auf der Streuobstwiese. Isabelle streckt ihre Beine aus, und er legt seinen Kopf in ihren Schoß. Zärtlich streichelt sie ihm mit einer Hand über das Gesicht, lächelt zu ihm hinunter und spielt schließlich mit ihren Fingern in seinen Haaren. Ihre andere Hand hält er fest umschlossen. „Schlaf nur, mein Liebster. Ruh dich aus!", flüstert sie. Die Sonne scheint zwischen den Ästen und Blättern des Kirschbaums hindurch, die von der leichten Sommerbrise in Bewegung gehalten werden, sodass ein ständiger Wechsel von Licht und Schatten über seine geschlossenen Lider flackert. Es ist warm, die Vögel singen, und die Bienen summen. In der Luft liegt der Duft von Isabelle und dem frisch gewendeten Heu auf der Wiese. Er ist glücklich. Und so lässt er sich immer tiefer in das sorgenfreie Nichts der Bewusstlosigkeit gleiten.

***

Isabelles Tante hat ihr ein spartanisch eingerichtetes Zimmer herrichten lassen, in dem auch die Habseligkeiten, die sie aus Magdeburg mitgenommen hatte, einen Platz gefunden haben. Hierher hat sich Isabelle nach ihrer Ankunft in Stendal zurückgezogen. Nachdem sie zunächst noch die Schadenfreude ihrer Cousine ertragen musste, wird sie nun dankenswerterweise von allen in Ruhe gelassen. Nach einem Arzt schickten sie nicht. Der hätte Geld gekostet; außerdem hätte er vermutlich unliebsame Fragen gestellt.

Das Mädchen, das im Haushalt ihrer Tante angestellt ist, hat ihr eine Schüssel mit kaltem Wasser und einen Lappen auf das Zimmer gebracht, sodass sie damit zumindest ihre Lippen und die Wange etwas kühlen kann. Das Ausziehen hat viel mehr Zeit in Anspruch genommen als üblich. Sie kann sich vor Schmerzen kaum rühren, sodass ihr bei jeder Bewegung immer wieder Tränen in die Augen steigen. Heute hätte sie Sofies Hilfe dringend gebraucht.

Nun liegt sie im Bett und sieht zu, wie sich die Abenddämmerung über die kleine Kammer legt und der klobige, dunkelbraune Schrank, der ihrem Bett gegenübersteht, mit der dahinterliegenden geweißten Wand mehr und mehr in einer immer dunkler werdenden, grauen, undurchsichtigen Suppe verschwimmt. Sie hat gehofft, dass es ihr Erleichterung verschaffen wird, wenn sie sich endlich hinlegen kann, aber egal, wie sie sich auch dreht und wendet, irgendetwas an ihrem geschundenen Körper tut immer weh – und ihr Herz sowieso.

Isabelle fragt sich, ob Christian nach ihr sucht. *Ich habe ihm gesagt, dass ich ihn liebe, aber er hat nichts erwidert. So wie auch in der Nacht davor, als ich ihm sagte, dass ich nicht mehr ohne ihn sein will. Warum hat er nichts geantwortet und mir nicht die Gewissheit gegeben, dass er genauso empfindet? Habe ich ihn mit meinem Verhalten so sehr vor den Kopf gestoßen? Oder habe ich mehr empfunden als er? War ich vielleicht doch nur ein amüsanter Zeitvertreib für ihn und nun ist er vielleicht sogar erleichtert, dass dieses Kapitel ein so einfaches Ende für ihn gefunden hat?*

Und doch schien alles, was er gesagt und getan hat, so tief empfunden zu sein. Ich will mir nicht vorstellen, dass ich mich so geirrt haben kann. Aber selbst, wenn sie Christian so viel bedeutet hat, dass er nun vielleicht nach ihr sucht, so macht sie sich

keine Hoffnungen, dass er sie hier finden und von hier wegbrin-
gen wird. *Ich wünsche es mir auch nicht.* Auch wenn das nicht
ganz der Wahrheit entspricht, weil sie es sich zugegebenermaßen doch ersehnt, weiß sie, dass sie das eigentlich nicht darf. *Es
würde den Galgen für Christian bedeuten.* Allein die Vorstellung kann sie nicht ertragen, denn auch wenn sie nicht weiß, ob
er sie wirklich geliebt hat, so ändert das nichts an der Liebe, die
sie für ihn empfindet.

Die Grübeleien bringen Isabelle keine Ruhe – und lenken sie
auch nicht von ihren Qualen ab. Als es inzwischen so dunkel ist,
dass sie es als anstrengend empfindet, in die Schwärze des
Raums zu starren, schließt sie die Augen und ruft sich einen
Nachmittag ins Gedächtnis, als sie und Christian auf der Streuobstwiese unter ihrem Kirschbaum gesessen haben. Es war ein
heißer Tag, und die Erinnerung an die Hitze vertreibt ein wenig
die Kälte in ihr. Sie spürt das Gewicht von Christians Kopf in
ihrem Schoß und fühlt, wie seine weichen, vollen Haare durch
ihre Finger gleiten, während ihre andere Hand warm in seiner
ruht. Ein Lächeln will sich bei diesen Gedanken in ihr Gesicht
stehlen, die aufgeplatzte Lippe und ihre geschwollene Wange
hindern es allerdings schmerzhaft daran. Isabelle hält das Bild
und das damit verbundene unbeschwerte Gefühl dennoch in sich
fest – und schläft schließlich ein.

Kapitel 27

Suchend sieht sich Sükrü in Christians Gemächern um. Er will sich noch verabschieden, bevor er mit Johann nach Stendal aufbricht, so wie sie es gestern vereinbart haben. Er hat Holger gebeten, währenddessen sein Pferd zu satteln. Johann ist auch schon bereit und wartet auf ihn. Ebenso warten auch ein paar Männer auf Christian, um mit ihm heute noch einmal nach Isabelle zu suchen.

Das Einzige, was er von Christian vorfindet, sind seine Stiefel. Weit weg kann er also nicht sein. Sükrü überlegt, wohin er an Christians Stelle gegangen wäre – und macht sich auf den Weg zu Isabelles Zimmer und tatsächlich findet er ihn dort schlafend auf Isabelles Bett, mit einem Nachthemd in der Hand.

Anscheinend hat er endlich seine Dilara gefunden, geht es Sükrü durch den Kopf. Nachdem er schon nicht mehr daran geglaubt hat, dass sein Bruder jemals etwas anderes als nur oberflächliche Beziehungen führen können würde, freut er sich nun für ihn und hofft inständig, dass sie Isabelle unversehrt finden werden. Andernfalls müsste er wohl auch ernsthaft um Christians Wohlergehen fürchten. Er weckt seinen Bruder.

***

Christian sieht sich im ersten Moment etwas verwirrt um, bis er Isabelles Nachthemd in seiner Hand findet und es verlegen zur Seite schiebt.

„Die Männer warten unten schon auf dich“, drängt ihn Sükrü, jedoch ohne einen Vorwurf.

Christian reibt sich über sein Gesicht, um munter zu werden. „Ja, ich komme. Ich konnte gestern lange nicht einschlafen“, entschuldigt er sich und sieht sich für einen Augenblick wehmütig um. Zu gern hätte er hier jetzt Isabelle gesehen – und nicht seinen Bruder.

„Soll ich wirklich mit Johann nach Stendal aufbrechen? Wir können dir heute noch bei der Suche helfen.“

„Nein, das ist nicht nötig. Ihr reitet heute wie abgemacht nach Stendal. Die Angelegenheit duldet keinen Aufschub mehr. Ich habe hier noch genug Männer für die Suche.“ Christian gießt etwas Wasser aus dem Krug in Isabelles Waschschüssel und erfrischt sich damit. „Es sei denn, dir ist nicht wohl bei dem Gedanken, allein mit dem Bergmann zu verhandeln. Wenn es dir lieber ist, dass ich dabei bin, dann muss es tatsächlich warten. Isabelle zu finden, hat für mich absoluten Vorrang.“

Sükrü nickt verständnisvoll. „Ich werde schon mit ihm klarkommen.“

„Geh nur kein Risiko ein! Ich möchte dich nicht auch noch verlieren. Und Sofie würde mir auch den Kopf abreißen, wenn dir etwas zustößt.“

„Da kannst du Gift drauf nehmen.“

„Du solltest ihn erst gnädig stimmen und ihm zunächst unterbreiten, was ich für ihn tun kann, bevor du ihn darum bittest, etwas für mich zu tun.“ Christian sieht sich bemüht konzentriert in Isabelles Zimmer um.

„Falls du deine Stiefel suchst, die hast du in deinem Zimmer stehen lassen.“

Christian tippt sich verlegen an den Kopf und erntet einen

mitfühlenden Blick von Sükrü.

„Pass auf dich auf, Sükrü! Ich werde so schnell wie möglich nachkommen." Sie umarmen sich zum Abschied brüderlich.

„Das Gleiche gilt für dich, wenn du Isabelle eine Hilfe sein willst!"

Auch nach dem zweiten Tag der Suche gibt es weiterhin keine Spur von Isabelle. Als Christian nach Einbruch der Dunkelheit zurückkehrt, bittet sein Onkel ihn zu sich in den Herrensalon.

Ludwig versucht, ihm ins Gewissen zu reden, dass er die Suche besser abbrechen solle. Er würde sie sowieso nicht mehr finden. Wer weiß schon, mit wem sie inzwischen über alle Berge ist. Christian wird das Gefühl nicht los, dass da nicht sein Onkel, sondern eher Baron von Pletten zu ihm spricht, denn als er keine Einsicht zeigt, mischt sich auch dieser mit ein.

„Ich habe mich Constanze zuliebe immer zurückgehalten, aber das Kind ist ja nun nicht dabei. Ich spreche es jetzt ganz offen aus, denn es ist ja wohl offensichtlich, dass es sich bei Fräulein Isabelle nicht einfach nur um einen Gast auf Schloss Feldheim handelt. Ich halte es auch nicht für falsch, Christian, dass Ihr Euch vor der Ehe mit Constanze die Hörner abstoßen wollt, auch in der Hoffnung, dass Ihr es dann etwas ruhiger angehen lasst, aber Ihr müsst es jetzt endlich einsehen. Die kleine Hure ist Eurer überdrüssig geworden. Sie hat sich mit irgendjemandem aus dem Staub gemacht, der es ihr wahrscheinlich besser besorgen kann."

Christian holt wütend Luft, um ihm etwas Passendes zu erwidern, der Baron lässt ihn aber nicht zu Wort kommen.

„Ihr könnt beide froh sein, wenn sie Euch als Lohn für ihre Dienste nicht noch bestohlen hat. Was ist zum Beispiel mit dem

Schmuck, den sie an Eurem Geburtstag getragen hat?"

Christian ist fassungslos. „Zügelt Eure Zunge, Georg! Ihr sprecht hier von der zukünftigen Gräfin von Feldheim." Christian sieht den Baron feindselig an und steht auf, um zu gehen. Seiner Meinung nach ist damit endlich alles geklärt. Mehr bedarf es in diesem Fall nicht, um Georg von Pletten in die Schranken zu weisen, glaubt er.

Der Baron lacht gehässig. „Das sieht Fräulein Isabelle offenbar anders, sonst hätte sie Schloss Feldheim sicherlich nicht verlassen."

„Ich weiß, dass Isabelle nicht freiwillig weggegangen ist. Und was Euch und Eure Tochter betrifft, Georg, so denke ich, wird es Zeit, endlich abzureisen. Da Ihr ja nun wisst, dass ich nicht vorhabe, Constanze zur Frau zu nehmen, gibt es keinen Grund mehr für Euch, Eure Zeit auf Schloss Feldheim zu verschwenden. Ihr solltet Constanze anderen jungen Herren vorstellen. Sie ist nicht dumm, wohlerzogen und wird – nehme ich an – eine gute Mitgift in die Ehe bringen", fügt er wohlwollend hinzu. Schließlich kann Constanze nichts für das Benehmen ihres Vaters. „Ich bin mir sicher, dass Ihr schnell einen passenden Anwärter finden werdet, mit dem ihr Euch zufriedengeben könnt."

Georg sieht hilfesuchend zu Ludwig, der jedoch offenbar nicht vorhat, zu intervenieren und betont desinteressiert den Likör in seinem Glas hin- und herschwenkt.

„Ich darf die Herren wohl daran erinnern, dass es ein Versprechen zwischen Eurem Vater und mir gibt."

„Weder Ludwig noch ich waren Zeuge dieses Versprechens."

„Wollt Ihr mich einen Lügner nennen?", empört sich der Baron.

„Beruhigt Euch, Georg!" Ludwig stellt sein Glas nun auf dem kleinen Tisch mit dem Schachbrettmuster ab, der zwischen ihm und dem Baron steht. „Keiner bezichtigt Euch hier einer Lüge, aber soweit ich meinen Bruder und seine Frau kannte, weiß ich, dass sie ihren Sohn nicht zwingen würden, eine Frau zu heiraten, die er nicht liebt. Und so halte ich es auch. Unabhängig davon, dass Christian alt genug ist, darüber allein zu entscheiden."

In Christian macht sich Erleichterung breit. Er weiß seinen Onkel nun auf seiner Seite und muss nicht mehr befürchten, mit ihm zu brechen, weil er sich gegen das angebliche Versprechen seiner Eltern und für Isabelle entschieden hat.

„Pff!", stößt der Baron abfällig zwischen den Zähnen aus. „Liebe muss man sich leisten können. Haltet Ihr Constanze für nicht gut genug? Zieht Ihr eine Bürgerliche einer Baronesse vor? Wollt Ihr Constanze tatsächlich so vor den Kopf stoßen?" Der Baron will sich nicht beruhigen und sieht aufgebracht zwischen Ludwig und Christian hin und her.

„Constanze reizt mich nicht – in keiner Weise", gibt Christian zu. Georg sieht ihn verärgert an. Das schüchtert Christian jedoch nicht ein. „Sie ist weder auffallend schön noch hat sie eine andere Eigenschaft an sich, die ich als besonders liebenswert empfinde."

„Das wird ein Nachspiel haben." Der Baron steht wutentbrannt auf und wirft Christian und Ludwig vernichtende Blicke zu. „Constanze und ich reisen morgen ab, aber meine Tochter habt Ihr nicht umsonst beleidigt." Er geht auf Christian zu. „Du bist genauso ein verweichlichter Hampelmann wie dein Vater. Constanze hat etwas Besseres verdient als ein verwöhntes Gräflein, das feige davonläuft, anstatt Vater und Mutter zu helfen, während sie um ihr Leben kämpfen."

Georg von Pletten weiß von den Vorwürfen, die sich Christian all die Jahre gemacht hat. Er hat wohl gehofft, Christian mit dieser Beleidigung zu treffen und aus der Reserve zu locken, aber seine Worte können Christian nichts mehr anhaben. *Dank Isabelle weiß ich jetzt, dass ich in dieser furchtbaren Nacht vor zehn Jahren genau das getan habe, was meine Eltern von mir verlangt hätten.* Er lächelt den Baron daher nur mit aufgesetztem Mitleid an.

Bei Ludwig dagegen hat die Bosheit des Barons das Fass zum Überlaufen gebracht, ist Christian doch wie ein Sohn für ihn.

„Ich denke, es gibt dann nichts mehr zu sagen, Georg." Er weist den Baron zur Tür.

„Das denkt auch nur Ihr, Ludwig", speit der Baron aus und verlässt vor Wut schnaubend das Zimmer.

Ludwig klopft Christian auf die Schulter.

„Ich bin stolz auf dich, mein Junge, dass du endlich den Mut hattest, für klare Verhältnisse zu sorgen." Er nimmt einen Schluck von dem Likör. „Aber dennoch hättest du deine Worte etwas bedachter wählen können."

„Was das angeht, stand mir der Baron wohl in nichts nach."

Sein Onkel nickt zustimmend. „Ich halte die weitere Suche nach Fräulein Isabelle dennoch für sinnlos. Wenn du sie nach zwei Tagen nicht gefunden hast, wirst du sie wohl auch am dritten Tag nicht finden."

„Ich kann sie nicht einfach so aufgeben, Onkel Ludwig."

„Du musst aber mit deinen Kräften haushalten, sonst kannst du ihr bald gar nicht mehr helfen, wenn sie denn tatsächlich deine Hilfe benötigen sollte."

„Das hat mir Sükrü auch schon gesagt. Vielleicht habt ihr

auch nicht ganz unrecht, aber ich komme nicht zur Ruhe, solange ich nicht weiß, ob es ihr gut geht und sie in Sicherheit ist oder ob sie meine Hilfe braucht. Ich werde mich morgen noch einmal in ein paar Gasthäusern in der weiteren Umgebung umhören; wenn ich dann immer noch keinen Erfolg habe, muss ich mir etwas anderes einfallen lassen. Aber aufgeben kann ich nicht. Irgendwo muss sie sein."

Kapitel 28

Gestern hat sich keiner ihrer lieben Verwandten bei ihr blicken lassen. Isabelle war den ganzen Tag im Bett geblieben. Nur das Mädchen haben sie bisweilen zu ihr geschickt, um ihr Essen und Trinken zu bringen und den Topf zu entleeren. Isabelle hegt die Hoffnung, dass auch der heutige Tag so verstreichen würde, aber ihre Tante macht ihr einen Strich durch die Rechnung.

Nach dem Frühstück kommt Tante Margarete zu ihr und verkündet, dass sie sich heute auf den Weg zu einem Schneider machen. Die Hochzeit mit Friedrich soll schon am Sonntag in vier Tagen stattfinden. Isabelle will es zunächst gar nicht glauben, dass sie so lädiert, wie sie ist, vor den Traualtar treten soll, aber ihr fallen die Worte des Barons wieder ein, der ihr empfohlen hat, Friedrich so schnell wie möglich das Jawort zu geben. *Ich habe also keine Wahl, wenn ich Christian in Sicherheit wissen will.*

Isabelle fragt sich, wie eng die Freundschaft zwischen Georg von Pletten und Christians Vater tatsächlich gewesen sein kann, wenn der Baron Christian jetzt lieber an einem Galgen sehen will als in den Armen einer Frau, die nicht seine Tochter ist.

Unter Qualen zieht sie sich an. Ihr Körper ist inzwischen von roten, blauen und lilafarbenen Flecken und Streifen gezeichnet. Mit einem Kleid darüber ist jedoch nichts mehr davon zu sehen. Tante Margarete legt ihr ein Tuch über den Kopf, das sie vor ihr Gesicht halten soll, um ihre Verletzungen damit zu verstecken.

Das alte Hochzeitskleid ihrer Tante bekommt sie, zu einem ordentlichen Bündel geschnürt, in die Hand gedrückt. Der Schneider soll es an Isabelle anpassen. Für ein neues Kleid bleibt keine Zeit.

Der Weg zum Schneider ist für Isabelle äußerst beschwerlich. Nach wie vor bereiten ihr beinahe jede Bewegung und jeder tiefe Atemzug höllische Schmerzen. Hinzu kommt die Mühe, unter diesen Umständen auch noch das schwere Kleid zu tragen und sich das Tuch mit der anderen Hand vor das Gesicht zu halten, während ihre Tante an ihr zerrt und sie eilig durch die Gassen zieht.

Mit jedem Schritt, mit jeder Anstrengung fällt ihr das Atmen zunehmend schwerer, sodass sie ihre Tante immer wieder bitten muss, etwas langsamer zu gehen. Diese drosselt für einen Moment nachsichtig ihre Geschwindigkeit. Es dauert jedoch nicht allzu lang, bis sie wieder genauso schnell ist wie zuvor. Isabelle ist erleichtert, als sie endlich auf einen großen Marktplatz einbiegen und ihre Tante verkündet, dass sie gleich da sind. Während es in den schmalen Gassen nahezu windstill war, weht auf dem Platz ein kräftiger Sommerwind, der immer wieder versucht, ihr das Tuch vom Kopf zu reißen.

***

Sükrü und Johann haben, nachdem sie bei ihrer Ankunft in Stendal Johanns Schwester und ihrer Familie einen Besuch abgestattet haben, in einem Gasthaus am Marktplatz übernachtet. Nun warten sie davor auf Johanns Schwager Bertram Haase, der sie heute zum Bergmann bringen soll.

Die Sonne scheint von einem wolkenlosen Himmel, und es ist heiß. Johann seufzt und wischt sich den Schweiß von der

Stirn. Sükrü macht die Hitze, die durch den warmen Sommerwind kaum Linderung erfährt, wenig aus, dennoch suchen sie einen Platz im Schatten auf. Die Uhr am Rathausturm hat bereits zehn geschlagen. Johanns Schwager verspätet sich. Die Männer sehen sich immer wieder suchend nach ihm um. Dann erhält Sükrü plötzlich einen Stoß von Johann.

„Herr Sükrü, ist das da nicht Fräulein Isabelle?", ruft er erstaunt. Sükrü dreht sich überrascht in die Richtung, in die Johann weist, und starrt zu den beiden Frauen, die wie viele andere den Marktplatz überqueren. Eine der beiden Frauen ist ein kleines Stück größer und auch deutlich dünner. Der Wind zerrt an ihrem Kopftuch und gibt dabei ihr braunes Haar preis, das in der Sonne rot glänzt. Kann die Frau tatsächlich Isabelle sein? Zumindest ihre Statur und die Haarfarbe stimmen überein. Allerdings bewegt sie sich eigenartig schwerfällig. Sie humpelt ganz und gar – und kann mit der Matrone neben ihr kaum Schritt halten. Das irritiert Sükrü, und doch glaubt er, in der Matrone tatsächlich Isabelles Tante zu erkennen. Er kann Johann, der zu den beiden Frauen hinüberlaufen will, um sich Gewissheit zu verschaffen, gerade noch rechtzeitig am Arm zurückhalten.

„Warte!" Sükrü braucht einen Moment, um zu entscheiden, wie er vorgehen soll. Er ist hin- und hergerissen. Er will den beiden Frauen nachgehen, muss sich aber heute unbedingt mit dem Bergmann treffen. Die Frauen haben nun gleich das andere Ende des Marktplatzes erreicht.

„Johann, geh ihnen nach! Gib dich aber nicht zu erkennen! Beobachte sie nur – wenn ich nachher zurück bin, berichtest du mir!"

Johann lässt sich nicht zweimal bitten. Er verfolgt allemal lieber die beiden Frauen, als dem Bergmann zu begegnen.

Sükrü muss nicht mehr lange auf Johanns Schwager warten. Bald darauf kommt er und bringt Sükrü in ein Viertel der Stadt, um das man, sobald es dunkel wird, besser einen großen Bogen macht.

Sie gehen in ein Hurenhaus, das um diese Tageszeit nicht zweifelsfrei als solches zu erkennen ist. Es liegt ruhig in der von Leben erfüllten Gasse und versteckt sich hinter verschlossenen Fensterläden. Sükrüs Augen brauchen einen Moment, um sich nach der grellen Sonne an das hier drinnen herrschende Zwielicht zu gewöhnen. Die Luft in dem Haus wirkt wie eine schwere, erdrückende Masse. Sie stinkt nach Schweiß, Qualm, Alkohol, Urin und anderen Säften. Seine Lungen weigern sich fast, überhaupt einen Atemzug zu tun.

Eine beleibte, grauhaarige Alte, die bemüht ist, die Hinterlassenschaften der letzten Nacht zu beseitigen, schickt ihn und Bertram in die zweite Etage.

Die Stufen der Holzstiege knarzen gefährlich unter ihrem Gewicht. Instinktiv fasst Sükrü ans Geländer, das er aber sofort wieder loslässt. Es fühlt sich schmierig an. Angeekelt sieht er auf seine Hand und beschließt, besser nicht weiter darüber nachzudenken, in was er gerade gefasst hat. Von irgendwo in diesem Haus lenkt der Bergmann seine Geschäfte, überlegt er, als sie die letzten Stufen zum Obergeschoss erklimmen. Zwei Lumpen, die ihnen böse entgegenblicken – und genauso heruntergekommen aussehen wie das Etablissement –, markieren unübersehbar den Eingang zum Zentrum seines Wirkens.

Bertram verabschiedet sich an dieser Stelle, wofür Sükrü Verständnis hat, schließlich hat er mit dieser Angelegenheit nichts zu tun. Aber auch Sükrü verspürt nicht das Bedürfnis, sich hier länger als nötig aufzuhalten.

Nachdem man ihm seine Waffe abgenommen hat, bekommt

er ungehindert Zutritt zur „Amtsstube" des Bergmanns. Sükrüs Aufmachung riecht nach Geld, das man sich nicht entgehen lassen will. Das kleine Messer, das er an seinem Unterarm trägt, haben sie jedoch nicht entdeckt.

Die Luft hier drinnen ist nicht viel besser als im Rest des Hauses. Das Interieur versucht zu protzen, hat aber die besten Zeiten bereits hinter sich – genau wie die Kleidung des Bergmanns. Er ist ein großer, aber eher dicker als kräftiger Kerl. Er sieht ungepflegt aus. Das dünne graue Haar fällt in fettigen Strähnen über seine Schultern, und unter dem unregelmäßig gestutzten Bart zeichnet sich ein schlaffes Doppelkinn ab. Aus dem fahlen Gesicht blicken Sükrü dunkelgeränderte Augen gerissen entgegen. Der Bergmann sitzt hinter einem wackeligen Tisch auf einem großen, wuchtigen Stuhl, dessen Polster zerschlissen sind, und puhlt mit einem Messer den Dreck unter seinen Nägeln hervor.

Er mochte auf die meisten Menschen einschüchternd wirken, nicht jedoch auf Sükrü. Der weiß sich zu wehren. Christian und er haben in Konstantinopel eine Kampfkunst erlernt, die hier nur wenige beherrschen. So ist er zwar wachsam, aber wiegt sich weitestgehend in Sicherheit. Die Selbstsicherheit, die Sükrü ausstrahlt, scheint für den Bergmann ungewohnt zu sein. Zumindest macht er Sükrü gegenüber einen vorsichtigen, aber nicht besonders angriffslustigen Eindruck.

Sükrü geht so vor, wie Christian es ihm geraten hat. Er unterbreitet dem Bergmann zunächst das Angebot des Grafen von Feldheim.

„Warum zum Teufel sollte ich mein Fleisch und Blut in die Obhut irgendeines gnädigen Herrn geben?"

Der Bergmann hat sich in seinem Stuhl zurückgelehnt und

schnalzt mit der Zunge, als ob er zwischen seinen Zähnen nach Essensresten suchen würde.

„Ich kann mich irren, aber ich nehme an, ein Leben in einem Hurenhaus ist nicht gerade das, was ein Vater sich für seine Tochter wünscht. Wie alt ist das Mädchen?"

„Sie ist zwölf. Wie kann ich sicher sein, dass dieser Graf von Feldheim ehrbare Absichten hat?"

„Darauf kann ich nur mein Wort geben."

Der Bergmann schnaubt verächtlich. „Auf das Wort eines Grafen oder seines dahergelaufenen Lakaien gebe ich nicht viel."

„Das eigentliche Interesse des Grafen von Feldheim besteht nicht an Eurer Tochter. Das kann ich versichern. Dass er das Mädchen in seine Obhut nehmen und für eine gute Erziehung sorgen würde, wäre nur eine Gegenleistung für das, was er Euch bittet, zu erbringen."

Der Bergmann lehnt sich hellhörig nach vorn.

„Jetzt wird es interessant. Wenn der feine Herr bereit ist, meiner Tochter gegenüber so großzügig zu sein, kann der Zoll, den ich dafür zu zahlen habe, einiges kosten, nehme ich an."

„Das kommt darauf an, wie Ihr es anstellt."

„Nun redet schon!"

Sükrü zieht drei Papierstücke aus seiner Jacke. Das kleinere davon schiebt er dem Bergmann hinüber, während er die anderen beiden vorerst wieder in seiner Jacke verschwinden lässt.

„Die Waren, die auf diesem Zettel stehen, habt Ihr vor einigen Wochen erworben. Sie stammen von einem Raubüberfall."

Der Bergmann nickt selbstgefällig. „Ich nehme an, Ihr wisst, wie ich meine Geschäfte mache. Also, was wollt Ihr von mir?"

„Bei diesem Raubüberfall wurden vier Menschen getötet. Graf von Feldheim bittet Euch, den Namen von jener Person preiszugeben, die Euch die Waren verkauft hat – und dies auch vor Gericht zu bezeugen."

Das Gesicht des Bergmanns verfinstert sich. „Haltet Ihr mich für so bescheuert, dass ich mich selbst dem Galgen darbiete?" Er steht auf und will dabei seine Waffe ziehen, aber Sükrü ist schneller. Er reißt den Tisch hoch, der zwischen ihnen steht. Ein Schuss zerreißt die Luft – und durchschlägt die Tischplatte. Blitzschnell ist Sükrü bei dem Bergmann, schlägt ihm die Waffe aus der Hand, dreht ihm den Arm auf den Rücken und hält ihm sein Messer an die Gurgel. Die zwei Halunken, die die Tür bewachen, kommen hereingestürmt, halten jedoch mit einer auf Sükrü gerichteten Waffe inne, als sie sehen, in welcher Situation sich der Bergmann befindet.

„Ich weiß nicht, welches Vertrauen du in die Schießkünste deiner Männer hast, aber sollte ich beim ersten Schuss nicht tot sein, bist du einen Kopf kürzer."

Der Bergmann schnaubt ungehalten. „Verschwindet!", befiehlt er seinen Männern.

„Meine Waffe bleibt hier!", fordert Sükrü und lässt sich diese über die abgewetzten Holzdielen von einem der Männer herüberschieben, bevor die zwei das Zimmer wieder verlassen. Sükrü steckt sein Messer ein und richtet nun seine Waffe auf den Bergmann.

„Du solltest dich besser setzen! Du siehst etwas blass um die Nase aus", empfiehlt Sükrü bestimmt. Der Bergmann tut, wie ihm geheißen – und wirft ihm einen widerwilligen Blick zu. Sükrü zieht sich einen Stuhl heran und setzt sich dem Bergmann gegenüber.

„Gut. Dann können wir ja weiter über das Geschäft reden." Er zieht nun die zwei anderen Papiere aus seiner Jackentasche und reicht sie nacheinander dem Bergmann. „Das sind zwei

Schriftstücke, die der Advokat des Grafen von Feldheim im Hinblick auf dein freundliches Entgegenkommen bereits vorbereitet hat. Einmal die Aussage, von wem du die Waren erworben hast. Du musst nur noch den Namen einsetzen und unterschreiben. Ich gehe davon aus, dass du des Lesens und Schreibens mächtig bist?"

Der Bergmann nickt widerwillig.

„Dann ist hier noch die Vereinbarung zwischen dir und dem Grafen von Feldheim zur Inobhutnahme deiner Tochter mit den konkreten Einzelheiten und Bedingungen. Auch die musst du unterschreiben. Du bekommst selbstverständlich eine Abschrift."

„Was ist, wenn ich nicht einwillige?"

„Nun, was ist dann? Lass mich kurz nachdenken …! Dass du in das Geschäft verwickelt bist, wissen wir. Wenn du uns keinen Namen preisgibst, liegt die Vermutung nahe, dass du der Drahtzieher bist – und die vier Menschenleben auf dem Gewissen hast. Ich zweifle nicht daran, dass darüber hinaus nicht schon genug Menschenleben dein Gewissen belasten, aber für diese vier Morde wirst du büßen. Darauf kann ich dir Brief und Siegel geben. Ich frage mich, was dann aus deiner unschuldigen Tochter wird."

Sie sehen sich beide unnachgiebig an.

„Also, denk darüber nach! Aber nicht zu lange, die Zeit drängt. Wartest du zu lange, ist das Angebot hinfällig." Sükrü steht auf. „Ich logiere im Gasthaus „Zum weißen Schwan" und erwarte deine Nachricht."

Ein paar Augenblicke später steht Sükrü wieder unversehrt vor dem Hurenhaus und fragt sich gerade, ob er aus diesem Viertel allein zurückfinden wird, als auch schon Johanns Schwager Bertram neben ihm auftaucht, der offenbar versteckt in einer dunklen Ecke auf ihn gewartet hat.

Zurück im Gasthaus wartet Sükrü auf Johann. Der kommt am frühen Nachmittag und berichtet, dass das Fräulein bei einem Schneider war und dass er dem Fräulein und der anderen Frau danach noch bis nach Hause gefolgt ist. Dass es sich bei dem Fräulein um Isabelle handelt, daran hat er keine Zweifel.

Für Sükrü steht fest, dass er dem Schneider noch heute einen Besuch abstatten wird, um in Erfahrung zu bringen, ob und wann Isabelle Reichardt ihn noch einmal aufsuchen wird.

***

Christians Suche nach Isabelle verläuft, wie die anderen beiden Tage, auch am dritten Tag ohne Erfolg. Als er sich auf den Rückweg nach Schloss Feldheim macht, ist das einzig Ungewöhnliche, wovon man ihm berichtet hat, eine schwarze Kutsche, deren Gespann man in den frühen Morgenstunden des vorletzten Tages ausgetauscht hat. Allerdings verliert sich die Spur der Kutsche nach dem Gasthaus. Wer in der Kutsche gesessen hat, konnte ihm niemand sagen. Nur einem Knecht war es ungewöhnlich vorgekommen, dass die Fenster von innen verhangen und die Türen von außen verriegelt waren.

Für Christian steht fest, dass es ein komischer Zufall wäre, wenn die Kutsche nichts mit Isabelles Verschwinden zu tun hätte. Wenn Isabelle in der Kutsche gesessen hat, würde das auch erklären, warum keines der Pferde gefehlt hat und warum er sie im Glauben, sie wäre zu Fuß unterwegs gewesen, nicht hat finden können. *Als ich meine Suche nach ihr begonnen habe, war sie schon viel weiter von mir entfernt als angenommen.* Christian hat nun einen Hinweis, aber er weiß noch nicht, wie er diesem weiter nachgehen soll.

Als er den Wirtschaftshof erreicht, wird er bereits von den Stallknechten erwartet. Sie berichten ihm von einem Vorfall im Stall am Tag vor dem Verschwinden von Isabelle. Christian ist ärgerlich auf die beiden.

„Warum seid ihr nicht schon eher damit zu mir gekommen?"

„Wir waren uns uneinig, mein Herr", gibt Franz beschämt zu. „Holger ist der Meinung, dass Fräulein Isabelle und der Baron möglicherweise nur ein Stelldichein im Stall hatten, wobei der Junge gestört hat. Ich kann mir das aber nicht vorstellen. Das Fräulein sah vorher noch so glücklich aus, als es vom Ausritt zurückkam, und nach dem Vorfall im Stall wirkte es irgendwie verstört."

„Außerdem muss das ja auch nichts mit dem Verschwinden von Fräulein Isabelle zu tun haben. Der Baron oder das Fräulein hätten Euch ja auch selbst von dem Vorfall erzählen können. Wir wollten uns da nicht einmischen", ergänzt Holger. „Aber nun, nachdem der Baron abgereist ist, dachten wir, wäre es richtig, Euch davon zu berichten."

Christian nickt. Er bedankt sich bei den beiden. Auch wenn er diese Auskunft lieber früher erhalten hätte, so ist er froh, dass sie wenigstens nun mit der Sprache herausgerückt sind. Er macht sich zu Fuß auf den Weg zu dem kleinen Häuschen, in dem Johann mit seiner Frau und seinem Sohn wohnt. Er muss heute noch mit Jakob sprechen. Ihm ist bewusst, dass es nicht so einfach werden würde, etwas aus ihm herauszubekommen.

Wie vermutet dauert es eine gefühlte Ewigkeit, bis Christian von Jakob wenigstens ansatzweise erfährt, was im Stall vorgefallen ist. Zwischendurch schreit er den Jungen immer wieder an, weil man ihm jedes Wort aus der Nase ziehen muss, und dafür hat Christian im Moment wirklich keine Nerven. Er ist froh, dass Jakobs Mutter dabei ist und im Wechsel beruhigend auf ihn und auf Jakob einredet.

Am liebsten will er sofort nach Stendal aufbrechen, aber sein Onkel bringt ihn zur Vernunft. Er würde es vermutlich nicht schaffen, die ganze Nacht durchzureiten, nachdem er schon den ganzen Tag über im Sattel gesessen hat, und wenn doch, würde ihm der kühle Kopf fehlen, um die richtigen Entscheidungen vor Ort zu treffen. Also stärkt er sich mit den Resten vom Abendessen, die er sich aus der Küche bringen lässt, und erzählt Sofie von den neuen Entwicklungen.

Diese ist mehr als erleichtert, einerseits, weil sie der Meinung ist, dass Isabelle Gott sei Dank kein Unglück widerfahren sei, und andererseits, weil er morgen nach Stendal reist und sie sich demnach weniger Sorgen um Sükrü machen muss. Sofies Erleichterung kann Christian allerdings nicht teilen – jedenfalls nicht, soweit es Isabelle betrifft. *Ja, sie lebt, aber dass sie wirklich unversehrt ist, kann ich nur hoffen. Das werde ich Sofie aber nicht auf die Nase binden.*

Um für ein paar Stunden Schlaf zu finden, geht er, wie die vergangenen zwei Nächte auch, in Isabelles Zimmer. Er glaubt nun, endlich zu wissen, warum – und vor allem wohin – sie verschwunden ist. *In der schwarzen Kutsche, die von außen verriegelt war, hat Isabelle gesessen. Daran bestehen nun keine Zweifel mehr.* Er will sich nicht ausmalen, welche Ängste sie allein mit dem Baron und später in der Kutsche ausgestanden hat. Dass er Georg von Pletten unterschätzt hat, nagt an ihm. Er macht sich Vorwürfe, hat er doch von dem Vorfall in der Bibliothek gewusst und Isabelle versprochen, auf sie achtzugeben. *Ich habe* versagt.

Warum habe ich an dem Abend vor ihrem Verschwinden nicht dringlicher darauf bestanden, dass sie mir sagen soll, was sie bedrückt? Stattdessen habe ich mich, verletzt in meinem Stolz und meiner Eitelkeit, betrunken und meinen Rausch ausgeschlafen, während sich meine Liebste, von mir im Stich gelassen, in der Nacht davonschleichen musste. Sie hat mir alles vergeben, hat mir vertraut und hat sich mir hingegeben, ohne dafür ein Versprechen zu verlangen – und dennoch habe ich an diesem Abend für einen Moment an ihr und ihren Gefühlen für mich gezweifelt. Das muss ich wiedergutmachen.

$\mathcal{K}$apitel 29

Am Nachmittag ist Isabelle allein beim Schneider. Nachdem er gestern Vormittag das Kleid grob abgesteckt hat, um es zunächst in Form und Größe auf sie anzupassen, konzentriert sich der Schneider heute auf die Feinheiten. Vorteilhaft ist für ihn, dass ihre Tante in jungen Jahren viel schlanker gebaut war als heute, sodass er keine Wunder vollbringen muss, um das Kleid für Isabelle abzuändern. Der Rock muss etwas verlängert werden, weil Isabelle ein kleines Stück größer als ihre Tante ist, und auch die ellenbogenlangen Ärmel werden auf Wunsch ihrer Tante mit zusätzlichen Volants ergänzt, denn es ist nicht zu erwarten, dass die Striemen an Isabelles linkem Unterarm bis zur Hochzeit verschwunden sein werden. Das Kleid ist altmodisch und gefällt Isabelle überhaupt nicht. Aber das ist ihr egal. Alles ist ihr ohne Christian egal. Sie lässt das Leben über sich ergehen. Das Kleid ist schwarz wie die Nacht – und passt damit gut zu Isabelles Gemütszustand.

Der Schneider verliert kein Wort über ihren körperlichen Zustand. *Er nimmt es hin. Es ist nicht seine Angelegenheit. Er tut nur das, wofür er bezahlt wird. Und bezahlt wird er nicht von mir. Das glaubt er zumindest. Tatsächlich werde wohl ich mit meinem Erbe am Ende die Rechnung für diese Pein begleichen.*

Sie ist erleichtert, als das Prozedere des Absteckens, Anheftens, Abschneidens, Auslassens, Drehens und Armehebens endlich vorüber ist. Es hat sie viel Kraft und Selbstbeherrschung gekostet, denn beinahe jede Berührung ihres misshandelten Körpers verursacht ihr Schmerzen und Übelkeit.

Übermorgen soll sie das Kleid nach einer abschließenden Anprobe abholen. Isabelle graut es vor dem erneuten Gang zum Schneider. Auch heute hätte sie sich diesen Weg lieber erspart, aber wenigstens kann sie selbst bestimmen, wie schnell – oder besser gesagt, wie langsam – sie geht. Die Schwellung an ihrem linken Knie ist noch nicht kleiner geworden, sodass sie nur schwerfällig vorankommt. Sie fühlt sich schwach und sehnt sich nach dem Bett in der kleinen Kammer.

In niederdrückende Gedanken versunken, geht sie zurück zum Haus ihrer Tante, als sie, wie aus dem Nichts, jemanden ihren Namen rufen hört. Wie versteinert bleibt sie stehen. Sie hat Sükrüs Stimme erkannt. *Das kann doch nicht sein! Wie hat er mich gefunden? Was soll ich jetzt tun?* Da ist eine Mischung aus Freude und Panik in ihr, die sie für einen Moment unschlüssig verharren lässt. *Ich darf mich nicht nach ihm umdrehen.* Aber die Versuchung ist zu groß. Isabelle zieht ihr Tuch weiter über das Gesicht, in der verzweifelten Hoffnung, dass er sie doch gar nicht erkannt haben kann – und dreht sich zu ihm. Inzwischen steht er dicht hinter ihr. In einem Anflug von verbotener Hoffnung, die ihr Herz schneller schlagen lässt, sieht sie sich nach Christian um, aber sie kann ihn nicht entdecken.

„Isabelle, ich muss mit Euch sprechen.“

Sie sieht Sükrü mit gejagtem Blick an, schüttelt den Kopf und wendet sich dann ohne ein Wort wieder ab, um zu gehen.

Aber Sükrü will sie nicht gehen lassen. Er versucht sie festzuhalten und schlingt dabei seine Arme um sie, als Isabelle vor Schmerzen jämmerlich aufjault. Erschrocken lässt er sie sofort wieder los. Isabelle wird augenblicklich übel – und schwarz vor

Augen. Sie sucht bei Sükrü Halt und wimmert, während sie versucht, Luft zu holen, ohne dabei ihren Brustkorb großartig zu beanspruchen. Behutsam wird sie von Sükrü gestützt, der sie mit sich in die abzweigende Seitengasse nimmt, wo er sie durch die Tür des ersten Hauses führt. Dort zieht er von dem Tisch, der nahe der Tür steht, einen Stuhl weg.

„Setzt Euch!“

Isabelle sieht auf den harten Holzstuhl und spürt sofort ihr mit Tritten malträtiertes Hinterteil.

Sie schüttelt den Kopf. „Nein, es geht schon“, presst sie heraus und versucht, eine würdevolle Haltung anzunehmen, damit er ihren Worten Glauben schenkt.

„Ich habe Euer Gesicht gesehen. Sieht der Rest Eures Körpers auch so aus?“

Mit gesenktem Blick schweigt sie beschämt.

„Ihr könnt Euch nicht setzen. Habe ich recht?“

Isabelle schnieft nur und blinzelt ihre Tränen weg. Sie bekommt kein Wort heraus. Sükrü seufzt und bittet eine alte Frau, die an der Kochstelle sitzt und Rüben putzt, ihm ein Kissen oder Ähnliches zu bringen.

Erst jetzt hat Isabelle sie bemerkt. Auf dem Tisch vor Isabelle liegt Geld. Geld, das von der Menge her nicht zu diesem Hausstand passt. Sie nimmt an, dass Sükrü es ihr gegeben hat, damit sie ihm ihr Haus für diese Unterredung zur Verfügung stellt. Das hagere alte Mütterchen steht auf und holt ein mit Stroh gefülltes Polster, das sie ohne ein Wort auf den Stuhl legt. Sükrü setzt Isabelle behutsam darauf ab.

„Ihr humpelt. Was ist mit Eurem Bein? Zeigt es mir!“

Isabelle weigert sich und hält ihren Rock fest, sodass Sükrü ihn nicht hochschieben kann.

„Bitte. Ich will es mir nur ansehen.“

Sie gibt nicht nach. *Ich werde es ihm nicht zeigen. Er wird es Christian erzählen.*

„Habt Ihr etwas zu trinken für das Fräulein?"

Die Alte steht erneut auf, füllt etwas Dünnbier in einen Becher und reicht ihn Isabelle. Sie ergreift ihn dankbar und trinkt; auch wenn es ihr nicht besonders schmeckt, so löscht es ihren Durst – und mindert vielleicht ein wenig ihre Schwäche. Den Moment ihrer Unachtsamkeit nutzt Sükrü, um ihren Rock ein Stück anzuheben. Er ist entsetzt, als er die blau-lilafarbene Schwellung ihres Knies sieht, und schiebt den Stoff noch ein Stück höher, sodass auch die Striemen, die die Reitgerte auf ihrem Oberschenkel hinterlassen hat, zum Vorschein kommen.

„Wer hat Euch das angetan?"

Sie will es ihm nicht sagen und schiebt stumm seinen Arm weg, damit er ihren Rock loslässt. Er fasst sie an den Oberarmen, um seiner erneuten Frage mehr Nachdruck zu verleihen, aber auch hier zuckt sie wimmernd zurück.

„Gibt es überhaupt eine Stelle an Eurem Körper, die nicht zerschunden ist?" Er sieht sie ärgerlich an. „Isabelle, sagt mir, wer Euch das angetan hat!"

Jetzt kann sie ihre Tränen nicht mehr zurückhalten. Sie fängt an zu weinen, was ihr nur unter neuen Schmerzen möglich ist, sodass ein Schluchzer nach dem anderen in klägliches Wimmern übergeht.

„Friedrich", presst sie knapp zwischen den Schluchzern hervor und versucht, sich zu beruhigen, damit ihre Qualen endlich nachlassen.

Sükrü wartet geduldig und gibt ihr die Zeit, die sie braucht.

„Was macht Ihr hier?", fragt sie weinerlich, als das Schluchzen schwindet.

„Mit Euch reden, Isabelle. Warum seid Ihr davongelaufen?"

„Wie habt Ihr mich gefunden?“, weicht sie einer Antwort aus.

Er folgt ihrem suchenden Blick, der an der Haustür hängenbleibt, und als könne er ihre Gedanken lesen, versperrt er ihr den Weg dorthin. „Versucht es nicht! Ich bin schneller als Ihr.“

„Ist Christian auch hier?“ Ihr Herz klopft wild, als sie den Namen ihres Liebsten nennt. *Ist er vielleicht gekommen, um mich von hier fortzubringen?*

„Nein, ich bin allein. Christian hat mich gebeten, hier ein paar Geschäfte für ihn zu erledigen. Er ist in Feldheim nicht abkömmlich, weil er die ganze Umgebung nach Euch absucht. Ich habe Euch gestern nur durch Zufall über den Marktplatz gehen sehen.“

Isabelle seufzt traurig. Sie ist enttäuscht, aber gleichzeitig auch erleichtert, dass Christian nicht da ist. *So bringt er sich wenigstens nicht in Gefahr, und während ich mich gegen Christian kaum hätte durchsetzen können, kann ich Sükrü vielleicht irgendwie abwimmeln.*

„Also?“, hakt Sükrü nach. „Warum seid Ihr so plötzlich zu Eurer Familie zurückgekehrt?“

„Warum interessiert Euch das? Ich war frei zu gehen, das hat mir Graf Ludwig zugesagt“, antwortet sie trotzig.

„Es interessiert vor allem Christian.“

„Ich bedeute Christian nichts. Ich war doch nur ein Zeitvertreib für ihn – mehr nicht“, versucht sie sich und Sükrü einzureden.

„So bedeutungslos scheint Ihr ihm nicht zu sein. Seit Eurem Verschwinden sucht er immer wieder die Gegend nach Euch ab, in der Hoffnung, Euch doch noch zu finden, und aus Angst, dass Euch etwas zugestoßen ist.“ Sükrüs besorgter Blick wandert ihren geschundenen Körper entlang bis zu ihrem Knie. „Und diese

Angst scheint nicht unbegründet zu sein", stellt er verbittert fest.

Isabelle sieht ihn unschlüssig mit wässrigen Augen an. *Er sucht nach mir*, denkt sie immer wieder, und ihr Herz schmerzt bei dem Gedanken daran, in welcher Ungewissheit sie ihn zurücklassen musste.

„Ich habe Zeit, Isabelle", droht er ihr. „Ich werde Euch erst gehen lassen, wenn Ihr mir endlich sagt, wieso Ihr Euch heimlich davongestohlen habt."

„Ihr verhaltet Euch gerade wie Christian. Der will seinen Willen auch immer mit aller Macht durchsetzen. Ich dachte, Ihr seid etwas feinfühliger, Sükrü", wirft Isabelle ihm vor, obwohl sie weiß, dass sie beiden damit Unrecht tut.

„Christian liebt Euch. Ich würde sogar behaupten, er liebt Euch, wie er noch keine Frau geliebt hat. Er ist mein Bruder. Ich werde nicht zulassen, dass Ihr ihm wehtut. Liebt Ihr meinen Bruder aber genauso wie er Euch, werde ich auch nicht zulassen, dass man Euch weiter wehtut."

Er wartet einen Moment ab, um Isabelle die Möglichkeit zu geben, sich zu erklären, aber sie senkt wieder nur ausweichend ihren Blick.

„Ich habe Christian gestern noch eine Nachricht geschickt, dass ich Euch in Stendal ausfindig gemacht habe. Ich bin mir sicher, dass er sich gleich auf den Weg machen wird, sobald er die Nachricht erhält. Dann wird er Euch eben zur Rede stellen."

„Nein, er darf nicht hierherkommen!", fleht sie erschrocken. „Bitte, Sükrü, Ihr müsst das verhindern. Er darf nicht kommen!", schluchzt sie.

„Isabelle, redet mit mir. Was ist passiert?"

Sie sucht nach einer Ausflucht – und schüttelt unschlüssig den Kopf.

„Ich bin Euer Freund."

Seine Worte rühren sie. Sie nehmen ihr das kalte Gefühl der Einsamkeit. Wieder muss sie gegen ihre Tränen ankämpfen. Isabelle schnieft.

„Der Baron hat herausgefunden, wer ich bin. Er weiß, dass Friedrich mich zur Frau nehmen will, damit er das Erbe meines Vaters bekommt. Er hat alles arrangiert, damit ich wieder zurück zu meiner Familie fahre und Friedrich heirate, um den Weg für seine Tochter freizumachen.“

„Aber Ihr seid doch nicht freiwillig gegangen. Womit setzt er Euch unter Druck?“ Sükrü sieht sie eindringlich an.

„Bei meiner Entführung soll eine Stadtwache getötet worden sein. Er sagt …“ Sie schluchzt. „Er sagt, der Mord an einer Stadtwache würde auch einen Grafen an den Galgen bringen. Der Baron weiß, dass es Christian war, der mich entführt hat.“

Sükrü ist sichtlich entsetzt über diese Information. „Das ist es also“, stellt er nachdenklich fest. „Hat er Beweise dafür?“

Am liebsten würde ich ihm verheimlichen, dass alles meine Schuld ist. Ich schäme mich so. Aber Sükrü muss verstehen, wie ernst die Lage ist. „Er hat einen Brief von mir. Darin steht alles“, antwortet sie ihm kaum hörbar.

Sükrü sieht sie fassungslos an.

„Es tut mir so leid!“ Sie bricht erneut in Tränen aus.

„Wieso hat der Baron einen Brief von Euch?“, schreit er sie entrüstet an.

„Ich war so dumm.“ Beschämt sieht sie ihn an. „Ich habe gleich nach meiner Ankunft auf Schloss Feldheim alles aufgeschrieben. Ich wollte den Brief Hanne, unserer Magd, schicken, damit sie weiß, was passiert ist, wo ich bin und wie es mir geht. Und dann hat mich Graf Ludwig gebeten, es nicht zu tun, und ich dachte, dann würde ich ihn eben später abschicken. Irgendwann wurde mir aber klar, dass ich ihn so nicht mehr abschicken kann, weil ich es für mich behalten muss, dass ihr mich gegen meinen Willen nach Schloss Feldheim gebracht habt." Sie wischt sich die Tränen von den Wangen und schnieft. „Ich war so nachlässig und habe den Brief im Schreibtisch in meinem Zimmer liegen lassen, anstatt ihn zu verbrennen. Und dann war er auf einmal nicht mehr da. Ich konnte doch nicht ahnen, dass jemand mein Zimmer durchsuchen und diesen Brief an sich nehmen würde."

Sükrü sieht sie nachdenklich und verärgert an, aber offenbar gilt sein Zorn nun nicht mehr ihr, denn er macht ihr keine Vorwürfe. „Nein, das konntet Ihr nicht ahnen, aber das macht die Angelegenheit nicht gerade einfacher."

„Sükrü, Ihr dürft es Christian nicht sagen."

Sükrü sieht sie verständnislos an. „Wie soll das gehen?"

„Bitte", fleht sie nachdrücklich. „Wenn Christian die Pläne des Barons durchkreuzt, wird dieser ihn ausliefern."

Sükrü schüttelt den Kopf. „Christian wird alles tun, um die Hochzeit zu verhindern. Und wenn ich ihm erzähle, wie Ihr zugerichtet seid, erst recht." Dann kommen Sükrü Bedenken. „Aber was ist, wenn bei dem Überfall wirklich jemand ums Leben gekommen ist?" Christian und er waren mit Isabelle schnell vom Ort des Überfalls verschwunden und hatten den Rest der Arbeit, den von Christian angeheuerten Männern überlassen. Möglicherweise war etwas schiefgelaufen.

Isabelle erhebt sich unter Stöhnen und Seufzen mit schmerzverzerrtem Gesicht, von dem Stuhl. „Dann sagt es ihm nicht", stellt sie unerbittlich fest. Sie geht zu Sükrü, fasst ihn am Kragen seines Rockes, als würde sie ihm drohen wollen, und sieht ihn eindringlich an. „Er darf die Hochzeit nicht verhindern, das bringt ihn an den Galgen. Und Euch vielleicht auch."

Sükrü weiß nicht, was er erwidern soll. Er sieht Isabelle unschlüssig an.

„Versprecht es mir!", fordert sie dann.

„Ich kümmere mich darum. Wann ist die Hochzeit?" Er löst ihre verkrampften Finger von seinem Rock.

Isabelle seufzt verzagt und schweigt.

„Ich finde es sowieso heraus. Es würde mir aber unnötige Zeit ersparen, wenn Ihr es mir gleich sagt."

Isabelle weiß, dass er nur zu sämtlichen Kirchen in der Stadt gehen und nachfragen muss. Früher oder später würde er in der St.-Petri-Kirche seine Antwort bekommen.

„Am Sonntag. In der St.-Petri-Kirche", antwortet Isabelle niedergeschlagen.

Sükrü überlegt, ob drei Tage ausreichen werden. Christian wird seine Nachricht erst heute erhalten haben. Wenn er sich gleich auf den Weg gemacht hat, wird er dennoch frühestens in der Nacht in Stendal sein. Sie müssen dann gleich morgen früh nach Magdeburg aufbrechen. Es wird knapp, aber es müsste gelingen.

„Versucht, die Hochzeit irgendwie hinauszuzögern, wenn Ihr könnt." Er will Isabelle in ihrem Zustand nur ungern gehen lassen. Christian wird dafür kein Verständnis haben, aber sie müssen erst klären, ob bei dem Überfall wirklich eine Stadtwache ums Leben gekommen ist. Er macht ihr den Weg frei und öffnet die Tür, damit sie gehen kann. „Und bitte tut, was man Euch sagt, damit Ihr nicht noch mehr Prügel einsteckt."

***

„Du warst schnell. Ich habe erst in der Nacht mit dir gerechnet", empfängt Sükrü seinen Bruder, als er am frühen Abend in ihrer Unterkunft eintrifft. „Nachdem ich gestern am späten Abend erfahren habe, dass Isabelle hier in Stendal sein muss, bin ich im Morgengrauen aufgebrochen."

„Gestern Abend? Ich habe doch erst am Nachmittag den Boten losgeschickt." Sükrü wundert sich.

„Welchen Boten?" Christian runzelt verständnislos die Stirn.

„Er sollte dir die Nachricht überbringen, dass ich Isabelle gesehen habe. Aber wenn du …"

Sükrü wird von Christian unterbrochen. „Du hast sie gesehen?", fragt er aufgeregt. „Wo? Hast du mit ihr gesprochen?"

„Beruhige dich."

„Ich kann mich nicht beruhigen, Sükrü. Ich muss wissen, wie es ihr geht. Ich muss zu ihr. Sie darf ihren Cousin nicht heiraten. Ich … ich liebe sie." Christian rauft sich verzweifelt die Haare.

„Du weißt von der Hochzeit?" Sükrü versteht gerade gar nichts mehr.

Christian erzählt seinem Bruder, was er von den Stallknechten und Jakob erfahren hat.

„Mir ist nur nicht ganz klar, um welchen Brief es geht und was der Baron in der Hand haben soll, das mich an den Galgen bringen könnte. Es war nicht ganz einfach, aus Jakob etwas herauszubekommen."

„Na, wenigstens etwas, bei dem ich dir voraus bin. Ich habe Isabelle heute abgefangen und mit ihr gesprochen."

„Wie geht es ihr?"

Sükrü versucht, seiner Frage auszuweichen und erzählt ihm zunächst von dem Brief, so wie er es zuvor von Isabelle erfahren hat.

„Mist!" Christian schlägt verärgert mit der Faust auf den Tisch und steht auf, um grübelnd auf und ab zu gehen.

„Sie macht sich große Vorwürfe, das ändert nur nichts daran, dass wir ein Problem haben. Falls bei dem Überfall wirklich etwas nicht nach Plan gelaufen ist, wird es uns an den Kragen gehen."

„Nicht uns. Mir. Dich lasse ich da raus, Sükrü. Du hast damit nichts zu tun." Christian grübelt. „Ich kann mir nicht vorstellen, dass wirklich etwas schiefgegangen sein soll, dann hätten mir die Männer doch was gesagt."

„Oder auch nicht. Auf jeden Fall brauchen wir Klarheit. Wir müssen nach Magdeburg – und mit dem Bürgermeister sprechen. Auf der Beerdigung hat er einen recht umgänglichen Eindruck gemacht."

„Ja, das muss geklärt werden." Christian lässt sich auf das schmale Bett sinken, das sein Nachtlager werden soll.

„Ich hoffe nur, am Ende beziehst du der Liebe wegen nicht noch Quartier in der Sternschanze – so wie der Trenck. Seine Zelle ist ja vielleicht noch frei."

„Wer soll das sein?", fragt Christian eigentlich eher desinteressiert.

„Freiherr von Trenck. Erinnerst du dich nicht? Seine Entlassung nach Kriegsende war das Gespräch am Berliner Hof. Hat dich die kleine blonde Zofe der Königin so sehr in Anspruch genommen, dass du das nicht mitbekommen hast?"

„Doch jetzt erinnere ich mich. Er saß wegen Spionage für Österreich ein." *Worauf will Sükrü hinaus? Es gibt für mich gerade wichtigere Dinge als das Schicksal des Freiherrn von Trenck.*

„Das war die offizielle Version. Hinter vorgehaltener Hand hat man sich erzählt, dass die Verhaftung seiner Hingabe für des Königs Schwester geschuldet gewesen sein soll."

Christian zuckt gleichgültig mit den Schultern. „Und wenn schon. Ich brauche dennoch Gewissheit. Dass ein Unschuldiger sein Leben lässt, war nicht beabsichtigt, und das Leben für Isabelle an Friedrichs Seite dürfte nicht weniger einer Strafe und einem Gefängnis gleichen. Sie will sich für mich opfern. Wenn es keinen anderen Weg gibt, werde ich mich ihr zuliebe stellen. Und jetzt erzähl mir nicht, dass du nicht das Gleiche für Sofie tun würdest. Im Übrigen können wir Erkundigungen einziehen, ohne dass ich mich dabei freimütig als Täter präsentiere.“ Christian streckt die Beine von sich und stöhnt. „Hast du mit dem Bergmann gesprochen?“

Sükrü nickt. „Er war überraschenderweise ganz handzahm und entgegenkommend. Dennoch will er erst über deinen Vorschlag nachdenken und eine Nachricht ins Gasthaus schicken.“

„Gut. Falls sich das mit der toten Stadtwache nur als eine Täuschung des Barons herausstellt, sollten wir, wenn wir einmal in Magdeburg sind, dem Bürgermeister von unserem Verdacht hinsichtlich des Mordes an Otto Reichardt berichten. Und den Wirt sollten wir auch um seine Aussage bitten, damit die von dem Bergmann mehr Gewicht bekommt.“

Sükrü nickt. „Wir haben nur nicht viel Zeit. Isabelle soll ihren Cousin schon am Sonntag heiraten.“

„Am Sonntag schon? Dann müssen wir heute noch aufbrechen!“

„Du bist gerade erst angekommen. Willst du nicht …“

„Nein“, antwortet Christian energisch. „Ich will mich nicht ausruhen. Nicht bevor Isabelle wieder bei mir ist.“

„Dennoch wirst du deinem Pferd und dir ein paar Stunden Ruhe gönnen müssen. Es ist ausreichend, wenn wir im Morgengrauen aufbrechen.“

„Wie geht es ihr nun eigentlich? Glaub nicht, ich hätte nicht bemerkt, dass du mir vorhin ausgewichen bist.“

„Sie will nicht, dass ich es dir sage.“ Sükrü hat die schwache

Hoffnung, Christian würde das akzeptieren.

„Und ich will, dass du es mir sagst. Wessen Bruder bist du?“ Christian ist ärgerlich.

„Es geht ihr soweit gut, aber …“, Sükrü überlegt wie er das, was Isabelle angetan wurde, in Worte fassen kann, ohne dass er seinen Bruder anlügen muss und ohne, dass ihn die Wahrheit zu einer Dummheit verleitet, die am Ende allen Kopf und Kragen kosten würde. „… er hat sie geschlagen“, erklärt er daher nur, ohne dabei auf das Ausmaß von Isabelles Verletzungen einzugehen.

„Wer? Der Baron?“

Sükrü sieht die Wut in Christians Augen auflodern. „Nein. Ihr Cousin“, antwortet er vorsichtig.

Christian ballt seine Fäuste. „Ich bringe ihn um, dieses fette Schwein. Sag mir, wo er wohnt!“

Sükrü packt ihn. „Das wirst du nicht! Wenn du am Galgen baumelst, nützt du Isabelle nichts. Sie hat das alles für dich auf sich genommen. Wenn du jetzt vorschnell handelst, war es umsonst. Sie ist stark. Sie hält bis Sonntag durch. Wir bringen jetzt deinen Plan zu einem guten Ende – Isabelle zuliebe.“

Christian versucht, sich zu beruhigen, und Sükrü ist froh, Christian nicht erzählt zu haben, wie Isabelle zugerichtet ist. Wüsste er davon, wäre er vermutlich nicht davon abzuhalten, sich Friedrich Reichardt sofort vorzuknöpfen.

„Sag mir trotzdem, wo die Reichardts wohnen! Vielleicht will es der Zufall, dass ich wenigstens einen Blick auf Isabelle werfen kann, wenn wir schon nicht sofort nach Magdeburg aufbrechen.“

„Das werde ich in dem Wissen um deine Wut auf Friedrich ganz bestimmt nicht tun. Außerdem habe ich Isabelle gebeten, sich ruhig zu verhalten und den Unmut ihrer Familie nicht noch mehr auf sich zu ziehen. Was glaubst du, würde geschehen, wenn die Reichardts dich vor ihrem Haus rumlungern sehen?"

Das bevorstehende Morgengrauen lässt sich nur erahnen, da ist Christian zum Aufbruch bereit. Er hat in der Nacht kaum ein Auge zugetan. Ständig denkt er an Isabelle. Es macht ihn wahnsinnig, dass er sie nicht sehen kann, geschweige denn mit ihr reden darf, obwohl er ihr doch endlich wieder so nah ist. *Ich will sie wieder in meinen Armen halten und wissen, dass es ihr gut geht.*

Verdrossen sattelt er die Pferde im Stall, während Sükrü wegen der Nachricht, die sie vom Bergmann erwarten, noch mit dem Wirt spricht. Er ist beinahe fertig, als er Sükrüs Schritte draußen hört – und dann eine hohe linkische Stimme, die ruft: „Hey, Ihr da, wartet! Ich soll Euch das von meinem Herrn geben."

Christian läuft es kalt den Rücken hinunter. Wie angewurzelt steht er da vor Schreck. Er hat das Bild eines Wiesels mit Dämonenfratze vor Augen. Für einen Moment scheint die Zeit stehen zu bleiben – oder sogar rückwärts zu laufen. Er ist wieder ein vierzehnjähriger Junge. In seinem Kopf sind knallende Schüsse, die Schreie von Männern und die verstummende Stimme seiner Mutter. Er schreckt auf, als Sükrü ihn an die Schulter fasst.

„Ist alles in Ordnung mit dir?"

Christian braucht einen Augenblick, um aus der Vergangenheit in das Heute zurückzufinden.

„Wer war das?", fragt er gehetzt, rennt zur Stalltür, reißt sie auf und läuft ein paar Schritte hinaus, aber im Hof ist niemand mehr zu sehen.

Sükrü folgt ihm. „Er ist schon weg! Er hat eine Nachricht

vom Bergmann gebracht." Sükrü sieht in das verstörte Gesicht seines Bruders. „Was ist los?"

„Nichts. Ich dachte nur, dass ich seine Stimme kennen würde."

„Du siehst aus, als wärst du dem Teufel persönlich begegnet."

Christian winkt ab. „Scher dich nicht darum. Mir geht es gut. Wie hat sich der Bergmann entschieden?"

Sükrü hält ihm das Schriftstück mit der Aussage hin. „Da steht schwarz auf weiß, wer ihm die Waren verkauft hat. Und unterschrieben hat er auch."

Beide versuchen, die krakelige Unterschrift zu entziffern.

„Hans Krautwurm", lesen sie.

„Wenn ich so heißen würde, hätte ich mir auch einen Decknamen zugelegt." Sükrü grinst Christian amüsiert an, der aber ist immer noch mit seinen Gedanken bei dem Boten, der ihnen die Nachricht überbracht hat.

*K*apitel 30

Natürlich versucht Isabelle nicht, die Hochzeit hinauszuzögern. Dafür gibt es keinen Grund. *Wenn ich nicht will, dass Christian am Galgen landet, muss ich mich fügen; es führt kein Weg daran vorbei.* Und nun ist es so weit: Es ist Sonntag. Viel zu schnell ist die Zeit vergangen. Als der Tag der Hochzeit noch in weiter Ferne lag, hat sie es einfach nur hingenommen, dass sie Friedrichs Frau werden würde, aber nun, da es nur noch eine Frage von Stunden – oder gar Minuten – ist, sträubt sich alles in ihr, und sie droht daran zu zerbrechen.

Nie wieder soll ich Christians hinreißendes Lächeln sehen, nie wieder seine zärtlichen Hände auf meiner Haut fühlen, nie wieder sein Flüstern in meinem Ohr hören, nie wieder die Köstlichkeit seiner Haut riechen und nie wieder seine alles einnehmende Kraft spüren. Ich bin Friedrich ausgeliefert und zu einem freudlosen Dasein an seiner Seite verdammt. Ihr bleibt nur zu hoffen, dass er sie nicht noch einmal misshandeln wird, glauben kann sie daran jedoch nicht. Es war so leicht für ihn, und es hat ihm gefallen, sie auf diese Weise zu demütigen. *Das habe ich ihm angesehen. Er wird es wieder tun.*

Es ist inzwischen sechs Tage her, dass er sie verprügelt hat. Noch immer sind die Male seiner Gewalt überall an ihrem Körper sichtbar, nur die Farben haben sich hier und da verändert, und die Schmerzen haben mittlerweile ein wenig nachgelassen.

Gestern hat Isabelle das geänderte Brautkleid vom Schneider

abgeholt. Auch wenn sie um Christians Willen nicht möchte, dass er die Hochzeit verhindert, so hat sie doch gehofft, dass er, wie Sükrü zwei Tage zuvor, die Gelegenheit nutzen würde, um sie abzufangen. Sie hätten sich noch einmal sehen können, hätten sich noch einmal in den Arm nehmen können, und sie hätten sich noch einmal küssen können. Isabelle ist nur dafür viel langsamer gegangen, als es erforderlich gewesen wäre. Sie hat sich Zeit gelassen und sich immer wieder umgesehen. Aber weder Christian noch Sükrü waren da. *Vermutlich hat sich Sükrü geirrt – und Christians Liebe zu mir ist doch nicht stark genug. Vielleicht schimpft er mich wegen des Briefes eine dumme Gans. Und nun soll ich die Konsequenzen für meine Unbedarftheit tragen.* Er hätte ja nicht ganz unrecht, hat sie sich doch selbst in den letzten Tagen unzählige Male eine dumme Gans genannt.

Ihre Tante kommt mit dem Mädchen in ihr Zimmer gerauscht. Inzwischen weiß Isabelle, dass das Mädchen Agnes heißt.

„Raus aus den Federn, Isabelle!", fordert Tante Margarete harsch. „Es wird Zeit, dich fertig zu machen. Der Pfarrer wird nicht ewig auf uns warten."

Isabelle ist übel. *Ich weiß nicht, ob ich den Tag heute überstehen werde.* Das Frühstück, das Agnes ihr vor einiger Zeit gebracht hat, hat sie nicht anrühren können. *Ich bekomme keinen Bissen herunter.* Ihre Hände und Füße sind eiskalt, und trotzdem liegt ein unangenehmer Schweißfilm auf ihrer Haut. Unter Klagelauten hievt sie sich aus dem Bett.

„Nun reiß dich ein bisschen zusammen, mein Fräulein! Wir haben dich in den letzten Tagen geschont. So schlimm wird es schon nicht mehr sein", wird sie von ihrer Tante gemaßregelt.

Agnes ist ihr heute beim Ankleiden behilflich. Sie zieht ihr das Nachthemd aus, und Isabelle betrachtet im Spiegel die Blessuren an ihrem Körper. Ihrer Tante wirft sie dabei einen vorwurfsvollen Blick zu, aber diese wendet sich demonstrativ ab. Behutsam lässt Isabelle den Waschlappen über ihre Wunden gleiten, putzt sich die Zähne und zieht sich schließlich mit der Hilfe des Mädchens das Unterkleid an, sodass nur noch ihre Verletzungen im Gesicht und die Hinterlassenschaften der Reitgerte auf ihrem linken Arm zu sehen sind. Agnes greift zur Schnürbrust.

„Nein!", schreit Isabelle entsetzt auf und weicht ihr aus. „Keine Schnürbrust. Die drückt zu sehr."

„Und ob du eine Schnürbrust tragen wirst." Ihre Tante stemmt sich von dem Stuhl hoch, auf dem sie sich niedergelassen hat, und hilft Agnes dabei, Isabelle die Schnürbrust anzulegen. „Was sollen denn die Leute denken?! Du wirst die Frau eines angesehenen Geschäftsmannes, da kannst du nicht wie eine dahergelaufene Magd auf deiner Hochzeit erscheinen."

Isabelle fragt sich, was ihre Tante sich da vormacht. Friedrich ist ganz gewiss kein angesehener Geschäftsmann mehr. Aber sie fügt sich ohne weitere Widerworte. *Ich habe keine Kraft, mich zu wehren. Es wäre sowieso vergebens.*

„Dann zieht sie wenigstens nicht so fest zu", bittet sie daher nur. Agnes ist sichtlich bemüht, Isabelle zu schonen – und trotzdem dem Wunsch ihrer Herrin nachzukommen. Am Ende sitzt das schwarze Kleid wie angegossen, aber Isabelle fühlt sich in der steifen, enganliegenden Schnürbrust elend, auch wenn sie nicht zu eng sitzt.

Schließlich steckt ihr Agnes noch die Haare hoch und legt ihr einen Schleier über den Kopf. Durch das geöffnete Fenster ihrer Kammer hört sie die Glocken der St.-Petri-Kirche, wie sie ihre Schäfchen eine halbe Stunde vor dem Gottesdienst zu sich ruft.

Der eigentlich durchsichtige Schleier ist so üppig mit Blumenranken bestickt, dass Isabelle ihn von rechts nach links und von oben nach unten und wieder zurück zerrt, um eine Stelle zu finden, durch die sie mit beiden Augen ungehindert hindurchsehen kann. Sie findet keine. Immer ist ein Stiel, ein Blatt oder eine Blüte vor einem ihrer Augen oder zumindest im Augenwinkel. Sie flucht innerlich. Es macht sie nervös.

„Nun hör auf, den Schleier immerzu auf deinem Kopf hin- und herzuschieben! Du verstrubbelst deine Haare", wird sie von ihrer Tante ermahnt. Isabelle atmet mutlos aus und lässt sich den Schleier, so wie er gerade liegt, von Agnes feststecken. Sie ist nun darauf angewiesen, geführt zu werden. Diese Aufgabe übernimmt zunächst ihre Tante.

In der Diele wartet Charlotte auf sie. Sie ist aufs Feinste herausgeputzt, genau wie Tante Margarete.

„Da bist du ja endlich, Isabelle. Ich bin schon so aufgeregt!", ruft sie freudestrahlend. „Eine Hochzeit! Und dieses Mal darf ich in einer der vordersten Bänke sitzen." Sie ist so freudig erregt, dass man meinen könnte, sie selbst würde heiraten. *Was mir tatsächlich viel lieber wäre. Offenbar ist es Charlotte völlig entgangen, dass Ich zu dieser Hochzeit mehr oder weniger gezwungen werde.*

„Mutter, wenn ich einmal heirate, verzeihst du mir hoffentlich, dass ich dann nicht dieses grässliche Kleid tragen werde." Charlotte begutachtet geringschätzig Isabelles Aufmachung, um sich dann selbstzufrieden in dem großen Spiegel, der in der Diele steht, zu bewundern.

„Ach, wo denkst du hin, mein Kind? Für dich lassen wir selbstverständlich ein neues Kleid anfertigen, wenn es so weit ist."

Charlotte lacht glücklich und nimmt dann den Blumenstrauß aus der Vase, die auf einem kleinen Tischchen an der Wand steht. Sie drückt ihn Isabelle in die Hände.

„Wenn dir unwohl wird, dann riech daran. Mutter hat ein paar belebende Kräuter einbinden lassen."

Isabelle hebt zögernd den nicht besonders hübschen Strauß an ihre Nase und zieht ihn schnell wieder zurück, als ihr der starke Geruch der Kräuter in die Nase steigt. *Seinen Zweck wird er zumindest erfüllen. Wenn ich daran rieche, besteht tatsächlich keine Gefahr mehr, dass ich ohnmächtig werden könnte. Wie umsichtig von Tante Margarete*, denkt Isabelle bitter.

Tante Margarete führt sie zur Kutsche, die im Hof bereitsteht. Die Sonne scheint von einem wolkenlosen Himmel, als würde sie Isabelle und ihren Gemütszustand, wie schon bei der Beerdigung ihres Vaters, verspotten wollen. Isabelle steigt zu Friedrich in die Kutsche, der bereits auf sie wartet.

„Das wird ja auch Zeit!", sagt er ungehalten. „Ich habe schon befürchtet, du versuchst, dich wieder vor der Hochzeit zu drücken, in der Hoffnung, das Gräflein würde noch einmal kommen, um dich vor einer Ehe mit mir zu bewahren. Aber den Zahn scheint euch der Baron ja nun endgültig gezogen zu haben. Vor dem Galgen scheißt ihr beide euch dann doch ein, du und das Gräflein."

Die Glocken der St.-Petri-Kirche läuten erneut. Friedrich gibt das Zeichen, dass die Kutsche losfahren soll.

Isabelle schweigt. *Es gefällt mir nicht, wie abfällig Friedrich über Christian spricht. Er ist kein Gräflein. Er ist ein Mann. Er ist mehr Mann, als es Friedrich je sein wird. Aber ich will ihn nicht unnötig reizen.* Sie befürchtet, noch oft genug von ihm Prügel zu beziehen, wenn sie sich ihm widersetzt oder auch nur Widerworte gibt.

„Es freut mich, dass offenbar auch dein Hochmut verloren gegangen ist", stellt Friedrich zufrieden als Reaktion auf ihr Schweigen fest. Am liebsten wäre Isabelle aus der Kutsche gesprungen und davongelaufen, aber die unsichtbaren Fesseln, die sie sich mit dem Brief an Hanne selbst angelegt hat, halten sie zurück. So sitzt sie stumm in der Kutsche, in der ihr Vater seinen Tod gefunden hat und die sie nun zur Kirche bringt, in der sie in nur wenigen Augenblicken ebenfalls ihren Tod – ihren seelischen Tod – finden wird.

Stille Tränen fließen über ihre Wangen, verborgen hinter dem Schleier. Sie versucht, sich die Situation erträglicher zu machen, indem sie daran denkt, dass sie schon längst mit Friedrich verheiratet gewesen wäre, wenn Christian nicht vorher eingegriffen und sie nach Schloss Feldheim gebracht hätte. *Es war meine Entscheidung. Ich bin den Handel damals selbst eingegangen. Allerdings hatte ich zu diesem Zeitpunkt nicht im Entferntesten eine Vorstellung davon, wie es sich anfühlt, einen Mann mit jeder Faser meines Herzens zu lieben. Und dieser Mann ist Christian – und den will ich nicht verlieren.*

Sie fahren auf den Kirchvorplatz. Friedrich hilft ihr beim Aussteigen und führt sie dann mit festen, schnellen Schritten zum Eingang.

Die riesige Fassade von St. Petri wirkt erdrückend auf Isabelle. Sie hat das Gefühl, als würde sie in ein Gefängnis geführt. Der Gedanke schnürt ihr die Kehle zu, und sie wünscht sich ein Beben herbei, welches das Mauerwerk aus Feld- und Backsteinen über ihr zusammenbrechen lässt.

Da Isabelle niemanden hat, der sie ihrem zukünftigen Ehemann übergeben könnte, betreten sie zusammen das Kirchenschiff. Ein letztes Mal läuten die Glocken, bevor sie beim nächsten Läuten die Kirche als Friedrichs Frau wieder verlassen und ein Leben lang an ihn gebunden sein wird. Mit wackeligen Knien durchquert sie das Portal. Ihre kalte Hand umklammert Friedrichs Arm.

Als sie den Gang zwischen den Kirchenbänken zum Altar beschreiten, sieht sie in Gedanken nur noch Christian vor sich. Isabelle denkt an all die Momente, die sie in den letzten Wochen gemeinsam erlebt haben. Vor allem aber denkt sie daran, wie sie sich geliebt haben. Sie ist wie in Trance und lässt die Zeremonie über sich ergehen. Die Musik und der Gesang perlen an ihr ab wie Regentropfen von Tulpenblättern, und auch die Worte des Pfarrers dringen nicht in ihr Bewusstsein.

Nicht einmal die gespannte Stille, die von einem Moment auf den anderen in der Kirche herrscht, und das unruhige Raunen der Menschen, das der Stille folgt, holt sie zurück ins Leben. Erst als Friedrich sie in die Seite stößt, löst der damit einhergehende Schmerz ihre Betäubung. Im ersten Augenblick verwirrt weiß sie nicht, was Friedrich von ihr will. Sie überlegt, ob es schon so weit ist, dass sie Friedrich das Eheversprechen geben muss. Isabelle ist sich nicht sicher. Sie hat nicht zugehört.

Der Pfarrer beginnt in einem gelangweilten Singsang, Isabelle die gleiche Frage noch einmal zu stellen. Das Herz klopft wild in ihrer Brust und ruft nach Christian. *Ich muss jetzt nur noch mit „Ja" antworten, dann gibt es kein Zurück mehr.* Sie spürt, wie alle Blicke auf sie gerichtet sind. Ihr Mund ist auf einmal so trocken und ihre Kehle wie zugeschnürt. *Ich weiß, dass ich es zu Ende bringen muss, aber es will mir einfach nicht über die Lippen kommen.*

„Isabelle!", fordert Friedrich sie ungehalten zu einer Antwort auf.

Im nächsten Augenblick wird die Kirchentür aufgerissen und noch einmal ruft jemand ihren Namen. Obwohl sie die Gewissheit darüber, wer dieser Jemand ist, nicht braucht, dreht sie sich dennoch zu der geliebten, wohlklingenden Stimme um – und sieht Christian. Ihr Herz hüpft vor Freude, aber ihren Verstand übermannt die Angst, weil er nicht hier sein darf.

„Isabelle, du darfst deinen Vetter nicht heiraten!“, ermahnt er sie und geht, den Mittelgang entlang, auf den Altar zu. „Er ist für den Mord an deinem Vater verantwortlich.“

Isabelle begreift nicht sofort, was er da sagt.

„Geh weg von ihm!“, befiehlt Christian.

Erst als auch die Stadtwachen in der Tür auftauchen, entfalten seine Worte in Isabelles Verstand ihre Bedeutung, aber da ist es schon zu spät. Friedrich packt sie und zieht sie an sich. Sie schreit vor Entsetzen und Schmerzen auf. Er nimmt ihren Hals in die Armbeuge und drückt zu, sodass ihr alles Weitere im Halse stecken bleibt und sie nicht entkommen kann. Mit den Händen versucht sie, seinen Arm zu lösen. Vergebens. Der Schleier spannt sich unter Friedrichs Griff über ihren Kopf, und die gestickten Blüten und Blätter, die vor ihre Augen rutschen, nehmen ihr beinahe die Sicht auf das Geschehen. Sie reißt ihren Mund auf, um zu schreien und nach Luft zu schnappen.

***

Christian rennt jetzt. Er ist fast bei Isabelle angelangt. Er sieht, wie sie verzweifelt an Friedrichs Arm zerrt, der ihr die Luft zum Atmen nimmt, und wie Friedrich mit der anderen Hand unter seinem Rock nach irgendetwas sucht.

Da ist keine Angst in ihm, kein lähmendes Gefühl – wie vor

zehn Jahren –, nur die Gewissheit, dass Isabelle nichts gesche-
hen darf, und dass er dafür sorgen wird. Christian fühlt eine
Stärke in sich wie niemals zuvor. Als er in Friedrichs Hand ein
Messer aufblitzen sieht, springt er von dem Steinfußboden der
Kirche ab, schießt mit einem nach vorn gestreckten Bein wie ein
Pfeil durch die Luft und trifft Friedrich mit seinem Stiefel mitten
im Gesicht, noch ehe dieser die Gelegenheit hat, das Messer an
Isabelles Hals zu setzen.

***

Der Tritt kommt für Friedrich überraschend und mit voller
Wucht. Er verliert das Gleichgewicht, lässt das Messer klirrend
zu Boden fallen und klammert sich an Isabelle. Isabelle kann
aber Friedrichs Gewicht nicht halten – und so fallen sie beide
der Länge nach vor den Altar. Der Schmerz, der Isabelle durchfährt, als ihr geschundener Körper auf die harten Steinplatten
knallt, droht, ihr die Sinne zu rauben. Ihr Kopf füllt sich mit
Dunkelheit. Sie kann dem Verlangen sich der schmerzfreien Bewusstlosigkeit hinzugeben, kaum widerstehen. *Es wäre so einfach!* Nur die Furcht, dass Christian fort sein könnte, wenn sie
wieder zu sich kommt, hindert sie daran.

Von Weitem dringt Christians Stimme zu ihr. Isabelle versucht, sich an seinen Worten festzuhalten und einen Weg aus der
Dunkelheit zu finden. Sie merkt, wie ihr der Schleier vom Gesicht gezogen wird, und hört Christians entsetztes Stöhnen, als
er die verschorfte Wunde an ihrer Lippe und die bunt gefärbte
Wange sieht. Ihre Augenlider flattern, und sie hört ihn erneut
nach ihr rufen. Sie spürt, wie er sie in den Arm nimmt und seine
warme Hand auf ihre unversehrte Wange legt. *Das tut so gut.*
Isabelle kämpft weiter.

425

„Bleib bei mir, Isabelle!", fordert er sie flehentlich auf.

Sie hat es fast geschafft; Christians Bild vor ihren Augen wird immer schärfer. Er hebt sie hoch und trägt sie aus der Kirche.

Vor ihnen geht Friedrich, der von den Stadtwachen abgeführt wird. Begleitet wird er von der hysterisch kreischenden Margarete. Charlotte hält sich still im Hintergrund. Auch wenn sie sonst liebend gern im Mittelpunkt steht, ist ihr die Aufmerksamkeit, die Friedrich und ihre Mutter gerade auf sich ziehen, sowie die damit verbundene Schande mehr als peinlich. Isabelle bekommt das alles nur am Rande mit. Sie legt ihr Gesicht an Christians Hals, atmet seinen Duft ein und lächelt zufrieden.

„Du bist da", haucht sie erleichtert.

„Ich werde immer für dich da sein", ist seine beteuernde Antwort.

Draußen auf dem Kirchvorplatz setzt er sie in der wärmenden Sonne ab.

„Geht es?", fragt Christian besorgt und hält sie weiter fest.

„Ja", flüstert Isabelle und senkt ihren Kopf. Sie will ihm nicht ihr verunstaltetes Gesicht zeigen, auch wenn er es längst gesehen hat. Christian schließt sie in seine Arme und Isabelle entrinnt ein gequältes Stöhnen. Doch sie will nicht klagen. *Ich will, dass er mich weiter in seinen Armen hält. Nichts habe ich mir in den letzten Tagen mehr gewünscht.*

„Was ist?" Augenblicklich lockert er erschrocken seine Umarmung.

„Friedrich hat mich zur Begrüßung verprügelt. Es tut alles noch etwas weh."

Christian hat die Blessuren in Isabelles Gesicht und die verfärbten Striemen auf ihrem Arm gesehen. *Offenbar sind das nicht alle Verletzungen, die ihr zugefügt wurden,* geht es ihm durch den Kopf. Es macht ihn unendlich wütend, dass Friedrich Reichardt sie misshandelt hat. *Wenn ich das vorhin schon gewusst hätte, wäre er mir nicht nur mit dem Tritt in sein Gesicht davongekommen.*

Er sieht dem Wagen, in dem Friedrich nun eingesperrt sitzt, zornig hinterher. *Er kann sich in seiner Zelle glücklich schätzen – da ist er in Sicherheit vor mir.*

Isabelle hat sich an ihn geschmiegt. Er hält ihren Kopf in seiner Hand und streichelt behutsam ihren Rücken. Er ist so glücklich, sie wieder in seinen Armen halten zu dürfen und ihren wunderschönen zarten Körper zu spüren, wie er sich vertrauensvoll und schutzsuchend an ihn drückt. *Ihre Wunden werden heilen, dafür werde ich selbst Sorge tragen, wenn sie es mir erlaubt.*

Isabelle beginnt leise zu weinen. „Ich verstehe das nicht. Warum hat Friedrich das getan?"

„Er brauchte wohl so dringend Geld, um seine Schulden zu bezahlen, dass er selbst vor einem Mord nicht zurückgeschreckt ist."

„Das heißt, mein Vater könnte noch leben, wenn er Friedrich einfach nur weiter seine Laster finanziert hätte?"

Christian zuckt mit den Schultern. „Vielleicht. Vielleicht aber auch nicht. Wenn er von dem Testament gewusst hat, wäre es vermutlich so oder so nur eine Frage der Zeit gewesen, bis dein Cousin keinen anderen Ausweg mehr gesehen hätte." Er küsst sie zärtlich auf die Stirn. „Es tut mir leid, Isabelle."

Sie legt ihre Arme um ihn. „Was sollte dir leidtun? Ich bin dir so dankbar. Aber woher weißt du überhaupt, dass es Friedrich war?"

„Es war nur eine Vermutung, der ich nachgegangen bin. Deine Hanne hat mir von dem Testament erzählt, und von dem Wirt, bei dem wir in Magdeburg untergekommen waren, hat

Sükrü erfahren, dass dein Cousin nur ein paar Tage vor Ottos Tod rumgeprahlt hat, dass er bald genug Geld haben wird, um seine Schulden zu bezahlen. Ich habe mir dann die Liste mit den Waren besorgt, die dein Vater aus Hamburg mitgebracht hat und die ihm bei dem Überfall gestohlen wurden. Darum waren Sükrü und ich in Hamburg."

„Ihr wart bei Jensen?"

„Ja, ich hatte gehofft, dass er mir die Liste schicken würde, aber er war misstrauisch. Als ich die Liste dann hatte, hat mir Johann geholfen, sich in Stendal umzuhören, ob jemand die Stoffe gekauft oder verkauft hat. Hätte dein Cousin nicht so unter Druck gestanden und wäre er vielleicht cleverer vorgegangen, wären wir ihm nicht auf die Schliche gekommen, aber so haben wir jemanden gefunden, der bezeugen kann, dass Friedrich Reichardt ihm die Waren angeboten hat. Dein Cousin war gezwungen, früher oder später zu verkaufen, denn du warst nicht da, also ist er auch nicht an das Erbe herangekommen."

Beinahe hätte ich den Mörder meines Vaters geheiratet. Wie abscheulich! Ich kann es nicht fassen, dass Friedrich so kaltblütig ist. Ich hätte das noch eher Tante Margarete zugetraut, aber niemals Friedrich. Andererseits hätte er mich in seiner Raserei vielleicht sogar totgeprügelt, wenn sie nicht dazwischengegangen wäre.

„Ich bin so froh, dass du da bist", flüstert sie.

„Du hast dich geopfert, um mich vor dem Galgen zu retten. Da ist es doch das mindeste, was ich tun kann, dich vor der Ehe mit dem Mörder deines Vaters zu schützen."

Isabelle erschrickt. Als Christian den Galgen erwähnt, fällt ihr der Brief wieder ein. Sie schiebt ihn ein Stück von sich, um ihn nun doch ansehen zu können, und wischt sich die Tränen, die nicht schon im Stoff seines Hemdes versickert sind, mit einer

Hand ab.

„Was ist mit dem Brief? Hat Sükrü dir von dem Brief erzählt?" Sie sieht ihn panisch an.

Christian nickt. „Ja, das hat er. Und ich muss gestehen, deine diesbezügliche Einfalt hat zwischen Sükrü und mir zu einer Grundsatzdiskussion geführt, ob man Frauen wirklich das Lesen und Schreiben beibringen sollte." Er lächelt sie verwegen an.

Isabelle runzelt ungehalten die Stirn. *Mir ist nicht nach Scherzen zumute, unabhängig davon, ob sie auf meine Kosten gehen oder nicht.* „Wie kannst du darüber deine Späße machen? Der Baron hat den Brief noch. Er will ihn erst vernichten, wenn ich Friedrichs Frau bin."

„Er kann ihn gern behalten", erwidert Christian gleichgültig.

Isabelle schüttelt verständnislos den Kopf und schlägt mit ihren Händen auf seine Brust, in dem Versuch, ihn so wachzurütteln und zur Vernunft zu bringen.

„Der Baron wird dich ausliefern, jetzt, da sein Plan nicht aufgegangen ist! Christian, du wirst für den Mord an der Stadtwache an den Galgen kommen!" Isabelle sieht ihn verzweifelt an. *Warum hat er denn kein Einsehen?*

„Wirst du dann ab und zu an mich denken und für meine Seele beten?" Er zieht flehend seine Augenbrauen zusammen und ein Grinsen umspielt seine Mundwinkel.

„Christian, das ist nicht witzig!", schimpft Isabelle und löst sich ungehalten aus seiner Umarmung. *Will er denn nicht verstehen, was auf dem Spiel steht?!* Sie verschränkt unzufrieden ihre Arme vor der Brust.

„Der Brief wird ihm nichts mehr nützen. Ich habe dich bei der Entführung aus den Fängen eines Mörders befreit, und ein Mensch ist dabei nicht ums Leben gekommen. Dafür bekomme ich eher einen Orden, als dass ich am Galgen aufgebaumelt werde. Wir kommen gerade aus Magdeburg. Der Baron hat gelogen und gehofft, dass du mir zuliebe das Feld räumst", klärt er sie endlich auf.

„Ist das wahr?", fragt sie hoffend, aber immer noch nicht ganz überzeugt.

Christian nickt und lacht sie selig an. Er breitet einladend seine Arme aus – und Isabelle lässt sich ganz vorsichtig hineinfallen. Erleichtert legt sie ihre Stirn an seine Schulter und umarmt ihn.

Er küsst zärtlich ihren langen schlanken Hals und arbeitet sich mit den Küssen bis zur Wange hoch, um einen ganz sanften Kuss auf ihren Lippen zu hinterlassen. Sein Bart, dessen Rasur er in den letzten Tagen ganz offensichtlich vernachlässigt hat, kitzelt sie verführerisch. Sie hält die Augen geschlossen und schmilzt unter den Berührungen seiner Lippen dahin. Noch vor ein paar Minuten hat sie befürchtet, dass es nie wieder so sein würde.

„Isabelle, wie kannst du dich hier so vulgär benehmen!", hört sie ihre Tante wettern. „Gerade noch wolltest du Friedrichs Frau werden – und jetzt wirfst du dich dem nächstbesten, dahergelaufenen ...", sie sucht nach einem passenden Wort, mit dem sie den feinen Herrn, den sie auf Ottos Beerdigung für ihre Tochter auserkoren hatte, betiteln kann, „... Schürzenjäger an den Hals. Noch ist nicht bewiesen, dass Friedrich schuldig ist." Dabei sieht sie auch die anderen Gaffer auf dem Kirchvorplatz tadelnd an, die sich ganz bestimmt schon ihre Mäuler über sie und ihre Familie zerreißen. „Vielleicht hat ja auch der etwas damit zu tun." Ihre Tante weist rot vor Zorn auf Christian. „Schämen solltest du dich!", speit sie an Isabelle gerichtet aus.

Isabelle hat nur einen wütenden Blick für ihre Tante übrig. Dann wendet sie sich wieder Christian zu, lächelt ihn an, schließt

ihre Augen und öffnet zaghaft ihre Lippen, während sie sich ihm
fordernd entgegenreckt.

Christian folgt ihrer Einladung liebend gern, auch wenn sie
in diesem Moment wohl vor allem dazu dient, ihrer bösen Tante
eins auszuwischen. Behutsam liebkost er ihre Lippen und ihre
Zunge.

Isabelle hört ihre Tante zornig schnauben, bevor sie davon-
stampft.

„Komm, lass uns deine Sachen zusammenpacken und nach
Hause fahren", sagt er leise zu ihr.

„Nach Hause?" Sie sieht ihn fragend an.

„Nach Schloss Feldheim", fügt er ganz selbstverständlich
hinzu. „Vorher ziehst du aber noch dieses grässliche Kleid aus.
Oder muss ich das auch mit einem Messer von deinem Leib
schneiden?"

„Ich hätte nichts dagegen", erwidert sie entzückt.

Er nimmt ihr Gesicht in seine Hände und schaut sie zärtlich
an. „Wenn es dir wieder besser geht, werden wir das Grab deines
Vaters in Magdeburg besuchen." Er gibt ihr einen Kuss auf den
Mund. „Und Hanne, August und Lancelot können wir dann,
wenn du möchtest, auch einen Besuch abstatten."

Sie sieht ihn fragend an.

„Ich habe dein Haus und die Pferde gekauft", erklärt er ganz
selbstverständlich.

Sie weiß nicht, ob sie vor Freude lachen oder weinen soll.
„Das glaub ich nicht. Das hast du wirklich getan? Du bist der
Beste! Wissen sie denn, was mit mir geschehen ist?"

„Noch nicht, aber ich denke, es wird Zeit, dass sie es erfahren."

„Und du bist dir sicher, dass ich mit nach Schloss Feldheim
kommen soll?", hakt sie noch einmal nach. Sie möchte nicht,

dass er sie nur aus Pflichtgefühl mit sich nimmt. „Du hast den Mörder meines Vaters gefunden. Meinst du nicht, dass deine Schuld damit beglichen ist? Du brauchst dich nicht mehr um mich zu kümmern, wenn du es nicht willst."

Isabelle sieht ihn bedrückt an. *Ich will nicht ohne ihn sein, aber ihm muss klar sein, dass er eine Wahl hat.*

Er braucht nicht lange nachzudenken.

„Es geht nicht mehr darum, eine Schuld zu begleichen; es geht nur noch darum, dass ich dich bei mir haben will. Ich weiß jetzt, dass ich ohne dich nicht glücklich sein kann. Das ist mir in den letzten Tagen schmerzhaft klargeworden." Er streicht ihr sanft mit einem Daumen über ihre Lippen und flüstert dann in ihr Ohr: „Bitte, komm mit mir!"

Es bringt sie zum Beben.

Er lächelt, sieht ihr in die Augen und spricht dann die Worte aus, nach denen sie sich so gesehnt hat: „Ich liebe Euch, Fräulein Isabelle."

Epilog

9. August 1765, Schloss Feldheim

Christian trennt sich nur ungern von seiner Liebsten, aber auf ihn warten Pflichten, die keinen Aufschub dulden. Ihre zarten Fingerspitzen berühren sanft seine Lippen, gleiten dann über sein Kinn, den Hals hinunter bis zu einer Brustwarze, bei der sie einen Moment verharren, um sie zärtlich und neckend zu umspielen. Dann machen sie sich langsam, aber zielsicher auf den Weg zu seinem Gemächt. *Wenn ich ihr nicht gleich voll und ganz verfallen will, muss ich ihr jetzt Einhalt gebieten.* So ergreift er ihre Hand, kurz bevor sie ihr Ziel erreichen kann, und hält sie davon ab, als Eroberin eines fremden Gebiets einen Mast zu setzen.

Er steigt aus dem Bett und beginnt, sich anzuziehen. *Die Enttäuschung ist Isabelle ins Gesicht geschrieben – und so schnell wird sie wohl auch nicht aufgeben.* Als könnte sie seine Gedanken lesen, steht sie ebenfalls auf und schmiegt sich in ihrer Nacktheit an ihn, im Versuch, ihn davon abzuhalten, sie zu verlassen.

Sein Blick fällt zufällig auf ihre geöffnete Schmuckschatulle, die auf ihrem Frisiertisch steht. Verwundert sieht er auf den Silberknopf in dem kleinen Kästchen. „Was ist das?", fragt er nachdenklich, nimmt ihn heraus und betrachtet ihn stirnrunzelnd.

„Das ist ein Knopf, Herr Graf. Man benutzt ihn zur Zierde oder um Kleidungsstücke damit zu verschließen", zieht sie ihn auf. Sie umschleicht ihn dabei wie eine Katze und kann ihre

Hände und Lippen dabei nicht von ihm lassen.

„Nein! Was Ihr nicht sagt, Fräulein Isabelle", antwortet er mit gespieltem Erstaunen. „Und warum habt Ihr diesen Knopf in Eurer Schmuckschatulle?"

Sie nimmt ihm den Knopf ab und reibt mit dem Daumen über seine Oberfläche. „Der ist hübsch, nicht wahr?", lächelt sie. „Als ich klein war, habe ich mir immer vorgestellt, er gehöre einem Prinzen, der verzweifelt nach diesem Knopf sucht. Eines Tages würde er seinen Knopf bei mir finden, und aus Dankbarkeit darüber, dass ich ihn so gut aufbewahrt habe, würde er mich zu seiner Frau nehmen und mich auf sein Schloss bringen." Sie lächelt ihn über die Maßen verträumt an.

Sie reizt mich. Weiß sie doch ganz genau, was ich von solchen Träumereien halte. Aber das spielt jetzt keine Rolle. Das Wappen auf dem Knopf kommt mir bekannt vor. Ich weiß nur noch nicht genau, woher. „Wo hast du ihn her?"

Sie lacht kurz auf. „Ich fand ihn, als sich unsere Wege zum ersten Mal kreuzten. Komisch, dass wir zwei jetzt wieder mit diesem Knopf hier stehen."

„Wie meinst du das?" Er denkt zunächst an den Tag als Isabelles Vater beerdigt wurde, doch in einer Vorahnung macht sich Unruhe in ihm breit. Seine Muskeln spannen sich an.

„Es war vor zehn Jahren", antwortet sie ernüchtert, als hätte sie gerade eingesehen, dass sie ihn heute Morgen wohl nicht mehr mit ihren Reizen bezirzen kann. „Er lag auf dem Weg. Direkt vor meinen Füßen, als ich vom Wagen sprang. Nur wenige Augenblicke später habe ich dich halb tot im Gebüsch gefunden." Isabelle greift nach ihrem Morgenrock.

Trotz seiner Ahnung ist er nun überrascht. *Kann das wirklich sein?! Sollte ich nach so langer Zeit doch noch einen Hinweis auf die Mörder meiner Eltern gefunden haben?* Isabelle will den

Knopf gerade in ihre Schmuckschatulle fallen lassen, als Christian sie davon abhält.

„Kann ich ihn noch einmal sehen?" Er hält ihr seine Hand hin.

Isabelle schließt schnell die ihre um den Knopf und versteckt sie hinter ihrem Rücken. „Nein, das ist mein Schatz." Sie lässt den Morgenrock – neue Hoffnung schöpfend – wieder auf den Boden fallen.

„Brauchst du ihn denn noch?", raunt er ihr hofierend zu.

Sie tut so, als müsste sie sich das erst reiflich überlegen. Dann schmiegt sie sich wieder an ihn, wobei sie die Hand mit dem Knopf immer noch fest verschlossen hinter ihrem Rücken hält und die andere Hand über die warme Haut seines Oberkörpers gleiten lässt. „Na ja, ich weiß nicht so recht. Seid Ihr denn vielleicht ein Prinz, mein holder Herr?"

Er legt seine Arme um sie und umschließt mit seiner großen Hand die zierliche, in der der Silberknopf liegt. Aber sie gibt ihn nicht frei.

„Leider muss ich Euch gestehen, dass ich nur ein Graf bin", antwortet er in gespielter Verzweiflung. „Aber ich habe Euch auf mein Schloss gebracht. Und wenn Ihr mir den Knopf überlassen würdet, wäre ich auch bereit, Euch zu meiner Frau zu nehmen", schmeichelt er.

„So einfach werdet Ihr den Knopf nicht bekommen."

„Was muss ich tun?", bettelt er. Sein Gesicht ist jetzt ganz nah an ihrem. Er gibt ihr einen innigen Kuss auf den Mund und flüstert dann in ihr Ohr: „Ich bin Euer ergebenster Diener." Christian spürt, wie die Begierde nach ihm von ihrem Körper Besitz ergreift.

Mit ihrem Mund liebkost sie sein Ohr und raunt ihm zu:

„Nehmt mich, erfüllt mich mit Eurer Macht – und habt kein Erbarmen mit mir!"

Bei diesen Worten ist es nun auch um seine Beherrschung geschehen. „Einverstanden."

Isabelle lässt den Knopf in Christians Hand fallen. Dieser umfasst ihn mit Genugtuung, lässt sich mit Isabelle zurück aufs Bett fallen und macht sich daran, mit leidenschaftlicher Hingabe eine Rechnung zu begleichen, deren Preis niemals zu hoch sein wird.

Wahrheit und Dichtung

Die Geschichte von Christian und Isabelle, die anderen handelnden Personen sowie Schloss Feldheim sind frei erfunden.

Dennoch sind einige in der Geschichte erwähnte Ereignisse und Charaktere dem tatsächlichen Zeitgeschehen entnommen.

Es ist also durchaus vorstellbar, dass sich die hier erzählten Ereignisse so oder so ähnlich zugetragen haben …

… könnten.

Über Deine **Bewertung in den Online-Buchshops** würde ich mich sehr freuen!

Deine Rola Rausch

FSC
www.fsc.org
MIX
Papier aus verantwortungsvollen Quellen
Paper from responsible sources
FSC® C105338